DuMonts Kriminal-Bibliothek

Lee Martin, eigentlich Anne Wingate, 1943 geboren, stammt aus Ost-Texas und studierte an der Texas Woman's University in Denton. Sie arbeitete selbst viele Jahre lang als Polizistin in Georgia und Fort Worth, Texas, versteht sich aber nach eigener Aussage eher als Mutter.
Ihre Kriminalromane spiegeln die Wirklichkeit der Polizeiarbeit ebenso wider wie die Spannungen, die zwangsläufig zwischen Beruf und Privatleben entstehen. Heute lebt sie mit ihrem Mann und ihren beiden Kindern in Salt Lake City, Utah.
Von Lee Martin sind in DuMonts Kriminal-Bibliothek bereits erschienen: »Ein zu normaler Mord« (Band 1053), »Das Komplott der Unbekannten« (Band 1055), »Tod einer Diva« (Band 1061), »Mörderisches Dreieck« (Band 1067), »Tödlicher Ausflug« (Band 1071), »Keine Milch für Cameron« (Band 1082), »Saubere Sachen« (Band 1088), »Hacker« (Band 1099), »Der Tag, als Dusty starb« (Band 1113), »Mord bleibt in der Familie« (Band 1125) und »Tod im Vogelkäfig« (Band 1130) sowie der Sonderband »Neun mörderische Monate« (Band 2001), der die ersten drei Krimis versammelt.

Herausgegeben von Volker Neuhaus

Lee Martin

Mörderische Muttertage

Drei Fälle für Deb Ralston

*Aus dem Englischen von Ulrike Wasel
und Klaus Timmermann*

DuMont

Die den Übersetzungen zugrundeliegenden Originalausgaben von *Mörderisches Dreieck* (»Death Warmed Over«), *Tödlicher Ausflug* (»Hal's Own Murder Case«) und *Keine Milch für Cameron* (»Deficit Ending«) erschienen 1988, 1989 und 1990 bei St. Martin's Press, New York

Umschlagmotiv von Pellegrino Ritter und Andreas Potthast
Umschlag- und Reihengestaltung: Groothuis, Lohfert, Consorten (Hamburg)
Satz: Greiner & Reichel, Köln
Druck und Verarbeitung: Clausen & Bosse, Leck
Printed in Germany
ISBN 3-8321-8344-2

Inhalt

Mörderisches Dreieck

In Erinnerung an
Barbara Elizabeth Linington
Freundin und Mentorin

Dieser Roman ist reine Fiktion. Alle Figuren und die meisten Schauplätze sind frei erfunden. Ich möchte besonders betonen, daß das »Fort Worth« dieses Romans fiktiv ist und daß weder seine Beamten noch die Inspektoren der fiktiven Postaufsichtsbehörde reale Menschen darstellen sollen, die für die reale Stadt Fort Worth oder die Postaufsichtsbehörde arbeiten.

In Wirklichkeit bin ich noch nie einem Postinspektor begegnet, der mir nicht auf Anhieb sympathisch gewesen wäre und den ich nicht noch mehr schätzen gelernt hätte, je länger ich ihn kannte.

Kapitel 1

Aus der Luft, wenn man niedrig fliegt, wie es mit einem kleinen Privatflugzeug möglich ist, gleicht Fort Worth einem Flickenteppich, Flächen mit Bäumen und Flächen mit Weiden und Flächen mit Häusern und Flächen mit Firmengebäuden – und überraschenderweise viele, viele Flächen mit Wasser. Es gibt mehr Häuser mit Swimmingpool, als man meint; überall sind Wasserläufe, und in den ländlichen Gegenden – von denen es viele gibt, auch innerhalb der Stadtgrenzen – hat jede kleine Farm ihren Teich, meist sogar zwei oder drei Teiche. Ich schaute nach unten, bewunderte das Blau und Grün und Türkis des Wassers, das sich von den dunkel- bis gelbbraunen Blättern abhob, und sah eigentlich nichts anderes.

Bis mein Mann Harry sagte: »Heh! Da unten brennt was.«

»Wo da unten?« Ich hatte einfach bloß einen meiner seltenen freien Nachmittage genossen, doch meine Stimmung schlug jäh um. Natürlich fallen Brände nicht in meinen Zuständigkeitsbereich – ich bin bei der Polizei, nicht bei der Feuerwehr –, aber oft kommt es mir so vor, als würde alles Ungewöhnliche am Ende doch in meinem Zuständigkeitsbereich landen.

»Da«, wiederholte Harry wenig hilfreich und drehte das Flugzeug in einem engen Kreis. »Siehst du es jetzt?«

»Ja ... bleib auf diesem Kurs.« Ich tastete nach dem Fernglas, das Harry stets im Flugzeug hat, und stellte es scharf. »O Gott!«

»Was ist das? Erkennst du schon was?«

»Ja. Flieg tiefer ran.«

In einem Hubschrauber – wie Harry sie bei seiner Arbeit als Testpilot fliegt – hätten wir direkt daneben runtergehen können. In dieser Maschine hätten wir vermutlich sicher landen können, falls nötig, doch bei den tiefhängenden Ästen, den dünnen, fast unsichtbaren Strom- und Telefonleitungen wären wir vermutlich nicht wieder hochgekommen. Aber Harry flog so nah er konnte an die schwarze Rauchsäule heran; wir streiften fast die Wipfel der höchsten Bäume. Der Rauch stieg von einem Auto auf. Kein neueres Modell. Dunkelgrün. Mehr konnte ich zunächst nicht erkennen. Aber schließlich schenkte ich dem in hellen Flammen stehenden Fahrzeug auch keine große Beachtung. Ich hatte den Lieferwagen im Auge, der gegenüber auf der anderen Straßenseite parkte. Der Lieferwagen mit dem Schild im Fenster: U.S. Mail.

Die Fahrertür des Lieferwagens stand offen. Aber der Fahrer war nicht draußen, um das Feuer zu löschen. Er lag nach hinten gesunken, die Füße zur offenen Tür herausgestreckt, den Körper gegen die Konsole gelehnt, die die Vordersitze teilte. Und selbst aus der Luft, mit Harrys ausgezeichnetem Fernglas, konnte ich den roten Fleck sehen, der sich langsam auf seinem ehemals weißen Hemd ausbreitete.

»Lande«, sagte ich zu Harry und griff nach dem Handmikro des Funkgeräts.

»Wo?« wollte Harry vernünftigerweise wissen.

»Egal. So nah dran, wie du kannst.«

Wir haben das Ganze später rekonstruiert, nach dem, was uns der Mörder erzählt hat, nach dem, was uns die Spurensicherung erzählt hat, nach dem, was uns niemand erzählt hat, aber anders konnte es nicht gewesen sein, und jetzt, manchmal, sehe ich in meinen Träumen, wie es immer und immer wieder passiert, und es ist, als könnte ich die Gedanken des Mörders nachvollziehen, wie es keiner von uns an jenem ersten Tag, in jenen ersten Wochen konnte.

Zunächst einmal hatte er nicht geahnt, daß es so schwer sein würde, ein Auto in Brand zu setzen. In Filmen sieht es so aus, als würde die geringste Kleinigkeit einen Wagen in einen Feuerball verwandeln. Aber er hatte festgestellt, daß das Motoröl sich einfach nicht entzündete. Auch nicht die Bremsflüssigkeit oder das Kühlwasser. Die Polsterung wollte überhaupt nicht brennen. Und sogar die erste kleine Pfütze Benzin hatte bloß zwei Minuten zaghaft geflackert, bevor sie erlosch.

Es war ein so guter Plan gewesen, wenn er ihn nur hätte in die Tat umsetzen können.

Sein Wagen und der von Kelly waren genau gleich – identische waldgrüne Chevrolets Bel Air, Baujahr 1957 –, und natürlich gab es 1957 noch keine Identifizierungsnummern für Fahrzeuge. Man kannte damals zwar schon Motornummern, mit dem Ergebnis, daß die Zulassung, wenn man den Motor austauschte, nicht mehr mit dem Fahrzeug übereinstimmte. Das war allgemein bekannt, und deshalb überprüfte es auch niemand, solange Modell und Baujahr übereinstimmten.

Das erste Problem waren daher die Nummernschilder, und das war einfach. Er hatte seine abgenommen und die von Kelly an seinen Wagen geschraubt. Somit würden wir, wenn wir den Wagen ausgebrannt am Straßenrand fanden, denken, es wäre Kellys und nicht seiner – ganz einfach –, und der einzige mögliche Nachteil für ihn wäre der, daß wir Kelly deshalb ein wenig eher finden würden. Aber das war eigentlich egal, denn früher oder später würden wir Kelly ohnehin finden. Kelly und die andere. Am Geruch, daran ganz bestimmt.

Aber zu diesem Zeitpunkt wäre der Wagen – mit dem riesigen, verräterischen Blutfleck auf dem Rücksitz und den anderen Spuren im Fahrzeug, die es eindeutig als seines auswiesen – längst nur noch ein ausgebranntes Etwas, das niemand mehr mit ihm in Verbindung bringen konnte.

Der Wagen hatte nämlich schon den dritten Motor. Als er ihn gekauft hatte, war der zweite kurz davor gewesen, den Geist aufzugeben, und er hatte sich auf einem Schrottplatz in Tyler einen Ersatzmotor besorgt. Er hatte bar bezahlt, und niemand hatte nach seinem Namen gefragt. Ohne Fahrzeugidentifizierungsnummer oder Prüfplakette, mit einer Motornummer, die nur zu einem gelöschten Eintrag bei der Zulassungsstelle führte, würde niemand je feststellen können, daß es in Wirklichkeit sein Wagen war.

Damit blieb noch Kellys Wagen. Der hatte noch immer den ersten Motor mit der ursprünglichen Motornummer. Er ließ sich zurückverfolgen, falls jemals irgend jemand Grund sähe, sich die Arbeit zu machen. Aber er würde ihn einfach irgendwo stehenlassen, mit abgekratzter Prüfplakette ohne Nummernschilder. Falls einer auf die Idee kam, nach der Motornummer zu suchen und sie zu überprüfen, tja, dann hatte der eben ein kleines Rätsel zu knacken.

Denn dann hätte man es mit zwei identischen waldgrünen 1957er Chevrolets Bel Air zu tun, der eine ausgebrannt und der andere unversehrt irgendwo stehengelassen, und beide offenbar ein und derselbe Wagen. Das wäre verwirrend, und natürlich würde man versuchen, den Widerspruch aufzuklären.

Aber es war absolut unmöglich, einen der beiden Wagen mit ihm in Verbindung zu bringen. Und deshalb würden sie nie rauskriegen, was sonst noch dahintersteckte.

Das hoffte er. Das war sein Plan. Er hatte bloß nicht damit gerechnet, daß es so verdammt schwer ist, einen Wagen in Brand zu stecken.

Der stand da, schimmernd in der Mittagssonne, das Wachs auf dem glatten Lack makellos, die blanken Chromteile spiegelten die spätherbstlichen Farben der Roßkastanien und der Sumachbüsche, das ewige Grün der Mesquitbäume. Keine Frage, es war einer der schönsten Wagen, die jemals gebaut wurden; eine Schande, daß er ihn zerstören mußte. Aber er mußte es tun. Selbst Kelly hätte das inzwischen eingesehen.

Er öffnete die Beifahrertür und schnupperte, während er erneut die verkohlten Stellen auf dem Sitz musterte. Keine von seinen Ideen hatte funktioniert. Aber jetzt würde es klappen. Da war er sicher. Er hatte die Sitze mit Benzin getränkt und dann die Tür geschlossen, damit der Benzindunst sich im Wagen ausbreiten konnte, und jetzt war der Geruch erstickend stark.

Jetzt würde es sich bestimmt entzünden.

Er trat einige Schritte zurück und wog die Handvoll Mottenkugeln, die er in einen benzingetränkten Lappen gewickelt hatte. Nicht sehr schwer. Aber schwer genug, um sie an diesem windstillen Spätherbsttag zu werfen. Und besser als ein Molotowcocktail, eine Flasche, auf der vielleicht seine Fingerabdrücke oder auch nur Markierungen von seinen Handschuhen wären. So dumm war er nicht. Er hielt das Feuerzeug vorsichtig an den Zipfel des Lappens und warf ihn mit der behandschuhten Hand in einer schwungvollen, gekonnten Bewegung.

Es gab einen satten dumpfen Knall, und Flammen schossen aus allen Fenstern. Es hatte geklappt.

Er drehte sich um, um zu Kellys Wagen zurückzugehen, den er im sicheren Abstand auf der anderen Seite der Teerstraße geparkt hatte.

Und dann sah er den Postwagen.

Als wir um den brennenden Wagen herumgingen, wußten wir weder von ihm, von Kelly und der anderen noch von dem zweiten dunkelgrünen 1957er Chevrolet Bel Air.

Als es anfing, wußten wir von gar nichts ... als es anfing. Aber wann hat es angefangen? Diesen Fall konnte man beliebig lange zurückverfolgen. Aber als er und Kelly an dem Morgen, der zu Kellys Tod führen sollte, losfuhren, war ich bei Deborah Mossberg, hatte Kopfschmerzen und wünschte mir sehnlichst, irgendwo anders zu sein, bloß nicht hier, und nicht an einem Fall arbeiten zu müssen, der offensichtlich gar kein Fall war.

»Also, ich hätte nicht länger bei ihm bleiben können«, sagte sie in einem Tonfall, der wohl sehr vernünftig klingen sollte. »Ich meine, na ja, er hatte schließlich erwartet, daß ich ihn unterstütze.« Sie zündete sich mit zitternden Händen eine Zigarette an, legte das Einwegfeuerzeug mit der falschen Cloisonnéhülle wieder auf den vollgestellten kleinen Tisch neben dem Sofa, nahm einen großen Schluck Wodka mit Orangensaft und blickte mich erwartungsvoll an.

»Verstehe«, sagte ich. »Wo sind Sie beschäftigt?« Sie war der Frage bereits dreimal ausgewichen, und allmählich wollte ich wirklich wissen, warum.

»Was tut das zur Sache?« Mit einem rauchgefüllten Seufzer wiegte Deborah die brennende Zigarette zwischen zwei langen, dünnen, bleichen, teuer manikürten Fingerspitzen.

Ich bin schwanger. Ich kann Rauch zur Zeit nicht vertragen. Aber es gelang mir, nicht zu husten oder zu würgen, während sie weitersprach: »Also, schön. Ich bin Barkellnerin. Im Rig.«

»Rig?« Ich hatte noch nie von einem Lokal dieses Namens gehört.

»Ja. Das ist so eine Art Club. Da verkehren jede Menge Leute aus der Ölbranche, und sie geben dicke Trinkgelder, bloß zur Zeit –« Sie zuckte die Achseln und nahm einen weiteren Schluck. »Also, ich verdiene nicht so viel wie sonst, wegen der schlechten Lage auf dem Ölmarkt und so. Und dann bildet er sich ein, er könnte auf meine Kosten leben – und hat noch dazu den Nerv zu sagen, komm, wir ziehen nach Dallas! Einfach so, wir ziehen nach Dallas. Ich meine, da hört sich doch alles auf!«

»Verstehe«, sagte ich, während ich eine Perle in die Austernschale zeichnete, die ich auf meinem Klemmbrett gemalt hatte. Die Einsatzleitung hatte mich wegen eines angeblichen Entführungsfalles hergeschickt. Es hörte sich immer weniger danach an. »Wieso wollte er nach Dallas ziehen?«

»Also, er hat gedacht, er würde dort vielleicht einen Job finden. Hören Sie, er hätte hier einen Job finden können, wenn er wirklich gewollt hätte. Ich meine, ich habe schließlich auch einen gefunden.«

Ich verkniff mir den Hinweis darauf, daß Rick Mossberg vermutlich nicht die augenfälligen Qualifikationen seiner Exfrau besaß. »Die Flaute im Ölgeschäft hat vielen Leuten geschadet«, bemerkte ich in der Hoffnung, unvoreingenommen zu klingen. Ich war aber nicht unvoreingenommen. Ich mochte Deborah Mossberg nicht, und ich mochte vor allem nicht, daß ihr Vorname so große Ähnlichkeit mit meinem hatte. Aber Polizeibeamte können einen Fall nicht deshalb ablehnen, weil ihnen die Nase der Leute nicht gefällt, die Anzeige erstattet haben. Ich hörte weiter zu.

»Ja, aber die meisten davon wohnen in der Gegend von Houston und Lubbock«, schmollte Deborah. »Nicht hier. Nicht in Fort Worth. Und ich bin schließlich auch immer bis nach Arlington zur Arbeit gefahren. Er hätte ruhig auch ein bißchen mit dem Auto fahren können.«

Von wo wir saßen waren es 20 Meilen bis nach Arlington. Sie hatte mir bereits gesagt, daß die Ölfirma, bei der ihr Mann gearbeitet hatte, in ganz Westtexas Bohrstellen betrieb; das hieß, daß Rick Mossberg sehr viel herumgefahren war, bis die Bohrungen eingestellt wurden. Doch die Krise der Ölbranche hat sich bereits verheerend auf die texanische Wirtschaft ausgewirkt. Orte, die seit den dreißiger Jahren einen gewaltigen Aufschwung erlebt haben, sind heute fast zu Geisterstädten geworden; sogar Großstädte mit stark diversifizierter Wirtschaft wie Dallas, Houston und San Antonio leiden darunter, und zwar nicht nur in der Ölindustrie selbst, sondern auch in allen Zulieferbranchen – Werkzeuge, Chemikalien, Stahlwerke, die die Pipelines bauen. Viele Männer sind arbeitslos. Einige von ihnen sind alt; einige von ihnen finden vielleicht nie wieder Arbeit.

Rick Mossberg war jung. Aber bei der großen Arbeitslosigkeit würde er nicht von heute auf morgen einen Job finden.

Natürlich hatte Deborah Mossberg nicht ganz unrecht. Ich fand es auch vernünftiger, erst in Dallas oder sonstwo einen Job zu suchen und dann umzuziehen.

»Gut, Sie konnten also nicht mit ihm zusammenleben. Also, was haben Sie gemacht?« fragte ich sie. Früher oder später würden wir schon noch auf das vermißte Kind zu sprechen kommen. Aber sonnenklar war inzwischen, daß wir es auf Deborahs Art machen würden; jede Frage nach dem Kind hatte sie augenblicklich abgewehrt.

»Also, ich habe mich natürlich scheiden lassen.«

»Natürlich. Und dann?«

»Und das Gericht hat mir Unterhalt für das Kind zugesprochen. 500 im Monat. Und der Scheißkerl will nicht zahlen.«

»Wenn er keine Arbeit hat –«

»Er hätte sich Arbeit suchen können!«

»Okay«, sagte ich. »Und dann?«

»Und dann habe ich natürlich gesagt, wenn er keinen Unterhalt zahlt, hat er auch kein Besuchsrecht. Finden Sie nicht, daß das fair ist?«

Ich beschloß, die Frage nicht zu beantworten. Meine Antwort hätte ihr nicht gefallen. »Schön, Sie wollten also nicht, daß er das Besuchsrecht wahrnimmt. Und dann?«

»Also, ich sehe Candy abends natürlich nie, weil ich genau um die Zeit zur Arbeit muß, wenn sie aus der Schule kommt, und natürlich macht sie sich das Frühstück selbst, weil ich erst so spät nach Hause komme, daß ich morgens einfach nicht aus dem Bett kann. Aber vor einer Stunde hat ihre Lehrerin angerufen und hat gefragt, ob sie immer noch krank ist, weil sie nämlich ein Picknick gemacht haben, und Candy war nicht da.«

»Wie lange ist sie schon krank?«

»Hören Sie, ich habe nicht mal gewußt, daß sie krank ist!« sagte Deborah mit Nachdruck. »Ich meine, wenn ich es gewußt hätte, wäre ich natürlich zu Hause geblieben. Ich weiß schon, was meine Pflicht ist. Aber ich weiß, daß sie gestern gefrühstückt hat; weil sie nämlich den ganzen Tisch vollgesaut hat, mit Corn-flakes und so, und sie hat die Milch wieder draußen stehenlassen. Das Mädchen vergißt einfach immer, die Milch in den Kühlschrank zu stellen. Und was das Zeug kostet –« Sie verdrehte die Augen und goß sich einen weiteren großzügigen Schuß Wodka in den inzwischen stark verdünnten Orangensaft. »Das Zeug hier kostet natürlich auch was.«

»Klar«, sagte ich, weil sie eine Pause eingelegt hatte, offensichtlich in Erwartung einer Antwort.

Das schien ihr als Antwort zu reichen, denn sie fuhr fort. »Und dann hat die Lehrerin mir erzählt, daß es Candy gestern nachmittag in der Schule übel geworden ist, und weil sie mich nicht erreichen konnten – ich war wohl gerade auf dem Weg zur Arbeit, weil ich gestern früher angefangen habe –, haben sie ihren Daddy angerufen. Und der ist zur Schule gefahren, um sie zu holen.«

»Um wieviel Uhr war das?«

»Gegen halb zwei, hat die Lehrerin gesagt. Und ich frage mich echt, wieso er sie noch immer nicht nach Hause gebracht hat. Der weiß doch genau –«

»Haben Sie ihn angerufen?«

»Er hat kein Telefon.«

»Wie hat die Schule ihn dann erreicht?«

»Also, der lungert da an dieser heruntergekommenen alten Tankstelle herum, ich meine, sie zahlen ihm ein paar lausige Dollar, damit er sagen kann, er arbeitet, und da haben sie ihn angerufen. Aber heute war er nicht da. Ich meine, ich habe da angerufen, und die haben gesagt, sie würden heute nicht mit ihm rechnen.«

Wenn sie noch einmal »also« oder »ich meine« sagt, fange ich an zu schreien, dachte ich. »Waren Sie schon dort?«

»Nee.« Sie schnippte Asche in einen magentaroten Aschenbecher. »Nein. Was soll ich denn da?«

»Nachsehen, ob Candy da ist.«

Ihre Augen wurden groß. »Oh, aber er darf Candy doch gar nicht haben, also wenn er sie bei sich hat, ist das doch Kidnapping, oder?«

Meine Kopfschmerzen wurden eindeutig schlimmer. Der Arzt hat mir Aspirin, Nuprin oder ähnliches während der Schwangerschaft verboten. Vielleicht Tylenol? Aber zuerst mußte ich Deborah Mossbergs Frage beantworten.

»Nein, das ist nicht Kidnapping. Gibt es einen Gerichtsbeschluß, daß er sie nicht haben darf?«

»Also, nein, aber –«

»Gibt es einen Gerichtsbeschluß über die Besuchsregelung?«

»Also, ja, aber –«

»Halten Sie es für möglich, daß er mit ihr die Stadt verlassen hat?«

»Vielleicht sind sie zelten gefahren«, sagte sie unsicher.

»Mrs. Mossberg, haben Sie irgendeinen Grund zu der Annahme, daß Ihr Mann –«

»Ex –«

»Exmann«, verbesserte ich, »vorhaben könnte, Ihre Tochter nach dem Wochenende nicht zurückzubringen?«

Wieder machte sie große Augen. Hatte irgend jemand ihr erzählt, das sähe niedlich aus? Hatte irgend jemand ihr erzählt, genau so müßte man einen Cop ansehen? Falls ja, dann hatte dieser Jemand nicht daran gedacht, daß vielleicht ein weiblicher Cop zu ihr käme. Aber ihre Stimme klang echt schockiert. »Sie meinen, sie dabehalten, nicht nach Hause zurückzuschicken? Oh, nein, so was würde Rick nicht machen!«

Ich stand auf und klappte den Deckel des Klemmbretts zu. »Dann verschwenden Sie die Zeit der Polizei, Mrs. Mossberg, weil hier kein Gesetzesverstoß vorliegt. Ich würde vorschlagen, wenn Sie sich Sorgen wegen Ihrer Tochter machen, daß Sie zu Ihrem Mann nach Hause fahren und nachsehen, ob sie dort ist.«

»Aber – aber was, wenn sie nicht dort ist? Ich meine, im Gerichtsbeschluß steht bloß was von alle zwei Wochen, nichts darüber, wohin er sie mitnehmen darf, und früher sind sie immer gern zum Zelten gefahren.«

»Ich werde Ihnen was sagen, Mrs. Mossberg: Heute ist Samstag; rufen Sie uns Montag an, wenn sie dann immer noch nicht da ist, okay?«

Ich ging zur Haustür und versuchte, die quengelige Stimme zu ignorieren, die immer wieder sagte: »Also, aber was, wenn –«

Im Auto massierte ich mir müde die Schläfen und fragte mich, welcher übereifrige Streifenbeamte wohl zu dem Schluß gekommen war, daß für diesen Nicht-Fall ein Detective erforderlich sei. Und noch dazu vom Sonderdezernat.

Natürlich, bei einer echten Entführung wäre jemand vom Sonderdezernat erforderlich gewesen. Aber eine geschickte Vernehmung von wenigen Minuten hätte deutlich gemacht, daß es sich hier keinesfalls um eine echte Entführung handelte. Und ich hatte den leisen Verdacht, daß sie auf einen männlichen Officer sehr viel besser reagiert hätte als auf mich.

Zum erstenmal blickte ich etwas weiter nach unten auf dem Formblatt mit der Anzeige, vorbei an dem Namen der Anzeigeerstatterin, und las den Namen des Officers.

D. Shea.

Ich hätte es wissen müssen.

Danny Shea ist ein Idiot, und mir ist absolut unerklärlich, wie er es überhaupt zur Polizei geschafft, geschweige denn die sechs Monate Probezeit überstanden hat.

Nun, Deborah Mossberg würde bald wieder Besuch von Danny Shea oder einem anderen Streifenpolizisten bekommen, in Begleitung eines Beamten vom Jugendamt. Ich hatte nämlich beschlossen, daß ich zwar diese Meldung als gegenstandslos einstufen, dafür aber eine neue machen würde.

Candy war nämlich sechs Jahre alt. Und Candy wurde sieben Nächte in der Woche alleingelassen, weil Deborah die zwei Nächte, die sie nicht arbeitete, mit Männern ausging. Candy sah ihre Mutter – gelegentlich – am Wochenende.

Obwohl Deborah – jedenfalls laut Deborah – gewissenhaft darauf achtete, daß Candy saubere Sachen, Milch, Taschengeld hatte. (Wieviel Taschengeld braucht eine Sechsjährige?) Und natürlich, so versicherte Deborah mir selbstgerecht, wohnte nebenan ja noch Mrs. Greer, für den Notfall.

Vielleicht war Rick ja wirklich so faul und ohne jeden Ehrgeiz, wie Deborah behauptete, vielleicht aber war er ein anständiger Mensch, dem die wirtschaftlichen Probleme über den Kopf gewachsen waren. Das würde ich später entscheiden, falls nötig. Aber sehr wahrscheinlich würde ich keinen Gedanken mehr daran verschwenden müssen, denn sehr wahrscheinlich würde Candy pflichtgemäß wieder zu Hause abgeliefert werden – so, wie die Sache aussah – irgendwann am Sonntag abend.

Ein Zuhause, von dem sie, mit etwas Glück, irgendwann am Montag weggeholt werden konnte, um in einer anständigen Pflegefamilie untergebracht zu werden.

Ich habe Freundinnen, die alleinerziehende Mütter sind. In gewisser Weise war ich selber eine, bevor Harry bei den Marines seinen Abschied nahm; während seiner Zeit in Übersee war ich zu Hause in Fort Worth und arbeitete in einem Job, der erheblich schwieriger und erheblich weniger lukrativ war als der Job einer Barfrau. Meine Kinder waren nie allein zu Hause, nicht in dem Alter, nicht, bevor sie alt genug waren, um ein einigermaßen vernünftiges Verhalten an den Tag zu legen.

Kein Kind sollte so allein gelassen werden wie Candy.

Nicht mit sechs Jahren.

Kurz vor Mittag. Ich fragte mich, wann Deborah wohl gemerkt hätte, daß ihre Tochter vermißt war, wenn die Lehrerin nicht angerufen hätte, oder ob ihr überhaupt aufgefallen wäre, daß Candy am Sonntagabend aus Ricks Pick-up statt aus dem Bus der Baptisten-Kirche gestiegen wäre.

Kurz vor Mittag.

Mittag hatte ich Feierabend. Mittag konnte ich nach Hause.

Also fuhr ich zu unserem hübschen, neuen, schon wieder aus allen Nähten platzenden Polizeipräsidium, parkte meinen Dienstwagen, ging hinein und teilte Captain Millner mit, daß diese Anzeige unbegründet sei und ich jetzt nach Hause führe.

Und ich fuhr nach Hause, und auch Harry war zu Hause, und er sagte: »Komm, wir fliegen ein bißchen, bevor Hal von der Party bei den Pfadfindern zurückkommt.«

Und das taten wir.

Und jetzt, um ein Uhr, blickte ich auf das noch immer brennende Wrack eines alten grünen Chevrolets und auf einen Postwagen mit einem toten Postboten auf dem Vordersitz.

Harry blickte währenddessen auf sein Flugzeug, das er auf einer schmalen Landstraße gelandet hatte, und fragte sich, wie er es wieder hochkriegen sollte. Zu mir sagte er so gut wie nichts.

Das war wahrscheinlich auch gut so. Ich war mir ziemlich sicher, daß ich nicht hören wollte, was er dachte.

Aber aus der Luft hatte ich nicht erkennen können, daß der Mann tot war. Ich hatte erkennen können, daß er verletzt war, und ich hatte mit einiger Sicherheit sagen können, daß er angeschossen war, aber ich hatte nicht wissen können, daß er tot war. Und ich hatte gehofft, daß ich, wenn Harry das Flugzeug ganz in der Nähe landen könnte, schneller bei ihm wäre als ein Krankenwagen, der bis hierher mindestens zehn oder 20 Minuten brauchen würde. Ich hätte ihm vielleicht irgendwie helfen können.

Ich hatte gehofft, ihm helfen zu können.

Nicht nur, weil er Postbote war. Ich kannte ihn. Selbst aus der Luft hatte ich ihn erkannt, weil ich den Lieferwagen erkannte hatte. Ich dachte, er wäre inzwischen Rentner.

Berichtigung: Ich wußte, er war Rentner.

Roy Bassinger war 50 Jahre lang Postbote auf dem Land gewesen. Er war erst letzten Juli in Rente gegangen, sehr stolz, daß er in den ganzen 50 Jahren, die er im nordöstlichen Winkel von Tarrant County, Texas, Dienst getan hatte, nicht einen Tag gefehlt hatte. Aber selbst als Rentner konnte er nicht aufhören. Immer mal wieder hatte er ausgeholfen, weil er verhindern wollte, daß alles im Chaos versank. Das hatte er mir noch vor zwei Wochen erzählt, als ich ihn im Postamt getroffen hatte; er sagte, er habe darum gebeten, als Aushilfe eingesetzt zu werden, wenn mal jemand krank wurde.

Was, wie er sagte, anscheinend ziemlich oft vorkam.

Roy Bassinger war 72.

Und jetzt war Roy Bassinger tot, erschossen mit einer Schrotflinte auf dem Vordersitz seines eigenen, selbst lackierten, grell rot-weiß-blauen Pick-ups, des Wagens, an dessen Frontscheibe er stolz ein eigenhändig beschriftetes US-Mail-Schild angebracht hatte.

Ich kannte mal einen Postinspektor, der meinte, es gebe keinen besseren Job als Postbote auf dem Lande. Aber in diesem Fall konnte man das nicht behaupten.

Ein Wagen kam holpernd über die Straße, bremste scharf ab, und eine Tür schlug. Ich drehte mich um und sah Otto Castillo – ein komischer Name für einen Postinspektor –, eigentlich für jeden ein komischer Name; er hatte mir erzählt, daß sein Vater Kubaner und seine Mutter Deutsche sei –, der sich einen Weg um das Flugzeug herum suchte. Er hatte dahinter geparkt.

Der Verkehr wurde auf beiden Seiten umgeleitet. Zum Glück gab es nicht viel Verkehr zum Umleiten.

Na schön, ich hatte Mist gebaut. Wie Harry sagen würde – falls Harry jetzt zufällig mit mir sprechen würde –, Mama hat's vermasselt.

Aber auch Harry hatte Mist gebaut.

Wir hatten uns keinen sehr guten Platz ausgesucht, um ein einmotoriges Privatflugzeug zu landen, und ich hatte so eine Ahnung, daß ich das von einer ganzen Menge Leute noch eine ganze Weile zu hören bekommen würde.

Otto interessierte sich im Moment nicht dafür, wo irgendwer ein Flugzeug gelandet hatte. Er ging zu dem Pick-up, blickte hinein und sagte: »Verdammt.«

Ansonsten sagte er zunächst nichts. Er stand bloß da und schaute.

Dann sagte er: »Den Scheißkerl kriegen wir.«

»Klar«, sagte ich. Weil mir nichts Besseres einfiel. Ich meine, was soll man auch auf so eine Behauptung erwidern?

Er blickte mich an, kalt.

Mittlerweile gibt es Postinspektorinnen. Polizistinnen gibt es in einigen Städten (natürlich nicht in Fort Worth) bereits seit Anfang des Jahrhunderts.

Aber Otto Castillo hält nichts von Gleichberechtigung, und er war nicht darauf erpicht, mit mir zusammenzuarbeiten. Er würde trotzdem mit mir zusammenarbeiten müssen. Bei der Polizei von Fort Worth bekommt der erste Detective am Tatort den Fall – es sei denn, es gibt einen zwingenden Grund, der dagegen spricht, und Otto Castillos Vorurteile würden nicht als zwingender Grund durchgehen. Und in einer Situation wie dieser war die Kooperation von Bundesbehörde und städtischer Polizei erforderlich.

Nicht, daß Otto Castillo mich nicht leiden konnte, verstehen Sie. Er mag mich ganz gern. Er hat es selbst gesagt, schon häufiger. Er findet bloß, ich sollte da bleiben, wo ich hingehöre. Und das ist, seiner Meinung nach, nicht ein Polizeidepartment. Und wenn ich idiotischerweise unbedingt Polizistin sein will, dann sollte ich doch in einem etwas weniger rauhen Ressort arbeiten, zum Beispiel in der Abteilung Jugenddelikte.

Muß ich erwähnen, daß Otto in letzter Zeit nicht viel mit Jugendlichen zu tun hatte?

Er funkelte mich noch immer an. In seiner Wut hatte er bislang weder auf meine Kleidung noch auf meine Bauchgegend geachtet. Ich fragte mich, wie er reagieren würde, wenn ihm klar wurde, daß er nicht nur mit einer Frau zusammenarbeiten mußte, sondern noch dazu mit einer schwangeren Frau.

»Klar«, wiederholte er. »Klar. Klar, sagen Sie. Das klingt sehr einleuchtend. Hören Sie, Deb Ralston, wir sind hier nicht auf einem Kaffeekränzchen. Wir haben ein ganzes Heer von Postboten. Sie sind zu

Fuß unterwegs, allein, tragen Schecks mit sich herum, während die Polizei zu zweit unterwegs ist und bewaffnet ist. Wenn wir nicht ein Exempel statuieren, sobald es einen von ihnen erwischt, wie lange –«

»Ich verstehe Sie«, sagte ich zu ihm.

»Und wenn es eine Million Dollar kostet, wenn es vier Millionen Dollar kostet, wenn wir ein ganzes Laborteam aus Memphis einfliegen lassen müssen, wenn wir Hunde einfliegen lassen müssen, wenn wir –«

»Ich habe gesagt, ich verstehe Sie«, wiederholte ich.

»Schön. Sie verstehen mich. Also was, verdammt noch mal, beabsichtigen Sie in dieser Sache zu tun?«

»Ich werde jede Menge in dieser Sache tun, Otto«, sagte ich zu ihm. »Ich habe den Kopf voller Ideen, was ich tun werde. Und was werden Sie in dieser Sache tun?«

Er antwortete nicht. Er funkelte mich noch einmal kurz an und marschierte dann zurück zu seinem Wagen, wo er vermutlich per Funkgerät oder Autotelefon erörterte, was er tun würde.

In den meisten Städten arbeiten Postinspektoren allein, aber in Fort Worth befindet sich eins ihrer Regionalbüros, und falls nötig, könnte er ein ganzes Bataillon von Postinspektoren mobilisieren. Schön, wohl nicht gerade ein Bataillon. Vielleicht zehn oder zwölf. Aber für Postinspektoren ist das viel. Sie sind meist cleverer als Leute vom FBI oder Secret Service, zum Teil wohl auch deshalb, weil sie es gewohnt sind, allein zu arbeiten.

Auch netter, in der Regel. Vor allem netter als die Leute vom FBI.

Natürlich gibt es Ausnahmen. Es gibt immer Ausnahmen.

Ich blieb stehen und betrachtete den noch immer rauchenden alten Wagen. Endlich rückte die Feuerwehr an. Ich hatte zwischendurch immer mal wieder ihre Sirenen gehört, während sie versuchten, einen großen Löschwagen über unbefestigte Feldwege zu manövrieren, um an Harrys Flugzeug vorbeizukommen (jaja, schon gut, ich habe doch zugegeben, daß ich Mist gebaut habe) und zu dem Feuer zu gelangen, das mittlerweile ohnehin fast ausgegangen war.

Wenn die Bäume Feuer gefangen hätten, hätten wir dick im Schlamassel gesteckt. Aber glücklicherweise taten sie es nicht.

Ein Streifenwagen war bereits vor Ort, er stand auf der anderen Seite von dem Flugzeug neben Ottos Wagen, mit zwei Polizisten drin.

Ich konnte kaum glauben, daß wir uns noch innerhalb der Stadtgrenzen von Fort Worth befanden – ich hätte den Fall liebend gern den Kollegen von der County-Polizei übergeben –, aber der Kollege in der Zentrale, mit dem ich vom Streifenwagen aus über Funk gesprochen hatte, hatte mir versichert, daß es unser Fall war, ob wir nun wollten oder nicht. Die Stadtgrenzen, sagte er, benehmen sich manchmal merkwürdig.

Ich nahm an, daß die Streifenbeamten den Tatort abriegelten.

Nicht, daß es nötig gewesen wäre, ihn groß abzuriegeln; hierher verirrt sich kaum eine Menschenseele. An der Four Mile Road stehen vielleicht ganze sechs Häuser; am Ende biegt die Straße nach links und wird zu einem Fußpfad, der hinunter zu einem der x Arme von einem der x Bäche führt, die schließlich in den Trinity River fließen. Dieser Arm ist ein ziemlich unnützer kleiner Bach – es gibt zwar einen kleinen Teich, aber man kann darin weder fischen noch schwimmen, weil er voller Hornhechte ist. Harry und Hal haben einmal darin gefischt und einen fast zwei Meter langen Hornhecht gefangen, und Hal war so aufgeregt, daß er nicht auf Harrys Warnung gehört hat und dem Fisch mit einer Axt den Kopf abschlagen wollte, und natürlich ist die Axt zerbrochen. Ein Hornhecht, falls Sie das noch nicht wußten, hat ein Gebiß wie ein Alligator mit rund einer Million rasiermesserscharfer Zähne. Ich habe mal gesehen, wie einer ein Ruder durchgebissen hat. Ein gutes, neues Ruder. Obendrein sind Hornhechte gepanzert. Sie haben sich, so habe ich mir sagen lassen, seit der Zeit der Dinosaurier kein bißchen verändert. Ich kann mir denken, wieso. Nichts liegt mir ferner, als mich mit einem Hornhecht anzulegen. Ich vermute, so vermessen wäre höchstens ein ausgewachsener *Tyrannosaurus rex*.

Jedenfalls, obwohl ich mein ganzes Leben in Fort Worth verbracht habe, hatte ich keine Ahnung, daß es eine Straße gab, die nach links von der Four Mile Road abging. Ich erinnere mich nur an eine schmale Zufahrt –, so eine Zufahrtsstraße, die eigentlich ein Privatweg ist und zu einer Farm führt.

Aber die Zufahrtsstraße war geteert, und laut Stadtplan hieß sie jetzt Kelly Road, obgleich sie eigentlich nur zu der alten Joe-Kelly-Farm führte, die, soviel ich wußte, seit mindestens 15 Jahren verlassen war. Ich hatte damit gerechnet, daß sie irgendwann wegen Steuerrückständen zwangsversteigert würde und dann dort, wo einst die Kelly-Kühe grasten, Wohnanlagen aus dem Boden gestampft würden.

Das alte Farmhaus stand wahrscheinlich noch, obwohl es nach all den Jahren bestimmt unbewohnbar war, und bislang hatte niemand etwas anderes dort hingesetzt.

Doch aus irgendeinem Grund war der Postwagen in die Kelly Road eingebogen, und er hätte dort wohl einen Monat stehen können, mit

Bassinger tot auf dem Vordersitz, wenn Harry und ich nicht den Rauch gesehen hätten und der Sache auf den Grund gegangen wären.

Im Grunde bestand doch die Möglichkeit, daß man mir verzeihen würde, Harry zur Landung auf der Kelly Road bewegt zu haben, denn zumindest hatten wir das Verbrechen schnell entdeckt. Natürlich wäre es besser gewesen, er hätte das Flugzeug auf der anderen Seite von dem brennenden Wagen gelandet, also dort, wo die Kelly-Farm liegt, und nicht auf der Seite, wo die Four Mile Road verläuft.

Aber das konnte ich jetzt auch nicht mehr ändern.

Endlich war der Löschwagen da, er kam mit großem Trara und lauter Sirene und Gehupe heran, alles, um von der Tatsache abzulenken, daß er behäbige 15 Meilen die Stunde fuhr. Ich winkte dem Fahrer anzuhalten, und er ignorierte mein Zeichen, rumpelte schnurstracks an mir vorbei, um genau dort anzuhalten, wo der Täter – wer immer der Täter war – vielleicht Reifenspuren hinterlassen hatte.

Ich ging natürlich davon aus, daß der Täter motorisiert gewesen war. Ich hatte allerdings keine Reifenspuren gesehen, und er konnte genausogut zu Fuß gegangen sein. Vermutlich war er das, wenn das da sein ausgebranntes Fahrzeug war, was wahrscheinlich der Fall war. Na schön – auf diesem sandigen Straßenstück wären die Spuren ohnehin nicht zu gebrauchen gewesen, selbst wenn der Löschwagen nicht auf ihnen geparkt hätte.

Die Feuerwehrleute gingen mit großem Elan ans Werk und spritzten Wasser und irgendwelche Chemikalien auf das jetzt kaum noch brennende Auto, und ich stand da und sah ihnen zu. Sie zu beobachten war wenigstens eine gute Möglichkeit, nicht ständig auf Bassingers Leiche zu gucken.

Ich vermutete, daß Bassinger auf die Straße eingebogen war – aus welchem Grund, konnte ich mir nicht vorstellen – und einen Brandstifter auf frischer Tat ertappt hatte. Und der Brandstifter hatte Bassinger in Panik getötet, damit der niemandem erzählen konnte, was er gesehen hatte.

Mittlerweile hätten wir bereits wissen müssen, wem der Wagen gehörte, doch leider war Samstag, und die Kraftfahrzeugzulassungsstelle des County war nicht besetzt, und der Computer des Texas Crime Information Center war abgestürzt. Früher oder später würden wir es herausfinden; das Verbrechen war ein ganz einfacher Fall.

Und absolut sinnlos.

Der alte Mann, dessen schütteres weißes Haar nicht mehr ganz die rosa Kopfhaut bedeckte, lag ausgestreckt in der Fahrerkabine des

Postwagens, der Körper etwas nach rechts gerutscht und zurückgelehnt. Die Fahrertür war noch immer weit geöffnet, genau wie zu dem Zeitpunkt, als ich sie zuerst aus der Luft gesehen hatte, so daß wir das Ausmaß der Verletzung leicht erkennen konnten. Es war eine Brustwunde, eine große; Genaues würden wir erst wissen, wenn der Gerichtsmediziner fertig war, aber ich tippte schon jetzt auf eine Schrotflinte. Die Wunde war zu groß für ein Gewehr oder eine Handfeuerwaffe. Aber andererseits stammte sie auch nicht von einer besonders großen Schrotflinte, vorausgesetzt, die Waffe war nicht aus nächster Nähe abgefeuert worden.

Und das war sie nicht, sonst wären auf dem weißen Hemd schwarze Pulverrückstände zu sehen gewesen, selbst durch das Blut hindurch.

Also eine kleine Schrotflinte. Vielleicht eine .410er, vielleicht eine Signalpistole. Oder vielleicht, nur vielleicht, eine sehr feinkörnige Ladung in einer .38er oder einer .357er.

Ein überflüssiger Mord an einem harmlosen Opfer, um ein ganz gewöhnliches Verbrechen zu verschleiern. Bloß Brandstiftung. Und selbst wenn es Brandstiftung aus Profitgier gewesen war, was für eine Versicherungssumme würde man für ein so altes Auto bekommen? 200 Dollar? 300 Dollar? Dafür lohnte es sich kaum, die Prämien zu bezahlen.

Warum also die Mühe, es abzufackeln?

Das dachte ich damals.

In gewissen Dingen bin ich einfach erstaunlich schlecht informiert.

Kapitel 2

Es tut mir leid«, sagte ich zu Harry.

»Das sollte es auch.« Er starrte noch immer auf sein Flugzeug. »Wie zum Teufel soll ich das Ding nun wieder hochbringen?«

Die Antwort lag auf der Hand, und das wußte er genauso gut wie ich. Er würde eine Polizeieskorte brauchen, die ihm die Straße frei hielt, während er die Maschine den ganzen Weg zur Four Mile Road und bis zu einem langen Stück ohne Stromleitungen rollen ließ, damit er starten konnte.

Er würde es ohne mich machen müssen. Und auf alle Fälle würde er noch eine ganze Weile warten müssen. Nach der Landung des Flugzeugs, bei der Staub aufgewirbelt wurde, und der Ankunft des Löschwagens, bei der noch mehr Staub aufgewirbelt wurde, waren möglicherweise wenige, aber wertvolle Beweismittel auf dem Boden liegengeblieben. Doch diese wenigen Beweismittel wollten wir sicherstellen können. Otto Castillo, der Flüche auf englisch, spanisch, deutsch und, wie ich annahm, aztekisch ausstieß, war kurz weggefahren, nachdem er mir und den Streifenbeamten, die den Tatort abschirmten, gedroht hatte, uns den Kopf abzureißen, falls unbefugte Personen in die Nähe des Postwagens kämen.

Unter die Rubrik »unbefugte Personen« fiel, so Castillo, auch Harry. Deshalb konnte er nicht nur nicht weg, er konnte auch nicht nahe genug heran, um zu sehen, was los war. Im Moment konnte er sogar nicht einmal zurück zum Flugzeug. Er war durch den Bereich des Tatortes gegangen, auf einer absolut nichtssagenden befestigten Straße, zu dem Streifenwagen, und Castillo hatte ihn angewiesen, dort zu bleiben. Mittlerweile spazierten eine ganze Menge anderer Leute an ihm vorbei, darunter Captain Millner, der stellvertretende Leiter der Gerichtsmedizin Andrew Habib, sein Ermittler Gil Sanchez und Irene Loukas von unserer eigenen Spurensicherung. Habib pfiff fröhlich vor sich hin, wie es seine Gewohnheit ist, wenn er zu einem Mordopfer gerufen wird; später würde er anfangen, leise zu summen. Nicht summen im Sinne von Singen ohne Worte, sondern Geräusche machen wie »hmm« und »äh-hä« und »mm-hä« wie ein Zahnarzt mit dem Kopf im Mund seines bedauernswerten Opfers.

Ich finde Habib etwas sonderbar. Aber er ist unbestreitbar ein guter Gerichtsmediziner.

Sanchez, der fast am Postwagen war, drehte sich um. »Heh, Deb«, rief er, »komm doch mal her und erzähl uns, was du hier zu suchen hast?«

»Tut mir leid«, sagte ich wieder zu Harry.

Er antwortete nicht; zumindest antwortete er nicht mir. Er sagte leise etwas zu Bill Livingston, der noch immer am Steuer des Streifenwagens saß (soviel Abschirmung brauchte der Tatort), und ich hörte Bill lachen, als ich wieder die geteerte Straße hinunterwanderte.

Habib blieb direkt vor mir stehen, starrte auf das verbrannte grüne Auto und pfiff. »So ein Scheißkerl«, sagte er.

»Hä?« sagte ich.

»Was für ein Vandale –« Habibs Stimme bebte vor Wut, während er sachte eine schwarz angelaufene, ehemals grüne Heckflosse berührte.

»Hä?« wiederholte ich. Auch ich betrachtete das Auto. Es sah für mich noch immer wie ein altes – sehr altes – grünes Auto aus.

»Deb, das ist ein 57er Chevrolet!«

»Okay«, sagte ich. »Na und? Das heißt, er ist über 30 Jahre alt, stimmt's?«

Er brummte etwas, das sich anhörte wie ein ziemlich mißratener Werbespruch. »Projektgruppe 57er Chevrolets, Test auf der Alcan Rennstrecke.«

»Hä?« sagte ich zum drittenmal, diesmal, glaube ich, verzeihlicherweise. »Andy, wovon um alles in der Welt reden Sie?«

Er sah mich an. »Sie wissen es wirklich nicht?«

»Nein. Ich weiß es wirklich nicht. Alles, was ich sehe, ist ein altes Schrottauto. Offenbar sehen Sie etwas, was ich nicht sehe.«

»Donnerwetter. Ja. Offenbar sehe ich was, was Sie nicht sehen.« Er setzte seine Oberlehrermiene auf. »Also schön, wollen mal sehen, etwa um 55, 56, so um den Dreh, wurden die ersten Autos mit Heckflossen gebaut, und später, um 59, 60 herum, waren die Heckflossen richtig monströse Dinger geworden. Aber der 57er Chevrolet, Deb, hatte die allerbesten Heckflossen. Er war – ist – ein schöner Wagen. Ein Klassiker. Ein Sammlerstück. Das ist nun mal kein Auto, das jemand für das Geld von der Versicherung verbrennen würde, oder weil er eine alte Schrottkarre loswerden will, das ist alles.«

»Es sei denn, er wußte nicht –«

»Er kann es unmöglich nicht gewußt haben. Wer einen 57er Chevrolet fährt – oder wer einen aufgebockt hinter dem Haus stehen hat –, wird dauernd von Leuten angesprochen, die ihn kaufen wollen.«

»Aber wenn –«

»Jedenfalls«, fügte Habib mit Bestimmtheit hinzu, »hat jemand diesen hier liebevoll gepflegt. Hier, sehen Sie, wie glatt er hier ist, wo das Feuer nicht an die gewachsten Stellen gekommen ist?«

Ich guckte. Er hatte recht. Jemand hatte diesen Wagen gut gepflegt.

»Die Sache ist die«, sagte er weiter, »man könnte dieses Schätzchen jederzeit für verdammt viel mehr verkaufen, als man von der Versicherung bekommen würde. Und man würde den Wagen mit Sicherheit nicht wie Müll verbrennen, denn er ist kein Müll. Allein für die Karosserie bekäme man –«

»Okay«, unterbrach ich ihn. Ich bezweifelte nicht, daß er recht hatte. Ich kann mich nicht erinnern, daß Andrew Habib, mit seinen zahllosen Hobbys, irgendwann mal nicht recht hatte. Aber wenn der Wagen nicht wegen der Versicherung verbrannt worden war und auch nicht, um ihn einfach loszuwerden – »Der Wagen ist nicht von allein in Brand geraten. Jemand hat ihn in Brand gesteckt. Da bin ich mir sicher, der ist nämlich innen völlig ausgebrannt, und der Motorraum hat kaum was abbekommen. Und Andy, es ist um einiges schwieriger, den Innenraum eines Wagens in Brand zu setzen.«

»Ja?« Habib klang skeptisch. Dann zuckte er die Achseln. »Sie müssen es ja wissen.«

»Ich weiß es. Ich habe einige Kurse über Brandstiftung belegt. Und ich habe einige Fälle von Brandstiftung bearbeitet.«

Habib blickte noch immer auf den Wagen. »Dann war er ein Riesenscheißkerl.«

»Weil er einen 57er Chevrolet verbrannt hat? Ist ja egal, daß er auch einen alten Mann ermordet hat.« Meine Stimme muß ziemlich sarkastisch geklungen haben.

»Na ja, deshalb auch«, sagte Habib und richtete seine Aufmerksamkeit widerwillig auf die Leiche.

Das konnte er jetzt auch; alle notwendigen Fotos von der Leiche und dem Postwagen waren im Kasten, und die notwendigen, aber fruchtlosen Bemühungen, Fingerabdrücke von dem Lieferwagen zu nehmen – notwendig, weil sie nun mal zur Arbeit am Tatort gehörten, fruchtlos, weil es für den Mörder nicht die geringste Veranlassung gegeben hatte, überhaupt zum Postwagen hinüberzugehen –, waren abgeschlossen.

Habib werkelte eine Weile vor sich hin und hmmmte eine Weile vor sich hin, bis ich ihn daran erinnerte, daß er das Opfer für tot erklären mußte. Er wandte sich um und nickte verdutzt. »Hä? Oh, ja, natürlich ist er tot.«

»Danke, Doktor, für diese rechtliche Formalität.« Ich machte mir eine Notiz auf einem Fetzen Papier, den ich vom Boden des Flugzeuges aufgelesen hatte. Auf privaten Flügen nehme ich mein Notizbuch nicht mit; im Moment war ich noch nicht mal bewaffnet. »Opfer von Dr. Andrew Habib um –«, ich blickte auf meine Uhr, »– 14 Uhr zwei am Tatort für tot erklärt.«

Ich sah beklommen zu, wie Habib weiter vor sich hinwerkelte und hmmte. Ich arbeite nicht gerade gern an Fällen, bei denen ich das Opfer kenne, weil es mir schwerfällt, den Fall nur als einen Fall zu sehen, das Opfer nur als ein Opfer, einen namenlosen Teil der Hintergrundszenerie, der erforderlich ist, um aus einem Ort einen Tatort zu machen. Ich erinnere mich, wie zwei Polizeibeamte, die ich gut kannte, bei einer Hausdurchsuchung angeschossen wurden. Zum Glück haben beide überlebt, aber daß sie überleben würden, wußten wir erst zwei Tage später. Ich gehörte damals zum Team der Spurensicherung.

Ich gehörte gerade zum Team der Spurensicherung, und ich war in der Elk's Lodge, spielte Bingo und trank Bier, und jemand – ein Sergeant – kam und holte mich aus dem Bingo-Saal, und wir fuhren zusammen los, doch nach einer Weile beschlossen wir, bis zum nächsten Morgen zu warten und den Tatort bei Tageslicht zu untersuchen. Also lieferte der Streifenbeamte mich wieder in der Lodge ab, wo Harry geduldig auf mich wartete, und ich ging wieder zu ihm in die Bar, weil das Bingospiel zu Ende war, und ich ging von Bier zu Cocktails über. Sie waren ziemlich stark, aber an dem Abend war es, als würde ich Wasser trinken.

Schließlich gingen wir nach Hause, und am nächsten Morgen stand ich früh auf und fuhr zum Tatort. Die Opfer hatten Undercover gearbeitet, und daher führten Beamte von der Undercover-Abteilung die Durchsuchung durch, während der Erkennungsdienst den Tatort bearbeitete.

Wir haben es alle durchgestanden – haben alle durchgehalten –, indem wir ihre Namen nicht aussprachen. Ihren Rang nicht aussprachen. Sie immer nur als die Opfer bezeichneten. Die Opfer. Solange sie nur die Opfer waren, nicht Steve und Dale, konnten wir weitermachen.

Und das haben wir getan, bis am späten Nachmittag, als einer von den Undercover-Kollegen durch den Vorgarten ging, bemüht, nicht auf die blutgetränkten Verbandsstücke und sonstigen Utensilien zu achten, die die Leute vom Rettungsdienst liegengelassen hatten, und aus den Augenwinkeln etwas Goldenes auf dem Boden funkeln sah. Er ging in die Hocke. »Was ist denn das?« fragte er.

Und eine seiner Kolleginnen, die direkt hinter ihm stand, trat hinzu und hockte sich ebenfalls hin. »Das ist Steves heiliger Christophorus«, sagte sie, richtete sich wieder auf und stand da, mit der gerissenen Kette und dem kleinen goldenen Medaillon in der Hand.

Und wir alle, die fünf Polizeibeamten, die noch am Tatort waren, standen da und starrten auf die gerissene Kette mit dem kleinen goldenen Medaillon daran. Steves heiliger Christophorus, den wir immer an Steves Hals gesehen hatten, wobei das Medaillon genau in dem V seines Unterhemdes hing. Jetzt waren es nicht mehr »die Opfer«. Es waren Steve und Dale, die uns wichtig waren, und wir wußten nicht, ob sie leben oder sterben würden.

Schließlich sagte Gina, fast tonlos: »Ich bringe es ihm.«

Es gehörte zum Tatort. Ich hätte das Medaillon wieder ins Gras legen müssen. Ich hätte es fotografieren und in eine kleine Plastiktüte tun und die versiegeln müssen bis nach dem Prozeß.

Aber ich brachte es nicht übers Herz. »Ja«, sagte ich, »ja, mach das. Bring es ihm.«

Wir hatten kugelsichere Westen bestellt, für Beamte, die in eine gefährliche Situation geraten könnten. Als wir wieder im Büro waren, mit all unseren Fotos und all unseren Beweisstücken und Steves Heilige-Christophorus-Kette, lieferte der Mann von UPS gerade die Westen. Wir machten die Kartons auf, und der Sergeant von Steve und Dale nahm eine von den Westen heraus und hielt sie lange in den Händen und sah sie an. Er sagte nicht, daß die Lieferung drei Wochen Verspätung hatte. Er sagte nicht, daß Steve und Dale diese Westen am Abend zuvor eigentlich hätten tragen sollen. Er sagte nichts. Er hielt einfach die Weste in den Händen und sah sie lange an, und dann legte er sie zurück in den Karton und ging weg, auf leicht unsicheren Beinen, in Richtung Herrentoilette.

Ich habe nicht geweint. Da noch nicht. Ich habe einfach meinen Bericht geschrieben und bin nach Hause gefahren und habe angefangen zu trinken, und schließlich habe ich in meinem Sessel die Beine hochgezogen und habe dagesessen, Gesicht auf den Knien, und geschluchzt. Ich weiß nicht, wie lange ich geweint habe.

Gina erzählte mir später, sie sei nach Hause gefahren und habe zwei Stunden geweint.

Der Sergeant der beiden erzählte mir später, er sei nach Hause gefahren und habe sich betrunken und geweint.

Der Leutnant der beiden erzählte mir, er sei zum Schießstand gefahren und habe etliche Magazine leergeballert.

Mein Partner – ein zäher Bursche, ein Ex-Boxer, der Cop geworden war (nachdem Clint Barrington zum Büro des Sheriffs gewechselt war) – erzählte mir, er sei nach Hause gefahren und habe sich bis zum Gehtnichtmehr besoffen und dann bis fünf Uhr früh mit dem Kopf in der Kloschüssel gehangen und abwechselnd gekotzt und geweint. Ich glaubte ihm aufs Wort. Sogar bevor er darauf bestand, mir den klorandförmigen Bluterguß auf seiner Brust zu zeigen.

Wegen dieser Sache würde ich mich jetzt nicht betrinken und weinen. So gut hatte ich den alten Mann nicht gekannt; außerdem hat mein Arzt mich sehr eindringlich vor dem sogenannten embryonalen Alkoholsyndrom gewarnt, und ich darf derzeit keinem alkoholhaltigen Getränk näher als einen Meter kommen. Könnte sein, daß ich beschließe zu weinen, vielleicht aber auch nicht. An Tatorten weine ich weder, noch kotze ich.

Also stand ich einfach da und sah den alten Mann an, der zurückgelehnt in der mit Blut bespritzten Fahrerkabine des Pick-ups lag. Blaßblaue, rotgeränderte Augen starrten ausdruckslos durch eine goldgerahmte Bifokalbrille, die schief in dem engelhaft rosa Gesicht hing; der klaffende Mund ließ den allzu perfekten Perlglanz einer alten Vollprothese sehen. Das weiße Hemd aus einer seidig aussehenden Kunstfaser war geöffnet worden und zeigte ein weißes Baumwollunterhemd – runder Ausschnitt, kein V-Ausschnitt –, und Blut war auf die teure goldene Taschenuhr des alten Mannes gespritzt.

Irene Loukas und Bob Castle suchten den Boden nach Spuren ab, die uns entweder zu dem Mörder führen würden oder uns helfen konnten, ihm das Verbrechen nachzuweisen, nachdem wir ihn mit anderen Mitteln ausfindig gemacht hatten. Ich hielt es für ein aussichtsloses Unterfangen; die harte schwarze Teerdecke würde nicht das geringste hergeben, und der vorhandene Erdboden war mit Sand und Steinen bedeckt, die der Propeller des Flugzeugs aufgewirbelt hatte, und mit Wasser und Chemikalien von dem Löschwagen durchtränkt.

Und das Opfer war ohnehin nicht aus nächster Nähe erschossen worden. Der Mörder hatte keinen Grund gehabt, die Teerstraße zu verlassen.

Habib drehte sich um und gab die knappe Anweisung, die Leiche wegzuschaffen. Dann fügte er nachträglich hinzu: »Der Postinspektor ist doch auch fertig, oder?«

»Ich weiß nicht, wo der Postinspektor hin ist«, erwiderte ich.

»Ich bin hier.« Otto Castillo kam wieder zurück mit einem halbwegs zufriedenen Ausdruck im Gesicht. »Ja, Sie können die Leiche wegschaffen, aber rührt mir nichts im Wagen an.«

Habib wandte sich langsam um und blickte wieder auf den Pick-up. »Mister«, sagte er, »die Leiche wiegt über 100 Kilo. Wie wollen Sie die da rauskriegen, ohne irgendwas im Wagen anzurühren?«

»Das meine ich nicht«, sagte Castillo ungeduldig. »Ich meine die Post und so. Ich muß sie in Verwahrung nehmen und dafür sorgen, daß sie ausgeliefert wird.«

»Ausgeliefert?«

»Ausgeliefert«, wiederholte Castillo. »So lautet das Gesetz. Die Post muß ausgeliefert werden. Also geben Sie mir die Schlüssel, und wenn Sie mit der Leiche fertig sind, verriegeln Sie den Wagen. Und lassen Sie einen Streifenbeamten hier, der ihn bewacht.«

»Mister, das fällt nicht in meinen Zuständigkeitsbereich«, sagte Habib.

»Ich sorge schon dafür, daß der Tatort gesichert wird«, sagte ich zu ihm.

»Schön, wenn Sie mich jetzt entschuldigen –« Er ging die Kelly Road hinunter.

»Wohin wollen Sie?« fragte ich scharf.

»Das geht Sie nichts an.«

»Und ob mich das was angeht. Das hier ist auch mein Fall. Wohin wollen Sie?«

Das gefiel ihm nicht. Aber ich hatte recht, und das wußte er. »Wir haben über das Kennzeichen den Halter ermittelt«, verriet er zögernd. »Ein gewisser Patrick Kelly. Wohnhaft Kelly Road.«

»Aber ich dachte, da wohnt niemand –«

»Ist das hier die Kelly Road?«

»Das hier ist die Kelly Road. Aber –«

»Dann werde ich mal losschieben und mir Patrick Kelly ansehen.«

»Und ich komme mit«, sagte ich. »Moment, ich hole mir bloß eben ein Funkgerät.«

»Was in aller Welt wollen Sie mit einem –«

»Ich bin mal in eine Schießerei geraten und hatte kein Funkgerät dabei«, sagte ich, ohne zu erwähnen, daß das erst wenige Monate her war. »Das passiert mir kein zweites Mal.«

»Haben Sie vor, in eine Schießerei zu geraten?«

»Nein. Aber das hatte ich damals auch nicht.«

Castillo zuckte mit den Achseln, und ich borgte mir Bill Livingstons Walkie-talkie aus. Dadurch hatte er nur noch das Funkgerät in seinem Wagen, aber da er offenbar ohnehin nicht beabsichtigte, aus seinem Wagen zu steigen, war es sicherlich für ihn nicht von Nachteil.

Mein Arzt hat mir empfohlen, viel spazierenzugehen. Heute würde ich seinen Rat bestimmt beherzigen; es war gut eine Meile vom Tatort bis zu der Stelle, wo die Straße am Zufahrtsweg zu der alten Farm endete.

Eine alte Farm, die nicht mehr ganz so baufällig war wie das letzte Mal, als ich sie gesehen hatte, was so ungefähr vier Jahre her war. Jemand hatte sie kürzlich ein wenig hergerichtet. Der Rasen war gemäht worden, und zwar nicht mit einem Rasenmäher, sondern mit einem Traktor, so daß etwa zehn Zentimeter hohe Stoppeln stehengeblieben waren, und in einer Biegung der Straße lag ein Haufen Gras – wahrscheinlich wollte man den nächsten Regen abwarten, um es zu verbrennen, denn trotz der schweren Regenfälle im September waren die Wälder und Felder stellenweise trocken wie Zunder. Irgendwer hatte begonnen, das Haus grellgelb zu streichen, und an der Fassade lehnte eine hohe Leiter neben einem Fenster im ersten Stock. In dem zerfurchten Boden der Zufahrt waren Reifenspuren und Fußabdrücke.

Ein kleiner schwarz-brauner Hund stand auf, als wir näher kamen, und streckte die Vorderbeine, wobei das Hinterteil albern in die Luft ragte, richtete sich dann wieder auf, wedelte mit dem Schwanz und winselte vor Freude, bevor er erwartungsvoll zu einem leeren Metallnapf auf der Veranda vorm Haus ging. Es war kein Futternapf; daneben lag ein aufgerissener Beutel mit Hundefutter. Ich machte einen Schlenker zum Wasserschlauch, und der Hund trank gierig direkt vom Schlauch, ohne abzuwarten, bis die Schüssel voll war.

Castillo sah mir mit teilnahmsloser Miene zu, und dann, als ich wieder neben ihm war, klopfte er an den Türrahmen. An den Türrahmen, weil die hölzerne Tür offen stand und die alte Fliegengittertür lose in den Angeln hing.

Das war dumm. Einer von uns hätte an der Hintertür sein müssen. Sollte ich Castillo sagen, was er zu tun hatte, oder lieber nicht?

Staubige Baumwollknäuel waren mit Haarnadeln an den schwarzen Maschen des Gitters befestigt, um die Fliegen fernzuhalten, und der Holzrahmen, an dem der Draht befestigt war, hatte noch keinen frischen Anstrich. Die alte graue Farbe war kreidig, rissig und löste sich langsam zu Pulver auf.

Niemand würde Castillo sagen müssen, was er zu tun hatte.

Niemand kam aus der Hintertür. Niemand würde jetzt, freiwillig, in dem Haus sein. Ich konnte das Schwirren der Fliegen hören, und ich konnte riechen, was sie umschwirrten.

Castillo schnupperte und drehte sich um, nahm mich grob am Arm und drehte auch mich um. »Was soll das?« fragte ich.

»Sie müssen da nicht reingehen«, sagte er zu mir in einem groben Anflug von Ritterlichkeit. »Ist nicht dieser Gerichtsmediziner, wie heißt er noch gleich, Philip Habib –«

»Philip Habib ist ein Botschafter«, unterbrach ich ihn. »Der Gerichtsmediziner heißt Andrew Habib.«

»Sie können ihn herholen. Sie wissen ja, was in dem Haus ist.« Castillo öffnete die Tür.

»Nein, ich weiß nicht, was in dem Haus ist«, sagte ich.

»Wir wissen doch beide –«

»Nein, Otto, Sie irren sich«, sagte ich. »Ich weiß, in was für einem Zustand sich das, was in dem Haus ist, befindet. Mehr aber auch nicht. Ich weiß nicht, was in dem Haus ist. Und ich muß es herausfinden. Sie nicht. Sie sind Postinspektor. Sie sind für das dahinten auf der Straße zuständig. Aber ich bin für das hier drinnen zuständig, und ich muß da reingehen. Sie können mitkommen, wenn Sie wollen. Aber Sie müssen nicht.«

Castillo ließ meinen Arm los.

Ich öffnete die Fliegentür.

Eine staubige Diele, schwach erhellt vom frühen Nachmittagslicht, dunkel der Hartholzboden und die Stufen einer Treppe, die zum Teil mit einem verschlissenen, verstaubten rosenroten Teppich belegt waren. Ein braungestrichenes Geländer flankierte die Treppe; geschlossene braungestrichene Türen waren links und rechts von dem schmalen Flur, der schnurgeradeaus führte, rechts vorbei an der Treppe bis zu einer dritten geschlossenen braunen Tür. Generationen von Käfern hatten ihre Rückenschilde entlang den Fußleisten hinterlassen, und die geblümte Tapete hing voller Spinngewebe.

»Hier kann doch unmöglich jemand gewohnt haben«, sagte Castillo. Aber er klang unsicher.

Der Geruch war innen stärker, und das Fliegengesumm setzte sich irgendwo links und weiter hinten fort. Abgesehen davon war es vollkommen still.

Castillos rechte Hand ruhte jetzt auf dem Griff seiner Waffe. Ich hatte nichts dagegen; ich hielt es sogar für eine recht gute Idee. Mit der linken Hand umschloß er den ersten Türknauf. Er riß die Tür auf und ließ sie mit Wucht nach hinten gegen die Wand prallen, so daß irgend etwas auf den Boden krachte. Das Krachen schien in der Stille widerzuhallen, und das einzige andere Geräusch war das Summen, noch lauter, der Fliegen. Jetzt, wo die Tür auf war, wurde der Geruch jäh stärker.

Ein überladenes viktorianisches Zweiersofa, das mit einem beigefarbenen Chintzstoff, auf dem riesige Zentifolien prangten, bezogen war, war so stark von schwarzem Schimmel überzogen, daß es aussah wie angekohlt; ein riesiger Fleck an der Decke deutete auf alte, nicht reparierte Löcher im Dach hin. Zwei Queen-Anne-Stühle, ähnlich bezogen, flankierten einen wackeligen runden Tisch im Chippendale-Stil, auf dem eine kunstvolle Kerosinlaterne stand; sie war mit Jetperlen und Glasprismen verziert, die jedoch jetzt im Halbdunkel nicht in allen Regenbogenfarben glitzerten. In dem verrußten Kamin lag nichts außer verrosteten Feuerböcken, noch mehr Käferschalen und etwas Abfall, der vielleicht vom Fußboden dort hineingefegt worden war.

Das Krachen war von einer Porzellanvase gekommen, die durch das Aufreißen der Tür von einem langen Wandtisch gestoßen worden war.

Etwas verspätet fragte ich mich jetzt, ob wir überhaupt das Recht hatten, hier im Haus zu sein. Laut Entscheidung des obersten Gerichtshofs müssen wir heutzutage einen Durchsuchungsbefehl haben, um einen Tatort zu untersuchen, und natürlich sind unsere Rechte, Privatgrundstücke zu betreten, schon immer recht eingeschränkt gewesen.

Aber zweifelsohne würde jeder vernunftbegabte Mensch, ob nun Polizeibeamter oder nicht, wenn er roch, was wir rochen, hineingehen, um der Sache auf den Grund zu gehen. Sicherlich würde das jedes Gericht in Betracht ziehen. »Hier rein«, sagte ich und ging wieder voran.

Ein alter Linoleumboden, leicht grünlich, aber durch vieles Begehen und Schrubben an den meisten Stellen weiß verwittert. Ein Gasofen auf vier geschwungenen blaßgrünen Beinen, der schwarz von altem Fett war und an dem das Porzellan von dem darunter befindlichen Gußeisen abblätterte. Ein weißer emaillierter Tisch und zwei alte

Stühle aus Metall und gelbem Resopal. Eine elektrische Glühbirne, 100 Watt, baumelte an nackten Drähten über einem kleinen Spülstein, um den Raum zu erhellen.

Das Licht war eingeschaltet, und ein Schwarm Fliegen surrte über etwas, das in eine Steppdecke eingewickelt war und auf dem Küchenboden lag.

Ich beugte mich vor, um besser sehen zu können.

Vielleicht war das Patrick Kelly. Ich wußte es nicht. Aber selbst wenn ich ihn gekannt hätte, hätte ich jetzt nicht sagen können, wer das hier war. Die Schrotladung hatte ihn vor mindestens zwei Tagen am Unterkiefer erwischt, und Nagetiere – ich tippte auf Ratten oder Opossums – waren durch die offene Hintertür hereingekommen und hatten die Leiche angefressen, so daß die Gesichtshaut völlig verschwunden war und noch nicht verwesende Muskeln freilegte, die an blanken Knochen befestigt waren.

Ich hörte, daß Otto Castillo hinter mir stehenblieb. Wie ich starrte er bestimmt auf den deutlich erkennbaren Kieferknochen, den die Aasfresser freigelegt hatten.

»So was habe ich noch nie gesehen«, sagte er.

»Ich auch nicht«, pflichtete ich ihm bei, unfähig, den Blick abzuwenden. »Sieht ein bißchen aus wie Vincent Price, nicht?«

»Nee. Nicht gräßlich genug. Müßte eigentlich, ist aber nicht. Es sieht fast – es sieht fast so aus wie ein biologisches Demonstrationsstück, das die Gesichtsmuskeln und -knochen zeigt. Na ja.« Ich hörte einen langen, tiefen Atemzug. »Ganz bestimmt braucht man Fingerabdrücke, um das da zu identifizieren. Haben Sie sich die Hände angesehen?«

»Sie sind intakt.« Das waren sie. Es war nicht heiß; die Hände waren kaum verwest. Abgebissene Fingernägel. Weiße Haare, die auf Fingern wuchsen, deren Knöchel geschwollen waren – vielleicht Arthritis? Beanspruchte Hände, blasig, aber nicht schwielig, nicht rauh – er hatte bis vor kurzem nicht viel mit den Händen gearbeitet; die Blasen zeugten davon, daß er erst vor gar nicht langer Zeit ungewohnte körperliche Arbeit verrichtet hatte. Tätowierungen, wie man sie von Gefängnisinsassen kennt – L-O-V-E unterhalb der Finger auf dem rechten Handrücken, H-A-T-E auf dem anderen. Das war zwar nicht unbedingt ein Beweis, aber es gab Anlaß zu vielen Vermutungen.

Zumindest dahingehend, daß es recht einfach sein müßte, ihn zu identifizieren, ob er nun Patrick Kelly war oder nicht – und plötzlich erinnerte ich mich daran, wer Patrick Kelly war.

Aber – die Hände in gutem Zustand, das Gesicht von Nagern angefressen, aber ansonsten nicht in schlechter Verfassung; was sagte mir das?

Erstaunlicherweise kam Otto Castillo vor mir drauf. »Der Geruch kommt von was anderem. Woher?«

Und dann wußte ich es. Ohne groß nachzudenken, stand ich auf, drehte mich um, stieß die schlechtsitzende Tür der Speisekammer hinter mir auf und schrie unwillkürlich auf. Otto fuhr jäh herum. »Was ist los?«

Normalerweise schreie ich nicht bei der Arbeit. Ich glaube sogar, daß ich es bislang noch nie getan habe. Aber jetzt suchte ich blindlings Trost. »Oh, nein, ich hatte heute eine Anzeige wegen eines vermißten Kindes, und ich habe nicht mal die Meldung aufgenommen, weil –«

»Wie alt? Mädchen oder Junge?« Ottos Stimme klang so erschüttert, wie ich mich fühlte. Aber er war es nicht, der die Meldung nicht aufgenommen hatte.

»Mädchen. Sechs. Sechs – ein ganz kleines Kind. Falls sie das da drin ist –«

»Das ist keine Sechsjährige, und wie lange ist sie schon tot? Länger als der in der Küche, aber wie lange? Sie haben doch mit so was mehr Erfahrung als ich. Wie lange? Länger als die Kleine, von der Sie heute gehört haben, daß sie vermißt wird?«

»Die hier – eine Woche vielleicht. Vielleicht nicht – oder vielleicht länger. Heute ist es kühl, aber ich weiß nicht, vielleicht hatten sie vorher die Heizung an, und das würde – es beschleunigen, je nachdem –«
Ich beruhigte mich schnell. Er hatte recht. Das hier war auf keinen Fall Candy Mossberg. »Sie haben recht. Das hier ist ein anderes Kind. Sie wird so neun oder zehn sein. Aber woher kommt sie? Wir haben keinerlei Meldungen über –«

»Von einer konfessionellen Privatschule, würde ich sagen«, sagte Otto. »Ich meine der Kleidung nach zu urteilen.«

Dunkelgrün und blaukarierter Rock, mit exakten Falten. Karierte Weste und blauer Blazer über einer kurzärmeligen weißen Bluse. Kein Mantel. Sie hätte einen Mantel tragen müssen. Es ist mittlerweile morgens kalt, und ganz gleich, was der Wetterbericht sagt, zu dieser Jahreszeit ist es immer möglich, daß plötzlich ein kalter Sturm von Norden aufzieht. Aber kein Mantel. Kein Pullover. Weiße Kniestrümpfe, ein einziger schwarzer Sportschuh – der andere war bestimmt irgendwo verlorengegangen – und braunes Haar.

Und es war nur zu hoffen, daß sie schon mal bei einem Zahnarzt in Behandlung war, denn sonst wäre sie wohl kaum je eindeutig zu identifizieren. Es mußten Hunderte von Fliegen, Tausende von Maden sein; die auslaufenden Körperflüssigkeiten hatten sich in Lachen auf dem Boden gesammelt und sickerten durch Risse an manchen Stellen in den Unterboden oder ins Erdreich unter dem Haus, und Ameisen waren dem Geruch gefolgt. Das Gesicht war praktisch nicht mehr vorhanden. Die gerillte Haut der Fingerkuppen, die bei einem so kleinen Kind stets fein und zart ist, war völlig verschwunden.

Wie sie gestorben war, konnte man unmöglich sagen. Nur daß sie an Händen und Füßen gefesselt gewesen war, als es geschah.

Kapitel 3

Hören Sie, wir versuchen, in einem solchen Fall jede Publicity zu vermeiden«, sagte FBI-Agent Darren Fletcher. »Und wir hatten nicht den geringsten Grund zu der Annahme, daß man sie aus der Gegend von Dallas weggebracht hatte. Ich meine, wir haben die Sache so bearbeitet, als wäre sie herausgeschafft worden, weil über 24 Stunden vergangen waren und es eine Lösegeldforderung gegeben hatte und wir die Möglichkeit in Betracht ziehen mußten, daß – aber verdammt, wir hatten einfach keinen Grund –«

»Tja, sie ist aber hier, so sicher wie das Amen in der Kirche«, sagte der andere FBI-Mann, ein junger Bursche namens Eddie Cohen, den ich vor einem Jahr kennengelernt hatte. »Es sei denn, es wird noch ein weiteres Kind in Saint Ursula vermißt.«

»So was darfst du nicht mal denken«, wies Fletcher ihn zurecht. Er wandte sich an Millner, der theoretisch der Boß meines Bosses und Chef der Kriminalpolizei von Fort Worth ist. »Dallas wird sich mit Ihnen in der Sache in Verbindung setzen.«

Habib, der sich hmmend an der größeren Leiche zu schaffen machte, blickte ungläubig auf. »Dallas wird sich – Moment mal, soll das heißen, das FBI will diesen Fall nicht bearbeiten?«

Ich setzte zu einer Antwort an, doch Neal Ryan, der eher wie ein Gelehrter aussieht und dessen einziges Zugeständnis an die traditionelle Vorstellung von den Texas Rangers seine handgearbeiteten Lederstiefel sind, kam mir zuvor. »Das ist kein Verbrechen auf Bundesebene.«

»Aber ich hab' gedacht, Kidnapping wäre immer –«

»Nee, nee«, sagte Fletcher. »Nicht, wenn der Fall innerhalb eines Bundesstaates bleibt.«

Was mischte Habib sich da überhaupt ein, fragte ich mich. Schließlich bearbeitete er den Fall nicht. Seine einzige Aufgabe war es, die

Todesursache festzustellen, die im Falle des Postboten und von Patrick Kelly auf der Hand lag. Und mit der Leiche des Mädchens hatte er noch nicht mal angefangen.

»Aber ich dachte, nach so vielen Stunden –«, protestierte er weiter.

Fletcher seufzte zwar nicht hörbar, aber sein Gesichtsausdruck seufzte für ihn. »Nach 24 Stunden, wenn es nach einer richtigen Entführung aussieht – es sei denn, wir ignorieren die 24-Stunden-Vorschrift, weil eine Lösegeldforderung vorliegt oder es sonst richtig ernst aussieht –, kann man von der berechtigten Annahme ausgehen, daß die Sache die Grenzen des Einzelstaates überschreitet, und wir steigen in den Fall ein. Wenn dann aber das Opfer innerhalb des fraglichen Staates gefunden wird, tot oder lebendig, haben wir nichts mehr damit zu tun. Wir leisten Unterstützung bei allem, worum man uns bittet, und zwar gern. Aber zuständig ist der Staat Texas und die Stadt Dallas, wo die Entführung stattgefunden hat, und die Stadt Fort Worth, wo die Leiche gefunden wurde.«

»So ist es nun mal, und so bleibt es auch«, fügte Captain Millner hinzu. »Deb –«

»Ich weiß«, sagte ich. »Ich bin dran, also bleibe ich dran.«

»Das haben Sie jetzt richtig taktvoll ausgedrückt«, sagte Millner.

»Ich bleibe auch dran«, sagte Ryan. Er fügte hinzu: »Ich mag solche Fälle nicht. Kindesmorde, meine ich. Ich mag keine Kindesmorde. Also schön. Der Reihe nach. Kelly – falls der da drüben Kelly ist, und das ist recht wahrscheinlich – hat sich mit jemandem zusammengetan, um die Entführung durchzuziehen. Und sie haben sie durchgezogen, und dann sind sie hierhergesaust, um die Kleine zu verstecken. Und dann ist die Kleine gestorben, oder sie haben sie umgebracht oder so, aber sie haben das Lösegeld trotzdem kassiert. Natürlich.«

»Natürlich«, echote ich und versuchte, mir vorzustellen, was das für ein Verstand war, dem Geld mehr bedeutete als das Leben eines Kindes.

Ich konnte es mir nicht vorstellen. Und ich war froh, daß ich das nicht konnte.

»Und dann haben sie sich gestritten«, fuhr Ryan fort. »Und dann hat er – wer immer er auch ist – Kelly erschossen. Und dann hat er Kellys Wagen verbrannt, was nicht den geringsten Sinn macht, und der Postbote hat ihn dabei überrascht, und er hat den Postboten erschossen. Einverstanden? Okay. Dann müssen wir jetzt also nur noch rauskriegen, wer es getan hat und wo er sich jetzt befindet und wo er die 250 Riesen versteckt hat. Und das alles sind keine Verbrechen auf Bundesebene. Wieso«, fragte er, »sind denn dann das FBI und der Postinspektor hier?«

»Er hat einen Postboten getötet«, sagte Castillo. »Meinen Sie, das ist kein Verbrechen auf Bundesebene?«

»Natürlich ist es das, aber es ist nicht hier passiert und –«

»Beides hängt zusammen. Ganz bestimmt.«

»Okay. Aber wieso das FBI?«

»Um Unterstützung zu leisten«, sagte Fletcher vorsichtig.

Ich verstand Ryans Einwände. Ich sah es genauso, meistens. Es ist doch so: Wenn das FBI und die örtliche Polizei zusammenarbeiten, lauten die Schlagzeilen »FBI löst Fall«. Das FBI mag Publicity – und davon jede Menge. Wenn die örtliche Polizei und der Secret Service zusammenarbeiten, lauten die Schlagzeilen »Örtliche Polizei und Secret Service lösen Fall«. Auch der Secret Service mag Publicity, aber nicht so sehr wie das FBI. Wenn sie die Wahl hätten, würden die meisten örtlichen Polizeibehörden lieber mit den Postinspektoren zusammenarbeiten. Denn dann lauten die Schlagzeilen »Örtliche Polizei löst Fall«. Die Postinspektoren mögen keine Publicity.

Aber diesmal war es mir egal, wer die Schlagzeilen bekam. Ich wollte nur, daß der Fall gelöst wurde, je früher desto besser.

»Ich würde bestimmt lieber nach Hause gehen«, platzte der jüngere FBI-Agent – Cohen – heraus, und seine Stimme dröhnte laut durch den stillen Raum. »Es stinkt hier drin.«

Fletcher drehte sich um und starrte ihn an, und plötzlich war er ganz kleinlaut. »Tut mir leid«, murmelte er.

Cohen hatte schon Leichen von Ermordeten gesehen. Ich wußte das, weil ich dabei war, als er seine erste Leiche sah. Er rannte zur Vordertür hinaus, um sich in das Blumenbeet zu übergeben. Seitdem hatte er einiges erlebt – er hatte sich nicht beim Anblick des Kindes übergeben müssen –, aber dennoch, ein ermordetes Kind erschüttert jeden beim ersten Mal. Und beim 5000. Mal. Bei Erwachsenen gewöhnt man sich dran, bei Kindern nie.

Castillo schien ihn überhaupt nicht gehört zu haben. »Verdammt, ich habe Bassinger gekannt«, sagte er, »und ihn umzubringen kommt mir fast ebenso sinnlos vor, wie die arme Kleine da drin zu töten – wie heißt sie noch gleich?«

»French. Helen French. Ihr Vater hat eine große Chevrolet-Vertretung am Central Expressway in Dallas.«

»Einzelkind?« fragte Millner. Es kommt öfter vor, daß Einzelkinder Opfer von Entführungen werden.

»Das fünfte von acht«, antwortete Fletcher. »Spielt das eine Rolle? Ich habe fünf. Man liebt sie nicht weniger, nur weil man mehr hat. Ach zum Teufel – jemand soll die verdammten Leichen wegschaffen lassen.« Er wandte sich ab, aber ich konnte noch sehen, daß ihm Tränen in den braunen Augen standen.

»Ich weiß nicht mal, wo ich anfangen soll«, sagte ich und stocherte unglücklich an einem einzelnen Blatt Kopfsalat herum, das mit einem kleinen Klecks Dressing dekoriert war.

»Du könntest damit anfangen, daß du dein Abendessen ißt«, sagte Harry.

Otto Castillo, der uns zum Essen bei Cattleman's begleitet hatte, blickte von mir zu Harry und wieder zu mir. Er sagte kein Wort, aber ich wußte, was er dachte. Ich sah den angewiderten Ausdruck in seinem Gesicht, und offen gesagt war mir das in diesem Moment egal. Ich hätte heute eigentlich gar keinen Dienst gehabt; ich war am Vormittag zur Arbeit gegangen, weil einige meiner Kollegen zum Gericht mußten. Um die Mittagszeit hatte ich Feierabend gemacht, um etwas mit meiner Familie zu unternehmen, und jetzt, um halb acht, war ich wieder mitten in einem Fall, und es war völlig klar, daß mein Wochenende mal wieder im Eimer war. Eigentlich sollte mir der alte Postbote leid tun, und das kleine Mädchen und die Familien der Opfer, und dem war auch so. Aber ich tat mir auch selbst leid – so idiotisch das war.

Harry blickte noch immer vielsagend auf meine leere Gabel. Ich legte sie neben den Teller.

»Ich habe keinen Hunger«, sagte ich. »Ich habe doch die Sandwiches gegessen –«

»Vor sieben Stunden. Fast.« Harry klang genervt.

»Was?« sagte ich.

»Vor fast sieben Stunden hast du ein Sandwich gegessen. Eins. Nicht mehrere. Und ich glaube sogar, du hast es nicht mal aufgegessen. Iß dein Abendessen. Dadurch, daß du darüber nachbrütest, wird die Kleine kein bißchen weniger tot.«

Ich nahm ein kleines Stück Salat, kaute es gründlich, schluckte und trank ein Schlückchen Eiswasser. »Ich habe keinen Hunger.«

»Sie werden doch wohl nicht krank?« fragte Castillo. Erstaunlicherweise waren ihm noch immer nicht meine Kleidung oder mein Bauch aufgefallen, oder aber sie waren ihm aufgefallen, und er hatte sich einfach nichts dabei gedacht.

»Nein, ich werde nicht krank«, zischte ich ihn an und aß den Rest meines Salates, so schnell ich konnte, während die Kellnerin die Teller mit Steaks und Kartoffeln brachte.

»Ist Patrick Kelly von hier?« fragte Otto Castillo.

»Ja. Wieso fragen Sie?«

»Am Tatort haben Sie gesagt, Sie wüßten, wer Patrick Kelly ist. Oder war. Was soll das heißen? Schließlich leben wir nicht in einem Kuhdorf; Fort Worth kommt zwar nicht an Dallas ran, aber es ist immerhin eine ziemlich große Stadt. Was soll das heißen, Sie wissen, wer Patrick Kelly war?«

»Die Geschichte hat vor langer Zeit ziemlich viel Wirbel gemacht«, erwiderte ich. »Ich war damals in der High-School, als es passierte.«

»Als was passierte?« Einige Leute haben viel Geduld mit meiner weitschweifenden Erzählweise. Otto Castillo nicht.

»Am besten erzähle ich alles von Anfang an«, sagte ich.

»Tun Sie das.«

Harry versuchte, ein Grinsen zu unterdrücken – erfolglos. Er sagt immer, so weitschweifig, wie ich erzähle, würde ich sogar einen Heiligen in den Alkoholismus treiben; er genoß es, daß Otto mich mitten im Satz unterbrach, so, wie er es immer tat. Ich versuchte, von Anfang an zu erzählen. Aber bei vielen Geschichten ist es schwierig zu sagen, wo sie anfangen. »Sie waren acht Kinder«, sagte ich. »Zumindest glaube ich, es waren acht.« Ich hielt inne, zählte an den Fingern ab und versuchte, mich an mein zweites Jahr in der High-School zu erinnern. »Na ja, sieben oder acht; ich bin mir nicht sicher, ob es drei Mädchen oder vier waren. Audrey und Roma und Lantana –«

»Lantana?« unterbrach mich Otto und zog die Augenbrauen hoch.

»Lantana. Ehrenwort. Ich denke, das sind alle. Ich denke, es waren sieben, drei Mädchen und vier Jungs. Patrick war der Älteste. Und Richard und Oliver und Harrison – er wurde Sonny genannt, weil er der Kleinste in der Familie war. Und auch weil es die Kurzform von Harrison ist, schätze ich.«

»Okay«, sagte Otto. In seiner Stimme lag Resignation, und plötzlich wurde mir klar, daß er sich jetzt so fühlen mußte, wie ich mich gefühlt hatte, als ich versuchte, Deborah Mossberg irgendwelche Informationen zu entlocken. Aber er brauchte dieses Hintergrundwissen, um den Rest der Geschichte zu verstehen, und das würde er schon bald einsehen.

»Also, die Mädchen haben alle geheiratet«, sagte ich. »Roma hat einen Burschen namens Carl Gilbert geheiratet, ich kenne ihn flüchtig – er war zwar viel älter als ich, aber einer meiner Brüder war mit ihm in einer Klasse. Er war ein ziemlicher Mehlsack.«

»Ein Mehlsack?« wiederholte Otto.

»Na, Sie wissen schon – einer, der nichts ganz falsch oder ganz richtig machte. Eben irgendwie mittelmäßig. Ich habe gedacht, er würde später Buchhalter oder so was werden. Jedenfalls sind sie schließlich weggezogen. Und Audrey hat auch geheiratet, aber ich weiß nicht, wen – niemanden, den ich kannte –, und sie ist auch weggezogen. Und dann hat Lantana Billy Jack Turner geheiratet, und die beiden haben zusammen Turner's Mobile Home Park geführt.«

Otto blickte verwirrt drein, aber Harry nickte wieder. Trotz des kalifornisch klingenden Namens ist Turner's Mobile Home Park eine Wohnwagensiedlung im Stil der fünfziger Jahre abseits von der Belknap Street, knapp außerhalb der Stadtgrenzen von Fort Worth.

»Und dann sind ihre Eltern – wie ich gehört habe, waren sie vor der Depression ziemlich betucht, aber als ich sie kannte, waren sie bloß noch Farmer, die ihr Land selbst bestellten, und dabei bitter arm – kurz hintereinander gestorben. Und Oliver ist bei einem Autounfall ums Leben gekommen, und Richard ist Sergeant in der Armee, und er ist dauernd in Alaska oder Deutschland oder sonstwo. Oder war. Mittlerweile müßte er wohl im Ruhestand sein, aber ich weiß nicht, wo er lebt. Jedenfalls wohnten also nur noch Patrick und Sonny hier. Patrick hat das alte Farmhaus der Familie behalten.«

»Das wir heute gesehen haben? Wo die Leichen lagen?« Inzwischen war Otto ganz Ohr.

»Genau. Und Sonny – tja, der hat getrunken und Billard gespielt und Bowling und –«

»Das kostet doch alles Geld. Wie hat er –«

»Oh. Tja, ich weiß nicht. Manchmal hat er als Zimmermann gearbeitet, und er hatte hier und da Gelegenheitsjobs, und ich glaube, ein-, zweimal hat er kurze Zeit bei einer Firma gearbeitet, die Wohnwagen herstellte. Irgendwie ist er zurechtgekommen. Und ich glaube, er hat bei Patrick geschnorrt. Patrick war inzwischen Polizist geworden. Bei der Stadt. In Fort Worth. Er hatte es zu keinem höheren Dienstgrad gebracht – bloß Streifenpolizist, und damals ging man zum Teil noch zu Fuß auf Streife –«

»Wie lange ist das her?« unterbrach Otto mich.

»Genau weiß ich es nicht mehr; ich war in der zehnten Klasse, aber ich weiß nicht mehr genau, welches Jahr das war, vielleicht 58, 59, so um den Dreh.«

»Okay, und was ist dann passiert? Ich denke, wir haben genug Hintergrundinformationen.«

»Zunächst einmal hat Patrick geheiratet. Ihr Name war – Mann, wie hieß sie noch gleich? Mary? Carrie? Irgendwas Kurzes – jedenfalls, sie war einiges jünger als Patrick, und sie war, na ja, dümmlich trifft es wohl am besten. Sehr jung, sehr – flatterhaft. Wohlgemerkt, ich war damals 15 oder 16. Und selbst mir kam sie dümmlich vor.«

»Aber du warst schon immer etwas frühreif«, sagte Harry. Er hatte aufmerksam zugehört, während er eine Folienkartoffel aß.

»So reif nun auch wieder nicht. Sie war bloß schrecklich jung für ihr Alter. Sie benahm sich wie eine aus der siebten Klasse. Und sie war bestimmt schon 19, 20 – so alt, daß sie mir schon uralt vorkam. Jedenfalls, Sonny –« Ich wollte gar nicht innehalten. Aber ich hatte mit vollem Mund gesprochen, mein Magen hatte aus unerfindlichen Gründen beschlossen, daß er doch Hunger hatte, und mein Mund war wieder leer geworden. Ich langte nach einem weiteren Stück Kartoffel, und Otto nutzte die Gelegenheit: »Die alte Geschichte?«

»Ja. Im großen und ganzen. Es gab eine Party. An einem Samstag abend. Eine Überraschungsparty an Patricks Geburtstag. Und Sonny und – Susie, so hieß sie, Susie – haben sich heimlich in die Gartenlaube verzogen. Und Patrick hat sie erwischt.«

»Ach? Dann hat er –«

»Da noch nicht. Susie ist dann in Tränen aufgelöst wieder ins Haus gegangen, und Sonny ist fluchend davongestürmt, und die Party war zu Ende. Meine Mutter war auf der Party, und ich weiß noch, daß sie ganz aus der Fassung war, als sie nach Hause kam.«

»Es gehört einiges dazu, deine Mutter aus der Fassung zu bringen«, bemerkte Harry ruhig.

»Ja. Aber sie war aus der Fassung. Nicht so sehr wegen der Situation, sondern weil sie es sozusagen an die Öffentlichkeit gebracht hatten. Sie wissen schon, seine schmutzige Wäsche hat man gefälligst in den eigenen vier Wänden zu waschen. Jedenfalls, ich denke, Patrick hat darüber nachgegrübelt. Ausgiebig. Und dann am Montag darauf kam er während seines Streifendienstes aufs Revier. Er hat seinem Sergeant erzählt, er wäre krank, und hat seine Uniform ausgezogen und Jeans und T-Shirt an und hat gesagt, er ginge nach Hause, aber statt dessen ist er losgezogen und hat seinen Bruder gesucht. Am späten Nachmittag hat er ihn dann vor der Shiloh-Baptistenkirche gefunden, wo gerade irgendeine Jugendveranstaltung stattfand. Es wimmelte nur so von Jugendlichen. Aber das hat Patrick nicht gestört. Ich schätze – ich schätze, er hat darauf gezählt, daß er auf Unzurechnungsfähigkeit plädieren konnte. Und vielleicht wäre das sogar der Fall gewesen, wenn es gleich an dem Samstag abend passiert wäre.« Ich hielt inne, um kurz darüber nachzudenken. Was ich Otto nicht erzählt hatte, was ich auch nicht tun würde, solange es sich irgendwie vermeiden ließ, war, daß ich unter den Jugendlichen gewesen war.

Vielleicht gibt es ja noch mehr Shiloh-Baptistenkirchen in Fort Worth. Das weiß ich nicht; ich gehe nicht sehr oft zur Kirche. Aber die, zu der ich damals ging, war ein kleines weißes, asbestverkleidetes Gebäude außerhalb der Stadtgrenzen von Fort Worth. Es befindet sich heute knapp innerhalb dieser Grenzen, aber die Gegend ist immer noch ländlich.

Ich habe den Mord gesehen. Noch heute, nach über 16 Jahren bei der Polizei, sehe ich die Szene vor mir, aber nicht so lebhaft, wie man meinen sollte, denn auf mich, damals, wirkte das alles nicht ganz real. Menschen – Menschen, die ich kannte, zwei Brüder – stehen einander nicht auf dem Rasen vor einer Kirche gegenüber und beschimpfen sich, bis einer von ihnen einen Revolver hervorzieht und dem anderen einmal in die Brust schießt, und der andere wirbelt nach links herum, ein Bein vor sich grotesk verdreht und mit einem fassungslosen Ausdruck im Gesicht, und fällt dann auf die linke Seite, wobei ihm Blut aus dem Mund sprudelt, und liegt still da – still – still, während sein Bruder auf ihn zuläuft und brüllt: »Sonny, Sonny, ich wollte nicht –«, während irgendwo jemand schreit.

Solche Sachen passieren einfach nicht, nicht vor den Augen 15jähriger Mädchen, und deshalb war es natürlich nicht passiert, und Sonny würde jeden Augenblick aufstehen und lachen – er war schon immer ein Witzbold gewesen –, und auch Patrick würde lachen, und das wär's dann.

Nur daß meine Sonntagsschullehrerin, als sie das Kreischen hörte, das aus meinem Mund kam, mich weggeholt hat, bevor Sonny aufstand und lachte.

»Er hat seinen Bruder erschossen.« Ottos Stimme war leise. »Was ist dann passiert?«

Ich zuckte die Achseln. »Die Leute in der Stadt waren ziemlich aufgebracht. Seltsamerweise war Sonny beliebter als Patrick, obwohl ich rückblickend denke, daß Sonny es eigentlich nicht wert war. Ich sage ›in der Stadt‹, aber ich meine natürlich in unserem Stadtteil. Aber dennoch waren die Leute allzu aufgebracht. Es war sogar von Lynchjustiz die Rede. Daher kam man zu dem Schluß, daß Patrick im Gefängnis von Tarrant County nicht sicher war, und man brachte ihn nach Dallas; soviel Gerede gab es. Und ich weiß noch, daß mein Vater gesagt hat, als Patrick aus dem Gefängnis entlassen wurde, er täte gut daran, nicht nach Tarrant County zurückzukehren. Er sagte, es gäbe genug Leute, die noch immer so wütend seien, daß sie ihn am liebsten am nächsten Mesquitbaum aufknüpfen würden.«

»Weswegen genau wurde er eigentlich verurteilt?« fragte Harry. Er war in der High-School vier Klassen über mir gewesen; er war bereits bei den Marines, als es passierte, und wahrscheinlich hat er die Geschichte nie richtig erzählt bekommen. Und die Gerichte in Texas sind aus alter Tradition schon immer äußerst milde mit Männern verfahren, die gewalttätig reagiert haben, nachdem sie betrogen worden sind.

»Ich weiß nicht. Das ist eines der Dinge, die ich herausfinden muß.«

Mein Teller war auf unerklärliche Weise leer geworden. Ich fühlte mich viel besser, verschränkte die Arme auf dem Tisch und sah Otto an. »Sie wollten doch wissen, was ich jetzt vorhabe.«

»Das wollte ich und will ich.«

»Am Montag werde ich mir alte Akten ansehen und herausfinden, weswegen Kelly verurteilt wurde und in welchem Gefängnis er gesessen hat und wann er entlassen wurde und wer ihn kannte, während er dort war, und –«

»Was bezwecken Sie damit?«

Meinte er das ernst? Das war doch wohl so sonnenklar, wie mir jemals irgend etwas im Laufe meiner Polizeikarriere klar gewesen war. »Weil es vollkommen auf der Hand liegt, daß Kelly von einem Komplizen getötet wurde, und sehr wahrscheinlich hat dieselbe Person auch Bassinger erschossen.«

»Das klingt plausibel«, räumte Otto ein.

»Und was haben Sie vor?« fragte ich.

Otto grinste bedächtig. »Ich folge derselben Spur. Das Lösegeld wurde mit der Post verschickt. Das ist alles, was French ausgesagt hat, bisher, daß er es mit der Post verschickt hat. Ich muß ihn dazu bringen, mir zu erzählen, wo er es aufgegeben hat, an welche Adresse er es geschickt hat, und ich gehe jede Wette ein, daß es an die Kelly-Farm gegangen ist.«

»Dann müssen Sie mit ihm reden.«

»Allerdings. Und ich muß ihn dazu bringen, mit mir zu reden, was vielleicht noch schwieriger ist.«

Das war keine Aufgabe, um die ich mich reißen würde. Aber natürlich landete sie am Ende bei mir.

Um sieben Uhr am Sonntag morgen war er im Polizeirevier von Fort Worth und wollte mit dem Detective sprechen, der für den Fall zuständig war, und als einer von der Zentrale mich anrief, rief ich gleich darauf Otto an. Es wäre unsinnig gewesen, ihn dieselben Informationen zweimal geben zu lassen, uns beiden getrennt, und da wir beide am selben Strick zogen, würden wir fast die selben Fragen zu stellen haben.

Er saß in einem kleinen Vernehmungsraum, als ich eintraf, und Otto stand im Flur. Er hatte auf mich gewartet, nachdem eine der Sekretärinnen – sonntags haben immer zwei Dienst – ihm gesagt hatte, sie habe Mr. French in den kleinen Raum geführt, weil er völlig verzweifelt wirkte. Ich öffnete die Tür, aber Otto war direkt hinter mir.

French war ein großer Mann, mit kräftigem Muskelfleisch auf soliden Knochen. Er hatte hellbraunes Haar, leuchtend blaue Augen und ein Gesicht, das vermutlich unter normalen Umständen offen und freundlich gewesen wäre. Er hätte rauh, aber herzlich gewirkt, fast wie das Klischee des schulterklopfenden Vertretertyps, wenn er nicht irgend etwas Tiefgründigeres an sich gehabt hätte, das schwer zu definieren war. Das wäre seine normale Erscheinung gewesen. Heute wirkte er wie unter Schock, bestürzt, fassungslos.

Erwartungsgemäß blickte er zuerst Otto an. »Ich bin Jared French«, sagte er, stand automatisch auf und streckte die Hand aus – die Macht der Gewohnheit.

»Mr. French, ich bin Otto Castillo, der mit dem Fall beauftragte Postinspektor. Das ist Deb Ralston vom Fort Worth Police Department.«

»Mr. French«, sagte ich und wartete auf seine Reaktion. Falls er einen männlichen Detective verlangte, würde ich versuchen, Captain Millner zu überreden, einen herzuholen.

Aber das tat er nicht. Sein Gesichtsausdruck ähnelte entfernt einem Lächeln, aber besser würde es ihm wohl eine ganze Weile nicht gelingen. »Eine Polizistin. Das würde sie – Helen – freuen. Sie hat immer nach einer Ärztin gefragt. Wenn wir sie in die Notaufnahme bringen mußten – und das mußten wir oft –, war sie empört, wenn keine Ärztin da war, die sich um sie kümmerte.« So schnell, wie es gekommen war, verschwand das Beinahe-Lächeln wieder. »Mein Arzt wollte mich gestern abend nicht rausfahren lassen; meine Frau war – durcheinander. Völlig durcheinander. Wer hat sie gefunden? Das möchte ich zuerst wissen. Ich möchte mich bedanken –«

»Wir beide haben sie gefunden«, sagte ich.

»In einem alten Farmhaus?«

»Ja.«

»Woher wußten Sie, daß Sie dort suchen sollten?«

»Wir haben es nicht gewußt. Wir haben an einem anderen Fall gearbeitet.«

»Einem anderen –?«

»Sie hängen mit an Sicherheit grenzender Wahrscheinlichkeit zusammen«, sagte Otto und erklärte es ihm, etwas knapper, als ich es getan hätte. Irgendwann während der Erläuterung setzte sich French, ziemlich müde, wieder auf einen alten Lehnstuhl aus Holz. Es wurde bedrückend still, als Otto schließlich aufhörte zu reden.

Dann atmete French tief ein. »Er hat Helen also umgebracht, damit sie ihn nicht identifizieren konnte. Dann hat er seinen Komplizen umgebracht, um das ganze Geld für sich allein zu haben. Dann hat er den Wagen in Brand gesteckt, damit – damit – aus was für einem Grund auch immer –, dann hat er den Postboten umgebracht, weil der Postbote gesehen hat, wie er den Wagen ansteckte.«

»Vielleicht«, sagte Otto.

»Was meinen Sie mit vielleicht? Sie wissen –«

»Wir wissen nicht, wer Helen getötet hat, und wir wissen nicht genau, warum, aber möglicherweise ging es wirklich darum, die Identifikation zu verhindern. Wir wissen nicht mit Sicherheit, ob Kelly mit der Entführung zu tun hatte, nur daß seine Farm damit zu tun hatte. Und wir wissen nicht, wer ihn getötet hat, und auch nicht, warum. Wie Sie schon andeuteten, haben wir nicht die geringste Ahnung, warum der Wagen verbrannt wurde. Und obwohl Sie wahrscheinlich recht damit haben, aus welchem Grund der Postbote ermordet wurde, steht auch das noch nicht fest.«

»Was wollen Sie unternehmen, um es herauszufinden? Das Ganze, meine ich?«

»Alles, was wir können. Glauben Sie mir, alles, was wir können. Aber wir müssen Ihnen noch einige Fragen stellen –«

»Zuerst möchte ich Helen sehen. Kann ich nicht jetzt zu ihr?«

»Es tut mir leid, aber das ist nicht möglich«, sagte ich zu ihm, so sanft ich konnte.

»Was soll das heißen, nicht möglich?«

Otto sah keine so große Notwendigkeit zu Sanftheit. Er blickte kurz auf seine Uhr. »Der Termin für die Obduktion ist um –«

»Ich habe keiner Obduktion zugestimmt –« Frenchs Gesicht hatte sich in ungläubige Falten gelegt, und seine Stimme wurde lauter.

»Mr. French.« Ich sprach, so tief ich konnte; manchmal hilft das, Menschen zu beruhigen. »In einer solchen Situation wie dieser ist die Einwilligung der Angehörigen nicht erforderlich. Eine Obduktion ist notwendig, und sie wird durchgeführt. Allerdings hätte man sie benachrichtigen müssen, und ich werde herausfinden, warum das nicht geschehen ist. Aber wie Mr. Castillo schon sagte, sie findet jetzt im Augenblick statt. Deshalb können Sie Ihre Tochter zur Zeit nicht sehen. Man wird mich anrufen, hier, wenn die Obduktion abgeschlossen ist. Aber – ich habe Ihre Tochter gesehen. Und Sie sollten es nicht tun. Ehrlich. Sie sollten es nicht tun. Wenn es mein Kind wäre –« Ich ließ den Satz unvollendet.

»Ihr Kind – haben Sie Kinder?« French sah mit einem kurzen Blick, was Otto noch immer nicht bemerkt hatte. »Ich meine, noch andere – außer dem da?«

»Drei. Und ich kann nicht sagen, daß ich weiß, wie Ihnen zumute ist, weil ich es wirklich nicht weiß. Aber ich kann sagen, daß Sie sich Helens Leichnam jetzt nicht ansehen sollten.«

French atmete tief ein. »Was – was haben sie ihr angetan?«

Das war eine Frage, die ich nicht beantworten konnte. »Ich weiß es nicht.«

Es war keine befriedigende Antwort, aber es war die einzige, die ich hatte.

»Sie konnten nicht –«

Seine Stimme klang bestürzt, und Otto, der noch immer hinter mir stand, sagte: »Sie war schon eine Weile tot, Mr. French. Und wir wissen nicht, wie lange.«

»Sie war eine Woche lang vermißt«, sagte French, und dann fing er an zu weinen. Ich drehte mich um und schloß die Tür des kleinen Raumes, und Otto wirkte verlegen. Bei den Fällen, die Postinspektoren bearbeiten, haben sie es wohl nicht oft mit weinenden Opfern und weinenden Angehörigen von Opfern zu tun.

Schließlich hörte French auf zu weinen und sagte: »Sie wollten mir doch ein paar Fragen stellen. Wozu?«

»Es könnte uns helfen, sie zu schnappen«, sagte ich. »Informationen von Ihnen –«

»Was hat Helen davon, wenn sie geschnappt werden?«

»Gar nichts«, stimmte ich zu. »Aber es könnte verhindern, daß sie das gleiche mit dem Kind von jemand anderem machen. Fühlen Sie sich in der Lage, jetzt mit uns zu reden, oder sollen wir noch etwas warten?«

»Ich werde Ihre Fragen beantworten. Wenn es irgendwie hilft. Außerdem möchte ich hier warten, bis – bis Sie angerufen werden. Also schießen Sie los.«

»Erinnern Sie sich, an welche Adresse Sie das Lösegeld geschickt haben?« fragte Otto. Das zeugte, in meinen wie in Ottos Augen, von einer unglaublichen Dummheit seitens der Kidnapper und seitens French. Denn wenn French die Entführung unverzüglich gemeldet hätte, was er vernünftigerweise hätte tun müssen, hätten Beamte des FBI das Paket auf dem Postweg nicht aus den Augen gelassen und so mit Leichtigkeit wenigstens einen der Entführer bei der Auslieferung des Paketes gefaßt.

Und die Kidnapper, die ja gefordert hatten, daß das Paket per Post verschickt wurde, hätten das bedenken müssen.

Aber French hatte noch drei Tage gewartet, nachdem er das Paket aufgegeben hatte, bis er die Polizei verständigte. Und selbst da hatte er, weil er sich noch immer an die sinnlose Hoffnung klammerte, Helen lebend zurückzubekommen, die Adresse nicht genannt; die anonyme Stimme am Telefon hatte gesagt, daß Helen erschossen werden würde, falls er die Polizei einschaltete. Soviel hatten wir am Samstag nachmittag von den FBI-Beamten erfahren.

Mit ausdrucksloser Stimme sagte French: »Briefkasten 220-J, Fort Worth, Texas. An die Postleitzahl erinnere ich mich nicht. Sie haben mir gesagt, ich sollte die Adresse nirgendwo aufschreiben, nur auf das Paket. Und das habe ich auch gemacht. Aber ich habe sie im Kopf behalten. Bis auf die Postleitzahl. Die weiß ich nicht mehr.«

»Die Postleitzahl brauche ich nicht«, sagte Otto und warf mir einen vielsagenden Blick zu. »Wie hat es ausgesehen? Das Paket?«

»Es war ein Schuhkarton. Ein Pappkarton, in dem neue Schuhe von mir gewesen waren. Tony Lama, die Schuhe waren von Tony Lama. 2.500 Hunderter.«

»Hatten Sie die von Ihrer Bank? Neue oder alte Scheine?«

»Alte. Ich habe die Bank angerufen. Sie haben gesagt, es würde etwa einen Tag dauern, das Geld zusammenzubekommen. Und das hat es.«

»Welche Bank?«

Er nannte sie uns. Es war eine große Bank in Dallas. Irgendwer dort hätte doch auf die Idee kommen müssen, daß 250.000 Dollar in alten 100-Dollar-Scheinen entweder für eine Lösegeldzahlung oder für einen Drogendeal bestimmt waren. Höchstwahrscheinlich war jemand auf die Idee gekommen und hatte sich gedacht, es sei schließlich nicht seine – oder ihre – Sache.

»Haben Sie sich die Seriennummern aufgeschrieben?«

Langes Schweigen. »Das hatten sie mir verboten.«

»Und dann haben Sie es auch nicht gemacht.«

»Hab' ich nicht. Nein, habe ich nicht.«

»Sie hatten also das Geld, und Sie hatten den Schuhkarton. Was haben Sie dann gemacht?«

»Ich habe das Geld nachgezählt, um mich zu vergewissern, daß der Betrag stimmte, hätte ja sein können, daß sich jemand vertan hat. Aber dem war nicht so. Dann habe ich das Geld in den Schuhkarton gelegt, und ich habe ihn in braunes Packpapier gepackt, und ich habe die Adresse mit schwarzem Filzstift draufgeschrieben, und ich habe durchsichtiges Klebeband über die Adresse geklebt, damit sie nicht verwischt, falls es regnet, und ich habe das Paket zur Post gebracht und aufgegeben.«

»Welches Postamt?«

»Ganz in der Nähe von da, wo ich mal gewohnt habe. Auf – auf – ich erinnere mich nicht mehr an den Straßennamen. Seitenstraße von der Alpha Road. Ein Stück hinter Valley View Mall.«

So gut kenne ich mich in Dallas nicht aus, aber Otto nickte. Die Beschreibung sagte ihm offensichtlich etwas. »War das Packpapier normales Packpapier, oder haben Sie eine Tragetüte vom Supermarkt zerschnitten?«

Ich konnte mir nicht vorstellen, was diese Frage sollte. Jeder, der in der Lage war, soviel Lösegeld zu zahlen, konnte sich doch wohl Packpapier leisten, aber gut, die Menschen haben so ihre Marotten. Andererseits, was spielte das für eine Rolle?

French fragte nicht danach. »Es war normales Packpapier.«

»Haben Sie den Rest von der Rolle noch?«

»Es war keine Rolle. Es war ein einzelner Bogen. Ich habe ihn im Schreibwarenladen gekauft.«

»In welchem?«

French sagte es ihm.

»Haben Sie noch die Verpackung, in der es verkauft wurde?«

»Die habe ich weggeworfen.«

»Erinnern Sie sich an den Hersteller?«

»Nein.«

»Die Adresse, haben Sie die in Schreibschrift oder in Druckbuchstaben geschrieben?«

»Druckbuchstaben.«

»Mit schwarzem Filzstift, sagten Sie?«

»Was?«

»Sie haben gesagt, Sie hätten die Adresse mit schwarzem Filzstift in Druckbuchstaben geschrieben?«

»O ja. Mit schwarzem Filzstift.«

»Haben Sie den noch?«

»Nein, ich habe ihn weggeworfen. Im Postamt, ich habe ihn in den Abfalleimer geworfen – im Postamt –«

Wieder kamen ihm die Tränen. Otto achtete nicht darauf.

»Wenn ich Ihnen einen Bogen braunes Packpapier und einen schwarzen Filzstift besorge, würden Sie mir dann, so gut es geht, zeigen, wie Sie es beschriftet haben?«

»Kann ich machen, aber wozu?«

»Damit ich was habe, was ich einigen Leuten zeigen kann, die das Paket vielleicht gesehen haben.«

»Ach so. Ja. Okay.«

Otto ging in unser Großraumbüro, ließ die Tür des Vernehmungsraums auf, und French starrte trübsinnig die Wand an. Während Otto ihn mit Fragen bombardierte, hatte er kaum Zeit gehabt, über deren Tragweite nachzudenken; jetzt hatte er wieder Zeit zum Grübeln, und seine Gedanken waren – seinem Gesichtsausdruck nach zu urteilen und in Anbetracht der Situation überhaupt – keine positiven. Daher begann ich, sowohl aus Mitleid als auch, weil ich es tun mußte, ihm Fragen zu stellen, während Otto weg war. »Kennen Sie einen Patrick Kelly?«

»Nein. Aber es könnte sein, daß ich ihm mal begegnet bin. Ich habe jeden Monat mit mehreren hundert Leuten zu tun. Ich kann mich nicht an alle erinnern. Ich erinnere mich an niemanden namens Patrick Kelly. Ich kenne einige Kellys, aber ich kenne niemanden namens Patrick, zumindest wüßte ich nicht, daß ich ihn kenne. Ich habe bestimmt ein paar Patricks kennengelernt, aber – sind Sie Mormonin?«

»Ob ich was bin?« Angesicht der unerwarteten Frage mußte ich innerlich umschalten.

»Mormonin. Sind Sie Mormonin?«

»Nein, wieso?«

»Ich bin nämlich Mormone. Und Sie kommen mir bekannt vor. Ich dachte, ich hätte Sie vielleicht mal auf einer regionalen Zusammenkunft oder so gesehen.«

»Nein, ich war nie auf so was. Aber mein Sohn geht seit einiger Zeit zur mormonischen Kirche. Er spielt Basketball, und ich habe bei einigen Spielen zugesehen. Vielleicht –«

»Wie alt ist Ihr Sohn?«

»15 bis 16. Vor zwei Monaten 16 geworden. In der letzten Basketballsaison war er noch 15.«

»Dann kenne ich Sie bestimmt daher. Mein Sohn Randy spielt Basketball in der Kirchenliga. Und in der letzten Saison war er auch 15. Wie heißt Ihr Sohn?«

Ich sagte es ihm, und er schüttelte den Kopf. »Sagt mir nichts. Das heißt, ich erinnere mich zwar an einen Jungen mit dem Namen, aber er sah asiatisch aus. So ein großer, langer Lulatsch.«

»Das ist Hal«, stimmte ich zu. »Wir wissen zwar nichts über seinen leiblichen Vater, nehmen aber an, daß er groß gewesen sein muß.«

»Ach, er ist adoptiert.«

»Alle meine Kinder sind adoptiert.«

»Bis auf das da.«

»Bis auf das da«, bejahte ich und dachte, ich sollte mich langsam daran gewöhnen, daß mein Bauch auffiel.

»Wieso haben – aber das geht mich ja nichts an.«

»Wieso ich so lange damit gewartet habe, schwanger zu werden? Das hatte ich weiß Gott nicht vor. Und mein Mann auch nicht. Jedenfalls, wir müssen zurück zur –«

French wollte noch nicht wieder zur Sache kommen. »Ich habe deshalb gefragt, weil ich in letzter Zeit manchmal denke, daß es uns in gewisser Hinsicht behindert.«

»Was behindert uns?« Ich wußte absolut nicht, wovon er sprach.

»Es ist bloß – man verbringt soviel Zeit mit der Kirche. Selbst wenn man zur Schule geht, ist man in der Kirche, in gewisser Weise, weil es in der High-School dieses sogenannte Seminar gibt.« Ich nickte; das Seminar war mir sehr vertraut. Und zwar durch Hal, der ungefähr an drei von fünf Tagen daran dachte, rechtzeitig aufzustehen, und um fünf Uhr in der Früh verschlafen aus dem Haus ging, um den Bus zu kriegen, und um sieben türenknallend zurückkam, um Harry und mir allerlei Dinge zu erzählen, die wir nicht wissen wollten.

Was ich nicht verstand, war, in welcher Weise das Seminar behinderte.

French sprach weiter: »Man wächst mit irgendwelchen Vorstellungen von Ehre auf. Und von richtigem Verhalten. Und daß Menschen sich gegenseitig nichts antun. Und – und dann tritt man hinaus ins wirkliche Leben und stellt fest, daß die Menschen nicht so handeln, wie man es gelernt hat, und daß die Menschen sich gegenseitig sehr wohl belügen und sich gegenseitig was antun. Nur – nur, man begreift es eigentlich nicht. Ich konnte – eigentlich – nicht glauben, daß sie Helen was antun würden. Sogar nachdem sie sie entführt hatten, haben sie – haben sie mir fast leid getan, wie jeder, der Geld so dringend braucht, daß er ein Kind dafür benutzt, um es zu bekommen. Aber ich denke – ich denke, ich habe wirklich damit gerechnet, daß sie Helen zurückgeben würden. Sie würden einem Kind nichts antun, weil Menschen Kindern nun mal nichts antun. Weil – weil in unserer Kirche Menschen Kindern nichts antun.«

»In jeder Kirche, Mr. French. Ich bin in einer Baptistenkirche aufgewachsen. Mein Mann ist in einer Presbyterianerkirche aufgewachsen. Sie meinen den Unterschied zwischen rechtschaffenen Menschen und bösen Menschen. Wenn man unter rechtschaffenen Menschen aufwächst, geht man davon aus, daß alle Menschen rechtschaffen sind, wenn das Wort nicht zu altmodisch ist. Und wenn Sie mit ›behindert werden‹ die Erwartung meinen, daß die Menschen richtig handeln, dann kann ich nur sagen: es lebe die Behinderung. Man muß nur wissen, daß nicht jeder so handelt, wie es einem selbst beigebracht wurde.«

»Und genau das habe ich nicht gelernt. Es wäre besser gewesen.« Er fing an, über eine Serie von Betrügereien und Bombenanschlägen in Salt Lake City zu sprechen, und er sprach noch immer davon, als Otto zurückkam.

Dann machte French, so gut er konnte, eine Nachbildung von dem Paket, und ich rief im Büro der Gerichtsmedizin an und erfuhr, daß die Obduktion aus irgendeinem Grund, den mir niemand erklären konnte, auf den Nachmittag verschoben worden war.

Das teilte ich French mit, und er fuhr zu einem Motel in Fort Worth – nicht den ganzen Weg zurück nach Dallas – und sagte, er käme später wieder ins Polizeipräsidium.

Als er weg war, stand Otto auf. »Kommen Sie«, sagte er.

Ich hievte mich aus dem Stuhl und fragte: »Wohin?«

»Zurück zum Tatort. Ich möchte da noch was nachgucken.«

»Genau, wie ich es mir gedacht habe«, brummte Otto.

»Genau, wie Sie sich was gedacht haben?« fragte ich. Und dann sah ich, wo er hinsah. Wir saßen in einem Dienstwagen der Postinspektion, parkten am staubigen Rand der Four Mile Road und blickten auf eine Reihe von Briefkästen, die an einem Balken festgenagelt waren, der wiederum von zwei gesplitterten, alten Pfosten getragen wurde. Es waren insgesamt neun Kästen: Nr. 220-A bis 220-I. Auf den meisten war mit verblassender schwarzer Farbe ein Name gekritzelt.

Einen Briefkasten mit der Nummer 220-J gab es nicht.

Es hatte ihn gegeben; an dem Balken war Platz für einen zehnten Kasten, aber dort, wo er vor langer Zeit entfernt worden war, sah man jetzt nur noch dunkle verbogene Nägel und Roststreifen.

Und ein neuer grauer Aluminiumnagel, der schräg durch den Balken getrieben worden war, so daß die Nagelspitze in die Luft ragte, verriet noch etwas anderes.

»Sie haben für kurze Zeit einen Briefkasten angebracht, damit das Paket geliefert werden konnte. Dann haben sie ihn wieder entfernt.«

»Aber wieso haben sie ihn entfernt?« fragte ich mich. »Das ergibt doch keinen Sinn.«

»Es wäre jemandem aufgefallen, daß er nicht dorthin ... Cooper. Cooper?«

»Was?«

»Der Postbote für diesen Bezirk. Heißt der nicht Cooper? Verdammt, ich habe es mir doch irgendwo aufgeschrieben.« Otto blätterte bereits in einem Notizbuch, das er aus seiner Tasche geholt hatte.

»Wie in aller Welt soll ich das wissen?«

»Tut mir leid. Ich habe laut gedacht.«

»Aber wieso sollte jemand so ausgesprochen blöd sein?« fragte ich. »Ich meine, den Briefkasten abzumachen bringt doch nichts. Der Kasten hat Nr. 220. Alle Kästen haben Nr. 220. Den Kasten mit dem Buchstaben J zu entfernen bringt doch nichts. Sobald French die Entführung gemeldet hätte, hätte er sich daran erinnert, und man hätte nur hier rauszufahren und sich etwas umzusehen brauchen, und spätestens nach einer halben Stunde hätte man das Farmhaus entdeckt. Also –«

»Also hat Kelly wahrscheinlich gar nicht mit drin gesteckt«, sagte Otto. »Weil Kelly auf jeden Fall mit dieser Adresse in Verbindung gebracht worden wäre. Also war Kelly möglicherweise auch ein Opfer. Vielleicht sollten wir Kelly finden und davon ausgehen, daß er es war, und dann nicht mehr weitersuchen –«

»Ach, kommen Sie, Otto! Er wurde ermordet! Wir hätten auf jeden Fall weitergesucht!«

»Ja, stimmt«, räumte Otto widerwillig ein.

Aber ich bin bekannt – oder sollte ich besser sagen, berüchtigt – für meine Ahnungen, und jetzt hatte mein Verstand auf Hochtouren geschaltet. »Ich bin bloß nicht so sicher, daß er ermordet wurde«, sagte ich.

Otto starrte mich an. »Wovon in aller Welt reden Sie? Sie wissen verdammt gut, daß er ermordet wurde.«

»Nein, ich weiß nur, daß er erschossen wurde. Ich bin nicht sicher, daß er ermordet wurde. Es wäre doch möglich –«

»Was wäre möglich? Daß er Bassinger erschossen hat und dann zurück zum Haus geflitzt ist und Selbstmord begangen hat? Falls er die Schrotflinte nicht aufgegessen hat, hat er das nicht gemacht. Jedenfalls war er mindestens einen Tag vor Bassinger tot. Also wovon, verdammt noch mal, reden Sie eigentlich?«

»Ich denke bloß laut«, sagte ich und zahlte Otto mit gleicher Münze heim. »Mir kommt das Ganze hier ziemlich merkwürdig vor. Nein, ich glaube nicht, daß er Selbstmord begangen hat. Ich denke da eher an einen Unfall. Fahren wir mal zum Haus.«

Der Streifenwagen, der auf der geteerten Straße parkte, versperrte die Zufahrt, doch weder im Wagen noch auf dem Hof war jemand zu sehen. Der Hund lag zusammengerollt auf der Veranda, hob den Kopf, stand dann auf und kam auf uns zugetrottet; dabei nickte er mit dem Kopf und wiegte den Körper von den Schultern an hin und her, genau wie mein Hund Pat. Er rieb den Kopf an Ottos Schienbein, und Otto sagte mit verlegener Miene: »Hallo, Hund. Schon wieder durstig?«

Nein, die Wasserschüssel war voll, und auf der Holzveranda lag verschüttetes Trockenfutter. »Vielleicht mag der Hund Sie einfach«, sagte ich mit gezielter Bosheit. Otto ist bekannt dafür, daß er Hunde nicht ausstehen kann.

Der Hund, glänzend schwarz bis auf die gelbbraunen Augenbrauen und den gelbbraunen Brustlatz, sah nach hinten und bellte einmal scharf.

Ich blickte von dem Hund zum Haus, auf die offene Tür des Hauses. Die Tür, die eigentlich nicht offen sein durfte. Die Veranda, auf der keine Spur von Streifenpolizist Bill Livingston war, der eigentlich den Tatort bewachen sollte. »Bill!« rief ich und lief auf das Haus zu, horchte auf einen Antwortruf, der nicht kam.

Otto sagte: »Ach du Scheiße!« und spurtete los, überholte mich nach etwa drei Schritten, und ich beschleunigte, um ihn einzuholen.

Was mir auch gelang, aber nur, weil er auf der unteren Treppenstufe stolperte.

Bill Livingston lag ausgestreckt mit dem Gesicht nach unten in der Diele, sein rotblondes Haar matt durch das trocknende Blut, das sich in einer Lache um ihn herum ausgebreitet hatte. Sein rasselnder Atem strich über den Kiefernboden. Ich ergriff das Walkie-talkie, das ein Stückchen von seiner ausgestreckten rechten Hand entfernt lag. »Präsidium, bitte melden!«

Kapitel 4

Um sieben, Sie wissen doch genau, wann meine Schicht anfängt.« »Sie haben um sieben mit Ihrem Dienst begonnen. Wieso haben Sie nicht bei Livingston angefragt? Sie wußten doch, daß er draußen bei der Kelly-Farm war.« Sergeant Ben Isaacs war verantwortlich für die Tagschicht in der Einsatzzentrale. Die Telefonistin, die er herzitiert hatte, Karen Mayfield, wirkte äußerst eingeschüchtert, was kein Wunder war angesichts von Detectives, anderen Kripobeamten und einem Postinspektor sowie ihrem eigenen Vorgesetzten, die allesamt um sie herumstanden.

Aber eingeschüchtert oder nicht, sie blieb standhaft. »Nein, Sir, ich habe –«

»Sie haben was?«

»Nun lassen Sie sie doch mal Luft holen«, sagte Captain Millner langsam.

Sie blickte ihn dankbar an und wandte sich dann wieder an Sergeant Isaacs. »Ich habe nicht gewußt, daß er da draußen war.«

»Wieso haben Sie das nicht gewußt? Sie sollten eigentlich wissen, wo –«

»Hören Sie«, sagte Karen mit bebender Stimme, »im Einsatzbuch steht, wer vom Rauschgiftdezernat, vom Undercover und von der Überwachung Dienst hat, und ich versichere Ihnen, daß ich stets genau weiß, wo sich jeder gerade befindet. Aber Bill Livingston stand nicht im Einsatzbuch. Laut Dienstplan hatte er die Schicht von drei bis elf, Streifendienst. Also woher sollte ich wissen –«

In einer so großen Stadt wie Fort Worth sind die Zeiten, als es noch »den Einsatzleiter« gab, längst vorbei. In unserer Zentrale arbeitet ein ganzes Heer von Leuten, die Anrufe entgegennehmen, irgendwas am Computer machen, Funkmeldungen hören, über Funk reden und, vor allen Dingen, sich darüber auf dem laufenden halten, wo wer wann ist.

Aber nur einer von den Leuten in der Zentrale pro Schicht hat die vorrangige Aufgabe, die spezielle Funkfrequenz zu überwachen, die die Beamten benutzen, die sozugsagen undercover arbeiten. Zu diesen Leuten gehörte Karen.

»Wer hatte die Einsatzleitung von elf bis sieben?« wollte Isaacs wissen. »Der hätte Sie eigentlich informieren müssen. Vinson, war es nicht Vinson?«

»Ja, Sir, ich meine, nein, Sir –«

»Hatte ich nicht Vinson für die Schicht eingeteilt von –«

»Vinson war eingeteilt, aber er hat an einem Rennen teilgenommen, und er konnte nicht rechtzeitig wieder hier sein, weil das Rennen später als vorgesehen angefangen hat, und er hat angerufen und hatte den Sergeant vom Streifendienst am Apparat, und der hat gesagt, er könne nicht einfach so auf die letzte Minute einen Tag freinehmen, aber wenn er unter den Umständen nicht kommen könne, dann könne er eben nicht kommen, und es hätte wenig Sinn –«

»Moment mal«, fiel Isaacs ihr ins Wort. »Wir reden doch hier von Vinson. Greg Vinson, der –«

»Es war ein Rollstuhlrennen«, unterbrach ich ihn. »Ich wußte, daß er da mitmachen wollte. Er hatte mir davon erzählt. Aber es sollte eigentlich rechtzeitig zu Ende sein, so daß er –«

»Na ja, es war noch nicht zu Ende«, sagte Karen bestimmt. »Es hat verspätet angefangen. Also hat es länger gedauert. Hören Sie, Vinson ist unheimlich gut. Ich wette, er schafft es bis zu den Olympischen Spielen, wenn –«

»Karen, ich fände es einfach supertoll, wenn unser querschnittsgelähmter Einsatzleiter es schafft, am Rollstuhlrennen bei den Olympischen Spielen teilzunehmen. Ich wäre absolut aus dem Häuschen, ja? Ich hoffe, er kriegt eine Goldmedaille. Ich hoffe, er kriegt drei Goldmedaillen. Ich hoffe, er kriegt ein Dutzend Goldmedaillen. Aber im Moment interessiert mich das Rennen nicht die Bohne. Im Moment versuche ich herauszufinden, wie lange Corporal Bill Livingston schon bewußtlos auf dem Boden in dem Kelly-Farmhaus gelegen hat und wieso, verdammt noch mal, keiner von meinen Leuten in der Zentrale das gewußt hat. Also, wenn Vinson nicht im Dienst war, wer –«

»Oh. Oh, nun ja, es hat Sie niemand erreichen können, und der Sergeant, der die Morgenschicht hatte, war nicht in der Stadt, und daher hat der Sergeant von der Streife –«

»Erzählen Sie mir nicht, wie der normale Dienstablauf ist. Den habe ich festgelegt. Erzählen Sie mir einfach, was passiert ist.«

»Also, sie haben bei meiner Mutter angerufen, um zu fragen, ob ich Überstunden machen wollte, und –«

»Karen, ich habe gesagt –«

»Ich komme gleich dazu. Der Sergeant von der Streife hat meiner Mutter gesagt, daß er in einer ziemlichen Klemme steckte, weil fast jeder aus der Einsatzzentrale, den er angerufen hatte, aus irgendwelchen Gründen keine Zeit hatte und die beiden, die Zeit hatten, noch in der Ausbildung waren. Hören Sie, ich wäre sofort gekommen, nur leider war es nicht möglich, weil ich in Dallas war.«

»In Dallas.«

»Ja. Ich wollte Gr- dem Rennen von Vinson zusehen. Ich habe gedacht, irgend jemand aus dem Department sollte hingehen.«

»Sieh an«, sagte Isaacs leise. »Amor flattert also durch unsere Telefonzentrale.«

Karen wurde rot und sagte mit trotzigem Blick: »Ja. Und deshalb bin ich zu dem Rennen gegangen.«

»Na ja, er ist ein netter, junger Bursche«, sagte Isaacs, »und es ist ein Jammer, daß er das Motorrad frisiert hatte. Aber Sie sind doch eine junge Frau; was wollen Sie denn mit ihm –«

Karens Gesicht wurde noch roter, und sie sagte: »Das geht Sie doch eigentlich nichts an, oder, Sergeant?«

»Wohl nicht«, räumte Isaacs ein. »Wohl nicht. Okay, Sie waren also nicht da, also sind Sie nicht in die Zentrale gekommen. Wissen Sie denn, wer von elf bis sieben da war?«

Das war eine dumme Frage, und zwar aus zweierlei Gründen. Erstens wußte Karen offenbar, wen sie abgelöst hatte, und zweitens würde ein Blick ins Dienstbuch die Frage beantworten.

Aber wir sahen nicht ins Dienstbuch. »Shea. Streifenbeamter Shea«, sagte Karen gerade. »Der Sergeant hat meiner Mutter gesagt, wenn ich nicht kommen könne, müßte er wohl oder übel in die unterste Schublade greifen, aber es gebe da zwei, drei Streifenbeamte, die schon mal in der Zentrale gearbeitet hätten, als sie verletzt waren und nicht auf Streife gehen konnten, und er würde einen von ihnen anru –« Sie brach ab, starrte in unsere Gesichter. »Stimmt was nicht?«

»Wie lange sind Sie schon hier im Department, Karen?« fragte ich. »Ungefähr vier Monate?«

»Ungefähr. Wieso?«

»Sagen wir mal so, Danny Shea ist nicht das, was man aus der untersten Schublade holt«, sagte Isaacs zu ihr. »Shea ist das, was man kriegt, wenn man die ganze Kommode beiseite rückt, drunter guckt, und wenn er wegen dieser Sache nicht fliegt, dann fliegt er nie. Okay, in diesem Fall tragen Sie keine Schuld. Wer ist im Moment für Sie eingesprungen, Rose? Sagen Sie ihr, Sie übernehmen wieder. Nein, warten Sie, bringen Sie mir vorher noch eine Kopie von den Einsatzplänen, und zwar für – Deb, für welchen Zeitraum?«

»Er ist gegen halb zwei zur Four Mile Road gefahren und hat den Postwagen bis gegen acht bewacht. Dann ist er zum Haus gegangen. Zu der Zeit war er bereits außer Dienst, aber ein paar Kollegen von der Überwachung hatten Urlaub, und er wollte das Haus bewachen, bis ich heute morgen kam.«

»Den Einsatzplan von drei Uhr an, Duncans Schichtbeginn«, sagte Isaacs. »Ich will nachsehen, ob er sich zwischendurch gemeldet hat, bei Duncan oder Shea.«

»Man läßt gerade ein Laborteam aus Memphis einfliegen«, sagte Otto zu mir.

»Was sollen die denn machen?« fragte ich.

»Was soll die Frage?« fragte Inspector McMurray. Ich hatte ihn gerade kennengelernt; er war Ottos Boß, und ich war noch nicht dahintergekommen, ob er der eigentliche Chef des Regionalbüros der Postaufsichtsbehörde von Fort Worth war oder ob er bloß irgendein Dezernatsleiter war.

»Wir haben den Tatort bereits untersucht«, sagte ich. »Mit ›wir‹ meine ich natürlich unsere Spurensicherung.«

»Ohne meine Genehmigung?« McMurray plusterte sich auf wie ein Täuberich.

»Was soll das Laborteam denn machen?« fragte ich erneut. »Hören Sie, McMurray, ich meine es ernst. Hat Otto Ihnen eigentlich erzählt, wie es da aussieht? Fingerabdrücke? Der Mörder hatte nicht den geringsten Grund dazu, den Pick-up anzufassen, geschweige denn sich ihm zu nähern; der Schuß wurde aus zirka zwei Metern Entfernung abgefeuert, aber nur für den Fall, daß er ihn doch angerührt hat, haben wir ihn mit Fingerabdruckpulver eingestäubt. Ballistisches Beweismaterial? Schrotflinte. Keine ausgeworfene Patrone; ich habe gesucht und auch Otto und auch unsere Leute von der Spurensicherung. Er muß sie aufgehoben und mitgenommen haben. Beweismaterial auf dem Boden? Was für Spuren, glauben Sie, findet man auf einem Boden, der von einem Flugzeug, zwei Polizeiwagen, dem Wagen eines Postinspektors und einem Löschfahrzeug aufgewühlt worden ist? Was bleibt da wohl übrig? Fotos? Wir haben Fotos gemacht, und der Ermittler von der Gerichtsmedizin hat Fotos gemacht. Wir haben so viele Fotos, wie Sie sich wünschen könnten. Also, was soll das Laborteam machen? Die Brandstiftung bearbeiten? Tut mir leid, dafür sind Sie nicht zuständig. Eine Entführung und einen Mord bearbeiten? Auch dafür sind Sie nicht zuständig. Also, wenn Sie wollen, daß Ihre Laborleute aus Memphis anreisen, dann lassen Sie sie von mir aus kommen, aber ich sage Ihnen noch mal, ich weiß nicht, was Sie sich von ihnen erhoffen, wenn sie hier sind.«

»So sieht's aus«, sagte Otto Castillo. »Tut mir leid, Boß, sie hat recht, und ich hätte daran denken sollen – nicht anfassen.«

»Hä?« McMurray blickte nach unten auf den Umschlag, den er geistesabwesend in die Hand genommen hatte.

»Ach, na ja, ist wohl doch egal. Ich hatte an Fingerabdrücke gedacht, aber den haben sie ja nie gekriegt. Aber verdammt, Mann, wissen Sie denn nicht, daß man nicht in das Büro von jemandem geht und einfach Beweismaterial anfaßt?«

»Das ist Beweismaterial? Ich finde, es sieht wie Reklame aus.«

Es war ein weißer Geschäftsbriefumschlag mit dem blauen Logo von Frenchs Chevrolet-Vertretung in der oberen linken Ecke; er war mit blauer Tinte in großzügiger Männerhandschrift an dieselbe Adresse adressiert, an die das Lösegeld gegangen war.

»Es ist Beweismaterial in einem Entführungsfall«, sagte ich zu ihm.

»Wie mich, glaube ich, vorhin jemand erinnert hat, bearbeitet die Post keine Entführungen.«

McMurrays Stimme hatte einen hämischen Tonfall. Er wußte genausogut wie ich, wenn nicht besser, daß alles, was durch die Post ging, Sache der Post war, ganz gleich, wer für das Verbrechen eigentlich zuständig war.

»Es ist fast hundertprozentig sicher, daß derjenige, der die Entführung begangen hat, auch Bassinger erschossen hat«, sagte Castillo.

»Haben Sie vom Absender die Genehmigung, ihn zu öffnen, oder brauchen wir einen Durchsuchungsbefehl?« Er wandte sich an mich, recht herablassend. »Sie wissen ja, noch nicht zugestellte Postsendungen –«

»Ich weiß, daß man noch nicht zugestellte Post nicht ohne Durchsuchungsbefehl oder Einwilligung von Absender oder Adressat anrühren darf«, sagte ich. »Ich versuche gerade, den Mann ausfindig zu machen, der ihn aufgegeben hat. Wir – Otto und ich – haben heute morgen mit ihm gesprochen, aber da wußten wir noch nichts von diesem Brief.«

»Okay«, sagte McMurray. »Ist das alles hier Beweismaterial in dem Entführungsfall?« Seine Hand zeigte auf mehrere Postbeutel in Castillos Büro, die um den Stuhl herum gestapelt waren, auf dem ich saß.

»Nein«, sagte Castillo. »Das ist bloß die nicht zugestellte Post aus Bassingers Wagen. Ich bezweifle, daß irgendwas davon für die Ermittlungen relevant ist. Es sagt uns, wie weit er mit den Zustellungen gekommen ist, aber wir wissen, wie weit er gekommen ist, weil wir wissen, wo er gefunden wurde. Er wurde nicht wegen der Post in dem Wagen erschossen; er wurde erschossen, weil er zufällig den Brandstifter überrascht hat, und es scheint – wie wir bereits gesagt haben – fast hundertprozentig sicher, daß die Brandstiftung mit der Entführung und dem Mord in Zusammenhang steht. Die Frage ist, wieso er bei der Brandstiftung aufgetaucht ist. Was hatte er dort zu suchen? Die Stelle lag nicht auf seiner Strecke. Aber ich denke, das hier ist die Antwort.« Er nahm McMurray den Umschlag aus der Hand und klopfte damit auf den Schreibtisch.

»Erklären Sie mir das«, sagte McMurray.

»Die Straße, auf der er sich befand, ist eine Sackgasse«, sagte ich. »Auf der Straße gibt es keine Briefkästen. Also, weshalb war er dort?« Castillo blickte mich an; wir hatten schon eine Weile darüber gesprochen, bevor McMurray hereinkam. »Wir glauben, das hier ist der Grund. Wir glauben, daß er wußte, zu wem der Briefkasten Nr. 220-J gehörte, und da der Kasten verschwunden war, hat er sich überlegt, den Brief direkt zum Haus zu bringen. Er hätte es natürlich nicht tun müssen, aber so war er nun mal; er war gewissenhaft. Und er fuhr diese Strecke seit 50 Jahren.«

»Und das heißt?«

»Vor 50 Jahren lebte Joe Kelly noch«, sagte ich.

»Joe Kelly?«

»Ist jetzt nicht wichtig«, sagte Castillo. »Nur, er wußte, zu wem der Briefkasten Nr. 220-J gehörte.«

»Und das sagt uns«, fuhr ich fort, »daß jemand Patrick Kelly reingelegt hat, und wer immer das war, es ist dieselbe Person, die Bassinger getötet hat. Kelly sollte die Sache ausbaden, bevor die ganze Geschichte in die Hose ging. Wir glauben nicht, daß er Kelly töten wollte.« Zumindest ich glaubte das nicht; wir hatten darüber diskutiert, aber Castillo unterbrach mich jetzt nicht. »Aber wenn er nicht vorhatte, ihn zu töten, wie konnte er so sicher sein, daß Kelly ihn nicht verpfeifen würde?« Das war der Punkt, auf den wir uns keinen Reim machen konnten; deshalb hatten wir über die ganze Theorie gestritten.

»Geben Sie mir ein paar Hintergrundinformationen«, bat McMurray, und als Castillo damit anfing, ging ich in ein anderes Büro, um Jared French anzurufen und ihn zu bitten, ins Bundespostgebäude zu kommen.

»Machen Sie ihn auf«, sagte Jared French. »Was sollte ich denn dagegen haben, daß Sie ihn aufmachen?«

Er hatte geweint; das war unübersehbar, da das Weiße in seinen blauen Augen gerötet und sein ganzes Gesicht geschwollen war. Aber er hatte sich wieder unter Kontrolle, und er sagte weiter: »Öffnen Sie ihn ruhig. Es ist nichts drin. Ich – es war bloß – ich habe mich an die Adresse erinnert, und ich habe ihnen geschickt, was sie haben wollten, und Helen ist nicht wiedergekommen, und so habe ich ihnen noch einmal geschrieben. Haben sie ihn bekommen? Haben sie Helen deshalb getötet, weil ich mich an die Adresse erinnert habe, wo sie mich doch davor gewarnt hatten?«

»Nein, Mr. French, sie haben den Brief nicht bekommen», sagte Castillo zu ihm. »Das hatte nichts mit ihrem Tod zu tun. Hier, wenn Sie das bitte unterzeichnen würden –«

Verspätete Vorsicht gewann die Oberhand, und French hielt inne mit dem Stift in der Hand. »Was unterschreibe ich denn da?«

»Ihre Einwilligung, daß wir den Brief öffnen«, sagte Castillo, so geduldig er konnte.

»Ach ja?« sagte French mit verdutztem Ton. »Ich dachte, ihr dürftet jede Postsendung öffnen, die ihr wollt.«

»Da haben Sie falsch gedacht.« French konnte die Ungeduld in Castillos Stimme vermutlich nicht hören, aber ich; ich kannte Castillo seit mehreren Jahren. »Was wir dürfen und nicht dürfen, ist per Gesetz geregelt. Und wir dürfen keine Post ohne Durchsuchungsbefehl öffnen, es sei denn, die Person, die sie aufgegeben hat, oder die Person, an die sie geschickt wurde, gibt uns die schriftliche Einwilligung.«

»Okay. Das wußte ich wirklich nicht.« French unterschrieb das Formular, und Castillo öffnete den Brief. Er überflog ihn und reichte ihn mir.

French, der uns beobachtet hatte, fragte heiser: »Kann ich ihn wiederhaben?«

Castillo blickte mich an, und ich sagte: »Ich wünschte, wir könnten ihn zurückgeben. Aber im Moment –«

»Wieso? Ich verstehe das nicht. Wenn sie ihn doch nicht bekommen haben –«

»Weil wir glauben, daß der Postbote deswegen dort war, wo er gefunden wurde. Wir glauben, er war auf dem Weg, um diesen Brief zuzustellen. Wissen Sie, der hier sollte an eine Adresse kurz vor Ende seiner Route gehen, aber der Briefkasten war weg.«

»Weg?«

»Genau. Er war entfernt worden. Und statt den Brief zu Ihnen zurückzuschicken, hat er offenbar beschlossen, einen kurzen Umweg zu der Farm zu machen, zu der der Briefkasten gehörte, und den Brief dort abzugeben.«

»Und dort ist er –«

»Dort ist er getötet worden. Ja.«

»Dann ist also ein alter Mann gestorben, weil ich einen Brief geschrieben habe, den ich vernünftigerweise nicht hätte schreiben sollen.«

Diesmal ließ Castillo mich nicht antworten. »Ja«, sagte er. »Er ist getötet worden, weil Sie wegen Ihrer Tochter besorgt waren. Er ist getötet worden, weil er seine Arbeit gut machen wollte, nicht nur halbe Arbeit leisten wollte, also hat er einen Umweg gemacht, den er nicht hätte machen müssen. Verdammt noch mal, French, reden Sie sich bloß keine Schuldgefühle ein. Er wurde getötet, weil irgend so ein Mistkerl beschlossen hat, ihn zu erschießen, deshalb wurde er getötet, nicht wegen irgendwas, das Sie getan haben oder das er getan hat oder das ein anderer anständiger Mensch getan hat. Er wurde getötet, weil irgend so einem Mistkerl Geld wichtiger ist als das Leben eines Menschen, und das einzige, was wir gegen so jemanden tun können, ist, ihn möglichst schnell zu schnappen und einzusperren, damit er nicht noch mehr anstellen kann.«

French starrte Castillo an, starrte mit einer Art blinder Dumpfheit, die bestimmt auf den Schockzustand zurückzuführen war, in den er immer wieder verfiel. Schließlich schüttelte er den Kopf und sagte: »Ja. Sie haben recht. Natürlich haben Sie recht. Es ist bloß – bei so was – mir geht ständig durch den Kopf, daß ich doch bestimmt irgendwas hätte tun können, an das ich nicht gedacht habe.«

»Hätten Sie nicht«, sagte ich zu ihm. »Wirklich nicht.« Und das stimmt auch fast. Gut, er hätte die Polizei um einiges früher verständigen können – und sollen –, aber das hätte Helen sehr wahrscheinlich auch nicht gerettet. Mörder morden, weil sie Mörder sind.

Wir hätten French überreden müssen, das Büro zu verlassen, damit wir weiterarbeiten konnten. Aber der Augenblick schien uns nicht geeignet, ihn zum Gehen zu bewegen. Er starrte Castillo eine weitere

Minute an; dann schüttelte er den Kopf wie jemand, der aus tiefem Wasser auftaucht, und fragte: »Wie ist sie gestorben? Weiß das inzwischen jemand?«

»Ich frage mal nach«, sagte ich und griff nach dem Telefon.

Ja, die Obduktion – die in der Gerichtsmedizin lieber als Autopsie bezeichnet wird – war beendet, und Rose Sprague, die Sekretärin, gab mir eine kurze Zusammenfassung des Berichtes durch, den sie gerade tippte. Allem Anschein nach war Helen im Kofferraum eines Wagens gestorben – zumindest war sie bei oder kurz vor Eintritt des Todes im Kofferraum eines Wagens gewesen. Ihre Bronchien und Lungen enthielten winzige Mengen Gummi, Fasern, Spuren von Bremsflüssigkeit, Spuren von Öl. In ihrem Blutkreislauf befand sich eine kleine Menge Kohlenmonoxid, was darauf schließen ließ, daß der Wagen gefahren war, doch die Menge hätte nicht ausgereicht, um den Tod herbeizuführen.

Im Grunde gab es keine offensichtliche Todesursache. Möglicherweise war sie erstickt, möglicherweise aber auch nicht. Falls ja, so war nicht ersichtlich, woran, denn es gab keine Anzeichen dafür, daß sie erwürgt worden war, und der Kofferraum läßt bei den meisten Autos genug Luft herein. Natürlich muß es in dem Kofferraum heiß gewesen sein, aber zu dieser Jahreszeit nicht so heiß, daß man dadurch sterben könnte.

Ich gab die Informationen so emotionslos wie möglich weiter. French war schon verzweifelt genug; es wäre nicht hilfreich, wenn ich auch noch emotional wurde. Das versuchte ich zu beherzigen, während ich mich bemühte, ihm nicht ins Gesicht zu blicken.

Frenchs Stimme klang fast nur noch müde, als er sagte: »Also, Sie müssen wissen, sie hatte richtig schlimmes Asthma; sie mußte ständig einen Inhalator bei sich haben, deshalb hatte sie auch eine Handtasche dabei, obwohl sie noch so klein war. Wenn sie nicht rechtzeitig drankam – wissen Sie, Aufregung löst einen Anfall aus – fast jedes Jahr Weihnachten, auf jeder Geburtstagsparty, irgendwann landete sie in der Notaufnahme, und wenn sie im Kofferraum eines Wagens gesteckt hat –«, ganz plötzlich weinte er wieder.

»Ach, Scheiße«, sagte Castillo laut, entschuldigte sich dann schnell. »Mr. French, tut mir leid, es ist bloß, wenn ich daran denke, was das für ein Mistkerl ist –«

»Sie können sie nicht zurückbringen«, sagte French.

»Nein, aber vielleicht können wir verhindern, daß das Schwein wieder irgendein kleines Mädchen in den Kofferraum eines Wagens steckt«, sagte Castillo. »Wir müssen jetzt weiterarbeiten. Mr. French, ich würde vorschlagen, Sie fahren wieder in Ihr Motel und ruhen sich etwas aus und fahren dann zurück nach Dallas.«

»Ich möchte hierbleiben.«

»Warum?« fragte ich.

Er starrte mich an. »Warum? Nun, ich –«

»Wo ist Ihre Frau? Ihre anderen Kinder?«

»In Dallas. Aber –«

»Wenn es mein Kind wäre, würde ich meinen Mann bei mir haben wollen«, sagte ich. »Nicht in einer anderen Stadt, wo er sowieso nichts tun kann.«

»Aber ich muß sie doch mitnehmen – zurück nach Dallas.«

»Das können Sie nicht. Und das wissen Sie auch –«

Ich atmete einmal tief durch und begab mich auf etwas unsicheren theologischen Boden, wünschte mir jetzt, ich hätte Hal besser zugehört, wenn er ganz aufgeregt nach Hause kam und mir Sachen erzählte, die ich nicht wissen wollte. »Sie müssen wissen, daß das nicht Helen ist; es ist bloß Helens Leichnam. Helen ist irgendwo anders, und es geht ihr gut.«

French machte einen langen, zittrigen Atemzug. »Ich weiß. Aber –«

»Der Leichnam muß in einem Leichenwagen transportiert werden, in einem fest verschlossenen Sarg. Sie können ihn nicht mitnehmen.«

»Na schön«, sagte French. Er putzte sich die Nase, steckte das Taschentuch wieder ein, starrte mich an, starrte Castillo an, schüttelte uns beiden feierlich die Hand und ging zur Tür hinaus.

Castillo tat Frenchs Brief in eine Mappe, legte sie in eine Schublade, schloß die Schublade, nahm sein Klemmbrett und stand auf. Und der Postamtsleiter Don Goslin kam zur Tür herein.

»Wo waren Sie denn?« fragte Castillo und nahm wieder Platz.

»Wir hatten ein Elks-Treffen in Arlington.«

»Puh, so weit«, sagte Castillo.

»Sehr witzig, Castillo«, sagte Goslin. »Die Idioten haben vergessen, wo ich war. Ich hatte es ihnen gesagt, aber sie haben es vergessen, und deshalb konnte mich niemand erreichen. Ich habe es erst erfahren, als ich einen Blick in die Sonntagszeitung geworfen habe. Was ist denn bloß passiert?«

»Sie haben es doch in der Zeitung gelesen«, sagte Castillo.

»Jetzt hören Sie mal –«

»Der Artikel in der Zeitung war ziemlich ausführlich«, unterbrach ich ihn. »Dem ist kaum noch was hinzuzufügen, bis auf ein paar Kleinigkeiten, die sich bei der Ermittlung ergeben haben, aber nichts von all dem paßt bis jetzt zusammen.«

»Verdammt«, sagte Goslin. »Wissen Sie, ich kannte Roy seit 30 Jahren. Er – hätte – eigentlich auch auf dem Treffen sein sollen. Ich habe ihm gesagt, vergiß es, laß einen von den jungen Aushilfen fahren, aber er hat gesagt, nein, er wollte die ganze Route zu Ende machen und dann nach Arlington fahren. Er hat gesagt, er würde auch dann noch rechtzeitig kommen. Ich – wir hatten einen Wettbewerb bezüglich unserer Riten, und er war Samstagabend nicht zur Probe erschienen, und unser Team wurde schließlich disqualifiziert, und alle waren ganz schön sauer auf ihn. Und wenn ich mir vorstelle, daß er da schon tot war – verdammt! Wir hätten uns doch denken können, daß Roy nie und nimmer einfach nicht kommt.«

Es gibt, wie ich vielleicht erwähnen sollte, mehrere verschiedene Elk Lodges im Großraum Fort Worth. Ich hatte von dem Treffen in Arlington am Rande mitbekommen, obwohl wir nicht hingegangen waren; Goslin kannte ich gar nicht. Ich konnte mir nur denken, daß er in einer anderen Lodge war als in Harrys.

»Okay«, sagte Castillo ungeduldig, »wollen wir nun hier rumsitzen und zu Ehren des lieben Verblichenen Totenwache halten, oder machen wir uns an die Arbeit und finden heraus, was ihm widerfahren ist?«

»Wir wissen doch, was ihm widerfahren ist«, sagte Goslin und sah verwirrt aus.

»Okay, dann eben, wer ihm widerfahren ist. Goslin, ich will damit sagen, machen Sie, daß Sie rauskommen, damit wir arbeiten können ... Moment noch. Wer ist normalerweise für die Route zuständig, für wen ist Bassinger eingesprungen? Cooper?«

»Tja, also –«

»Das ist doch was, das Sie machen können. Bringen Sie Cooper her.«

»Es ist Sonntag«, wandte Goslin ein.

»Zum Donnerwetter, was spielt das denn für eine Rolle?« fragte Castillo. »Können Sie Cooper herbringen?«

»Na ja, ich weiß nicht, ob –«

»Würden Sie es wohl versuchen?« fragte ich, bemüht, möglichst einschmeichelnd zu klingen, um Castillos Tonfall zu kompensieren.

»Gehen Sie doch bitte in Ihr Büro und rufen Sie ihn an und kommen Sie dann wieder her und sagen Sie uns, ob Sie ihn erreicht haben und ob er heute noch herkommen kann, ja?«

»Wenn er es heute nicht mehr schafft«, fügte Castillo hinzu, »werde ich auf jeden Fall morgen früh mit ihm sprechen müssen, wenn er ohnehin sortiert.«

»Aber dann verzögert sich –«

»Genau. Dann verzögert sich die Postzustellung, und Sie bekommen jede Menge Telefonanrufe. Also wäre es besser, Sie holen ihn heute noch her, okay?«

Goslin zog mit verwirrtem Blick ab, und Castillo gab ein unbeschreibliches Geräusch von sich, das so ähnlich klang wie *gaaaa.* »Der hat sein Pöstchen über die politische Schiene bekommen, damals, als man für eine Stelle bei der Post lediglich die richtige Parteiliste wählen mußte und jede Menge andere Leute dazu bringen mußte, das gleiche zu tun.«

»Heißt das, er ist dumm?« fragte ich.

»Das heißt, er ist dumm. Ach, verdammt, ich hätte ihn trotzdem nicht anbrüllen sollen. Das bringt genauso viel, wie wenn man einen Esel anschreit, weil er ein Esel ist. Er kann nichts dafür, daß er dumm ist. Er ist so geboren. Unwissenheit ist heilbar. Dummheit nicht. Ich hoffe nur, er schafft es, Cooper herzuholen, und vergißt nicht, was ich ihm aufgetragen habe.«

»Wie schafft er es denn, daß die Post zugestellt wird?«

»Gar nicht. Weshalb, glauben Sie wohl, schieben sie ihn dauernd in die kleinste Außenstelle ab, die sie für ihn finden können? Und trotzdem muß der Postamtsleiter alle naslang jemanden rausschicken, der das Chaos wieder beseitigt, das er angerichtet hat. Wenn er nicht bald in Pension geht, werden Sie ihn womöglich zum Leiter von irgendeinem Postschalter in irgendeinem Lebensmittelladen auf dem Lande machen. Und ich vermute, selbst dort wird er ein heilloses Chaos anrichten. Ach, was soll's, gehen wir wieder an die Arbeit.«

Doch noch während er verstreute Papiere in seine Aktentasche packte, kam Goslin mit der überraschenden Nachricht zurück, daß er Cooper erreicht hatte. »Coop hat gesagt, er ist um zwei Uhr hier«, fügte er hinzu.

Zwei Uhr, und jetzt war es halb eins. »Haben Sie vielleicht noch was zu erledigen, Deb? Wir treffen uns dann um Viertel vor zwei wieder hier.«

Er verhielt sich bei unserer Arbeit inzwischen überraschend nett mir gegenüber, nachdem er einmal seine anfänglichen Bedenken überwunden hatte. Das machte es leichter. Und er hatte keine spitzen Bemerkungen über meinen Bauch gemacht. Inzwischen mußte er ihn bemerkt haben, also war er anscheinend zu dem Schluß gekommen, daß es wohl besser wäre; nichts zu sagen.

Ich wußte nicht, was er jetzt vorhatte. Ich rief im Krankenhaus an, wo ich erfuhr, daß Livingston im OP war, und dann beschloß ich, die Zeit für eine Stippvisite in Turner's Mobile Home Park zu nutzen, um mit Lantana Turner zu sprechen. Ehemals Lantana Kelly. Die jüngste Schwester von Patrick Kelly, der tot in unserem Leichenschauhaus lag, weil er eine Ladung Schrot ins Gesicht bekommen hatte. Das war inzwischen bestätigt worden, ohne Probleme, anhand der Fingerabdruckkartei.

Nicht, daß Lantana noch nicht vom Tod ihres Bruders erfahren hätte; das hatte sie. Was sie jedoch noch nicht erfahren hatte, war, wie lange er schon tot war, als er gefunden wurde, und als ich es ihr sagte, fing sie an zu weinen und legte dabei den Kopf über die Armlehne der Couch. Billy Jack beobachtete sie stoisch von dem Plastik-Metall-Küchenstuhl aus, auf dem er rittlings saß, das Kinn auf die Rückenlehne gestützt.

Sie paßten gut zusammen, Lantana und Billy Jack. Lantana war so alt wie ich, zumindest ungefähr; in der High-School war sie hinter mir zurückgeblieben, weil die Kellys alle nicht besonders lerneifrig waren, aber ich hatte sie noch aus der zweiten Klasse in Erinnerung, ein mageres, unbeholfenes Mädchen, das größer war als ich und immer irgendwie nach Hefe roch. Sie war jetzt höchstens 43. Sie sah aus wie 60. In der High-School war sie schlank gewesen; jetzt war sie dürr mit glattem, strähnigem, stumpfbraunem Haar. Oberflächlich betrachtet war sie sauber, aber der Schmutz hatte sich für alle Zeiten in die Poren ihrer Gesichtshaut eingegraben, so daß sie auf undefinierbare Weise gräulich wirkte, und ihre alten, zusammengekniffenen blauen Augen sahen aus, als ob sie eine Brille brauchte. Sie trug einen senfgelben Polyesterstrickrock, der mit etwas befleckt war, das aussah wie Tomatensaft, eine leuchtendgelb-schwarz bedruckte Bluse, die ich, wie ich mich vage erinnerte, vor zwei Jahren bei Woolworth gesehen hatte – sie biß sich entsetzlich mit dem Rock – und braunrote Plastikschuhe.

Billy Jack, den ich nicht aus der Schule in Erinnerung hatte, war wohl über zehn Zentimeter kleiner als Lantana, und ich vermutete, daß er Cherokesen- oder Choctaw-Blut in den Adern hatte – kein Komantschenblut; Komantschen sind groß. Er hatte hellbraunes, widerspenstiges Haar, blaue Augen, ein Gesicht, das irgendwas zwischen viereckig und rund war, und insgesamt eine untersetzte Statur. Er war schmutzig, aber in seinem Fall war der Schmutz verständlich: Er war »Freizeitmechaniker« und hatte gerade an einem Motorradmotor gearbeitet, als Lantana ihn ins Haus rief. Er hatte sich rasch das Öl von den Händen gewaschen und war hereingekommen, noch in ölverschmierter Jeans und Khakihemd. Er hatte noch kein Wort zu mir gesagt, und es wäre auch sinnlos gewesen, wenn irgend jemand irgend etwas gesagt hätte, solange Lantana nicht müde wurde zu weinen.

Ich bekam Schluckauf und dachte: »O nein, fängt das jetzt wieder an?« Ich mußte noch zweimal hicksen und dann peinlich laut aufstoßen, was lächerlich war; ich hatte noch nicht mal eine Cola getrunken zu dem Hamburger, den ich auf dem Weg hierher gegessen hatte. Selbst Lantana hörte kurz auf zu weinen und starrte mich mit verdutzten Augen an.

»Alles in Ordnung, Lady?« fragte Billy Jack.

»Mir geht's gut«, versuchte ich zu sagen, aber unglücklicherweise mußte ich mittendrin wieder hicksen.

»Bestimmt? Soll ich Ihnen ein Glas Wasser holen? Oder einen Eistee? Ich hab' welchen fertig.«

Ich nahm das Glas Wasser dankbar an; es half ein wenig, und der Schluckauf ließ nach und hörte schließlich ganz auf.

Lantana hob den Kopf, putzte sich die Nase mit einem Kleenex, das sie in die ungefähre Richtung des Abfalleimers warf, und fragte: »Okay, du hast es mir gesagt. Also, warum bist du hier?«

Ich holte tief Luft. Ich hatte das Gefühl, als würde ich weitaus öfter als andere schlechte Nachrichten überbringen müssen, und allmählich reichte es mir. »Das alles wird wahrscheinlich morgen in der Zeitung stehen, das, was noch nicht drinstand. Ich habe mir gedacht, die Familie sollte es vorher erfahren, und außerdem hätte ich noch ein paar Fragen.«

»Ihr denkt ernsthaft, mein Bruder hätte dabei mitgeholfen, das kleine Mädchen umzubringen?«

»Es sieht so aus, Mrs. Turner.«

Lantana lachte trocken in sich hinein. »Mrs. Turner? Du hast mich schon Lantana genannt, als du gerade auf der Welt warst, nun bleib auch dabei.«

»Okay, Lantana. Aber –«

»Was ich sagen wollte, ich kann mir einfach nicht vorstellen, daß Patrick das getan hat. Er ist kein Mörder. Doch nicht Patrick.«

»Lantana, er hat Sonny getötet. Das wissen wir doch beide.«

»Ja, aber das war was anderes. Er hat Sonny wegen dieser Schlampe Susie getötet. Die hat doch vor allem, was Hosen anhatte, immer nur mit dem Hintern rumgewackelt, und Sonny, der war nun mal gegen keinen Frauenhintern immun, der vor ihm rumgewackelt hat. Und Susie war bestimmt verdammt gut im Hinternwackeln, du weißt schon, was ich meine.«

»Ja, ich weiß.«

»Und Patrick war nun mal so verdammt wütend und eifersüchtig, daß er nicht mehr an Susies Hinternwackeln gedacht hat, der hat nur noch daran gedacht, wie Sonny mit ihr rumgemacht hat – weißte, du hast meine glückliche Ehe zerstört. Wenn Sonny sich bloß ein paar Tage länger verkrochen hätte, wäre Patrick drüberweg gewesen und hätte Susie einfach in die Wüste geschickt. Er wollte Sonny eigentlich gar nicht töten, er war nur so verdammt wütend, daß er nicht mehr richtig denken konnte. Zwei Sekunden nachdem es passiert war, hat er geheult wie ein Baby.«

Das stimmte. Ich war dabei gewesen. Ich hatte es gesehen.

»Aber Patrick würde keinem Kind was tun«, sagte sie weiter. »Er hat Kinder geliebt. Immer schon. Wenn diese Schlampe von Susie ihm Kinder geschenkt hätte, statt nur mit dem Hintern rumzuwackeln, wäre das alles nicht passiert.«

»Es ist möglich, daß er sich verändert hat, Lantana. Das kommt vor.«

»Aber Patrick, als ich ihn zuletzt gesehen habe – wann war das noch, Billy Jack, vor drei Wochen? Er ist immer noch – er war immer noch derselbe gute alte Patrick. Hat mit den Kleinen gespielt.«

»Vielleicht hat er ja gar nicht gewußt, daß der andere vorhatte, das Mädchen zu töten, Lantana. Vielleicht hat er gedacht –«

»Meinst du, er hat vielleicht gedacht, sie würden bloß das Geld kassieren und die Kleine zurückgeben?«

»Ja«, sagte ich, »das wäre doch möglich.«

»Na ja, vielleicht«, sagte Lantana. »Die Sache ist bloß, Patrick hat sich nie viel aus Geld gemacht. Ich meine – ich weiß nicht, wie ich das sagen soll, damit du's verstehst. Er mochte schöne Sachen, klar, wenn es seine Sachen waren. Aber er wollte nie die Sachen von anderen Leuten, nicht mal früher, als er noch ganz klein war. Er war nicht –«, sie hielt inne, um nachzudenken, und dann benutzte sie ein sehr ungewöhnliches Wort. »Er war nicht begehrlich.«

Viertel vor zwei, und ich war wieder im Bundespostgebäude. Cooper kam zwei Minuten zu früh, was etwas besser war, als ich erwartet hatte; Goslin hatte angedeutet, Cooper sei bekannt für seine Unzuverlässigkeit, und das, aus Goslins Mund, ließ darauf schließen, daß er noch unzuverlässiger war.

Er war schätzungsweise 26. Sein Haar, ein unbestimmbarer Farbton zwischen braun und blond, klebte flach an der Stirn. Sein dickliches Gesicht hatte eigentlich gar keinen Ausdruck; seine rundlichen Konturen wirkten schlaff. Ich fragte mich kurz, wie er wohl aussehen würde, wenn er erwachsen war, ob sein Gesicht jemals individuelle Züge bekommen würde. Vermutlich würde er wohl nie sehr viel anders aussehen als jetzt, als ich ihn vom Fenster aus beobachtete, wie er die Tür seines Pick-ups zuschlug und den Weg zu der Tür hochtrottete, die der Wachmann für ihn aufhielt.

»Hi, Coop, danke, daß Sie gekommen sind«, sagte Castillo. Er ließ seine Stimme viel freundlicher klingen als sonst, wenn er normal sprach.

»Na ja, so ist das eben«, sagte Cooper sinnloserweise. »Goslin sagt, Sie wollten mich sprechen. Ich weiß nicht, was ich Ihnen groß erzählen kann; ich meine, wenn Bassinger gefahren ist, war ich natürlich nicht dabei, und ich habe ihn auch nur ein paarmal getroffen, und –«

»Das ist mir klar«, sagte Castillo. »Ich brauche bloß Ihre Hilfe bei einem kleinen Problem. Das ist Deb Ralston vom Fort Worth Police Department. Wir arbeiten zusammen an diesem Fall.« Er bemühte sich erfolglos um einen beiläufigen Ton, als er das sagte; sein Blick, mit dem er mich streifte, sprach Bände.

»'n Tag«, sagte Cooper in meine Richtung und klappte seine Körperlänge auf einem Stuhl zusammen, wobei er sich seiner Größe genausowenig bewußt war, wie es bei Hal inzwischen der Fall ist. Und Hal, der mit 16 ganz plötzlich von 1,75 m auf 1,88 m hochgeschossen ist und noch immer wächst, läuft dauernd gegen Wände, die sich ihm irgendwie in den Weg zu stellen scheinen.

»Danke, daß Sie gekommen sind«, sagte ich, und Cooper zuckte die Achseln und blickte Castillo an.

»Sie haben ein gutes Gedächtnis, stimmt's?« sagte Castillo. »Sagt Goslin jedenfalls.«

Goslin hatte nichts dergleichen gesagt. Aber das konnte Cooper nicht wissen.

»Na ja, kann schon sein. So gut wie die meisten jedenfalls.«

»Okay, stellen Sie sich Ihre Route vor.«

»Ja?« Cooper schloß die Augen und neigte den Kopf nach links und hob ihn dann wieder. Das, so vermutete ich, bedeutete wohl, daß er sich seine Route vorstellte. »Und jetzt?«

»Sie biegen in die Four Mile Road ein. Was sehen Sie?«

»Zuerst ist da so ein gelbes Haus auf der linken Seite, gehört 'ner Familie namens Green. Die haben so'nen kleinen Kläffer, der hinter meinem Wagen herrennt – manchmal habe ich Angst, ich überfahre den Köter, wenn sie nicht endlich dafür sorgen, daß er nicht auf die Straße läuft. Dann kommt rechts ein Wohnwagen. Der ist irgendwie schmutzigblau und steht noch nicht lange da. Sie haben gerade genug Gestrüpp entfernt, daß Platz für den Wohnwagen ist – kein Garten, kein gar nichts –, und haben von den Greens aus eine Stromleitung über die Straße gespannt. Sie haben ein Mädchen, etwa zwölf – ich sehe sie meist am Samstag, fährt mit einem roten Jungenrad –, und einen kleinen Jungen, ist fast immer draußen und hat nur eine Windel an, egal, was für Wetter ist. Und daß es ein Junge ist, weiß ich daher, daß er ab und zu ohne Windel draußen ist.«

Sieh an, sieh an. Cooper hatte tatsächlich ein gutes Gedächtnis. Castillo hatte es ihm ja gesagt. »Stellen Sie sich jetzt Nr. 220 vor.«

»Das ist auf der linken Seite. Neun Briefkästen –«, seine Stimme verlor sich. »Neun –«, er klang unsicher. Dann öffnete er die Augen. »Da laust mich doch der Affe.«

»Ist Ihnen was eingefallen?«

»Und ob! Letzte Woche waren da zehn Kästen. Aber da dürften eigentlich nur – komisch. Das ist echt komisch. Da waren zehn, aber am Freitag waren es wieder neun. Ich bin ja dran gewöhnt, daß Kästen dazukommen – dann ist einer unten am Bach in einen Wohnwagen gezogen oder so was –, aber daß sie wieder weggenommen werden, das ist echt seltsam.«

»Können Sie das beschwören?« Castillo beugte sich vor.

»Und ob ich das kann!« Coopers Stimme klang bestimmt. »Dieser zehnte Kasten, der war so groß, daß man ihn gut und gerne als Hundehütte für einen Cockerspaniel hätte benutzen können. Ich meine, der war echt groß, und er stand ein gutes Stück über den Rand des Pfostens vor, total schief, und – ich werd' Ihnen sagen, wie schlecht der angebracht war. Ich mußte ein Paket zustellen, und, so groß wie der Kasten war, paßte das Paket genau rein, bloß, als ich den verdammten Kasten zugemacht habe, ist er vom Pfosten runtergefallen. Ich mußte wieder raus aus dem Wagen und den Kasten wieder auf den Pfosten stellen – na ja, ich hätte es wohl nicht machen müssen, aber ich habe es gemacht –, und ich habe einen Zettel reingelegt, daß sie das Ding reparieren sollten. Aber dann am Freitag – Freitag ist mir gar nicht aufgefallen, daß er nicht da war, weil es für mich normal war, daß er nicht da war, Sie wissen schon, was ich meine, aber jetzt, wo ich drüber nachdenke –«

»Haben Sie schon mal etwas anderes an diesen Briefkasten ausgeliefert?«

»Nee. Nur dieses eine Paket.«

»Wie groß war das Paket?«

»Oh, ich weiß nicht, schwer zu sagen. Etwa so.« Er wedelte mit den Händen, deutete die Umrisse eines Kastens an.

»Vergleichen Sie es mit irgendwas hier im Büro.« Castillo hatte vorsorglich einen Schuhkarton von Tony Lama auf ein Regal neben seine Bücher gestellt, zusammen mit ein paar anderen Kartons unterschiedlicher Größe.

Wie niemand von uns vor diesem Gespräch zu hoffen gewagt hätte, zeigte Cooper sofort auf den Schuhkarton. »Der da«, sagte er mit Bestimmtheit. »Etwa die gleiche Größe. Soweit ich mich erinnere, hatte es etwa die gleiche Größe.«

»Okay, wie sah es aus?«

»Wie sah es aus? Och, es war mit braunem Papier eingepackt und mit Tesafilm zugeklebt, und die Adresse war in Schwarz draufgeschrieben.«

»Irgendein Name?«

»Nee. Bloß die Adresse.«

»Haben Sie gesehen, daß jemand es abgeholt hat?« Ich hielt den Atem an, wartete auf eine Antwort auf diese Frage. Aber ich hätte mir eigentlich denken können – wir beide hätten uns eigentlich denken können –, wie die Antwort lauten würde.

»Nein, es war noch da, als ich weiterfuhr.«

»Okay. Sie haben uns sehr geholfen. Kommen Sie doch bitte morgen nach Ihrer Arbeit zu mir und unterschreiben Sie Ihre Aussage.«

»Häh? Muß ich denn nicht erst eine Aussage machen, bevor ich sie unterschreiben kann?«

»Sie haben gerade eine gemacht«, sagte ich zu ihm und zeigte auf den Cassettenrecorder, der auf dem Schreibtisch lief.

»Ach ja?« sagte Cooper. »Aber ich habe Ihnen doch bloß erzählt –«

»Cooper, was zum Teufel meinen Sie denn, was eine Aussage ist?« erkundigte sich Castillo.

Cooper zuckte die Achseln. »Mister, ich bin kein Anwalt.«

»Sie haben aber ein richtig gutes visuelles Gedächtnis«, sagte ich.

Seine Antwort war völlig überraschend. »Das muß ich auch. Ich bin nämlich Künstler.«

»Künstler?« wiederholte ich. »Wieso arbeiten Sie dann bei der Post?«

Cooper stand auf und grinste gequält. »Lady, haben Sie schon mal versucht, als Künstler über die Runden zu kommen?« Und als er sich zum Gehen umwandte, fiel das Licht in einem anderen Winkel auf ihn, und ich konnte kleine Linien und Falten um Augen und Mund sehen, die mir vorher nicht aufgefallen waren.

Ich mußte mich nicht mehr fragen, wie er aussehen würde, wenn er erwachsen war. Er war schon erwachsen.

»Er war nicht *begehrlich*?« wiederholte Harry mit hochgezogenen Augenbrauen. »Ein komischer Ausdruck.«

»Eigentlich nicht«, sagte ich. »Lantana war als Kind in der Baptistengemeinde; wie alle Kellys, und wahrscheinlich hat sie die Zehn Gebote auswendig gelernt, als sie in der fünften Klasse war oder so.«

»Sie sind hingegangen; das heißt nicht, daß sie auch hingehört haben.«

»Du bist zynisch. Lantana hat hingehört; das weiß ich genau. Sie ist eine gute Frau. Sie ist ungebildet, und sie ist arm, und sie ist wahrscheinlich etwas dumm, aber sie macht alles, so gut sie kann. Patrick – vielleicht nicht. Vielleicht hat er nicht hingehört. Aber er hat die Worte bestimmt gekannt, ob er sie gehört hat oder nicht.«

»Mag sein«, sagte Harry, »aber ich bin sicher, daß nicht sehr viele Leute das Wort *begehrlich* benutzen würden. Ich bestimmt nicht.« Er hielt inne und betrachtete mich ernst. »Hast du wirklich Lust zu kochen, Deb? Du siehst schrecklich aus.«

»Oh, besten Dank.«

»Du weißt, wie ich das meine. Wir können auswärts essen, wenn es dir lieber ist.«

»Es ist mir nicht lieber. Mir ist eher danach, Abendessen zu kochen als meine Schuhe wieder anzuziehen.«

Etwa zwei Sekunden später hätte ich am liebsten geschrien. Seit Harry sich vor gut einem Jahr das Funkgerät gekauft hat, ist er zum Funkfanatiker geworden. Inzwischen steht ein CB-Funkgerät im Schlafzimmer, damit er Truckern und den Notrufdurchsagen auf Kanal Neun lauschen kann, bis er einschläft oder ich einen Koller kriege und verlange, daß er das Funkgerät auf der Stelle abdreht, je nachdem, was zuerst kommt. Die neueste Anschaffung ist ein Scanner-Gerät, mit dem er den Polizeifunk und Feuerwehrfunk abhören kann. Das Ding steht in der Küche, damit wir beim Essen was zu lauschen haben. Harry schaltete es ein. Ich schaltete es ab. »Ich versuche *nachzudenken*«, protestierte ich.

Harry setzte sich erwartungsvoll an den Tisch. »Na, dann denk schon nach.«

Ich reichte ihm einen Stapel Teller. »Du könntest den Tisch decken, während ich nachdenke.« Ich rührte weiter die Spaghettisauce um, die ich zu kochen angefangen hatte, lange bevor sein Vorschlag kam, essen zu gehen, und grübelte.

»Möchtest du laut nachdenken?« fragte Harry nach ein paar Minuten des Schweigens.

»Ach, ich weiß nicht.« Ich drehte mich zerstreut um, um die Spaghetti in einem Durchschlag in der Spüle abzugießen. »Ich meine nur, wenn sie recht damit hat, daß Patrick nicht begehrlich war – ich weiß so sicher wie das Amen in der Kirche, daß er mit der Entführung zu tun hatte. Sie haben seine Adresse für das Lösegeld benutzt; das Kind wurde in seine Vorratskammer gesteckt. Es ergibt einfach keinen Sinn. Wenn er nicht begehrlich war, wieso hat er es dann gemacht?«

»Vielleicht ist er gezwungen worden?«

»Das glaube ich nicht. Ich denke einfach, angenommen, er hat aus irgendeinem Grund gedacht, French hätte ihn reingelegt? Angenommen, er hat gedacht, French wäre ihm aus irgendeinem Grund was schuldig?«

»Wieso sollte er das denken?«

»Ich weiß nicht. Vielleicht hat French ihm einen Wagen verkauft, und irgend jemand ist damit ums Leben gekommen – nur weiß ich nicht, wer das sein sollte, denn falls er wieder geheiratet hat, hat Lantana mir jedenfalls nichts davon gesagt, und sie hat ausdrücklich gesagt, er hätte keine Kinder. Aber ich denke einfach – okay, laut Obduktionsbericht wurde Helen nicht vorsätzlich getötet. Sie wurde in den Kofferraum gesperrt, das ist alles. Wahrscheinlich haben sie nicht gewußt, daß sie Asthma hatte, sie wußten nicht, daß sie sterben könnte, wenn sie in den Kofferraum gesperrt wurde. Also angenommen, er hat gedacht, French sei ihm was schuldig? Angenommen, er dachte, French sei ihm was schuldig und das sei die einzige Möglichkeit, das zu bekommen, was French ihm seiner Ansicht nach schuldete?«

»Schön, und wo ist dann da der Zusammenhang?«

»Ich weiß nicht. French hat gesagt, er kennt keinen Patrick Kelly.«

»Patrick Kelly kann doch gedacht haben, French ist ihm was schuldig, auch ohne daß French ihn gekannt hat.« Ich drehte mich um und rührte wieder die Spaghettisauce um, und Harry, der wohl spürte, daß ich fertig war mit Reden, schaltete das kleine Scanner-Gerät an. Gerade als er es laut drehte, sagte eine Stimme: »Ich habe beim Sergeant nachgefragt, und der sagt, wenn es nicht als gestohlen gemeldet ist, soll es abgeschleppt werden.«

»Wohin abgeschleppt?« fragte Danny Sheas Stimme.

»Zum Abstellplatz, Shea, wohin schleppen wir denn immer verlassene Fahrzeuge ab?« Greg Vinsons Stimme klang genervt, wie die Stimmen von allen Leuten, die mit Danny Shea zu tun haben.

Ich schaltete das Funkgerät wieder ab.

»Was soll das?« fragte Harry. »Ich möchte wissen, was so los ist.«

»Ich auch«, erwiderte ich, »aber nicht beim Essen. Ich bin gleich wieder da; ich rufe nur mal eben im Krankenhaus an und höre, wie es Livingston geht. Paßt du ein bißchen auf, daß die Spaghettisauce nicht anbrennt?«

»Es wird mir ein Vergnügen sein, auf die Spaghettisauce aufzupassen«, sagte Harry. »Aus Schaden wird man klug.«

»Blödsinn, du Klugscheißer.« Ich ging zum Telefon. Aber ich wußte, was Harry meinte. Immer mal wieder, wenn ich über einem Fall brüte, schaffe ich es, das Essen krustigbraun anbrennen zu lassen. Harry wirft mir meistens vor, ich würde es mit Absicht machen. Wenn er die Töpfe scheuern müßte, wüßte er, daß es keine Absicht von mir ist.

Das Krankenhaus sagte, Bill Livingston sei bei Bewußtsein, könne sich aber an nichts erinnern, was in den letzten drei Tagen passiert war. Das Krankenhaus sagte außerdem, daß man es begrüßen würde, wenn weniger Polizeibeamte alle fünf Minuten anrufen würden, und obwohl man verstehen würde, daß ich ein berechtigtes Interesse hätte, Näheres zu erfahren, könne ich doch sicherlich verstehen –

Ich erwiderte, daß ich es verstehen könne. Ich ging zurück in die Küche und rührte wieder die Spaghettisauce um, die Harry aufmerksam im Auge behielt, aber nicht umrührte.

»Worum ging's denn da vorhin eigentlich über Funk?« fragte er mich.

»Über Funk, wann?«

»Kurz bevor du es ausgeschaltet hast. Hörte sich so an, als hätte jemand blöde Fragen gestellt.«

»Ach, das war Shea. Der stellt immer blöde Fragen. Diesmal wußte er nicht, was er mit einem verlassenen Auto machen soll. Und meines Wissens ist die Verfahrensweise hinsichtlich verlassener Autos seit 15 Jahren unverändert. Vielleicht länger.«

»Ach ja?«

»Ja. Du überprüfst, ob der Wagen als gestohlen gemeldet ist, und wenn er nicht als gestohlen gemeldet ist, versuchst du, den Halter zu ermitteln, und wenn du den Halter nicht ermitteln kannst, läßt du den Wagen zum Abstellplatz der Polizei schleppen. Das heißt, wenn er lange genug da steht, daß du davon ausgehen kannst, daß er verlassen worden ist – also, du pappst einen Zettel drauf und siehst immer mal wieder nach, ob der Zettel noch dranpappt, oder wenn der Wagen eine Zufahrt oder so was blockiert, läßt du ihn auf der Stelle abschleppen. Ich meine, du läßt ihn nicht einfach abschleppen, wenn er nur über Nacht vor einem Supermarkt mit leerer Batterie stehengelassen wurde.«

»Ach ja?« sagte Harry gedehnt. »Wie kommt denn ein Supermarkt zu einer leeren Batterie?«

Ich glaube, er wollte es mir bloß heimzahlen, weil ich ihn dazu gebracht hatte, mit seinem Flugzeug an einer ungünstigen Stelle zu landen. Wieso sollte er sonst so eine Frage stellen?

Kapitel 5

Es ist Montag«, protestierte ich schläfrig. »Montags hab' ich dienstfrei.« Ich war wieder ins Bett gegangen, nachdem Harry und Hal wohlversorgt aus dem Haus waren, und das Telefon hatte mich unsanft geweckt.

»Na und? Am Sonntag hatten Sie auch dienstfrei«, erwiderte Captain Millner. »Auf ins Büro, Deb.«

»Und wann soll ich mal *Luft* holen?«

»Sie wollten es ja nicht anders.«

So ganz stimmte das nicht. Ich hatte ins Morddezernat gewollt, nicht ins Sonderdezernat, aber eine Alibifrau muß damit rechnen, daß sie dort eingesetzt wird, wo sie am meisten auffällt. Die Tatsache, daß ich inzwischen bewiesen hatte, nicht bloß eine Alibifrau zu sein, spielte jetzt keine Rolle mehr.

Aber selbst Detectives durften mal einen Tag freimachen, murrte ich, während ich mich anzog. Ich hatte mir vorgenommen, nachmittags Wäsche zu waschen.

Aber vielleicht hatte ich ja Glück. Vielleicht brauchten sie mich nur für ein, zwei Stunden. Vielleicht hatte ich danach immer noch Zeit, die Wäsche zu waschen.

»Was liegt an?« fragte ich 45 Minuten später in Captain Millners Büro, bemüht, meine Stimme fast beleidigt klingen zu lassen.

Captain Millner, mehrere Anzeigeformulare in der Hand, blickte nicht auf. »Haben Sie am Samstag die Anzeige einer gewissen Deborah Mossberg aufgenommen?« Jetzt erst blickte er auf. »Genauer gesagt, sich geweigert, eine Anzeige aufzunehmen?«

Ich setzte mich. »Ja. Es handelte sich um eine Familienstreitigkeit. Es war keine Angelegenheit der Polizei, und wenn jemand anders als Danny Shea die erste Anzeige aufgenommen hätte, wäre überhaupt kein Detective hingeschickt worden.« Aber ich spürte, wie sich in meinem Magen ein kalter, harter Knoten zusammenkrampfte. Was, wenn ...

Ich unterdrückte den Gedanken an ein Was, wenn.

»Was haben Sie der Mutter gesagt?«

»Die Situation war die, daß der Vater Besuchsrecht hatte, und sie –«

»Was haben Sie der Mutter gesagt?« fiel mir Millner ins Wort.

»Hören Sie, dazu brauchen Sie die –«

»Vorgeschichte. Ich weiß. Ich brauche immer die Vorgeschichte. Aber im Moment interessiert mich die Vorgeschichte einen feuchten Dreck. Ich möchte einfach wissen, was Sie der Mutter gesagt haben.«

Ich holte tief Luft. »Ich habe ihr gesagt, wenn das Kind Montag nicht wieder da ist, soll sie uns anrufen. Hat sie angerufen und sich beschwert?«

»Nein. Sie hat bloß noch mal angerufen.« Millner warf mir die Kopie von Sheas Meldung über den Schreibtisch zu. »Sie machen sich besser schleunigst auf den Weg dorthin. Sie hat ausdrücklich nach Ihnen verlangt, damit sie nicht alles zweimal erklären muß.«

Ich sagte nicht: »Ach du Scheiße.« Aber ich gebe zu, daß ich es gedacht habe.

Diesmal trug Deborah Mossberg kein Make-up. Sie war blaß, und ohne Wimperntusche und Lidstrich waren ihre Augen und Brauen fast unsichtbar, was sie seltsam kindlich aussehen ließ. Ihre Hand zitterte leicht, fast unmerklich, als sie sich mit nikotingelben Fingern eine Zigarette anzündete. »Sie haben gesagt, wenn sie Montag nicht wieder da ist –«

»Ja.« Ich war diesmal ein wenig wohlwollender gestimmt, aber nur ein wenig. »Haben Sie irgendwas von Ihrem Exmann gehört?«

»Nein. Ich meine, ich habe bei der Tankstelle angerufen, und die haben gesagt, er wäre nicht gekommen.«

Zumindest war sie jetzt selbst ein wenig aktiv geworden. Das war gut. »Könnte ich ein Foto von ihr sehen?«

Candy sah nicht verwahrlost aus. Das war mein erster Gedanke – Candy sah nicht verwahrlost aus. Tatsächlich war sie ein hübsches Kind, mit schwarzem Haar und blauen Augen. Sehr lockiges schwarzes Haar, nach dem Foto zu urteilen; sie sah aus wie eine brünette Ausgabe der kleinen Shirley Temple. Auf dem Foto trug sie ein rosa Sweatshirt mit einem weißen Herz drauf. Auf dem Herz war eine rosa Katze mit sehr langen Schnurrhaaren und Augen aus Glitzersteinen.

»Ich kaufe ihr hübsche Anziehsachen«, sagte Deborah. »Wenn – wenn ich nicht soviel arbeiten würde, könnte ich ihr nicht so viele hübsche Sachen kaufen. Aber ich denke bloß immer – ich denke bloß immer ...«

Ich fragte nicht nach, was sie dachte. Vielleicht, so dachte ich, vielleicht würde ich das Jugendamt am Ende doch nicht verständigen müssen, wenn Rick seine Tochter nur lange genug bei sich behielt. »Ich bräuchte noch ein paar Informationen von Ihnen. Name – ist Candy ihr richtiger Name, oder –«

»Eigentlich heißt sie Candace. Aber ich nenne sie Candy. Rick nicht; er meint, das klingt albern. Er nennt sie Candace. Ich finde nicht, daß Candy albern klingt, Sie?« Ihr kindliches Auftreten war jetzt noch deutlicher; ich hatte den Eindruck, als würde sie mich um Erlaubnis bitten, weiter den Kosenamen ihres Kindes benutzen zu dürfen.

»Ich finde, es klingt ganz nett«, versicherte ich ihr. »Viele kleine Mädchen heißen Candy.«

»Ja, das habe ich auch gedacht«, sagte sie.

»Candace Mossberg«, schrieb ich. »Hat sie einen zweiten Vornamen?«

»Jean. So hieß meine Mutter, Jean. Ich fand es schön, sie nach meiner Mutter zu nennen. Aber meine Mutter hieß nicht Candace. Ich hatte eine Freundin, die so hieß. Sie wurde Candy genannt, aber sie hatte fast cremefarbenes Haar. Ich dachte, Candy hätte das auch – sie hatte richtig helle Haare, als sie zur Welt kam, aber dann, mit etwa zwei Jahren, wurden sie dunkler.«

»Das ist bei vielen Kindern so. Candace Jean, schön.« Ihr Geburtsdatum? Sie war im Oktober sechs geworden. Ihre Größe? Deborah wußte nicht, wieviel Candy wog, aber sie kannte ihre Kleidergröße. Hatte sie ein Foto, das ich haben konnte? Deborah gab mir ein Foto. Was mochte sie, und was mochte sie nicht?

»Ich wüßte nicht, daß sie irgend etwas nicht mag«, sagte Deborah vage. »Sie mag Hunde und Katzen und andere Kinder und Schokolade und Anziehsachen. Haferbrei mag sie nicht besonders, aber ich auch nicht. Rick wohl. Ich weiß nicht, wieso. Ich kann mir nicht vorstellen, daß überhaupt jemand Haferbrei mag, aber andererseits kann ich mir auch nicht vorstellen, daß jemand so tut, als ob er Haferbrei mag, wenn es gar nicht stimmt. Es sei denn, er glaubt, alle anständigen Menschen essen Haferbrei.«

»Ich mag auch keinen Haferbrei«, gestand ich. »Bleibt einem immer hinten im Hals kleben.«

»Ja, genau«, stimmte Deborah eifrig zu.

»Okay, wissen Sie ungefähr, was sie anhatte, als sie verschwunden ist?«

»Ja, ich habe ihre Sachen durchgesehen. Jeans – Levis – und einen blauen Sweater – Pullover, meine ich.«

»Was für ein Blauton?«

»Oh, Taubenblau. Ich mag dieses Königsblau nicht für kleine Mädchen, Sie etwa?«

»Bei einer meiner Töchter sah es ganz gut aus, bei der anderen nicht«, erwiderte ich. Zugegeben, wir waren ziemlich weit vom eigentlichen Thema abgekommen, aber andererseits war Deborah sichtlich ruhiger geworden, und die Informationen, die wir dringend brauchten, kamen jetzt flüssiger.

»Wie alt sind Ihre Töchter?«

Ich mußte kurz überlegen, bevor ich antworten konnte: »23 und 20.«

»Ach, und jetzt ist noch eins unterwegs? Das ist hart«, sagte Deborah mitfühlend. »Sie haben bestimmt schon gedacht, Sie hätten es hinter sich, was?«

»Na ja, eigentlich freu ich mich drauf«, sagte ich, ohne näher auf das Thema einzugehen. »Jetzt bräuchte ich noch ein paar Informationen über Rick«, sagte ich weiter.

»Rick. Okay, möchten Sie ein Foto von ihm?«

»Das wäre hilfreich, ja, vor allem, wenn es ein aktuelles ist.«

Das Foto war vermutlich ein Jahr alt, entschied Deborah nach langem Überlegen; es war aufgenommen worden, kurz bevor sie beschlossen hatte, die Scheidung einzureichen.

Rick war sehr dünn; er hatte rotblondes Haar und blaue Augen. Auf dem Foto warf er Candy in die Luft, und Candy lachte ausgelassen. Größe? Oh, na ja, sie schätzte ihn auf 1,75 m, und woher sollte sie wissen, wieviel er wog? 62 Kilo vielleicht, klang das realistisch?

Ich sagte ihr, daß es realistisch klang, wenn er 1,75 m groß und dünn war.

Ricks voller Name war Richard Dwayne Mossberg, und er war 28, und eine Zeitlang in der Armee – Candy kam in einem Militärkrankenhaus zur Welt. In der Armee hatte es ihm gut gefallen, und er war immerhin Sergeant geworden, und er wollte dort bleiben, aber Deborah gefiel die viele Umzieherei nicht besonders, also verließ Rick die Armee, aber er blieb Reservist und mußte dauernd zu irgendwelchen Manöverübungen und so – na gut, nicht dauernd, an einem Wochenende im Monat, aber immerhin –, und er hatte einen Job bei einer

Ölbohrfirma gefunden, und er war da rausgeflogen, und er konnte keinen neuen Job finden, und er wollte wieder zurück in die Armee, aber Deborah war dagegen, die wollten ihn nämlich ausgerechnet nach Deutschland schicken, und er wollte, daß sie mitkam, und was hätte sie denn wohl in Deutschland gesollt, wo sie doch noch nicht mal Deutsch sprach, und dann hat er keinen Job mehr gefunden, nur diesen dämlichen Aushilfsjob an der Tankstelle, und einmal hat er Zeitschriften per Telefon verkauft, aber keiner hat welche gekauft, und deshalb hat er kein Geld damit verdient, und deshalb mußte Deborah die Familie unterhalten, und deshalb hatte sie irgendwann die Nase voll, und deshalb hat sie sich scheiden lassen.

Sie war außer Atem, als sie endlich aufhörte zu reden.

Ich wäre mit Harry mitgegangen, wenn die Marines ihn irgendwohin geschickt hätten, wo ich hätte mitkommen können, dachte ich. Aber das haben sie nicht getan. Ich mußte kurz an einige der Länder denken, wo er gewesen war, während ich zu Hause in Fort Worth saß und keine Nachrichtensendung ausließ.

Aber meine Probleme hatten nichts mit dem vermißten Kind zu tun.

»Wie gut kommen Rick und Candy miteinander aus?«

»Richtig gut«, sagte Deborah.

»Rick schlägt sie nicht oder so?«

»So was würde er niemals tun.«

Ich ließ mir Ricks Adresse und den Namen und die Adresse von der Tankstelle, wo er arbeitete, geben. »Welche Verwandten hat Rick hier in der Gegend?«

Seine Mutter lebte in Hurst. Sie war sauer auf Rick, weil er keinen Job hatte, und sauer auf Deborah, weil sie in einer Bar arbeitete, obwohl es wirklich die einzige Möglichkeit war, die Rechnungen zu bezahlen, und sie sagte, Deborah würde Candy vernachlässigen, aber als Deborah sie bat, auf Candy aufzupassen, sagte sie, Deborah wolle nur ihre Gutmütigkeit ausnutzen, und als Deborah einen anderen Babysitter fand, sagte sie, das sei der Beweis dafür, daß Deborah kein Vertrauen zu ihrer eigenen Schwiegermutter habe.

Wieder war sie außer Atem, und so ganz allmählich entwickelte ich ein wenig Verständnis für Deborah ebenso wie für Rick. Ich ließ mir auch diese Adresse geben – konnte ja sein, daß ich sie brauchte – und fragte dann: »Glauben Sie, Rick könnte sie irgendwohin gebracht haben? Falls ja, wohin würde er wohl fahren?«

»Ich wüßte nicht, wohin«, sagte Deborah. »Sehen Sie, es ist doch so. Er hat kein Geld. Im Grunde muß er nur nach Dallas, um Arbeit zu suchen, aber da kennt er keinen, und er wollte, daß wir so lange in dem Pick-up schlafen, bis er einen Job gefunden und den ersten Lohn bekommen hat, und Sie verstehen schon, mit einem kleinen Kind kann man doch nicht einen Monat oder so in einem Pick-up wohnen, ich meine, mit einer Sechsjährigen, das geht doch nicht, oder? Und kommen Sie mir nicht damit, daß manche Leute das machen, ich weiß schon, daß manche Leute das machen, aber das heißt nicht, daß ich Lust dazu habe. Aber er würde das bestimmt nicht allein mit Candy machen, wenn ich nicht dabei bin, um auf sie aufzupassen; was will er denn machen, sie den ganzen Tag in dem Wagen sitzen lassen, während er arbeitet? Ansonsten könnte er bloß noch versuchen, wieder zur Armee zu gehen, und das könnte er natürlich allein machen, aber dabei kann er ja Candy nicht mitnehmen.«

Und das stimmte absolut.

»Ich werde sehen, was ich herausfinden kann«, erklärte ich. »Aber ich muß Ihnen sagen, daß ich im Moment noch mit einem anderen Fall beschäftigt bin, es könnte also sein, daß jemand von meinen Kollegen vorbeikommt, um mit Ihnen zu sprechen. Ich sorge dafür, daß er über alles informiert wird, was Sie mir erzählt haben, okay? Wenn also jemand anders zu Ihnen kommt, heißt das nicht, daß die Polizei sich keine Mühe gibt; es heißt bloß –«

»Finden Sie Candy«, unterbrach Deborah mich.

»Geben Sie mir die Telefonnummer von Ihrer Arbeitsstelle.«

»Meinen Sie etwa, ich würde jetzt *arbeiten*?«

Ich hatte eigentlich gar keinen Dienst. Aber da ich nun schon mal da war, dachte ich mir, ich könnte genausogut bleiben. Also setzte ich mich an meinen Schreibtisch und ging meinen Eingangskorb durch, erledigte davon soviel wie möglich so schnell wie möglich, damit es nicht über meinen Schreibtisch quoll, wie es bekanntlich immer dann passiert, wenn ich mit anderen Dingen beschäftigt war.

Während ich noch damit beschäftigt war, kam Otto Castillo herein und setzte sich, ohne auch nur zu fragen, an Dutch Van Flaggs Schreibtisch, direkt mir gegenüber, um ein Ferngespräch zu führen. Von *unserem* Telefon aus. Wo er doch eine eigene ganz hervorragende Leitung beim Wide Area Telephone Service oder so hat, die von *unseren* Steuern bezahlt wird.

Wie sich jedoch herausstellte, wollte er, daß ich am Nebenapparat mithörte, während er mit einem Detective in Dallas, einem Typen namens Beckman, sprach, der dort die Kidnapping-Sonderkommission leitete. Beckman sagte, eine Kollegin aus Dallas sei unterwegs nach Fort Worth, um mit uns zu sprechen. »Ihr Name ist Aline Brinkley. Sie muß vorher noch ein paar Sachen abholen, aber ich schätze, sie müßte gegen Mittag bei euch sein. Sie können also warten und sie fragen –«

»Okay, schön, die Beamtin von Fort Worth ist hier mit am Apparat. Deb Ralston.«

»Deb Ralston?«

»Genau. Sonderdezernat. Sie ist – äh – der leitende Detective für den Fall.«

»O verdammt«, sagte Beckman, »ich habe Aline geschickt, weil ich dachte, bei euch wäre ein Mann für die Sache zuständig, und ich wollte dafür sorgen, daß auch eine weibliche Betrachtungsweise in die Ermittlungen einfließt. Also was –«

»Keine Sorge«, schaltete ich mich ein, »wir haben in Fort Worth jede Menge Männer. Einschließlich Otto.« Der mir eine Grimasse schnitt, bevor er sprach.

»Hören Sie, Beckman«, sagte Otto, »ich bin nicht sicher, ob diese Brinkley mir sagen kann, was ich wissen will. Ich bin nicht sicher, ob das überhaupt jemand kann.«

»Fragen Sie einfach.«

»Ich nehme an, die Antwort wird vermutlich ohnehin negativ ausfallen.«

»Fragen Sie einfach«, wiederholte Beckman, nicht sehr geduldig.

»Hat jemand Helens Handtasche gefunden?«

»Mann, wir sprechen hier von einer Achtjährigen. In dem Alter fangen die noch nicht an, mit Handtaschen rumzulaufen.«

»Helen doch.« Er erklärte es, und Beckman pfiff. »Also, ich habe mir überlegt, wenn Sie sie nicht haben und wir sie nicht haben, dann könnte sie vielleicht noch in dem Wagen sein, in dem die Kleine transportiert wurde. Und ich hätte French fragen sollen, wie die Tasche aussieht, aber er war schon weg, als mir das eingefallen ist.«

»Tja, sie könnte in dem Wagen sein«, sagte Beckman, »aber Sie vergessen eins.«

»Das wäre?«

»Wir sind hier in Dallas. Was glauben Sie wohl, wie lange eine Handtasche – selbst die Handtasche von einem Kind – auf dem Bürgersteig oder auf der Straße liegenbleibt? Und wissen Sie noch, wie lange es gedauert hat, bis French die Sache gemeldet hat? Das kann der Grund dafür sein, daß wir keine Tasche gefunden haben.«

»Ja, ich weiß, jemand könnte sie gestohlen haben, aber wir sollten die Sache im Auge behalten, zumindest als Möglichkeit. Sie haben sie also nicht gefunden?«

»Wir haben sie nicht gefunden. Wir haben gar nicht gewußt, daß wir nach einer Handtasche suchen sollten.«

»French hat Ihnen ganz sicher nicht erzählt, daß Helen eine Handtasche bei sich hatte? Und Mrs. French auch nicht?«

»Ich will nichts Falsches erzählen. Bleiben Sie dran, ich sehe nur kurz die Aussagen durch.« Das dauerte ein paar Minuten; dann war Beckman wieder am Apparat. »Absolut kein Wort davon. Niemand hat uns gesagt, daß wir nach einer Handtasche suchen sollten. Das steht fest.«

»Sie wurde vor der Schule gekidnappt – seit wann wurde sie vermißt, nach Aussage des Schulpersonals? Um welche Uhrzeit war die Entführung eigentlich?«

»Gegen ein Uhr. Sie war zum Mittagessen nach Hause gegangen – das hat sie oft gemacht. Es war zwar nicht üblich an der Schule, aber sie wohnte ganz in der Nähe, und sie hatte jede Menge Allergien, also war das einfach die beste Lösung. Es war ein schöner Tag, und sie hat gebettelt, zu Fuß zur Schule zurückgehen zu dürfen. Normalerweise hat ihre Mutter sie mit dem Auto hingebracht, aber sie hatte einiges zu erledigen, und deshalb hat sie sie gehen lassen. Als sie nicht wieder in der Schule auftauchte, hat die Lehrerin – eine gewisse Schwester Mary Margaret – einfach angenommen, sie hätte wieder einen Asthmaanfall gehabt, und nicht weiter darüber nachgedacht. Zumal die Eltern am nächsten Tag angerufen und gesagt haben, Helen würde eine Weile nicht kommen.«

»Okay, wie stehen die Chancen, daß die Handtasche in der Fundstelle der Schule gelandet ist? Vielleicht hat ein Kind sie vor der Schule gefunden und abgegeben?«

»Ich kümmere mich drum. Wissen Sie, wie die Tasche ausgesehen hat? Ach nein, Sie haben ja gerade gesagt, Sie wüßten es nicht. Okay, ich rufe Mrs. French an und frage sie. Sind Sie in Ihrem Büro?«

»Nein. Ich bin im Fort-Worth-Polizeipräsidium. Sonderdezernat. Ich werde noch ein Weilchen hier sein.«

»Ich rufe Sie zurück.«

Inzwischen waren Postinspektoren in ganz Fort Worth emsig bei der Arbeit. Ich wußte zum großen Teil, was sie machten, und ganz gleich, was sie im einzelnen machten, ich würde es – manches davon – nicht selbst machen müssen. Sie suchten systematisch jeden auf, den

Patrick Kelly gekannt hatte, denn inzwischen hatten ein Gerichtsmediziner und ein kriminaltechnisches Labor festgestellt, daß Patrick Kelly und Roy Bassinger sehr wahrscheinlich mit derselben Waffe getötet worden waren. Natürlich war das keine Gewißheit, weil man niemals genau bestimmen kann, aus welcher Waffe eine Schrotladung abgefeuert wurde. Aber das Labor hatte Habib darin zugestimmt, daß das Schrot in beiden Fällen aus einer sehr alten Patrone stammte, und obwohl nicht völlig auszuschließen war, daß bei diesen offensichtlich zusammenhängenden Verbrechen zwei verschiedene, mit sehr alten Patronen geladene Kleinkaliberschrotflinten benutzt worden waren, gab es niemanden, der das wahrscheinlich fand.

Irgendwer hatte Roy Bassinger getötet, weil er zum falschen Zeitpunkt am falschen Ort war, und es würde nichts dabei herauskommen, in Roy Bassingers Vergangenheit herumzusuchen. Aber sehr wahrscheinlich – eigentlich mit an Sicherheit grenzender Wahrscheinlichkeit – war Patrick Kelly aus persönlichen Gründen getötet worden. Was bedeutete, daß ihn jemand getötet hatte, der ihn kannte. Was bedeutete, daß es irgendwo irgend jemanden gab, der wußte, wer Patrick Kelly gut genug gekannt hatte, um ihn zu töten.

Otto beschloß nachzusehen, was sein Team von Postinspektoren gerade machte, und ich nahm die Gelegenheit wahr, den Fall für kurze Zeit aus meinen Gedanken zu verdrängen, um zu sehen, was ich über Rick Mossberg in Erfahrung bringen konnte. Die Sache würde ich zwar ohnehin bald jemand anderem übergeben müssen, aber wenn ich ihn schnell aufklären konnte –

Ich hatte jetzt ein schlechtes Gewissen, weil ich die Anzeige am Samstag nicht aufgenommen hatte, aber das hätte wohl kein Polizeibeamter mit einem Funken Verstand gemacht.

Und ich wußte, wo Haley's Mobil Station lag.

»Ich habe Rick seit Freitag nicht mehr gesehen«, sagte Rex Haley zu mir. Haley's Mobil Station gehörte ihm seit 30 Jahren; sein runzeliges, ledriges Gesicht und seine hoffnungslos mit Öl verschmutzte Arbeitskleidung zeugten eher von Überlebenskampf als von Erfolg, und über der Tür hing noch immer ein verrostetes Flying-Red-Horse-Reklameschild. »Ich kann ihm nicht viel zahlen – meine Frau und ich führen den Laden ganz allein –, aber ich will Ihnen mal was sagen, Rick is' immer ein anständiger Kerl gewesen, und 'nen bißchen Selbstachtung braucht doch jeder. Ich lass' ihn die Zapfsäule bedienen, wenn ich zum Essen nach Hause gehe. Und ich lass' ihn in dem alten Wohnwagen wohnen, draußen am Teich auf meiner Farm – den hab' ich vor 15 Jahren dahin gestellt, weil ich da übernachten konnte, wenn ich morgens ganz früh fischen gehen wollte, aber heute geh' ich nicht mehr oft fischen, und irgendwo muß er ja schließlich wohnen. Bei dem Miststück von Mutter isser ja nich' untergekommen. Ich hab' ihm gesagt, er könnte den Wohnwagen und alles benutzen, wenn er mir dafür die Streifen gegen die Buschbrände regelmäßig freipflügt. Die Arbeit muß nun mal gemacht werden, und ich hab' weiß Gott keine Zeit, sie selbst zu erledigen. Und ich zahle ihm 20 Dollar die Woche dafür, daß er mich an der Tankstelle ablöst, wenn ich zum Essen geh'. Er hat noch ein paar Gelegenheitsjobs, Rasenmähen und so Zeug, bei Ärzten und Anwälten – bringt nicht viel ein, aber macht ihn immerhin satt. Zum Glück hat er den Pick-up abbezahlt, der wär sonst bestimmt weg. Die Raten könnte er auf keinen Fall bezahlen. Die Autoversicherung zahlt er weiter – verlangt ja schließlich das Gesetz –, aber auch nur die Haftpflicht. Alles darüber hinaus kann er sich nicht leisten. Ich weiß nicht, was er machen will, wenn er mal damit liegenbleibt. Ohne Auto is' man in dieser Gegend ja aufgeschmissen.«

»Das stimmt«, sagte ich, »aber noch mal zurück zu dem Freitag –«

»Also, die Schule hat angerufen und wollte wissen, ob er da wär – er hätte eigentlich erst um fünf anfangen brauchen, aber er kommt oft schon früher. Ich kann ihm das nicht bezahlen. Aber er sagt, das is' doch viel besser, als bloß auf dem Arsch rumzusitzen – Hintern, 'tschuldigung, Ma'am.«

»Schon gut. Also, die Schule hat ihn angerufen. Wie spät war das ungefähr?«

»Ungefähr um halb zwei, zwei, so um den Dreh. Er hat gesagt, seine kleine Tochter würde sich schlecht fühlen und er müßte sie abholen. Also is' er los, um sie abzuholen, und er hat sie mit hergebracht – sie ist ein süßes kleines Ding, und er hat ihr am Automaten 'ne Cola gezogen, weil er gemeint hat, das würde ihren Magen beruhigen, aber sie hat alles gleich wieder rausgewürgt. Sie sah auch richtig schlecht aus, und er hat gesagt, er würde sie wohl besser zum Wohnwagen bringen, weil ihre Mama ja bei der Arbeit war. Dann is' er los, und ich hab' Margie angerufen und ihr gesagt, daß ich nicht zum Essen kommen kann und sie sollte es mir herbringen.« Er zeigte auf sein Haus, direkt hinter der Tankstelle.

»Wo steht der Wohnwagen?«

»Hab' ich doch schon gesagt, Ma'am, draußen auf meiner Farm.«

»Das ist mir klar«, sagte ich, »aber wo liegt die Farm?«

»Ach so, also, die liegt so ein Stück abseits von der Old Denton Road. Ich hab' da sechs Rinder, aber ich fahr' nur noch ganz wenig raus. Rick füttert sie, wenn sie Heu brauchen, und sieht nach den Salzblöcken, aber im großen und ganzen suchen die sich selbst ihr Futter. Ich hab' 'ne prima Weide.«

Ich ließ mir eine genaue Wegbeschreibung geben und fuhr zum Wohnwagen, mit schlechtem Gewissen, weil er ein gutes Stück außerhalb der Stadt stand, wodurch er ein gutes Stück außerhalb meines Zuständigkeitsbereiches lag. Und eigentlich hätte ich mich um einen anderen Fall kümmern müssen.

Aber Helen French war tot. Es gab nichts – kaum etwas –, was ich noch für sie tun konnte, zumindest nicht direkt.

Aber Candy Mossberg war – so hoffte ich – am Leben. Und ich wollte, daß sie das blieb.

Der Wohnwagen war da. Aber es parkte weder ein Pick-up in der Nähe, noch spielte ein kleines Mädchen draußen, und die Wohnwagentür, die ich vorsichtig – und rechtswidrig – zu öffnen versuchte, war verschlossen.

»So sieht es aus«, sagte ich zu Millner. »Ich weiß nicht, wo sie sein könnte – ich weiß nicht, wohin er sie gebracht haben könnte. Nach dem, was die Mutter sagt, scheint es so gut wie unmöglich, daß er sie irgendwohin gebracht hat. Ich habe zwar ein paar Anhaltspunkte, denen ich nachgehen könnte, aber ich glaube nicht, daß sie uns weiterbringen. Sie wollen doch nicht, daß ich an der Sache dranbleibe, oder? Ich weiß nicht, wie ich diesen Fall und die Helen-French-Sache gleichzeitig schaffen soll, aber ich habe ein schlechtes Gewissen wegen –«

»Ich hätte das gleiche getan«, unterbrach Millner mich. »Am Samstag war die Sache noch eine Familienstreitigkeit, für die wir rechtlich nicht zuständig waren. Inzwischen könnte mehr daraus geworden sein, aber das steht noch nicht hundertprozentig fest. Nein, Sie können nicht alles auf einmal machen, das kann schließlich keiner. Diktieren Sie Ihren Bericht und geben Sie die Sache dann an Dutch weiter.«

»Dutch? Ich dachte, der wär –«

»Er ist damit fertig, nur noch nicht mit den Berichten. Er hat Maynard heute morgen um Viertel nach neun im County-Gefängnis abgeliefert. Geben Sie die Sache an Dutch weiter. Oh, aber Sie können schon mal eine Suchmeldung nach dem Pick-up rausgeben – ich weiß nicht, wann Dutch dazu kommt.«

Wenn Dutch noch an den Berichten im Maynard-Fall schrieb, ein äußerst interessanter Betrugsfall, bei dem mehrere ältere Leute ihr Haus verloren hatten, würde er noch eine Weile beschäftigt sein. Also ging Millner noch immer nicht davon aus, daß Candy Mossberg wirklich vermißt war.

Ich hoffte, daß er recht hatte.

Ich setzte mich an den Schreibtisch, und mein Telefon klingelte. Es war Beckman, auf der Suche nach Otto Castillo. Ich hatte nicht die geringste Ahnung, wo Castillo war, und das sagte ich ihm, aber ich wollte natürlich selbst gern wissen, was mit der Handtasche war.

»Eine Känguruh-Tasche – okay.« Das ist eine Segeltuchtasche, an der an einem Riemen ein kleines Portemonnaie hängt. »Rot, okay. Was war außer dem Inhalator wahrscheinlich noch drin?«

Die Tasche enthielt vermutlich Geld, etwa zwei Dollar in kleinen Münzen, einen Haustürschlüssel, einige Bilder, einen Büchereiausweis ohne Namen, nur mit einem Zahlencode. Das einzige, wo ihr Name drauf stand, war der vom Arzt verschriebene Inhalator. Die Tasche war nicht bei ihr zu Hause, und sie war nicht auf der Fundstelle in der Schule. Möglicherweise war sie vor der Schule gestohlen worden, aber möglicherweise auch nicht.

Sie hatte nicht bei Helens Leiche im Haus gelegen.

Vielleicht war sie in dem Wagen, in dem Helen transportiert worden war, vielleicht aber auch nicht.

Es war eine Möglichkeit. Mehr nicht. Polizeiarbeit muß sich an einer Reihe von Möglichkeiten entlanghangeln.

Möglichkeiten ... Ich hatte eine Freundin, die möglicherweise helfen konnte.

Das FBI hat eine Methode erarbeitet, bei der eine Persönlichkeitsstudie erstellt wird, ein Verfahren, mit dem es zumindest theoretisch möglich ist, anhand der Art, wie ein Verbrechen ausgeführt wird, einiges über die Persönlichkeit und den Hintergrund einer Person zu sagen. Einige FBI-Beamte sind in dieser Technik ausgebildet; sie halten Kurse ab, in denen Beamte von der städtischen Polizei in der Technik ausgebildet werden.

Keine städtischen Kurse. Kurse an der Bundesakademie vom FBI.

Ein paar Kollegen von mir hatten so einen Lehrgang besucht. Und natürlich konnten wir, wenn wir wollten, jederzeit das FBI um Hilfe bitten.

Ich wollte das FBI nicht um Hilfe bitten. Nicht, wo eine meiner engsten Freundinnen eine der besten Psychiaterinnen von Texas ist.

Ich rief Susan Braun an und fragte, ob sie sich vielleicht loseisen könnte, um mit mir zu Mittag zu essen. Sie sagte, sie habe ziemlich viel zu tun, und ich sagte, es sei ziemlich dringend.

Sie sagte, sie habe keine Zeit, richtig essen zu gehen, aber wenn ich zur Braun Clinic käme, würde sie ein Thunfischsandwich mehr kommen lassen, so gegen elf.

Ein Thunfischsandwich war genau das, was ich wollte.

Beim Verzehr der Thunfischsandwiches erläuterte ich Susan den Fall. Okay, beide Fälle, denn obwohl ich offiziell von dem Mossberg-Fall abgezogen worden war, belastete mich die Sache noch immer – na ja, jedenfalls mein Gewissen.

Und auf diesen Fall ging Susan zuerst ein. »Vergiß nicht, ich habe sämtliche Informationen nur aus dritter Hand.«

»Aus dritter Hand?«

»Aus dritter Hand. Der Vater wäre erste Hand. Die Mutter wäre zweite Hand. Du bist dritte Hand. Also habe ich nicht soviel Ausgangsmaterial, wie ich gern hätte. Aber – sie sagt, er ist nicht gewalttätig?«

»Sie sagt, so hätte sie ihn jedenfalls nie erlebt.«

»Aber es war eine böse Scheidung?«

»Na ja, gewissermaßen, aber er hat kein Geld –«

»Das muß nichts heißen. Wenn er glaubt, das Kind wird vernachlässigt – und nach dem, was du erzählst, hätte er allen Grund dazu –, dann ist es durchaus möglich, daß er beschlossen hat, das Kind zu entführen und es auf dem schnellsten Weg nach Oklahoma oder Arkansas zu schaffen. Vielleicht hofft er, sich dort verstecken zu können. Aber wenn er auch seine Frau wiederhaben will –«

»Zumindest glaube ich das«, sagte ich. »Sie hat es nicht gesagt, nicht direkt, aber –«

»Du warst schon immer gut darin, Zwischentöne rauszuhören. Also, ich vermute, er hat beschlossen, der Mutter einen gehörigen Schrekken einzujagen, und er bringt das Mädchen in ein paar Tagen zurück.«

»Aber sie versäumt die Schule – würde er sich denn keine Gedanken machen, wenn –«

Susan zuckte die Achseln. »Nicht unbedingt. Vielleicht hat er nicht mal daran gedacht. Such einfach weiter nach dem Pick-up, das ist der einzige Vorschlag, den ich habe. Aber der andere Fall –« Sie schüttelte den Kopf. »Ich weiß nicht. Ich weiß nicht, wie die vom FBI das machen. Du hast ja kaum was in der Hand. Klar ist offensichtlich, daß er French kennt, ob French ihn nun kennt oder nicht –«

»Ja?« Mir war das gar nicht so klar.

»Deb, ich habe noch nie gehört, daß ein Gauner so blöd ist, sich ein Lösegeld per Post zuschicken zu lassen. Wenn er so clever war, die Schule zu beobachten und auf einen Tag zu warten, an dem die Kleine zu Fuß kam, und sie wiederzuerkennen und aus 200 anderen kleinen Mädchen, die alle gleich gekleidet waren, herauszupicken –, dann muß er auch so clever gewesen sein und gewußt haben, daß jeder, der ein Postpaket mit Lösegeld drin abholen will, sofort geschnappt wird. Was bedeutet, daß er French gut genug kannte, um zu wissen, daß French die Polizei nicht einschalten würde.«

»Oh. Na ja, gut, das klingt plausibel.«

Susan kaute auf einem Kartoffelchip. Sie aß noch einen, nachdenklich, und blickte dann zum Bürofenster hinaus, auf das Gelände ihrer psychiatrischen Klinik, wo etliche ihrer Patienten gerade einen Garten anpflanzten.

»So haben sie was zu tun und kommen auf andere Gedanken«, hatte sie mir auf die Frage geantwortet, warum sie auf dem Anwesen, das bereits eine Joggingstrecke, Reitställe, überdachte Swimmingpools sowie Basketball- und Volleyballplätze enthielt, auch noch einen Garten hatte anlegen lassen.

Sie hat so ihre eigenen Theorien, wie sich psychische Krankheiten heilen lassen. Sie stimmen nicht immer mit den Theorien anderer Leute überein, aber sie scheinen zu funktionieren. Zumindest so gut wie die Theorien anderer Leute.

»Was ich *nicht* verstehe«, sagte sie, halb zu sich selbst, und verstummte wieder, ohne mir erzählt zu haben, was sie nicht verstand. Sie drehte sich wieder zu mir um und fragte: »Könnte es sein, daß das Mädchen auf dem Rücksitz des Wagens transportiert worden ist, der gebrannt hat, als du dazu kamst?«

»Könnte sein. Wenn ja, so war ihre Handtasche nicht drin. Auch nicht ihr fehlender Schuh. Wir haben Proben von dem Staub und sonstigem Zeug für die Laboruntersuchung genommen, aber das Labor hat was von einer rosa Decke gesagt, und eine Decke war auch nicht auf dem Rücksitz.«

»Dann hatte sie vielleicht eine rosa Decke auf ihrem Bett. Die vom Labor können doch lediglich feststellen, daß ihre Kleidung irgendwann mit einer rosa Decke in Kontakt gekommen ist; sie können aber nicht mit Sicherheit sagen, daß die rosa Decke in dem Kofferraum war, nicht?«

»Sie haben gesagt, sie könnten. Die können eine ganze Menge.«

Ich hatte von einem Entführungsfall in Australien gehört, in dem es den kriminaltechnischen Labors, die sich unglaublich viel Arbeit gemacht hatten, gelungen war, durch Vergleiche von Pollen und Blättern nicht nur das Stadtviertel ausfindig zu machen, in dem das Opfer ermordet worden war, sondern sogar das Haus, in dessen Garten ein seltener fremdartiger Baum stand, so daß der Kidnapper und Mörder gefaßt werden konnte.

»Ich weiß nicht, vielleicht war auf der Decke Öl oder so. Sie haben gesagt, die Decke war in dem Wagen, und sie schienen sich dessen ziemlich sicher zu sein.«

»Okay.« Susan spielte mit ihrer Gabel, aus keinem besonderen Grund, soweit ich erkennen konnte; ihr Teller war mittlerweile leer. »Kelly war nicht von Anfang an als Sündenbock vorgesehen. Er hat die Sache mit geplant; ich weiß nicht, wie weit er eingeweiht war, aber wenn der andere Mann nicht früher mal bei der Polizei war, hat Kelly die Sache mit geplant.«

»Wie kommst du denn da drauf?«

»Denk nur ein Weilchen drüber nach, und es wird dir genauso klar sein wie mir.«

»Aber wenn Kelly nicht von Anfang an als Sündenbock vorgesehen war, wie wollten sie dann verhindern, daß er mit der Adresse in Verbindung –?«

»Überprüf es. Ich gehe jede Wette ein, daß Kellys eigene Post nicht dorthin gesendet wurde. Er hatte ein Postfach in der Stadt. Sie haben nicht gewollt, daß das Kind stirbt; das war ein Unfall. Du hast ja gesagt, daß sogar der Gerichtsmediziner der Ansicht ist. Wenn die Kleine nicht gestorben wäre, hätten sie sie vermutlich gar nicht auf die Farm gebracht. Und sie hätten sie später wieder zurückgeschickt, und Kelly hätte bloß zu sagen brauchen: ›Ich weiß nichts darüber; irgend jemand muß den Kasten dort angebracht haben‹, und hättest du ihm das Gegenteil beweisen können?«

»Ja, vermutlich.«

»Vermutlich. Aber du bist nicht sicher. Nein. Kelly hat sich das Ganze nicht ausgedacht, aber er war an der Planung beteiligt. Irgend jemand, der sich zumindest ein kleines bißchen mit der Arbeitsweise der Polizei auskennt, war an der Planung beteiligt. Aber da war noch jemand – jemand, dessen Verstand hinterlistig und verschlagen arbeitet –« Ihre Stimme verlor sich. »Ich möchte eine Weile darüber nachdenken«, sagte sie. »Ich habe schon ein paar Ideen, aber ich möchte eine Weile darüber nachdenken.«

Ich ließ sie allein, damit sie darüber nachdenken konnte. Wenn Aline Brinkley gegen Mittag in Fort Worth ankam, sollte ich in meinem Büro sein, um sie zu begrüßen. Und das hieß, daß ich mich beeilen mußte, denn es war schon Viertel vor zwölf.

Kapitel 6

Sie kam in unser Büro mit gezückter Dienstmarke, eine große, blonde Frau, und sie ging, als führe sie Krieg mit dem Universum. Sie war mindestens 1,78 m, eher 1,80 m, und obwohl sie zur Zeit nicht dick war, würde sie sicherlich schnell Fett ansetzen, wenn sie aufhörte, Sport zu treiben. Ohne mich eines Blickes zu würdigen – ich war gerade dabei, meinen Eingangskorb durchzusehen, der sich auf unerklärliche Weise wieder gefüllt hatte, während ich beim Essen war –, steuerte sie direkt auf den einzigen Mann im Raum zu. »Ich bin Detective Brinkley vom Dallas Police Department«, sagte sie laut, ihre forsche Stimme klang eher nach Nordoststaaten als nach Südstaaten. »Ich möchte zu dem Mann, der die French-Ermittlungen leitet.«

»Ach, möchten Sie das«, sagte Captain Millner, als er kurz aufblickte. »Und warum möchten Sie das?«

»Wir müssen einen Koordinationsplan aufstellen.«

»Und was, bitte schön, ist ein Koordinationsplan?«

Noch lauter – ich war überrascht, daß die Fensterscheiben nicht zersprangen – sagte sie: »Dabei geht es um die Abstimmung unserer –«

»Detective Brinkley. Ms. Brinkley. Ich weiß, was es bedeutet, unsere Arbeit zu koordinieren. Aber von einem Koordinationsplan habe ich noch nie gehört. Da sprechen Sie wohl besser mit Detective Ralston.«

Detective Brinkley ist, wie schon gesagt, ungefähr 1,80 m groß. Aber Captain Millner ist 1,85 m, und er sieht aus wie ein Polizist aus dem Fernsehen, mehr als jeder andere, den ich kenne. Jeder andere wäre bei dem Tonfall in seiner Stimme zurückgewichen.

Aber Aline Brinkley war nicht jeder andere. Noch lauter – dachte sie, wir wären alle schwerhörig in diesem Provinznest von 400.000 Einwohnern? – fragte sie: »Und wo bitte *finde* ich –«

Ich beschloß, daß es jetzt reichte. »Ich bin Deb Ralston.«

»Oh.« Detective Brinkley hatte zumindest den Anstand, ein wenig verlegen dreinzublicken. »Ich bin Aline Brinkley. Ich habe Sie für die Sekretärin gehalten.«

»Selbst wenn ich die Sekretärin wäre, hätten Sie was zu mir sagen können; ich saß am Eingang, und Sie sind direkt an mir vorbeigegangen, als wäre ich Luft. Gehören Sie auch zu denen, die meinen, sie wären gleicher als andere?«

Aline Brinkley war einen ganzen Kopf größer als ich, aber ich bin es durchaus gewohnt, mich gegen Leute durchzusetzen, die größer sind als ich. Aline, die jetzt noch verlegener dreinblickte, sagte: »Ich glaube, ich bin heute morgen zu früh aufgestanden.«

»Sie Arme. Heute mitgerechnet, arbeite ich jetzt seit sieben Tagen hintereinander, an dreien davon mit Überstunden. Ich *glaube,* mein nächster freier Tag ist erst in fünf Tagen. Wir hier in Tarrant County sind weit im 20. Jahrhundert, Brinkley. Also, arbeiten wir nun zusammen wie zivilisierte Menschen, was bedeutet, daß wir Sekretärinnen genauso höflich behandeln wie Polizeibeamte, oder möchten Sie gleich wieder in Ihr Kinderauto steigen und zurück nach Dallas strampeln?«

»Können wir noch mal von vorn anfangen?«

»Wenn Sie es versuchen möchten.«

Zur allgemeinen Überraschung marschierte Aline Brinkley hinaus in die Halle und kam gleich wieder in den Raum des Sonderdezernats zurückmarschiert. »Ich bin Aline Brinkley«, verkündete sie, wobei ein kleines Lächeln um ihren Mund spielte. »Ich bin Detective beim Dallas Police Department. Könnten Sie mir sagen, wer hier für den French-Fall zuständig ist?«

»Ich«, sagte ich, ohne zu lächeln. »Ich bin Deb Ralston, und das hier ist mein Chef Captain Millner.«

Captain Millner grinste unverhohlen bei meiner Vorstellung.

Offenbar war Aline Brinkley jetzt bereit, freundlich zu sein. Ich nicht. Noch nicht. Erst als wir draußen waren, unterwegs in meinem Dienstwagen, und Aline sagte: »Tut mir leid.«

»Was?«

»Wie ich vorhin reingekommen bin. Ich meine, man sollte annehmen, Polizistinnen wären inzwischen für jeden etwas ganz Normales und niemand hätte mehr Grund, sich so zu verhalten. Aber ich bin so oft wie der letzte Dreck behandelt worden, daß ich jetzt versuche, überall so reinzugehen, als würde mir der Laden gehören; friedlicher und menschlicher werde ich dann später. Sie hatten es bestimmt noch schwerer als ich, was?«

»Na ja«, sagte ich, »bei meiner Größe kann man sowieso keinen großen Auftritt hinlegen. Deshalb gehe ich einfach rein und erkläre, wer ich bin und was ich möchte. Was soll's, wenn sie keine Frauen als Cops mögen? Müssen sie ja nicht. Otto muß es nicht. Aber er muß trotzdem mit mir zusammenarbeiten.«

»Wer ist Otto?«

Also erklärte ich, wer Otto war, und als ich mit der Erklärung fertig war, hatten wir das Kelly-Farmhaus erreicht.

Das wir natürlich schon am Samstag hätten durchsuchen sollen, was wir auch getan hätten, wenn nicht neueste Gerichtsentscheidungen entschieden hätten, daß man jetzt einen Durchsuchungsbefehl braucht, um einen Tatort ohne Einwilligung des Besitzers zu durchsuchen. Wir hatten das Gesetz zwar insofern überschritten, als wir die Leichen weggebracht hatten, aber dann hatten wir beschlossen, daß das Haus nicht weglaufen würde und daß es einfacher war, am Montag einen Durchsuchungsbefehl zu besorgen.

Wir hatten einen flüchtigen Blick in alle Räume geworfen, um uns zu vergewissern, daß nicht noch mehr Opfer da waren – soviel müßte zumindest legal sein –, aber ansonsten hatten wir bloß einen bewaffneten Beamten zur Bewachung auf der Veranda postiert.

Nachdem unser erster bewaffneter Wachposten einen Schlag auf den Kopf bekommen hatte, war der Tatort für die Spurensicherung wahrscheinlich nicht mehr zu gebrauchen. Aber daran war jetzt nichts mehr zu ändern. Und schließlich hatten wir ja jetzt den Durchsuchungsbefehl.

Carlos Amado saß auf der Veranda in einer Blue jeans, Schrotflinte auf dem Schoß und Funkgerät neben sich auf dem Boden, und kraulte den Hund hinter den Ohren. Der Hund, der so blasiert guckte, wie es nur kleine Hunde können, rührte sich nicht; er sah nur kurz zu mir hoch, schlug mit dem Schwanz ein paarmal halbherzig auf die Stufen und blickte neugierig Aline an. Er machte sich nicht mal die Mühe zu bellen, um sie als Fremde zu entlarven, und wandte sich dann hingebungsvoll wieder Carlos zu.

Wenn er mein Hund gewesen wäre, hätte er lauthals gedroht, Aline zum Mittagessen zu verspeisen. Aber mein Hund ist auch ein halber Pitbull. »Hund, du bist ein Speichellecker«, sagte ich.

»Ich habe ihm Kaffee zu trinken gegeben«, sagte Carlos.

»Sie haben was?« fragte Aline. Der krampfhaft beherrschte Ausdruck in ihrem Gesicht, als ich Carlos vorstellte, verriet mir, daß sie Spanisch konnte: Sein Name bedeutet Karl Liebhaber, und er haßt ihn.

»Kleine Hunde mögen Kaffee. Ich habe ihm Kaffee zu trinken gegeben. Eigentlich war es so: Ich habe die Tasse auf den Boden gestellt, und er hat sich selbst bedient, und danach wollte ich, ehrlich gesagt, nicht mehr daraus trinken. Übernehmen Sie jetzt hier? Kann ich gehen?«

Er brachte einen theatralischen Seufzer heraus. Die Mitarbeiter der Undercover- oder Überwachungsabteilung werden aus verschiedenen Gründen ausgewählt, unter anderem, so habe ich manchmal den Eindruck, wegen ihrer schauspielerischen Fähigkeiten.

»Nein, geh noch nicht, Carlos«, sagte ich, »wir machen hier bloß eine kleine Durchsuchung, und ich weiß nicht, wann wir das Haus freigeben können.«

»Okay, hast du denn was dagegen, wenn ich mal eine kurze Pause mache? Ich bin seit sieben Uhr hier draußen und kurz vorm Verhungern. Ich hatte heute eigentlich noch einen anderen Einsatz, und ich habe nicht daran gedacht, mir was zu essen mitzubringen.«

»Mach ruhig«, sagte ich. »Ich denke nicht, daß wir hier draußen Probleme kriegen, und wir brauchen sowieso zwei Stunden.«

»Danke. Ich laß' euch den Hund da«, bot er an.

»Nimm den Hund mit, wenn du willst«, sagte ich. »Das ist sowieso kein richtiger Hund. Richtige Hunde bellen.«

»Der Hund hat auch in der Nacht und tagsüber keinen Laut von sich gegeben«, sagte Carlos. »Komm, Köter, wir besorgen uns einen Hamburger.«

Ich ging weiter, an ihm vorbei, durch die Tür, Aline direkt hinter mir. Wohnzimmer. Eßzimmer. Küche. War es wirklich schon fast zwei Tage her, daß ich zuletzt hier gewesen war? Der Geruch war unverändert; die Fliegen schwirrten noch immer umher.

Ein Salon, der wohl, vor 90 Jahren, für die Damen des Hauses reserviert war – wie ich gehört hatte, waren die Kellys früher vermögend gewesen, hatten aber schon lange vor der Depression alles verloren.

Oben vier Schlafzimmer und ein sehr kleines Badezimmer, dort, wo einmal eine Veranda gewesen sein mußte. Darüber ein Speicher, den man über eine schmale Treppe in der rückwärtigen Ecke eines nach hinten liegenden Schlafzimmers erreichte – leider ein sehr voller Speicher. Und unter der Küche ein Vorratskeller, den man über eine schmale Treppe von der mit Fliegendraht umgebenen Veranda hinter dem Haus erreichte, die Einstiegsklappe fast versteckt unter einer völlig verrosteten Wäscheschleuder.

Vielleicht war ich zu optimistisch gewesen, als ich Carlos sagte, wir wären in zwei Stunden mit der Durchsuchung fertig.

Möbel gab es nicht mehr viele. Mit Ausnahme des Wohnzimmers war das wenige, was noch da war, völlig heruntergekommen, und allem Anschein nach war im größten Teil des Hauses schon seit Jahren nicht mehr saubergemacht worden. Staub lag dick und schwer auf den meisten Fußböden, bedeckte an manchen Stellen tote Käfer so gründlich, daß nur ihre Umrisse erkennbar waren. Kakerlaken gab es nicht viele, vermutlich weil nichts da war, was sie fressen konnten, aber ganz sicher gab es Spinnen.

Ich mag keine Spinnen.

Und im ganzen Haus waren Fußspuren in der dicken Staubschicht. Vielleicht wäre es am Samstag, wenn jemand dran gedacht hätte, noch möglich gewesen, zwischen den Spuren der Polizei und denen möglicher Tatverdächtiger zu unterscheiden. Heute nicht mehr. Zu viele Leute waren durchs Haus gestapft, und ein weiterer Rundgang konnte auch nichts mehr schaden.

Nach Beendigung des Rundgangs begannen wir mit der Durchsuchung.

Systematisch. Unten anfangen und hocharbeiten. Wir konnten uns nicht aufteilen und zwei Bereiche gleichzeitig durchsuchen, weil jeder mögliche Fund von einer zweiten Person bestätigt werden mußte.

Glücklicherweise hatte Beckman aus Dallas angerufen, bevor wir mit dem Papierkram für den Durchsuchungsbefehl fertig waren. Somit standen auf unserer Liste mit den gesuchten Dingen eine rote Känguruh-Handtasche, ein Haustürschlüssel, ein rezeptpflichtiger Inhalator, Fotos, ein Büchereiausweis und zwei Dollar in Kleingeld, sämtliche Habseligkeiten der verstorbenen Helen French. Das Bargeld, das ihr Vater per Post verschickt hatte, 250.000 Dollar in kleinen Scheinen, Seriennummern unbekannt. Ein Tony-Lama-Schuhkarton. Packpapier mit der Adresse Nr. 220-J auf einer Straße in einer ländlichen Gegend in Fort Worth, Texas.

Es gilt folgende Regel: Man darf überall suchen, wo die Dinge, die im Durchsuchungsbefehl aufgelistet sind, möglicherweise zu finden sind, und wenn man an diesen Stellen irgendwelche anderen beweiserheblichen Gegenstände findet, darf man sie beschlagnahmen. Aber wenn man an einer Stelle sucht, wo die Dinge auf der Liste unmöglich reinpassen könnten, und dabei einen anderen beweiserheblichen Gegenstand findet, dann ist das übel. Man läßt ihn genau dort liegen, wo er ist. Deshalb sucht man in einer Kommodenschublade nicht nach einem Kühlschrank, und wenn der Kühlschrank der kleinste Gegenstand auf der Liste ist und man in der Schublade eine gestohlene Pistole findet, hätte man eben nicht in der Schublade suchen sollen, und die Pistole bleibt, wo sie ist, und man kann sie nicht als Beweisstück verwenden. Aber wenn man nach Kokain sucht, das auf dem Durchsuchungsbefehl aufgelistet ist, und man findet die gestohlene Pistole, das ist gut. Dann wird die Pistole beschlagnahmt. Schließlich hätte das Kokain in der Schublade sein *können.*

Der kleinste Gegenstand auf unserer Liste war Helen Frenchs Haustürschlüssel. Es gibt kaum einen Platz, wo ein Haustürschlüssel nicht hineinpaßt. Somit hatten wir bei der Durchsuchung ziemlich freie Hand.

Vorratskeller. Verschimmelte Körbe, weiß der Himmel, was da drin gewesen sein mochte. Ein paar verschrumpelte Knollen, die durchaus mal Gemüse- oder Tulpenzwiebeln oder einfach alles gewesen sein mochten. Regale mit Einmachgläsern, gefüllt mit schwarz gewordenen, verschrumpelten grünen Bohnen, Pfirsichen und Aprikosen, Tomaten, eingelegten Maiskolben, Gelee und Marmelade. Einige der Gläser hatten Schraubdeckel; andere, die einst blau gewesen, aber jetzt einen seltsamen blaugrünen Farbton aufwiesen, hatten Glasdeckel, die mit rostigen Klammern befestigt waren.

Nichts deutete darauf hin, daß jemand in den letzten Gott weiß wie vielen Jahren hier gewesen war. Es gab keine verborgenen Schränke, keine von Regalen verdeckten Türen. Nichts. Rein gar nichts Beweiserhebliches. Keine kleinen Geheimkammern, in denen sich Schauerliches hätte zutragen können. Nichts außer alten verdorbenen Lebensmitteln.

Wenn in der Küche nicht noch immer die stinkenden Flüssigkeiten gewesen wären, die aus zwei Leichen ausgelaufen waren, wenn dort nicht noch immer Schwärme emsiger Schmeißfliegen herumgeschwirrt wären, hätte sie gewirkt wie eine ganz normale altmodische Farmhausküche mit nur noch sehr wenigen verbliebenen Gerätschaften und einer Spüle voller halbleerer Kaffeebecher aus Pappe, viele davon mit Zigarettenkippen drin. Wir stiegen auf Stühle und suchten alle Regale ab. Dort standen ein paar alte Schüsseln, alle leer. Es war alles voller Spinnweben, alles voller Staub. Aber sonst war nichts da.

Das Eßzimmer war völlig leer; große Möbel wie Tisch und Anrichte, die man eigentlich erwartet hätte, hatte es entweder nie gegeben, oder, was wahrscheinlicher war, sie waren schon vor langer Zeit an eines der Kinder oder an einen Antiquitätenladen gegangen. Die halb verborgene Bodenluke, etwa 60 x 60 cm im Quadrat und mit alter Tapete überklebt, die Aline aufgeregt entdeckte, führte lediglich zu Wasserrohren und Stromkabeln, und samtdicker, unberührter Staub verriet unzweifelhaft, daß dort nichts versteckt worden war.

Das Wohnzimmer erweckte den Eindruck, daß es mit viel Liebe Ende des 19. Jahrhunderts eingerichtet und seitdem nicht mehr verändert worden war; niemand hatte die Gegenstände für so interessant gehalten, daß er sie gestohlen oder gar mutwillig zerstört hätte, obwohl dort offenbar manchmal Jugendliche gehaust hatten – an der Wand waren interessante Graffiti, auf dem Kaminsims lagen zwei Filterstücke von Haschischjoints, und im Kamin befand sich eine kleine Sammlung gebrauchter Kondome. Ich nahm an, sie hatten auf dem Boden gelegen, bis Patrick Kelly nach Hause kam und die kleine Fläche, die er für sich ausgesucht hatte, freifegte, denn sie lagen in der Mitte eines Häufchens aus Dreck, Asche, Käferschalen und verschiedenen anderen Abfällen. Die Haschischfilter hätten auch von Patrick stammen können, aber das bezweifelte ich; er gehörte nicht zur Marihuana-Generation.

Aber sein Komplize – sein Mörder – vielleicht. Nach kurzer Überlegung sammelte ich die Filter vorsichtig ein, indem ich sie mit einer Pinzette hochhob, damit keine Fingerabdrücke verwischt wurden, und sie in einen Plastikbeutel fallen ließ. Ich schrieb Datum, Nummer des Falls, Fundort, Uhrzeit und meine Initialen darauf und reichte den Beutel Aline, damit sie ebenfalls ihre Initialen draufschreiben konnte.

Sonst war nichts in dem Raum. Zumindest nichts, was uns weiterbrachte.

Im Salon stand ein Feldbett mit einem Schlafsack darauf. Ein offener Koffer lag auf dem Fußboden, Arbeitszeug aus Khaki sowie Unterwäsche und Socken waren nicht zusammengelegt, sondern einfach hineingeworfen worden. In einem schlichten weißen Baumwollwäschebeutel lagen einige wenige schmutzige Kleidungsstücke. Auf dem Boden zwischen Koffer und Wäschebeutel befanden sich ein Kofferradio, ein Stapel Zeitungen, ein paar Western-Taschenbücher, zwei *National Enquirers* und die Oktoberausgabe des *Reader's Digest*. Das letzte war etwas überraschend.

Wir überprüften den Koffer. Keine Wäschezeichen an den Kleidungsstücken; offenbar hatte er seine Sachen im Waschsalon gereinigt. Was zu erwarten war. Eine Plastikpackung mit Einwegrasierapparaten steckte im Seitenfach einer Reisetasche, die ansonsten mit weiterer schmutziger Wäsche gefüllt war. Eine alte Bibel. Etwa ein

Dutzend Fotos. »Wer das da wohl ist?« fragte Aline und nahm eins von ihnen hoch.

»Ich weiß, wer das ist«, sagte ich. »Das war Patricks Koffer; da bin ich mir jetzt ganz sicher.« Die Fotos zeigten verschiedene Mitglieder der Kelly-Familie. Wäre ich einen Tag zuvor gefragt worden, hätte ich gesagt, daß ich Sonny wahrscheinlich nicht wiedererkennen könnte; und Susie ganz bestimmt nicht. Aber ich erkannte Sonny wieder, er stand da mit einem fröhlichen Lächeln auf dem Gesicht, das offene Hemd zeigte eine magere, unbehaarte Brust, und er hatte einen Softball in der Hand; und auch Susie erkannte ich wieder, sie stand lächelnd neben Patrick, und das Bild war vermutlich ein Hochzeitsfoto. Ich fragte mich, wieso in aller Welt jemand Fotos von seinem Bruder bei sich hatte, den er ermordet hatte, und von der Frau, deretwegen er seinen Bruder ermordet hatte.

Es gab drei Polaroidfotos von einem Kind, die offenbar vor einer Schule gemacht worden waren. Ein kleines Mädchen, acht oder neun Jahre alt, in der karierten Uniform einer Konfessionsschule, das eine rote Känguruh-Tasche trug. Es lächelte schüchtern; offenbar wußte es nicht recht, wie ihm da geschah. »So hat sie also ausgesehen«, sagte ich und starrte auf das vierte Foto von dem Kind – ein ganz anderes Foto. Die Kleine lag still da, die Augen geöffnet, und starrte blicklos an der Kamera vorbei, eingewickelt in eine rosa Decke im Kofferraum eines Wagens. Das Foto war aus nächster Nähe aufgenommen, so daß wir die Marke nicht erkennen konnten. Aber da war sie, die Decke, die wir, wie das Labor gesagt hatte, finden würden.

Die Decke war so gewickelt, daß ich die Stricke um Arme und Beine nicht sehen konnte. Aber ich wußte, daß sie da waren.

Aline warf mir einen Blick zu. »Sie haben nicht gewußt, wie sie ausgesehen hat? Ich dachte, Sie hätten sie gefunden.«

Ich nahm einen Plastikbeutel, faßte die Fotos vorsichtig an den Ecken an, um eventuelle Fingerabdrücke nicht zu verwischen. »Das habe ich auch.«

Einen Moment später sagte Aline: »Ach, verdammt. Daran hatte ich nicht gedacht. Seit Tagen habe ich Fotos von ihr bei mir. Sie war ein süßes Kind. Wo die Dreckskerle wohl die Kamera versteckt haben?«

Sie war nicht in dem Salon-Schlafzimmer. Dort stand nur ein altmodischer Nachttopf, diskret in einer Ecke, ganz sauber. Und es gab weitere Graffiti, noch interessantere und mit rotem Lippenstift gezeichnet.

Jemand hatte versucht, sie abzuwaschen, aber sie waren nur ein wenig verschmiert.

Im oberen Stockwerk waren die Möbel aus fast allen Schlafzimmern ausgeräumt worden; offenbar hatte sich jeder aus der Familie mitgenommen, was er noch gebrauchen konnte. Aber allem Anschein nach waren die oberen Räume von dem leichten Vandalismus verschont geblieben; es gab keine Zeichnungen an den Wänden. In zwei Räumen waren Kieferregale zusammengebunden; in einem stand ein altes, stark verrostetes Eisenbettgestell, und in einem anderen war eine vermodernde Baumwollmatratze auf dem Boden zusammengerollt. Die kleinen Schränke enthielten alte Schuhe, alte Gürtel, grün vor Schimmel, vereinzelte aus der Mode gekommene Kleider, Hemden oder Hosen, die achtlos an verrosteten Drahtbügeln hingen oder in einem Haufen auf dem Boden lagen. Aber nichts von Bedeutung. Nichts Brauchbares, nichts Beweiserhebliches.

Das Klo war in einem längst vergessenen Winter zugefroren; die leere Porzellanschüssel hatte breite Risse und der rostige Spülkasten keinen Deckel. Ein 20-Liter-Benzinkanister, halb mit Wasser gefüllt, stand neben dem Waschbecken; darauf ein steifer, trockener Waschlappen, eine Dose Rasierschaum, eine Flasche After-shave, ein Einwegrasierer, der offenbar aus der Packung unten stammte. Keine Zahnbürste – er hat sich rasiert, aber nicht die Zähne geputzt? Doch, ein Zahnputzglas mit Zahnbürste und einer Tube Zahnpasta stand auf der Fensterbank.

»Was glauben Sie, wie die Badewanne so dreckig geworden ist?« fragte Aline, die auf die Spinnweben über dem Rost starrte.

»Kalk«, sagte ich knapp.

»Aber wenn man die Wanne putzt, geht der Kalk doch ab.«

»Nur wenn man sie häufig putzt. Die Leute hier hatten wahrscheinlich keine Zeit dafür. Sie wissen wohl nicht viel über das Leben von einfachen Farmern, was?«

»Nee«, sagte Aline. »Und das ist nur die eine Seite.«

»Ich weiß. Die andere ist, Sie wollen es auch nicht wissen.«

»Genau.«

Da meldete sich das Funkgerät. Die Zentrale rief mich. Zum Glück hatte ich das Funkgerät auf meinem Gang von Raum zu Raum mitgenommen.

»Haben Sie eine Suchmeldung nach einem 73er Ford-Pick-up rausgegeben, Halter Richard Mossberg?« fragte die unpersönliche offizielle Stimme.

»Stimmt.«

»Roger. Also, er ist soeben gefunden worden.«

»Ja? Wo?«

»Steht etwa zwei Meilen östlich von der Shiloh-Baptisten-Kirche am Straßenrand. Das ist im County. Keiner drin, und der Motor ist kalt. Der Wagen ist abgeschlossen, und die Gewehrhalterung ist leer.«

»Ach du Scheiße«, sagte ich.

»Was haben Sie da über Funk gesagt?«

»Ich habe gesagt, ach du lieber Himmel. Okay, setzen Sie sich mit jemandem vom County in Verbindung und sagen Sie ihm, er soll sich dort mit mir treffen, um –« Ich blickte auf meine Uhr – »halb vier. Dann habe ich noch genug Zeit, hier fertig zu werden.«

»Roger. Clint Barrington vom County ist dafür zuständig.«

Ich kenne Clint Barrington. Ich kenne ihn, solange ich bei der Polizei bin, und das sind jetzt etwas über 16 Jahre. Clint war mein erster Partner. Das war, bevor er zum Büro des Sheriffs wechselte. Somit könnte es für mich vielleicht etwas leichter werden, an der Sache dranzublei-

»Worum geht's?« fragte Aline.

»Erzähle ich Ihnen später. Gehen wir hoch zum Speicher; das ist der letzte Raum innerhalb des Hauses, und ich denke, die Außengebäude nehmen wir uns morgen vor und borgen uns ein paar Leute aus dem Knast aus, um schwere Sachen beiseite zu schieben.«

Wir betraten gerade den Speicher, als sich der Einsatzleiter wieder über Funk meldete: »Barrington ist um halb vier da. Layden vom County wartet an dem Wagen, bis einer von euch kommt.«

»Roger.«

Ich legte das Funkgerät auf eine sehr staubige Frisierkommode, das mit kunstvollen Schnitzereien verzierte Furnier an der Schubladenfront splitterte bereits großflächig ab, der Spiegel war in der Mitte zerbrochen, wobei die eine Hälfte verschwunden war und die wellige Pappe dahinter schon zu Staub zerfiel. »Es hat nichts mit diesem Fall zu tun«, sagte ich zu Aline, »und eigentlich bin ich gar nicht mehr dafür zuständig. Aber –«

»Wieso fahren Sie dann da raus?«

»Weil ich ein schlechtes Gewissen habe. Die Mutter hat das Kind am Samstag als vermißt melden wollen, und ich wollte die Anzeige nicht aufnehmen.«

»Wieso nicht?«

»Sorgerechtsstreit. Der Vater hatte Besuchsrecht. Aber er hätte das Kind Sonntag abend zurückbringen müssen.«

Und dann sagte Aline: »Die Gewehrhalterung war leer?«

»Ja«, sagte ich. »Der Vater ist total blank und arbeitslos, und die Mutter ist völlig mit den Nerven fertig. Vielleicht hat er gedacht, er und die Kleine wären besser dran, Schluß zu machen. Wäre nicht das erste Mal, daß so was passiert.«

»Das brauchen Sie mir nicht zu sagen«, sagte Aline. »Ich hatte vor ein paar Wochen einen ähnlichen Fall – was ist denn das?«

»Was ist was?«

»Das da drüben. Sehen Sie. Da ist kein Staub drauf, aber was ist das?« Sie leuchtete mit ihrer Taschenlampe darauf.

Es war eine rote Nylonwindjacke; darauf war ein Logo – eine Umrißkarte aller US-Bundesstaaten in Weiß, und quer darüber war, ebenfalls in Weiß, ein einziges Wort gedruckt: »SellAmerica.«

»Was zum Teufel ist SellAmerica?« fragte ich mich laut.

»Eine Verkaufsagentur«, sagte Aline, die jetzt auch über der Jacke kauerte. »Die verkaufen Zeitschriften und dergleichen per Telefon. Ich mußte mal dorthin, um mit denen zu reden, als in einer Reihe von Agenturen eingebrochen worden war; daher kenne ich die. Sie wollten, daß wir die anderen warnen.«

»Was kann man denn aus einer Verkaufsagentur klauen?«

»Da kommen Sie nie drauf.«

»Nun sagen Sie schon.«

»Es wurden Telefone gestohlen. 42 Telefone in einer und 73 in einer anderen. Und in einer wurden sämtliche örtlichen Telefonbücher gestohlen.«

»Wollen Sie mich verschaukeln?«

»Nein. Ehrenwort. Die haben Telefone gestohlen.«

»Aline, was könnte jemand mit 42 Telefonen anfangen? Oder mit 73?«

»Vielleicht selbst eine Agentur aufmachen? Oder sie auf dem Flohmarkt verkaufen. Aber auch die örtlichen Telefonbücher –«

»Bestimmt eine eigene Agentur aufmachen«, pflichtete ich ihr bei. »Nehmen Sie die Jacke da mit, oder soll ich?«

»Wir fotografieren sie besser erst.«

»Stimmt. Ich lasse ein paar Leute von unserer Spurensicherung kommen –«

»Wieso die Umstände? Ich habe eine Kamera in meinem Aktenkoffer. Ich habe sie in Ihren Wagen gelegt.«

Und nachdem wir die Jacke fotografiert, ihren Fundort genau notiert und von einem festen Punkt aus vermessen hatten, konnten wir sie wegnehmen und stellten fest, daß darunter ein Tony-Lama-Schuhkarton lag, und zerrissenes Packpapier, auf dem mit schwarzem Filzstift eine Adresse stand, und natürlich nicht ein einziger Geldschein.

Das Waldgebiet, das an der Ostküste in Virginia und North und South Carolina beginnt, erstreckt sich bis durch das östliche Texas hindurch und hört dann allmählich auf. Wenn man nach Westen fährt, kommt das so überraschend, daß man es in der Magengrube spürt, ein Gefühl, wie wenn man im Dunkeln versucht, noch eine weitere Treppenstufe hinunterzugehen, obwohl man schon unten ist und es nicht weiß. Man fährt durch den Kiefernwald und dann über den Kamm eines Hügels unmittelbar hinter der Stadt Commerce, und auf einmal sind die Kiefern verschwunden, und man blickt auf eine schier endlos weite, sanft gewellte Prärie. Sie wird schwarze Prärie genannt, weil darunter Kalkstein aus uralten Meeren liegt, und wenn Kalkstein sich zersetzt, wird daraus satte, schwarze, furchtbar klebrige Erde. Die Siedler, die einen solchen Boden noch nie gesehen hatten, dachten, es wäre nutzloses Land, bis sie es bepflanzten und alles wuchs.

Aber das Land läßt auch seine ganz eigenen Barrieren wachsen. Es gibt dort zwar keine Kiefern, zumindest nicht viele, aber ein Bestand von Mesquitbäumen ist eine undurchdringliche Barriere. Mesquitbäume haben wunderschöne, filigrane Blätter und Wurzeln, die fast bis China reichen – sie brauchen sie, weil es hier weniger regnet als 200 Meilen weiter östlich – und lange, spitze Dornen, die einen in Null Komma nichts aufspießen können.

Eigentlich gibt es, soweit ich weiß, hier in der Gegend kein unbesiedeltes Land. Eigentlich ist das ganze Land in Privatbesitz, eigentlich ist es kartographisch erfaßt – im Gegensatz zu dem 400 Hektar großen Sumpfgebiet, das »Big Thicket« genannt wird und nicht weit von hier liegt.

Aber nur eigentlich.

Jedes Jahr verirren sich hier Jäger; sogar Jäger, die meinen, die Gegend zu kennen, und sich unmöglich verirren können. Oder vielleicht sollte ich sagen, vor allem Jäger, die die Gegend kennen, denn gerade die fühlen sich übertrieben sicher und achten nicht auf Orientierungspunkte.

Richard Mossberg war 26 Jahre alt, und er hatte schon immer in diesem Teil von Texas gelebt – und gejagt, außer zu der Zeit, als er in der Armee war. Er hätte nicht so unvorsichtig sein dürfen; er hätte eigentlich wieder hier rausfinden müssen.

Das hieß nicht, daß er sich nicht doch verirrt hatte.

Sein blauer Ford-Pick-up stand neben der geteerten Straße, auf einem Kies-Ton-Bankett. Es waren eigentlich eher zweieinhalb Meilen bis zur Shiloh-Baptisten-Kirche, und die Kirche war natürlich von dort, wo wir standen, absolut nicht zu sehen. Die Gewehrhalterung war leer, wie der Einsatzleiter gesagt hatte, aber das mußte nicht unbedingt etwas heißen. Weil nämlich die Meldung, daß der Wagen verschlossen sei, falsch war. Der Wagen war nicht verschlossen. Beide Türen waren nicht abschlossen.

Also konnte das Gewehr genausogut gestohlen worden sein.

Außerdem war es möglich, daß er gar kein Gewehr in der Halterung gehabt hatte; manche Leute haben nicht ständig eins dabei.

Vielleicht hatte er auch beschlossen, das Gewehr mitzunehmen, um Kaninchen oder Eichhörnchen zu jagen, wenn auch nicht viele Leute ein Kind, das sich den Magen verdorben hat, auf einen Jagdausflug mitnehmen würden.

Doch die Magenverstimmung des Mädchens konnte sich rasch wieder gelegt haben. So etwas dauert meist nicht lange.

Clint Barrington war noch nicht da. Er sollte noch einen Durchsuchungsbefehl mitbringen. Da bei den vielen Gerichtsbeschlüssen inzwischen niemand mehr durchblickte, wollten wir nicht riskieren, ohne Durchsuchungsbefehl in den Pick-up zu steigen.

Aline sah auf die Bäume und das Unterholz, sah auf den Pick-up, sah zum Straßenrand, wo der Streifenwagen des Sheriffs gerade losfuhr. »Es ist mir unvorstellbar, wie Sie hier in der Gegend irgendwas rausfinden wollen«, sagte sie. »Ich meine, was machen Sie, wenn hier niemand ist, mit dem Sie sprechen können?«

»Er hat den Wagen am Samstag hier abgestellt«, sagte ich. »Das ist schon mal ein Ausgangspunkt.«

»Woran um alles in der Welt können Sie erkennen –«

»Ich kenne mich mit Straßenbelag aus Teer aus«, unterbrach ich sie. »Der Wagen hat Reifenspuren hinterlassen. Ich weiß, daß sie von ihm sind, denn, schauen Sie, die Spuren führen direkt zu seinen Reifen. Er – der Wagen steht in seiner eigenen Spur.«

»Schön, aber –«

»Am Freitag war es kühl. Auf kaltem Teer hinterläßt man keine Spuren, also ist er nicht am Freitag gekommen. Auch am Sonntag war es kühl, so, wie heute. Aber am Samstag hatten wir anderes Wetter. Samstag nachmittag hatten wir über 30 Grad.«

»In der Stadt eher über 40«, stimmte Aline zu. »Ich meine, damit rechnet man doch nicht im November.«

»Hier schon. Zumindest hin und wieder. Jedenfalls wärmt sich eine Teerdecke schnell auf, weil sie schwarz ist und jedes bißchen Wärme aufnimmt und speichert. Und heißer Teer wird weich. Darin drücken sich Reifenspuren ein. Wenn es richtig heiß ist – wie manchmal im Hochsommer –, bleiben vorübergehend sogar Schuhabdrücke sichtbar, bis er abkühlt und sich dann erwärmt und wieder weich wird. Also – er hat den Pick-up an dem Tag abgestellt, an dem es zuletzt warm war, denn wir wissen, daß der Wagen nach dem vorletzten heißen Tag noch in der Stadt gesehen wurde. Er hat den Wagen in heißem Teer abgestellt, und der Teer ist abgekühlt, und die Abdrücke sind erhalten geblieben. Seitdem ist es nicht mehr so heiß gewesen, daß die Spuren wieder hätten weich werden können. Er hat den Wagen hier am Samstag nachmittag abgestellt, vermutlich so gegen zwei Uhr, weil es da am heißesten war, aber bestimmt vor vier, denn da wurde es schon wieder kühler. Na ja, ich will mich da nicht hundertprozentig festlegen, Teer speichert nämlich die Wärme eine Weile; vielleicht hat er den Wagen auch gegen halb fünf oder fünf abgestellt, aber allerspätestens. Ich glaube nicht, daß es viel später als halb vier war.«

Wenn es vor Mittag gewesen war, hätten wir den Wagen aus der Luft sehen müssen. Das erwähnte ich aber nicht. Es war überflüssig, weil ich ihn nicht aus der Luft gesehen hatte, und falls ja, hatte ich nicht drauf geachtet.

»Halb vier«, sagte Aline. »Samstag halb vier. Vor über zwei Tagen.« Sie blickte sich um. »Wohin geht's da? Oder da?« Sie zeigte in beide Richtungen rechts und links der Straße.

»Dort geht's in einen schmalen Streifen Wald, und danach kommt man auf eine ziemlich große Kuhweide, eine Herde Milchkühe. Oben auf der anderen Seite der Weide, auf der Seite des Hügels, deshalb kann man es von hier nicht sehen, sind das Haus des Farmers und das Haus des Verwalters und mehrere Häuser für das Personal und der Melkstall. Dort ist er nicht hoch. Mangen erlaubt nicht, daß man dort jagt oder fischt, und er hat überall Schilder aufgestellt. Die andere Richtung –«, ich drehte mich langsam um. »Wald. Nichts als Wald. Mal überlegen, da ist wenigstens ein großer Bach zwischen hier und dem nächsten Highway – es ist sumpfig in der Richtung; überall sind jede Menge kleiner Flüßchen. Als Kind habe ich hier gespielt. Ein Vetter von mir hat zwischen hier und der Kirche gewohnt. Das Haus ist nicht mehr da; irgendwer hat das Land gekauft, um darauf eine Fabrik zu bauen, und dann hat er die Fabrik doch nicht gebaut.«

»Im Ernst? Sie haben hier gespielt? Sie meinen nicht, zu Hause bei Ihrem Vetter?«

»Wir haben hier gespielt. Da ist ein – oh, als Kinder haben wir gedacht, es wäre der größte Sumpf der Welt. Das war er natürlich nicht, aber es ist ein richtiger Sumpf, und er ist zirka drei, vier Hektar groß – der Bach verästelt sich in zigtausend Flüßchen, und in einem Schritt wechselt man zwischen Moor und trockenem Land hin und her, und den ganzen Sommer über wachsen da Millionen von Wildblumen, zum Teil so seltene, daß ich sie nicht mal mit einem Handbuch bestimmen konnte. An einer Stelle am Rande des Sumpfes fließt der Bach ganz gerade – ohne großes Gefälle, meine ich –, und dann ganz plötzlich geht es zweieinhalb Meter tief in einen kleinen Tümpel, und der Bach bleibt ein gutes Stück in dieser tiefen Rinne. Er ist da ein ganz klein wenig zu breit und zu tief, um hindurchwaten zu können, und als wir Kinder waren, lag ein umgestürzter Baum über dem Tümpel direkt unter dem Wasserfall, und da sind wir immer rüber, richtig über den Baumstamm drübergeflitzt, und einmal ist meine Schwester reingefallen. Ich war zwölf, und sie war fünf. Ich konnte schwimmen, aber wenn ich in den Tümpel reingesprungen wäre, hätte ich nicht wieder rausgekonnt, weil die Wände zu steil waren. Ich hab' mich auf den Baumstamm gelegt und versucht, sie zu fassen, und ich weiß noch, daß ich geweint habe und größere Angst hatte als sie.«

»Wie ist sie rausgekommen?«

»An dem Tag war mein Onkel mit dabei. Er hat sie rausgezogen. Er war viel älter als ich. 15, glaube ich, so um den Dreh. Wir hatten Glück, daß keine Hornhechte drin waren.«

»Hornhechte?«

»Raubfische. Wo kommen Sie her?«

»Maine«, sagte Aline, »und wir halten dort keine Raubfische. Außer im Meer. Glauben Sie, sie haben sich dort verirrt, der Mann und das kleine Mädchen?«

Ich schüttelte den Kopf. »Wie ich Ihnen gesagt habe, es sind gerade mal drei, vier Hektar. Ich kann mir nicht vorstellen, daß sie sich verirrt haben.«

»Wenn Sie mich fragen, könnte sich jeder in einem drei Hektar großen Sumpf verirren.«

»Dann haben Sie wahrscheinlich keine Vorstellung davon, wie groß ein Hektar ist. Oder wie klein. Oh, Sie könnten sich da wahrscheinlich verirren, sicher, schließlich sind Sie aus der Stadt, aber er ist ein erfahrener Jäger. Es gibt keinen Grund –«

»Aber –«

»Aline, er kennt die Gegend. Hören Sie, verirren Sie sich schon mal in Dallas?«

»Na ja, doch, in gewisser Weise schon, manchmal. Dallas ist eine große Stadt. Aber wenn mir das passiert, fahre ich solange herum, bis ich auf eine große Hauptstraße stoße. Die kenne ich nämlich alle. Und hier gibt es bestimmt keine Hauptstraßen.«

»Eigentlich doch, aber man muß wissen, wie man sie findet. Also, zuerst suchen Sie nach einem Wasserlauf, okay? Es gibt dort unzählige Wasserläufe, und Sie müssen bloß einen einzigen finden. Und dem folgen Sie dann, bis Sie zu einem größeren kommen. Und wenn Sie an dem lange genug entlanggehen, dann muß er sich früher oder später mit einer Straße schneiden, das ist alles.«

»Und wenn er das nicht tut?«

»Er muß, wenn Sie dem Wasserlauf lange genug folgen. Alle Wasserläufe hier münden irgendwann im Trinity River, und, um zum Trinity River zu gelangen, müssen sie Straßen schneiden.«

»Aha. Aber woher weiß man, in welche Richtung man einem Wasserlauf folgen muß?«

»Man folgt ihm natürlich in die Richtung, in die er fließt. Ich meine, es ist ganz leicht zu erkennen, in welche Richtung das Wasser fließt. Ein Blinder könnte erkennen, in welche Richtung das Wasser fließt.«

Aline schüttelte den Kopf. »Ich würde es nicht ausprobieren wollen.«

»Aline, ich habe mich mal im Sumpf verirrt, zusammen mit ein paar Freundinnen, als ich gerade mal zehn Jahre alt war. Die Älteste von uns war elf. Und wir sind wieder rausgekommen. Es war ein langer Marsch, und es war heiß, und wir sind drei Meilen weiter von der Stelle entfernt auf die Straße getroffen, als wir eigentlich wollten, und mußten den Weg zurückgehen, aber wir sind ohne Probleme rausgekommen, und wir waren alle zum Abendessen wieder zu Hause. Drei Hektar ist keine so große Fläche. Mossberg hat sich nicht verirrt. Ihm könnte zwar sonst allerhand passiert sein, aber er hat sich nicht verirrt.« Ich drehte mich um.

»Da kommt Clint.«

Clint Barrington hielt mit seinem Wagen genau hinter meinem. Er blickte mich mit ein wenig Mißfallen an. »Wessen Fall ist das hier eigentlich?« fragte er.

»Ja, ich weiß«, sagte ich schuldbewußt, »aber ich mache mir einfach so große Sorgen um das Kind.«

»Mach dir lieber Sorgen um dein eigenes Kind. Du kannst ja vor Müdigkeit kaum noch stehen. Hast du dich wieder übergeben müssen?«

»Wer hat dir erzählt, daß ich –«

»Ungefähr jeder, der weiß, daß ich dich kenne, so einfach ist das. Hast du dich wieder übergeben müssen?«

»Das morgendliche Erbrechen bei Schwangeren«, sagte ich mit so viel Würde, wie ich aufbringen konnte, »endet in der Regel etwa im dritten Monat.«

»Und in welchem bist du?«

Ich mußte kurz nachzählen. »Im sechsten. Ungefähr.«

»Dann bist du also die Ausnahme. Du kannst vor Müdigkeit kaum noch stehen. Du bist einfach nicht vernünftig. Das warst du nie. Wann hattest du deinen letzten freien Tag?«

»Hör auf, mir zu sagen, ich könnte vor Müdigkeit kaum noch stehen! Ich stehe!«

»Nachricht von deinem Captain. Du darfst mir dabei helfen, diesen Pick-up zu durchsuchen. Dann sollst du deinen Hintern nach Hause bewegen, wo er hingehört, und mich an meinem Fall arbeiten lassen. Ich war schon vor dir Cop. Ich habe es vor dir zum Detective gebracht. Ich habe dich *ausgebildet,* verdammt! Ich weiß genausogut wie du, wie man einen Vermißten-Fall bearbeitet.«

»Gar nicht«, sagte ich. »Hast du den Durchsuchungsbefehl dabei? Oder bist du mal wieder einfach los und hast ihn vergessen?«

»Habe ich den Durchsuchungsbefehl dabei! Habe ich den Durchsuchungsbefehl dabei! Ein einziges Mal in meinem ganzen Leben habe ich einen Durchsuchungsbefehl vergessen, und du tust, als ob ich –«, er kramte in seinen Jackentaschen. »Ja, ich habe den Durchsuchungsbefehl. Siehst du? Hier ist der Durchsuchungsbefehl. Steht dick hier oben drauf, Durchsuchungsbefehl.«

»Okay, Clint«, sagte ich, »du hast den Durchsuchungsbefehl dabei. Also machen wir davon Gebrauch.«

So ungefähr an diesem Punkt fiel mir auf, daß Aline uns beide anstarrte.

Auch Clint mußte es aufgefallen sein, denn er sagte: »Nehmen Sie das nicht ernst. Nehmen Sie das einfach nicht ernst. Wir lieben uns, nicht wahr, Deb?«

»Wie verrückt«, stimmte ich zu. »Das hat Aline bestimmt schon bemerkt. So, durchsuchen wir endlich den Pick-up. Ich will nach Hause.«

In dem Wagen war nichts, was nicht hineingehörte. Kein Abschiedsbrief. Keine vergessenen Lunchpakete. Rein gar nichts außer zwei Hamburgerboxen und Colabechern und einer Schachtel Kleenex und der rosa Jacke eines kleinen Mädchens.

Clint schob seinen Hut nach hinten und blickte hinaus auf die weite Fläche mit Bäumen und Gestrüpp und Ranken. »Dann werde ich jetzt mal die Truppe anfordern«, sagte er matt.

»Die Truppe?« fragte Aline mich im Wagen. »Nicht zu fassen! Das hört sich ja an wie aus einem John-Wayne-Film!«

»Das ist bloß eine locker organisierte Gruppe von Freiwilligen, deren Hauptaktivität darin besteht, bei Paraden mitzumachen«, sagte ich. »Aber sie helfen auch aus, wenn wir zusätzlich Leute für Suchmannschaften und dergleichen brauchen.«

»Und was passiert, wenn die sich verirren?«

»Das werden sie nicht. Sie kennen die Gegend.«

»Sie haben auch gesagt, Rick Mossberg kennt die Gegend.«

»Rick Mossberg hat sich nicht verirrt. Das habe ich Ihnen doch schon gesagt. Egal, was passiert oder nicht passiert ist, das jedenfalls nicht. Er hat sich nicht verirrt.«

Aline zuckte die Achseln. »Ich muß bei mir im Büro anrufen wegen der SellAmerica-Jacke. Möchten Sie solange warten, oder wollen Sie mich einfach an meinem Wagen absetzen?«

»Ich muß sowieso noch ins Büro und einen Bericht auf Band diktieren. Er wird zwar vor morgen nicht getippt, aber ich lasse so was nicht gern bis zum nächsten Tag liegen. Sie können also genausogut von meinem Büro aus anrufen.«

»Sie hat was? Okay, wie? Aber –« Aline hörte sehr lange zu, machte sich Notizen auf einem Block, während sie zuhörte. »Okay, soll ich sofort zurückkommen?«

»Was ist denn los?« fragte ich.

Aline machte mir Zeichen, ich sollte ruhig sein, und hörte weiter zu. »Aber das ergibt doch keinen Sinn – okay, okay.«

Und nach einer Weile legte sie auf und wandte sich mir zu. »Mrs. French hat sich heute nachmittag erschossen.«

»Sie hat was?«

»Es wäre naheliegender gewesen, wenn sie Tabletten oder so genommen hätte; der Arzt hatte ihr Schlaftabletten und so Zeugs verschrieben, aber sie hat sich erschossen. Deb, es waren nicht mal irgendwelche Schußwaffen im Haus. Sie ist losgezogen und hat sich eine Pistole gekauft und ist zurück nach Hause und hat sich erschossen. Hat so einen verrückten Brief hinterlassen, in dem steht, es sei alles ihre Schuld und man könne Blut nur mit Blut tilgen.«

»Sieben Kinder«, hörte ich mich sagen.

»Ja«, sagte Aline, »sieben Kinder zu Hause. Jetzt sieben mutterlose Kinder. Offenbar hat niemand dafür irgendeine einleuchtende Erklärung. Ach, verdammt!« Sie setzte sich wieder, barg den Kopf in den Armen, die sie auf Dutchs Schreibtisch gelegt hatte. »Ich bin von Beginn an an dem Fall dran gewesen«, sagte sie mit halb gedämpfter Stimme. »Jedenfalls, seit die Sache gemeldet wurde. Mrs. French wirkte – verängstigt, klar, von Anfang an, aber sie hat einigermaßen die Fassung bewahrt, nur –« Sie blickte wieder auf. »French ist in irgend so einer komischen Kirche, sie haben da keinen Prediger oder so, aber dauernd sind irgendwelche Typen von der Kirche vorbeigekommen, mit kleinen Namensschildchen, auf denen stand, daß sie im Ältestenrat sind, und Mrs. French hat ihnen immer wieder gesagt, sie gehöre nicht dazu, sie sei nicht gut genug, um dazuzugehören, und darauf habe ich mir keinen Reim machen können, und ich glaube, die von der Kirche auch nicht. Und dann sind dauernd ein paar Frauen gekommen und haben ihr was zu essen gebracht und auf die Kinder aufgepaßt, und sie haben dauernd zu ihr gesagt, sie solle nicht so reden und das alles wäre ganz bestimmt nicht ihre Schuld.«

»Ich kann mir darauf auch keinen Reim machen. Mein Sohn gehört jetzt zur selben Kirche, und ab und zu gehe ich mit und –«

»O nein, ich und meine große Klappe –«

»Schon gut«, sagte ich hastig. »Ich weiß, die Kirche wirkt irgendwie komisch, wie Sie es ausgedrückt haben, aber sie –«

»Ich habe es nicht verstanden«, unterbrach Aline mich. »Aber jedenfalls ist sie ziemlich ruhig geblieben, bis man die Leiche dort gefunden hat – bis Sie sie dort gefunden haben. Dann – French war fix und fertig, natürlich, aber sie – ich habe noch nie erlebt, daß jemand so zusammengebrochen ist wie sie, und da hat sie angefangen, davon zu reden, daß es alles ihre Schuld wäre, alles ihre Schuld, alles ihretwegen, es wäre alles ihretwegen passiert, und er hat ihr immer und immer wieder gesagt, das würde nicht stimmen, das würde auf keinen Fall stimmen, und sie hat gesagt, das würde doch stimmen und er würde es nicht verstehen, und wenn er die Wahrheit wüßte, würde er sie hassen –« Aline öffnete ihre Handtasche und nahm einen weißen Briefumschlag heraus. »Sehen Sie sich das an – nein, Moment noch.«

Sie schob mir den Block herüber, und da wurde mir klar, daß sie den Text des Abschiedsbriefes aufgeschrieben hatte, für den Fall, daß wir uns einen Reim darauf machen konnten.

Es war meine Schuld, daß Helen gestorben ist. Es war wegen Sonny. Ich wollte nicht, daß Sonny sterben mußte, aber auch das war meine Schuld. Und Helen ist gestorben, und Patrick ist gestorben, und ich weiß nicht, wer sonst noch, aber vielleicht hört es ja mit mir auf, wie es mit mir angefangen hat. Es war meine Schuld, die die Menschen getötet hat, immer und immer und immer wieder. Blut kann man nur mit Blut tilgen. Jared, es tut mir leid, es tut mir so leid. Ich hätte wissen müssen, daß ich niemals befreit sein würde von dem, was ich getan habe, von dieser Schuld. Kümmere dich um die Kinder, such eine neue Mutter für sie, eine, die rein ist.

Susanna

Aline nahm mir den Zettel aus der Hand und warf Fotos auf meinen Schreibtisch, etliche Bilder von Helen. Gerade auf den Schnappschüssen sah man, was für ein süßes Kind sie gewesen war. Außerdem ein paar gestellte Studioaufnahmen. Ein Gruppenfoto, Jared French, seine Frau, acht Kinder – vier Jungen, vier Mädchen –, zumindest nahm ich aufgrund der blauen Decke an, daß das Baby ein Junge war. Aline deutete heftig auf das Bild. »Selbst jetzt, wo Helen tot ist, sehen Sie sich an, wofür sie hätte leben müssen! Es ergibt einfach keinen Sinn!«

Ich nahm das Gruppenfoto und betrachtete es eingehend. »Susanna«, sagte ich. »Sie hieß Susanna?«

»Ja, warum?«

Ich öffnete einen der einkaufstütengroßen Plastikbeutel, in die wir die Beweismittel von der Farm getan hatten, und fischte einen der kleinen Beweismittelbeutel heraus. Ich öffnete ihn und zog das Foto heraus, das alte Foto von dem Mann und der Frau aus Patrick Kellys Koffer. Ich legte das Bild neben die Studioaufnahme, die Aline auf den Schreibtisch geworfen hatte, und sagte: »Sehen Sie sich das an.«

Aline betrachtete die beiden Fotos; ihre Augen wurden größer. »Aber Sie haben doch gesagt –«

»Ja. Ich habe gesagt, daß das Susie Kelly ist. Das war Patrick Kellys Frau, das war die Frau, deretwegen Patrick Kelly seinen Bruder getötet hat. Susie Kelly ist Susanna French. Ich weiß jetzt, warum sie sich erschossen hat – o Gott, das ist ja entsetzlich!« Und ich spürte, wie sich mir der Magen hob; ich lief, so schnell ich konnte, aus meinem Büro in Richtung Damentoilette, und als Aline mir nachgekommen war, hing ich schon über einer Kloschüssel, würgte und schluchzte aus Mitleid mit – mit jedem, jedem, der in diesen schrecklichen Alptraum verstrickt war, mit jedem einzelnen von ihnen, sogar mit Patrick Kelly.

»Deb, kommen Sie, ich bringe Sie nach Hause«, sagte Aline. »Es war ein langer Tag –«

»Es geht schon wieder.« Aber ich fing erneut an zu würgen.

»Deb, entweder ich bringe Sie nach Hause, oder ich rufe Ihren Mann an, daß er Sie abholen soll. Man läßt seine Freunde nicht fahren, wenn sie – fahruntüchtig sind.«

Darüber mußte selbst ich lachen.

Kapitel 7

Als ich aufwachte, polterte jemand in der Küche herum – Hal, wie ich aus den lärmenden Bemühungen schloß, leise zu sein. Die Kühlschranktür knallte, und Hal sagte: »Hoppla!« Irgend etwas – vermutlich eine Schüssel – schepperte ziemlich laut auf den Tisch.

Die Terrassentür glitt auf, und ich hörte Harry ins Haus kommen. »Gib mir die Grillsoße«, flüsterte er laut.

Die Kühlschranktür öffnete sich und schlug dann wieder zu.

Die Terrassentür glitt wieder zu, wobei sie sich ziemlich laut und quietschend in ihren Aluminiumschienen bewegte. Der Duft von gebratenem Hähnchen und Holzkohle wehte herein.

Offenbar grillte Harry Hähnchen, während Hal den Salat machte. Ganz offenbar machte Hal den Salat. Er ist der einzige Mensch, den ich kenne, der einen Höllenlärm machen kann, wenn er Eisbergsalat mit dem Küchenmesser schneidet.

Aber nicht mal Hal schafft es, allzu laut Tomaten zu schneiden, und ich döste wieder ein, um erschreckt aufzufahren, als ich spürte, wie mir jemand die Finger ableckte.

Es war natürlich Pat, halb Pitbull und halb – so meint zumindest der Tierarzt – Dobermann. Er ist alles andere als ein Schoßhund, obwohl er unverdrossen versucht, sich auf den Schoß von jemandem plumpsen zu lassen, der sich unvorsichtigerweise in den Garten setzt, und wenn er von dem ungehaltenen (und ziemlich mitgenommenen) Opfer entfernt wird, wedelt er mit dem ganzen Hinterleib, um den kaum vorhandenen Schwanz wettzumachen. Daß er nicht ins Haus darf, findet er ebenso demütigend wie unerklärlich, und jedesmal, wenn einer die Terrassentür aufgelassen hat, schießt er in einem unbeobachteten Augenblick hinein und läuft mit unübersehbarer Freude zum erstbesten, der gerade erreichbar ist. Aus diesem Grund wurden meine Hände jetzt abgeleckt, ausgesprochen naß.

»Geh weg, Pat«, sagte ich schläfrig.

Pat winselte und ging natürlich nicht weg. Ich setzte mich auf und fuhr mir mit den Fingern durchs Haar, stand auf und packte Pat am Halsband, um ihn zur Terrassentür zu eskortieren. *»Raus,* du Köter«, sagte ich zu ihm, und er winselte mit gebrochenem Herzen.

Obwohl wir Pat erst seit dem letzten Frühjahr haben, als er durchnäßt und zitternd vor unserer Haustür auftauchte, kann ich nur vermuten, daß er – schon seit seinen frühesten Welpentagen – daran gewöhnt ist, an Halsband oder Leine irgendwohin geschleift zu werden, wo er nicht hinwill. Er ist kein besonders cleverer Hund, wenn man bedenkt, daß ein durchschnittlicher Pitbull einen Pick-up ziehen kann – aber er hat noch nicht gemerkt, daß er nirgendwo mehr hin muß, wo er nicht hin will. Deshalb geht er, wenn man ihn am Halsband packt oder an die Leine nimmt, ergeben überall mit hin, wo er hin soll.

Harry, am Grill, drehte sich um und blickte enttäuscht. »Wir wollten dich überraschen«, sagte er.

»Pat war schneller«, sagte ich und ließ den nicht sonderlich geläuterten Hund im Garten los.

»Ich dachte, Hal hätte die Tür zugemacht.«

»Hat er nicht.«

Ich auch nicht. Ich bugsierte Pat wieder aus dem Haus, schloß die Terrassentür sorgfältiger und setzte mich auf einen Gartenstuhl, um zuzusehen, wie Harry das Hähnchenfleisch etwa neunundvierzigmal wendete. Übrigens, es mußte einfach gut schmecken. Ich hatte Hähnchenbrust ohne Haut und ohne Knochen für irgendein schickes Gericht gekauft, das ich kochen wollte – egal, was für eins; offensichtlich habe ich es nicht gekocht –, und Harry hat das Fleisch zum Grillen genommen. Wen interessiert es schon, daß es fast dreimal so teuer war wie Steaks?

Natürlich aßen wir nicht draußen. Der Gartentisch wird zur Zeit nur für Getränke benutzt, möglichst Getränke, die Pat nicht mag.

Pat *liebt* Hähnchen.

Ich im Augenblick nicht, nicht besonders, aber andererseits glaube ich kaum, daß mir irgend etwas anderes eingefallen wäre, von dem ich viel hätte essen wollen. Ich mußte mit jemandem reden, und ich dachte wehmütig an die Zeit zurück, als ich ein braves kleines Mädchen war und jeden Sonntag zur Kirche ging und einen Pastor hatte, mit dem ich über alles sprechen konnte.

Aber das brachte mich auf einen Gedanken. »Hal«, fragte ich beim Essen, »wenn du mit jemandem von der Kirche über ein Problem sprechen wolltest, zu wem würdest du gehen? Ich meine, wenn es ein richtig ernstes Problem wäre?«

»Pfadfindergruppenleiter«, antwortete er lakonisch. »Kann ich noch was Milch haben? Es bleibt noch genug fürs Frühstück übrig.«

»Das rate ich dir. Und es heißt, *darf* ich, nicht *kann* ich. Hal, ich meine, wenn *ich* mit jemandem sprechen wollte. Ich habe keinen Pfadfindergruppenleiter.«

Er hatte die Kühlschranktür bereits auf. Er bewegt sich so schnell wie Pat, wenn es ums Essen geht. »Ich weiß nicht«, sagte er, den Kopf im Kühlschrank. »Vielleicht mit dem Bischof.«

»Hal, wie lange brauchst du, um eine Packung Milch rauszuholen?«

»Oh. Nicht lange. Hier steht eine Dose Birnen.«

»Ich weiß. Ich habe sie reingestellt.«

»Können wir die zum Nachtisch haben?«

»Ich denke schon. Wer ist der Bischof?«

»Wir haben einen neuen.«

»Ich weiß, daß ihr einen neuen habt. Deshalb frage ich ja, wer es ist.«

Ich sollte wohl erklären, daß die Mormonen die ungewöhnlichste Kirchenorganisation haben, die mir je untergekommen ist. Auf einer Ebene sind sie ähnlich wie die Katholiken strukturiert, allerdings sprechen sie nicht von Pfarren oder Pfarrbezirken, sondern von Gemeinden, und sie haben keine Diözesen, sondern »Pfähle Zions«. Die Gemeindegrenzen sind streng festgelegt, und wer in einer bestimmten Gemeinde wohnt, geht auch zu den Gottesdiensten dieser Gemeinde, ohne Wenn und Aber. Anders als bei den Katholiken finden häufig die Gottesdienste von drei oder vier Gemeinden nach einem gestaffelten Zeitplan in ein und demselben Gebäude statt, was in der Praxis bedeutet, daß Hal, der dieses Jahr von neun Uhr morgens bis mittags zur Kirche geht, im nächsten Jahr von elf bis zwei Uhr nachmittags gehen wird. Aber das wohl ungewöhnlichste Merkmal der Mormonen ist, daß sie keine bezahlten Geistlichen haben. Statt dessen haben sie einen Bischof – der ernannt, nicht gewählt wird –, der als eine Art Pastor fungiert und dem zwei Ratgeber zur Seite stehen.

Na ja, es gäbe noch einiges mehr zu sagen. Zum Beispiel hält der Bischof keine Predigt; jeden Sonntag reden mehrere verschiedene Leute, aber das ist auch so ungefähr alles, was ich rausgekriegt habe. Der letzte Bischof – er war fünf Jahre im Amt, was, glaube ich, die normale Amtszeit ist – war die übrigen sechs Tage in der Woche Auslieferer bei einer Firma für Tiefkühlkost. Ich habe mich oft gefragt, was die in der Firma wohl gedacht haben, wenn Hal dort hin und wieder angerufen hat, um dem Bischof ausrichten zu lassen, er solle zurückrufen, wenn er auf seiner Route zwischendurch mal ins Büro kam, aber ich schätze, sie waren es bestimmt schon gewohnt.

Ich wußte nicht, was der jetzige Bischof für einen Beruf hatte, weil ich nicht wußte, wer der jetzige Bischof war. Hal fiel der Name nicht ein. Schließlich rief ich den alten Bischof an, der nicht zu Hause war, aber seine Frau konnte mir die Nummer des neuen geben, der zu meiner großen Überraschung Sergeant bei der Polizei war. Er hieß Will Linden, und ich kannte ihn ganz gut.

Das war hilfreich; es bedeutete, daß ich mit ihm reden konnte, ohne die Sicherheitsbestimmungen zu verletzen.

Will sagte, er würde vorbeikommen und mit mir reden.

Harry sagte: »Wenn er mich fragt, warum ich nicht in die Kirche gehe, verschwinde ich.«

Hal warf Harry einen vorwurfsvollen Blick zu, und ich sagte: »Ich glaube nicht, daß er das tut.«

Er tat es nicht. Er hörte sich einfach an, was ich zu sagen hatte, und das war hoffentlich etwas zusammenhängender als meine Darstellungen normalerweise sind, und dann sagte er: »Deb, das hört sich nicht so an, als hätte sie irgendeine Schuld auf sich geladen. Höchstens vielleicht Ehebruch, aber der ist zweifellos verzeihlich. Und selbst da bin ich mir nicht sicher. Nach dem, was Sie erzählen, vermute ich, daß in Wirklichkeit nicht mehr passiert ist als ein harmloser Flirt, und selbst den hat sie eindeutig bereut. Sie hatte durchaus keinen Grund, nicht der Kirche beizutreten, und nicht den geringsten Grund, Selbstmord zu begehen. Es ist ein Jammer, daß sie nicht einfach mit ihrem Bischof geredet hat. Verstehen Sie, entscheidend ist, daß sie für das verantwortlich war, was sie getan hat – was auch immer das war –, aber nicht für irgend etwas, das ein anderer getan hat. Ich meine, ich verstehe durchaus, daß sie sich Vorwürfe gemacht hat, aber es gab einfach keinen Grund –« Er schüttelte den Kopf. »Es gab einfach keinen Grund, das ist alles.«

»Und was passiert nun?« fragte ich gereizt. »Ich meine, ihr Mann ist zutiefst religiös. Wird er bis ans Ende seiner Tage denken, daß Susanna in die Hölle kommt oder so? Liegt das im Sinne der Kirche?«

Will schüttelte wieder den Kopf. »Die Kirche – wie übrigens fast jede Kirche, die ich kenne – vertritt die Auffassung, daß Menschen sich nicht töten sollen. Und natürlich auch niemand anderen. Aber wir sind der Meinung, daß die Entscheidung letzten Endes beim Herrn liegt. Und ich vertraue darauf, daß der Herr entscheiden wird, daß Susanna French bereits mehr als genug gelitten hat.«

»Und das wird Frenchs Bischof ihm sagen?«

»Sei doch nicht so mißtrauisch, Deb«, sagte Will. »Das wird der Bischof French sagen. Und das hätte er ihr auch gesagt, wenn sie sich an ihn gewandt hätte.«

»Okay«, sagte ich, nicht sonderlich überzeugt. Er wirkte ziemlich überzeugend, aber das stimmte mich auch nicht fröhlicher. Mein alter Pastor hätte zweifellos gesagt, daß Susanna French in die Hölle käme. Deshalb bin ich nicht mehr zur Kirche gegangen. Sein Gott kam mir gemein und bösartig vor, und ich glaube nicht, daß Gott gemein und bösartig ist.

Ich hoffte natürlich, daß Will recht hatte, daß sein Gott es so sehen würde wie ich. Weil mir das alles an die Nieren ging. Ein Kind war tot, offenbar ohne jeden Grund, und jetzt war die Mutter des Kindes – und sieben anderer Kinder – ebenfalls tot, aus keinem ersichtlichen Grund. Das alles ergab für mich keinen Sinn. Und ich bin mittlerweile in dem Alter, in dem es mir lieber ist, daß die Dinge einen Sinn ergeben, obwohl ich der Ehrlichkeit halber zugeben müßte, daß ich mittlerweile in dem Alter bin, in dem ich weiß, daß die Dinge für gewöhnlich keinen Sinn ergeben.

Will stand auf, um zu gehen. Natürlich lud er mich höflich in die Kirche ein, bevor er ging. Natürlich lud er auch Harry ein, aber so höflich, daß nicht einmal Harry eine Möglichkeit sah, sich bedrängt zu fühlen. Dann ging er, nachdem er Hal daran erinnert hatte, daß er ihn am nächsten Morgen zum Seminar abholen würde.

Mist, dachte ich. Mist, Mist, Mist, Mist, Mist.

Feige überließ ich das schmutzige Geschirr meinem Mann und meinem Sohn, nachdem sie bereits das Abendessen zubereitet hatten, was eigentlich meine Aufgabe gewesen wäre, rief Pat und machte einen langen Spaziergang.

Am nächsten Morgen versammelten wir uns im Einsatzraum der Kollegen vom Streifendienst, nachdem die ihre Einsatzbesprechung beendet hatten, weil wir so viele waren, daß wir in keinen Besprechungsraum der Kriminalabteilung hineingepaßt hätten. Captain Millner erklärte sich zum Versammlungsleiter, und niemand schien geneigt, sich deshalb mit ihm anzulegen, also war Captain Millner offensichtlich der Versammlungsleiter. Zunächst blickte er Otto Castillo an: »Was habt ihr bis jetzt, Castillo?« fragte er.

Castillo, der mit etwa sechs weiteren Postinspektoren zusammensaß, stand auf. Mit einem gelegentlichen Blick auf seine Kollegen, mit einem gelegentlichen Blick auf mich und mit einem gelegentlichen Blick auf sein Klemmbrett sagte er: »Patrick Kelly war Polizeibeamter in Fort Worth, bis er vor zirka 26 Jahren seinen Bruder Harrison Kelly erschoß. Er verbüßte eine zehnjährige Gefängnisstrafe wegen Totschlags und wurde vor 16 Jahren auf Bewährung entlassen. Er fand einen Job als Aushilfskraft in einer Autovertretung; dort arbeitete er 14 Jahre lang, dann machte die Firma Bankrott. Er war etwa zwei Monate arbeitslos. Dann arbeitete er erneut als Aushilfskraft, diesmal für Frenchs Chevrolet-Vertretung, und zwar bis vor zirka fünf Monaten.«

Ich setzte mich kerzengerade auf, als Castillo mir einen vielsagenden Blick zuwarf. Jared French hatte sowohl Castillo als auch mir erzählt, daß er nie von einem Patrick Kelly gehört hatte. Zugegeben, es war eine große Autovertretung, aber wenn Kelly zwei Jahre lang für ihn gearbeitet hatte, hätte French ihn eigentlich kennen müssen. Wieso also kannte er ihn nicht – oder wieso hatte er gesagt, daß er ihn nicht kannte?

Castillo fuhr fort. »Zu der Zeit wurde er 62 und ging in Frührente und kehrte wieder auf die Farm seiner Familie zurück, um von der Rente zu leben. Er hat dort fünf Monate gelebt. Er hatte einen 57er Chevrolet, den er auf der Farm untergestellt hatte, während er im Gefängnis war. Die letzten beiden Jahre, die er in Dallas war, hat er den Wagen wieder aufgemöbelt, womit er noch einige Zeit beschäftigt war, nachdem er hierhergezogen war; es handelt sich dabei offenbar um den Wagen, der in Brand gesteckt wurde. Wir haben sämtliche Leute überprüft, mit denen er bekanntermaßen Kontakt hatte. Bislang konnten wir feststellen, daß er nicht wieder geheiratet hat – Susie, die Frau, deretwegen er seinen Bruder erschoß, ließ sich während des Prozesses von ihm scheiden. Wir können niemanden ausfindig machen, der zugibt, ihn häufiger gesehen oder viel von ihm gehört zu haben, seit er in Rente gegangen war; offenbar hat er sehr zurückgezogen gelebt, war wohl ein ziemlicher Einzelgänger. Jeder, mit dem wir gesprochen haben, gibt an, daß er den tragischen Streit mit seinem Bruder offenbar bereute, daß er die Gefängnisstrafe offenbar akzeptiert hatte und nicht mehr über die ganze Geschichte sprechen wollte. Seine Beziehung zu French haben wir nicht überprüft; dafür ist die Polizei von Dallas zuständig. Das ist der bisherige Stand unserer Ermittlungen, und wir beabsichtigen, jetzt in dieser Richtung weiterzumachen, unter der Annahme, daß jemand, den er kannte, sowohl ihn als auch den Postboten erschossen hat.«

»Okay. Ms. Brinkley.«

Aline stand auf und stellte sich vor, etwas höflicher als gestern. »Wir hatten die Beziehung zu der Autovertretung bereits festgestellt, bevor ich gestern hierherfuhr; sobald wir Kelly identifiziert hatten, haben wir dort die Personalakten überprüft. Alle seine Bekannten in Dallas, mit denen wir gesprochen haben, sagten aus, daß er gut mit anderen Menschen klargekommen ist. Als Aushilfskraft hatte er offenbar keinen persönlichen Kontakt zu French – es ist wirklich eine große Autovertretung –, außer vielleicht auf der Weihnachtsfeier der Firma oder dergleichen, und wir haben keinerlei gegenteiligen Hinweis gefunden. Aber gestern haben Deb und ich etwas festgestellt, das wir erst noch offiziell bestätigen lassen müssen, aber es sieht so aus, als ließe sich damit der Zusammenhang nachweisen und vermutlich das Motiv zumindest teilweise erklären. Deb, bitte –«

Mit einem lächerlichen Gefühl von Befangenheit – wahrscheinlich bildete ich es mir nur ein, aber ich hatte das Gefühl, alle Augen im Raum wären auf meine Umstandshose und -bluse gerichtet und nicht auf mein Gesicht und alle würden sich fragen, was ich hier eigentlich zu suchen hätte, statt meinem Bericht zu lauschen – stand ich auf. »Wir haben in Patrick Kellys Koffer einige Fotos von Personen gefunden, die ich wiedererkannt habe. Eine von denen war seine frühere Frau, deretwegen er Sonny – seinen Bruder – erschossen hat. Ich sollte erwähnen, daß ich die Familie als Kind recht gut gekannt habe. Wie Sie wissen, war der Name seiner Frau Susie. Wenig später dann zeigte mir Aline – Detective Brinkley – ein Foto von Frenchs Frau Susanna. Es ist dieselbe Frau.«

»Sind Sie sich da sicher, Deb?« fragte Millner rasch. »Das ist lange her.«

»Es ist lange her, aber ich bin mir sicher. Natürlich müssen wir das noch urkundlich belegen.«

»Tun Sie das. Heute.«

»Kann ich jemand anders damit beauftragen?« fragte ich hoffnungsvoll. »Aline und ich haben gestern das Haus durchsucht, aber heute wollen wir mit ein paar Helfern wieder da rausfahren und Nebengebäude und Scheune und so weiter durchsuchen.«

»Dann setzen wir Dutch auf die Sache an.«

Ich verkniff mir den Hinweis darauf, daß Dutch mit der Suche nach Candy Mossberg beauftragt war, die von ihrem Vater entführt oder nicht entführt worden war. Es spielte ohnehin keine große Rolle mehr; nachdem der Pick-up aufgetaucht war, hatten die vom County den Fall an sich gerissen, und auf meinen Wunsch hin flog Harry heute in einem Firmenhubschrauber los – er ist Testpilot bei Bell Helicopter –, um sie aus der Luft zu suchen. Also konnte sich Dutch ruhig dem Versuch widmen herauszufinden, wo und wann aus Susie Kelly Susanna French geworden war.

Millner rief einen weiteren Postinspektor auf, einen Mann namens David Lee, den ich flüchtig kannte. »Ich habe das Lösegeld zurückverfolgt«, sagte Lee. »Es wurde auf einer Postamtaußenstelle in einer Seitenstraße von der Alpha Road aufgegeben, hinter dem Valley View Mall in Dallas, und es wurde von einem Postboten namens Cooper zum Briefkasten 220-J gebracht, der nicht existiert – er wurde nur für diesen einen Tag angebracht. In unseren Unterlagen ist noch immer ein 220-J aufgeführt, und zwar unter dem Namen Joe Kelly, aber Joe Kelly ist seit gut 25 Jahren tot, und Patrick Kelly hätte den Briefkasten eigentlich auf seinen Namen umändern lassen müssen, als er die Farm geerbt hat. Aber er hat sich nie die Mühe gemacht, und soweit ich aus unseren Unterlagen ersehen kann, hat niemand dort Post bekommen, seit Joe Kelly beerdigt wurde, bis Patrick vor fünf Monaten da hingezogen ist, es sei denn, Patrick hat vielleicht schon eine Weile dort gewohnt, bevor er seinen Bruder getötet hat.«

»Das hat er«, warf ich ein. »Er hat dort gewohnt, als er mit Susie verheiratet war.«

»Danke. Jedenfalls, falls er dort gewohnt hat – und nach dem, was gerade gesagt wurde, gehe ich davon aus –, dann war der Briefkasten weiter unter dem Namen seines Vater registriert. Patrick Kelly hat, seit er dort hingezogen ist, seine Post an ein Postfach bekommen. Wir haben seine Posteingänge überprüft, und bislang – natürlich gilt das nur für die wenigen Tage seit der Entdeckung seiner Leiche – hat er bloß die Gasrechnung und die Stromrechnung bekommen. Keine Briefe, keine Zeitschriften, rein gar nichts. Von der Sozialversicherung haben wir erfahren, daß sein Scheck direkt an seine Bank geschickt wird – die First Security –, und ich habe mir die gerichtliche Erlaubnis besorgt, Einsicht in sein Girokonto zu nehmen. Er bekommt – das heißt, hat bekommen – einen Rentenscheck, und er hat Schecks an die Elektrizitäts- und Gaswerke und die Tankstelle und den Supermarkt ausgestellt. Ein paar Schecks an eine Autoersatzteilfirma und ein paar an einen Laden für Farmbedarf und einen hohen an eine Brunnenfirma. Ich habe bei der Firma nachgefragt, und sie haben gesagt, sie hätten den Brunnen gereinigt und eine neue Pumpe eingebaut. Das wär' alles, bislang. Nichts Überraschendes oder Ungewöhnliches.«

»Sonst noch was?« fragte Millner. »Sie wissen doch bestimmt alle, daß Deb und Aline den Schuhkarton und das Packpapier gefunden haben, in dem French das Lösegeld verschickt hat, nicht?«

Das wußten sie alle. Sie wußten alle, daß wir kein Geld gefunden hatten.

Millner fragte den einzigen Ranger im Raum, ob er dem noch etwas hinzuzufügen habe, und der schüttelte den Kopf. »Ich habe bisher mit den Postinspektoren zusammengearbeitet.«

Millner nahm seine Brille ab und kratzte sich nachdenklich den Nasenrücken. »Also haben wir ein Motiv dafür – wissen alle, daß Frenchs Frau sich gestern erschossen hat?«

Offenbar wußten es alle.

»Wir haben ein mögliches Motiv dafür, warum Kelly die French-Tochter entführt hat – vielleicht hat er Susanna die Schuld an Sonnys Tod und seiner eigenen Gefängnisstrafe gegeben, obwohl wir niemanden haben, der das bestätigt. Offenbar hat Susanna sich erschossen, weil sie glaubte, das wäre das Motiv für die Entführung gewesen, und weil sie nicht mit den daraus resultierenden Schuldgefühlen leben konnte. Das wäre ja alles wunderbar, wenn Kelly am Leben wäre und wir ihn verhaften und verhören könnten. Aber Kelly ist tot, und derjenige, der ihn getötet hat, hat sehr wahrscheinlich auch Bassinger getötet, und denjenigen müssen wir finden. Also, ich will jetzt wissen, ob wir da irgendwie weitergekommen sind.«

Niemand sagte etwas. Offenbar war niemand irgendwie weitergekommen.

»Deb, Sie haben am Sonntag gesagt, Sie wollten mit Kellys Geschwistern sprechen. Wie weit sind Sie da gekommen?«

»Lantana und Billy Jack. Mehr nicht. Oliver ist tot –«

»Wann ist Oliver gestorben?«

»Oliver ist seit fünf Jahren tot, erinnern Sie sich nicht mehr?«

»Offen gestanden, nein. Und da nicht jeder hier die ganze Familie kennt –« (das war eine Untertreibung, dachte ich) »– erklären Sie uns das doch bitte.«

Es freute mich gar nicht, als einzige wieder aufstehen zu müssen. »Also, Patrick hatte drei Schwestern«, sagte ich. »Audrey und Roma und Lantana. Audrey und Roma haben beide geheiratet und sind weggezogen, und Lantana hat Billy Jack geheiratet. Sie wohnen in der Gegend von Birdville.« Weil ich von alten Zeiten sprach, war mir automatisch die alte Bezeichnung rausgerutscht, und ich mußte mich korrigieren. »Ich meine die Gegend von Haltom City. Und er hatte drei Brüder, Richard und Oliver und Harrison. Oliver ist tot – Captain Millner, Sie müßten sich doch eigentlich dran erinnern, er ist Heiligabend vor fünf Jahren gegen einen Brückenpfeiler gerast und war auf der Stelle tot.«

»O ja, natürlich«, sagte Millner. »Hat einen 57er Chevy zu Schrott gefahren. Wenigstens an den Wagen hätte ich mich noch erinnern müssen, auch wenn ich mich nicht an ihn erinnere.«

Anscheinend war ich die einzige im Raum, die noch immer nicht wußte, was an 57er Chevrolets so besonders war. Ich mußte mir die Zeit nehmen, etwas mehr über diesen Wagentyp in Erfahrung zu bringen. Aber im Augenblick mußte ich über die Brüder Kelly sprechen.

»Okay, also Oliver ist tot, und Harrison ist natürlich auch tot, weil Patrick ihn ja erschossen hat. Und Richard war Berufssoldat, und zuletzt habe ich gehört, daß er als Sergeant in Deutschland stationiert war und kurz vor seiner Pensionierung stand, und daher nehme ich an, daß er inzwischen pensioniert ist, weil das einige Zeit her ist, aber soweit ich weiß, ist er nicht in diese Gegend zurückgezogen.«

»Okay«, sagte Millner, »Sie haben also mit Lantana gesprochen; und Oliver und Sonny und natürlich Patrick sind tot; und damit müssen noch Audrey und Roma und Richard ausfindig gemacht werden. Machen Sie sie ausfindig.«

»Aber –«

»Die Postbehörde überprüft Patricks private Kontakte. Dallas bearbeitet den Teil, der Dallas betrifft. Sie und Aline werden heute vormittag den Rest der Farm durchsuchen, und anschließend kann Aline machen, was Dallas von ihr möchte, und Sie können Audrey und Roma und Richard suchen. Und natürlich Audrey und Romas Ehemänner und Richards Frau. Egal, wie Sie es anstellen, finden Sie sie.«

»Aber das FBI kann Richard sehr viel schneller finden als ich.«

»Das stimmt«, pflichtete FBI-Agent Dub Arnold mir bei. »Ich kümmere mich drum. Sergeant Richard Kelly, soweit bekannt, zuletzt in Deutschland stationiert, Sie wissen wohl nicht, wie lange, und ich nehme auch nicht an, daß Sie seine Dienstnummer kennen?«

»Sie machen wohl Witze.«

»Das habe ich mir gedacht. Wir finden ihn.«

»Sonst noch was, bevor jeder von uns sich an seine Arbeit macht?« fragte Millner.

»Ja«, sagte Aline, »die Jacke.«

»Welche Jacke?«

»Der Karton und das Papier, in dem das Lösegeld verschickt wurde. Als wir den Karton und so fanden, war eine SellAmerica-Jacke drumgewickelt. Gestern abend habe ich mein Büro darauf angesetzt, herauszufinden, wem die Jacke gehörte.«

»Wie soll man das denn rausfinden?«

»Die Jacke gehörte ohnehin wahrscheinlich Patrick«, sagte Castillo.

»Sie haben doch vorhin seine Arbeitsstellen aufgelistet«, sagte Aline, »und SellAmerica war nicht dabei.«

»Was ist denn eigentlich SellAmerica?« fragte Millner.

Aline erklärte es, und Castillo sagte: »Nun, wenn er arbeitslos war, könnte es doch sein, daß er eine Zeitlang da gearbeitet hat, übergangsweise.«

»Vielleicht. Vielleicht aber auch nicht. Jedenfalls, mein Büro versucht, es herauszufinden. Ich rufe mal schnell dort an, bevor wir hier Schluß machen, und frage, ob sie was haben, was vielleicht noch für andere hier von Interesse ist.«

An der Wand des Einsatzraums hängt ein Telefon. Aline stand die nächsten fünf Minuten da und lauschte; dann drehte sie sich um und sagte: »Patrick Kelly hat nie bei SellAmerica gearbeitet, zumindest nicht in Dallas, und es wird ein verdammtes Stück Arbeit herauszufinden, wem die Jacke gehörte. Erstens, SellAmerica hat die Jacken nur ein einziges Mal verteilt, und das war im April und Mai vor drei Jahren. Nach Angaben der Geschäftsführerin – ein Detective von uns hat sich gestern abend mehrere Stunden mit ihr unterhalten – kamen sie in einer Riesenkiste aus New York, wo die Zentrale ist, und dann haben die Geschäftsführer sie als kleinen Anreiz an das Verkaufspersonal verteilt, damit die Leute härter arbeiten. Nehme ich jedenfalls an. Wer am Abend die meisten Zeitschriften verkauft hatte, bekam eine Jacke –«

»Das sollte doch wohl ganz leicht sein«, fiel Millner ihr ins Wort. »Die haben doch bestimmt Unterlagen darüber.«

»Jaja, aber damit nicht genug. Die veranstalten auch so ein blödes Quiz namens ›Wie heißt der Kinofilm‹, was, wenn ich das richtig verstanden habe, so ähnlich gespielt wird wie Galgenmännchen, nur anders, und man muß jedesmal, wenn man eine Zeitschrift verkauft, einen Buchstaben raten, und wer den Filmtitel errät, bekommt eine Jacke. Solche Spiele eben. Und niemand hat darüber Buch geführt, wer alles eine Jacke bekommen hat. Außerdem wechselt das Personal alle naslang – es gibt einen Stamm von Leuten, die eine Zeitlang bleiben, und etwa zwei Drittel des Personals rotieren ständig. Carl sagt, die Geschäftsführerin konnte keine genauere Angabe machen, als daß zu der Zeit, als die Jacken verteilt wurden, teilweise etwa 130 Leute dort beschäftigt waren. Carl hat um eine Liste gebeten, aber das war zwei Geschäftsführer her, und die jetzige Geschäftsführerin ist nicht sicher, ob sie die noch findet. Sie sagt, daß sie die Liste vielleicht in der Zentrale bekommt, wenn sie bei den alten Gehaltsunterlagen liegt, oder sie könnte versuchen, die ehemalige Sekretärin zu erreichen, die vor etwa zwei Monaten aufgehört hat, und fragen, ob sie weiß, wo sie sein könnte.«

In die anschließende Stille hinein brummte einer der Postinspektoren: »Scheiße!«

»Sie sagen es«, erwiderte Millner. »Also, an die Arbeit. Deb, Sie haben gesagt, sie bräuchten ein paar Helfer?«

»Ja, zwei, drei.«

»Ich rufe im Gefängnis an.«

»Moment«, sagte Aline, als die ersten aufstanden und ihre Jacketts nahmen, »da ist noch was.«

»Was denn?« fragte Millner ergeben.

»Es gibt noch eine SellAmerica-Filiale in Arlington. Jemand, der in Dallas oder Fort Worth wohnt, könnte doch wohl ohne weiteres dort arbeiten. Jay hat dort angerufen, und sie haben gesagt, ein Patrick Kelly wäre nie bei ihnen beschäftigt gewesen, aber Jay ist nicht rausgefahren, um festzustellen, wie viele Leute sie hatten, als die Jacken verteilt wurden. Er fährt heute abend hin. Dann hat die Geschäftsführerin in Dallas noch gesagt, sie verteilen neben den Jacken auch Baseballkappen und Schlüsselringe und ähnlichen Kram, und an Leute, die länger bei ihnen beschäftigt sind, verteilen sie auch teureres Zeug. Also –«

»Also, wenn hier einer jemanden vernimmt und ihm dabei irgendwas mit dem SellAmerica-Logo drauf auffällt, dann sollten wir denjenigen besonders unter die Lupe nehmen«, beendete Millner den Satz.

»Genau«, sagte Aline mit leicht verstimmter Miene.

»Captain«, sagte ich, »was ist mit Candy Mossberg?«

»Das County kümmert sich jetzt um die Sache«, erwiderte er. Und mehr konnte er mir natürlich nicht sagen.

Aline und ich fuhren zum Gefängnis.

Die Häftlinge, die uns helfen sollten, waren genau gleich gekleidet, in schmuddeligen weißen Hemden und schmuddeligen weißen Hosen mit grauem Streifen an der Außenseite von jedem Bein. Sie saßen auf der Rückbank des Wagens und blickten zufrieden. Einer von ihnen war ein großer Schwarzer Ende 40; er hieß Leander und hatte uns im ernsten Ton erklärt, daß es ihm eigentlich ganz gut ging, bis sein Nachbar ihn in den Wahnsinn getrieben hat; dann ist er losgezogen und hat sich betrunken und wurde festgenommen und bekam einen Monat Gefängnis wegen Trunkenheit in der Öffentlichkeit, aber immerhin hatte er jetzt einen ganzen Monat Ruhe vor seinem Nachbarn, doch morgen würde er entlassen, und dann müßte er zurück und sich den Radau von seinem Nachbarn wieder anhören. »Haben Sie nie überlegt umzuziehen?« fragte Aline.

»O nein, Ma'am, ich würde nie wieder so'nen Garten kriegen, wie ich jetzt habe.«

Der andere, ein lebhafter blonder 19jähriger namens David, konnte gar nicht verstehen, wieso er im Gefängnis war, sagte er; er hat bei Leuten gewohnt, und die waren richtig nett gewesen, und er hatte versprochen, er würde ihnen Miete zahlen, sobald er einen Job hatte, nur aus irgendeinem Grund waren sie es nach etwa sechs Monaten leid, daß er bei ihnen wohnte, und sie hatten ihm gesagt, er sollte seine Sachen vom Fußboden aufsammeln und ausziehen, und da ist er ausgezogen und hat im Park geschlafen, und das war schließlich allein seine Sache, wenn er Lust hatte, im Trinity Park zu schlafen und bei den Leuten Geld für Zigaretten zu schnorren, nur, irgend jemand hatte ihn angezeigt, und dann wurde er festgenommen wegen Landstreicherei und zu 30 Tagen verknackt, und das war Quatsch, weil er doch auf der Suche nach einem Job war, ganz ehrlich, und er hatte schließlich zwei volle Tage bei Burger King gearbeitet, und die waren doch blöd, ihn gleich zu feuern, bloß weil er und ein Kumpel sich mit Ketchup bespritzt hatten.

Er hatte die High-School abgebrochen und war mit 16 von zu Hause ausgezogen, und anscheinend hatte er sich seitdem herumgetrieben. Aber er war groß, kräftig und vergnügt und freute sich, daß er mal für einen Tag aus dem Gefängnis rauskam. In Anbetracht der zwei Häftlinge auf dem Rücksitz verstummte jedes Gespräch zwischen Aline und mir, so daß die Fahrt schweigend verlief, bis wir auf die Straße bogen, die direkt zur Farm führte. Da sagte Leander auf dem Rücksitz: »Miss Deb, ist das nicht die Kelly-Farm?«

»Ja, genau. Sie waren schon mal hier, was?«

»Klar, Ma'am. Der alte Mister Joe, der hat damals 'nen prima Schnaps gebrannt.« Er lachte wehmütig. »Richtig prima Schnaps.«

»Na, wenn Sie welchen finden, lassen Sie die Finger davon.«

»Klar, Ma'am«, sagte er ergeben.

Interessant, dachte ich. Davon wußte ich nichts. Ich fragte mich, ob meine Eltern es gewußt hatten. Jedenfalls hatte es nichts mit unserem Fall zu tun.

Es gab eine Scheune, die kurz vor dem Einsturz stand, und eine Garage, um die es nicht viel besser bestellt war. Es gab ein Außenklo, das, kaum noch sichtbar, völlig mit Geißblatt überwuchert war. Es gab einen langen Schuppen, in dem ein alter Traktor stand, der Traktormotor lag, in Einzelteile zerlegt, auf einer ausgebreiteten Zeitung auf dem Boden. Ich sah auf das Datum. Erst acht Tage alt. Interessant.

Ein 400-Liter-Faß Benzin – neu – stand in einer Ecke des Schuppens, mehrere Dosen Motoröl daneben.

Anscheinend war das der Traktor, mit dem der Rasen gemäht worden war. Aber wenn er das war, hatte er die Anstrengung nicht sehr gut überstanden. Was, wie ich annahm, erklärte, warum nicht fertig gemäht worden war.

Die Durchsuchung der Nebengebäude war ein langes, ermüdendes, fruchtloses Unterfangen. Mit einer Ausnahme gab es nichts, das irgend etwas mit dem Fall zu tun zu haben schien. Im Außenklo befand sich ein Spinnennest und eine kleine Klapperschlange, die Leander mit einem Knüppel totschlagen wollte, während David sie in Frieden lassen wollte. Ich fand ebenfalls, daß die Schlange niemanden zu stören schien und gefahrlos ihrer Aufgabe als Rattenfängerin von eigenen Gnaden überlassen werden konnte; außerdem, so fügte ich hinzu, falls sie getötet werden müßte, würden Aline oder ich das übernehmen.

»Das meinen aber auch nur Sie«, sagte Aline mit einem leichten Schauder. Offenbar hat sie die gleiche Haltung zu Schlangen wie ich zu Spinnen.

Das Scheunentor war mit rostigen alten Nägeln zugenagelt; ebenso sämtliche Fenster, also mußten wir das Tor von David und Leander aufbrechen lassen. Drinnen war rein gar nichts außer uraltem Heu, das nicht mal mehr als Mulch zu verwenden gewesen wäre, einigen alten Futtertrögen und etlichen sehr fetten Ratten. Offenbar hatte die Klapperschlange ihren Zuständigkeitsbereich noch nicht bis hierher ausgedehnt.

In der Garage befanden sich Einzelteile von 20 bis 30 alten Fahrrädern. Sie enthielt außerdem mehrere Ventilatorflügel, einige zerbrochene Stühle, Teile von vier Motorrädern (das neueste war eine 1949er Harley; ihrem heruntergekommenen Zustand nach zu urteilen, war seit 1950 niemand mehr damit gefahren), drei Benzinkanister mit durchgerosteten Böden, 14 Fliegengitter (zerrissen) in Holzrahmen, einen gelben Resopalküchentisch mit verrosteten Beinen, jede Menge alte Limonadenflaschen, einen Haufen Metallfässer und Kupferrohre, mit denen man mühelos einen Destillierapparat wieder hätte zusammenbauen können, jede Menge zerbrochenes Glas und jede Menge vertrocknetes Laub und abgestorbene Äste, die vermutlich durch das Dach gefallen waren, das seinerseits eingestürzt war. Zwischen den Trümmern fanden wir einen großen, neuen Briefkasten mit der Aufschrift 220-J. Der Briefkasten war unter drei großen Glasballons versteckt, in denen, wie Leander uns erzählte, Joe den Schwarzgebrannten aufbewahrte. Alle drei Gläser waren fest verschlossen und enthielten eine klare Flüssigkeit. Leander betrachtete sie sehnsüchtig, und ich nahm ein Stuhlbein auf und zerschlug alle drei Gläser, nachdem ich festgestellt hatte, daß sie anders nicht zu öffnen waren, um den Inhalt auszuschütten.

Dem Geruch nach zu urteilen, war in zwei von ihnen Schwarzgebrannter. In dem dritten war Terpentin.

In dem langen Schuppen hatte jemand an dem Traktor gearbeitet; daneben war Werkzeug, mehr oder weniger ordentlich in einem metallenen Werkzeugkasten verstaut. Aber da waren noch andere, kleinere Teile, die darauf hindeuteten, daß jemand an einem Auto gearbeitet hatte. Ich nahm mir vor, wenn wir hier fertig waren, mich noch einmal um den ausgebrannten 1957er Chevrolet zu kümmern, um festzustellen, ob es irgendwelche Anzeichen dafür gab, daß es sich möglicherweise um das Fahrzeug handelte, mit dem das Kind entführt worden war.

Würde jemand riskieren, einen so auffälligen Wagen zu benutzen, um ein Verbrechen zu begehen? Falls ja, war er vielleicht irgend jemandem aufgefallen?

Natürlich hatte die Polizei von Dallas die Anwohner in der näheren Umgebung der Schule nicht gefragt, ob sie einen 1957er Chevrolet gesehen hatten; sie hatten bloß nach ungewöhnlichen Fahrzeugen gefragt, und auf einer Straße in einem der vornehmsten Stadtteile von Dallas ist eigentlich so gut wie nichts ungewöhnlich, von einem Model T Ford bis zu einem Rolls Royce Silver Cloud.

Wir brachten die Häftlinge zurück zum Gefängnis, wo David uns eifrig versicherte, wie schön es gewesen sei, uns zu helfen, und wie gern er uns wieder helfen würde, wenn wir ihn irgendwie, egal für was, gebrauchen könnten.

»Wir werden dran denken«, versprach ich ihm feierlich.

Nachdem sich die Tür hinter ihm geschlossen hatte, lachte Aline los. »Er hat das Zeug zu einem ausgemachten Schwindler.«

»Der geborene Hochstapler«, stimmte ich ihr zu. »Ich fahr' jetzt rüber zum Fahrzeugabstellplatz der Polizei, um mir den Wagen anzusehen. Möchten Sie mitkommen?«

»Ja, klar«, erwiderte Aline, »aber vorher muß ich mal kurz wohin.«

Da ich schon den ganzen Tag immer mal wieder kurz wohin gemußt hatte, konnte ich nichts dagegen einwenden. Ich machte einen kleinen Abstecher zu meinem Schreibtisch und fand eine Nachricht, daß ich das FBI anrufen sollte.

»Es geht um diesen Sergeant Kelly, den ich für euch ausfindig machen sollte«, sagte Dub Arnold. »Da gab es nicht viel ausfindig zu machen. Er ist tot.«

»Tot?«

»Ja, ist vor drei Jahren auf dem Armeestützpunkt in Frankfurt gestorben. Herzanfall, etwa sechs Wochen bevor er in Pension gehen sollte.«

»Danke für die Überprüfung, Dub«, sagte ich.

Damit waren nur noch zwei Kellys ausfindig zu machen, Audrey und Roma. Das würde schwieriger sein, denn sie beide waren – zumindest aller Wahrscheinlichkeit nach – verheiratet und hießen daher nicht mehr Kelly. Ich wußte, daß Roma Carl Gilbert geheiratet hatte, aber Audrey? Ich hatte keine Ahnung.

Darum würde ich mich morgen kümmern. Auf einmal war es schon halb vier. Wir hatten gerade noch genug Zeit, zum Fahrzeugabstellplatz zu fahren.

Der Abstellplatz der Polizei liegt im nördlichsten Teil der Stadt, nicht weit vom Fluß entfernt, und das schwarz gewordene Wrack des 1957er Chevrolets war Samstag nachmittag dorthin abgeschleppt worden. Es stand noch immer da; der Innenraum war ausgebrannt, aber Motor und Kofferraum hatten so gut wie gar nichts abbekommen. Motorhaube und Kofferraumdeckel waren entweder von der Hitze der Flammen aufgesprungen oder von Feuerwehrleuten aufgebrochen worden, die sichergehen wollten, daß das Feuer völlig aus war; wie auch immer, sie standen weit offen.

Wenn sie die Sachen aus dem Kofferraum ins Wageninnere gelegt hatten, bevor sie das Feuer entzündeten, war vielleicht nicht alles verbrannt. Die rosa Decke – falls es eine gab – wäre natürlich vernichtet, aber möglicherweise waren noch verkohlte Reste von ihr übrig. Der Haustürschlüssel und die Metallteile der Känguruh-Tasche wären vielleicht sogar dann noch auffindbar, wenn der Rest der Tasche verbrannt wäre.

Aber wir fanden weder einen Schlüssel noch irgendwelche Metallteile der Känguruh-Tasche; dem bißchen nach zu urteilen, was Aline und ich finden konnten, wobei wir uns ordentlich schmutzig machten, war das Wageninnere außergewöhnlich aufgeräumt gewesen. Es gab nur eine einzige Sache, die nicht zum Wagen selbst gehörte.

Eine einzige Sache, in Einzelteilen. Aber diese einzige Sache war sehr, sehr interessant.

Vorne rechts auf dem Boden, die Hülse einer Schrotpatrone, Kaliber .410.

Hinten auf dem Boden, ganz kleine Schrotkugeln, wie Luftgewehrkugeln, die mit großer Wahrscheinlichkeit aus einer Schrotpatrone, Kaliber .410 stammten.

Die Gerichtsmedizin und das Labor hatten festgestellt, daß sowohl Kelly als auch Bassinger höchstwahrscheinlich mit einer Schrotflinte, Kaliber .410, erschossen worden waren.

Auf dieser Grundlage konnten Aline und ich trotz des Feuers die Stellen ausfindig machen, wo die Schrotkugeln in den Rücksitz eingedrungen waren. Die Ladung hatte nicht sehr weit gestreut, aber doch so weit, daß man praktisch mit Sicherheit davon ausgehen konnte, daß die Waffe auf dem Vordersitz abgefeuert worden war, und in dieser Streuung zeichneten sich die Konturen eines Menschen ab, der auf dem Rücksitz gesessen hatte.

»Es war ein Unfall«, sagte Aline. »Er wollte ihn nicht töten. Die Flinte lag auf dem Vordersitz, oder, was wahrscheinlicher ist, sie haben sie von einem Sitz auf den anderen gelegt, und dabei ist sie losgegangen. Das passiert manchmal bei Schrotflinten. Ich hatte mal einen Fall – ach, schon gut, lassen wir die alten Kamellen.«

»Solche Fälle haben wir alle schon mal gehabt«, bestätigte ich und mußte an den verdutzten Ausdruck im Gesicht eines toten Kindes denken, dessen Bruder mit der Schrotflinte des Vaters gespielt hatte. Wir kamen zu dem Schluß, daß einer dem anderen die Flinte zugeworfen hatte und sie in der Luft losgegangen war.

»Ich hatte sowieso allmählich den Eindruck, daß es ein Unfall war«, sagte ich weiter. »Aber wenn es kein vorsätzlicher Mord war, dann war die Entführung unglaublich dumm, weil jeder Patrick Kelly gefunden hätte, und Patrick Kelly – wäre er noch am Leben gewesen – hätte den Rest der Geschichte bestimmt ausgeplaudert.«

»Also wissen wir jetzt, daß wir eine dumme Person suchen«, sagte Aline. »Haben Sie die Laborfritzen angefordert?«

»Ja, müßten schon unterwegs sein. Wir könnten in der Zwischenzeit noch mal den Kofferraum unter die Lupe nehmen.«

Im Kofferraum befand sich genau das, was drin gewesen war, als ich zuletzt hineingeschaut hatte, ein Ersatzreifen und ein Wagenheber. Und er war überhaupt nicht verbrannt. Es gab nichts, wo man eine rosa Decke und eine rote Tasche hätte verstecken können.

»Ich glaube, das bringt nichts«, sagte Aline.

»Ich auch«, stimmte ich zu und drehte mich zur Einfahrt um, weil ich den Wagen vom Labor jeden Augenblick erwartete.

Drehte mich um und drehte mich erneut um, weil ich nachsehen wollte, ob der waldgrüne 1957er Chevrolet noch immer hinter mir stand, noch immer ausgebrannt, denn direkt vor mir, in einer Reihe, die zum hinteren Teil des Abstellplatzes verlief, stand ein zweiter waldgrüner 1957er Chevrolet, völlig intakt. »Was ist denn das?« fragte ich und sah, daß Alines Mund vor Staunen genauso offen stand wie meiner.

Und ich eilte zum Büro.

»Ich weiß nicht genau, wann er hierhergeschleppt worden ist, müßte ich in den Unterlagen nachsehen, vielleicht am Sonntag abend«, sagte der Verwalter des Abstellplatzes fünf Minuten später. »Der zuständige Officer – Moment – ist Shea. Er hat gesagt, der Wagen sei nicht als gestohlen gemeldet und sie hätten den Halter nicht erreichen können, also –«

»Ich hätte es mir denken können«, sagte ich. »Ich bring' ihn um. Ich schwöre, ich bringe Danny Shea um.«

»Diesen Danny Shea muß ich unbedingt kennenlernen«, murmelte Aline höflich, aber mit unverkennbarem Groll in der Stimme.

»Shea hat mir die Fahrzeugidentifizierungsnummer genannt, und ich habe überprüft, ob der Wagen als gestohlen gemeldet ist«, sagte Vinson, »und laut Computer war er das nicht.«

»Autos mit 1957er Baujahr *hatten* keine Fahrzeugidentifizierungsnummern«, sagte Ben Isaacs zu ihm.

»Nicht? Aber ich habe doch die Nummer eingegeben –«

»Was Sie eingegeben haben, war die Motornummer, nicht die Fahrzeugidentifizierungsnummer. Motoren, Vinson, sind austauschbar;

deshalb wurde das FIN-System eingeführt. Haben Sie dran gedacht zu überprüfen, ob die Motornummer registriert ist? Das ist schließlich Standardverfahren, nicht? Oder liest hier eigentlich keiner mehr die Standardvorschriften?«

»Natürlich hab' ich das überprüft! Die Registrierung war gelöscht.«

»Haben Sie den Computerausdruck noch?«

»Natürlich. Das ist schließlich auch Standardverfahren«, erwiderte Greg Vinson leicht gehässig.

»Überprüfen Sie die Registrierung noch einmal.«

Aber das brauchte er nicht. Als Vinson die blaue Vinylmappe hervorholte, in der der Ausdruck lag, stand in der ersten Zeile: »Registrierung gelöscht.« In der zweiten Zeile stand: »Vorherige Registrierung Patrick Kelly, Kelly Road, Fort Worth, Texas.« Dann kam das Autokennzeichen des Nummernschildes, das eigentlich am Wagen hätte sein müssen.

Die Registrierung war am Samstag gelöscht worden, als ein 1957er Chevrolet mit just diesem Kennzeichen ausgebrannt auf einer Landstraße noch innerhalb von Fort Worth, Texas, aufgefunden worden war.

»Das ist doch unmöglich«, murmelte Vinson, der auf die beiden Angaben auf dem Ausdruck starrte.

»Wem sagen Sie das«, brummte Isaacs, der ihm den Ausdruck aus der Hand nahm.

»Hören Sie, der verdammte Wagen kann unmöglich gleichzeitig ausgebrannt und nicht ausgebrannt sein«, sagte Vinson und riß ihm den Ausdruck wieder aus der Hand.

»Allerdings nicht«, stimmte ich zu, während ich ihm über die Schulter schaute. »Was heißt, jemand hat uns ganz schön reingelegt.«

»Mag sein, daß er ihn nicht töten wollte, als er ihn getötet hat«, erklärte Aline, »aber töten wollte er ihn ganz bestimmt. Er konnte nicht anders.«

»Moment, ich überlege gerade«, sagte ich. »Erstens einmal, sie haben *seinen* Wagen benutzt –«

»Wessen Wagen?« schrie Vinson. »Für was benutzt? Worum, zum Donnerwetter, geht's hier überhaupt?«

»Wir wissen nicht, wer«, schrie Aline zurück. »Es geht um die Entführung.« Ich war froh, daß ihr nie jemand beigebracht hatte, daß man zu einem Rollstuhlfahrer nicht grob sein darf. Vinson brauchte manchmal jemanden, der grob zu ihm wurde. Erst recht, wenn er zuerst grob wurde. Aber ich wollte nicht diejenige sein, welche.

»Er – wer immer es ist – hat seinen Wagen für die Entführung benutzt, will ich sagen«, schaltete ich mich ein, »und irgendwie ist die Flinte aus Versehen losgegangen, und er wußte, er würde die Blutspuren nicht loswerden können, also hat er seine Nummernschilder, ich meine, Patricks Nummernschilder, an seinen Wagen geschraubt, damit wir, wenn wir den ausgebrannten Wagen finden, der sein Wagen war, denken sollten, es wäre Patricks. Dann hat er Patricks Wagen in der Stadt abgestellt. Das heißt also, der ausgebrannte Wagen muß seiner sein. Wenn wir jetzt die FIN überprüfen –«

»Er hat keine –«

»Okay, Ben, ich meine seine Motornummer.«

»Ja, aber das ist irgendwie komisch, zwei identische Wagen, so alt«, wandte Aline ein.

»Haben Sie eine bessere Idee?« sagte ich herausfordernd. »Sie sind nun mal da, oder?«

»Ja, das stimmt. Aber wenn er seinen Wagen für die Entführung benutzt hätte, hätten wir Helens Handtasche und die rosa Decke drin finden müssen. Und das haben wir nicht.«

»Nicht unbedingt«, erwiderte ich. »Die Handtasche könnte auf der Straße in Dallas liegengeblieben und einfach von irgend jemandem mitgenommen worden sein.«

»Aber die rosa Decke nicht. Und wir wissen, daß es die rosa Decke gegeben hat. Wir haben sie auf den Fotos gesehen.«

Sie könnten sie weggeworfen haben. Aber das sagte ich nicht; selbst wenn sie sie weggeworfen hatten, müßten im Kofferraum zumindest ein paar rosa Fusseln, vielleicht auch Haare vom Kopf des Kindes sein. Die Kollegen von der Spurensicherung würden sich darum kümmern. Sie waren bereits vor Ort. Und wir brauchten sie lediglich anzurufen, daß sie auch die Motornummer aufschrieben.

Aber ich wollte selbst rausfahren und einen Blick hineinwerfen. Und dazu brauchte ich einen Durchsuchungsbefehl.

Ich würde wieder spät Feierabend machen.

Die rote Känguruh-Tasche mit dem Inhalator lag im Kofferraum von Patrick Kellys Wagen. Ebenso einer von Helens schwarzen Schuhen, noch immer eingewickelt in der rosa Decke, mit der sie ihren armen kleinen Leichnam hätten zudecken können – was sie aber nicht getan hatten.

Also war Helen French nicht in demselben Wagen entführt worden, in dem Patrick Kelly gestorben war.

Aber die Überprüfung der Registrierung für den Motor in dem ausgebrannten 1957er Chevrolet ergab, daß die Registrierung gelöscht worden war, und zwar im Jahre 1961, als der Wagen bei dem Unfall, der seinem Besitzer das Leben kostete, zu Schrott gefahren wurde. Er war zu einem Schrottplatz in Tyler geschleppt worden, wo man ihn vermutlich ausgeschlachtet hatte.

Vielleicht hatte auf der Prüfplakette die ursprüngliche Motornummer gestanden, aber die Prüfplakette war säuberlich abgekratzt worden, bevor der Wagen in Brand gesteckt wurde. Was bedeutete, daß die ursprüngliche Motornummer vermutlich tatsächlich draufgestanden hatte, und damit hätten wir den Besitzer ausfindig machen können.

Ohne die ursprüngliche Motornummer, ohne die Nummernschilder gab es keinerlei verwaltungstechnische Möglichkeit, den Besitzer dieses Wagens zu ermitteln. Das bedeutete, daß wir es auf anderem Wege versuchen mußten. Und ich wußte noch nicht genau, wie dieser andere Weg aussehen sollte.

Eines allerdings wußte ich sehr genau, nämlich daß Aline mit ihrer Äußerung auf dem Fahrzeugabstellplatz falschgelegen hatte.

Wir suchten nicht nach jemandem, der dumm war. Wir suchten nach jemandem, der schlau war.

Sogar verdammt schlau.

Kapitel 8

»Wir wären ganz schön reingelegt worden, wenn es geklappt hätte«, sagte ich zu Harry. »Ich muß dauernd darüber nachdenken, wie alles zusammengepaßt hätte. Ich glaube wirklich, sie hätten damit durchkommen können, wenn sie vorsichtiger gewesen wären.«

»Ach ja?« sagte Harry. Er saß am Küchentisch; angeblich half er mir beim Spülen, doch in Wahrheit hatte er beschlossen, mir aus dem Weg zu gehen. Ich konnte es ihm nicht verübeln; ich jagte wie wild durch die Gegend und dachte dabei laut. Außerdem war das buntgestreifte Trockentuch, das ihm jetzt aus irgendeinem Grund um den Hals hing, zu naß, um es zu gebrauchen, und ich hatte mir ein anderes genommen. »Wie ist das Ganze denn deiner Meinung nach gelaufen?« fragte er.

»Erstens haben sie Helen mit Kellys Wagen gekidnappt, nicht mit dem – von wem auch immer. Ich meine, wem auch immer der Wagen gehörte. Ich denke, ich nenne ihn fürs erste X, weil ich ihn irgendwie nennen muß, um über ihn zu reden.«

»Okay, sie kidnappen Helen in Kellys Wagen, nicht in dem von X, und dann?« Ich glaube zumindest, daß Harry das gesagt hat. Wenn ich anfange, laut zu denken, erwarte ich aufmunternde Laute, aber ich bekomme selten mit, was eigentlich gesagt wird.

»Also, an dem Punkt waren sie sich vermutlich ziemlich sicher, daß French so eingeschüchtert war, daß er nicht sofort die Polizei verständigen würde. Sieh mal, Harry, wenn Kelly French nicht richtig gekannt hat, dann muß jemand beteiligt gewesen sein, der ihn kannte, um wissen zu können, wie er sich verhalten würde, weil die meisten Leute die Polizei einschalten würden, sobald ihr Kind vermißt ist, egal, was der Kidnapper verlangt. Aber sie schienen sich sicher zu sein, daß er es nicht tun würde. Ich glaube nicht, daß sie wollten, daß Helen stirbt, aber, tot oder lebendig, es bestand in jedem Fall die

Gefahr, daß irgendwas von ihr in dem Wagen zurückbleiben würde – Haare, Fasern, irgendwas in der Art –, aber sie konnten anscheinend davon ausgehen, daß die Polizei zumindest erst dann eingeschaltet würde, wenn sie das Lösegeld bekommen hatten. Ich weiß nicht, wieso sie davon ausgehen konnten, aber so, wie sie die Sache aufgezogen haben, liegt auf der Hand, daß sie davon ausgegangen sind.«

»Deb«, sagte Harry. »Ich sage es dir nur ungern, aber ich habe nicht den leisesten Schimmer, wovon du redest. Was hat der Umstand, daß die Polizei nicht eingeschaltet wurde, damit zu tun, daß irgendwas von Helen in dem Wagen zurückbleiben würde? Ich glaube, du hast irgendein entscheidendes Verbindungsstück oder so ausgelassen.«

»Nein, hab' ich nicht.« Ich zog einen Stuhl heran und setzte mich ihm gegenüber. »Es gibt alle möglichen Bücher über Kidnapping zu kaufen – ich habe dir doch von dem Fall in Australien erzählt, der am Ende wegen der besonderen Blätter aufgeklärt wurde, die an der Leiche des Jungen gefunden wurden.«

»Klar, die Bücher kann man kaufen, aber wie kommst du darauf, daß sie sie gelesen haben?«

»Wenn du eine Entführung planen würdest, würdest du dann nicht Bücher darüber lesen?«

»Ich würde keine Entführung planen.»

»Aber wenn doch –«

Harry zuckte die Achseln.

»Okay, spielen wir das mal durch. Ja, ich nehme an, ich würde Bücher darüber lesen. Aber du hast mir ja schon erzählt, daß Patrick früher selbst Polizist war.«

»Sicher, er war Polizist zu einer Zeit, als man lediglich einen .38er und einen Polizeiknüppel brauchte, um einer zu sein. Ich kenne ihn. Kannte ihn. Ich habe seine Familie gekannt. Es sind anständige Leute, aber keine schlauen Leute. Und irgend jemand, der bei dieser Sache mitgemischt hat, war schlau. Die Sache war geplant, gut geplant – so gut geplant, daß wir, als wir anfingen, zunächst keinerlei Anhaltspunkte hatten, was für ein Plan dahintersteckte.«

»Wie kommst du darauf, daß –«

Ich sprach einfach weiter, ignorierte Harrys frustrierten Gesichtsausdruck. »Überleg doch mal. Am Ende hätte French die Entführung gemeldet – davon wäre jeder ausgegangen, obwohl sie vielleicht, wenn sie Helen lebend zurückgegeben und überzeugend klingende Drohungen ausgesprochen hätten, entwischt wären, ohne daß er sie gemeldet hätte. Aber wenn sie sich die Sache so ausgerechnet hatten, wie ich es mir vorstelle, hätte er die Entführung erst gemeldet, nachdem Helen wieder da war; daher –«

»Ich versuche mal, deinen Gedankengang weiterzuführen«, sagte Harry. »Okay, Helen wird also lebend zurückgegeben, und French meldet die Entführung und nennt natürlich die Adresse, an die er das Lösegeld geschickt hat, weil die Entführer sich auf keinen Fall darauf verlassen konnten, daß er sie vergißt, selbst wenn er sie sich nicht aufgeschrieben hat. Postwendend würde jemand dort hinfahren und feststellen, wem der Briefkasten 220-J gehört, selbst wenn der Briefkasten mittlerweile verschwunden ist, und –«

»Und wir würden alle zur Farm sausen, und es wäre nichts mehr da«, sagte ich.

»Was?«

»Es wäre nichts mehr da. Klar, da wäre noch ein dunkelgrüner 57er Chevrolet, und Kelly würde sagen: ›Mister, ich weiß zwar nicht, wovon Sie reden, aber Sie können gern in meinen Wagen gucken‹, und wir würden reingucken, und es wäre *absolut nichts drin.*«

»Was?«

»Weil es nicht sein Wagen wäre. Es wäre der Wagen von X mit Kellys Nummernschildern dran. Und Kelly würde so was sagen wie: ›Mister, ich weiß zwar nicht, was für ein Spiel da jemand spielt, aber ich kriege meine Post auf dem Postamt, und da draußen ist nicht mal ein Briefkasten mit der Nummer 220-J. Früher mal, als mein Daddy noch lebte, aber jetzt ganz bestimmt nicht. Mister, da will mich jemand reinlegen.‹ Und wir gehen nachsehen, und er hat recht, da ist kein Briefkasten 220-J.«

»Aber Helen wird euch alles genau erzählen, und ihr besorgt euch einen Durchsuchungsbefehl und durchsucht die ganze Farm und findet den Briefkasten in der Garage und das Packpapier und den Schuhkarton auf dem Speicher. Komm, Deb, du warst schon mal besser.«

»Sie hätten das Zeug nicht dahin getan, wenn alles glattgelaufen wäre. Sie hätten es irgendwo anders entsorgt. Und ich glaube nicht, daß sie Helen überhaupt auf die Farm gebracht hätten, wenn sie nicht gestorben wäre; ich glaube, sie hätten sie ganz woandershin gebracht.«

»Ob sie die Farm gesehen hat oder nicht, sie hat ihre Entführer gesehen. Du hast mir erzählt, sie haben sie vor der Schule fotografiert. Und wohl niemand wird am hellichten Tag maskiert vor einer Grundschule in der Innenstadt von Dallas hocken und Fotos machen.«

»Stimmt, aber sie war noch sehr klein, und sie hätte panische Angst gehabt. Sie hätten bloß andere Sachen anziehen und sich vielleicht die

Haare schneiden lassen oder einen Voll- oder Schnurrbart abrasieren müssen, und sie hätte sie nie erkannt. Harry, kein kriminaltechnisches Labor der Welt hätte beweisen können, daß sie in dem Wagen transportiert wurde, weil sie nicht in ihm transportiert worden ist. Sie wurde in einem anderen Wagen transportiert. Wir hätten nicht beweisen können, daß das Lösegeld zur Farm geschickt wurde, weil jeder den Briefkasten für einen Tag hätte anbringen und ihn dann wieder abnehmen können. Wir hätten uns lediglich auf die Aussage eines kleinen, verängstigten Mädchens stützen können. Sie haben unter Verwendung der richtigen Fährte eine falsche Fährte gelegt, und es hätte wahrscheinlich geklappt, wenn Helen nicht gestorben wäre. Ich glaube sogar, sie hätten es schaffen können, auch nachdem Helen gestorben war, wenn sie nicht so unvorsichtig mit der Schrotflinte gewesen wären, so daß auch Kelly zu Tode kam.«

»Vielleicht«, sagte Harry. Seine Stimme klang höchst skeptisch.

»Aber ich glaube, sie sind total in Panik geraten, als Helen starb«, sagte ich weiter. »Ich meine, im Ernst – Helen ist zwei oder drei Tage vor Patrick gestorben, und sie haben sie einfach in der Vorratskammer liegenlassen. Eine Leiche in der Vorratskammer, Harry, kannst du dir vorstellen, wie es da gerochen haben muß?«

»Ich wünschte, nicht«, sagte Harry. »Ich habe so was zur Genüge in Vietnam gerochen, das reicht mir für den Rest meines Lebens und darüber hinaus.«

»Und es kann nicht lange gedauert haben, bis sie in dem Zustand war. Wenn sie auch nur halbwegs bei Verstand gewesen wären, hätten sie sie irgendwo im Wald vergraben, und sehr wahrscheinlich hätten wir sie nie gefunden. Deshalb denke ich, daß sie in Panik gewesen waren.«

»Na ja, das klingt einleuchtend«, sagte Harry, »aber ich meine trotzdem, daß derjenige, der diesen kniffligen Plan ausgeheckt hatte – falls sie ihn wirklich ausgeheckt hatten –, auch eine Lösung hätte finden müssen, sobald er wieder ruhig geworden war, auch wenn er zunächst Panik hatte.«

»Aber der ganze Plan war völlig aus dem Ruder gelaufen«, wandte ich ein, »weil die Rückbank des Wagens, der eigentlich sauber bleiben sollte, über und über mit Blut und Hirnmasse bespritzt war. An dem Punkt gab es keine Möglichkeit mehr, daß sie beide unerkannt blieben, und da Patrick tot war, konnte es seinem Komplizen natürlich egal sein, ob Patrick unerkannt blieb oder nicht. Und das einzige, was er – X meine ich – tun konnte, war daher, uns auf die Spur der beiden

Leichen zu bringen und seine eigene Spur mit allen Mitteln zu verwischen. Und bislang ist ihm das auch gelungen.«

Harry saß da und starrte auf den Tisch. Dann sagte er: »Deb, du hast eine blühende Phantasie.«

Genau das hätte auch Captain Millner gesagt, wenn ich ihm meine Theorie vorgetragen hätte. Schön, ich habe tatsächlich eine blühende Phantasie. Das ist eine meiner größten Schwächen als Ermittlerin – manchmal schieße ich weit übers Ziel hinaus –, aber es ist auch eine meiner größten Stärken als Ermittlerin, weil ich eins und eins und eins mit der Eins zusammenziehen kann, die wir noch nicht gefunden haben, und dann die Vier präsentiere, die da ist, auch wenn ich dann noch mal zurückgehen muß, um die fehlende Eins zu finden.

Was war diesmal die fehlende Eins? Und war es wirklich eine Eins und keine Zwei oder Drei? War meine Vier wirklich eine Vier, oder lag ich am Ende doch falsch?

Irgendwer hatte heute einen 57er Chevrolet erwähnt. Wer war das gewesen? Ich mußte nachdenken, bevor mir einfiel, daß es Captain Millner gewesen war. Ich hatte mich daran erinnert, daß Oliver Kelly tot war, ich hatte mich daran erinnert, daß er an einem stürmischen Heiligen Abend gegen einen Brückenpfeiler gekracht war, aber Captain Millner hatte sich daran erinnert, daß er einen 57er Chevrolet gefahren hatte. 57er Chevrolets zogen sich durch diesen ganzen Fall wie ein Leitmotiv. Ich fragte mich –

Ich fragte mich so allerhand. Ich stand auf und trocknete das Geschirr zu Ende ab, was nicht nötig war – ich hätte es vom Geschirrspüler erledigen lassen können, aber ich war nervös –, und setzte mich wieder hin. Harry war ins Wohnzimmer gegangen und saß jetzt an seinem Funkgerät und sagte: »CQ, CQ, CQ.«

Hal machte angeblich seine Hausaufgaben. Ich sage, angeblich, weil ich nicht sicher bin, wieviel Hausaufgaben man zu der Musik von Iron Maiden, oder wie immer die gräßliche Gruppe hieß, die er sich dabei anhörte, machen kann. Ich wollte schon schreien, er solle die Musik leiser drehen, aber ich überlegte es mir anders und ging statt dessen duschen. Ich würde nach dem Duschen schreien, er solle die Musik leiser drehen, falls Harry es bis dahin noch nicht getan hatte.

Ich saß an meinem Schreibtisch und stellte eine Liste der Dinge auf, die ich erledigen mußte, während Aline mir dabei unruhig zusah. Bisher stand auf der Liste, Audrey und Roma ausfindig machen und mit ihnen sprechen (ich hielt diesen Punkt für nicht ganz so dringend, aber

Captain Millner schien da anderer Meinung zu sein), Beweise finden, daß Susanna French und Susie Kelly ein und dieselbe Person waren (Dutch kümmerte sich angeblich darum, aber ich wollte den Punkt trotzdem auf meiner Liste haben), die Fahrzeugzulassungsstelle anrufen und einen Computerausdruck mit sämtlichen 1957er Chevrolets anfordern, die noch in Texas fuhren.

Ich lehnte mich zurück, um über 1957er Chevrolets nachzudenken. Liebhaberstücke. Man hatte mir gesagt, es seien Liebhaberstücke. Für Liebhaberstücke gab es meistens einen eigenen Club. Waren Patrick Kelly und X Mitglieder in so einem Club gewesen? Ob dem nun so war oder nicht, sie mußten auf alle Fälle sehr lange befreundet gewesen sein, mußten ziemlich lange zusammen daran gearbeitet haben, damit ihre beiden Wagen einander so verblüffend ähnlich sahen, daß Ihr Plan Aussicht auf Erfolg haben konnte. Wie lange hatte Kelly an seinem rumgebastelt – etwa zweieinhalb Jahre, vielleicht drei? Und er hatte fast die ganze Zeit, na ja, jedenfalls bis vor fünf Monaten, in Frenchs Autovertretung gearbeitet. Höchstwahrscheinlich hatte er einige Ersatzteile über dieses Autohaus bestellt, einige bei anderen Chevrolet-Vertretungen in Dallas, Fort Worth. Vermutlich hatte die andere Person das auch getan, oder hatte Kelly die Teile für beide Wagen besorgt, weil er – vielleicht – Prozente bekam, zumindest während er noch bei French arbeitete.

»Deb«, fragte Aline, »was machen Sie da?«

»Eine Liste.«

»Nein, tun Sie nicht, Sie starren ins Leere. Hören Sie, jemand sollte sich auf den Weg machen und die Listen der Leute abholen, die bei SellAmerica gearbeitet haben, daher denke ich, ich sollte das machen. Soll ich sonst noch was in Dallas oder Arlington machen?«

»Ja«, sagte ich, »reden Sie mit French.«

»Hören Sie, Deb, ich weiß nicht, ob dem Mann sehr nach Reden zumute ist.«

»Ihm wird überhaupt nicht nach Reden zumute sein«, pflichtete ich bei, »aber er muß es trotzdem.«

»Okay, wonach soll ich ihn fragen?« fragte Aline matt.

»Finden Sie raus, ob er weiß, daß Susanna schon mal verheiratet war, bevor sie ihn geheiratet hat. Finden Sie raus, ob sie den Namen ihres früheren Mannes oder ihren Mädchennamen benutzte, als er sie kennenlernte. Finden Sie raus, ob er den Namen ihres früheren Mannes kennt, und finden Sie raus, wo sie geheiratet haben, und finden Sie raus, ob er weiß, wo sie sich von Kelly hat scheiden lassen.«

»Das hat, glaube ich, schon einer der Postinspektoren rausgefunden.«

»Okay, dann finden Sie auf alle Fälle den Rest raus. Außerdem fragen Sie ihn, ob er weiß, daß Kelly den Wagen aufgemöbelt –«

»Deb, Sie selbst haben mir gesagt, er hätte gesagt, daß er Patrick Kelly nicht kennt, also woher sollte er dann wohl wissen, daß –«

»Er hat ihn bestimmt unter irgendeinem Spitznamen gekannt. Ich weiß, daß ein großes Autohaus viele Mitarbeiter hat, aber trotzdem müßte er eigentlich jemanden kennen, der zwei Jahre bei ihm beschäftigt war.«

»Tja –«

»Und finden Sie raus, ob er sonst noch jemanden kannte, der einen Wagen auf die gleiche Weise wieder auf Vordermann gebracht hat. Könnte sein, daß Sie mit der Ersatzteilabteilung sprechen müssen. Und mit –«

»Mit den Leuten, die er dort gekannt hat, okay.«

»Aline, versuchen Sie rauszukriegen, ohne direkt danach zu fragen, ob einer von ihnen überhaupt wußte, daß er früher mit Frenchs Frau verheiratet war.«

»Sie wissen, daß das Tage dauern kann.«

»Machen Sie es auf alle Fälle, so schnell Sie können.«

»Okay, ich schlafe heute nacht zu Hause«, sagte Aline, »und nicht wieder in einem Motel in Fort Worth, und es kann sein, daß ich einen Teil dieser Gespräche erst morgen führen kann. Ich versuche jedenfalls, gegen Mittag wieder hier zu sein. Was haben Sie heute noch vor?«

»Ich nehme mir nachher ein paar Stündchen frei und gehe zu Patricks Beerdigung.«

»Was versprechen Sie sich davon? Wissen Sie denn nicht, die Theorie, daß Mörder immer zur Beerdigung ihrer Opfer gehen, ist längst überholt.«

Ich zuckte die Achseln.

»Diesmal vielleicht nicht. Ich vermute, daß der Mörder von Patrick ihn so gut kannte, daß es zumindest der Familie und den Freunden verdächtig vorkäme, wenn er *nicht* hinginge.«

»Und dann setzt sich der Leichnam auf, fängt wieder an zu bluten und sagt zu ihm: ›Du bist der Mann!‹ –«

»Okay, Aline«, sagte ich, »lachen Sie ruhig, aber ich glaube trotzdem, daß der Mörder von Patrick auf der Beerdigung sein wird. Jedenfalls weiß ich, daß seine Schwestern dasein werden, und –«

Aline zuckte die Achseln. »Machen Sie, was Sie wollen. Ich bin weg.«

Es war kurz vor neun; die Beerdigung war um elf. Ich hatte noch Zeit, bei einer der hiesigen Chevrolet-Vertretungen vorbeizuschauen – ich entschied mich für Carsons Autohaus, weil ich den Chef kannte – und ein paar Fragen zu stellen.

Der Verkauf in der neuen Halle hatte auch schon auf, aber »Kit« Carson war hinten in der Reparaturannahme, wo natürlich schon seit halb sieben gearbeitet wurde. Carson führte sein Geschäft bereits seit fast 50 Jahren, und er mischte gern überall mit. Nachdem er vom Empfang gerufen worden war, erklärte er mir, er habe sich die Wagen angeguckt, die man zur Reparatur gebracht hatte, um zu sehen, welche von anderen Autohäusern verkauft worden waren, weil er vorhatte, diese Informationen bei seiner nächsten Werbekampagne einzusetzen. »Kundendienst ist wichtig«, belehrte er mich, »und viele Leute kaufen ihren nächsten Wagen dort, wo sie am besten bedient werden.«

»Das kann ich bestätigen«, erwiderte ich, »ich hatte mal eine von diesen sogenannten Zitronen – es war ein Gebrauchtwagen, weil ich mir damals keinen anderen leisten konnte –, aber trotzdem hat er mich fast wahnsinnig gemacht, weil ich ihn immer wieder in die Werkstatt bringen mußte, weil niemand ihn richtig reparieren konnte.«

»Was war denn dran?«

»Er hatte ständig einen verstopften Benzinfilter, und jedesmal, wenn der verstopft war, fing der Wagen an zu stottern und ging aus oder fuhr nicht schneller als 20 Meilen die Stunde und führte sich auf, als wäre das Getriebe kaputt. Sie haben den Filter immer wieder ausgewechselt, aber jedesmal, wenn sie ihn ausgewechselt hatten, war er gleich wieder verstopft.«

»Dann war das ein Konstruktionsfehler, wenn sie immer wieder einen neuen Filter eingebaut haben und der gleich wieder verstopft war. Oder aber Sie haben billigen Kraftstoff verwendet. Haben Sie billigen Kraftstoff verwendet?«

»Exxon.«

»Der müßte in Ordnung sein, es sei denn, die Tankstelle hat einen Teil des Kraftstoffs schwarz gekauft. Das ist ein großes Problem, müssen Sie wissen, und in manchen Städten hat die Mafia ihre Finger mit drin. Aber ich weiß nicht, ob hier bei uns auch schon was davon verkauft wird.«

»Ich hoffe nicht«, sagte ich. »Wir haben auch so schon genug Probleme.«

Wir waren jetzt im Ausstellungsraum, hell und behaglich, wo sich die neuen Wagen wirkungsvoll von Pflanzen, grellen Plakaten und Farbskalentafeln abhoben. Einige Verkäufer schlenderten mit geschäftigem und wichtigem Blick herum. Ich nehme an, daß man als Verkäufer geschäftig und wichtig dreinblicken muß, auch wenn man eigentlich nichts zu tun hat.

»Okay«, sagte Carson, als er sich in seinem Büro mir gegenüber an den Schreibtisch setzte, als wollte er mir ein Auto verkaufen, »was kann ich für Sie tun.«

»Kit, was ist ein 57er Chevrolet wert?«

»In welchem Zustand?«

»Egal in welchem Zustand.«

»Himmel, was für ein Frage.« Er grinste mich an, mit seinem weißen Schnurrbart sah er eher aus wie der Mann aus der Werbung für Kentucky Fried Chicken als wie der legendäre Kit Carson. »Wenn er im Hinterhof eines Gebrauchtwagenhändlers steht und seit seiner 50 000-Meilen-Inspektion nichts mehr dran gemacht wurde und er inzwischen 200 000 Meilen auf dem Buckel hat, vielleicht 150, 200 Dollar oder vielleicht auch mehr, weil die Leute ihn kaufen, um – okay, ich muß weiter ausholen, um was für einen 57er Chevrolet geht es? Wenn es nämlich ein Hardtop-Coupé ist, wäre es eine ganze Stange Geld wert, selbst wenn niemand was dran gemacht hat, einfach deshalb, weil es ein guter kleiner Wagen war und die Leute ihn kaufen, um ihn wieder aufzuarbeiten. Aber wenn es sich bloß um eine einfache Limousine handelt, wahrscheinlich nicht mehr als 150, wenn er in wirklich schlechtem Zustand ist. Ich will mal so sagen – wenn jemand heute morgen mit einem Hardtop-Coupé hier ankäme, das ganz schön lädiert aussieht, aber in einem reparablen Zustand ist, würde ich mindestens 500 dafür hinblättern und vielleicht auch mehr, weil ich das Geld auf jeden Fall dicke wieder reinkriege. Hilft Ihnen das?«

»An wen würden Sie ihn verkaufen?«

»An jeden, der ihn kaufen wollte, natürlich. Was ist denn das für eine Frage?«

»Aber würden Sie ihn in die Zeitung setzen oder einen Chevy-Fanclub anrufen oder –«

»So einen Club gibt es. Wollten Sie das wissen? Ich würde Ihnen auch den Namen des Vorsitzenden nennen, nur, leider habe ich ihn vergessen. Bill Conners weiß ihn bestimmt. Der Club trifft sich manchmal in seinem Autohaus.«

»Dann werde ich Bill Conners anrufen. Und was ist, wenn der Wagen in tadellosem Zustand ist, aussieht, als käme er geradewegs aus der Verkaufshalle, ausgestattet mit allem, was man sich wünschen kann?«

Carson beugte sich vor. »Ein Hardtop-Coupé in so einem Zustand? Und Sie wissen, wo ich so einen finden kann?«

»Wir haben einen bei uns auf dem Abstellplatz stehen.«

»Sie machen Witze.«

»Ich mache keine Witze. Wir haben einen auf dem Abstellplatz. Wir müssen herausfinden, wem er gehört, weil er bei einem Mordfall eine Rolle gespielt hat.« Genaugenommen wußten wir, wem er gehörte, Patrick Kelly. Es war der Ausgebrannte, dessen Besitzer wir aufspüren mußten. Aber darauf wollte ich jetzt nicht näher eingehen, und für Carson wäre es ohnehin nicht wichtig gewesen.

»Die Kelly-Sache? Kelly hatte doch so einen Wagen. Aber ich dachte, in der Zeitung hätte gestanden, er ist in Brand gesteckt worden.«

»Ist er auch. Der, den ich meine, sieht allerdings genauso aus wie Kellys. Wir glauben, daß der Besitzer dieses Wagens Kellys Wagen in Brand gesteckt hat.«

»Genauso wie Kellys, haargenau? Es macht mich ganz krank, daß jemand so einen Wagen in Brand steckt.«

Schon wieder, drei Menschen tot, und die Rede war nur von dem Wagen. An dem 1957er Chevrolet mußte tatsächlich etwas dran sein, was ich offenbar nicht verstand. »Soweit wir es beurteilen können, ja, haargenau wie Kellys.«

»Schätzchen, für den würde ich, ohne mit der Wimper zu zucken, 30.000 Dollar hinblättern, weil ich weiß, daß ich das Geld mit Zinsen wieder reinkriege.«

»Das ist mehr, als mein erstes Haus gekostet hat.«

»Das ist mehr, als das erste Haus der meisten Leute gekostet hat, es sei denn, sie sind unter 30. Der Wagen ist gut gelaufen. Der Wagen sah gut aus. Tut er immer noch. Nur, früher war er ein Verkehrsmittel, heute ist er ein Spielzeug. In den meisten Fällen ein Spielzeug für Reiche, aber nicht immer. Glauben Sie, er wird verkauft werden? Vielleicht versteigert, wenn der Besitzer nicht zu finden ist?«

»Er wird nicht versteigert werden. Wir müssen den Besitzer finden. Wie ich schon sagte, er hat bei einem Mordfall eine Rolle gespielt.«

»Welche Rolle?« sagte Carson grinsend. »Das werden Sie mir wohl nicht sagen können, was?«

»Das kann ich wirklich nicht. Wissen Sie noch von einem anderen Wagen wie dem von Kelly?«

»Sie meinen, genau wie Kellys? Gleiche Farbe und alles?«

»Genau wie Kellys.«

»Nee. Dieses dunkle Waldgrün war nicht sonderlich beliebt. Die beliebtesten Farben waren ein hübsches Himmelblau und dieses Erdbeerrot. Ich glaube, die in Erdbeerrot haben sich am besten verkauft, aber wir haben auch viele in Blau und etliche in Pink verkauft. Ich denke, in Grün habe nicht mehr als acht oder zehn verkauft, aber du meine Güte, darüber habe ich keine Unterlagen mehr. Ich rede aus dem Gedächtnis, und wissen Sie, wie viele Jahre das her ist?«

»Mehr, als mir lieb ist. Der erste, den ich gesehen habe, gehörte meinem Geschichtslehrer in der Unterstufe der High-School.« Wieso nur erinnerte ich mich jetzt daran? Ich erinnere mich normalerweise nicht an Autos. Mit dem Wagen mußte es irgend etwas Besonderes auf sich gehabt haben, sonst wäre er mir nicht so lange im Gedächtnis haftengeblieben. »Und einen anderen in Dunkelgrün haben Sie nie gesehen?«

»Das habe ich nicht gesagt. Ich habe bloß gesagt, verkauft habe ich –«

»Ich meine, in letzter Zeit. Sagen wir, in den letzten fünf Monaten oder so.«

»Soweit ich mich erinnern kann, nein. Das Grün ist schnell verblaßt, wissen Sie. Viele mußten neu lackiert werden.«

Farbe. Natürlich, Farbe. Wenn man Grün überlackieren kann, dann kann man auch ohne weiteres eine andere Farbe überlackieren. »Erinnern Sie sich noch an andere Leute, die so einen Wagen wie er haben, nur in anderen Farben?«

Carson schloß die Augen. »Schätzchen, wie soll ich mich denn daran erinnern? Ich bin 75 Jahre alt.«

Ich hasse es, Schätzchen genannt zu werden, egal, von wem, und schon gar nicht von flüchtigen Bekannten, aber die Informationen, die ich brauchte, waren mir wichtiger als der Wunsch zu widersprechen. »Okay, angenommen, ich hätte einen und wäre dabei, ihn wieder aufzumöbeln, könnte ich über Ihr Ersatzteillager die entsprechenden Ersatzteile bekommen?«

»Könnten Sie, aber dann wären Sie verdammt blöd.«

»Wieso das?«

»Es gibt Kataloge, Spezialkataloge, für Leute, die so was machen. Sie kriegen die Ersatzteile zum Großhandelspreis und verkaufen sie etwas über dem Großhandelspreis. Wir verkaufen sie zum Einzelhandelspreis. Und ich werde mich hüten, Ihnen zu sagen, wie hoch die Gewinnspanne bei Autoersatzteilen ist. Könnte ja sein, daß Sie mal irgendwann welche bei mir kaufen möchten.«

»Wird man mir bei Ihnen in der Ersatzteilabteilung sagen können, ob jemand in letzter Zeit Ersatzteile für einen 57er Chevrolet bestellt hat?«

»Würde mich wundern. Ich bringe Sie hin.«

Aber – wie Kit Carson prophezeit hatte – konnte sich niemand in der Ersatzteilabteilung an irgend jemanden erinnern, der Ersatzteile für einen 1957er bestellt hatte. Wilma Fox, die Leiterin der Abteilung, meinte, sich an eine solche Bestellung zu erinnern, wußte aber nicht mehr, wer sie aufgegeben hat. Sie sagte, sie würde die Rechnungen durchsehen lassen, wenn ich darauf bestünde, aber es handele sich um die Rechnungen der letzten fünf Monate, und das müßten sie neben ihrer sonstigen Arbeit machen –

Ich sagte, vorläufig wäre das noch nicht nötig. Und es wäre wahrscheinlich ohnehin nicht der Mühe wert.

»Nun, eine hat es gegeben«, sagte Wilma weiter, »aber das wissen Sie ja bestimmt schon.«

»Von wem? Und weshalb sollte ich das wissen?«

»Na, weil sie von Billy Jack Turner aufgegeben wurde, und ich kann mir denken, daß sie bestimmt mit Lantana, die ja eine Kelly ist, gesprochen haben, und Billy Jack ist ihr Mann.«

Was mir sagte, daß Wilma Fox aus demselben Stadtteil stammte wie ich. »Nein, das wußte ich nicht. Ich meine, ich kenne Billy Jack, klar, aber ich wußte nicht, daß er – das wußte ich nicht. Danke, Wilma.«

Billy Jack. Ich hatte zwar sowieso vorgehabt, heute nachmittag noch einmal mit Lantana zu sprechen, um herauszufinden, wohin es Roma und Audrey verschlagen hatte, aber jetzt war es sogar noch dringender. Wenn Billy Jack einen 57er Chevrolet hatte – oder erst recht, wenn er *keinen* 57er Chevrolet hatte, den ich mir ansehen könnte –

Aber wie hätte Billy Jack soviel Zeit in dieses zwangsläufig zeitaufwendige Verbrechen stecken können, ohne daß Lantana davon gewußt hätte? Und ich würde meine Hand dafür ins Feuer legen, daß Lantana nichts gewußt hatte.

Es würde nichts bringen, jetzt mit Billy Jack sprechen zu wollen. Er machte sich bestimmt gerade für eine Beerdigung fertig. Da ich wußte, wie sehr die Kellys der alten Südstaatentradition verhaftet waren, die sich wahrscheinlich auch auf die angeheirateten Kellys erstreckte, war er vermutlich bereits im Bestattungsinstitut oder in der Kirche.

Die Kirche. Shiloh-Baptistenkirche. Das kleine, weiße, asbestverkleidete Gebäude. Die Kellys waren sehr eng mit dieser Kirche verbunden – sie waren alle dort getauft worden, sie waren alle dort zur Kirche gegangen, zur Sonntagsschule und in den Ferien zur Bibelschule und mittwochs zum Abendgebet und sonntags zum Abendgottesdienst und im Herbst zu Erweckungsversammlungen in Zelten vor dem Gebäude, und was auch immer stattfand, sie waren dort gewesen, und Patrick Kelly hatte Sonny Kelly vor der Kirche erschossen, aber der Beerdigungsgottesdienst für Sonny hatte trotzdem in der Kirche stattgefunden.

Und irgendwo in der Nähe dieser alten Kirche waren Rick Mossberg und seine Tochter Candy – lebend oder tot.

Wahrscheinlich tot, denn wenn sie noch am Leben gewesen wären, gäbe es keinen Grund, warum sie seit mittlerweile fünf Tagen vermißt waren. Fünf Tage im Herbst, und es hatte geregnet, und die Nächte wurden langsam kälter.

Harry war in der Luft gewesen, aber inzwischen wohl nicht mehr, denn er hatte mir heute morgen beim Frühstück – leicht verlegen – eröffnet, daß er vorhabe, auch zu der Beerdigung zu gehen. Also würde ich ihn wohl dort treffen.

Ich hatte heute nicht wie sonst meinen Hosenanzug angezogen; ich hatte ein Kostüm angezogen – immer einen Blazer, selbst bei Umstandskleidung, denn ein Blazer verbarg mein Schulterhalfter, aber für gewöhnlich trug ich einen Hosenanzug. Solange ich meinen Blazer nicht auszog, würde ich den ganzen Tag lang wie eine erfolgreiche Geschäftsfrau aussehen. Das kommt bei mir selten vor. Aber in einem marineblauen Kostüm konnte ich auf eine Südstaatenbeerdigung gehen und würde akzeptabel aussehen, obwohl ein blaues Rüschenkleid mit adrettem, weißem Kragen natürlich sehr viel besser wäre. Man kann aber kein Schulterhalfter tragen, wenn man ein blaues Rüschenkleid mit adrettem, weißem Kragen trägt. Und ich käme ganz schön in Schwierigkeiten, wenn ich jemanden in diesen verfluchten, entsetzlich hochhackigen Schuhen verfolgen müßte. Selbst wenn ich in Topform bin, sind mir hochhackige Schuhe ein Greuel, und jetzt stellte ich fest, daß sie mich fürchterlich aus dem Gleichgewicht brachten.

Die Kirche steht auf einem Hügel. Sie ist alt, wahrscheinlich alt genug, um eine Hinweistafel als historische Sehenswürdigkeit zu verdienen, wenn jemand sich darum kümmern würde, und die Asbestverkleidung ist weiß. Das Portal ist grau gestrichen, diese wetterfeste graue Außenfarbe, die in Texas weitaus häufiger für Scheunen verwendet wird als Rot. Die zwei kleinen Räume, die vom Foyer abgehen, einer auf jeder Seite, werden in der Regel für die Sonntagsschule benutzt, aber sie lassen sich öffnen, wenn auf großen Hochzeiten und Beerdigungen mehr Sitzplätze gebraucht werden.

Heute würde das nicht nötig sein.

Der Fußboden bestand aus lackiertem Kiefernholz, damit es wie Hartholz aussah, doch der Lack war fast abgetreten, und stellenweise lugten weiche, graue Späne hervor. Die Bänke waren aus braungestrichenem Holz ohne Kissen. Ich gesellte mich zu Harry im hinteren Teil, nicht, weil ich hoffte, unbemerkt zu bleiben – man würde uns ganz sicher bemerken –, sondern weil ich weder Lantana bei ihrer aufrichtigen Trauer stören wollte noch sonst jemanden, der den Tod von Patrick Kelly vielleicht wirklich zutiefst betrauerte.

Ich war mir wie eine Heuchlerin vorgekommen, als ich mich in der kleinen Eingangshalle, die nur aus Höflichkeit Foyer genannt wurde, ins Gästebuch eingetragen hatte. Und trotzdem war es nicht ganz geheuchelt; ich war nicht bloß als Polizistin hier. Ich kannte die Kellys schon mein Leben lang; meine Mutter und Patricks Mutter waren befreundet gewesen (und ach, da war ja auch meine Mutter, sie saß stocksteif in der vierten Reihe). Als Polizeibeamtin konnte ich Patrick Kellys Verhalten in der Vergangenheit und Gegenwart ganz und gar nicht gutheißen, und trotzdem, wenn ich gewußt hätte, daß Patrick nach Fort Worth zurückgekommen war, wenn er sich nichts mehr hätte zu schulden kommen lassen und ich ihn eines Tages auf der Straße getroffen hätte, hätte ich ihn ganz selbstverständlich begrüßt. Ich hatte das Entsetzen, das sich in unserem kleinen Winkel der Stadt breitgemacht hatte, als Patrick Sonny erschoß, noch lebhaft in Erinnerung – Patrick war beliebt gewesen, aber Sonny eben auch.

Es waren nicht viele Leute da, die ich nicht wiedererkannte. Der Pastor – ich hatte ihn Bruder Green genannt, als ich klein war – schien sich wenig verändert zu haben, außer daß er kaum merklich älter geworden war.

Nach einem langen Gebet sang die Gemeinde »Wenn wir einst am Fluß uns treffen«. Dann begann die Beerdigungspredigt mit einer Lesung von Erster Thessalonicher 4, 13. »Brüder, wir wollen euch über die Verstorbenen nicht in Unkenntnis lassen, damit ihr nicht trauert wie die anderen, die keine Hoffnung haben.« Diese Stelle nahm

Bruder Green stets für eine Beerdigungspredigt; diesmal klang sie erbärmlich unpassend. Er erging sich darüber, daß »Gott durch Jesus auch die Verstorbenen zusammen mit ihm zur Herrlichkeit führen« wird. Konnte man von einem Mann sagen, der seinen Bruder erschossen und später ein kleines Mädchen umgebracht hatte, indem er es im Kofferraum eines Wagens einsperrte, daß Gott ihn zur Herrlichkeit führen wird? Ich glaubte das nicht. Ich stellte meine Ohren auf taub und blickte mich um.

Die einst große Familie Kelly war arg geschrumpft. Da waren Lantana und Billy Jack mit ihren drei anämisch aussehenden Kindern. Da war Audrey, die sich so sehr verändert hatte, daß ich sie fast nicht wiedererkannt hätte. Da war Roma. Sie hatte einen stattlich aussehenden Mann bei sich sitzen und zwei Kinder, einen Jungen von etwa zwölf und ein Mädchen von etwa 14. Zwei, drei ältliche Tanten erkannte ich am Gesicht, aber ihre Namen fielen mir nicht ein. Ein paar Lehrer von früher. Ein paar alte Männer, die vermutlich aus respektvoller Erinnerung an Kellys Eltern erschienen waren. Ein paar alte Frauen, die zu jeder Beerdigung gingen. Drei pensionierte Polizeibeamte von Fort Worth, die sich wohl an den Ex-Cop Patrick Kelly erinnerten und es geflissentlich vorzogen, seine jüngere Vergangenheit zu vergessen.

Neben meiner Mutter saß Schwester Dakle, meine alte Lehrerin in der Sonntagsschule und wahrscheinlich auch Patricks, denn sie hatte über 60 Jahre in der Sonntagsschule unterrichtet. Soviel ich weiß, hat sie nie eine Beerdigung ausgelassen. Neben ihr saß Schwester Green, die Frau des Pastors. Auch sie ließ keine Beerdigung aus, obwohl sie bestimmt jede Predigt in den letzten 30 Jahren hätte mitbeten können, und wahrhaftig sah sie im Moment so aus, als würde sie gleich einschlafen.

Es waren noch ein paar andere Männer da, die alle so aussahen, als würden sie viel mit den Händen arbeiten, die alle so aussahen, als würden sie sich im Anzug ausgesprochen unwohl fühlen, die alle von Frauen flankiert wurden, die überwiegend in adretten dunkelblauen Rüschenkleidern gekleidet waren.

Die Predigt ging schließlich zu Ende. Ein weiteres Kirchenlied und ein weiteres Gebet folgten, und alle marschierten hintereinander hinaus zu den Wagen. Es gab nicht genug Freunde und Verwandte von Patrick, um den Sarg zu tragen, und die Männer vom Bestattungsinstitut übernahmen die Aufgabe.

»Meinst du, wir sollten mit zum Grab fahren?« fragte ich Harry.

Harry zuckte die Achseln. »Wir sind nun mal hier, also können wir mitfahren. Aber ich hatte vergessen, wie sehr ich Beerdigungen hasse.« Wir gingen zu unserem Wagen.

»Wenigstens war der Sarg nicht offen.« Ich hasse Beerdigungen, bei denen der Sarg offen ist, noch mehr, als Harry Beerdigungen im allgemeinen haßt.

»Nach dem, was du mir erzählt hast, wäre das ja wohl auch nicht möglich gewesen.«

»Leichenbestatter können mit Make-up wahre Wunder bewirken«, sagte ich düster. »Ich habe offene Särge nach Autounfällen erlebt, wo man die Insassen in dem Schrotthaufen nicht mehr voneinander unterscheiden konnte.«

»*Blech*«, sagte Harry. »Wenn du mich im offenen Sarg aufbahrst, schwöre ich, daß ich als Gespenst wiederkomme und bei dir herumspuke.« Er reihte den Wagen in die feierliche Prozession ein, schaltete die Scheinwerfer an. »Deinen Polizeiwagen holen wir später«, sagte er.

War Patrick Kellys Mörder in der Kirche gewesen? Ich konnte es nicht sagen. Fast jeder hatte bedrückt ausgesehen. Niemand hatte besonders schuldig ausgesehen.

Aber irgendwie hatte ich so das Gefühl, daß jemand da drin schuldig war, ich wußte bloß nicht, wie ich herausfinden konnte, wer.

Was hülfe es dem Menschen, wenn er die ganze Welt gewänne und nähme doch Schaden an seiner Seele?

Irgend jemand hatte 250 000 Dollar, die er nicht einmal ausgeben konnte, denn wenn er anfangen würde, sie auszugeben, müßte er erklären, woher er das Geld hatte, und egal, was für eine Geschichte er sich ausdenken würde, irgendwer würde – irgendwann – stutzig werden.

Und Verdacht schöpfen.

Kapitel 9

Soviel zu Ihrem Plan, zu der Beerdigung zu gehen«, sagte Captain Millner, nach einem Blick in mein Gesicht. »Haben Sie irgend jemanden gesehen, den Sie dort nicht erwartet hätten?«

»Nein«, gab ich zu, »aber die Person, nach der wir suchen, ist nun mal höchstwahrscheinlich jemand, den wir auf Patrick Kellys Beerdigung erwarten würden.«

»Wen haben Sie denn gesehen? Farmer? Alte Männer? Glauben Sie wirklich, einer von denen ist der Mörder?«

»Patrick Kelly sah wie ein Farmer aus, und er war ein Mörder.«

»Stimmt«, räumte Millner ein. »Aber Sie reden jetzt nicht über jemanden, der auf offener Straße mit einem .38er losballert. Sie reden über einen Supergangster, der zu ausgeklügelter Planung fähig ist. Deb, ich sage nicht, daß Farmer dumm sind. Das sind sie nicht. Das können sie nicht sein, bei all dem, die sie wissen müssen. Aber ich sage, es ist ein gewaltiger Unterschied, ob man weiß, wie man pflanzt und düngt und erntet und den Traktor repariert, oder ob man weiß, wie man ein größeres Verbrechen plant und noch dazu mit der halbwegs realistischen Aussicht, nicht erwischt zu werden. Das sind völlig verschiedene Denkstrukturen, und das wissen Sie so gut wie ich.«

Ich zuckte die Achseln. »Jedenfalls hat Billy Jack Turner Ersatzteile für einen 1957er Chevrolet gekauft.«

»Wann haben Sie das rausgefunden?«

»Heute morgen. Vor der Beerdigung.«

»Dann reden Sie noch mal mit Billy Jack Turner – oho. Wir bekommen Besuch.«

Ich drehte mich um und ging rasch auf Deborah Mossberg zu. »Mrs. Mossberg, was ist –«

»Haben Sie meine Kleine gefunden?« fragte sie. »Deshalb bin ich hier. Haben sie meine Kleine schon gefunden?«

»Sie suchen noch, Mrs. Mossberg«, sagte ich, so besänftigend ich konnte.

Das war nicht die aufgedonnerte, auf vornehm getrimmte Barkellnerin, die ich beim ersten Mal kennengelernt hatte; Deborah Mossberg, ohne Make-up, ohne raffinierte Frisur, ohne verführerische Kleidung, war eine junge, ganz hübsche Frau, die sehr durcheinander und sehr besorgt war. Sie hatte nicht getrunken, aber sie hatte offenbar auch nichts gegessen, und ich steuerte sie zu einem Stuhl, bevor sie umfiel. Sie beugte sich über den Schreibtisch, weinend.

»Aber wieso können sie die beiden nicht finden? Und wieso sind sie nicht wieder aus dem Wald rausgekommen? Rick würde sich nicht verirren! Rick kennt den Wald, er weiß –«

»Wir wissen nicht, warum sie nicht wieder rausgekommen sind. Das wissen wir erst, wenn wir sie gefunden haben.«

»Aber Sie glauben doch, daß ihnen nichts passiert ist?« Es war ein gequältes Jammern, und Dutch, der gerade mit einem Pappbecher Cola in der Hand hereingekommen war, blickte verwirrt und reichte den Becher dann der Frau.

Sie trank mechanisch, was mir eine kleine Atempause verschaffte, in der ich überlegte, was ich sagen sollte. Eine beruhigende Lüge, so sehr sie sich auch anbot, war immerhin eine Lüge, und ich war ganz sicher, daß Deborah sie als Lüge durchschauen würde. »Ich wünschte, ich könnte Ihnen eine Antwort geben, aber wir wissen es einfach nicht, noch nicht.«

»Es ist alles meine Schuld –«

Jetzt geht das wieder los, dachte ich resigniert; sehr wahrscheinlich waren Audrey und Roma schon wieder abgereist, bevor ich mich hier loseisen konnte.

Ich wollte nicht hier rumstehen und mir anhören, wie Deborah Mossberg sich in Selbstvorwürfen erging, aber irgend jemand mußte Deborah Mossberg zuhören, und obwohl Dutch jetzt offiziell für den Fall zuständig war, eignete ich mich besser dafür, einer hysterischen jungen Frau zuzuhören. »Deborah«, sagte ich in dem besänftigendsten Tonfall, den ich zustande brachte, »diese ganze Weinerei hilft doch niemandem. Ich weiß, es ist schrecklich, einfach nur dazusitzen und zu warten, aber wir haben eine Menge Leute da draußen, die nach ihnen suchen – mein Mann sucht jetzt gerade aus der Luft, in einem Hubschrauber –, und sie werden ganz sicher auftauchen.«

»Ja«, schluchzte Deborah, »ja, klar werden sie das, aber sind sie dann am Leben? Es ist alles meine Schuld –«

Laß sie, soll sie ruhig alles rauslassen, dachte ich. Vielleicht hört sie dann ja auf zu weinen. »Wie kommen Sie nur darauf, daß es Ihre Schuld ist?«

»Ich habe –«, heftiges Schluchzen – »in die Zeitung geguckt. Mir die Stellenanzeigen angesehen. Sonntag. Und Montag. Und gestern. Rick hatte recht. Er konnte wirklich keinen Job finden. Sehen Sie, er kann richtig schwer arbeiten, niemand arbeitet schwerer als Rick, aber er kann nun mal nicht alles. Wissen Sie, was da für Jobs angeboten werden?«

»Nein. Was für welche?«

»Die suchen Schreibkräfte. Und die suchen Versicherungsvertreter. Und die suchen Autoverkäufer. Und die suchen Computerprogrammierer. Das kann Rick alles nicht! Rick arbeitet mit den Händen.«

»Verstehe.«

»Aber –« Wieder ein tiefes Schluchzen. »Ich habe ihm nicht glauben wollen. Weil – weil –« Jetzt sprudelten die Worte nur so aus ihr heraus. »Wir waren damals acht Kinder zu Hause und hatten nur ein Schlafzimmer und kein Badezimmer, wir hatten ein Außenklo – ich wette, Sie haben bestimmt nicht gewußt, daß es so was überhaupt noch gab, nicht – aber bei uns war das so. Wir hatten nichts – wir waren so arm, und wir lebten von der Sozialhilfe, und wir hatten alte Sachen zum Anziehen, die wir von anderen Leuten bekommen haben, und ich mußte im Speisesaal in der Schule die Tische abwischen, um was zu essen zu kriegen, und ich habe mir geschworen, daß ich, wenn ich groß bin, nie, nie, nie, nie wieder arm sein würde – und wir hatten nicht sehr viel Geld, als Rick in der Armee war, wir haben nicht gehungert, das will ich damit nicht sagen, wir hatten genug zu essen und eine Wohnung und waren krankenversichert und alles, aber es reichte so gerade, und es blieb nichts übrig, um mal was Schönes zu machen, um was Hübsches zum Anziehen zu kaufen, und als Rick dann die Armee verließ und bei der Bohrfirma anfing, Deb, da hat er 21 Dollar in der Stunde verdient! Und das ist eine Stange Geld, und es war wunderbar, und sogar als er Kurzarbeit machen mußte und nur noch vier Tage in der Woche arbeiten konnte, war es noch immer mehr Geld, als wir beide je gehabt hatten, und ich konnte für Candy all die hübschen Sachen kaufen, die ich mir als Kind immer gewünscht hatte und nie bekommen habe, und wenn wir wollten, hatten wir jeden Tag Fleisch auf dem Tisch, und dann wurde er entlassen. Und ich wollte doch nie wieder arm sein, und ich hatte panische Angst, und er ist ständig auf Jobsuche gewesen, und er ist immer nach

Hause gekommen und hat gesagt, er hätte keinen Job gefunden, und dann ist das Arbeitslosengeld eingestellt worden, und ich habe gedacht, er würde es nicht richtig versuchen, ich habe gedacht, er wollte einfach keinen Job mehr wie mein Daddy, weil mein Daddy nie arbeiten wollte, der hat bloß in der Schaukel auf der Veranda gelegen und das ganze Geld von der Sozialhilfe versoffen, und wir haben Mais und Kohl angebaut, damit wir was zu essen hatten, und ich dachte, Rick würde auch so werden, und da habe ich mir überlegt, daß ich mir einen Job suche, und das habe ich gemacht, ich habe den Job im Rig bekommen, und der wurde gut bezahlt, und ich konnte weiter für Candy hübsche Sachen kaufen, und Milch, aber Rick ist wütend geworden, und er hat gesagt, in so einem miesen Laden sollte ich nicht arbeiten, und es würde nicht mehr viel fehlen, und ich wäre eine Nutte, aber das stimmte nicht, das stimmte überhaupt nicht, ich hätte nie –«

»Natürlich nicht«, sagte ich leise. Ricks Bemerkung war absolut unangebracht; eine Barkellnerin läuft sich die Füße wund.

»Aber er ist wütend geworden, und er wollte nach Dallas ziehen, und ich hatte Angst, weil ich nicht sicher war, daß er in Dallas einen Job finden würde, oder ich einen, und er wollte, daß wir in dem Pick-up schlafen, während er auf Jobsuche geht, und man kann sich in einem Pick-up nicht um ein kleines Kind kümmern, und er hat gesagt, Candy ist gar nicht mehr so klein, und ich habe gesagt, ist sie doch, eine Sechsjährige ist noch ein kleines Kind, und solange ich den Job hatte, konnte ich das Haus behalten, und ich konnte Candy hübsche Sachen kaufen, und ich war bloß eine Kellnerin, mehr nicht, und Rick hatte keinen Grund, so wütend zu werden –«

»Natürlich nicht.«

»Und ich habe gesagt, Rick könnte allein nach Dallas gehen, und er hat gesagt, er hätte Angst, daß ich mich, wenn er das täte, nicht um Candy kümmern würde, und mir braucht niemand zu sagen, wie ich mich um meine Kleine zu kümmern habe, und da bin ich auch wütend geworden, und ich habe gesagt, wenn ihm mein Job nicht passen würde, könnte er meinetwegen ausziehen, weil er sowieso nichts tun würde, aber das stimmte überhaupt nicht, und es war mies von mir, so was zu sagen, nämlich, als ich mich um den Haushalt und um Candy gekümmert habe, hatte ich alle Hände voll zu tun, und wieso habe ich dann, als Rick sich um den Haushalt und um Candy gekümmert hat, gedacht, er würde nichts tun? Er hat genauso viel getan wie ich damals, als ich –«

Mittlerweile weinte sie so gut wie nicht mehr. Gott sei Dank, dachte ich. »Manche Leute kommen mit Rollentausch nun mal nicht besonders gut klar.«

»Was heißt Rollentausch?«

»Wenn Ehepartner die Arbeiten übernehmen, von denen wir meinen, der jeweils andere müßte sie eigentlich tun.«

»Ach so. Tja, ich schätze, Rick und ich sind wohl mit dem Rollentausch nicht besonders gut klargekommen. Er war nämlich wütend, weil ich das Geld verdiente und er zu Hause war, und ich war wütend, weil er zu Hause war und ich das Geld verdiente, also habe ich gesagt, er soll ausziehen, und da ist er ausgezogen, und dann habe ich gesagt, er dürfte Candy nicht sehen, und das war wirklich mies von mir, nicht?«

»Ich fürchte, ja.«

»Er und Candy hatten nämlich immer viel Spaß zusammen, und vielleicht war ich auch eifersüchtig, was meinen Sie?«

»Könnte sein.«

»Und er wollte wieder zurück zur Armee, und ich habe gesagt, ich würde nicht mehr von meiner Mutter wegziehen, wenn er also in die Armee gehen würde, würde ich hierbleiben. Und er hat gesagt, das wäre keine richtige Ehe, und ich habe gesagt, wir hätten sowieso keine richtige Ehe, und ich habe gesagt, er soll ausziehen, und er hat gesagt, er wäre doch schon ausgezogen, was ich denn noch wollte, und ich habe gesagt, ich will mich scheiden lassen. Deb, wenn er gesund wiederkommt und Candy gesund ist, verspreche ich, ich werde nie wieder wütend.«

»Jeder wird mal wütend. Vielleicht sollten Sie lieber versprechen, daß Sie, wenn Sie wütend werden, erst nachdenken, bevor Sie losbrüllen.«

»Gut, dann verspreche ich eben das, ich liebe nämlich meine Kleine, und ich liebe Rick wirklich, und ich will diese Scheidung nicht mehr, und ich möchte noch ein Kind, auch wenn Rick in der Armee ist, und es ist mir egal, wo wir leben, und ich hasse diesen gräßlichen Job, die Hälfte von den Ölburschen haben einfach überall Hände, Sie wissen schon, was ich meine, und ich sage denen immer wieder, so was kommt für mich nicht in Frage, ich will bloß nach Hause zu meiner Kleinen, und sie lachen und finden das komisch, und dann kriegt Carol mehr Trinkgeld als ich, weil sie kichert, wenn sie sie angrapschen, aber ich brauche das Trinkgeld viel nötiger als Carol, und – und –« Sie schluchzte wieder. »Es ist alles meine Schuld, weil, wenn ich nicht gesagt hätte, er könnte Candy nicht sehen, dann wären sie bestimmt nicht einfach so im Wald verschwunden.«

»Sie haben mir doch gesagt, daß die beiden gern campen fahren.«

»Ja, schon, aber –«

»Dann sind sie bestimmt bloß campen gefahren und hatten vielleicht irgendwelche Schwierigkeiten und konnten nicht so schnell wieder zurück, wie sie vorhatten.«

»Das ist noch nie passiert. Kann ich nicht irgendwie bei der Suche helfen?«

Wohl kaum. Das allerletzte, was der Suchtrupp gebrauchen konnte, war eine verzweifelte Mutter, die im Wald herumstapfte und sich auch noch verirrte. Ich überlegte schnell.

»In welcher Kirche sind Sie?«

Erneutes Schluchzen. »In der k-katholischen.«

»Ist Rick auch katholisch?«

»Nein. Und der Pfarrer war böse auf uns, als –«

»Also, ich denke, Sie sollten jetzt zu dem Pfarrer gehen und ihm genau das erzählen, was Sie mir erzählt haben«, sagte ich, »vielleicht hat er ja eine Idee. Und Sie könnten –«, ich durchforstete mein Gehirn nach dem wenigen, was ich über den Katholizismus wußte, »Sie könnten vielleicht eine Novene abhalten.«

Das Schluchzen erstarb. »Ja, das könnte ich machen. Aber was, wenn ich eine Novene abhalte und sie dann noch immer nicht wieder da sind?«

»Ich glaube bestimmt, daß sie dann wieder da sind.« Tot oder lebendig, dachte ich. Wenn sie überhaupt in der Gegend sind, müßten wir sie – tot oder lebendig – gefunden haben, lange bevor diese neuntägige Andacht vorüber ist.

»Meinen Sie wirklich, ich sollte mit meinem Pfarrer sprechen?«

»Ich meine, ja. Dann fühlen Sie sich wahrscheinlich sehr viel besser, und vielleicht hat er ja irgendwelche Vorschläge, auf die ich nie kommen würde.«

»Okay.« Deborah nahm ein Kleenex aus ihrer Handtasche und stockte plötzlich, erschrocken von dem Einwegspiegel, der Gegenüberstellungen von Raum zu Raum ermöglichte, ohne daß die Verhafteten den Betrachter sehen konnten. Ohne auch nur zu argwöhnen, daß es sich um etwas anderes als einen Spiegel handeln könnte, beugte sie sich vor und betrachtete prüfend ihr Gesicht. »Ich sehe schrecklich aus. Dagegen muß ich was tun. Rick regt sich immer so auf, wenn ich schrecklich aussehe.«

»Sprechen Sie mit Ihrem Pfarrer«, riet ich ihr. »Über Ihr Aussehen können Sie sich später noch Gedanken machen.«

»Sie haben recht. Ja, Sie haben recht. Danke. Sie geben mir doch Bescheid, wenn – wenn –«

»Sie werden sofort benachrichtigt«, versprach ich und sah zu, wie Deborah, noch immer ein wenig schluchzend, ging. Dann drehte ich mich um, nahm meine Autoschlüssel und folgte ihr durch die Tür.

Lantana Turner bedachte mich mit einem fast feindseligen Blick. »Wieso könnt ihr uns nicht in Frieden lassen?« fragte sie. »Mein Bruder ist gerade erst unter der Erde. Wieso müßt ihr uns ausgerechnet jetzt belästigen?« Sie stellte ihre Handtasche auf den Tisch und setzte sich; sie hatte fast unmerklich geschwankt, als sie den Raum auf ungewohnt hochhackigen Schuhen durchquerte.

»Ich war bei der Beerdigung«, sagte ich, »und ich weiß, was ihr zur Zeit durchmacht. Aber wir haben ein paar weitere Beweise gefunden –«, das war eigentlich nicht gelogen, dachte ich –, »und wir glauben, daß jemand Patrick hereingelegt hat.«

»Meinst du, er hat es nicht getan?«

»Doch, doch, er hat es getan. Aber wir halten es für möglich, daß irgend jemand ihn mit einem Trick in eine Sache reingezogen hat, die längst nicht so weit hätte gehen sollen, wie sie dann gegangen ist, und ihn anschließend getötet hat. Wir müssen herausfinden, wer dieser Jemand ist. Und dazu muß ich mich noch einmal mit dir unterhalten.«

»Hör mal, Deb, ich hab' wirklich schon alles gesagt, was ich weiß.«

»Lantana, ich glaube doch gar nicht, daß du mir irgendwas nicht erzählt hast, wenn du auch nur den geringsten Grund hattest, es für wichtig zu halten. Ich habe bloß so ein Gefühl, daß mir vielleicht irgend etwas nicht erzählt worden ist, weil keiner auf den Gedanken kommt, es könnte wichtig sein, und vielleicht muß ich gerade das wissen.«

Lantana zuckte die Achseln. »Möchtest du einen Tee?«

»Im Moment vertrage ich keinen Tee mehr«, sagte ich. »Vielleicht ein Glas Wasser?«

»Ich habe immer Tee trinken können«, sagte Lantana. »Aber Kaffee, ich sage dir, der hat wirklich scheußlich gerochen.« Sie holte mir ein Glas Wasser und ging dabei um Billy Jack herum. Er hatte noch kein Wort gesagt; er saß mit ernster Miene rittlings auf einem Stuhl, das Kinn auf die Hände gestützt, die auf der Rückenlehne ruhten, und starrte mich an. Selbst in dem schäbig aussehenden schwarzen Anzug, den er bestimmt nicht häufig trug, hatte er in den Hautfalten seiner Knöchel noch immer tief eingegrabenes Öl.

»Okay, wenn du schon mal hier bist, kannst du eigentlich auch bleiben«, sagte Lantana weiter. »Stimmt's, Billy Jack?«

Billy Jack gab einen unverständlichen Laut von sich, der möglicherweise seine Zustimmung ausdrücken sollte, vielleicht aber auch nicht. Ich beschloß jedenfalls, ihn als Zustimmung aufzufassen.

»Zunächst einmal muß ich wissen, wo ich Audrey und Roma finden kann. Ich möchte mich nämlich mit ihnen unterhalten. Ich möchte mich mit jedem aus der Familie unterhalten, weil schließlich nicht ausgeschlossen ist, daß Patrick zu irgendwem irgendwas gesagt hat –«

»Wenn Patrick Audrey oder Roma erzählt hätte, daß er sich auf so eine Sache einlassen will«, fiel mir Lantana ins Wort, »hätten sie das gleiche gemacht, was ich gemacht hätte. Sie hätten ihm einen ordentlichen Tritt in den Hintern gegeben.«

»Das weiß ich, Lantana. Ich habe immer gesagt, daß ihr alle anständige und gottesfürchtige Menschen seid. Aber ich bin fast sicher, daß er von jemandem getötet worden ist, den er kannte, und es wäre möglich, daß er diese Person irgendwem gegenüber erwähnt hat. Ich will damit eigentlich nur sagen, auch wenn ich mich nicht gerade geschickt dabei anstelle, daß er irgendwas erwähnt haben könnte, das für euch vielleicht völlig unwichtig war, aber für uns sehr wichtig wäre.«

»Oh. Okay. Also, Audrey wohnt in Garland.«

»Garland? Das ist eine Hilfe; das ist nicht sehr weit von hier.« Garland liegt, von Fort Worth aus gesehen, hinter Dallas. »Wie ist ihr Ehename?«

»Na ja, sie ist Witwe.«

»Ja?« sagte ich und fragte mich, was das mit ihrem Namen zu tun hatte.

»Sie war mit einem gewissen Joe Hickson verheiratet, und der ist vor ein paar Jahren gestorben. Lungenkrebs. Hatte geraucht, seit er zehn war. Mein Daddy hätte mir den Hintern versohlt, wenn ich das versucht hätte. Aber jedenfalls, sie arbeitet in einer Kindertagesstätte in Garland. Ich kann dir ihre Telefonnummer geben.« Sie wandte sich um und zog ein Adreßbuch aus einem Regal hinter sich.

»Danke, das wäre eine große Hilfe. Kannst du mir auch gleich die von Roma geben?«

»Ja, kann ich, aber die von Roma kannst du auch im Telefonbuch finden.«

»Ich dachte, Roma wäre weggezogen.«

»Ist sie auch. Sie ist nach Houston gezogen. Aber dann ist sie wieder zurückgekommen. Carl – das ist ihr Mann, Carl Gilbert – hat dort einfach keine anständige Arbeit finden können, und deshalb sind sie vor ein paar Jahren wieder nach Fort Worth gezogen. Er ist Versicherungsvertreter, deshalb steht er auch bestimmt im Telefonbuch.«

»Ja, ich erinnere mich an Carl, aber ich wußte nicht, daß sie wieder hergezogen sind. Vielen Dank. Nur noch eine Frage, und dann seid ihr mich wieder los. Patrick hatte einen 1957er Chevrolet, ein Hardtop-Coupé, hübscher Wagen. Er hatte einen Freund, der auch so einen hatte, und ich muß wissen, wer das ist.«

»Lady, *ich* habe so einen«, sagte Billy Jack. Seine Stimme war überraschend tief. »Möchten Sie ihn sehen?«

»Sehr gern.«

»Dann kommen Sie.«

Billy Jack löste sich von dem Stuhl und führte mich zur Hintertür hinaus, ein kleiner Mann, der leicht O-beinig ging. Wir spazierten durch den gepflegten Garten hinter dem Wohnwagen, durch ein kleines Tor auf einen Sandweg, der über den Wohnwagenplatz führte, zum hinteren Ende des Geländes und dort in einen langen Schuppen, der mit irgendwelchen Ranken überwuchert war.

»Da ist er«, sagte Billy Jack stolz. »Jahrelang hab' ich mir so einen gewünscht, seit Patrick und Oliver sich beide einen angeschafft haben. Ich hab' versucht, Patrick zu überreden, mir seinen zu verkaufen, als er im Gefängnis war, aber er hat gesagt, vergiß es. Letztes Jahr hab' ich dann den hier im hintersten Winkel bei einem Gebrauchtwagenhändler in Hughes Springs entdeckt, alle vier Reifen waren platt und der Motorblock gerissen, und ich hab' den Typ auf 150 Dollar runtergehandelt und den Wagen hierher abgeschleppt. Es wird noch eine ganze Weile dauern, bis er so gut aussieht wie der von Patrick, aber egal, so habe ich wenigstens was zu tun, wenn ich sonst nichts zu tun habe.«

Der Chevrolet – wieder ein Hardtop-Coupé – war erdbeerrot. Und er war in seine Einzelteile zerlegt; der Motorblock lag in einer Ecke der Garage, und Unkraut wuchs durch ihn hindurch; ein Kotflügel war abmontiert, und alle vier Reifen fehlten.

»Da haben Sie noch ein schönes Stück Arbeit vor sich«, sagte ich, »aber die Mühe wird sich lohnen.«

»Und ob die sich lohnt.« Billy Jack lächelte das Wrack stolz an. »Sie können sich nicht vorstellen, wie gut das Schätzchen in fünf Jahren aussehen und laufen wird.«

»Es wird wirklich verdammt viel Arbeit, schätze ich.«

»Aber den hier haben Sie nicht gesucht, stimmt's?«

»Stimmt. Der, den ich suche, sieht so aus wie Patricks, gleiche Farbe und alles. In tadellosem Zustand. Haben Sie ihn gesehen?«

»Nee, Lady, ich glaub' nicht. Der von Patrick war der einzige grüne, der mir einfällt. Grün war eigentlich keine gute Farbe für diese Schätzchen, die gab's in so 'nem schönen Himmelblau, und in dem Rot hier wie bei meinem –«

Diese Information hatte ich bereits bekommen.

Billy Jack sagte weiter: »Sie können ja mal Carl fragen. Das ist mein Schwager, der Mann von Roma, wo Sie vorhin nach gefragt haben. Der ist viel mit Patricks gefahren. Wenn es hier in der Gegend noch einen gibt, weiß der das vielleicht. Er und Patrick haben sich gut verstanden.«

»Sie und Patrick nicht?«

Billy Jack lachte leise in sich hinein. »Lady, ich werd' nun mal leicht nervös bei einem, der eine Knarre rausgezogen und seinen Bruder erschossen hat. Ich und Lantana, wir waren da schon verheiratet –«

Daran erinnerte ich mich nicht. Lantana konnte damals noch keine 16 gewesen sein. Aber ich erinnerte mich daran, daß sie schließlich von der Schule abgegangen war.

»Ich hab' Susie gekannt«, fuhr Billy Jack fort. »Sie war kein schlechter Mensch, sie war bloß ein bißchen leichtsinnig, und sie hat Patrick bestimmt nicht betrogen. Sie und Sonny haben doch bloß ein bißchen rumgeknutscht. Wenn Lantana das gemacht hätte, hätte ich ihr eins auf den Hintern gegeben und fertig, aber Patrick hat eine Knarre gezogen und Sonny abgeknallt, und dabei war Sonny bestimmt nicht böse. Er hatte so seine Fehler, wie jeder Mensch, den der liebe Herrgott auf die Welt kommen läßt, aber er war im Grunde ein anständiger Kerl. Und wo Patrick nun schon wütend auf Sonny geworden war und ihn erschossen hatte, woher sollte ich dann wissen, daß Patrick nicht eines Tages auch mal auf mich wütend werden würde? Nee. Ich hab' mich nicht mit Patrick gestritten, aber besucht hab' ich ihn auch nicht gerade oft.«

»Kann ich verstehen«, sagte ich. »Na, wahrscheinlich hat jede große Familie ein schwarzes Schaf. Es muß hart für Lantana gewesen sein.«

»Das können Sie laut sagen. Patrick war ihr großer Bruder, und ich schätze, Mädchen werden das Gefühl nie richtig los, daß ihr großer Bruder nichts Unrechtes tun kann. Sie weiß es vom Kopf her, aber vom Bauch her bestimmt nicht.«

»Okay. Danke für die Unterhaltung, Billy Jack. Tut mir leid, daß es unter diesen Umständen sein mußte.«

»Schon gut. Kommen Sie ruhig mal wieder vorbei. Lantana freut sich immer, alte Bekannte zu sehen.«

Ich fuhr in mein Büro und machte wieder eine Liste.

Bill Conners anrufen und nach dem Oldtimer-Fanclub fragen, wie immer der auch hieß.

Susan anrufen.

Dann mußte ich innehalten und überlegen. Die Dinge hatten sich derart überschlagen, daß ich mich nicht erinnern konnte, ob ich Susan von dem zweiten grünen Wagen erzählt hatte oder nicht. Das könnte für die Schlüsse, die sie zog, von nicht unerheblicher Bedeutung sein. Und ich hatte es ihr nicht erzählt. Ich konnte es ihr unmöglich erzählt haben, weil ich nicht mehr mit Susan gesprochen hatte, seit wir ihn gefunden hatten.

Oder zumindest, seit ich davon erfahren hatte. Ich schwelgte kurz und lustvoll in meinem Abscheu vor Danny Shea, und dann rief ich Susan an.

Susan war im Gespräch mit einem Patienten und konnte nicht gestört werden.

Ich hinterließ eine Nachricht, die, wie ich hoffte, verständlich war, bezüglich des zweiten dunkelgrünen 1957er Chevrolets, und dann rief ich Bill Conners bei Conners Chevrolets an. Bill Conners war nicht ganz so schwer zu erreichen wie der Präsident der Vereinigten Staaten – vermutlich.

Während ich in der Warteschleife hing – das dritte Mal bei ein und demselben Anruf –, fiel mir ein, daß ich einmal eine Telefonnummer gesehen hatte, die auf eine Wand gekritzelt war. Es war eine Telefonnummer in England, komplett mit sämtlichen Vor- und Durchwahlnummern, und es sollte sich um die Privatnummer der Königin von England handeln. Ich habe sie nie gewählt, um rauszufinden, ob sie es wirklich war; aber ich frage mich, wie viele Leute das wohl gemacht haben. Ich frage mich, ob es die Nummer war. Wahrscheinlich nicht. Und allmählich fragte ich mich mit ziemlicher Verwunderung und ebenso großem Ärger, oder vielleicht sogar mit etwas mehr Ärger, weil ich ja eigentlich mit niemandem in England sprechen mußte, ob ich je in meinem Leben mit Bill Conners sprechen würde.

Doch noch während ich mich das fragte, meldete sich eine joviale Gebrauchtwagenhändlerstimme am anderen Ende. »Conners.«

Ich stellte mich vor, wobei ich es plötzlich irgendwie leid war, den Klang meiner eigenen Stimme zu hören, die meinen eigenen Namen sagte, und erkundigte mich nach Oldtimer-Clubs.

Ja, es gäbe einen, gab Conners zu, aber der sei eigentlich mehr in Dallas. Sie würden jedes Jahr eine hübsche Ausstellung auf der Automesse veranstalten, und es sei ein Jammer, daß ich sie gerade verpaßt hätte.

Conners gab mir einen Namen, und, nach kurzem Zögern, währenddessen er offenbar auf seinem Schreibtisch herumsuchte, eine Telefonnummer.

Natürlich wählte ich sie. Natürlich meldete sich dort niemand. Conners hatte gesagt, er könne mir die Büronummer der Person nicht geben, weil er sie nicht wisse, leider. Und natürlich wäre das die Nummer gewesen, unter der ich diese Person hätte erreichen können, um diese Uhrzeit an einem Werktag.

Ich würde es nach Feierabend wieder versuchen, dachte ich mir und rief dann erneut bei Susan an. Susan hatte noch immer Sprechstunde und konnte nicht gestört werden.

Mist, dachte ich und rief bei der Kraftfahrzeugstelle an, um einen Computerausdruck anzufordern.

Sieh an, sieh an, ich hatte Glück. In der Kraftfahrzeugstelle sagte man mir, sie würden mir einen Computerausdruck machen, und wenn ich zur nächsten Highway-Polizeiwache führe, läge er dort für mich bereit. Wann ich ihn abholen könne, fragte ich, und die nette Stimme am anderen Ende sagte, so ungefähr jederzeit, wenn ich direkt zu ihm käme, weil ihm meine Stimme gefalle.

Sieh an, sieh an, nette Baritonstimme, ich bin 42, verheiratet und schwanger. Aber ich komme gern vorbei und hole mir den Ausdruck ab.

Die Stimme lachte, sagte mir, sein Name sei Mark Hudson, und es wäre einen Versuch wert, auf diese Weise habe er schon jede Menge netter Frauen kennengelernt.

Ich fuhr zur Highway-Polizeiwache, holte den Ausdruck ab und beschloß, gleich weiterzufahren. Ich war nicht weit von der Braun-Clinic entfernt; da ich Susan offenbar nicht ans Telefon bekam, würde ich einfach zu ihr fahren und mich in ihrem Wartezimmer niederlassen, und früher oder später würde sie sich die Zeit nehmen, mit mir zu sprechen.

Ich wußte nicht, daß ich in ihrem Wartezimmer einschlafen würde. Aber egal. Es dauerte eine Weile, bis sie frei war.

Susans Büro ist genau wie sie: professionell und nicht- (nicht un-) professionell zugleich. Es hat Bücherregale voller Bücher und einen Schreibtisch, der mit allem möglichen Krimskrams übersät ist, mit dem nervöse Leute – Patienten, Angehörige von Patienten und jeder, der in den Einzugsbereich einer psychiatrischen Klinik gerät – herumspielen können. Auch Susan spielt gern damit herum.

Wie auch mit allem anderen. Susan ist ein sehr nervöser Mensch.

»Es ist eine Lebensregel, nicht unbedingt eine Binsenwahrheit, daß es keine richtigen Unfälle gibt«, sagte sie zu mir, wobei sie sorgfältig ihren Schreibtischblock, drei Stifte und etliche große Büroklammern in einer ordentlichen, geraden Reihe wie Autos auf einem Eisenbahnzug hinlegte. »Na ja, natürlich stimmt das nicht. Es gibt richtige Unfälle, obwohl sie sehr viel seltener sind, als die breite Öffentlichkeit annimmt. Aber ein Mensch, der zu Unfällen neigt, ist mit großer Wahrscheinlichkeit ein Mensch, der zumindest auf einer gewissen Ebene einen Unfall haben will.«

»Wieso sollte jemand einen Unfall haben wollen?«

»Weil er dadurch etwas gewinnt. Abstand von einem verhaßten Job, Mitgefühl und Zuwendung von seiner Familie, eben alle möglichen Belohnungen. Es ist wie mit meinem Haar.«

»Was ist mit deinem Haar?«

Susan fing an, systematisch die Haarnadeln zu entfernen, die unsicher eine widerspenstige Flechte festhielten. »Ich bin wie die Weiße Königin in Alice' Abenteuern. Ich ordne an, und ich ordne an, aber es hilft nichts. Doch unbewußt gefällt es mir bestimmt, daß mein Haar immer wieder herunterfällt –«, sie steckte gerade wieder die Haarnadeln fest und sprach mit zusammengepreßten Zähnen um die Nadeln herum, die sie mit dem Mund festhielt –, »damit ich was zum Fummeln habe, denn wenn es mir nicht gefallen würde, würde ich sie mir doch wohl einfach abschneiden lassen!« Triumphierend steckte sie die letzte Haarnadel fest, und die Flechte fiel gleich wieder herunter. »Siehst du, was ich meine?« fragte sie und zog erneut Haarnadeln heraus.

»Ja. Es ist wie bei Harry, wenn er Windeln gewechselt hat. Er hatte keine Lust dazu, und deshalb hat er die neue Windel so locker befestigt, daß sie gleich wieder runterfiel, wenn das Baby aufstand. Aber mir ist nicht klar, was das mit diesem Fall zu tun hat.«

»Daß die arme Kleine – Helen French – gestorben ist, war ein Unfall. Sie wollten sie nicht töten, sie haben sie bloß eine Weile in den Kofferraum gesperrt, damit sie ruhig blieb und vielleicht damit sie niemand sehen konnte, bis sie weit genug von der Schule weg waren; sie wußten nicht, daß sie Asthma hatte. Patrick Kellys Tod war ein Unfall; sein Freund war bloß etwas unvorsichtig mit der Schrotflinte, er wußte nicht, daß sie losgehen würde ... verstehst du, was ich meine?«

»Ich glaube, ja«, sagte ich langsam. »Sie wußten, wie das Kind aussieht. Er wußte, daß sie als einzige in der Schule zum Mittagessen nach Hause ging. Also –«

»Also hat er doch gewußt, daß sie Asthma hatte«, beendete Susan den Satz für mich. »Er wußte es mit an Sicherheit grenzender Wahrscheinlichkeit. Er hat einfach zugelassen, daß er es vergißt, und selektives Vergessen geschieht fast immer in gewisser Weise gezielt.«

»Willst du damit sagen, daß er Helen French und Patrick Kelly absichtlich getötet hat, obwohl deren Tod seine Pläne gründlich durcheinandergebracht hat?«

»Er glaubt zweifellos und wird es bis an sein Lebensende glauben, daß der Tod der beiden ein Unfall war. Genauso, wie er zweifellos glaubt, daß all die anderen Pläne, die er in seinem Leben gemacht hat, durch unglückliche Umstände oder durch eine Laune der Natur oder durch eine Unwägbarkeit der wirtschaftlichen Entwicklung zunichte gemacht worden sind. Also – du suchst einen Mann, der zu Unfällen neigt, dem ständig Unglück widerfährt, der ständig erfolglos ist.«

»Okay«, sagte ich.

»Mit erfolglos«, fuhr Susan fort, »meine ich nicht bloß erfolglos in wirtschaftlicher Hinsicht. Manche Leute sind in wirtschaftlicher Hinsicht recht erfolglos und dafür in anderen Bereichen ungeheuer erfolgreich. Aber er ist sehr wahrscheinlich überall erfolglos. Seine zwischenmenschlichen Beziehungen scheitern. Sein Familienleben liegt ständig im argen. Wenn er einen Garten hat, vergißt er die Pflanzen zu gießen – da haben wir wieder die Sache mit dem Vergessen. Er vergißt, bei seinem Wagen einen Ölwechsel zu machen, und kann sich nicht erklären, warum der Motor kaputtgeht. Er vergißt, zu den Veranstaltungen in der Schule seiner Kinder zu gehen. Er vergißt seinen Hochzeitstag und kann sich nicht erklären, warum seine Frau sauer auf ihn ist.«

»Aber unterbewußt will er, daß sein Wagen kaputtgeht und seine Kinder enttäuscht sind und seine Frau sauer auf ihn ist?«

»Genau. Und das ist noch nicht alles. Nach dem, was du mir erzählt hast, hat er Patrick bewußt nachgeeifert. Mit an Sicherheit grenzender Wahrscheinlichkeit hat er sich seinen dunkelgrünen 57er Chevrolet –

eine unbeliebte Farbe, wohlgemerkt – geraume Zeit später angeschafft als Patrick seinen. Er mußte lange suchen, bis er so einen Wagen wie den von Patrick gefunden hatte. Also kann man davon ausgehen, daß er sich mit Patrick identifiziert hat.«

»Er hat sich mit Patrick identifiziert, und er hat Patrick getötet.«

»Genau. Er hat sich mit Patrick identifiziert, und er hat Patrick getötet. Wen hat er, soweit wir wissen, noch getötet? Helen French. Und wer war Helen French? Ein sehr kränkliches Kind. Also ist es sehr wahrscheinlich, daß er sich auch mit Helen French identifiziert hat und daß er sich selbst als kränkliches Kind sieht – gesehen hat.«

»Was haben wir also in der Hand?« sagte ich zusammenfassend: »Jemand, der unvorsichtig ist, zu Unfällen neigt, erfolglos ist. Wenn er sich mit Patrick identifiziert hat, gab es in seiner Ehe vermutlich ernsthafte Probleme –«

»Für die aller Wahrscheinlichkeit nach er verantwortlich ist«, unterbrach Susan mich. »Daraus, daß er sich mit Patrick identifizierte, ist nicht unbedingt zu folgern, daß er eine untreue Frau hat.«

»Was das angeht, wissen wir ja nicht einmal mit Sicherheit, daß Patrick eine untreue Frau hatte«, erwiderte ich.

»Nein, aber ich kann dir versichern, er glaubt, daß Patricks Frau untreu war«, sagte Susan.

»Er ist bestimmt selbstmordgefährdet«, sagte ich. »Wenn wir ihn schnappen, werden wir ihn rund um die Uhr unter Beobachtung halten müssen.«

Susan nickte mit zufriedenem Blick. »Ja, da ist sehr viel Selbsthaß im Spiel. Sehr wahrscheinlich Selbsthaß verschleiert als Selbstmitleid, Fixierung auf sich selbst, und ich vermute, daß es zum Teil daher rührt, daß er ein kränkliches Kind war.«

»Aber nicht alle kranken Kinder –«

»Nein. Nicht alle kranken Kinder gehen in diese Falle. Aber manche. Es hat zweifellos nicht nur gesundheitliche Probleme gegeben. Ich würde vermuten, daß er sich schon immer selbst gehaßt hat – dazu gebracht wurde, sich selbst zu hassen. Was noch? Tja, er ist sehr wahrscheinlich verheiratet, er hat sehr wahrscheinlich Kinder. Wenn sie robust sind, verachtet er sie unverhohlen dafür, daß sie das sind, was er nicht ist, wenn sie kränklich sind, verachtet er sie heimlich dafür, daß sie so sind, wie er ist, wenn er sich nicht mag und deshalb nicht zuläßt, daß andere ihn mögen.«

»Das ist ein gutes, klares Bild«, sagte ich. »Die Sache hat nur einen Haken.«

»Und der wäre?«

»Es paßt auf niemanden in diesem Fall.«

»Weil du ihm noch nicht begegnet bist«, sagte Susan überzeugt. »Aber das wirst du. Bestimmt. Und wenn du ihn findest, wirst du ihn auf der Stelle erkennen.«

»Ach ja?«

»Es wird jemand sein, der Patrick Kelly seit langer, langer Zeit kannte. Es wird jemand sein, der Susie Kelly kannte.«

»Willst du damit sagen, daß sie recht hatte, daß es alles ihretwegen war?«

»Nicht so, wie sie es gemeint hat«, sagte Susan. »Sie hat sich selbst zum Sündenbock gemacht. Aber es gab noch jemanden, der sie zum Sündenbock gemacht hat. Und diesen Jemand suchst du.«

Kapitel 10

Die Einsatzbesprechung am Donnerstag morgen hatte im Grunde nichts wirklich Neues ergeben. Ich wartete an meinem Schreibtisch, weil Neal Ryan angerufen hatte, um zu sagen, daß er vorbeikommen und mir eine Liste von der Abteilung für öffentliche Sicherheit bringen würde. Ich hatte keine Ahnung, um was für eine Liste es sich dabei handeln konnte; die einzige Liste, die ich meiner Erinnerung nach angefordert hatte, war die, die ich bereits hatte, von den 1957er Chevrolets, die noch im Verkehr waren. Aber ich hatte mittlerweile von so vielen Leuten so viele Listen angefordert, daß ich nur eine ziemlich verschwommene Vorstellung davon hatte, wer mir was bringen sollte.

In der Zwischenzeit leerte ich natürlich meinen Eingangskorb, der sich in meiner Abwesenheit wie gewöhnlich auf unerklärliche Weise bis zum Rand gefüllt hatte und überquoll. Ich bin der festen Überzeugung, daß jedesmal, wenn ich nicht im Büro bin, alle anderen ihren Eingangskorb in meinen leeren. Ich war sicher, daß ich einige von diesen Memos bereits zwei- oder dreimal gelesen hatte.

Aber gewissenhaft versah ich jedes einzelne in der oberen linken Ecke mit meinen Initialen, um zu belegen, daß ich es gesehen hatte, und warf es dann in Dutchs Eingangskorb.

Ich brauche wohl kaum zu erwähnen, daß Dutch nicht da war, um sein Territorium zu verteidigen.

Neal Ryan kam hereingelatscht; wie gewöhnlich waren es nur seine handgearbeiteten Lederstiefel, die der herkömmlichen Definition des Wortes Ranger entsprachen. »Da ist Ihre Liste«, sagte er und warf sie kurzerhand vor mir auf den Schreibtisch. »Brauchen Sie sonst noch was?«

»Nicht, daß ich wüßte«, sagte ich und blickte leicht entsetzt auf einen Computerausdruck, der augenscheinlich mit dem identisch war, den ich gestern nachmittag in aller Eile von der Kraftfahrzeugstelle geholt hatte.

»Tja, Castillo will die auch haben, und ich krieg' sie nicht zweimal, also geben Sie sie ihm, wenn Sie damit durch sind, ja?«

»Eigentlich kann ich sie ihm – äh – jetzt gleich geben«, sagte ich.

»Wieso das?«

Ich erklärte es, und Neal zuckte die Achseln. »Dann bring' ich sie selbst zu ihm rüber.«

Während ich auf Aline wartete, die doch erst gegen Mittag kommen wollte, dachte ich, ich könnte ja schon mal einen Blick auf die Liste werfen. Ich hätte nie gedacht, daß noch so viele 1957er Chevrolets auf texanischen Straßen rollten. Und ich hätte eigentlich erwartet, daß die Liste alphabetisch nach den Namen der Halter geordnet war. Sie war es nicht. Sie war alphanumerisch nach den Autokennzeichen geordnet.

Die Überprüfung konnte ja heiter werden. Ich würde mich mit jeder Person auf der Liste in Verbindung setzen müssen, wenn mir nicht eine andere Methode einfallen würde, da auf der Liste nicht die Farbe der Wagen angegeben war, und bei jedem Namen auf der Liste konnte es sich ohne weiteres um den Halter bzw. die Halterin des Wagens handeln, der jetzt bei uns auf dem Abstellplatz stand. Bei einigen war die Wahrscheinlichkeit natürlich größer als bei anderen – ich konnte mir nicht vorstellen, daß Schwester Mary Francis, wohnhaft Pfarrhaus, an einer Kindesentführung beteiligt gewesen war –, aber gänzlich ließ sich niemand ausschließen. Der Wagen von Schwester Mary Francis hätte durchaus gestohlen worden sein können.

Ich fing an, die Liste durchzugehen, wobei ich alle Einträge rot markierte, die im Großraum Dallas-Fort Worth wohnten, so daß sie Patrick Kelly gekannt haben konnten. Aber eigentlich besagte das nicht viel. Die betreffende Person mußte ihm nicht in Dallas oder Fort Worth begegnet sein. Das Verbrechen war vielleicht von langer Hand geplant worden. Vielleicht war es jemand, den Patrick im Gefängnis kennengelernt hatte.

Susan glaubte das nicht. Susan glaubte, daß es jemand war, den Patrick bereits kannte, bevor er ins Gefängnis kam. Susan ist eine ausgezeichnete Psychiaterin. Aber eine Theorie ist und bleibt nun mal eine Theorie.

Captain Millner war irgendwohin gefahren, ich wußte nicht, wohin. An diesem Donnerstagmorgen hatten nicht viele Detectives Dienst; Donnerstag ist meistens der ruhigste Tag der Woche, was Verbrechen angeht, und das spiegeln die Einsatzpläne für gewöhnlich wider. Und ich wußte nicht, wo irgendeiner von den Leuten war, die eigentlich Dienst hatten. Wenn das Klicken der Schreibmaschinen – Verzeihung, der Computer – der Sekretärinnen nicht gewesen wäre, hätte ich das Gefühl haben können, ganz allein auf dieser Etage im Polizeipräsidium zu sein.

Das war mir ganz recht, solange es im Raum ruhig blieb. Es gelang mir, in den nächsten zwei Stunden Berichte und Anschlußberichte zu diktieren, die allesamt etwas überfällig waren, und ich wollte gerade zum Mittagessen gehen, als Aline hereingeschlendert kam. »Ich war in beiden SellAmerica-Büros«, verkündete sie ohne Einleitung, »und ich habe die Listen mit den Leuten, die dort gearbeitet haben, als die Jacken verteilt wurden. Eine ist 162 Namen lang, und die andere ist nicht ganz so schlimm, sie ist bloß 73 Namen lang.«

»Ist ja prächtig«, sagte ich. »Ich habe gestern die Liste von der Kraftfahrzeugstelle besorgt, aber das ist auch in etwa alles, was ich erledigt habe. Das und Berichte.«

»Ach ja, Berichte. Ich glaube, ich habe mittlerweile an die 50 nachzuholen.«

»Ist Ihre Liste alphabetisch?«

»Sie machen wohl Witze.«

»Das hatte ich befürchtet. Diese hier auch nicht. Kommen Sie, wir gehen zuerst was essen und machen uns dann hier ans Listenvergleichen.«

»Wozu vergleichen wir Listen?« fragte Aline.

Ich dachte, das wäre eigentlich klar. Aber wohl doch nicht. »Weil unser Verdächtiger mit an Sicherheit grenzender Wahrscheinlichkeit einen 1957er Chevrolet besitzt – wenn er einen gestohlen hätte, wäre der Diebstahl mittlerweile gemeldet worden –, und wir haben allen Grund zu der Annahme, daß unser Verdächtiger sehr wahrscheinlich irgendwann in der Vergangenheit, vermutlich als die Jacken verteilt wurden, bei SellAmerica gearbeitet hat. Wenn wir also jemanden finden, der auf beiden Listen steht –«

»Das klingt plausibel.«

Das Mittagessen bestand aus einem schnellen Hamburger. Zu mehr hatten wir keine Zeit.

Als ich wieder ins Büro kam, lag eine Nachricht für mich vor, ich sollte Harry anrufen. Zu Hause. Wieso zu Hause? fragte ich mich. Er war – so dachte ich – mit dem Hubschrauber unterwegs, um nach Rick und Candy Mossberg zu suchen.

Das war er auch gewesen. Und er hatte sie gefunden.

Sie hatten an einem kleinen Bach gecampt, unter einer großen Immergrünen Eiche, so daß sie aus der Luft nicht zu sehen gewesen waren, bis Harry genau aus der richtigen Richtung herangeflogen war. Sie waren am Leben – sie hatten Krebse aus dem Bach gegessen, Sonnenblumenwurzeln und was ihnen sonst noch einfiel, um zu überleben, während sie darauf warteten, daß man sie fand. Sie hatten das Feuer mit Reisig in Gang gehalten.

Aber es waren Krebse, die Candy gefangen hatte, Sonnenblumenwurzeln, die Candy ausgegraben hatte, Reisig, das Candy gesammelt hatte. Rick war am Samstag nachmittag ausgerutscht und in eine Wasserrinne gefallen und hatte sich dabei den linken Fußknöchel gebrochen. Mit Candys Hilfe hatte er es zurück zum Zelt geschafft. Aber weiter war er nicht gekommen.

Candy war wohlauf. Sie war bloß müde und hungrig und verdreckt.

»Ich habe ihm erzählt, was für schreckliche Sorgen seine Frau sich macht«, sagte Harry zu mir, »und er hat mich gebeten, ihn zuerst nach Hause zu bringen, noch bevor ich ihn ins Krankenhaus brachte. Das hättest du sehen sollen, Deb. Diese Scheidung wird mit Sicherheit nicht von Dauer sein.«

»Also gibt's hin und wieder doch mal ein Happy-End«, sagte ich zu Aline.

»Ja, aber verdammt selten«, erwiderte sie und blickte finster auf die Listen in ihrer Hand.

»Das wird nicht einfach werden«, sagte ich. »Ich würde sagen, wir gehen folgendermaßen vor – ich nenne einen Namen, und Sie sehen nach, ob er auf Ihrer Liste steht, und dann nennen Sie einen Namen, und ich sehe nach, ob er auf meiner Liste steht. So überanstrengen wir jedenfalls beide unsere Augen gleich stark.«

»Fangen wir an«, sagte Aline. »Ich habe schon ungefähr die Hälfte der ersten Seite meiner Liste mit Ihrer verglichen, während Sie telefoniert haben, also habe ich einen kleinen Vorsprung. Alton Sanders.«

Ich sah in meiner Liste nach. »Nee. Dan Wentworth.«

»Nee. Crystal Boston.«

Ich sah wieder in meiner Liste nach. »Nee. Judy Tyler.«

»Nein. Vielleicht ist es besser, Sie sagen die Namen und ich schaue nach, weil Ihre Liste fast zehnmal so lang ist wie meine.«

»Okay«, sagte ich. »Robin Carlyle.«

»Nee.«

»Valentine Smith.«

»Soll das ein Scherz sein?«

»So steht's hier.«

»Ein bekannter Name in der Literatur, aber nicht auf meiner Liste.«

»Carl Gilbert«, las ich, und dann blickte ich auf.

»Kennen Sie einen Carl Gilbert?« fragte Aline, die in mein Gesicht blickte.

»Kennen wäre zuviel gesagt. Aber – er ist Patrick Kellys Schwager.«

Aline sah wieder auf ihre Liste, glitt mit dem Finger langsam die Namensliste hinab. »Carl Gilbert«, sagte sie und legte die Liste auf den Tisch. »Es erübrigt sich wohl, nach weiteren Übereinstimmungen zu suchen, nicht?«

»Ja«, sagte ich, »eigentlich schon. Susan hat gesagt, es wäre jemand, den ich erkennen würde.«

»Susan?«

»Eine Freundin von mir. Sie ist Psychiaterin. Ich habe sie gebeten – eine Art Psychogramm des Täters zu entwerfen.«

»Sie meinen, so was Ähnliches, wie das FBI macht? Oder zumindest behauptet?«

»In etwa. Nur, Susan ist tatsächlich Psychiaterin. Keine Finanzbeamtin, die einen ein- oder zweimonatigen Lehrgang in Psychologie absolviert hat.«

»Ich glaube, Ihre Susan hatte recht.«

»Ich glaube, ich sollte Castillo anrufen.«

»Weswegen wollen Sie ihn anrufen?«

»Aline, er hat einen Postboten umgelegt. Deswegen sind die Bundesbehörden hinter ihm her. Wir sind hinter ihm her wegen Kidnapping in Tateinheit mit Mord. Aber ich wette, die anderen wollen ihn dringender als wir.«

»Ich wette dagegen. Aber Sie haben recht. Castillo sollte dabei sein.«

Ich rief Otto Castillo an, hoffte teilweise, ungeachtet dessen, was ich zu Aline gesagt hatte, daß ich ihn nicht erreichen würde. Aber natürlich erreichte ich ihn, und er brauchte genau sechs Minuten von seinem Büro im Bundesgebäude bis zu meinem Büro im Polizeipräsidium. Das ist eine Entfernung von etwa zehn Häuserblocks. Eine Fahrt durch die verstopfte Innenstadt mit einem Parkhaus an jeder Querstraße.

Es sei denn, er hatte seinen Wagen mitten auf der Straße stehenlassen, und es gibt einige Straßen, wo man seinen Wagen besser nicht in der Mitte stehenläßt, wenn man möchte, daß er noch da ist, wenn man wiederkommt. Es war mir ein Rätsel, wie er das gemacht hatte.

Aber Otto hatte seinen Wagen mitten auf der Straße stehenlassen, und als Aline und ich losfuhren, klemmte er sich direkt hinter mich. Er wollte mich vorausfahren lassen, weil ich mich in der Gegend sehr viel besser auskannte als er, aber er wollte nicht mehr als eine Wagenlänge hinter mir bleiben.

Roma Gilbert war allein zu Hause; die beiden Kinder waren zur Schule geschickt worden, und ihr Mann war wieder arbeiten. »Hast du was dagegen, wenn wir reinkommen und dir ein paar Fragen stellen?« fragte ich.

»Nein, absolut nicht.« Ob Carl irgend etwas zu verbergen hatte oder nicht, Roma jedenfalls nicht. Sie blickte gerade mal etwas verdutzt, als drei verschiedene Polizeibeamte von drei verschiedenen Polizeibehörden vor ihrer Tür standen.

»Was für eine Arbeit macht dein Mann?« fragte ich.

»Er ist Versicherungsvertreter«, sagte Roma. »Es ist in Houston geschäftlich nicht so gut für ihn gelaufen, und da haben wir schließlich beschlossen, nach Fort Worth zurückzukommen, weil die Lebenshaltungskosten hier nicht so hoch sind, so daß wir dachten, es würde sich irgendwie ausgleichen.«

»Und, hat es?«

»Na ja, irgendwie schon, ich meine, wir sind weiß Gott nicht reich, aber wir kommen besser zurecht. Wieso erkundigst du dich nach meinem Mann? Ich dachte, ihr wärd dabei herauszufinden, was mit Patrick passiert ist.«

»Das sind wir auch«, sagte Otto, »aber wir versuchen möglichst alles über seine Freunde herauszufinden. Wir hoffen, daß wir dadurch Licht in die ganze Sache bringen. Patrick hatte ziemlich engen Kontakt zu Carl, nicht wahr?«

»O ja«, sagte Roma, »und darüber war ich sehr froh, weil die übrigen Männer in der Familie ihn einfach abgeschrieben haben. Richard hat ihn nicht einmal besucht, nachdem diese schreckliche Sache passiert war, und Oliver wollte nichts mehr mit ihm zu tun haben, und Billy Jack nicht, und Audreys Mann ist sowieso kaum mal nach Fort Worth gekommen, aber ich habe nie erlebt, daß er zu dem armen Patrick auch nur mehr als Hallo und Tschüs gesagt hätte. Anscheinend mußten sie sich auf die Seite von jemandem schlagen, und alle haben sich auf die Seite von Sonny geschlagen. Na ja, natürlich hat Carl die Sache mit Sonny leid getan, aber er wußte, daß es bei Patrick auch so war, und wenn die anderen Männer nicht mehr viel mit ihm zu tun haben wollten, na, dann war Patrick sehr viel dringender auf Freunde angewiesen. Und eigentlich war es ja gar nicht Patricks Schuld.«

»Eigentlich?« fragte ich.

»Eigentlich hat Susie ihn dazu angestiftet. Sie hat so Sachen gesagt wie, wenn er sie wirklich lieben würde, dann würde er um sie kämpfen, so was eben.«

»Das höre ich zum ersten Mal.«

»Aber es stimmt«, sagte Roma. »Carl hat mir das erzählt. Sie war wirklich eine schreckliche Frau. Sie hat entsetzliche Sachen gemacht.«

»So stellt Lantana das aber nicht dar, und Billy Jack auch nicht«, sagte ich. »Seltsam, daß die beiden das so ganz anders erzählen.«

Sie lächelte. »Oh, Billy Jack war selbst ein bißchen in Susie verschossen. Aber davon hat Lantana natürlich nichts gewußt.«

»Aber das alles hat dir Carl erzählt, und nicht Patrick oder Billy Jack, stimmt's?« sagte ich laut und fragte mich dann, warum ich so laut sprach. Dachte ich wirklich, ich könnte so ihren Schädel durchdringen?

»Ja, natürlich, weil Patrick nicht vor mir darüber reden wollte, aber er hatte keine Probleme, Carl davon zu erzählen, und Carl hat es natürlich mir erzählt, damit ich es verstehen konnte.«

»Wann kommt Carl nach Hause?« fragte Otto.

»Normalerweise gegen fünf.«

Ich sah auf meine Uhr. Halb vier.

»Ich kann ihn anrufen und bitten, früher nach Hause zu kommen«, bot Roma an.

»Das wird nicht nötig sein«, sagte ich hastig und bemerkte aus den Augenwinkeln Ottos entsetzten Gesichtsausdruck. »Es macht uns nichts aus zu warten.«

»Tja, wie wär's denn dann mit einer Tasse Kaffee«, schlug Roma vor.

Otto und ich sagten »Nein, danke« fast wie aus einem Munde, aber Aline sagte: »Eine Tasse Kaffee würde mich jetzt wirklich wieder auf die Beine bringen.«

»Dann setzen Sie sich doch hierher zu mir an den Tisch«, sagte Roma. »Deb, es macht dir doch nichts aus, wenn du dich mit deinem – deinem Bekannten da drüben auf die Couch setzt, oder? Ich könnte euch ein Glas Eiswasser bringen, aber das ist wirklich das einzige, was ich im Moment im Haus –«

»Alles bestens«, sagte ich. Je weiter ich von Kaffee entfernt war, desto besser. Ich fand seit neuestem, daß er einfach schrecklich roch.

Und dann nahm Aline eine kleine Silberschüssel vom Tisch. »Die ist hübsch«, sagte sie. »Deb, kommen Sie doch mal und schauen Sie sich diese Schüssel an, in der Mrs. Gilbert Bonbons aufbewahrt, ja?«

»Äh –«

»Ach bitte, kommen Sie doch mal.« Alines Stimme war ein wenig zu einschmeichelnd, aber Otto hörte den Unterton Sekunden früher als ich heraus.

»Ich gucke sie mir auch mal an«, sagte Otto. Er schlenderte zum Tisch hinüber, und Aline hielt ihm zur Begutachtung eine kleine, altertümlich aussehende Schüssel aus poliertem, silbrigem Metall hin. Auf einer Seite war eine Umrißkarte der Nachbarstaaten eingeprägt, und auf der Karte waren die Buchstaben SA.

»Wirklich hübsch«, stimmte ich zu. »Woher habt ihr die?«

»Von der Firma, wo Carl früher mal gearbeitet hat«, sagte Roma. »Es war ein Teilzeitjob; er hat in erster Linie als Versicherungsvertreter gearbeitet, aber wie gesagt, damit hat er nicht genug verdient, und deshalb hat er nebenbei bei dieser anderen Firma gearbeitet, ich habe vergessen, wie sie heißt, direkt nachdem wir wieder nach Fort Worth gezogen sind. Er hatte vorher schon in Houston für sie gearbeitet.«

»Gab's die Schüssel als Prämie, wenn man die meisten Zeitschriftenabos oder so verkauft hat?« fragte ich.

»O nein, die hat er bekommen, weil er fünf Jahre da gearbeitet hat. Aber er hat manchmal tatsächlich eine Prämie bekommen, wenn er an einem Abend die meisten Abos verkauft hatte und so.« Sie sah mich an, verwirrt. »Woher wußtest du, daß die Firma Zeitschriftenabos verkauft?«

»Ich habe das Logo schon mal gesehen«, sagte ich hastig. »Was für Prämien –«

Und dann unterbrach Otto mich. »Das hier ist im rechtlichen Sinne zwar nicht ungesetzlich, aber im eigentlichen Sinne sind wir hart an der Grenze zur Ungesetzlichkeit. Mrs. Gilbert, ich muß Sie darauf hinweisen, daß wir Ihren Mann verdächtigen, an mehreren schweren Verbrechen, darunter Kindesentführung und Mord, beteiligt gewesen zu sein, und daß Sie nicht verpflichtet sind, irgendwelche Fragen von uns zu beantworten. Sie haben das Recht zu schweigen –«

Roma Gilbert blickte verblüfft. »Ich weiß nicht, wovon Sie reden«, sagte sie mit plötzlich ausdrucksloser Stimme. »So was würde Carl nicht machen. Ich glaube, Patrick hätte so was auch nicht gemacht. Ich glaube, irgend jemand hat ihn reingelegt und ermordet, und jetzt versucht ihr, Carl die Sache anzuhängen –«

»Roma, wir wollen niemandem etwas anhängen«, sagte ich sanft. »Du kennst mich seit 40 Jahren; du müßtest eigentlich wissen, daß ich niemandem was anhänge. Wir wollen denjenigen schnappen, der es wirklich getan hat. Aber denjenigen wollen wir unbedingt. Und wenn sich herausstellt, daß Carl es war –«

»Aber Carl kann es nicht gewesen sein!« Sie fing an zu weinen, schwach, zog ein Kleenex aus einer Packung und drehte es mit den Händen zusammen. »Carl kann es nicht gewesen sein. Carl und Patrick waren Freunde, Carl hätte Patrick nicht umgebracht, und er hätte nie im Leben ein Kind umgebracht, er ist ein guter Mann, und wir haben selbst zwei Kinder, und du solltest mal sehen, wie geduldig er mit ihnen umgeht, wenn sie krank sind, ihr liegt falsch, er kann es nicht –«

»Dann haben Sie wohl nichts dagegen, wenn wir Ihnen ein paar Fragen stellen«, sagte Aline behutsam.

»Stellen Sie so viele Fragen, wie Sie wollen!«

»Ihr Mann hat früher mal für SellAmerica gearbeitet, stimmt's? Das ist doch der Name der Firma, an den Sie sich nicht erinnern können, nicht wahr?«

»Ja, richtig, SellAmerica.«

»Hat er dort mal eine rote Nylonwindjacke bekommen?«

»Aber ja, ich glaube, ja.«

»Würden Sie sie bitte holen?«

»Und ob. Ich habe Ihnen doch gesagt, wir haben nichts zu verbergen.« Sie ging in den hinteren Teil des Hauses; gleich darauf konnten wir hören, wie sie hektisch in einem Schrank herumwühlte.

»Sie hat nicht die leiseste Ahnung«, sagte ich. »Die arme Frau –«

»Ja, die arme Frau«, sagte Otto ungehalten, »aber dann denken Sie mal auf der anderen Seite an Jared French, der jetzt sieben Kinder ganz allein großziehen muß.«

Sie kam zurück, mit erhobenem Kopf und trotzigem Blick. »Ich kann sie nicht finden. Er hat sie wahrscheinlich im Wagen, wenn ich's recht überlege, war es heute morgen ein wenig kühl.«

»Als ich aufgestanden bin, hatten wir 22 Grad«, sagte Aline.

»Also, bei uns hier war es kühl.«

»Schön, sprechen wir über was anderes«, sagte Otto. »Besitzt Ihr Mann einen grünen 57er Chevrolet?«

»Na ja, er hatte mal einen, aber jetzt nicht mehr.«

»Was hat er denn damit gemacht?«

»Er hat ihn einem anderen Autoliebhaber geliehen, der ihn vielleicht kaufen will. Ich hoffe es jedenfalls; ich meine, ich bin bestimmt keine Frau, die was dagegen hat, daß ihr Mann seine Hobbys pflegt, aber er hat soviel Zeit und Geld da reingesteckt, und ich bin sicher, wenn er ihn verkauft, kriegt er ein hübsches Sümmchen dafür, und wir können das Geld im Moment weiß Gott gebrauchen. Er hat mir gestern abend 200 Dollar gegeben und gesagt, die hätte der Mann ihm allein für das Vorkaufsrecht bezahlt, und ich sage Ihnen, die waren sofort wieder weg.«

»Ach ja? Dann haben Sie also Schulden?« fragte Otto.

»Wer hat denn heutzutage keine?«

»Das stimmt«, pflichtete ich bei.

Und dann saßen wir alle still da. Ich fragte mich, ob ich sie fragen sollte, wo ihr Mann am Samstag gewesen war, wo ihr Mann an dem Tag gewesen war, als Helen French entführt wurde, und ich fragte mich, wie weit ich noch gehen konnte. Ich hatte den Mund schon geöffnet, um zu fragen, als die Haustür aufging und der stattlich aussehende Mann, den ich zuletzt beim Beerdigungsgottesdienst gesehen hatte, mit einem Aktenkoffer in der Hand hereinkam, jäh stehenblieb und sagte: »Oh, verdammt.«

»Carl!« sagte Roma. »Wie redest du denn! Was sollen denn die Leute von dir denken?«

»Roma, sag mir, wer diese Leute sind und was sie in meinem Haus zu suchen haben.« Aber seine Augen verrieten, daß er sich das sehr wohl denken konnte, auch ohne es gesagt zu bekommen.

Otto stand auf und sagte: »Mr. Gilbert, ich bin Otto Castillo. Ich bin Postinspektor der Vereinigten Staaten, und ich untersuche den Mord an einem Postboten, der letzten Samstag ein paar Meilen von hier erschossen worden ist.« Er holte seinen Ausweis hervor, während er sprach; ich öffnete unauffällig mein Schulterhalfter, und ich konnte sehen, daß Aline, auf der anderen Seite von Otto, das gleiche tat. »Ich möchte Ihnen ein paar Fragen stellen, aber zuvor muß ich Sie darauf hinweisen –«

Roma weinte leise, während Otto Carl Gilbert seine Rechte vorlas.

»Haben Sie diese Rechte verstanden, so, wie ich sie Ihnen vorgetragen habe?«

»Spielt das eine Rolle?« Der Mann stellte den Aktenkoffer auf den Couchtisch.

»Möchten Sie auf Ihr Recht zu schweigen verzichten?«

»Ich denke, auch das spielt jetzt keine Rolle mehr, oder?«

»Eigentlich nicht«, sagte Otto. »Aber Sie haben trotzdem das Recht dazu.«

Carl Gilbert schob den Aschenbecher an den Rand des Couchtisches, damit er Platz hatte, um den Aktenkoffer zu öffnen. »Hier ist das Geld. Das meiste davon. Ein bißchen habe ich ausgegeben. Ich – wir wollten nicht, daß jemand stirbt. Ich hoffe, Sie glauben mir.« Er sah Roma an. »Es tut mir leid, Roma. Wirklich. Aber diese Schlampe von Susie hat die ganze Familie ruiniert, und ich fand, daß sie uns was schuldig war. Wir wollten niemandem was zuleide tun. Jared French ist in Ordnung. Ich habe ihm mal eine Versicherungspolice verkauft. Aber ich wußte, daß er einen Haufen Geld hatte, es würde ihm nicht weh tun, und Susie – wir wollten, daß Susie wußte, daß Patrick es getan hatte, und dann würde sie nicht zulassen, daß French die Sache der Polizei meldet. Aber das hätte er sowieso nicht getan. Er hat es mir erzählt – als wir über die Versicherungspolice sprachen, kamen wir auf Verbrechen zu sprechen, und er hat gesagt, wenn eins seiner Kinder entführt würde, würde er jede Summe zahlen, damit ihnen nichts passiert. Er hat gesagt, er würde die Cops nicht einschalten, weil die Cops die Zeitungen informieren würden. Ich habe nicht geahnt, daß die Kleine sterben könnte. Wir haben das nicht gewollt. Sie hatte jede Menge Luft da drin, Patrick hat sogar ein Loch gebohrt, um ganz sicherzugehen, und wir haben einen kühlen, bewölkten Tag ausgewählt, damit es nicht zu heiß da drin würde. Wir wollten sie bloß so lange in dem Kofferraum lassen, bis wir aus Dallas raus waren, und sie dann rausholen und auf die Rückbank legen, und als ich sie rausholen wollte, war sie tot. Wir konnten uns nicht erklären, warum sie gestorben ist.«

»Hat sie geweint, Gilbert? Haben Sie sie weinen hören?« fragte Otto brutal.

Roma Gilbert weinte.

Immer müssen die falschen Leute weinen.

»Wir haben sie kurz weinen hören. Ich habe ihr zugerufen, sie soll aufhören zu weinen und daß wir sie bald rausholen und ihr eine Limo kaufen. Da hat sie aufgehört zu weinen. Sie sollte nicht sterben. Niemand sollte sterben.«

»Sie hatte Asthma. Sie wußten das, nicht wahr?« fragte ich.

»Ja. Aber ich hatte es vergessen.«

Da schrie Roma auf. »Carl, wie konntest du das vergessen, wo du doch selbst Asthma hast?«

Wenn Susan hier gewesen wäre, hätte sie triumphierend geguckt. Aber Susan war nicht hier, und Carl Gilbert redete jetzt wie unter Zwang.

»Wir haben überlegt, was wir mit ihr machen sollen, und wir hatten meinen Wagen genommen, weil wir die Nummernschilder austauschen wollten, damit es so aussieht, als wäre Patricks Wagen mein Wagen und mein Wagen Patricks Wagen, wissen Sie, und wir wollten sie rausschaffen und mit dem Traktor eine tiefe Furche graben und sie mit Erde bedecken und darauf Winterroggen pflanzen, damit niemand es je herausfindet, und wir kriegten den Traktor nicht in Gang, und Patrick meinte, wir bräuchten irgend so ein Ersatzteil, und wir sind los, um es zu besorgen, und wir bekamen es nicht auf den Rücksitz, und der Kofferraumdeckel klemmte aus irgendeinem Grund und ging nicht auf, und da haben wir es auf den Vordersitz gelegt, und Patrick hat hinten gesessen. Und dann ist die Schrotflinte, die wir auf dem Vordersitz hatten –«

»Wieso hatten Sie eine Schrotflinte auf dem Vordersitz?« unterbrach Otto ihn.

Er zuckte die Achseln. »Damit – falls wir angehalten würden. Das ist alles. Ich weiß nicht, warum. Wir dachten einfach, es wäre vielleicht nicht schlecht, das ist alles. Jedenfalls ist die Flinte auf dem Vordersitz ständig hin und her gefallen und gegen das verdammte Traktorersatzteil geschlagen, und Patrick hat gesagt, ich soll sie ihm rüberreichen, und ich wollte sie ihm gerade nach hinten reichen, da ist so ein blödes Reh über die Straße gelaufen, und als ich in die Bremsen stieg, ist die Flinte – einfach – losgegangen. Das ist alles. Es war ein Unfall. Wirklich.«

»War Bassinger auch ein Unfall?« fragte ich. »Und Bill Livingston?«

»Livingston?«

»Livingston. Der Polizist, dem Sie am Farmhaus eins über den Kopf geschlagen haben.«

»Ach. Der. Nein, das war bloß – ich mußte das Geld holen. Ich hatte es im Haus gelassen. Also habe ich – gewartet. Bis ich dachte, die Cops wären weg, und dann bin ich durch die Hintertür rein, und da habe ich gemerkt, daß der Cop noch da war, im Hof herumspazierte, also habe ich – gewartet, bis er wieder auf die Veranda kam und sich hingesetzt hat, und dann habe ich ihm einen leichten Schlag auf den Kopf verpaßt. Das ist alles. Er ist doch nicht gestorben, oder? Das habe ich nicht gewollt.«

»Nein«, sagte ich, »er ist nicht gestorben. Er wird wieder gesund, aber es wird eine Weile dauern. Wieso haben Sie denn gedacht, er wäre weg? Haben Sie seinen Wagen nicht gesehen?«

»Doch, aber ihn selbst habe ich nicht gesehen. Also dachte ich, er wäre vielleicht einfach gegangen und hätte den Wagen stehenlassen und irgend jemand hätte ihn vielleicht mitgenommen. Einfach alles, was ich anfange, geht schief. Wie die Sache mit Bassinger. Das tat mir verdammt leid. Ich wollte ihn nicht töten. Ich kannte den alten Mann. Aber er kannte mich auch. Und er hat mich gesehen – sehen Sie – es war – alles voll – das kann sich keiner vorstellen – die ganze Rückbank. Ich mußte den Wagen verbrennen. Selbst Patrick hätte mir zugestimmt, daß ich den Wagen verbrennen mußte. Es war nicht meine Schuld, daß Bassinger aufgetaucht ist –«

»Nein. Es war nicht Ihre Schuld«, sagte ich. »Sie sind nie an irgend etwas schuld, nicht wahr? Wissen Sie, daß Susie Selbstmord begangen hat?«

»Susie – hat was?« Er blickte entgeistert.

»Sie hat sich umgebracht, Gilbert«, sagte Aline. »Sie hat sich umgebracht. Susie Kelly – Susanna French – hat sich erschossen. Und sieben Kinder zurückgelassen.«

Roma schrie einmal auf. Nur einmal, und dann legte sie die Hand vor den Mund, um nicht noch einmal zu schreien, und dann nahm sie die Hand vom Mund und sagte: »Carl. An jenem Abend. Auf der Party. Bevor – bevor das alles passiert ist. Da bist *du* reingekommen und hast Patrick erzählt, daß Sonny und Susie in der Gartenlaube waren. Das weiß ich noch genau. Wieso hast du das getan, Carl? Wo du doch wußtest, wie wütend Patrick werden konnte? Wieso hast du das getan?«

Und dann erinnerte ich mich ... erinnerte ich mich an die letzte Einzelheit, die ich aus meinem Kopf verbannt hatte, von dem entsetzlichen Picknick mit der Sonntagsschule, als ich 16 war. Ich erinnerte mich an Susie. Ich erinnerte mich daran, daß Susie auf die beiden zugerannt war und versuchte hatte, es zu verhindern; ich erinnerte mich wieder, daß Susie so nah dran gewesen war, als Patrick schließlich feuerte, daß sie mit Sonnys Blut bespritzt wurde, und ich erinnerte mich, wie Susie stehenblieb und schrie, dastand, Gesicht und Arme und Haare und ihr hübsches gelbes Sommerkleid über und über mit Blut bespritzt, die arme, dümmliche, hübsche Susie stand ganz allein da und schrie, schrie, schrie, während meine Sonntagsschullehrerin mich wegbrachte, und all die anderen Frauen Susie mit vorwurfsvollen Blicken anstarrten – *es war bestimmt deine Schuld – es war deine Schuld.*

Irgendwer muß sich schließlich um Susie gekümmert haben. Aber ich konnte mich nicht erinnern, wer. Und ich konnte mich nicht erinnern, wann. Ich erinnerte mich bloß daran, daß sie geschrien hat, sehr lange, mit trockenen Augen, denn sie stand zu sehr unter Schock, um zu weinen, und ich erinnerte mich an den Rest. An den gnadenlosen Blick des Pastors, als er zu Susie sagte, dafür werde sie in die Hölle kommen, während Susie weiterschrie.

Gilbert schüttelte den Kopf und vergaß, mit dem Schütteln aufzuhören. »Das hab' ich nicht gewollt. Das hab' ich nicht gewollt. Nichts, was ich anfange, läuft so, wie ich es will. Das war schon immer so. Immer. Nein, ich wollte nicht, daß es passiert. Nichts von alledem. Arme kleine Susie. Tot? Wirklich tot? Das hab' ich nicht – sie war kein schlechter Mensch. Sie war einfach nur ein bißchen dümmlich, das ist alles. Sie hat es nicht mit Sonny getrieben. Das hätte sie nie gemacht. Sie hat sich bloß ein bißchen amüsiert. Ich habe – irgendwas erfunden. Was ich Patrick erzählen wollte. Was ich Patrick einreden wollte. Patrick hatte keine Phantasie. Aber ich habe nicht gewollt, daß irgend jemand getötet wird. Sonny nicht, das kleine Mädchen nicht, Patrick nicht, Susie nicht. Ich wollte bloß – das Geld – das Geld. Und ich wollte es Susie heimzahlen – sie hat immer mit Sonny geredet, aber nie mit mir –, und dann später hat sie in dem großen, alten Haus gewohnt, ist in die große alte Kirche gegangen und hat gedacht, sie wäre zu fein dafür, sich mal mit uns gewöhnlichen Sterblichen abzugeben –«

Irgendwann, während er sprach, war ich zu Roma gegangen, und ich hatte meine Arme um Roma gelegt, und sie weinte jetzt leise an meiner Schulter, aber ich mußte einfach immer wieder an Susie denken – Susie, mit Blut an den Händen –, bestimmt hatte sie sich nie wieder sauber gefühlt.

Carl Gilbert redete immer noch. »Roma, ich wollte nicht, daß du Krach anfängst, weil ich soviel mit Patrick zusammen war. Deshalb habe ich dir irgendwas erzählt. Es war nicht wahr. Nichts davon. Ich habe es erfunden. Ich war es – einfach – satt, arm zu sein. Immer nur arm zu sein. Ich wollte doch nur ein bißchen Geld. Ich wollte niemandem etwas zuleide tun. Ich wollte niemandem etwas zuleide tun.«

Auf dem Weg nach Hause schaute ich bei den Mossbergs vorbei. Ich hatte Rick noch nie gesehen. Ich wollte ihn sehen, falls er zu Hause war, falls sie ihn nicht über Nacht im Krankenhaus behalten hatten.

Er kam mit einem Gehgips zur Tür gehumpelt. »Ja bitte?« fragte er.

»Ich bin eine Bekannte von Deborah«, sagte ich. »Ich wollte nur mal nachfragen, ob alles in Ordnung ist.«

Er deutete zur Couch, wo Deborah Mossberg und ein kleines Mädchen eng zusammengekuschelt schliefen. »Ja«, sagte er, »es ist alles in Ordnung. Alles ist gut.«

»Ich komme ein anderes Mal wieder, wenn sie wach ist.«

»Warten Sie nicht zu lange damit«, sagte er. »Sobald ich den Gips abhabe, gehen wir nach Deutschland.«

»Alle zusammen?«

»Alle zusammen. Deborah sagt, vielleicht wäre es ja ganz lustig, deutsch kochen zu lernen.« Er grinste. »Ich habe gesagt, sie soll bloß aufpassen, daß sie nicht dick wird.«

»Ich komme später noch mal vorbei«, wiederholte ich. »Sagen Sie – ihr bloß, daß Deb Ralston da war.«

»Deb Ralston. Okay. Ich werd's nicht vergessen.«

Manchmal gibt es tatsächlich ein Happy-End.

Sogar in meinem Job.

Nachwort

Wie schon in »Das Komplott der Unbekannten« (DuMont's Kriminal-Bibliothek Band 1055) stößt die bei der Polizei von Fort Worth in Texas angestellte Detektivin Deb Ralston in ihrer spärlichen Freizeit auf ihren neuen Fall – der letzte hatte sich sogar aus einer privaten Einladung ergeben (»Tod einer Diva«, DuMont's Kriminal-Bibliothek Band 1061). Sie hat einmal einen Nachmittag wirklich frei und ist der Einladung ihres Mannes gefolgt, sein Hobby zu teilen und ein wenig mit ihm zu fliegen, bis ihr halbwüchsiger Adoptivsohn Hal von den Mormonen-Pfadfindern, denen er sich seit kurzem angeschlossen hat, nach Hause kommt.

So wie für ihren Mann, einen Hubschrauber-Testpiloten, das Fliegen seines eigenen Flugzeugs etwas ist, was man im Englischen »a busman's holiday« nennt, die Fortsetzung des Berufs in der Freizeit, so auch dieser harmlose Ausflug für Deb: Aus der Luft nimmt Harry Ralston einen Brand wahr; und als sie näher heranfliegen, entdeckt seine Frau durch den Feldstecher neben einem brennenden Wagen ein Postauto, dessen Fahrer mit einem großen Blutfleck auf der Brust reglos auf dem Vordersitz liegt. Um eventuell noch Erste Hilfe leisten zu können, landet Harry auf Debs Kommando hin auf der kaum hierzu geeigneten kleinen Straße – daß er es in der Eile vor statt hinter den Autos tut und so auf der zu einer kleinen Farm führenden Zufahrtsstraße für die über das Funkgerät im Flugzeug herbeigerufene Feuerwehr, die Ambulanzen und die weiteren Polizeifahrzeuge den Einsatzort blockiert, wird zum *running gag*. Für den 72jährigen Briefträger Roy Bassinger, der als Pensionär immer noch für jüngere Kollegen eingesprungen ist, kommt jede Hilfe zu spät – offenbar als Zufallszeuge einer Brandstiftung ist er aus nächster Nähe mit einer Schrotflinte erschossen worden. Der Fall aber, und alles, was damit zusammenhängt, ist damit nach dem Standardverfahren der Polizei von Fort Worth Debs Fall – der erste Detective am Tatort wird automatisch zum leitenden Ermittler. Zugleich aber ist sie auch persönlich betroffen – die kleine Farm, zu der die Straße führt, gehört einer Familie Kelly, mit der schon Debs Mutter befreundet war und mit deren Kindern Deb aufgewachsen ist.

Der Anfang ist repräsentativ für die originelle Position, die Lee Martin im weiten Feld des modernen Detektivromans einnimmt: Ihr ist es zum einen gelungen, ihren Seriendetektiv – bzw. ihre Seriendetektivin – mit einem glaubwürdigen Privatleben auszustatten, was unter Kennern mit als das Schwierigste in diesem Genre überhaupt gilt. Deb Ralston ist jenseits der Vierzig, mit einem ehemaligen Berufssoldaten verheiratet, und das Ehepaar, das offensichtlich keine eigenen Kinder bekommen konnte, hat nach und nach drei Kinder adoptiert, von denen nur der Sohn Hal noch im Haus lebt. Seit dem zweiten Buch der Serie, »Das Komplott der Unbekannten«, ist Deb überraschend schwanger, was sie überglücklich macht, ihr Leben als berufstätige Frau und Mutter aber zusätzlich verkompliziert. Weder sie noch der Leser wissen so recht, ob sich ihr Familienleben in den Pausen ihrer Fälle abspielt oder ob die Fälle in die Pausen ihres komplizierten Privatlebens fallen.

Während sie so durchaus Züge einer Privatdetektivin aufweist, ist sie als Polizeidetektivin einer Großstadt mit einer auch für die USA extrem hohen Kriminalitätsrate mit ausgesprochen ›modernen‹, d. h. ausgesprochen brutalen Verbrechen konfrontiert, in diesem Fall mit einer sorgfältig geplanten Kindesentführung, die jedoch, wie einst die des Lindbergh-Babies, von Anfang an schiefging und den Tod eines Komplizen wie den eines Zufallszeugen mit sich brachte. Zugleich aber reichen die Wurzeln dieser aktuellen Verbrechen zurück bis in die Jugend Deb Ralstons, bis hin zu einer Familientragödie bei den Kellys, deren Zeugin sie sogar wurde.

Der besondere Werdegang der Autorin ist es, der sie in den Stand setzt, ihre in der orthodoxen Tradition des Verbrechensrätsels stehenden Plots mit allen Merkmalen des Polizeiromans zu verbinden, wie ihn in den fünfziger Jahren Ed McBain erfunden hat: Er zeichnet sich vor allem durch drei Merkmale aus – die Vielzahl der Fälle, die eine Polizeistation oder ein Department zu bearbeiten hat, die selbstverständliche Teamarbeit und den Einsatz der modernsten Methoden der Kriminologie. Am deutlichsten werden diese Züge vielleicht, wenn man den wirklichen Polizeiroman mit den angeblichen Polizeiromanen Simenons um Kommissar Maigret vergleicht: Maigret bearbeitet jeweils nur einen Fall, die Inspektoren seines Teams leisten bestenfalls

Hilfsdienste, und moderne Verfahren der Kriminalistik und die Möglichkeiten des Polizeiapparats treten gegenüber den dominierenden konventionellen Zeugenbefragungen durch Maigret fast völlig zurück. Daß Lee Martin hingegen alle diese Merkmale überzeugend in ihre Romane einbringt, liegt daran, daß sie in ihrem wirklichen Leben als Ann Wingate lange Jahre als Detective gearbeitet hat, u. a. als erster weiblicher Fingerabdruckexperte des Staates Georgia und später in Fort Worth, wo jetzt Deb Ralston wirkt. So kennt sie aus erster Hand und eigener Anschauung, was andere Autoren mühsam recherchieren müßten – und zwar nicht nur die modernsten Polizeimethoden, wie sie etwa Gerichtsmedizin oder Datenverarbeitung eröffnen, sondern auch die komplexen Strukturen der spezifischen US-Polizeiarbeit. Zum einen wird diese dadurch geprägt – und erschwert –, daß bei jedem Schritt, den ein Detective tut, ständig ein wucherndes Richterrecht zu beachten ist. Jeder Fehler hier kann monatelange Arbeit zunichte machen: Ein Verhafteter, der nicht mit der neuesten Formel über den Verhaftungsgrund, seine Rechte und alles mögliche belehrt wurde, kann nicht angeklagt werden, ein Beweismittel, das nicht unter Berücksichtigung der neuesten Rechtsprechung beigebracht wurde, kann vor Gericht nicht verwandt werden.

Als genauso komplex – und bisweilen genauso hinderlich – erweisen sich die Rivalitäten der verschiedenen Polizeiorgane untereinander, und zwar in der Regel in der Weise des ›positiven Kompetenzkonflikts‹, wie es auf Deutsch heißt: Jeder möchte zuständig sein und möglichst allein. Grundsätzlich liegt die Polizeigewalt bei den Gemeinden und beim einzelnen Bundesstaat. Um überhaupt über den Einzelstaat hinausreichende Kriminalität bekämpfen zu können, wurde relativ spät erst in diesem Jahrhundert als Bundespolizei das FBI gegründet, das dann immer mehr Kompetenzen an sich zog, unter anderem nahezu generell in Entführungsfällen.

Allerdings nicht in diesem, da bei der Entführung der kleinen Helen French eindeutig keine Staatsgrenzen überschritten wurden. Zuständig ist deshalb die Polizei von Fort Worth, wo die Leichen gefunden wurden, die der Nachbarstadt Dallas, wo das Kind lebte und wo es entführt wurde – und eine weitere Bundesbehörde: die Post. Was im Deutschen als »Postinspektor« durch den Roman geistert, ist keineswegs ein Beamter des gehobenen Postdienstes, sondern ein ›postal inspector‹ und als solcher unübersetzbar, da es die Sache im Deutschen nicht gibt. »Postinspektor« Otto Castillo – der Vorname gilt in Amerika wegen des Bismarck-Kults der Deutschamerikaner als der deutscheste schlechthin – ist Mitarbeiter einer eigenen Post-Polizei, die im Grunde von noch universellerer Kompetenz ist als das FBI: Sie ist zuständig bei allen mit Hilfe der Post oder durch die Post oder gegen die Post begangenen Verbrechen. Allein schon der Versand eines Erpresserbriefes oder der Transport des Lösegelds auf dem Postweg – wie in diesem Fall – macht sie zuständig; faktisch beschränkt sie sich jedoch auf spezifische Postverbrechen wie Kettenbriefe oder den Versand von Pornographie oder Verbrechen gegen die Post, wie hier die Tötung eines Briefträgers im Dienst.

So sind zum Schluß, wenn der Täter überführt und verhaftet wird, den Vorschriften entsprechend Vertreter von drei Polizeidienststellen zugegen: Otto Castillo von der Postpolizei, Aline Brinkley aus Dallas und Deb Ralston für Fort Worth. Die Lösung aber hat natürlich Lee Martins Seriendetektivin gefunden, durch ebenso kreative wie routinierte Polizeiarbeit und durch ihre spezifische Methode, die sie mit allen großen Detektiven teilt und die sie in unserem Roman sehr anschaulich beschreibt: »Es ist eine meiner größten Stärken als Ermittlerin, weil ich eins und eins und eins mit der Eins zusammenziehen kann, die wir noch nicht gefunden haben, und dann die Vier präsentiere, die da ist, auch wenn ich dann noch mal zurückgehen muß, um die fehlende Eins zu finden.« In all dem hat Lee Martin eine Gestalt geschaffen, die die »Washington Post« »eine erfrischend neuartige Polizistin« genannt hat, »die zugleich ein interessantes und sympathisches menschliches Wesen ist«.

Volker Neuhaus

Tödlicher Ausflug

Dieses Buch ist meinem Sohn Patrick Richard Paul Webb gewidmet, der zu verschiedenen Zeiten Paul, Pat, Patrick und auch Rick genannt wurde. Paul war stets die Vorlage zu Hal – zu Pauls großer Freude –, aber reale Söhne wachsen schneller heran als fiktive, und Paul hat viele Abenteuer erlebt, während Hals schlimmstes Vergehen darin bestand, mit einer sündhaft teuren Armbanduhr im Wohnzimmer gespielt und seine Schwestern geärgert zu haben. Ich dachte, es sei an der Zeit, daß auch Hal mal ein Abenteuer erlebt.

Es gibt Kleinstädte, in denen nie auch nur das geringste passiert, und die meisten Kleinstädte fallen mehr oder weniger in diese Kategorie. Und dann gibt es Kleinstädte, in denen andauernd alles Mögliche passiert. Las Vegas, New Mexico, fällt in die zweite Kategorie.

Ich möchte den bezaubernden Menschen in dem wunderschönen Staat New Mexico für ihre Liebenswürdigkeit danken, die wir auf unserer letzten Recherche-Tour für den vorliegenden Roman genießen konnten. Mein besonderer Dank gilt dem Polizeichef von Las Vegas, Donato Frank Sena (der ganz bestimmt *nicht* das Vorbild für Salazar lieferte), für die hilfreiche Aufmerksamkeit, die er einer wildfremden Frau schenkte, die in sein Büro hereingeplatzt kam und ihn mit Fragen löcherte.

Wie immer möchte ich betonen, daß es sich bei Fort Worth, Texas, Los Alamos, Las Vegas, New Mexico und allen Personen und Orten in diesem Roman nicht um die realen Orte gleichen Namens handelt. Sämtliche Personen und die meisten Orte in diesem Roman sind absolut fiktiv.

Liebe Mom,

wir haben in der Schule das ~~Tema~~ Thema Atomenergie durchgenommen, und Lorie und ich haben gedacht, es würde bestimmt Spas machen, in den Ferien mal einen Trip nach Los Alamos zu machen. Du warst so mit Dad und dem Baby und allem beschäftigt, das wir dich nicht fragen wollten, und Lories Mom war auch ziemlich beschäftigt. Also fahren wir einfach hin und kommen gleich wieder. Wir haben so einen Typen am Truck-Stop getroffen, du weißt schon, da, wo man abbiegt, wenn man zur Elk's Lodge fährt, und er hat gesagt, er nimmt uns mit, und er hat gesagt, wir hätten bestimmt keine Probleme, jemanden für die Rückfahrt zu finden.
Mach dir keine Sorgen, wir kommen schon klar, und am Ende der Ferien sind wir wieder zurück.

Liebe Grüße,
Hal

PS wir haben auch Lories Mom eine Nachricht hinterlassen.

Kapitel 1

Ich bringe Hal um. Mit absoluter Sicherheit, ohne den leisesten Hauch eines Zweifels werde ich Hal umbringen, sagte ich mir, als ich seine Nachricht zum mindestens vierzehnten Mal durchlas.

Ich würde meinen sechzehnjährigen Sohn umbringen und sein Fell zum Trocknen an das Garagentor nageln.

Nur, dazu mußte ich ihn natürlich erst mal finden.

Plötzlich nahm ich das Telefon wahr. Nicht sicher, wie lange es schon geklingelt hatte, lief ich hin, um dranzugehen. Natürlich würde es nicht Hal sein. Es würde mein Mann Harry sein, der im Krankenhaus lag, nachdem er mit einem neuen Hubschrauberprototyp, den er als Pilot testete, einen Unfall gehabt hatte. Oder es würde meine Mutter sein, die sich erkundigen wollte, wie es Harry ging und ob ich auch wirklich nicht wollte, daß sie herkam und mir half, wo mein Baby doch so bald kommen würde. Oder es würde Lories Mutter sein – Officer Donna Hankins –, um mich zu fragen, ob ich meine Nachricht schon gefunden hätte und was wir jetzt unternehmen sollten.

Aber vielleicht war es ja doch Hal, der von irgendwo hinter Weatherford anrief und wollte, daß ich käme und ihn nach Hause holte. Was ich auch machen würde, weil er Lorie bei sich hatte; ansonsten wäre ich überaus versucht, ihm zu sagen, er sei schließlich allein dort hingekommen, also solle er auch sehen, wie er allein zurückkäme.

Nein, das würde ich wohl nicht sagen. Ich würde ihn abholen. Natürlich würde ich ihn abholen.

Nur, die Gelegenheit bot sich nicht. Ich hatte mit meiner ersten Vermutung richtig gelegen. Es war nicht Hal am Telefon. Es war

Donna, etwas aufgeregter, als man es von einer Polizistin erwarten würde. Aber schließlich ist sie etwas jünger als ich, und sie ist noch nicht lange bei der Polizei. Wie ich ist sie länger Mutter als Polizistin, aber selbst auf ersterem Gebiet hat sie acht Jahre und zwei Teenager weniger Erfahrung als ich. Hal ist mein drittes Kind, und ich bin die Dummheiten, die ein Sprößling aushecken kann, mehr oder weniger gewohnt.

Ein altes Sprichwort – ich glaube, jüdischen Ursprungs – besagt, daß kleine Kinder deinen Schlaf stören, während große Kinder dein Leben durcheinanderbringen. Jetzt, wo ich es bereits mit meinem dritten Teenager zu tun habe, wäre ich durchaus geneigt, mich dieser Einschätzung anzuschließen.

Lorie ist nicht etwa Donnas jüngstes Kind oder ihr ältestes. Lorie – die Laura hieß, bis sie in das Alter kam, in dem plötzlich alle Teenager ihren Namen ändern wollen – ist Donnas einziges Kind. Was Donna noch empfindlicher macht.

Nachdem sie sich etwas beruhigt hatte, schien Donnas wichtigste Frage zu sein: Was machen wir jetzt?

Ich hielt das für eine ziemlich gute Frage. Ich wünschte nur, mir würde darauf eine ziemlich gute Antwort einfallen.

Mir fiel keine ein. Ich sagte, ich würde zu ihr kommen, um die Sache mit ihr zu besprechen, und ich legte auf. Schnell.

Aus der Nachricht an sie und der Nachricht an mich ging im großen und ganzen folgendes hervor: Mein Sohn Hal, sechzehn, und ihre Tochter Lorie, fünfzehn, wollten per Anhalter von Fort Worth, Texas, nach Los Alamos, New Mexico, fahren und auf die gleiche Weise wieder zurückkommen – in einer Woche. Offenbar hatten sie an einem Truck-Stop, der ansonsten bekannt dafür ist, daß sich dort die meisten Prostituierten von ganz Tarrant County aufhalten, den Fahrer eines Riesentrucks angesprochen, der sie dann mitgenommen hat. Wie Hal und Lorie zu dem Truck-Stop gekommen waren, wußten wir beide noch nicht; Hal besaß im Gegensatz zu Lorie zwar schon den Führerschein, doch weder Donna noch ich vermißten einen Wagen.

Was konnten wir tun? Nun ja, wir konnten sie beim National Crime Information Center melden – dem Zentralrechner für die gesamten Vereinigten Staaten, der alle Suchmeldungen und Anfragen verarbeitet. Wenn wir das taten – und falls jemand sie zufällig entdeckte und neugierig wurde und beim NCIC nachfragte –, dann würden wir wissen, wo sie waren.

Ich mußte Donna nicht erst sagen, wie unwahrscheinlich das war.

Man fragt beim NCIC an, wenn Leute verdächtig aussehen – oder sich irgendwie verdächtig verhalten. Wenn Lorie allein unterwegs gewesen wäre, hätte jemand sie vielleicht für eine Ausreißerin halten und mißtrauisch werden können. Aber sie war nun mal nicht allein; sie war mit Hal zusammen, und wohl niemand würde Hal für einen Ausreißer halten.

Hal ist – unserer letzten Messung nach, die vor zwei Wochen stattfand, weil wir ihm zum sechsten Mal in diesem Schuljahr neue Jeans für die Schule kaufen mußten – mittlerweile ein Meter dreiundneunzig groß. Der Arzt sagt, und das soll uns wohl Mut machen, er gehe nicht davon aus, daß Hal noch mehr als zwei oder vier Zentimeter zulegt. Oder sechs oder acht.

Hal ist unser Adoptivsohn. Er ist Halbkoreaner. Koreaner sind für gewöhnlich eher kleine Menschen. Aber die andere Hälfte, die nichtkoreanische Hälfte, muß sehr, sehr groß sein.

Demnach würde nicht einmal der argwöhnischste Polizeibeamte, der Hal beim Trampen am Straßenrand stehen sah, den Verdacht hegen, daß er ein Ausreißer sein könnte. In der Regel ist jemand, der ein Meter dreiundneunzig groß ist, alt genug, auf sich selbst aufzupassen. Das wiederum bedeutete, daß auch niemand Lorie überprüfen würde, weil Hal und Lorie ganz offensichtlich zusammengehörten.

Es war theoretisch möglich, die beiden über CB-Funk zu suchen. Fast alle Trucker haben CB-Funk; sie leben praktisch auf Kanal 19.

Harry hat ein CB-Funkgerät. Ich hätte es benutzen können – im Gegensatz zu seinem Amateurfunkgerät braucht man dafür keine Lizenz, und es genügt, ein paar Schalter zu betätigen und den Knopf am Mikrophon zu drücken. Selbst ich kann damit umgehen. Ich hätte mich an das Gerät hängen und alle Trucker bitten können, nach zwei Trampern zu suchen, Beschreibung wie folgt.

Nur, mit einem CB-Funkgerät kommt man nicht sehr weit, und die beiden waren vermutlich schon außerhalb seiner Reichweite. Ja, ja, natürlich kann man Trucker bitten, die Meldung weiterzugeben – und das machen sie auch. Wenn Hal und Lorie zehn Jahre alt gewesen wären, wäre binnen zwei Stunden jeder Truckfahrer in den angrenzenden Bundesstaaten über das äußerst effiziente Truckernetz informiert gewesen und hätte nach ihnen Ausschau gehalten. Aber Trucker sind in der Regel ziemliche Freigeister. Unter den gegebenen Umständen wären sie wahrscheinlich der Meinung, daß Hal und Lorie alt genug seien, um zu machen, was sie wollen, und Donna und ich nur übereifrige Störenfriede.

Deshalb würde das Funkgerät in diesem Fall nichts bringen.

Es wäre schön, wenn ich selbst davon überzeugt sein könnte, daß die Trucker mit ihrer Vermutung recht hatten. Ein ein Meter dreiundneunzig großer Sechzehnjähriger im zweiten High-School-Jahr müßte eigentlich in der Lage sein, auf sich selbst und jemand anders aufzupassen, erst recht, wenn er normal intelligent ist und von einigermaßen verantwortungsbewußten Eltern aufgezogen wurde und obendrein seit zwei Jahren gänzlich freiwillig eine Kirche besucht, die das Verantwortungsbewußtsein ihrer jugendlichen Mitglieder gezielt fördert. Aber Hal?

Ich will damit nicht sagen, daß er dumm ist oder keine guten Absichten hat. Bei seinen IQ-Tests hat er immer überdurchschnittlich abgeschnitten, und seine Absichten sind stets die besten. Aber ich muß immer öfter daran denken, womit, wie meine Großmutter immer gesagt hat, der Weg zur Hölle gepflastert ist.

Es gibt Zeiten, in denen sein Verhalten normal ist, ja sogar vorbildlich. Doch dann gibt es die anderen Zeiten – zum Beispiel der Tag, an dem ich nach Hause kam und sah, daß Hal emsig den Küchenboden mit einer Dose Karo-Sirup bohnerte, weil er mir helfen wollte und sich nicht die Mühe gemacht hatte, das Etikett zu lesen (und weil, wie er mir treuherzig darlegte, während ich schrie, Johnson's Bohnerwachs in einer gleichgroßen Dose war), oder als er bei einem Meisterschaftsspiel der Junior High School mit dem Football auf die Torlinie seiner eigenen Mannschaft zurannte –, in denen wir uns leicht verwundert fragen, was wohl in der grauen Masse vor sich geht, die er sein Gehirn nennt.

Falls man annehmen durfte, daß Hals alles andere als verständliche Nachricht stimmte, waren sie den weiten Weg nach Los Alamos mitgenommen worden. Ich hatte keine Vorstellung, was sie unterwegs zu essen gedachten, aber Hal ist erfinderisch – selbst in seinen schlimmsten Zeiten. Außerdem hat – oder hatte – er etwas Geld auf seinem Konto.

Entscheidungen treffe ich meist im Auto. Ich weiß noch, daß Harry und ich unterwegs zur Bibliothek waren, als wir beschlossen, unser erstes Minderheitenbaby zu adoptieren, das dann Vicky wurde, und wir waren unterwegs zum Supermarkt, als wir beschlossen, uns um Becky zu bemühen (wir hatten über sie in der Zeitung gelesen; ihre leibliche Mutter hatte sie in einer Mülltonne ausgesetzt), und wir waren auf dem Weg vom Kino nach Hause – ein Film über Korea –, als wir zum ersten Mal über das Baby nachdachten, das dann Hal wurde. Ich fuhr gerade zu einer Bäckerei, als ich die Entscheidung traf, auf die Stellenanzeige vom Police Department zu antworten – was die letzten sechzehn Jahre meines Lebens entscheidend beeinflußt hat. Natürlich saß ich gerade in einem Wagen, als ich beschloß, Harry zu heiraten, aber das ist lange her und eine Geschichte, die ich eigentlich nicht erzählen möchte.

Als ich also bei Donna zu Hause ankam, wußte ich inzwischen, was ich tun würde. Ich würde nach Los Alamos fliegen und die beiden Halbsinner an den Haaren nach Hause schleifen, genau das würde ich machen. Natürlich würde *ich* das machen. Wer sonst? Harry konnte es nicht; er hatte ein gebrochenes Bein. Donna konnte es nicht; als alleinerziehende Mutter, die ein Haus abzuzahlen und jede Menge andere Rechnungen zu begleichen hatte, konnte sie es sich nicht leisten, sich freizunehmen. Aber ich hatte bereits frei.

Ja. Ich war bereits seit mehreren Monaten von der Arbeit freigestellt, aus medizinischen Gründen, weil ich nämlich bald ein Baby bekommen würde. Sehr, sehr bald, hatte der Arzt mir bei meiner letzten Untersuchung versichert. Ein Flug nach Los Alamos war da wirklich genau das Richtige. Ich konnte von Glück sagen, wenn sie mich überhaupt ins Flugzeug ließen.

Das sagte Donna zu mir. Aber eine bessere Idee hatte sie auch nicht. Außerdem, so mein Argument, und Donna mußte mir zustimmen, war es ganz bestimmt Hals Idee gewesen und nicht Lories, also war es logisch, daß ich flog –

Das sagte auch Harry zu mir. Aber er hatte das gleiche Problem wie Donna – ihm fiel nichts anderes ein, als die beiden allein zurückkommen zu lassen, was, wie er zugab, auch nicht sonderlich geistreich war.

Das hätte auch mein Arzt zu mir gesagt, nur, daß ich ihn vorsichtshalber gar nicht erst fragte.

Das sagte auch meine Mutter zu mir, erst recht, als wir herausfanden, daß man nicht nach Los Alamos fliegen kann. Man fliegt nach Albuquerque und fährt mit dem Wagen nach Los Alamos, und es dauert vier bis sechs Stunden, je nachdem, wie schnell man fährt und wie viele Pinkelpausen man macht, und man macht viele, wenn man schwanger ist.

Oh, ich konnte einen Pendlerflug von Albuquerque nach Los Alamos nehmen, aber ich mußte ohnehin einen Wagen mieten, und außerdem war es möglich – und sogar wahrscheinlich –, daß ich vor den Kindern in New Mexico war, und –

Irgendwann im Verlauf dieser Diskussion sagte Harry so was wie »Ach, verdammt« und erinnerte mich daran, daß seine Versicherung, da er mittlerweile seit über dreißig Tagen arbeitsunfähig war, die Visa-Card-Rechnung bezahlt hatte, aber ganz sicher nicht noch weitere Kosten übernehmen würde, mit denen ich die Karte belasten würde.

Ich sagte ihm, daß ich das wußte. Und ich sagte ihm, daß ich unser Telefon zu Hause auf Anrufweiterleitung stellen würde, so daß er alle Anrufe direkt an seinem Krankenbett entgegennehmen könnte. Worauf er wieder »Ach, verdammt« sagte, bevor er sagte, ich solle auf mich aufpassen.

Das war Samstag nachmittag. Erst am Montag würde ich losfliegen. Natürlich. Wir mußten ihnen Zeit lassen, anzukommen.

Der Flughafen von Albuquerque ist eine Baustelle. Ich fragte die junge Frau am Avis-Schalter, wie lange er schon in diesem Zustand sei, und sie erwiderte: »Schon immer.« Während der Drucker ratternd meinen Vertrag ausdruckte, fügte sie hinzu: »Sie haben versprochen, daß sie in zwei Jahren fertig sind. Und wenn Sie das glauben, würde ich Ihnen gern das hübsche Stückchen Land verkaufen, das ich auf dem Mond habe.«

Sie sagte aber, daß er bestimmt schön würde, wenn er erst mal fertig war, sie könne einfach keine orangefarbenen Fässer mehr sehen. Dann beschrieb sie mir, wo ich den Wagen abholen sollte – vorbei an den orangefarbenen Fässern, nach rechts, vorbei an weiteren orangefarbenen Fässern, zwischen noch mehr orangefarbenen Fässern hindurch, wieder nach rechts, und er stünde auf Stellplatz 73. Manche Flughäfen haben Servicebusse, mit denen man zu seinem

Mietwagen gebracht wird. Dieser Flughafen nicht. Es war aber nicht sehr weit, zumindest wäre es nicht sehr weit gewesen, wenn ich nicht im achten Monat schwanger gewesen wäre, hochhackige Schuhe getragen (rückblickend ist mir schleierhaft, wieso ich hochhackige Schuhe trug) und einen ziemlich großen Koffer, Bordgepäck und eine so große Handtasche mit mir herumgeschleppt hätte, daß sie als Bett für einen Cocker-Spaniel getaugt hätte.

Natürlich trug ich weder mein Schulterhalfter noch meine Waffe an Bord der Maschine. So dumm bin ich nicht. Sie war in meinem Koffer verstaut, weshalb mein Koffer, der ansonsten mit mir an Bord hätte reisen können (zumindest in den Zeiten, bevor man anfing, Maßnahmen gegen die Mitnahme von zuviel Bordgepäck zu ergreifen), in den Gepäckraum mußte, weshalb ich wiederum eine gute halbe Stunde an dem kleinen Gepäckband darauf warten mußte, daß mein Koffer, mit der Waffe und dem Schulterhalfter drin, ausgeladen wurde. Koffer brauchen länger als die Passagiere, um ein Flugzeug zu verlassen.

Zumindest die orangefarbenen Fässer waren leicht zu finden.

Sie waren weiß Gott leicht zu finden, dachte ich grimmig, als es mir gelang, den Wagen auf den Highway zu steuern. Sie waren überall. Im Staate New Mexico mußte man als Hersteller von orangefarbenen Fässern einfach ein Bombengeschäft machen. Ich hatte den Eindruck, daß in Albuquerque sämtliche Straßen und Nebenstraßen und Highways entweder gerade gebaut oder gerade ausgebessert wurden, alle zur gleichen Zeit, und daß die orangefarbenen Fässer dazu da waren, daß man, wenn man sich verfuhr, weil die Straße voller orangefarbener Fässer war, die Straße ganz leicht wiederfinden konnte, indem man weiteren orangefarbenen Fässern folgte.

Ich gab die Idee auf, in Albuquerque Halt zu machen. Ich hätte es gern getan, unter normalen Umständen, weil es wirklich eine hübsche Stadt ist, trotz der orangefarbenen Fässer, und ich gehört habe, daß die Leute dort sehr freundlich seien, wiederum trotz der orangefarbenen Fässer, die ihnen bestimmt auf die Nerven gehen. Aber ich war ziemlich gereizt von dem viel zu süßen Essen und der viel zu stickigen Luft im Flugzeug, und ich wollte eine Weile weiterfahren.

Ich aß in einem Selbstbedienungsrestaurant am Rande von Santa Fe zu Mittag und fuhr weiter. Ich war noch nie im Norden von New

Mexico gewesen; jedesmal, wenn ich überhaupt durch den Staat gefahren war, war ich so weit südlich gewesen, daß ich am südlichen Horizont die Berge von Nordmexiko sehen konnte. Für mich war New Mexico gleichbedeutend mit Sand und Kakteen und Highways, die sich endlos immer weiter erstrecken.

Der Norden von New Mexico ist anders. Er ist trocken, aber keine Wüste, und eine Zeitlang fährt man an sanften Hügeln entlang, so daß man vergißt, daß man über zweitausend Meter über dem Meeresspiegel ist und immer höher kommt. Nach einer Weile sieht das Land immer weniger trocken aus, bis man plötzlich, fast ohne den Übergang zu bemerken, in einem dichten Kiefernwald Bergstraßen hinauffährt.

Nun, ich habe nichts gegen Kiefern. Davon gibt es im Osten von Texas jede Menge, etwa einhundertzwanzig Kilometer östlich von Fort Worth, und ich habe schon mal welche gesehen, obwohl ich zugeben muß, daß ich bei zu vielen Bäumen ein wenig Platzangst kriege.

Nein, das Problem sind Berge.

Ich hasse es, in den Bergen Auto zu fahren. Ich verabscheue es, in den Bergen Auto zu fahren. Also schön, ich geb's zu, ich habe panische Angst, in den Bergen Auto zu fahren.

Es war auch nicht gerade hilfreich, daß das Baby in meinem Bauch ausgerechnet in diesem Moment mit seiner Gymnastik anfing oder daß ich sogenannte Übungswehen bekam, von denen mein Gynäkologe mir gesagt hatte, daß ich sie bis zur Niederkunft immer mal wieder bekommen würde.

So schlich ich also mit zirka zwanzig Kilometern die Stunde eine Bergstraße hoch, in einem sehr schönen Wagen, der diese Straßen ohne weiteres mit hundertzwanzig geschafft hätte, wenn das Tempolimit es erlaubt hätte. Gleichzeitig hatte ich dabei das Gefühl, daß in meinem Innern Zirkusakrobaten übten, und die ganze Zeit zischten Autos mit hundert und hundertzehn an mir vorbei, von denen einige ungehalten hupten, die meisten aber offenbar den Flachlandtiroler bemitleideten, der ich ja wohl sein mußte.

Ich konnte es nicht ändern. Mit Schrotflinten komme ich klar, wenn ich muß, auch wenn ich sie eigentlich nicht mag, erst recht nicht, wenn ich in ihren Lauf blicke, aber Bergstraßen verkrafte ich nun mal nicht.

Ich sagte mir immer wieder, daß ich mir keine Sorgen zu machen brauchte; die Straße war einfach zu breit, als daß ich hätte abstürzen können. Sie war sogar mehrere Fahrspuren breit; wie breit, weiß ich wirklich nicht, weil ich viel zu sehr mit Zittern beschäftigt war, um zählen zu können, aber jedenfalls war es bestimmt besser, als es damals während des Zweiten Weltkriegs gewesen sein muß, als alle in Los Alamos ein und dasselbe Postfach hatten und irgendein Versandhaus der Meinung war, daß irgendein Idiot sich einen dummen Scherz erlaubte, weil sie bereits zweihundertfünfzig Exemplare ihres Versandkataloges an das Postfach geschickt hatten und fest entschlossen waren, keine weiteren mehr zu schicken.

Egal. Zumindest wußte ich inzwischen etwas genauer als noch am Vortag, wie Hal und Lorie zurechtkamen. Ich hatte in Harrys Pick-up nachgesehen und festgestellt, daß ein paar Sachen aus dem Camper fehlten – ein paar Sachen wie Hals Rucksack und Schlafsack und Harrys Rucksack und Schlafsack (vermutlich für Lorie), Hals Feldflasche und Harrys Feldflasche, Harrys Ausrüstung zur Wasseraufbereitung und ein kleiner Vorrat Trockennahrung. Als ich mir das alles klargemacht hatte, sagte ich mir, ich sollte dankbar sein, daß sie beschlossen hatten zu trampen, statt Harrys Pick-up zu nehmen, was ich Hal durchaus zugetraut hätte, wenn er nur irgendwie an die Tankkreditkarte gekommen wäre, was er zum Glück nicht gekonnt hatte.

Ich hätte dankbar sein müssen, aber ich war es nicht. Jeder hat schon von Trampern gehört, die ermordet und/oder überfallen wurden, und Polizisten hören sogar noch häufiger davon. Meine Fantasie, die stets ein wenig hyperaktiv ist, ging mit mir durch. Hal und Lorie beide tot irgendwo in der Wüste. Hal tot und Lorie vergewaltigt. Hal und Lorie eingeschlossen im Kofferraum des Wagens irgendeines Sadisten, während der Sadist überlegt, was er als nächstes macht. Ich versuchte, meine Fantasie in vernünftigere Bahnen zu lenken. Hal schlägt den bösen Angreifer k. o. und flieht mit Lorie. Diese Vorstellung überzeugte mich nicht, so sehr ich mich auch bemühte. Vernünftigere Möglichkeiten. Hal und Lorie auf dem Weg nach Los Alamos im Wagen eines netten Familienvaters, der ihnen Fotos von seinen Enkelkindern zeigt, während sie irgendwo Halt machen, um etwas zu essen. Hal und Lorie, die fröhlich durch ein Museum schlendern.

Meine Fantasie war widerspenstig.

Ich kam nachmittags gegen halb vier in Los Alamos an, und als erstes stellte ich fest, daß es zwei Museen gab. Eines lag direkt neben der Hauptstraße, die durch die Stadt führte; um zu dem anderen zu gelangen, das mit dem Forschungszentrum verbunden war, mußte man auf eine andere Straße und über eine große Brücke über einen Canyon und dann nach rechts, oder vielleicht war es auch nach links, weil ich inzwischen ziemlich verwirrt war und der ältere Mann, der mir den Weg wies, mit beiden Armen gleichzeitig ruderte und noch verwirrter schien, als ich es war.

Das erste Museum war näher.

Es war klein, beschäftigte sich in der Hauptsache mit Stadtgeschichte statt mit Militärgeschichte, und es hatte ein Gästebuch, in das alle Besucher ihren Namen und ihren Heimatort eintragen sollten. Ich hatte auf Anhieb Erfolg, denn dort, nur wenige Zeilen über meiner eigenen Unterschrift, waren zwei andere: *Harold Ralston* (Gott, er wird langsam förmlich, dachte ich – normalerweise sehe ich diese Variante nur auf seiner Geburtsurkunde und seinem Schulzeugnis) und *Laura Hankins, Fort Worth, Texas*. Und dort, wo Platz für Bemerkungen war – na, egal. Es war moderner Teenagerslang. Soweit ich es deuten konnte, hieß es, daß ihnen die Ausstellung gefallen hatte.

Sie waren also sicher hier angekommen. Immerhin etwas. Die nächste Frage war: Wie sollte ich sie finden?

Der Eintrag war mit Datum versehen, daher wußte ich, daß sie irgendwann heute hiergewesen waren. Ich konnte nicht allzu weit hinter ihnen sein.

Ich konnte nicht allzu weit hinter ihnen sein, und ich hatte viel zu lange gesessen und mußte mir die Beine vertreten, und außerdem ging die ältere Museumsangestellte, während ich meinen Namen in das Gästebuch schrieb, diskret in einen diskreten Raum, in dem sie offenbar eine Zeitlang zu verweilen gedachte. Alle Zeichen deuteten darauf hin, daß ich mich umsehen sollte.

Also nahm ich mir fünf Minuten Zeit, um durch das Museum zu schlendern, das sehr schön war und mir weitaus mehr, als ich eigentlich wissen wollte, über die Gemeinde Los Alamos erzählte, wie sie gewesen war, als ich noch ein Baby in Fort Worth war und fast niemand wußte, daß hier oben in diesem schönen Wald Wissenschaftler den Prototyp einer neuen und unglaublich vernichtenden Bombe schufen.

Als ich zurück in den Eingangsbereich kam, hatte die ältere Frau bereits wieder ihren Posten im Geschenkeladen bezogen. Ich stellte mich vor und zeigte meine Dienstmarke. In Fort Worth sind die Leute selten beeindruckt, wohl weil sie an den Anblick der Polizei ihrer Stadt gewohnt sind, aber die Augen dieser alten Dame wurden größer. »Meine Güte, Sie sind aber weit von zu Hause weg«, teilte sie mir mit und fragte dann, was ich hier machte.

Ihrem begierigen Blick nach erwartete sie wohl als Erklärung irgend etwas Schauerliches wie Mörder oder Spione oder etwas Exotisches in der Art. Ich hatte nicht vor, ihre Fantasie zu befriedigen. »Ich suche zwei Ausreißer, Teenager«, sagte ich. »Könnte sein, daß Sie sie gesehen haben – sie haben heute ihren Namen ins Gästebuch eingetragen. Ein koreanisch aussehender Junge, sehr groß, und ein Mädchen von ungefähr ein Meter sechzig, braune Haare, blaue Augen.« Ich holte ein Foto hervor, Hal und Lorie vor gar nicht langer Zeit zusammen auf einem Schulfest, und die Frau betrachtete es.

»Meine Güte, er ist wirklich groß«, sagte sie. »Ich würde mich bestimmt an ihn erinnern. Aber ich habe erst um eins angefangen – wir arbeiten hier alle ehrenamtlich, wissen Sie.«

»Ach, wirklich?« sagte ich und hatte fast das Gefühl, als würde von mir erwartet, bei einem nachmittäglichen Kaffeekränzchen Konversation zu machen. Nein, natürlich wußte ich nicht, daß hier ehrenamtlich gearbeitet wurde. Woher sollte ich auch?

Aber natürlich dachte sie nicht wirklich, daß ich es wußte. Sie war einfach auf ihre Art höflich. Also würde ich auch weiter höflich sein müssen.

»Ja, und ich fange erst um eins an. Das heißt freitags. Freitag ist mein Tag, wissen Sie.«

»Verstehe. Also, wer –«

»Lassen Sie mich überlegen. Fanny war den ganzen Vormittag hier, normalerweise ist sie bloß zwei Stunden hier, aber Ava war krank, und deshalb ist Fanny für sie eingesprungen und –«

»Ist es möglich, Fanny zu erreichen und sie zu fragen?«

»Tja, lassen Sie mich überlegen –«

Nach ein wenig weiterem Hin und Her gelang es der freiwilligen Mitarbeiterin – die mir noch immer nicht ihren Namen verraten hatte –, eine Telefonliste ausfindig zu machen. Aber das brachte mich auch nicht weiter. Fanny – wer auch immer Fanny war – ging nicht ans Telefon.

»Na, danke, daß Sie es versucht haben«, sagte ich resigniert und bekam eine neue Wegbeschreibung zu dem anderen Museum.

Das andere Museum hatte kein Gästebuch. Es hatte allerdings Wachleute – jede Menge. Wir werden nicht zulassen, daß die Russen uns das Geheimnis stehlen, wie die erste Atombombe hergestellt wurde und wie sie im Modell aussah, das heißt, zumindest werden wir nicht zulassen, daß sie es stehlen, ohne daß wir es mitkriegen. Die Wachleute taten eigentlich gar nichts; sie waren einfach nur da.

Bei nüchterner Betrachtung dämmerte mir im nachhinein, daß sie vermutlich nicht zum Schutz gegen Spione da waren, zumal in dem Museum nichts gewesen wäre, was nicht für die Öffentlichkeit bestimmt war; sie waren sehr wahrscheinlich für den Fall da, daß es irgendwelche Friedensdemonstrationen oder dergleichen geben würde. Mir schien, daß sie nicht immer ganz so erfolgreich waren, wie man es sich wünschen würde; auf einem Ausstellungsstück waren noch Reste von gelben Farbspritzern zu sehen.

Wachleute haben, da sie Profis sind, ein zumindest halbwegs gutes Gedächtnis.

Ja, einer von ihnen erinnerte sich tatsächlich an Hal und Lorie – erinnerte sich vor allem deshalb an sie, weil sie um Erlaubnis gebeten hatten, ihre Rucksäcke und Schlafsäcke am Eingang abzustellen. Sie hatten beide müde ausgesehen, und Lorie war für lange Zeit auf die Toilette verschwunden, während Hal herumschlenderte und sich die Ausstellung ansah. Als Lorie wieder herausgekommen war, hatte sie ausgesehen, als hätte sie geweint, und Hal hatte sehr beschützend den Arm um sie gelegt. Dann waren sie nach draußen gegangen und hatten lange auf dem Rasen gesessen, bevor sie die Straße hinuntertrotteten.

Und das war kurz vor Mittag gewesen. Sie hatten fast vier Stunden Vorsprung. Das war mehr, als ich gedacht hatte. Zu Hause ist Hal eher ein Spätaufsteher; er ist selten vor halb elf oder elf ansprechbar. Aber ich hätte daran denken sollen, daß er auf Campingtrips noch vor Sonnenaufgang munter aus den Federn hüpft. Natürlich funktionierte er hier und jetzt nach seinem Campingzeitplan, nicht nach seinem Schulzeitplan.

Es war also an der Zeit, mich um Unterstützung zu bemühen. Ich konnte mich an das Los Alamos Police Department wenden. Ich konnte mich an das Büro des zuständigen Sheriffs wenden, wo immer der saß. Ich konnte mich an die Highway-Streife wenden, oder wie immer man sie in New Mexico nannte.

Es gab da nur ein einziges Problem. In vier Stunden konnten sie so gut wie überall sein. Falls sie zu Fuß gingen, waren sie allerhöchstens dreißig Kilometer weit gekommen, vermutlich aber erheblich weniger angesichts der Tatsache, daß sie müde ausgesehen hatten, daß Lorie anscheinend geweint hatte.

Wenn sie jedoch jemand mit dem Wagen mitgenommen hatte, konnten sie schon wieder in Albuquerque sein. Oder sie hatten beschlossen, einen kleinen Abstecher zu machen, bevor sie wieder nach Hause fuhren. Vielleicht, je nachdem, welche Richtung sie eingeschlagen hatten, waren sie auch nicht mehr in dem Bundesstaat.

Ich fuhr zu einem Motel und nahm mir ein Zimmer. Ich rief Harry an. Er hatte nichts von ihnen gehört. Ich rief Donna an. Sie hatte nichts von ihnen gehört.

Und dann rief ich das Büro des Sheriffs an.

Das Telefon weckte mich aus einem ungewöhnlich tiefen Schlaf – von der Höhenveränderung fühlte ich mich wie erschlagen –, und einen Moment lang war ich so desorientiert, daß ich das Telefon nicht finden konnte.

Dann erinnerte ich mich, daß ich in einem Motel in Los Alamos war, und das Telefon stand auf der anderen Seite des Raumes auf diesem Ding von Kommode, das alle Motels zu haben scheinen. Ich stand auf, ging durch die Dunkelheit zu dem Telefon, das ich an seinem orangefarbenen Lämpchen ortete, und hob ab.

»Deb?« Es war Harry. »Ich habe etwas von Hal gehört. Oder genauer gesagt, über Hal. Er ist in Las Vegas.«

Ich war schlagartig hellwach. »Nevada?« jaulte ich auf. »Wie sind sie denn nach –«

»Las Vegas in New Mexico«, unterbrach mich Harry. »Du hast mich nicht ausreden lassen.«

»Wo zum Teufel ist Las Vegas, New Mexico?« fragte ich.

»Deb, würdest du mich verdammt noch mal ausreden lassen?« brüllte Harry. »Ich weiß nicht, wo Las Vegas, New Mexico, ist; ich habe noch nie davon gehört. Du bist es schließlich, die in New Mexico ist; sieh auf der Karte nach und finde es.«

»Oh, ich werde es finden«, sagte ich grimmig, »und dann werde ich da hinfahren und Hal mit meinen bloßen Händen erwürgen, bevor ich die beiden nach Hause bringe.«

»Na dann viel Glück«, sagte Harry, »denn dazu mußt du ihn erst aus dem Gefängnis holen.«

»Klar, Landstreicherei«, sagte ich resigniert und fragte mich, wie hoch die Kaution sein würde, und Harry sagte: »Nicht ganz, Deb.«

»Was meinst du mit *nicht ganz*?«

»Deb, der dortige Polizeichef hat mich angerufen und gesagt, sie haben Hal wegen Mordverdacht festgenommen.«

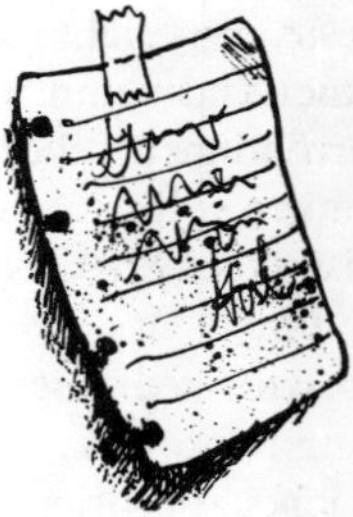

Kapitel 2

Erwachsene werden heute nicht mehr wegen irgendeines »Tatverdachts« in Haft genommen. Die Gerichte sind etwas pingelig geworden und verlangen so kleine Nettigkeiten wie ordnungsgemäß ausgestellte Haftbefehle, aus denen hervorgeht, wer verhaftet werden soll und aus welchen Gründen. Doch ein Jugendlicher, der nicht wenigstens annähernd dort ist, wo er sein sollte, und nicht annähernd das tut, was er tun sollte, gefährdet automatisch »sich oder andere«. Und wer »sich oder andere gefährdet«, kann, bis auf sehr wenige Ausnahmen, praktisch so lange festgehalten werden, wie jemand ihn festhalten will, und das unter fast jedem Vorwand, der jemandem einfällt.

Natürlich rief ich in Las Vegas an.

Natürlich sagte die Person, mit der ich sprach – eine Frau namens Vargas und, dem Krach im Hintergrund nach zu urteilen, saß sie offenbar in der Einsatzzentrale –, höflich, aber bestimmt: »Tut mir leid, Ma'am, ich kann Ihnen diese Informationen auf keinen Fall am Telefon geben.«

Okay, beruhige dich, Deb Ralston, sagte ich mir. Ich war selbst schon mal in ihrer Position, und ich würde solche Informationen auch nicht am Telefon geben.

Noch in der Unterwäsche – ich hatte aus irgendwelchen Gründen kein Nachthemd eingepackt – setzte ich mich aufs Bett, holte tief Luft und sah auf meine Uhr. Kurz nach fünf Uhr morgens. Also sechs Uhr morgens in Fort Worth, die Uhrzeit, um die ich normalerweise aufstehe, somit müßte ich allmählich wenigstens halbwegs geistig zurechnungsfähig sein. Benutze deinen gesunden Menschenverstand, sagte ich mir. Sei vernünftig. Was für eine dumme

Sache Hal auch immer angestellt hatte – und da ich Hal kannte, nahm ich an, daß das so ungefähr alles sein konnte, solange es richtig dumm war –, er hatte bestimmt niemanden ermordet. Das war absolut unmöglich. Exzentrisch – falls man das Wort auf einen Sechzehnjährigen anwenden kann – ist er; gewalttätig oder böse ist er nicht.

Ich ging zu meinem Koffer, der offen neben dem Telefon stand, und durchwühlte ihn ziemlich benommen nach Landkarten.

Keine Landkarten.

Ich suchte in meiner Handtasche und in meinem Bordgepäck, bevor mir einfiel, daß ich die Karten auf dem Beifahrersitz des gemieteten Ford Escort liegengelassen hatte. Und ganz bestimmt würde ich in dieser Aufmachung nicht nach draußen zum Wagen gehen.

Egal, dachte ich; was immer Hal angestellt hatte, er hatte bestimmt niemanden umgebracht. (Ich würde mir das immer wieder sagen.) Das Ganze war sicherlich ein Irrtum. Ich würde da hinfahren, die Sache klären, und damit hätte es sich, nur daß Hal, sobald ich ihn nach Hause gebracht hatte, wahrscheinlich für die nächsten zehn Jahre Hausarrest kriegen würde. In der Zwischenzeit würde es ihm nicht schaden, seinen jugendlichen Unverstand ein paar Stunden länger im Knast abzukühlen. Ich neigte sogar zu der Auffassung, daß er es verdient hatte, nach allem, was Harry und ich und Donna seinetwegen durchgemacht hatten.

Während ich mir das sagte – nicht sehr überzeugend –, ging ich duschen. Ich zog frische Sachen an. Ich frühstückte. Und dann fuhr ich nach Las Vegas. (Der Umstand, daß ich ungefähr um Viertel vor sieben bereits auf der Straße war, ließe sich dahingehend deuten, daß ich doch nicht so ruhig war, wie ich mir einzureden versuchte, aber das ist unerheblich.)

Der Karte nach, die ich beim Frühstück studiert hatte, waren es von Los Alamos (Die Pappeln, falls Sie kein Spanisch sprechen) bis Las Vegas (Die Wiesen) etwa zweihundert Kilometer. Ich konnte von Los Alamos über Santa Fe nach Las Vegas fahren, oder ich konnte von Los Alamos über Chimayo und Rodarte und Mora nach Las Vegas fahren. In jedem Fall würde ich über das Gebirge Sangre de Christo kommen. O verdammt, dachte ich, als mir einfiel, wie ich tags zuvor von Santa Fe im Schneckentempo die Berge hochgefahren war. Hundertsechzig Kilometer mit zwanzig Stundenkilometern, da konnte ich von Glück sagen, wenn ich in einem Tag da war, natürlich vorausgesetzt, ich würde nicht von einem zornigen Autofahrer, der dreißig oder vierzig oder fünfzig Kilometer lang hinter mir hing, von der Straße gedrängt oder erschossen.

Wenn ich durch Santa Fe fuhr, hatte ich die ganze Strecke über größere Straßen; wenn ich über Chimayo und so weiter fuhr, hatte ich kleinere Straßen. Andererseits würde ich, wenn ich durch Santa Fe fuhr, genau zur Rush-hour in die Hauptstadt des Bundesstaates kommen, was mich mindestens zwei Stunden kosten würde. Ich beschloß, es mit den kleineren Straßen zu wagen, obwohl der Gedanke an kleinere Straßen durch die Berge nicht gerade meine Stimmung hob. Im Geiste mit den Zähnen knirschend, checkte ich aus dem Motel aus.

Überraschung! Überraschung! Und zur Abwechslung mal eine angenehme. Die meiste Zeit über war kaum zu spüren, daß ich durch die Berge fuhr, nur daß die Luft so unglaublich klar war, wie sie es nur in großen Höhen ist. Es war fast so, als würde ich durch den Osten von Texas fahren. Kiefern, fast genau die gleichen, nur mit kürzeren Nadeln und irgendwie büscheliger. Das Unterholz im großen und ganzen genauso. Die gleiche rote Erde, hier nur etwas kräftiger orange, die gleichen eigenartig geformten Eisenerzsteine, sogar die gleichen sonnenbeschienenen Lichtungen mit dem hier und da grasenden Rotwild, nur daß es nicht die im Osten von Texas üblichen, kleinen niedlichen Weißwedelhirsche waren, sondern Maultierhirsche und oft auch Elche.

Den größten Teil der Strecke fuhr ich durch dichten Wald auf einem zweispurigen Highway, wobei mir absolut niemand begegnete außer ab und zu jemand auf einem Mountain-bike, der vielleicht für die Olympischen Spiele trainierte. Daß ich mir selbst befohlen hatte, ruhig zu werden, hatte nicht das geringste genutzt, aber diese friedliche Landschaft beruhigte meine Nerven wirklich. Ich würde gern für immer hier bleiben, dachte ich, bis mir wieder die Höhe und Weite einfielen und ich an so schreckliche Dinge wie vier Meter tiefe Schneewehen den ganzen Winter hindurch dachte. Selbst jetzt, Ende März, sah ich häufig große Flächen nicht geschmolzenen Schnees unter schattenspendenden Baumästen und auf den Nordhängen liegen. Und dann, mit einem Mal, war ich aus dem Wald heraus und blickte einen langen Hügel hinab auf Wiesenland, mit einem glänzendem See (Storrie Lake, laut meiner Karte) rechts vor mir. Ich war noch immer zirka dreißig Kilometer von Las Vegas entfernt, aber dreißig Kilometer über Land sind nicht vergleichbar mit dreißig Kilometern in der Stadt. Kurz vor Viertel vor neun kam ich in Las Vegas an, das, wie sich herausstellte, vom Gallinas River streng in zwei Hälften geteilt wurde, bei denen es sich, je nachdem, mit wem ich sprach, um Las Vegas und Ost-Las-Vegas oder die Altstadt und die Neustadt oder um den hispanischen und den angloamerikanischen Teil handelte (obwohl im angloamerikanischen Teil viele Spanischstämmige und im hispanischen Teil viele Angloamerikaner leben). Dank dieser nützlichen Informationen brauchte ich nur weitere zwanzig Minuten, um das Polizeirevier zu finden, das, wie sich herausstellte, in Angloamerikanisch/Neu/Ost-Las-Vegas im Gegensatz zu Hispanisch/Alt/Las-Vegas lag. Das Gebäude hatte eine Art Beigeton und sah aus, als wäre es rund achtzig Jahre alt, was für hiesige Verhältnisse recht neu zu sein schien, denn die Stadt bezeichnete sich, wie ich inzwischen erfahren hatte, als »Das Andere Las Vegas«. In der Altstadt hatte man mir bereits ein Mietshaus gezeigt, auf dessen Dach, wie man mir versicherte, General Soundso gestanden hatte, im Jahre 1840 oder so, um den Bürgern von New Mexico (von denen nur sehr wenige in Hörweite waren) zu verkünden, daß sie jetzt Bürger der Vereinigten Staaten waren. Im großen und ganzen, so hatte man mich ebenfalls informiert, hatte der Regierungswechsel das Leben der Menschen nur unwesentlich verändert.

Das wunderte mich nicht. Dagegen wunderte mich, daß mir das jeder unbedingt erzählen mußte, wo ich doch nur nach dem Weg zum Polizeirevier gefragt hatte. Ich konnte es mir nur mit einem übersteigerten Lokalpatriotismus erklären, den ich mit mehr Wohlwollen betrachtet hätte, wenn ich nicht so besorgt gewesen wäre.

Das Gebäude – das Mietshaus, nicht das Polizeirevier, das ich noch nicht gefunden hatte – blickte auf einen sehr interessanten kleinen öffentlichen Platz mit einer Art Aussichtsplattform oder Musikpavillon, wo etliche Leute, darunter zwei Streifenpolizisten, sehr beschäftigt zu sein schienen.

Das Polizeirevier war zirka elf Querstraßen entfernt, in der Nähe der Handelskammer, die wiederum in der Nähe des Rough Riders Museum lag. Zu meinem Verdruß stellte ich fest, daß ich bereits mehrmals daran vorbeigekommen war, während ich versuchte, mir auf die Wegbeschreibungen einen Reim zu machen, die mir verschiedene äußerst hilfsbereite, äußerst enthusiastische, aber mehr oder weniger schlecht informierte Einwohner gegeben hatten.

Die nächsten fünfzehn Minuten saß ich auf einem unbequemen Stuhl in einer Art kleinem Vorzimmer und blickte auf die Eingangstür, mit einer in Glas eingefaßten kabinenähnlichen Zentrale (kugelsicheres Glas, vermutete ich) rechts vor mir und zahlreichen anderen Türen, die in zahlreiche andere Richtungen führten, einschließlich einer Tür links hinter mir, auf der CHIEF'S OFFICE stand. Schließlich sagte mir die junge Frau in der Zentrale, die offenbar auch als Empfangsdame und Beamtin vom Dienst fungierte, daß Chief Salazar bereit sei, mit mir zu sprechen. Die Tür hinter mir summte. Da ich wußte, was zu tun war, wenn Türen summen, öffnete ich sie rasch, bevor sie Zeit hatte, es sich anders zu überlegen.

Chief Alberto Salazar saß hinter einem sehr ordentlichen Schreibtisch mit einem Namensschild. An einer Wand hinter seinem Kopf hingen mehrere eingerahmte Diplome, die mich darüber in Kenntnis setzten, daß Alberto Rafael Salazar einen Abschluß an der Universität von New Mexico gemacht hatte, an der juristischen Fakultät der Universität von New Mexico sein Juraexamen abgelegt und an der FBI-Akademie, der Elitepolizeischule für die besten und erfahrensten Polizeibeamten, ein Diplom erworben hatte.

Ich war gebührend beeindruckt.

Alberto Rafael Salazar war zirka fünf Zentimeter größer als ich mit meinen ein Meter achtundfünfzig. Normalerweise wäre er ein oder zwei Pfund schwerer gewesen als ich, aber im Augenblick war ich (mitsamt Passagier) eindeutig schwerer als er. Er hatte glattes schwarzes Haar und mandelförmige braune Augen und eine dunkle, eindeutig rötliche Haut.

Ich weiß zwar, daß die hispanische Bevölkerung im Norden von New Mexico mit größerer Wahrscheinlichkeit reines spanisches Blut in den Adern hat als die Kreolen-Mestizen in Mexiko. Doch auf den ersten Blick hätte ich gesagt, daß Alberto Rafael Salazar zumindest Dreiviertel-Hopi oder irgendeine andere Art von Puebloindianer war.

Natürlich stand ich nicht da und gaffte, während ich diese Überlegungen anstellte; ich sammelte Eindrücke, während ich meinen

Dienstausweis hervorholte und ihn über den Schreibtisch reichte. Salazar sah ihn sich an, gab ihn mir wieder, lehnte sich gemütlich zurück und sagte: »Also, Mrs. Ralston, und was kann ich für Sie tun?«

»Mein Sohn und seine Freundin sitzen bei Ihnen im Gefängnis«, sagte ich. Er runzelte die Stirn, blickte verwirrt und fing an, Papiere durchzusehen, während ich weiterredete. »Ich möchte die Sache klären und die beiden mit nach Hause nehmen.«

»Ihr Sohn ist Harold Ralston?« fragte er, wobei er mich mit dem verdutzten Ausdruck ansah, den die meisten Leute bekommen, nachdem ich ihnen als Hals Mutter vorgestellt wurde.

Ich nickte. »Hal. Wir nennen ihn Hal. Und bevor Sie fragen, ja, er ist adoptiert.«

»Wenn ich Sie so ansehe, könnte ich mir schon irgendwie denken, daß er adoptiert sein muß. Aber ich fürchte, es wird nicht ganz so einfach sein, ihn aus dem Gefängnis zu holen. Außerdem ist seine Freundin nicht bei uns.«

»Nein? Wo ist sie denn?«

»Wie heißt sie? Können Sie sie beschreiben?«

»Laura Hankins«, sagte ich und reichte ihm das Foto vom Schulfest über den Schreibtisch. »Zirka ein Meter sechzig, braune Haare, blaue Augen. Fünfzehn Jahre alt.«

Er schüttelte den Kopf. »Dann ist sie es nicht.«

»Was ist sie nicht?« unterbrach ich ihn.

»Das Opfer.«

Und erst in diesem Augenblick war mir ins Bewußtsein gedrungen, daß Lorie ja das Opfer sein könnte. Ich hatte nicht einmal ansatzweise daran gedacht, daß es, da Hal wegen Mordverdachts festgehalten wurde, ein Opfer geben mußte. Und dann machte es bei mir klick: Die vielen Menschen auf dem Platz in der Altstadt. Ich hätte erkennen müssen, was da vor sich ging, als ich sie sah. Da wurde ein Tatort untersucht, und die Leute schauten zu.

»Können wir am Anfang beginnen?« fragte ich und fühlte mich schwächer, als ich vermutlich klang. »Was soll Hal getan haben?«

»Der Anfang.« Salazar wühlte erneut Papiere durch. »Gestern gegen Mitternacht bemerkte einer meiner Streifenbeamten, daß zwei Personen auf dem Boden neben dem Pavillon auf dem Platz schliefen. Das ist natürlich verboten, aber sie hatten Schlafsäcke, und sie hatten kein Feuer gemacht oder sonst irgendwas Dummes in der Art angestellt, daher beschloß er, sie in Ruhe zu lassen und die nächste Schicht zu verständigen. Sie wurden mehrmals im Laufe der Nacht kontrolliert. Später dann, gegen vier Uhr morgens, fuhr wieder ein Streifenwagen vorbei und sah eine sehr große Person herumgehen. Er sah, wie sie sich über den anderen Schlafsack beugte und dann rasch aufrichtete. Und er hatte so ein – Gefühl. Der Beamte, meine ich. Er hatte bloß so ein Gefühl. Wissen Sie, was ich meine?«

Ich nickte. Ein erfahrener Polizist hat manchmal so ein Gefühl. Ein Anfänger nicht. Man braucht dafür in der Regel drei oder vier Jahre Erfahrung.

»Also hat er angehalten, um sie zu überprüfen. Der Verdächtige, der herumgegangen war, hatte Blut an den Händen und an seiner Kleidung. Die Frau auf dem Boden war mit einem Fleischermesser oder Jagdmesser regelrecht zerstückelt worden. Ganz in der Nähe auf dem Boden lag ein blutverschmiertes Jagdmesser. Die männliche Person sagte, es gehöre seinem Vater. Der Beamte fragte, wo sein Vater sei, und er sagte, sein Vater sei im Krankenhaus und er – Lady, ist alles in Ordnung mit Ihnen? Sie sehen etwas blaß aus.«

»Alles in Ordnung. Aber das Mädchen –«

»Ist nicht Ihre Laura Hankins. Der Junge sagte, er hätte sie tags zuvor zum ersten Mal gesehen und wüßte nicht mehr über sie als ihren Vornamen. April. Er fragte immerzu, wo Lorie sei. Er sagte, April sei in Lories Schlafsack und Lorie sei verschwunden. Er war das reinste Nervenbündel – versuchte immer wieder, sich von den Beamten loszureißen, und rief nach Lorie –, und wir haben ihn in eine Zelle gesteckt, damit er sich beruhigt, und schließlich einen Arzt kommen lassen, der ihm ein Beruhigungsmittel gegeben hat. Ich habe vorhin noch nach ihm gesehen, und er schläft noch immer. Also, wenn Sie möchten, gehe ich ihn wecken, aber ich würde sagen, Sie lassen ihn besser schlafen.«

»Lassen Sie ihn schlafen«, stimmte ich zu. »Aber Lorie ...«

»Ich habe Ihnen alles gesagt, was wir über Lorie wissen«, sagte er.

»Chief Salazar, sie ist fünfzehn Jahre alt. Ihre Mutter ist Polizeibeamtin und die Witwe eines Polizeibeamten.«

»Mrs. Ralston – Detective Ralston –, ich kann Ihnen nicht mehr sagen, als ich weiß. Ich würde vorschlagen, eine Suchmeldung über sie rauszugeben, aber das ist bereits geschehen – wir haben heute am frühen Morgen eine Suchmeldung rausgegeben, mit dem, was wir hatten, und vom NCIC vollständige Informationen zurückgekriegt. Ihre?«

»Meine«, bestätigte ich. Und wie oft hatte ich nicht schon auf seiner Seite des Schreibtisches gesessen und die gleiche Frustration empfunden, die er jetzt empfinden mußte. Er hatte recht. Gleich, wo Laura Hankins war, gleich, wie wichtig Laura Hankins für Hal oder Donna oder mich oder sonst jemanden sein mochte, er konnte mir Laura Hankins nicht geben, wenn er Laura Hankins nicht hatte.

Und aufgrund dessen, was er mir erzählt hatte, konnte er mir auch Hal nicht geben. Nicht im Augenblick. Nicht, solange er nicht erheblich mehr darüber wußte, was letzte Nacht auf dem Platz geschehen war, als er zum jetzigen Zeitpunkt wußte.

Er sah mich noch immer an. »Mrs. Ralston«, fragte er jetzt, »haben Sie schon mal ein Mordopfer gesehen?«

»Deb«, sagte ich. »Sagen Sie ruhig Deb zu mir. Alle nennen mich so. Ja, Chief Salazar, in sechzehn Jahren habe ich vermutlich Hunderte von Mordopfern gesehen. Und seit mittlerweile drei Jahren bearbeite ich ausschließlich Mordfälle.«

Er nickte. »Das habe ich mir gedacht. Daß sie Mordopfer gesehen haben, meine ich, nicht, daß Sie Mordfälle bearbeiten. Tja, wenn Sie bereit sind, können Sie sich und mir einen großen Gefallen tun. Die Sache ist die, wir haben hier in Las Vegas höchstens zwei Morde im Jahr, und die sind meist kein Problem – Sie wissen schon, die, wo man vierzehn Zeugen hat, und wenn der erste Wagen eintrifft, sitzt der Mörder weinend auf der Bordsteinkante.«

»Sie bitten mich um Hilfe?«

»Es ist ungewöhnlich«, sagte er, »aber sehen Sie, Sie wollen Ihren Jungen zurück, und ich kann ihn Ihnen unmöglich einfach so aushändigen. Nicht zum jetzigen Zeitpunkt, nicht so, wie es zur Zeit aussieht. So, wie ich es sehe, kommt er nur dann frei, wenn jemand anders es getan hat und wir es beweisen können. Nun, Sie haben eine ganze Menge mehr Mordfälle bearbeitet als ich. Aber sind Sie auch sicher, daß Sie in der Lage sind, an diesem zu arbeiten?«

»Das bin ich«, sagte ich.

»Und wenn Sie mithelfen und herausfinden, daß er es getan hat, was machen Sie dann?«

»Das wird nicht passieren«, sagte ich, »weil er es nicht getan hat.«

Fast die Hälfte des Platzes war mit einem Seil abgesperrt, und uniformierte Polizisten hatten davor Posten bezogen, und, wie fast immer bei einem Tatort, sah die Hälfte der Stadt neugierig von der anderen Seite des Seils aus zu. Diesmal gab es viel zu sehen. Salazar hatte mir auf dem Weg dorthin erzählt, daß die Spurensicherung von Santa Fe, der Hauptstadt des Bundesstaates, kommen würde, und bis jetzt nichts verändert worden war.

Nach bloßer Schätzung würde ich sagen, daß April – um wen auch immer es sich bei April handelte, jedenfalls die junge Frau in Harrys Schlafsack – etwa siebzehn oder achtzehn war. Aber ganz sicher konnte man das nicht sagen. Ihr hellbraunes oder dunkelblondes Haar war jetzt mit trocknendem Blut verklebt; ihre braunen Augen, halb offen, starrten blicklos in den Himmel. Ihr Gesicht war bleich; da sie offensichtlich fast ausgeblutet war, würden die Leichenflecke nicht sehr stark ausgeprägt sein, und die Leichenstarre hatte noch nicht eingesetzt. Sie war ein gutes Stück größer als Lorie, zirka ein Meter achtundsechzig bis ein Meter siebzig, aber sie hatte vermutlich in etwa das gleiche Gewicht. Sie war von Natur aus dünn, oder sie hatte gewissenhaft Diät gehalten, oder – was durchaus möglich war – sie war magersüchtig.

Irgend jemand würde die erfreuliche Aufgabe übernehmen müssen, die Messerwunden zu zählen und zu verzeichnen. Ich war froh, daß dieser Jemand mit an Sicherheit grenzender Wahrscheinlichkeit nicht ich sein würde. Der Schlafsack, mit vollständig geöffnetem Reißverschluß, schien keine Stiche aufzuweisen, aber ich wollte keine Vermutungen über den Zustand des Körpers in der blutdurchtränkten – aber offenbar teuren – Jeans und der Seidenbluse, die sie trug, abgeben. Auch Gesicht und Arme hatten zahlreiche Wunden, und an den Händen waren Abwehrverletzungen. Was bedeutete, daß sie wach gewesen war und versucht hatte zu kämpfen.

Die nackten Füße waren klein, mit sehr hohem Spann, und sie trug etwas an ihrem linken Knöchel, das ich auf den ersten Blick für eine Armbanduhr hielt. Ich bückte mich, um es mir genauer anzusehen. Es war keine Armbanduhr. Es war eine Art geflochtenes Lederband.

»Ich habe mir gedacht, daß Ihnen das auffallen würde«, sagte Salazar hinter mir. »Was meinen Sie, was das ist?«

Ich schüttelte den Kopf. Ich hatte keine Ahnung, was das war; so etwas hatte ich noch nie gesehen. »Sie muß sich gewehrt haben«, sagte ich. »Sie muß geschrien haben.«

Ich faßte den Rest meines Gedankens nicht in Worte, aber ich dachte ihn weiter. Hatte Hal sie schreien hören? Falls ja, was hatte er unternommen?

Wenn er sie nicht hatte schreien hören, warum nicht? Und das war die eigentliche Frage, denn wenn Hal aufgewacht wäre und gesehen hätte, was da geschah, dann würde auch er jetzt hier liegen, oder aber der Mörder, denn Hal hätte auf jeden Fall gekämpft, wenn er aufgewacht wäre und gesehen hätte, was passierte.

Die mutmaßliche Mordwaffe, ein großes Jagdmesser, das ich sofort wiedererkannte, lag etwa einen Meter weit weg. Harry hatte es selbst gemacht, aus grünem Plexiglas von der Kabinenhaube eines abgestürzten Jets und Angelschnur und Klebstoff und Perlen. Es mußte einmalig sein.

Es lag auf dem Boden zwischen den beiden Schlafsäcken, nicht weit von einem Paar teuer aussehender, aber etwas verdreckter, bunter Sandalen. Die Perlen, die Angelschnur und das grüne Plexiglas waren fast einheitlich mit Blut überzogen, dickem, geronnenem Blut, ebenso wie die Klinge. Doch darüber hinaus hafteten an der Klinge ein paar Fettkügelchen. Sicherlich war das Blut nur so hervorgeschossen; es wäre denkbar gewesen, daß es ein auf dem Boden liegendes Messer bespritzt hätte, oder ein Messer, das jemand gezogen hatte, um sich zu verteidigen. Aber die Fettkügelchen besagten, daß das die Mordwaffe war, punktum und ohne jeden Zweifel, denn wenn das Messer so weit in einen Menschen eingedrungen war, daß Fettkügelchen haften geblieben waren, dann war dieser Mensch danach nicht mehr weit gekommen.

Ich wußte, daß Salazar das wußte. Salazar wußte, daß ich das wußte. Er fragte mich natürlich, ob es das Messer meines Mannes war, da Hal ihm das bereits gesagt hatte, und natürlich mußte ich ihm sagen, daß Hal recht hatte, was wiederum eine kurze Erklärung nach sich zog, warum ich und nicht mein Mann unserem verlorenen Sohn nachgefahren war, um ihn nach Hause zu holen. Salazar äußerte sein Bedauern und wandte sich dann wieder korrekt seiner Arbeit zu, während ich meiner nachging, die im Augenblick darin bestand, den Tatort zu untersuchen.

Blut hatte den weißen Anstrich des Pavillons und das winterbraune Gras bespritzt, das gerade frühlingsgrün wurde, und Blut hatte Hals Schlafsack und Harrys Rucksack besudelt. Hals Rucksack war nicht da. War er bei Lorie, wo immer Lorie jetzt auch war?

Während ich die wenigen Dinge untersuchte, die bereits aus dem Rucksack genommen worden waren – ich achtete peinlich genau darauf, nichts anzufassen, bis mir gesagt wurde, daß die Spurensicherung fertig war –, fragte ich: »Sind Ihre Beamten sicher, daß hier nur zwei Personen kampiert haben?« Denn wieso war Lorie weg? Und wie lange schon? War Lorie von Aprils Schreien wach geworden, hatte sie gesehen, was passierte, ihren Rucksack geschnappt (oder Hals Rucksack, den sie benutzte?) und war weggelaufen? Hielt sie sich jetzt vielleicht irgendwo in den europäisch anmutenden, engen verwinkelten Sträßchen versteckt, die das Bild der Altstadt von Las Vegas teilweise prägten? War sie zum Highway gerannt, und hatte sie sich von einem Auto mitnehmen lassen, das sie, wie sie hoffte, nach Hause bringen würde?

Oder falls nicht, wenn sie schon vor dem Mord aufgebrochen war, wieso hatte sie nicht den Schlafsack mitgenommen, den sie zweifellos benutzt hatte? (Es sei denn, ich lag absolut falsch, und April und Hal hatten gemeinsam einen Schlafsack benutzt – was in ihrem Alter nicht unmöglich war, ganz gleich, was mir lieber wäre.)

Doch wenn sie von Aprils Schreien aufgewacht war, wieso hatte April in Lories Schlafsack gelegen?

Hatten Lorie und Hal zusammen in einem Schlafsack gelegen? Oder Lorie und April? Oder April und Hal?

Es blieb noch eine weitere finstere Möglichkeit, und ich schob den Gedanken an die Möglichkeit – Wahrscheinlichkeit – beiseite, daß, wer auch immer April getötet hatte, jetzt Lorie hatte. Und ich fragte mich erneut, woher April eigentlich gekommen war.

Ich fragte Salazar. Er erinnerte mich daran, daß Hal letzte Nacht – genaugenommen, heute morgen – nicht in der Verfassung gewesen war, irgend etwas zu erzählen, und daß sie bislang nicht mehr aus ihm herausgeholt hatten als den Vornamen der ermordeten Frau. Das war ein hartes Stück Arbeit gewesen, und es war durchaus möglich, daß das gar nicht ihr richtiger Vorname war; sie war noch nicht lange aus dem Alter raus, in dem alle Teenager ihren Namen ändern wollen. Natürlich hatten sie sie über NCIC laufen lassen – ihren Namen, grobe äußerliche Beschreibung –, aber zur Zeit schien niemand April zu vermissen.

Was bedeuten konnte, daß ihr Name nicht April war, oder es konnte bedeuten, daß noch niemand ihr Verschwinden bemerkt hatte, oder es bedeutete – nur vielleicht –, daß die Leute, die sie vermissen müßten, selbst irgendwo tot lagen.

Denn sogar anhand einer Leiche kann man für gewöhnlich einiges über den persönlichen Hintergrund des Opfers feststellen. Aprils zerschnittene Finger hatten lange Nägel, säuberlich manikürt mit blaßrosa Nagellack. Aprils Jeans und Bluse stammten eindeutig aus einem Laden, wo ich es mir nicht leisten könnte einzukaufen, und Aprils Tennisarmband war nicht aufgrund einer Reklame auf der Rückseite des National Enquirer gekauft worden. Aprils weiche blonde Haare waren nicht im Friseurladen einer Kleinstadt geschnitten worden, und Aprils Sandalen stammten nicht aus einem Supermarkt. Das alles besagte, daß eigentlich irgend jemand irgendwo April vermissen mußte.

Ich fand, daß es an der Zeit war, Hal zu wecken und ihm ein paar Fragen zu stellen.

Salazar schob seine Mütze nach hinten und nickte müde. »Könnte ihm was zu essen bringen«, sagte er. »Trinkt er Kaffee? Er braucht was, um wach zu werden.«

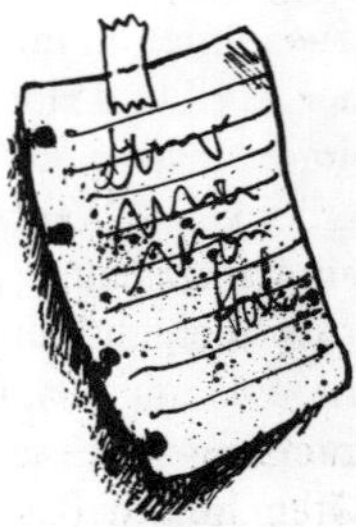

Kapitel 3

Mit zwei Hamburgern und der größten Cola, die ich in Las Vegas auftreiben konnte, gingen wir zu Hal, um ihn zu wecken. Er war noch weniger klar im Kopf, als er es normalerweise morgens ist, doch das war nach den Sedativen, die man ihm um vier Uhr früh oder wann auch immer gegeben hatte, wohl auch zu erwarten.

»Hi, Mom«, sagte er schläfrig. Er setzte sich auf – in einem Hemd mit Blut darauf, in Jeans mit Blut darauf; wieso hatte Salazar ihm die Sachen nicht weggenommen und ihn in einen Overall gesteckt? Er rieb sich heftig die Augen, reckte sich, die Arme nach hinten gestreckt, und dann sah er sich um. Seine Augen wurden größer, und er stieg aus dem metallenen Gefängnisetagenbett, wobei es ihm gelang, sich nicht den Kopf an dem oberen Bett zu stoßen. »Mom! Was machst du denn hier?«

»Was glaubst du wohl, was ich hier mache?« fragte ich und stellte die Cola mit den Hamburgern hin, damit ich ihn umarmen konnte. »Hal, wie konntest du –«

»Mom, ich habe nicht –«

»– nur so dumm sein –«

»Aber Mom –«

»– einfach so ganz allein loszuziehen, nur du und Lorie?«

»Ach, das.« Er setzte sich wieder, ziemlich abrupt. »Ja, das hab' ich gemacht.«

»Was hast du denn gedacht, wovon ich rede?«

»Von dem Mädchen. Mom, hast du das Mädchen gesehen?« Leichen sind für mich nichts Neues, aber sie kommen in Hals normalem Kosmos nicht vor, und er sah mehr als nur ein wenig grün aus.

»Leider ja. Hal, wer in aller Welt ist sie?«

Er zuckte die Schultern. »Eben irgendein Mädchen. Sie hat gesagt, sie heißt April. Hey, Mom, wo ist Lorie?«

»Wir hatten eigentlich gehofft, du könntest uns da weiterhelfen«, sagte Salazar hinter mir.

»Aber ich weiß es nicht. Ich habe Ihnen gestern abend gesagt, daß ich es nicht weiß. Sie war da, als ich eingeschlafen bin. Irgend jemand müßte sie doch finden können. Es sei denn –«

»Es sei denn, was?« fragte ich.

Er rappelte sich wieder auf, ein entsetzter Blick zeichnete sich auf seinem Gesicht ab. »Mom, glaubst du, der, der ... es getan hat ... hat sie mitgenommen? Lorie mitgenommen?«

»Ich vermute, Lorie hat gesehen, was passiert ist, ist abgehauen und hat sich versteckt. Sie wird irgendwann wieder auftauchen.«

»Glaubst du wirklich?«

Ich nickte, mit einem schlechten Gewissen. In Wahrheit glaubte ich das nicht. Wenn sie aus ihrem Versteck hervorkommen wollte, hätte sie das bereits getan; auf dem Platz wimmelte es von Polizeibeamten, und selbst der ängstlichste, scheueste Mensch müßte sich inzwischen sicher fühlen. Lorie ist niemand, den ich als ängstlich bezeichnen würde. Somit war das, was Hal vermutete, keine Möglichkeit; es war eine Wahrscheinlichkeit; aber es gab noch andere Möglichkeiten, von denen nicht alle ganz so schlecht waren.

»Ich werde Chief Salazar helfen«, sagte ich, »und wir werden sehr viel Hilfe von dir brauchen.«

»Was für Hilfe?«

»Müssen dir ein paar Fragen stellen«, sagte Salazar, noch immer hinter mir, »und wir brauchen ein paar Antworten. Verdammt viele Antworten.«

»Ach, die Art Hilfe«, sagte Hal. »Als Mom gesagt hat, sehr viel Hilfe, hab' ich gedacht ...«

Salazar bewegte sich ungeduldig. »Also, bist du nun soweit, mitzukommen und Fragen zu beantworten?«

»Äh – kann ich noch eine Minute haben?«

»Eine Minute wofür?« fragte Salazar.

Hal wandt sich ein wenig, und Salazar wiederholte die Frage. Hal blickte verlegen und platzte dann heraus: »Ich muß pinkeln.«

»Dann pinkel in Gottes Namen«, sagte Salazar und führte mich zurück in sein Büro.

Er wies mir einen Stuhl zu und sagte: »Ich zeig' ihm, wo er sich duschen kann. Sie können hier warten.«

Etwa eine halbe Stunde später tauchte Hal auf, im Gefängnisoverall und die Haare feucht und zerzaust. Salazar, der direkt hinter ihm ging, sagte ihm, er solle sich setzen, und er setzte sich, legte seine inzwischen kalten Hamburger und die halbgetrunkene Cola auf die Ecke von Salazars Schreibtisch.

Ich bin es nicht gewohnt, daß ein Polizeichef persönlich eine Ermittlung führt, geschweige denn, Gefangene zur Dusche begleitet. Doch ich lebe nun mal nicht in einer Kleinstadt. Salazar hatte vielleicht – wahrscheinlich – zwei Ermittlungsbeamte zur Verfügung. Mehr bestimmt nicht. Er hatte mir bereits gesagt, daß er nicht viel Erfahrung mit der Bearbeitung von Mordfällen hatte. Doch sehr wahrscheinlich war er der einzige in diesem Department, der überhaupt entsprechend ausgebildet war.

Und er war ganz sicher nicht dumm. Wenn ich das nicht schon bemerkt hätte, so spätestens dann, als er die ersten Worte an Hal richtete. »Ich habe in Fort Worth angerufen«, sagte er. »Sie sagen, daß deine Mom als Polizistin ziemlich auf Draht ist.«

Als Hal, den Mund voll Hamburger, eine undeutliche Antwort murmelte, dachte ich: Also deshalb. Ich hatte mich schon gefragt, wieso er mich seelenruhig in seinem Büro allein gelassen hatte. Ich würde das bei jemand Fremdes nicht machen, egal, mit was für Ausweispapieren der oder die besagte Fremde hereingekommen war. Papiere lassen sich nun mal viel zu leicht fälschen.

Nein, das war nicht der Grund. Zumindest war das nicht der einzige Grund. Salazar zeigte nach oben. »Siehst du das?« sagte er zu Hal.

Er blickte hoch. Ich auch. »Ja«, sagte Hal. »Und?«

»Das ist eine Kamera«, sagte Salazar. »Wenn ich einen Knopf drücke, kann man in der Zentrale alles sehen, was in diesem Büro vor sich geht. Also wirst du dich benehmen, ja?«

»Ich würde mich auch so benehmen«, protestierte Hal. »Wann werden Sie den Knopf drücken?«

»Oh, es ist lange her, daß ich das getan habe«, sagte Salazar. Sein Blick glitt vielsagend über mich hinweg.

Aha – während ich in seinem Büro gesessen und allen Impulsen widerstanden hatte, seine Akte über den Fall zu öffnen und seine

Notizen zu lesen, war ich von einer Kamera beobachtet worden. Wäre ich jemand anders, als ich behauptet hatte – hätte die Zentrale in Fort Worth sich geirrt oder falsche Angaben gemacht –, alles wäre auf Videoband gewesen.

Und natürlich lagen hier keine Waffen, und sein Schreibtisch und seine Aktenschubladen waren abgeschlossen. Das einzige, wo ich hätte drankommen können, außer der verführerischen Akte, waren Polizeilehrbücher und Tagesberichte.

Gerissener Kerl, dieser Salazar. Und seiner Miene nach zu urteilen, verfolgte er meine Gedanken genauso, als würde er sie selber denken.

Hal reduzierte derweil die Hamburger zu Krümeln. Ich wartete, bis er sprechen konnte, ohne dabei zu spucken, und sagte dann: »So Hal, dann leg mal los.«

»Womit loslegen?«

Salazar und ich mußten wohl gleichermaßen fassungslos dreingeschaut haben, denn Hal korrigierte sich sofort. »Ich meine, ich weiß natürlich, womit, aber wo soll ich anfangen?«

Salazar deutete auf mich.

»Fang in Fort Worth an«, sagte ich. »Wie seid ihr hergekommen?«

»Oh. Tja, wir sind getrampt.«

»Ich weiß ...« Ich hörte selbst, daß meine Stimme sich hob.

»Okay, okay, ich meine, dieser total nette Typ hat uns mitgenommen.«

»Was für ein total netter Typ?«

»Ein Fahrer. Ein Truckfahrer. Der hatte einen Riesentruck, und er war unterwegs nach Albuquerque, und er hat uns gesagt, wir könnten mitfahren, wir müßten nur unser Essen selbst kaufen. Er hat mich sogar ein Stück fahren lassen. Wow, Mom, das war toll! Der hat so viele Gänge!«

Ich konnte mir vorstellen, daß es toll war. Was ich mir lieber nicht vorstellen wollte, war ein Sechzehnjähriger, der erst seit vier Monaten Auto fährt, in der Regel unter strengster Aufsicht, und am Steuer eines Riesentrucks von wieviel Tonnen auch immer über den Highway rast. Aber es würde im Moment nichts bringen, typische Mommyäußerungen von mir zu geben. »Ihr seid also nach Albuquerque gekommen. Was dann?«

»Von da hat uns so ein richtig netter Typ nach Santa Fe mitgenommen.«

»Was für ein richtig netter –«

»Na, ich weiß nicht. Ich meine, ich weiß nicht, wie er heißt, woher soll ich wissen ...«

»Hast du schon mal was von fragen gehört?«

»Das wäre nicht höflich gewesen.«

»Ihr seid also mit nach Santa Fe genommen worden«, warf Salazar ein und unterbrach damit ein Gespräch, das sich gerade zu einem nicht allzu liebevollen Mutter-Sohn-Dialog entwickelte.

»Ja, zum Gouverneurspalast. Ich meine nicht den jetzigen Gouverneur. Es war ein richtig altes Gebäude mit einer tollen großen Veranda, wissen Sie, und der Typ, mit dem wir gefahren sind, der hatte so einen richtig alten Pick-up, aber er hatte jede Menge hübschen Schmuck dabei, und er wollte den Schmuck am Gouverneurspalast verkaufen.«

Das Ganze ergab für mich nicht den geringsten Sinn, und das war mir wohl auch anzusehen, denn Salazar, der langsam tiefer in seinen Sessel rutschte, erklärte: »Indianer dürfen vor dem alten Gouverneurspalast Schmuck verkaufen. Der ist im Kolonialstil erbaut und beherbergt heute ein Museum. Erzähl weiter, Hal.«

»Okay, also, er hat gesagt, er wäre ein Navajo. Und sein Schmuck war richtig hübsch. Wenn ich genug Geld gehabt hätte, hätte ich für Lorie was davon gekauft.«

»Er war ein Navajo, und sein Schmuck war hübsch, und er hat euch mit nach Santa Fe genommen. Wie seid ihr dann nach Los Alamos gekommen?«

»Also, wir haben da einen Platz zum Schlafen gefunden, eine Art Park, und dann haben wir uns am Morgen ein wenig Santa Fe angeguckt – hey, wieso haben da eigentlich praktisch alle Häuser eine Leiter bis zum Dach?«

»Das ist so Brauch«, sagte Salazar. »Wie deine Mutter schon gefragt hat, wie seid ihr nach Los Alamos gekommen?«

»Na ja, wir sind mitgenommen worden, von so ei-«

»-nem richtig netten Typ«, unterbrach ich ihn resigniert.

»Einer richtig netten Lady«, sagte Hal vorwurfsvoll. »Sie war auf dem Weg zur Arbeit. Sie hat gesagt, viele Leute, die in Los Alamos arbeiten, wohnen in Santa Fe. Da hat Lorie sie gefragt, warum sie jetzt zur Arbeit fuhr, wo es doch kurz vor Mittag war, und sie hat gesagt, sie habe Versuche laufen, die müsse sie überwachen. Und sie hat uns eine Zigarette angeboten, aber wir haben ›nein danke‹ gesagt.«

Ich kann es nicht leiden, wenn Hal so ungeheuer tugendhaft tut. Das bedeutet meist, daß er drauf und dran ist, irgend etwas anzustellen, und hofft, daß die offensichtliche Tugendhaftigkeit verdecken wird, was er vorhat. In diesem Fall wußten wir bereits, was er angestellt hatte, also dachte er vielleicht, sein tugendhaftes Gehabe verschaffe ihm mildernde Umstände.

Falls er das dachte, war er schwer auf dem Holzweg.

Aber sehr wahrscheinlich dachte er das gar nicht. Sehr wahrscheinlich dachte er nicht einmal so weit. Es war ihm einfach eingefallen, daß er nicht rauchen darf. Die Erkenntnis, daß das, was er getan hatte, sehr viel ernster war als rauchen, hatte sich vermutlich noch nicht in seinen Verstand geschlichen.

Aber wenigstens hatten wir sie mittlerweile in Los Alamos. Wir waren bei Montag. Gestern.

»Dann sind wir in dieses eine Museum gegangen«, sagte Hal, »und dann wollten wir zu diesem anderen Museum, bloß, wir haben uns ziemlich verlaufen, und wir sind gegangen und gegangen, und dann hat so ein voll bescheuerter Typ in einem Corvette so getan, als wollte er uns über den Haufen fahren, und wir mußten rennen, um von der Straße zu kommen, und Lorie ist hingefallen, und dann hat sie angefangen zu weinen, und dann hat sie gesagt, sie hätte ihre, äh, ich meine, sie hat gesagt –« Er brach jäh ab.

»Sie hat was gesagt, mein Sohn?« hakte Salazar sanft nach. Und es war merkwürdig, denn Hal war mindestens dreißig Zentimeter größer als Salazar, und inzwischen war Salazar so tief in seinen Sessel gerutscht und hatte die Füße auf seinen Schreibtisch gelegt, daß er praktisch lag, doch trotzdem hatte keiner von uns auch nur den geringsten Zweifel daran, daß er in diesem Raum die Kontrolle hatte.

»Sie, äh, sie hat gesagt, sie hätte ihre Tage gekriegt«, verriet Hal, verschämter, als man es von einem Jugendlichen mit zwei Schwestern erwarten würde. »Und dann haben wir so einen Laden gesucht und, äh, ein paar Sachen gekauft, und sie ist auf die Toilette gegangen. Und sie hat gesagt, sie hätte Krämpfe, und ich habe gesagt, wieso sie denn Krämpfe haben könnte, wo sie doch nicht beim Schwimmen war, und sie hat gesagt, nicht solche Krämpfe, du Blödmann, und ich habe nicht gewußt, wovon sie geredet hat.«

»Bei zwei Schwestern weißt du nicht –«

»Ach so. Ach, ja, okay. Solche Krämpfe. Na, ich hab' eben nicht nachgedacht.«

»Du denkst oft nicht nach. Weiter.«

»Dann haben wir die Leute in dem Laden gefragt, wie wir zu dem anderen Museum kommen. Und dann sind wir dahin, und Lorie hat gesagt, sie müßte noch einmal auf die Toilette, und das hat sie gemacht, und sie ist eine Ewigkeit drin geblieben, und ich bin rumgegangen und hab' mir alles angesehen und auf Lorie gewartet, und schließlich ist sie rausgekommen, und sie hat sich ein paar Sachen angesehen, und dann hat sie gesagt, sie will nach Hause, also sind wir rausgegangen, und dann hat sie gesagt, sie ist müde und will sich ausruhen, und ich hab' gesagt, willst du dich ausruhen oder willst du nach Hause. Und sie hat gesagt, sie will sich ausruhen und dann nach Hause. Also haben wir uns eine Weile ins Gras gesetzt, und dann sind wir losgegangen zu der Straße, von der wir dachten, sie wäre die Hauptstraße, nur, daß sie es nicht war, wie sich herausstellte, und wir sind von so einem Typ mitgenommen –«

»Kein richtig netter Typ?« konnte ich mir nicht verkneifen zu fragen.

Hal warf mir einen wütenden Blick zu. »Nein. Er war betrunken oder so, aber das haben wir erst gemerkt, als wir schon im Wagen saßen. Der ist gefahren wie ein Irrer, und er wollte nicht anhalten und uns rauslassen, und dann habe ich gemerkt, daß wir nicht auf der Straße nach Santa Fe waren, und ich habe gefragt, ob das eine andere Straße nach Santa Fe wäre, und er hat gelacht, und ich habe gefragt, wo er hinfährt, und er hat gesagt, das würden wir schon sehen, und ich hätte aus dem Wagen springen können, wenn ich allein gewesen wäre, nur, jedesmal, wenn er abbremsen mußte, hat er Lorie gepackt, und ich konnte Lorie doch nicht allein lassen, und deshalb –«

»Deshalb saßt du in der Klemme«, sagte Salazar.

»Ja. Ich saß in der Klemme. Wir saßen in der Klemme. Und dann hat er am Straßenrand angehalten und angefangen, na ja, Lorie zu begrapschen, und ich habe ihn geschlagen und Lorie aus dem Wagen gezogen, und wir haben unsere Rucksäcke geschnappt, und er wollte Lorie wieder begrapschen, und da habe ich mein Messer herausgeholt, weil, Mom, ich weiß, ich soll mich nicht schlagen, aber ich dachte, er würde, du weißt schon –«

»Ich habe nie gesagt, du sollst dich nicht verteidigen.«

»Aber er hat Lorie begrapscht, nicht mich.«

»Du darfst Lorie verteidigen. Aber wessen Messer –«

»Ach. Na ja, eigentlich ist es Dads, aber ich hatte gedacht ...« Er brach ab.

»Was hast du dir gedacht?«

»Na ja, wir mußten – ich meine, ich mußte doch irgendwas haben, um uns verteidigen zu können, falls nötig, auf so einem Trip. Und ich hab' genau gewußt, daß du mir nie erlauben würdest, einen Revolver mitzunehmen.«

»Hal, ich hätte dir nicht mal erlaubt, den Trip zu machen, und das weißt du ganz genau.«

»Na ja«, sagte Hal, ohne mich anzusehen, »also, jedenfalls hatte ich Dads Messer. Und es war ein richtiges Glück, daß ich es hatte. Dann ist er davongerast, und wir waren auf dieser Landstraße. Ich meine, da war nichts außer der Straße und den Kiefern, keine anderen Autos, keine Schilder, kein gar nichts. Dann hat Lorie geweint, und ich habe gefragt, ob sie da am Straßenrand sitzen und weinen will oder ob wir versuchen wollen, nach Hause zu kommen, und da hat sie mich angeschrien und gesagt, es wäre alles meine Schuld.«

»Und?« Salazar saß noch immer zurückgelehnt da, offenbar völlig entspannt, die Hände hinter dem Kopf verschränkt. »Ich finde, sie hatte recht.«

»Ja, aber sie hätte es nicht sagen müssen.«

»Ach ja, die Gefahren der Jugend«, sagte Salazar. »Wie seid ihr dann von A nach B gekommen?«

»Hä?« sagte Hal.

»Wie seid ihr nach Las Vegas gekommen?«

Hal starrte Salazar an. »Wir sind nicht nach Las Vegas gefahren. Weshalb hätten wir da hinfahren sollen?«

»Hal, du bist in Las Vegas«, sagte ich.

»Nein, bin ich nicht. Ich meine, ich weiß, in Geographie bin ich mies, aber ich weiß doch noch, in welchem Staat ich bin. Ich bin in New Mexico. Las Vegas liegt in Arizona.«

Jetzt blickte Salazar völlig verwirrt. Ich konnte es ihm nicht verübeln. Hal ist in Geographie ein hoffnungsloser Fall. Als meine ältere Tochter Vicky und ihr Mann mit ihrem Baby nach Tulsa gefahren sind, dachte Hal, sie führen nach Oregon oder Ohio.

Wenn ich ihn diesmal nach Hause bringe, dachte ich, sollte ich ihn den Atlas auswendig lernen lassen. Dann würde er vielleicht ein, zwei Tage keine Dummheiten anstellen können.

»Das Las Vegas, das du meinst«, sagte ich zu ihm, »liegt in Nevada. Nicht in Arizona.«

»Ach. Bist du sicher?«

»Absolut. Aber du bist in einer anderen Stadt, die, wie du schon richtig gesagt hast, in New Mexico liegt und ebenfalls Las Vegas heißt.«

»Ach. Bist du sicher?«

»Du hörst dich an wie eine Schallplatte mit Sprung. Ja, ich bin sicher.«

Salazar, der noch immer verdutzt dreinblickte, richtete sich so weit auf, daß er ihm eine Visitenkarte reichen konnte. »Wenn ich nicht wüßte, in welcher Stadt ich Polizeichef bin, wäre ich ziemlich arm dran.«

Hal studierte die Karte. »Ach«, sagte er schließlich. »Okay. Tja, das hab' ich nicht gewußt.«

»Also jetzt weißt du's. Und ich möchte wissen, wie ihr von dort, wo ihr aus dem Wagen gesprungen seid, hierhergekommen seid.«

»Ach. Also, Lorie hat schließlich aufgehört zu weinen, aber wir hatten großen Durst, und wir hatten nicht mehr viel Wasser in unseren Feldflaschen, weil wir vergessen hatten, sie in Los Alamos aufzufüllen, aber wir haben den Rest aufgetrunken, und dann sind wir einfach die Straße langgegangen.«

»In welche Richtung?« fragte ich.

»Wir wissen, in welche Richtung«, sagte Salazar. »Sie sind hier angekommen. Zumindest er ist hier angekommen.«

»Nicht zu Fuß. Das wäre mindestens ein Viertagemarsch gewesen.«

Salazar zuckte die Achseln. »Stimmt. Also?«

»Na ja, wir wußten, daß wir inzwischen weit weg von Los Alamos waren, und es wurde langsam dunkel, daher haben wir gedacht – habe ich gedacht –, bis zur nächsten Stadt wäre es vielleicht näher in die andere Richtung, also sind wir in die Richtung gegangen, in die der Wagen gefahren ist. Und dann kamen wir zu so einem Schild, auf dem was von einem Park stand, zu dem es nach links abging. Wir haben darüber gesprochen, und wir dachten uns, da gibt es wenigstens Toiletten und Trinkwasser, und vielleicht könnten wir da kampieren, und wir hatten noch Schokoriegel und so Zeug zum Essen, also würden wir nicht allzu großen Hunger kriegen, und Lorie hatte ihr, na ja, die Sachen, die sie brauchte. Und – und dann sind wir in die Richtung gegangen, und es waren, ach, ich weiß nicht, vielleicht zwei, drei Kilometer von der Hauptstraße weg, und Lories Stimmung wurde wieder richtig schlecht, aber dann kamen wir zu dem Park, und es gab da so eine Art kleines Restaurant, und ich wollte da für Lorie einen Hamburger holen, nur, der Laden hatte geschlossen, und da hab' ich Lorie einen von meinen Schokoriegeln abgegeben, und ich dachte, dann kriegt sie bestimmt wieder bessere Laune, aber von wegen.«

»Erklär mir einer die Frauen«, sagte Salazar zur Decke. »Und was dann?«

»Dann bin ich etwas herumgegangen, da waren jede Menge richtig tolle Ruinen, und ein Stück weiter weg auf einem Felsen stand so was wie ein ganzes Mietshaus, und in der Erde war ein voll irres Loch –«

»Ein voll irres Loch in der Erde?«

»Eine alte *Kiva*, die dort ausgegraben wurde, ein Zeremonienbau der Pueblo-Indianer. Bandelier«, sagte Salazar. Er sprach nicht mehr mit der Decke, zumindest soweit ich das beurteilen konnte; da er jetzt die Augen geschlossen hatte, war ich nicht ganz sicher, mit wem er sprach. »Bandelier Nationalpark. Ihr wart da, stimmt's, Hal? Wart ihr da?«

»Ich denke schon. Es fing jedenfalls mit B an.«

»Und wie spät war es?«

»Ich weiß nicht. Kurz vor Sonnenuntergang.«

»Die Sonne geht um diese Jahreszeit um sagen wir halb sechs, sechs unter, nicht?«

»Schätze ja.«

»Du und Lorie, ihr wart also um sechs Uhr gestern abend im Bandelier Nationalpark, und um vier Uhr heute morgen warst du auf dem Platz von Las Vegas mit der Leiche eines jungen Mädchens namens April, die in der Geschichte noch nicht aufgetaucht ist, und Lorie war nirgends zu finden. Klingt, als wäre in den zehn Stunden allerhand losgewesen. War das so?«

»Eigentlich nicht.«

»Was soll denn das heißen?« Salazar rappelte sich aus seiner lässigen Haltung hoch, die, wie ich vermutete, zu mindestens neunzig Prozent nur gespielt war, setzte sich aufrecht hin und blickte Hal an.

»Bloß, daß nicht viel passiert ist.«

»Dann erzähl mir doch, was passiert ist.«

»Also, wir waren in dem Park«, sagte Hal.

»So weit waren wir schon«, erinnerte Salazar ihn.

»Wir haben so einen Typen vom Park gefragt, so einen Typen in grüner Uniform –«

»Ein Ranger?«

»Ein Ranger, genau. Den haben wir gefragt, ob wir da kampieren könnten, und er hat gesagt, ja, aber es würde so kalt, daß, äh, er hat gesagt, es würde kalt.«

»So kalt, daß was?« Salazar war entschlossen, alle Einzelheiten zu erfahren.

»So kalt wie Altweibertitten im Januar «, sagte Hal schuldbewußt und blickte mich kurz an.

»Den Ausdruck habe ich schon mal gehört«, beruhigte ich ihn. »Aber hat er das vor Lorie gesagt?«

»Nein, bloß zu mir.«

»Aber er hat gesagt, ihr könntet dort kampieren«, drängte Salazar.

»Ja.«

»Warum habt ihr es dann nicht getan?«

»Wollten wir ja. Ich meine, wollte ich ja. Ich meine – also, na ja, vielleicht sollte ich das Ganze genauer erklären.«

»Eine wunderbare Idee«, sagte ich. Das Baby in meinem Bauch, das geschlafen hatte, wachte jäh auf und fing mit seiner Gymnastik an; zwischen Hal, der sich vor mir unmöglich aufführte, und Klein-Soundso, der sich in mir unmöglich aufführte, wurde ich ausgesprochen ungeduldig.

»Okay, also, ich bin rumgegangen und hab' mir Sachen angeguckt, und ich wollte zu diesem mietshausähnlichen Ding auf dem Felsen hoch, wovon ich gerade erzählt habe, nur, es wurde schon dunkel, und ich hab' mir gedacht, Lorie würde bestimmt nicht mitwollen, weil sie ziemlich müde war und so, na ja, ich hab' mir gedacht, ich lasse sie besser nicht allein, wenn es dunkel ist.«

Sein Urteilsvermögen war, soweit vorhanden, ausgezeichnet. Doch allem Anschein nach hatte er in keinster Weise die Möglichkeit in Betracht gezogen, daß er hätte ausrutschen können, wenn er im Dunkeln einen Felsen hochklettert. Ich mußte dankbar sein, daß Lorie bei ihm gewesen war.

»Also bin ich einfach herumgegangen und habe mir Sachen angesehen, und dann bin ich zurück zu den Gebäuden gegangen, na ja, zu der Toilette und dem Souvenirladen mit dem kleinen Restaurant und so, wo Bücher und alles Mögliche verkauft werden, nur, daß es geschlossen war, aber jedenfalls saß Lorie auf dem Boden und unterhielt sich mit einem Mädchen.«

»April?« fragte Salazar.

»Genau. Bloß daß ich da ihren Namen noch nicht wußte. Aber jedenfalls haben sich Lorie und das Mädchen April unterhalten, und ich glaube, Lorie hat wieder geweint, und April hat ihr irgend so'n Zeug gegeben.«

»Hat ihr was für ein Zeug gegeben?«

»Ich weiß nicht. Irgendwas zum Einnehmen. Sie hat gesagt, sie würde sich dann besser fühlen.«

»Wenn du *Zeug* sagst, meinst du damit Pillen oder so?«

»Ich weiß nicht. Ich hab's nicht gesehen. Aber Lorie hat gesagt, April hat ihr irgend so ein Zeug gegen die Krämpfe gegeben.«

Das, dachte ich, war weiß Gott einfach richtig ungeheuer informativ. »Irgend so ein Zeug gegen die Krämpfe« hätte alles sein können, von Aspirin, Midol oder Nuprin bis hin zu Haschisch, Crack oder LSD. Man hätte meinen sollen, das Kind von zwei Polizisten wäre vernünftiger, als von einer Fremden in einem Park irgend so ein »Zeug« anzunehmen. Aber man hätte auch meinen können, das Kind einer Polizistin – oder besser gesagt, die zwei Kinder von drei Polizisten – wären vernünftiger, als überhaupt so eine verrückte Tramptour zu unternehmen.

»Hast du gesehen, wie Lorie das Zeug genommen hat?« fragte Salazar, der offenbar dem gleichen Gedankengang folgte wie ich.

»Nee. Sie ist auf die Toilette gegangen.«

»Und wie hat sie sich verhalten, als sie von der Toilette kam?«

»Was meinen Sie mit, wie hat sie sich verhalten? Sie hat sich einfach wie Lorie verhalten.«

Vielleicht hatten Salazar und ich ja nur schlimme, mißtrauische Gedanken. Vielleicht hatte April Lorie bloß irgendwelche ganz gewöhnlichen rezeptfreien Schmerztabletten gegeben. Mädchen tun so etwas füreinander. Sogar Fremde.

Vielleicht.

Aber Aprils in Stücke gehackte Leiche in Lories Schlafsack im Park besagte, daß irgend etwas verdammt Außergewöhnliches in jener Nacht geschehen war, und Salazar – und ich, aber in erster Linie war es Salazars Job – mußte herausfinden, was und wie und warum.

»Okay, April hat Lorie also irgend etwas gegen die Krämpfe gegeben, und Lorie ist auf die Toilette gegangen und hat es genommen und was dann?« Salazar war absolut ruhig, absolut geduldig. Er wollte die Wahrheit aus Hal herauskriegen, und wenn er Hal dazu eine Woche lang vernehmen müßte, er würde sie aus ihm herauskriegen.

»Na ja, dann hat April gesagt, sie sei mit einem richtig netten Typen unterwegs.«

»April ist also auch getrampt?«

»Ich weiß nicht, ob sie getrampt ist oder ob sie den Typen gekannt hat. Jedenfalls hat sie gesagt, sie wäre mit dem unterwegs und er könnte uns wahrscheinlich mitnehmen.«

»Wo war er zu der Zeit?«

»Irgendwo in der Gegend.«

»Wo genau in der Gegend?« Salazar hatte sehr viel mehr Geduld als ich. Aber er trug ja nicht auch noch eine zusätzliche Person mit sich herum. Und er hatte nicht geschlagene sechzehn Jahre versucht, aus Hal einen vernünftigen Menschen zu machen.

»Ich weiß nicht«, sagte Hal. »Eben irgendwo in der Gegend. Vielleicht mußte er pinkeln oder so. Ich weiß nicht. Einfach irgendwo in der Gegend. Dann ist er zurückgekommen.«

»Zurückgekommen von wo?«

»Ich weiß nicht. Von da, wo er eben war.«

»War er zu Fuß oder mit dem Wagen?«

»Er hatte einen Wagen, aber in dem Moment war er zu Fuß. Ich meine, er ist da irgendwo zu Fuß unterwegs gewesen.«

»Also, er ist zurückgekommen, und was dann?«

»Dann hat April ihm von dem Typen erzählt –«

»Von welchem Typen?«

»Von dem Typen, der Lorie begrapscht hat. Schätze, Lorie hat es ihr erzählt, als ich herumspaziert bin. Da hat der Typ gesagt, er wäre ein Scheißkerl. Der andere Typ, meine ich.«

»Der Typ, der mit April zusammen war, hat gesagt, der Typ, der versucht hat, Lorie zu begrapschen, sei ein Scheißkerl«, stellte Salazar klar. »Ist das richtig?«

»Ja, das hab' ich doch gesagt. Dann hat der Typ –«

»Welcher Typ? Der Typ von April?«

»Genau, der Typ.«

»Wie war sein Name?«

»Ich weiß nicht. April hat dauernd Sugar zu ihm gesagt, aber ich glaube nicht, daß er so hieß.«

»Sehr wahrscheinlich nicht«, pflichtete ich ihm bei.

»Der Typ, der mit April zusammen war, hat also was getan?« fragte Salazar, nachdem er sich erfolgreich ein Lächeln aus dem Gesicht gewischt hatte.

»Er hat gesagt, er würde uns mit in die Stadt nehmen, die an dem großen Highway liegt. Er hat gesagt, er könnte uns nicht weiter mitnehmen, aber von dort könnten wir ganz leicht nach Albuquerque trampen. Also sind wir zu seinem Wagen gegangen.«

»Was für ein Wagen?«

»Ein Camaro. Rot.«

»Welches Baujahr?«

»Hab' nicht drauf geachtet. Es war inzwischen ziemlich dunkel.«

»Okay, du und Lorie seid also jetzt im Wagen mit dem Typen in dem roten Camaro. Wie sieht der Typ aus?«

»Wie irgend so ein Typ eben. Ganz normal.«

»Was heißt ganz normal? Ist er weiß? Schwarz? Mexikanischer Abstammung? Indianischer? Asiatischer?«

»Ach so. Er ist weiß.«

»Wie alt?«

»Keine Ahnung. So zwanzig oder dreißig.«

»Oder fünfundzwanzig?«

»Vielleicht auch fünfundzwanzig. Keine Ahnung.«

»Wie groß? Ist er eher so groß wie du oder eher wie ich?«

»Irgendwo dazwischen. Und er war nicht dick und nicht dünn. Eben ganz normal.«

Von dort aus, wo ich saß, konnte ich sehen, daß Salazar sich Notizen machte. Bislang hatte er *W/M 20-30, 1,75-1,85, 70-80, mittl. Stat.* »Haare? Augen?« fragte er jetzt.

»Braun.«

»Beides braun? Haare und auch die Augen?«

»Ja. Ich denke, ja. Aber vielleicht waren sie blau. Und er hat keine Brille getragen.«

Salazar schrieb *Haare brn Augen unbek.* »Wie lang waren seine Haare?«

»Missionarshaarschnitt.«

»Hä?«

»Mormonenmissionare«, stellte ich klar. »Rekrutenhaarschnitt. Stimmt's, Hal?«

»Hab' ich doch gesagt.« Hal klang beleidigt.

»Das wolltest du sagen.«

»Okay«, sagte Salazar, »was hatte er an?«

»Hose und Hemd und Stiefel und Jacke.«

»Was für –«

»Das wollte ich gerade sagen, Mom«, protestierte Hal. »Okay. Die Hose war irgendwie schwärzlich gräulich.«

»Anthrazit?« fragte Salazar.

»Genau. Anthrazit. Und das Hemd war blau. Hellblau. Und die Stiefel, na ja, eben Stiefel. Einfache Stiefel. Ich meine, es waren keine Cowboystiefel. Sie waren braun. Und es war eine Art Nylonjacke, ziemlich dick.«

»Skijacke?«

»Könnte sein. Ich weiß nicht, wie eine Skijacke aussieht.«

»Fort Worth, nein, das kannst du auch nicht wissen. Welche Farbe hatte die Jacke?«

»Blau. Marineblau.«

»Hatte er einen Schnurrbart, Vollbart, irgendwas in der Art?«

»Nee«, sagte Hal.

Jetzt hatten wir also so etwas wie eine Beschreibung. *W/M 20-30, 1,75-1,85, 70-80, mittl. Stat., braunes Haar, Kurzhaarschnitt, Augen unbek, anthrazitfarbene Hose, marineblaue Nylonjacke, einfache braune Stiefel, roter Camaro, Baujahr unbek.*

Was immer die auch nützen würde. Vermutlich gar nichts.

»Okay, er hat euch also bis hierher mitgenommen. Ist unterwegs irgendwas passiert?«

»Ja, und es hat mir nicht gefallen.«

»Was ist passiert?« fragte Salazar.

»Wir haben an einer Tankstelle gehalten, und als wir wieder in den Wagen gestiegen sind, wollte er, daß April hinten bei mir sitzt, und er wollte, daß Lorie vorne bei ihm sitzt, und das hat mir nicht gefallen.«

»Lorie denn?«

»Nein. Und April auch nicht. Sie war wütend.«

»War Lorie wütend, oder war April wütend?«

»April war wütend. Ich glaube, Lorie hatte Angst.«

»Warum hatte Lorie Angst?«

»Dieser Typ hat sie ununterbrochen angesehen.«

»Wie angesehen?«

»Sie wissen schon, wie«, sagte Hal und klang einen Augenblick so, als wäre er halbwegs bei Verstand. »Genau so, wie dieser andere Typ sie dauernd angesehen hat. Ich wollte nicht, daß er Lorie so ansieht. Ich habe gesagt, Lorie und ich sollten vielleicht aussteigen und zu Fuß gehen, und er hat gesagt, wieso wir das machen wollten, wo wir doch fast da waren? Und dann hat er gesagt, er würde uns das Abendessen spendieren, und ich habe gesagt, ich würde für unser Abendessen bezahlen, und er hat gesagt: ›Junge, spar dein Geld‹, und ich wußte nicht, was ich sagen sollte, und er wollte sowieso nicht anhalten. Dann hat er wieder gesagt, er würde uns das Abendessen spendieren, und Lorie hat gesagt, okay. Und dann sind wir in diese Stadt gekommen.«

»Welche Stadt?«

»Diese Stadt. Die, in der wir jetzt sind.«

»Las Vegas.«

»Ja, wenn Sie das sagen. Und dann sind wir in ein Restaurant gegangen, und er hat uns das Abendessen spendiert.«

»Welches Restaurant?«

»Ich weiß nicht mehr.«

Salazar fing an, Namen runterzurasseln. Man sollte nicht glauben, daß eine Stadt von der Größe von Las Vegas, New Mexico, mehr als etwa drei Restaurants hat, aber als Salazar keine Namen mehr einfielen und er die Gelben Seiten hervorholte, kam mir der Verdacht, daß es hier etwa so viele Restaurants gab wie in Fort Worth.

Nachdem Salazar das Telefonbuch zum dritten Mal durchgegangen war, entschied Hal sich für K-Bob's. Er glaubte es. Er war sich nicht ganz sicher, aber er dachte, daß es sich richtig anhörte. Er hatte dort einen Salat gegessen, und auf dem Salat war so rosa Zeug gewesen, und er hatte einen Hamburger und Pommes frites gegessen und einen Eistee getrunken. Er blickte ziemlich schuldbewußt drein wegen des Eistees, und ich achtete nicht drauf. Es ist mir egal, wenn er Tee trinkt. Schließlich war es seine Entscheidung, Mormone zu werden.

Er wollte uns gerade erzählen, was die anderen gegessen hatten, aber Salazar wollte es nicht hören. Dann überlegte er es sich anders: »Was hat April gegessen?«

Hal erzählte es uns.

»Und wie spät war es da ungefähr?«

Hal schwankte ein wenig und entschied sich dann für zirka halb zehn. Er fragte nicht, warum Salazar das wissen wollte. Ich auch nicht. Aber ich wußte ja auch, daß der Pathologe, wenn er erfuhr, was und wie spät sie gegessen hatte, anhand der Beschaffenheit des Mageninhalts ziemlich genau den Zeitpunkt ihres Todes bestimmen konnte. Was Hal vielleicht oder vielleicht nicht, aber sehr wahrscheinlich nicht helfen würde.

»Ihr habt also gegessen und was dann?«

»Dann hat er gesagt, er und April würden in ein Motel gehen, und er schlug vor, uns ein Zimmer zu besorgen, und Lorie und ich haben gesagt, nein, wir würden draußen kampieren. Er hat gesagt, es würde kalt werden, und ich habe gesagt, das würde nichts machen, wir hätten warme Schlafsäcke. Daraufhin hat er zuerst versucht, uns zu veralbern, und dann ist er fast sauer geworden, aber schließlich hat er gesagt, er würde uns irgendwo hinbringen, wo wir kampieren konnten.«

»Ihr wart also wirklich so dumm, noch einmal zu ihm in den Wagen zu steigen?« sagte ich.

»Mom, er hat nichts Schlimmes gemacht, er hat Lorie bloß komisch angesehen. Das war doch kein Grund, ihn vor den Kopf zu stoßen. Und er hat uns bloß zu diesem Platz gebracht und uns da rausgelassen, und er und April sind weggefahren.«

»Was dann?« fragte Salazar und enthielt sich der Bemerkung, daß dieser ominöse »Typ«, falls Hal April nicht getötet hatte, sehr wahrscheinlich der Mörder war.

»Dann haben Lorie und ich unsere Schlafsäcke ausgerollt und uns schlafen gelegt. Wir waren beide irgendwie richtig schläfrig, und Lorie hat gemeint, das käme von dem Zeug, das sie gegen die Krämpfe genommen hatte, aber ich glaube, es kam einfach vom vielen Marschieren und so, weil ich doch keine Medikamente genommen hatte. Dann sind wir beide eingeschlafen. Und dann weiß ich nur noch, daß ich mitten in der Nacht aufgewacht bin, weil ich pinkeln mußte, und ich bin aufgestanden und herumgegangen, um zu pinkeln und dann ... und dann ...«

»Und dann was?«

»Da waren ein paar Lichter an. Nicht viele, es war ziemlich dunkel, aber da waren Lichter auf dem Platz. Genug, um etwas Rotes und Glänzendes in Lories Schlafsack sehen zu können. Und ich hab' mich gefragt, was das ist, und hab' mich drüber gebeugt, um nachzusehen, und dann hab' ich ... das Mädchen gesehen. April. Ich hab' sie gesehen, und ... und, sie war tot. Ich meine, sie mußte tot sein. Und ich hab' mich umgesehen, ob mit Lorie alles in Ordnung war, ich meine, um Lorie zu suchen, und dann war da ein Scheinwerfer, und ein Polizist fing an, mich anzubrüllen.«

Und ab da kannten wir die Geschichte.

Aber in den wichtigen Fragen waren wir keinen Schritt weiter gekommen. Solche Fragen wie, wo war Lorie? Und wer war April? Und wie war April in Lories Schlafsack gekommen?

Und wer hatte April umgebracht, und warum hatte er es mit Harrys Jagdmesser getan?

»April hat dir gar nichts von sich erzählt?« fragte Salazar. »Ihren vollständigen Namen, woher sie kam, irgendwas?«

»Mir nicht«, sagte Hal mit Bestimmtheit. »Falls sie jemandem was erzählt hat, dann Lorie. Aber mir hat sie nichts erzählt.«

Kapitel 4

Ist er immer so?« fragte mich Salazar.

»Was meinen Sie mit *so*? Zerfahren?«

Salazar dachte darüber nach. »Ja«, sagte er. »Zerfahren. Das trifft es ziemlich gut.«

»Mehr oder weniger«, sagte ich. »Er ist nicht dumm. Er kriegt meist ganz anständige Noten in der Schule. Es ist bloß – na ja, der Arzt sagt, sehr wahrscheinlich hat er einen leichten Hirnschaden, ist entweder bei der Geburt passiert oder kommt einfach daher, daß seine leibliche Mutter schwer unternährt war. Die offizielle Bezeichnung ist extreme Hyperaktivität.«

»Wie alt war er, als das festgestellt wurde?«

»Drei oder so, warum?«

»Und zu dem Zeitpunkt war es zu schon spät, irgend etwas zu unternehmen?«

»Ach so, ja klar, wenn es schon vor der Geburt passiert ist oder ein Geburtsfehler war, dann kann man da einfach nichts –«

»Ich meine die Adoption. War sie bereits endgültig?«

»Was hat das damit zu tun –« Und dann brach ich ab, als ich begriff, was Salazar mich da fragte. »Hören Sie«, sagte ich, »wir haben Hal adoptiert, als er drei Monate alt war. Kinder sind keine Fische. Man wirft sie nicht zurück, wenn sie nicht perfekt sind.«

»Manche Leute tun das«, brummte Salazar und legte sein Klemmbrett ordentlich gerade auf die ordentlich gerade liegende Schreibtischunterlage.

Er blickte zu mir hoch, die dunklen Augen unergründlich, und wiederholte: »Manche Leute tun das.«

Ich wußte nicht, was ich darauf sagen sollte, also sagte ich nichts. Salazar schlug die Akte zu dem Fall auf und reichte sie mir. »Werfen Sie mal einen Blick rein«, sagte er. »Ich gehe Kaffee holen. Wollen Sie welchen?«

»Nein. Danke.«

»Soll ich Ihnen was anderes mitbringen? Vielleicht eine Cola?«

»Eine Cola Light wäre super. Danke.« Ich hörte mich schon an wie Hal, monoton, eine kaputte Schallplatte. Aber Salazar hatte so bitter geklungen. War er adoptiert und dann zurückgegeben worden? Hatte man ihn zurückgeworfen wie einen Fisch, der nicht groß genug war?

Falls ja, so ging es mich nichts an. Ich konzentrierte mich auf den Aktenordner, der, wie ich ungefähr erwartet hatte, absolut nichts enthielt, was ich nicht schon wußte.

Salazar kam wieder herein, beide Hände voll, Kaffee und zwei Cola. »Ich bringe dem Jungen auch eine«, sagte er. »Von diesen Sedativen kriegt man einen ganz trockenen Mund.«

Der Junge war natürlich Hal, der wieder in einer verschlossenen Arrestzelle saß. Er hatte dagegen protestiert, und ich hatte ihm gesagt, es sei nur vorübergehend, keine Sorge, und ich hatte ihm einen Taschenbuchkrimi gegeben, den ich in meine Handtasche gesteckt hatte, um ihn im Flugzeug zu lesen.

Ich hoffte, daß es wirklich nur vorübergehend war. Wie Salazar ganz richtig gesagt hatte, nachdem er Hal wieder eingeschlossen hatte, konnte er ihn wirklich nicht freilassen. Noch nicht. Wir hatten bislang nur seine Aussage über das, was passiert war, seit er sich in Fort Worth auf den Weg gemacht hatte. Keine bestätigende Zeugenaussage, keine Beweismittel, rein gar nichts.

Ich glaubte, daß Hal die Wahrheit sagte. Salazar sagte nicht, daß er es nicht glaubte, aber er sagte auch nicht, daß er es glaubte. Er konnte es nicht. Nicht, nachdem Hal über die Leiche gebeugt entdeckt worden war, mit Blut an den Händen und Blut an der Kleidung, mit einem Messer, das er von zu Hause mitgebracht hatte und das mit Blut und Gewebe daran zu seinen Füßen lag.

»Wir haben hier keine speziellen Unterbringungsmöglichkeiten für Jugendliche«, sagte Salazar, als ich ihm die Akte zurückgab. »Wir halten hier normalerweise keine Jugendlichen fest. Wir halten hier normalerweise niemanden lange fest.«

»Sie schicken sie nach Santa Fe?« fragte ich. Das machte Sinn. Santa Fe war die nächste größere Stadt und obendrein Hauptstadt des Bundesstaates.

Aber Salazar schüttelte den Kopf. »Erwachsene, ja. Aber nicht Jugendliche. Die kommen nach Nevada.«

»Nach Nevada?« Das kam mir komisch vor.

»Es gibt da ein Abkommen zwischen mehreren Bundesstaaten. Es klingt nicht ganz einleuchtend – ach, verdammt, Sie müssen das nicht unbedingt wissen, warum soll ich es Ihnen großartig erklären?«

Er hatte recht. Ich mußte es nicht unbedingt wissen. Ich kam aus Texas und würde demnach die Probleme von kleinen Bundesstaaten nicht besser verstehen können als die Probleme von kleinen Städten. Überhaupt wollte ich auch gar nicht wissen, welche Probleme New Mexico im Umgang mit jugendlichen Kriminellen hatte. Alles, was ich wissen wollte, war: »Was ist mit Hal?«

»Wenn Sie einverstanden sind – unter der Voraussetzung, daß die Zelle eigentlich nicht für langfristige Verwendung gedacht ist, was bedeutet, daß er räumlich beengt untergebracht ist –, werde ich ihn vorläufig hierbehalten. Es ist möglich, daß wir ihn noch einmal vernehmen müssen. Und – na ja, ich muß einfach seine Geschichte überprüfen, bevor ich irgendeine Entscheidung treffe.«

Recht ermutigend. Salazar war zwar nicht bereit zu sagen, daß er Hals Version der Ereignisse akzeptierte, aber sein Zögern deutete jetzt darauf hin, daß er zumindest dazu neigte, sie zu akzeptieren. Also mußte ich jetzt Harry anrufen und ihm sagen, daß Hal noch im Gefängnis saß, Lorie noch immer verschwunden war und ich in absehbarer Zeit wohl nicht nach Hause kommen würde. Ich mußte Donna anrufen und ihr sagen – was? Daß Lorie noch immer verschwunden war? Daß sie sich womöglich in der Gewalt von jemandem befand, der bereits wenigstens einen Menschen getötet hatte?

Ich wollte Donna nicht anrufen. Aber natürlich blieb mir nichts anderes übrig.

Solange wir auf die Ankunft der Spurensicherung aus Santa Fe warteten, gab es für mich ohnehin nicht viel zu tun. Da ich allem Anschein nach noch um einiges länger in Las Vegas, New Mexico, bleiben würde, als ich geplant hatte, war es ratsam, die Zeit zu nutzen, um mir ein Zimmer in einem Motel zu nehmen.

Also machte ich mich auf und nahm mir ein Zimmer – es gab jede Menge Motels, wie es jede Menge Restaurants gab –, und ich rief Harry an und erzählte ihm, was los war. Harry erinnerte mich daran, daß ich in zirka zwei Wochen ein Baby bekommen sollte, und ich erwiderte, daß ich das wisse, jetzt aber Donna anrufen müsse: »Bye.«

Dann rief ich bei Donna an, doch zu meiner Erleichterung war sie nicht da, und ich hinterließ einfach eine Nachricht auf ihrem Anrufbeantworter, daß wir an der Sache arbeiteten und ich wieder anrufen würde, sobald ich mehr wüßte. Ich rief Salazar an und informierte ihn, wo ich abgestiegen war. Und dann ging ich los und machte mich auf die Suche nach einer Buchhandlung, aber da die einzige Buchhandlung, die ich fand, eine sehr anspruchsvolle war und nur Bücher über den amerikanischen Westen führte, wonach ich eben nicht suchte, landete ich schließlich in dem allgegenwärtigen K-Mart, der inzwischen sogar die Provinz von New Mexico erobert hatte. Dort kaufte ich für Hal ein *Mad*-Heft, eine Ausgabe der Zeitschrift *Field and Stream*, ein paar Taschenbücher und – mit einer Prise Gehässigkeit – einen Taschenatlas. Als Wiedergutmachung für den Atlas, den er ganz bestimmt – und zu Recht – als Beleidigung auffassen würde, versuchte ich, für ihn eine Ausgabe der Zeitschrift *Dragon* zu finden, aber es gab keine, also kaufte ich ihm eine Zusatzpackung zu seinem Spiel *Kerker und Drachen*. Ich war mir zwar nicht sicher, was er damit ohne einen Drachenmeister und ohne die seltsamen Würfel mit den -zig Seiten anfangen konnte, aber zu Hause gab es Dutzende davon, und ich selbst weigere mich strikt, *Kerker und Drachen* zu spielen. Obendrein kaufte ich ihm noch eine Packung Millimeterpapier. Er konnte sich die Zeit im Knast damit vertreiben, Kerker zu entwerfen.

Ich gab die Sachen für Hal – einschließlich ein paar Snacks, denn der Junge ißt normalerweise vierzehnmal am Tag – im Polizeirevier ab. Die Frau in der Zentrale sagte, sie würde sie ihm bringen, und teilte mir mit, daß Salazar mit den Leuten von der Spurensicherung zum Tatort rausgefahren war. Ich sah keinen Grund hinterherzufahren, kehrte ins Motel zurück und versuchte, mich in eine halbwegs erträgliche Schlafposition zu bringen, aus der ich einige Zeit später – ich weiß nicht, wieviel später, da ich nicht auf die Uhr gesehen hatte, als ich mich schlafen legte – geweckt wurde, weil jemand an der Tür war. Ich öffnete sie, und Salazar kam herein und warf beiläufig eine Handvoll Schwarzweißfotos auf den Tisch.

»Meinen Sie, daß davon welche zu gebrauchen sind?« fragte er.

»Gebrauchen wofür?« Es waren ausschließlich Fotos von April, Nahaufnahmen. Das Blut war abgewaschen worden, die Wunden im Gesicht geschlossen. Aber es führte kein Weg daran vorbei, daß sie nach wie vor tot aussah.

»Für die Presse, Fernsehsender. Wir müssen sie irgendwie identifizieren. Wir haben ihre Fingerabdrücke bereits über Santa Fe überprüfen lassen, ohne Erfolg.«

Ich wählte zwei Fotos aus, auf denen sie am wenigsten wie eine Leiche aussah, und er bedankte sich und sagte, er würde davon einen Stapel Abzüge machen lassen. Schon wieder auf dem Weg zur Tür, drehte er sich um und sagte: »Die Nachmittagsschicht bei K-Bob's fängt um halb drei an. Ich bin einfach nicht schlau aus dem geworden, was Hal erzählt hat, wo sie zum Tanken gehalten haben – es könnte überall auf dem Weg von Santa Fe über Taos nach Mora gewesen sein –, also sehe ich keine Möglichkeit, das zu überprüfen. Morgen fahre ich zum Bandelier Nationalpark. Wollen Sie mitkommen?«

»Ja«, sagte ich. »Und ich möchte auch mit zu K-Bob's kommen.«

»Okay.«

Dann war er weg, und ich holte meine Karte heraus, um nachzusehen, wo Bandelier lag.

Niemand außer Hal, so beschloß ich einige Minuten später, wäre imstande, von Los Alamos in Richtung Santa Fe zu fahren, um nach Albuquerque zu kommen, und dabei im Bandelier Nationalpark zu landen. Santa Fe liegt südsüdöstlich von Los Alamos. Albuquerque liegt südsüdwestlich – wenn man den Rio Grande entlangfährt und nicht den Highway nimmt, der durch Santa Fe führt. Bandelier dagegen liegt fast genau in südlicher Richtung.

Ich verließ mein Zimmer, aß zu Mittag und sah mich in der Stadt um. Es gab nicht viel zu sehen. Ein College (klein), eine Bibliothek (noch kleiner), ein Fluß, aus dem sich eine Touristenattraktion machen ließe, was aber nicht geschehen ist, jede Menge kleine Läden, die offenbar auf das Touristengeschäft aus sind, jede Menge Gemischtwarenläden und kleine Geschäfte, die nicht auf Touristen aus sind. Wo immer ich auch hinging, ich kam einfach wieder und wieder zu dem Platz zurück, wo die Spurensicherung aus Santa Fe noch immer am Tatort arbeitete. Die Menschenmenge hatte sich aus Langeweile zum größten Teil zerstreut, und ich hatte einen viel zu guten Blick auf Schlafsäcke, Rucksäcke, Feldflaschen und so weiter, die ich sehr gut kannte und die jetzt nur noch als Beweismittel taugten. April war weggebracht worden; Harrys Messer war weggebracht worden; alles andere war noch da.

Um halb zwei fuhr ich wieder ins Polizeirevier. Natürlich war ich zu früh, aber ich war nervös. Salazar ließ mich in sein Büro kommen, damit ich mir mit anhören konnte, wie die Leute von der Spurensicherung erklärten, daß es keine brauchbaren Fingerabdrücke oder sonst etwas gab. Alles andere hätte mich auch einigermaßen erstaunt. Die Sachen sind das ganze Jahr über hinten in einem Pickup verstaut, der nicht in einer Garage steht.

Salazar erklärte mir, er habe sich für mich irgendeinen offiziellen Status einfallen lassen müssen und deshalb mit dem Staatsanwalt gesprochen, und ich würde nun vorübergehend von der Stadt Fort Worth »ausgeliehen« (ohne daß die Stadt Fort Worth davon verständigt wurde) und sei daher – vorübergehend – Detective in Las Vegas.

Das war nett, dachte ich. Es ist mir lieber, irgendeinen offiziellen Status zu haben. Salazar lieh mir sogar eine Dienstmarke und ließ mir einen Dienstausweis anfertigen. Ich hatte jetzt zwei Dienstmarken, nur, daß ich diese letztlich wieder würde abgeben müssen.

Dann fuhren wir endlich zu K-Bob's. K-Bob's ist eine Restaurantkette – ich erinnerte mich, daß ich mal in Wichita Falls in einem gegessen hatte, als wir dort an einer Tagung der Elks teilnahmen –, und wie die meisten Restaurants, die einer Kette angehören, unterschied sich diese Filiale praktisch in nichts von irgendeinem anderen K-Bob's irgendwo im Südwesten.

Salazar hatte ein Foto von April, und ich hatte das Foto von Hal und Lorie auf dem Schulfest, und nach einer Weile sagte eine Kellnerin – eine kräftige, grobknochige Blondine mit hochgesteckten Haarflechten; sie sah eher aus wie jemand aus Minnesota denn aus New Mexico – mit einem leichten, aber hörbaren spanischen Akzent: »Oh, ja, ich hab' sie gesehen. Mann, was ist denn mit dem Mädchen passiert? Sie sah gestern abend sehr viel besser aus. Ist sie krank oder so?«

»Sie ist tot«, sagte Salazar lapidar. »Dann waren die drei also hier, ja? Wer war sonst noch bei ihnen?«

»Tot? Ist sie das Mädchen vom Platz? Ich habe von der Sache gehört! Grace, Dolores, kommt mal her, erinnert ihr euch an die jungen Leute von gestern abend? Das ist das Mädchen, das auf dem Platz ermordet wurde! Wer hat es getan? War es der große Ausländer? Ich wette, es war der große Ausländer, nicht? Der Große? Der hier?« Sie zeigte natürlich auf Hal.

Inzwischen standen vier Kellnerinnen um uns herum und starrten auf das Foto, und die wenigen Kunden, die um diese ungewöhnliche Uhrzeit im Restaurant waren, kamen ebenfalls dazu und blickten interessiert. Und solche Leute nehmen wir als Geschworene, dachte ich wütend und sagte: »Sie ziehen allzu voreilige Schlüsse! Bislang hat Chief Salazar Ihnen bloß gesagt hat, daß sie tot ist, nicht, wie sie gestorben ist oder wo oder durch wen.«

Sie blickte verdutzt, und in das Schweigen hinein sagte Salazar rasch: »Wer war die andere Person bei ihnen? Wir wissen, daß da noch jemand war, aber wie hat er ausgesehen?«

Es lohnt sich nicht, die dürftigen Beschreibungsfetzen wiederzugeben, die wir ihnen mit Müh und Not entlockten; die vier Kellnerinnen waren eine wie die andere genauso schlechte Zeuginnen wie Hal, aber die Beschreibung – so dürftig sie auch ausfiel – stimmte mit der von Hal überein.

Somit war seine Geschichte zumindest ein wenig erhärtet worden. Lorie war lebendig in Las Vegas angekommen. Am Vorabend war noch ein Mann mit Hal und Lorie und April zusammen gewesen. Er war rund neun oder zehn Jahre älter als Hal, er war etwa ein Meter achtzig groß, von mittlerer Statur, hatte braunes Haar und einen normalen Herrenschnitt, blaue Augen (vielleicht), anthrazitfarbene Hose, hellblaues Hemd, braune Lederstiefel, dunkelblaue Jacke.

Eine Beschreibung, die auf Tausende von Männern überall passen konnte, und so vage, wie sich die Zeuginnen geäußert hatten, würde es nichts bringen, einen Polizeizeichner aus Santa Fe kommen zu lassen.

Wir gingen zurück zum Wagen. Salazar ließ den Motor an, schaltete das Funkgerät ein, und wir hörten aufgeregte Stimmen. Die Beamtin in der Zentrale, deren Monitore nur selten das Büro des Chief, aber ständig das Gefängnis zeigen, rief Unterstützung zum Revier. Streifenwagen waren unterwegs.

Als Salazar und ich dort ankamen, war die Aufregung vorüber. Ein sehr junger Streifenbeamter namens Larry Begay – Navajo, wie ich aufgrund des Namens vermutete – war in Hals Gefängniszelle.

Hal nicht.

Zu behaupten, daß diese Situation meinen Tag nicht unbedingt verschönerte – oder Salazars – oder auch Begays – wäre die Untertreibung des Jahrhunderts.

Hal umzubringen – ein Gedanke, mit dem ich schon zu Beginn dieser Expedition gespielt hatte – erschien mir von Minute zu Minute ratsamer, erst recht nachdem wir erfahren hatten, daß Hal Begay nicht nur die Schlüssel abgenommen, sondern auch besagte Schlüssel dazu benutzt hatte, um in einem Streifenwagen der Stadt Las Vegas davonzufahren, voll ausgestattet mit Sirene, Blaulicht, Polizeifunk und – genau das, was er brauchte, genau das, was ich mir schon immer für ihn gewünscht habe – ein Gewehr.

Voll geladen einschließlich einer Patrone in der Kammer.

Die Zentrale war ein kleiner Raum; da Salazar und ich uns hineindrängten, hatte die arme diensthabende Beamtin, erst recht angesichts meines gegenwärtigen Zustands, kaum Platz zum Atmen. Nicht, daß das Atmungsproblem irgendwem außer ihr wichtig war, denn Salazar hatte seine Streifenwagen wieder losgeschickt und saß jetzt selbst am Funkgerät.

»Hal, hier spricht Chief Salazar«, sagte er jetzt. »Deine Mom ist bei mir. Kannst du mich hören?« Salazar ließ die Mikrotaste los und fragte mich: »Weiß er, wie man ein Funkgerät bedient?«

»Müßte er eigentlich; ist ja so ähnlich wie bei einem CB-Funkgerät, und das hat er schon oft benutzt.«

»Hal, kannst du mich hören?« fragte Salazar wieder.

Diesmal erwiderte eine kratzende Teenagerstimme: »Ja, Sir.«

»Du hast da etwas verdammt Dummes angestellt«, sagte Salazar. »Warum hast du das gemacht?«

»Ich werde Lorie finden.«

»Wie? Was hast du vor?«

Einen Moment lang war es totenstill, bevor Hal erwiderte: »Ich werde sie suchen.«

»Wo willst du sie suchen?«

Wieder Stille. Salazar reichte mir das Mikro. »Hal«, sagte ich, »so etwas muß man richtig angehen. Wir wissen, wie man Lorie suchen muß. Du nicht. Aus dem Gefängnis auszubrechen und einen Wagen zu stehlen ist jedenfalls nicht die richtige Methode. Wenn du eine Idee hast, an die wir noch nicht gedacht haben, komm hierher zurück und erzähl es uns, und wir probieren es aus, versprochen. Ich will Lorie genauso dringend finden wie du. Aber jetzt mußt du zurückkommen.«

»Ich kann nicht, Mom. Ich muß Lorie finden. Und jetzt schalte ich das Funkgerät ab, damit ich nachdenken kann. Ihr macht mir zuviel Lärm.«

Und offenbar tat er genau das, denn es gelang uns nicht, wieder Kontakt mit ihm zu bekommen. Nach drei oder vier Versuchen gaben wir es auf, und Salazar informierte die Streifenwagen auf den Straßen – ich glaube, es waren insgesamt zwei –, was los war, nur für den Fall, daß sie es noch nicht selbst herausgefunden hatten. Dann gab er dem Büro des Sheriffs von San Miguel County telefonisch die gleichen Informationen durch, damit sie sie im ganzen Bundesstaat verbreiten konnten. Jedem gab er die gleichen Instruktionen: »Der Gesuchte ist nicht, ich wiederhole, nicht gefährlich. Versuchen Sie nicht, den Wagen zu stoppen. Informieren Sie mich bloß, in welche Richtung er fährt.«

Dann legte er den Hörer auf und wandte sich mir zu, wobei er sich vor Lachen schüttelte. Nach einem Moment des Erstaunens erkannte ich den Galgenhumor, der so häufig empörte Bürger dazu veranlaßt, wütend im Büro des Chiefs anzurufen: Polizeibeamte, die grobe Witze reißen, wenn Menschen zu Tode gekommen sind. Das Lachen-um-nicht-zu-weinen-Syndrom, das Hätte-ich-einen-Funken-Verstand-würde-ich-ihn-mir-wegpusten-Gefühl, das es einem ermöglicht, aus tiefer Niedergeschlagenheit schwarzen Humor zu machen und sie so zu verarbeiten.

Nach einem weiteren Moment erkannte Salazar das Gefühl in sich selbst und hörte auf zu lachen, obwohl das Lachen weiterhin in diesen fast schwarzen Augen lauerte, die jetzt gar nicht mehr so unergründlich waren, wie sie noch einige Stunden zuvor gewirkt hatten. »Ich hätte das gleiche gemacht«, sagte er. »Als ich sechzehn war, hätte ich, wenn ich gedacht hätte, Maria ist in Gefahr, genau das gleiche gemacht.« Als wir aus der Zentrale gingen, damit die Beamtin wieder zurück in ihre Ecke konnte, fügte er hinzu: »Es wäre sehr viel lustiger, wenn das Mädchen nicht wirklich in Gefahr wäre.«

Wieder in seinem Büro wandte Salazar sich mir zu und fragte: »Wo will er hin?«

»Woher in aller Welt soll ich das wissen?« fragte ich.

»Na ja, Sie müßten seine Gedankengänge jedenfalls besser kennen als ich.«

»Niemand kennt Hals Gedankengänge«, klärte ich Salazar auf. »Nicht einmal Hal.« Ich dachte einen Augenblick nach und ergänzte: »Hal schon gar nicht.«

Aber Hal ist bei mir, seit er ein Kleinkind war, und ich war fast die ganze Zeit über Polizistin. Er muß einfach das eine oder andere gelernt haben. »Bandelier«, sagte ich laut.

»Was?« fragte Salazar.

»Bandelier. Wenn Lorie bei – wem auch immer – ist, na ja, betrachten Sie es doch mal so. Er war mit April in Bandelier. Dort hat er Hal und Lorie aufgelesen. Es wäre sogar möglich, daß er auch April dort aufgelesen hat. Und vielleicht hat er Lorie zurück nach Bandelier gebracht, um zu versuchen, wieder jemand anders aufzulesen. Wenn ich Hal wäre, würde ich zum Bandelier-Park fahren.« Und dann fiel mir ein, daß Salazar und ich bereits beschlossen hatten, zum Bandelier-Park zu fahren, wenn auch nicht aus den Gründen, aus denen Hal dort hinfuhr.

»Er wird nicht dort ankommen«, sagte Salazar. Ich starrte ihn an, eher beunruhigt als verdutzt, und er sagte: »Sprit. Wie würden Sie vorgehen, um einen gestohlenen Polizeiwagen aufzutanken?« Und dann fing Salazar wieder an zu lachen. »Aber das ist noch nicht alles.«

»Was denn noch?« fragte ich ergeben.

»Der Junge hat sich eine alte Klapperkiste ausgesucht«, sagte Salazar. »Ich meine, er hat sich eine richtige Klapperkiste ausgesucht. Im Kühler ist ein Loch, ein kleines. Was kein großes Problem ist, in der Stadt. Man füllt einfach ab und zu Wasser auf. Wir wollten ihn in die Werkstatt bringen, sobald der Wagen, der gerade drin ist, fertig ist. Aber auf freier Strecke – tja. Die einzige Frage ist: Was passiert ihm zuerst, geht ihm der Sprit aus, oder kocht der Kühler über?

Also fahren wir einfach in Richtung Bandelier. Wir finden ihn zwischen hier und dort.«

»Auf welcher Straße?«

»Hä?«

»Welche Strecke fährt er zum Bandelier-Park? Und fährt er überhaupt in die richtige Richtung? Hören Sie, Sie kennen den Jungen nicht. Einmal wollte er nach Arlington und ist in Denton gelandet.«

Salazar, der den Nordosten von Texas nicht kannte, starrte mich mit leerem Blick an.

Ich versuchte es erneut. »Es gibt nun mal Leute mit einem katastrophalen Orientierungssinn. Und im Vergleich zu Hal sind die meisten davon regelrechte Brieftauben.«

»Aber es ist etwas völlig anderes, wenn man auf der Suche nach seiner Maria ist – oder seiner Lorie.« Salazar stand auf, klimperte mit Autoschlüsseln. »Ich fahre zum Bandelier Park. Wollen Sie mit oder nicht?«

Natürlich wollte ich mit.

Wir fuhren über kleinere Straßen, da Salazar und ich folgerten, daß Hal sich denken würde – natürlich fälschlicherweise –, daß ein gestohlener Polizeiwagen auf einer kleineren Straße weniger auffällig wäre als auf dem Highway.

Wir hatten recht. Der Streifenwagen parkte am Rand einer zweispurigen Straße westlich von Mora. Die Motorhaube war geöffnet, und alles, was ich von Hal sehen konnte, während er emsig mit Drähten hantierte, war der Hosenboden seines Gefängnisoveralls. Ich zuckte zusammen; als ich das letzte Mal mit geöffneter Motorhaube neben einem größeren Highway stand, kam ein Riesentruck vorbei, und der Luftsog klappte die Motorhaube zu und demolierte dieses lange Stangenteil (ich bin nun mal keine Automechanikerin), das die Motorhaube offen hält. Wenn ich den Kopf unter der Haube gehabt hätte, wäre ich dabei vermutlich auch demoliert worden. Aber entweder war hier kein Truck vorbeigekommen, oder der Wagen war um einiges solider gebaut als mein damaliger Lynx, der, wenn ich es recht überlege, sich nie ganz davon erholt hat, daß er etwa sieben Monaten zuvor eine Schrotladung in den Kühler abbekommen hatte. Hal schien unversehrt, obwohl er so beschäftigt war, daß er uns nicht einmal näher kommen hörte, bis Salazar fragte: »Benzin alle?«

Hal fuhr abrupt hoch, stieß sich den Kopf an der Motorhaube und benutzte ein recht interessantes Wort. »Verzeihung, Mom«, sagte er verlegen und wandte sich wieder Salazar zu.

»Benzin alle?« wiederholte Salazar, die rechte Hand ganz beiläufig auf den Kolben seiner Waffe gelegt.

»Ich glaube nicht«, sagte Hal, geflissentlich übersehend, wo Salazar seine Hand hatte. »Es sei denn, die Tankanzeige ist kaputt.«

»Was ist denn dann nicht in Ordnung?«

»Ich weiß nicht. Da leuchtet ein kleines rotes Lämpchen am Armaturenbrett, und ich weiß nicht, was das bedeutet. Der Motor hat komisch gerochen, und dann ist der Wagen stehengeblieben. Ich meine, mitten auf der Straße. Es hat irgendwie kling gemacht, und er ist stehengeblieben. Ich mußte ihn von der Straße schieben.«

»Zum Glück hast du immer schön brav deine Haferflocken gegessen«, sagte Salazar und nahm die Hand vom Revolverkolben. »Oder waren es Cornflakes? Zeig mir mal das kleine rote Lämpchen.«

Ich sah zu, wie die beiden das kleine rote Lämpchen inspizierten, und dann kam Salazar wieder zur Vorderseite des Wagens, gefolgt von Hal. »Das hier«, so teilte Salazar Hal ein klein wenig sarkastisch mit, »ist ein Kühler. Weißt du, wozu der gut ist?«

»Natürlich weiß ich, wozu der gut ist. Das hab' ich in der Fahrschule gelernt, und außerdem hat mein Dad es mir erklärt. Der kühlt den Motor.«

»Und haben sie dir in der Fahrschule auch beigebracht, Polizeiwagen zu stehlen?«

»Was?«

»Schon gut. Was sollte in einem Kühler drin sein?« Salazar entfernte die Kühlerkappe und schnüffelte.

»Wasser und Frostschutz, wieso?«

»Weißt du, was in dem hier drin ist?«

»Wasser und Frostschutz, schätze ich. Wieso?«

»Nein, mein Junge, der hier ist einfach randvoll, zum Bersten voll mit Luft. Heißer Luft.« Salazar warf die Kühlerkappe wie eine Münze in die Luft, fing sie auf, schnippte sie aufs Handgelenk. »Laß dir das eine Lehre sein. Wenn du das nächste Mal einen Wagen klaust, solltest du darauf achten, daß er keinen kaputten Kühler hat. Sonst kommst du nicht sehr weit.«

»Noch besser, du stiehlst nie wieder einen Wagen«, sagte ich.

»Deine Mom ist eine richtige Spielverderberin«, sagte Salazar. »Stimmt's? Okay, Junge, schließ den Wagen ab, bring mir die Schlüssel und versuch solche Dummheiten bloß nicht noch einmal. Du kannst verdammt noch mal von Glück sagen, daß dich wegen dieser Sache niemand umgepustet hat.«

»Werden Sie mich wieder verhaften?«

»Ich habe dich gar nicht aus der Haft entlassen. Verstehst du was davon, wie man Vermißte sucht?«

»Nein, aber –«

»Willst du, daß ich Lorie und diesen Mistkerl suche, der April umgebracht hat, oder willst du, daß ich meine Zeit damit vergeude, nach so einem Klugscheißer wie dir zu suchen?«

»Also, ich –«

»Gib mir die Schlüssel. Du brauchst sie nicht, um den Wagen abzuschließen. Wir schicken später jemanden raus, der ihn zurückfährt, vorausgesetzt, er ist fahrtüchtig.«

»Ich kann ihn fahren –«

»Von wegen. Ich habe dir schon gesagt, daß du ein Hornochse bist. Steig hinten ein.«

Hal stieg hinten ein, ließ sich auf den Rücksitz fallen und schmollte fast den ganzen Weg bis zum Bandelier-Park. Ich genoß es. Mit seinen ein Meter dreiundneunzig und achtzig Kilo war Hal eindeutig größer als seine Klassenkameraden. Er war seit zwei Jahren größer als Harry und schon wer weiß wie lange größer als ich. Er ist auch größer als die meisten seiner Lehrer. Und irgendwie ist ihm – nach Aussage seiner Lehrer und des Direktors – diese Größe wohl zu Kopf gestiegen.

Da mußte ein ein Meter sechzig großer, fünfundfünfzig Kilo schwerer Kleinstadtpolizeichef daherkommen, um ihn auf Normalmaß zu stutzen. Und wie ich schon sagte, ich genoß es.

Gerade als wir in den Bandelier Nationalpark hineinfuhren, wurde Hal plötzlich klar, was Salazar da vorhin gesagt hatte. Er setzte sich aufrecht hin. »Sie suchen nach dem Mörder von April?«

»Ja«, sagte Salazar.

»Dann denken Sie also, daß ich es nicht war.«

»Versuchsweise.«

»Wieso?«

»Weil du zu blöd dafür bist.«

Ich zuckte zusammen, und Hal sah gekränkt aus. Dann fragte er: »Wieso bin ich dann immer noch festgenommen?«

Salazar parkte den Wagen, öffnete die Wagentür, stieg aus und drehte sich um, einen Fuß auf der Erde und den anderen dort, wo das Trittbrett gewesen wäre, wenn Autos noch Trittbretter hätten. Er fing an, an den Fingern abzuzählen. »Ausgerissen«, sagte er.

»Ja, aber –«

»Klappe. Ausgerissen. Landstreicherei. Erregung öffentlichen Ärgernisses.«

»Was?«

»Pinkeln auf den Rasen der städtischen Anlagen vor den Augen eines Polizisten. Tätlicher Angriff auf einen Polizeibeamten, wobei du verdammt noch mal von Glück sagen kannst, daß du Begay überrumpelt hast, denn er könnte dir ohne Probleme den Kopf abreißen, wenn er wollte. Flucht. Autodiebstahl.«

»Ja, aber –«

»Hab' ich nicht gerade gesagt, du sollst die Klappe halten? Autodiebstahl. Und Nervtöterei. Wenn du es schaffst, dich mal eine Zeitlang vernünftig zu verhalten, könnte – könnte – ich vielleicht in Erwägung ziehen, einige der Vorwürfe fallenzulassen. Vorausgesetzt, du hast April nicht getötet.«

»Aber ich –«

»Klappe«, sagte Salazar. »Wenn ich was von dir hören will, sag' ich Bescheid.«

»Darf ich denn nicht mal mit meiner Mom sprechen?« protestierte Hal.

»Deine Mom ist beschäftigt.«

Ich kenne das Spiel »Guter Polizist/böser Polizist«. Ich muß natürlich immer den guten Polizisten spielen. Ich würde sagen, daß Salazar, weil er so klein und täuschend zart wirkt, meistens selbst den guten Polizisten gespielt hat. Aber gerade jetzt bot er eine ungeheuer gute Vorstellung in der Rolle des bösen Polizisten. Ich würde auf mein Stichwort aufpassen müssen, um den guten Polizisten zu spielen, denn in dieser Situation konnte es leicht passieren, daß der gute Polizist und Mom durcheinandergerieten.

Sehr leicht. Vielleicht war es besser, ich blieb einfach still und ließ Salazar beide Rollen spielen.

Was er bestimmt ausgesprochen effektiv machen würde.

Das Problem war nur, daß weder Salazar noch ich abschätzen konnten, wieviel Rollenspiel Hal brauchte. Offenbar mußte er ordentlich eingeschüchtert werden, damit er nicht wieder einfach so abhaute oder einen Wagen stahl, aber hatte er uns wirklich alles über den Fall erzählt? Über April? Über den Mann in dem roten Camaro? Konnte es sein, daß er uns – unabsichtlich oder absichtlich – etwas verschwieg?

Salazar blieb vor mir stehen, die Arme in die Seiten gestemmt, zwei Finger von jeder Hand unter seinen Revolvergurt geklemmt, und blickte zu der Gruppe von Steingebäuden hinüber, die das Zentrum des Bandelier-Nationalparks bilden, der in erster Linie (wie ich später herausfand) eine kleine archäologische Ausgrabungsstätte und ein naturbelassener wilder Campingplatz ist. Hal war hinter mir und schmollte vermutlich noch immer.

Salazar sagte: »Hal, wo war April, als du sie zum ersten Mal gesehen hast?«

Hal antwortete nicht.

Salazar drehte sich um. Ich mich auch.

Hal war schon wieder verschwunden.

Kapitel 5

Salazar war natürlich schneller als ich. Wenn ich raten müßte, würde ich auch sagen, er war wütender. Er war an mir vorbeigesprintet, bevor ich auch nur registrieren konnte, daß der Polizeiwagen noch da war.

Na ja, natürlich war der Polizeiwagen noch da. Nicht mal Hal war so gedankenlos – oder so verzweifelt –, daß er seine achtdreiviertel Monate schwangere Mutter in einer gottverlassenen Gegend ohne Wagen zurücklassen würde. Aber wohin war er entschwunden und wie und natürlich warum? Diesmal?

Das alles lief auf eine einzige gute Frage hinaus. Es war eine Frage, auf die ich keine Antwort hatte, und inzwischen hatte ich eine weitere gute Frage. Wo in aller Welt war Salazar hin?

Am anderen Ende des Parkplatzes stand ein brauner Pick-up vom Parkservice, aber es war kein Ranger in Sicht. Knapp rechts von mir war ein Souvenirladen mit Café, aber auf dem Schild an der Tür stand IM WINTER GESCHLOSSEN. Knapp links von mir war ein verglaster Raum, wo offenbar Broschüren und Bücher verkauft wurden – zumindest konnte ich einen Ständer mit Büchern und Broschüren sehen –, aber ich konnte auch, ganz deutlich, ein Vorhängeschloß an der Tür sehen.

Ein großer schwarz-weißer Vogel, der ein Geräusch machte, das fast so klang, wie wenn ein rostiger Nagel aus einem alten Brett gezogen wird, kam mit schiefgestelltem Kopf, als wäre er gehängt worden (wieso kam mir ausgerechnet so ein Gedanke?), auf mich zu stolziert, kreischte erneut und beschloß dann offenbar, daß ich noch nicht reif war. Er flog in den Wipfel einer Kiefer, wo er sich niederließ, mich mißbilligend beäugte und zwischendurch kreischte.

Tut mir leid, Vogel.

Wohin Hal auch immer verschwunden war – wohin Salazar auf der Jagd nach Hal auch immer verschwunden war –, keiner von beiden machte dabei sehr viel Lärm.

Sehen Sie, Fort Worth ist nicht gerade Tokio oder Los Angeles, aber es ist trotzdem eine Großstadt. Und die Gegend, wo ich wohne – Summerfields – gehört nicht zum eigentlichen Stadtgebiet, aber man kann durchaus sagen, daß die Stadtplaner den Grund und Boden bestens genutzt haben. Es sind immer irgendwelche Leute in der Nähe, vielleicht nicht im selben Raum und nicht mal im selben Haus, aber es sind welche da. Irgendwo in der Nähe. Und es gibt immer Geräusche. Ein Flugzeug am Himmel. Die Heizung oder die Klimaanlage oder der Wasserboiler oder der Kühlschrank. Autos draußen auf der Straße. Der Hund von irgend jemandem – sehr häufig meiner; Pat ist zur Hälfte Pitbull und ausgesprochen geschwätzig. Verdammt, ich war es nun mal nicht gewohnt, allein zu sein – total, absolut, ganz und gar allein –, und jetzt war ich allein, bis auf den Wind in den Kiefern und einen Bach, der irgendwo in der Nähe floß, und diesen entsetzlichen, kreischenden Vogel. Ich hatte zwar ziemlich oft um etwas Frieden und Ruhe gebeten, aber das hier war, verdammt noch mal, einfach zuviel des Guten. Es gefiel mir nicht. Ich wollte, daß es aufhört.

Es war lächerlich, aber ich merkte, daß ich zitterte.

Na ja, vielleicht war es ja doch nicht so lächerlich. Vielleicht zitterte ich nicht, weil ich allein war. Vielleicht zitterte ich bloß, weil mir kalt war.

Der März in Fort Worth ist nicht gerade sommerlich. Noch um Ostern herum muß man mit einem Kälteeinbruch rechnen; es ist zu früh, um die Wintersachen wegzulegen und die Heizung abzudrehen. Aber meistens ist es Hemdsärmelwetter. Ich war das Wetter nicht gewohnt, das hier herrschte, genausowenig, wie ich die Einsamkeit gewohnt war, und es gefiel mir genausowenig wie die Einsamkeit.

Der Schnee war von den sonnigen Wiesenflächen verschwunden. Doch unter den Bäumen war noch immer jede Menge davon, und als ich anfing, ziellos herumzugehen, teils, um nach Hal oder Salazar oder einem Ranger oder sonst wem zu suchen, teils, um nach Beweisen zu suchen (obwohl ich keine Vorstellung hatte, was ich zu finden hoffte) und teils, um mich einfach nur aufzuwärmen, stellte ich fest, daß der Bach, den ich gehört hatte, noch immer stellenweise vereist war.

Eis schmilzt um null Grad, und über fließendem Wasser müßte es eigentlich schneller schmelzen.

Aber der Bach lag im Schatten, erst recht zum jetzigen Zeitpunkt, wo die Sonne im Westen tief stand und überall lange Schatten warf.

Inzwischen war ich den Pfad so weit entlanggegangen, daß ich die Felsenbehausungen sehen konnte, die Hal ziemlich unverständlich zu beschreiben versucht hatte. Wenn es nicht so kurz vor Sonnenuntergang wäre und ich hier Ferien machen würde, wenn ich nicht kurz vor der Geburt eines Babys stünde, würde ich zu ihnen hinübergehen. Natürlich war ich neugierig. Ich bin immer neugierig. Ich glaube nicht, daß jemand Polizist wird, der sich nicht vor Neugierde verzehrt. Aber jetzt war ganz sicher nicht der rechte Zeitpunkt für mich, die Ruinen zu besichtigen. Ich war weder dem Fußweg noch dem Aufstieg gewachsen.

Die Anasazi-Frauen haben den Fußweg und den Aufstieg gemeistert, schwanger oder nicht. Sie mußten. Ihre Heimstätten waren vor mir, vielleicht knapp zwei Kilometer entfernt und die nackte Wand der Sandsteinfelsen hinauf. Und ihr Wasser war hinter mir. Sie mußten das Wasser den Felsen hochtragen, eine Arbeit, die durch die Schönheit ihrer berühmten Töpfe sicherlich nicht sehr viel erleichtert wurde.

Wie hoch war wohl die Verbrechensrate bei den Anasazi? Sie waren die Vorfahren der Puebloindianer, und die Puebloindianer sind ein friedliches Volk. Aber dennoch hatten sich sehr viele warme Körper in einem Labyrinth aus kleinen, dunklen Räumen gedrängt. Ich zweifelte nicht daran, daß hier auch früher schon gemordet wurde, ganz unabhängig davon, ob hier noch kürzlich ein Mord geschehen war oder nicht.

In welchem Zustand mochten diese Felsenwohnungen sein? Ob einige davon nach heutigen Maßstäben benutzbar waren? Ganz langsam krochen meine Gedanken zurück auf ihren gewohnten Weg, ihren Polizeimodus. Konnte es sein, daß der Mann mit dem roten Camaro sich dort versteckt hatte? Hatte er April mit dorthin genommen? Hatte er dort mit April kampiert, bevor er April tötete, falls er April getötet hatte?

Hielt er Lorie dort versteckt?

Dachte Hal, daß er Lorie vielleicht dort versteckt hielt?

Ich vermutete, daß Hal genau das dachte. Aber Hal konnte unmöglich schon dort angekommen sein, zu Fuß; Salazar auch nicht. Und keiner von beiden war zu sehen. Also war Hal nicht auf dem Weg dorthin, und Salazar war nicht auf dem Weg dorthin. Sie waren irgendwo anders in dem dichten Kiefernwald um die sonnige Wiese zwischen den Felsenwohnungen und dem Bach, und ich konnte nicht anders, als mir Sorgen zu machen, was vielleicht gerade dort geschah, wo sie waren. Hal hatte sein Glück inzwischen überstrapaziert.

Ich war gegangen und hatte nachgedacht; jetzt plötzlich merkte ich, daß ich still stand. Ich hätte keinen Schritt weitergehen können, unter gar keinen Umständen; erst mußte ich stehenbleiben und meine Gefühle ordnen und zu begreifen versuchen, was los war, was nicht einfach war, da ich nicht den geringsten Schimmer hatte. Sämtliche Haare auf meinen Armen standen aufrecht, und ich hätte keinen Schwur getan, daß die Haare auf meinem Kopf nicht das gleiche taten. Ich fühlte –

Haben Sie schon mal ein wenig zu nahe an einem ganz, ganz großen Dynamo gestanden?

Waren Sie schon mal draußen in einem Gewitter, und haben Sie das Prickeln gespürt, das Ihnen verrät, daß der Blitz gleich ganz in ihrer Nähe einschlagen wird?

So ein Gefühl war das. Nur anders. Was auch immer mir das Gefühl gab, es kam von irgendwo vor mir auf dem Weg, genauer gesagt, irgendwie links von der Stelle, wo ich stand mit Blick auf den Felsen. Ich war mir nicht sicher, ob ich wissen wollte, was es war, ich wußte nur, daß ich es herausfinden wollte, weil ich es mußte. Irgend etwas, das soviel Energie erzeugt ...

Doch zuerst zog ich mir die Jacke aus und versuchte, die Haare auf meinen Unterarmen zu glätten, die hartnäckig aufrecht stehenblieben, und dann gab ich es auf und hängte mir die Jacke über den rechten Arm und fuhr mir mit den Fingern durchs Haar.

Und dann schrie ich auf, ganz unwillkürlich. Es war niemand da, und dann, von einer Sekunde auf die andere, war jemand da und blickte mich ein wenig entschuldigend an, so klein und schlank und dunkel wie Salazar, in der braunen Uniform, wie sie Parkranger tragen, wenn sie nicht gerade Waldgrün anhaben. »Alles in Ordnung, Lady?« fragte er.

»Ich glaube schon.« Ich versuchte noch immer das Prickeln aus den Haaren zu bekommen. »Ich habe nur so ein eigenartiges Gefühl. Haben Sie hier irgendwo einen Generator oder so?«

»Nein. Aber manche Leute reagieren so. Ich habe es nie gespürt, aber ich habe schon Leute erlebt, die davon noch mehr gepackt waren als Sie.«

»Wovon?«

»Der Großen Kiva. Kommen Sie, ich zeig's Ihnen.«

Ich folgte ihm um eine Biegung des Weges zum Rand von dem, was Hals absolut unbeschreiblich wunderbares Loch in der Erde sein mußte. Eine Kiva – ein kreisrundes Loch in der Erde, in dem Puebloindiander und ihre Vorfahren geheime und vermutlich heilige Zeremonien abhielten – ist üblicherweise überdacht. Diese hier nicht, nicht mehr, und vermutlich waren in ihr schon seit über eintausendzweihundert Jahren keine Zeremonien mehr abgehalten worden. Aber ich war ganz sicher, daß das, was sie heilig gemacht hatte, nicht verschwunden war. Ich spürte, daß von ihr eine überwältigende Kraft ausging.

Ganz plötzlich, genauso plötzlich, wie es mich gepackt hatte, war das Gefühl verschwunden. Ich sah etwas auf dem Boden des Lochs, in dem Schnee und dem Matsch und dem Schlamm, das nichts mit den Anasazi oder dem, was sie dort getan hatten, zu tun hatte, und mein Verstand war nicht mehr auf Übersinnliches gepolt.

Was ich sah, war ein roter Schal.

Ein roter Schal, der mir gehörte.

Und gleichzeitig nahm ich hinter mir eine laute Auseinandersetzung wahr, eine Baritonstimme, die sich lebhaft über das allgemeine Thema »Du kindischer Hornochse« ausließ, und eine nicht sonderlich sichere Tenorstimme, die protestierte: »Was kann ich denn dafür, daß sie gerade die Toiletten saubergemacht haben! Ich mußte pinkeln!«

»Du brauchst eine Blasentransplantation«, brüllte Salazar, »aber vorher brauchst du eine Gehirntransplantation! Könnte passieren, daß sie dir dein Spatzenhirn rauspusten, bloß weil ...«

»Hal«, rief ich laut dazwischen, »hast du Lorie meinen roten Schal geliehen?«

Totenstille. Absolut. Sogar der gräßliche Vogel hielt den Schnabel, und der Parkranger starrte mich an, als befürchtete er, ich würde jeden Moment durchdrehen. Salazar sagte nichts; er wartete bloß. Soviel ich weiß, können Indianer sehr gut warten. Diese Tugend sollte ich mir aneignen. In diesem Augenblick gelang es mir ganz gut.

Wie zu erwarten, hatte Hal die Stille als erster leid. »Ich hab' gedacht, du hättest bestimmt nichts dagegen, wenn –«

»Hal«, wiederholte ich, »hast du Lorie meinen roten Schal geliehen?«

»Na ja, ich dachte –«

»Hal, hast du –«

»Ja!« brüllte er.

Inzwischen konnte ich hören, wie Hal krachend durchs Unterholz auf mich zukam. Ich konnte Salazar nicht hören, aber als ich mich umdrehte, sah ich, daß er direkt neben Hal war. Seine Geräuschlosigkeit hing zum Teil mit dem Unterschied zwischen ein Meter sechzig und ein Meter dreiundneunzig zusammen, aber wohl eher mit dem Unterschied zwischen sechzehn und über vierzig und noch eher mit dem Unterschied zwischen völliger Selbstbeherrschung und totaler Zerfahrenheit. Salazar war sichtlich wütend. Was ich ihm nicht verübeln konnte. Vielleicht mit Ausnahme von Hals Vater, seines Pfadfinderleiters, seines Ringkampftrainers, seines Schwagers (des angehenden Psychiaterschwagers, nicht des Anwalts) und mir schafft es kein Erwachsener, lange mit Hal zusammenzusein, ohne wütend zu werden. Wie wütend, hängt zum großen Teil davon ab, wie eng die Beziehung ist, die der Betreffende gerade mit Hal hat.

Salazars Beziehung zu Hal war im Moment enger, als es sich jeder geistig normale, nicht verwandte Erwachsene wünschen würde.

Mittlerweile waren Hal und Salazar zu mir an den Rand der Kiva gekommen und blickten hinein. »Hatte sie den gestern abend noch?« fragte ich Hal.

»Wen?«

»Den Schal. Hatte Lorie gestern abend meinen Schal noch?«

»Ach so. Ja.«

»Bist du sicher?«

»Ja, absolut. Sie hatte ihn gestern abend. Sie trug ihn am Tisch.«

Trotz Hals Beteuerungen war es möglich, das der Schal gestern nachmittag in der Kiva gelandet war, als Hal mit Lorie hier war. Aber Hal war sich vollkommen sicher, daß Lorie nicht weiter als zur Toilette gegangen war, und wenn sie Krämpfe gehabt hatte, konnte ich das durchaus glauben. Die Kiva war mindestens vierhundert Meter von der Toilette entfernt.

Es war ausgeschlossen, daß der Schal jemand anders gehörte. Ich hatte im Winter ein umfangreiches Stickprojekt gestartet – und wieder aufgegeben. Der Schal war nicht mit einem Regenbogen und einem Flugzeug bestickt, sondern mit einem halben Regenbogen und einem Viertel Flugzeug. Ich konnte die Stickerei von hier aus sehen. Es war eindeutig mein Schal.

Ich sagte es Salazar, und er nickte. Er wandte sich um und sah Hal an. Er griff in seine Tasche. Er sah Hal wieder an. »Hal«, sagte er mit bemüht kontrollierter Stimme, »kannst du fünf Minuten lang das tun, was man dir sagt? Genau das, was man dir sagt?«

»Ich kann immer –«

Salazar unterbrach die beleidigte Unschuld. »Kannst du? Und wirst du?«

»Ja, Sir.«

»Fabelhaft. Dann geh zu meinem Wagen. Geh direkt zu meinem Wagen. Geh nicht über Los. Ziehe keine zweihundert Dollar ein. Sieh in den Kofferraum. Da liegen eine Kameratasche und eine schwarze Aktentasche. Du nimmst sie heraus und stellst sie neben den Wagen. Du behältst den Schlüssel in der Hand, damit du ihn nicht im Kofferraum liegenläßt, und machst den Kofferraum zu. Bring die Kameratasche und die schwarze Aktentasche mitsamt Inhalt sowie den Schlüssel direkt zu mir. Trödel unterwegs nicht rum. Bleib nicht stehen, um dir die Landschaft anzusehen. Bleib noch nicht mal stehen, um zu pinkeln. Ist das absolut klar?«

»Ja, Sir.«

Nachdem Hal offenbar fromm und brav in Richtung Parkplatz davongetrottet war, sagte der Ranger: »Dürfte ich wissen, was hier vor sich geht?«

Salazar erzählte es ihm. In allen Einzelheiten, und der Ranger fluchte. »Ich habe den Camaro gesehen«, sagte er, »aber mir ist nichts aufgefallen. Verstehen Sie. Mir ist weder der Fahrer noch sonst was aufgefallen. Ich erinnere mich nicht, eins von den Mädchen gesehen zu haben.«

»Haben die hier kampiert? Der Typ mit dem Camaro, meine ich?« fragte Salazar.

Langes Schweigen. »Das kann ich Ihnen nicht sagen«, sagte der Ranger schließlich. »Im Sommer könnte ich es Ihnen sagen, aber nicht unbedingt um diese Jahreszeit. Regulär waren sie jedenfalls nicht hier. Regulär muß man sich bei uns anmelden, wenn man hier kampieren will, aber es würde uns nicht unbedingt auffallen, wenn jemand es nicht tut. Ich würde gern sagen, daß es uns auffallen würde, aber ich bin mir da wirklich nicht sicher. Die Sache ist, bei uns kann man nur wild kampieren – keine Feuerstellen, kein fließendes Wasser, keine Latrinen, rein gar nichts außer den Sachen hier. Der Park wird im Sommer viel genutzt. Aber um diese Jahreszeit? Mann, es ist verdammt kalt, wenn die Sonne untergeht. Wir schließen ab und gehen nach Hause. Ich meine, na ja, zu Hause, das ist ein Wohnwagen im Park – wir sind hier –, aber das heißt nicht, daß wir die ganze Nacht hier Streife gehen. Ich kann Ihnen sagen, daß niemand ein Feuer gemacht hat, es sei denn, es war ein ganz kleines Feuer in den Ruinen, dann hätten wir weder Rauch noch Flammen gesehen. Aber hier gibt es jede Menge Möglichkeiten, sich zu verstecken. Es gibt jede Menge Möglichkeiten, einen Wagen zu verstecken.«

»Und jede Menge Möglichkeiten, eine Leiche zu verstecken?«

»So viele Möglichkeiten, wie man sich nur denken kann«, sagte der Ranger. Er deutete zu den Ruinen. »Da draußen liegen Leichen, die wir nie gefunden haben, und da liegen Leichen, die wir nie finden werden. Viele Leute haben hier gelebt und sind hier gestorben. Eine frische Leiche? Vielleicht. Irgendwann. Am Geruch und den kreisenden Geiern. Aber vielleicht nicht. Vielleicht nie. Kommt drauf an, wie gut sie versteckt wurde.«

»Verdammt«, sagte Salazar. »Verdammt und zugenäht.«

»Tut mir leid. Aber so sieht's nun mal aus.«

»Ich weiß«, sagte Salazar und warf mir einen Blick zu.

»Ich weiß es auch«, pflichtete ich bei. »Das heißt aber nicht, daß es mir gefallen muß.« Ich blickte in Richtung Parkplatz, in der Hoffnung, daß Hal nicht in Hörweite war.

Er war es nicht. Er kam gehorsam zurückgetrottet, beladen mit der Kameratasche, der schwarzen Aktentasche und den Autoschlüsseln. Er hatte das Schlüsseletui zwischen den Zähnen, offenbar um die Schlüssel ja nicht fallenzulassen. »Wisch die Schlüssel ab«, sagte Salazar, »und gib sie deiner Mutter.« Er blickte mich kurz an. »Ach nein, gib sie nicht deiner Mutter. Leg sie dahinten auf den Baumstumpf in die Sonne. Ich nehm sie gleich selbst da weg«, fügte er hinzu. »Ich kann Spucke nicht ausstehen«, brummte er leise, während er die Kamera aus der Tasche nahm.

Am Rand der Kiva machte er mehrere Fotos. Es war eine gute Kamera; er setzte ein Teleobjektiv auf und konnte so Fotos machen, die nach dem Vergrößern wie Nahaufnahmen wirken würden. Dann blickte er auf die altersschwache Holzleiter, die in die Kiva hinabführte. Er blickte Hal an.

»Ich geh runter und hol es«, bot Hal eifrig an.

»Ich würde dein Angebot gerne annehmen«, sagte Salazar, »aber das ist meine Aufgabe.« Er sah wieder die Leiter an, ziemlich besorgt, und sagte dann: »Ach verdammt. Du kannst die Leiter festhalten. Ich möchte nicht, daß sie wackelt. Und ich schwöre, ich bringe dich um, wenn du wieder in der Gegend verschwindest, während ich runterklettere. Ist das klar?«

»Hören Sie, ich kann es für Sie holen«, bot der Ranger an. »Ich muß heute oder morgen sowieso da runter, um den Müll zu entfernen. Manche Leute sind richtige Schweine.«

»Sie können mit mir zusammen runtergehen«, sagte Salazar. »Aber Sie können nicht an meiner Stelle runtergehen. Das ist mein Job.«

Während Hal die beiden grauen abgeblätterten Holzpfosten festhielt, die oben über den Rand der Kiva hinausragten, stieg Salazar – mit der Kamera um den Hals, Notizbuch und Stift und Maßband in der Gesäßtasche und Beuteln für Beweismittel im Halfter (sein Dienstrevolver war jetzt in meiner Handtasche) – die Leiter hinab. Der Ranger – sein Name, wie wir inzwischen wußten, war Nelson, was gemessen an seinem Gesicht und seiner Statur verblüffend unhispanisch und unindianisch war – wartete derweil nervös und wurde erst munterer, als Salazar brüllte: »Hey, Nelson! Sie können jetzt runterkommen!«

Hal hielt weiter diensteifrig die Pfosten fest, als Nelson hinabstieg. Ich sah vom Rand aus beklommen zu. Ich müßte eigentlich auch da unten sein. Es war auch mein Fall (was er natürlich nicht war), und es war Lorie, die vermißt wurde, und ich war für sie verantwortlich (was ich natürlich nicht war). Aber die Logik beherrschte den Augenblick. Es war möglich – durchaus möglich –, daß ich die Leiter hinabsteigen konnte. Ich war mir ziemlich sicher, daß ich sie nicht wieder hochkommen würde, und einen Hubschrauber zu rufen, der in die Kiva hinabflog, um mich rauszuholen, schien mir keine besonders gute Idee.

Also dachte ich einen Moment lang nach, bis mir Fergie einfiel. Die bezaubernde Prinzessin oder Herzogin, oder was immer sie ist. Als Fergie schwanger war, ist sie Ski gefahren. Sie ist geritten. Sie hat praktisch alles gemacht, was sie machen wollte. (Sie war zwar auch über fünfzehn Jahre jünger als ich, aber darüber wollte ich jetzt nicht nachdenken.) Und was war schon eine Leiter? Bloß eine vereinfachte Treppe. Und so tief war es auch wieder nicht. Nicht sehr, sehr tief.

Ich näherte mich der Leiter.

»Mom, ich finde, du solltest das besser nicht tun«, sagte Hal nervös.

Ich spähte über den Rand, blickte direkt die Leiter hinab. Wie stabil war sie? Ich wog auch jetzt nicht *so* viel. Mehr als ich sollte – wie mein Arzt mir ständig sagt –, aber nicht so viel.

»Mom, ich finde *wirklich,* du solltest das besser nicht tun«, sagte Hal.

Natürlich hatte er recht.

Natürlich stieg ich die Leiter trotzdem hinab.

In diesem Punkt war Salazar zweifellos mit Hal einer Meinung, aber er merkte erst, daß ich kam, als ich schon unten war. Seine Bemerkung klang, als hätte er Unterricht bei meinem Mann Harry genommen. »Sie sind runtergekommen, also kommen Sie auch wieder rauf«, war alles, was er zu mir sagte.

Das war nur recht und billig.

Also konnte ich mir jetzt ansehen, was sie sich anguckten. Für mich sah es so aus, als wäre mein Schal zufällig hier hineingeweht oder vielleicht – nur vielleicht – mit Absicht hinabgeworfen worden. Er hing an einem Stück Holz, das hineingeworfen oder -geschleudert worden war, aber es führten keine Fußspuren dorthin, und so matschig, wie es hier unten war, hätte man Fußspuren sehen müssen.

Und so war es auch, am Rand der Kiva, und ich erkannte auf den ersten Blick, daß diese Fußabdrücke von keinem der beiden Männer stammten, die jetzt daneben standen. Die Fußabdrücke stammten von einem Mann – einem großen Mann mit Turnschuhen. Na ja, ich hätte nicht beschwören können, daß ein Mann die Fußabdrücke hinterlassen hatte, aber wer es auch immer war, er hatte größere Füße als ich, und meine sind etwas größer, als mir lieb ist. Das zweite Paar Fußabdrücke, außer den Spuren, in denen Nelson und Salazar und ich selbst standen, stammte von einer Frau, und diesmal war ich sicher, fast hundertprozentig sicher. Es waren die Fußabdrücke einer Frau mit Sandalen mit hohen Absätzen. Und ja, ich wußte, daß es Sandalen waren, weil sie an einer Stelle so tief in den zähen Schlamm eingesunken war, daß ich die Spuren der Riemen erkennen konnte.

Zugegeben, ich hatte Lorie schon eine Zeitlang nicht mehr gesehen, bevor sie von Fort Worth aufgebrochen war, und ich hatte ehrlich gesagt nicht einmal daran gedacht, Hal zu fragen, was für Schuhe sie angehabt hatte, aber ich habe Lorie zuletzt irgendwann im letzten Herbst in Sandalen gesehen, und ich habe Lorie noch *nie* in Sandalen mit hohen Absätzen gesehen. Sie trägt einfach keine hohen Absätze.

Dagegen hatte ich ein Paar Sandalen mit hohen Absätzen auf dem Boden zwischen Hals und Harrys Schlafsack liegen sehen. Ein Paar bunte Sandalen mit hohen Absätzen mit getrocknetem Schlamm an den Sohlen und zum Teil an den Riemen.

»Haben Sie Gips?« fragte ich Salazar.

Er sah mich mit einem Ausdruck an, in dem ich nicht gerne angesehen werde. »Nein, ich habe keinen Gips«, antwortete er.

Während Nelson das Maßband neben einen Fuß in der Länge ausgezogen hielt, machte Salazar etliche Fotos mit gerade nach unten gerichteter Kamera. Sie würden für erkennungsdienstliche Zwecke ausreichen. Er machte ähnliche Fotos von den Turnschuhabdrücken. Nein, wir hatten noch keine Turnschuhe, die wir mit den Abdrücken vergleichen konnten. Aber wir würden welche haben.

Wir würden sie finden müssen, wenn ich es schaffen wollte, Hal mit nach Hause zu nehmen.

Nachdem wir die Schuhabdrücke fotografiert und den Schal an uns genommen hatten, machten wir drei uns auf die Suche. Ich war mir zwar nicht sicher, was wir an einem so idiotischen Ort zu finden hofften, aber das kommt sehr oft vor – man sucht, ohne zu wissen, wonach man eigentlich sucht, aber doch in der Hoffnung, irgend etwas zu finden, das einem irgendwelche Hinweise gibt, die zur Lösung des Falles beitragen. Diesmal hatten wir Glück. Wir fanden etwas, obwohl ich nicht den blassesten Schimmer hatte, wie nützlich es sein würde. Die Spuren führten zu einer Stelle, wo eine Feuerstelle in die Wand eingelassen worden war, vermutlich als die Kiva neu war. Unterhalb davon befand sich eine Art Steinsims, der trotz der winterlichen Unmengen an Schnee und Regen einigermaßen trocken geblieben war, und auf diesem Sims lag ein Doppelschlafsack. Neben dem Schlafsack lag ein Beweisstück anderer Art, ein gebrauchtes Kondom.

Das brachte mich ins Grübeln. Denn wenn April und der Mann mit dem roten Camaro hier ihr Lager aufgeschlagen hatten und wenn er von Anfang an geplant hatte, sie umzubringen, warum hatte er es dann für nötig befunden, ein Kondom zu benutzen? Warum die Vorsichtsmaßnahme, ein Mädchen nicht schwanger zu machen, wenn er es ohnehin umbringen wollte?

Das fragte ich, und Salazar sagte: »Vielleicht hatte er gar nicht vor, sie umzubringen. Oder vielleicht wollte er sie noch nicht umbringen, und sie hat darauf bestanden, daß er eins benutzte. Oder vielleicht hat er gedacht, sie hätte eine Infektion. Oder vielleicht hatte sie ihre Tage, und er war da zimperlich.«

Salazar, selbst recht zimperlich, sammelte das Kondom auf, indem er es mit einem Zweig, der daneben gelegen hatte, auf eine Karteikarte schob. »Ich hab' richtiggelegen«, sagte er und präsentierte mir die Trophäe. An der Außenseite war getrocknetes Blut. Er ließ das Kondom in einen Beweismittelbeutel gleiten und fing an, das Etikett zu beschriften.

Ich dachte an den Tatort auf dem Platz in der Stadt. »Zimperlich?« fragte ich.

»Na ja«, sagte Salazar und schwieg dann.

»Ich frage mich, warum gerade hier«, sagte Nelson. »Es gibt jede Menge gemütlichere Plätze. Es gibt jede Menge Plätze, wo man einfacher hin- und wieder zurückkommt. Wieso also hier?«

Das fragte ich mich auch. Das hätte ich wirklich gern gewußt. Und dann erinnerte ich mich plötzlich an die Energie, die ich verspürt hatte, kurz bevor ich die Kiva sah, und ich fing an zu zittern. Ich blickte zu Nelson hinüber, und ich konnte sehen, daß auch er daran dachte. Ich wollte Salazar nichts davon erzählen. Ich wußte nicht, ob er es schon mal gespürt hatte oder schon mal davon gehört hatte, und ich wollte nicht, daß er mich für verrückt hielt.

Ich sah zu ihm hinüber.

Er würde mich nicht für verrückt halten. Er stand da und starrte wie gebannt auf irgendeinen Punkt an der Kivawand, der mir nicht das geringste sagte, aber zweifellos ihm, und der starre Ausdruck in seinem Gesicht verriet, daß er an irgend etwas dachte, das für mich keinerlei Bedeutung haben würde, aber – wie die Wand der Kiva – zweifellos für ihn.

»Salazar?« fragte ich. »Alles in Ordnung mit Ihnen?«

»Alles in Ordnung.«

»Was für ein Indianer sind Sie eigentlich?« platzte ich heraus.

Ohne sich umzudrehen, ohne den Blick von dem abzuwenden, was er da sah und das nicht da war, erwiderte er: »Ist das wirklich die Frage, die Sie stellen möchten?«

Nein, das war sie nicht. Er hatte recht. »Wissen Sie, wie eine Kiva funktioniert? Funktionieren soll?«

»Ja.«

»Gibt Ihnen das irgendwie Aufschluß darüber, was – was hier passiert ist?«

»Vielleicht.« Er wandte sich um und sah mich an. »Vielleicht. Aber ich bin mir nicht sicher. Alles, was ich Ihnen mit Sicherheit sagen kann, ist – ach verdammt. Ich kann Ihnen nichts mit Sicherheit sagen. Aber, es war Blasphemie. Es war Blasphemie. Es ist mir egal, was Ihre Religion ist, es war Blasphemie. Können Sie allein hier rauskommen? Ich muß einen großen Beweismittelbeutel holen.«

Ich blieb noch so lange in der Kiva, daß ich mithelfen konnte, den Schlafsack einzusammeln, der vielleicht nicht das geringste mit dem Verbrechen zu tun hatte, und dann schaffte ich es, allein aus der Kiva rauszukommen, obwohl ich zugeben muß, daß ich mir beim Aufstieg aus tiefstem Herzen wünschte, ich wäre nie da runtergestiegen.

Als ich oben auftauchte, befanden Salazar und Nelson sich in einer engen Besprechung – mit eng meine ich, daß sie die Köpfe zusammengesteckt hatten, weit genug von Hal entfernt, damit er sie nicht hörte –, und ich befahl Hal, sich eine Weile nicht vom Fleck zu rühren, während ich zu den beiden hinüberging. Wie sich herausstellte, ging es gerade um die Frage, ob sie jetzt die Ruinen durchsuchen oder besser warten sollten. Salazar sprach sich dafür aus, sie jetzt zu durchsuchen. Nelson legte dar, wie lange vier Leute, darunter eine Person, die eigentlich nicht in der Verfassung war zu klettern, brauchen würden, um die Ruinen zu durchsuchen.

Nelson setzte sich durch, indem er Salazar zusicherte, daß er das Hauptquartier des Park Service verständigen und von anderen Parks ein paar zusätzliche Ranger anfordern lassen würde und daß sie morgen früh bei Sonnenaufgang eine große Suchaktion starten würden. Was so ziemlich der früheste Zeitpunkt war, um überhaupt eine richtige Suche durchführen zu können.

Salazar, Hal und ich gingen zurück zum Wagen der Polizei von Las Vegas, wobei Hal als Packesel diente und die Fotoausrüstung und so weiter trug. Salazar trug selbst die gesammelten Beweisstücke.

Ich versuchte ein einziges Mal, Salazar zu fragen, was er vorhin gemeint hatte. »Was passiert eigentlich in einer Kiva?« fragte ich.

Er wandte sich jäh zu mir um. »Würden Sie einen Mormonen fragen, was eigentlich im Tempel passiert?«

»Nein, aber –«

»Dann fragen Sie mich nicht, was eigentlich in einer Kiva passiert. Ich werde es Ihnen nicht sagen. Alles, was Sie wissen dürfen, können Sie selbst herausfinden, wenn Sie zum Beispiel zum Pueblo San Ildefonso gehen und bei den Zeremonien zuschauen; und Sie können noch sehr viel mehr herausfinden, als Sie wissen dürfen, wenn Sie in den einschlägigen Ethnologiebüchern nachlesen. Aber ich werde es Ihnen nicht sagen. Ich sage Ihnen, was eigentlich *nicht* in einer Kiva passieren sollte. Was auch immer in der hier passiert ist, sollte nicht passieren. Und mehr müssen Sie nicht wissen. Jetzt und überhaupt.«

»Was, wenn Sie vor Gericht gefragt werden?«

»Dann gehe ich wegen Mißachtung des Gerichts ins Gefängnis.«

Er meinte es ernst.

Ich hielt den Mund und sah mir die Gegend an, das wenige, das ich noch erkennen konnte. Die Sommerzeit war noch nicht in Kraft getreten, und der Himmel war inzwischen stockdunkel.

Salazar fuhr etwa dreißig Minuten lang schweigend, und dieses Schweigen war so düster, daß nicht einmal Hal sich traute, ihn zu stören, bis er schließlich sagte: »Okay. Tut mir leid. Es war nicht Ihre Schuld. Es ist bloß – wir haben hier ständig mit diesen verdammten, dämlichen *pahanas* zu tun, die Indianer spielen wollen, und sie versuchen, ihre Nase in eine vier- bis fünftausend Jahre alte Tradition zu stecken und alles über Nacht zu lernen, und sie lernen alles falsch und verdrehen es dermaßen, bis nicht einmal die Menschen, denen die Tradition gehört, sie wiedererkennen. Es würde Ihnen bestimmt nicht gefallen, wenn Leute aus den Dingen, die Ihnen heilig sind, eine Art Spielplatz machen würden. Und ich kann Ihnen sagen, uns gefällt es auch nicht. Deshalb dürfen Touristen nach San Ildefonso keine Kameras mehr mitnehmen.«

»Sind Sie aus San Ildefonso?« fragte ich.

Er schwieg wieder eine Zeitlang vor sich hin. »Eigentlich nicht.«

»Aber Sie waren schon einmal dort.«

»Ich war schon mal dort. Ich ... darf da hin. Ich darf da hin, wie Sie es nicht dürften. Wenn Sie verstehen, was ich meine.«

»Okay«, sagte ich. »Ich verstehe, was Sie meinen. Und falls es Sie interessiert – falls es was hilft, wenn ich es sage –, ich versuche nicht, Kameras nach San Ildefonso hineinzuschmuggeln, und ich trage auch keine kurze Hose, wenn ich Kathedralen besichtige.«

Salazar lachte leise. »Schön, daß Sie da eine Parallele sehen. Die meisten *pahanas* sehen keine.«

»Was bedeutet *pahanas?«* fragte Hal.

»Es ist ein Zwitterwort. Es ist ein Hopi-Wort, an das ich eine englische Pluralendung gehängt habe.«

»Okay, aber was bedeutet es?«

»Es bedeutet weiße Menschen.«

»Dann bin ich kein *pahana.«*

»Stimmt.«

»Dann kann ich also nach San Ilde-soundso?«

»Klar. Wie jeder andere Tourist.«

»Aber ich bin kein –«

»Pahana. Richtig. Du bist auch kein Puebloindianer. Tut mir leid.« Salazar hörte sich nicht so an, als täte es ihm sonderlich leid. Er fing sogar an zu pfeifen, während er fuhr.

Hal grübelte ein Weilchen vor sich hin, und dann hob sich seine Laune. »Hey, Chief Salazar«, sagte er, »müssen Sie mich wieder einsperren?«

»Ist das eine blöde Frage, oder ist das eine blöde Frage?« erwiderte Salazar.

»Sie wissen doch, daß ich April nicht getötet habe.«

Salazar dachte darüber nach. »Okay, stimmt, ich bin mir jetzt einigermaßen sicher – nicht hundertprozentig sicher, aber einigermaßen sicher –, daß du April nicht getötet hast.«

»Wieso wollen Sie mich dann noch immer einsperren?«

»Soll ich die Vorwürfe gegen dich noch einmal aufzählen?«

»Okay, aber ich wollte doch Lorie finden.«

»Erzähl das Begay, zumal er und noch jemand morgen mit einem Mechaniker hier rauskommen müssen, um den Wagen zurückzufahren, den du gestohlen hast.«

»Okay, aber ich wollte doch nicht ...« Hals Stimme erstarb, und er sah Salazar bedrückt an. »Okay, schätze, ich wollte doch. Aber ich mußte Lorie finden.«

»Hast du Lorie gefunden?«

Selbst ich fand die Frage ziemlich unfair, und Hals Stimme klang gekränkt, als er erwiderte: »Nein, aber Sie auch nicht.«

»Ich mußte meine Zeit damit vertun, dich zu suchen. Nenn mir einen guten Grund, warum ich dich aus dem Gefängnis lassen sollte.«

»Ich kann Sachen für Sie tragen.«

»Ich habe Hände.«

»Ich wäre auch die Leiter runtergestiegen, aber Sie haben mich ja nicht gelassen.«

»Das war mein Job. Und du hättest nicht gewußt, wonach du suchen solltest.«

»Ich weiß, wie man mit Teenagern redet.«

Salazar öffnete den Mund, schloß ihn wieder, und dann gelang es ihm, einen raschen Blick über die Schulter zu werfen. »Wie kommst du darauf, daß wir in diesem Fall mit irgendwelchen Teenagern reden müssen?«

»Ich bin ein Teenager. April war ein Teenager. Lorie ist ein Teenager. Wer immer der Typ auch ist, er mag Teenager.«

»Da ist was dran. Es gibt da nur ein Problem.«

»Welches denn?«

Salazar fuhr den Wagen an den Straßenrand, stellte den Schalthebel auf Parken und wandte sich nach Hal um. »Mein Junge, du siehst asiatisch aus. Was glaubst du wohl, wie viele Asiaten wir in Las Vegas haben?«

»Keine Ahnung. Wie viele?«

»So gut wie gar keine. Vielleicht zehn, höchstens. Wir habe jede Menge Hispanos und Angloamerikaner.«

»*Pahanas*«, unterbrach ihn Hal. Er ist immer stolz auf sich, wenn er ein interessantes neues Wort gelernt hat.

»Angloamerikaner«, sagte Salazar. »Die Hispanos sind auch *pahanas,* es sei denn, sie sind es nicht.«

»Hä?«

»Etwa die Hälfte der Hispanos sind wie ich, sie sind richtige Indianer mit spanischem Namen, wie ich. Also sind sie keine *pahanas.* Aber wenn sie in erster Linie spanischer Herkunft sind, dann sind sie *pahanas*. Jetzt vergiß das mal mit den *pahanas,* okay? Wir haben da in Las Vegas noch ein kleines zusätzliches Problem, und das betrifft dich sehr viel mehr als die Frage, wer ein *pahana* ist und wer nicht.«

»Das wäre?« Die Frage kam von mir. Auch meine Neugierde war jetzt geweckt.

Salazar seufzte und ließ wieder den Wagen an. Als er losfuhr, sagte er: »Ich sage es nur verdammt ungern, aber hier bei uns gibt es verdammt viel Rassismus. Wir haben jede Menge Hispanos, die keine Angloamerikaner mögen. Wir haben jede Menge Angloamerikaner, die keine Hispanos mögen. Wie überall – ja, wie überall – sind die Rassisten zwar eine ziemlich kleine Minderheit. Aber man muß eins bedenken. Was meint ihr, was passiert, wenn dieser kräftige, große, gutaussehende asiatische Typ hier rumläuft und anfängt, sich nach den Mädchen zu erkundigen? Also, wenn du dich nach hispanischen Mädchen erkundigst, werden die hispanischen Typen ziemlich sauer. Und wenn du dich nach den angloamerikanischen Mädchen erkundigst, werden die angloamerikanischen Typen ziemlich sauer. Und Hal, wenn die hispanischen Typen und die angloamerikanischen Typen mal richtig sauer aufeinander sind, prügeln sie sich meistens schon deshalb nicht, weil sie wissen, daß sie es dann mit mir zu tun kriegen, aber falls sie es doch tun, wird vermutlich keiner von ihnen ernstlich verletzt werden, weil sie ein gut funktionierendes Unterstützungssystem haben. Aber wer gibt dir Rückendeckung? Was für ein Unterstützungssystem hast du?«

»Leider hat er vermutlich recht, Hal«, sagte ich.

»Ich komm ziemlich gut mit Leuten klar«, sagte Hal mit einer sehr verletzten Stimme, die diesmal nur zu einem Viertel gespielt war. »Mom kann Ihnen das bestätigen.«

»Stimmt das?« fragte Salazar mich.

»Eigentlich ja«, sagte ich. »Mit Gleichaltrigen.«

»Hal, ich werde darüber nachdenken müssen«, sagte Salazar. »Ich meine, sei vernünftig, auch wenn du April nicht getötet hast – und du hast recht, ich glaube nicht, daß du es warst –, hast du trotzdem genug angestellt, um dich für die nächsten zehn Jahre hinter Gitter zu bringen, wegen Diebstahls eines Polizeiwagens, Flucht, Angriff auf einen Polizeibeamten und so weiter. Ich sehe zwar auch viele mildernde Umstände, aber ich werde gründlich darüber nachdenken müssen, bevor ich dich auf freien Fuß setze. Ich sperre dich diese Nacht ein. Aber ich werde darüber nachdenken. Soviel verspreche ich dir.«

Hal war nicht sonderlich glücklich darüber. Ich, ehrlich gesagt, auch nicht. Aber Salazar hatte recht.

Kapitel 6

Als ich am nächsten Morgen ins Polizeirevier kam, war Salazar offenbar schon mindestens eine Stunde da. Auf einer Seite seines Schreibtisches saß Hal und blickte ungeheuer schuldbewußt drein, was ihm nicht zu verdenken war, denn der Stuhl gegenüber war mit einem finster dreinblickenden jungen Mann besetzt; er war etwa sechs Jahre älter als Hal, ein stämmiger Bursche, größer als Salazar, aber deutlich kleiner als Hal, und sein dunkles, fast quadratisches Gesicht war links am Kinn unübersehbar von einem bläulichroten Bluterguß entstellt. Ich brauchte nicht viel Fantasie, um zu vermuten, daß ich vielleicht, nur vielleicht, auf Begay blickte.

Begay war in Zivil, und Salazars Gesicht sprach Bände. Er führte etwas im Schilde, und weder Hal noch Begay hatten Sinn für seinen Humor. Begay protestierte gerade aufs heftigste.

»Klar kann ich jemanden davon überzeugen, daß er ein Navajo ist«, sagte Begay, »wenn der Betreffende noch nie einen Navajo gesehen hat, aber ich, ich bin selbst ein Navajo, und daß ausgerechnet ich das machen soll –«

»Ich habe nicht gesagt –«

»Sie haben gesagt, überzeugen Sie sie, daß er mein Cousin ist«, raunzte Begay, so frustriert, daß er absolut nicht mitbekam, daß er soeben den Polizeichef unterbrochen hatte.

»Muß Ihr Cousin denn ein Navajo sein?«

»Ich bin ein Navajo«, stellte Begay erneut klar. »Aus dem Clan Stinkendes Wasser, wenn es für Sie von Bedeutung ist.« (An dieser Stelle kicherte Hal unglücklicherweise, und Begay blickte noch wütender als zuvor.) »Also, wie soll es da möglich sein, daß ich einen Cousin habe –«

»Na«, sagte Salazar, »die Schwester Ihrer Mutter könnte einen Mexikaner geheiratet haben.«

»Hat sie aber nicht.«

»Hätte sie aber. Sie können so tun, als ob.«

»Jedenfalls habe ich auch noch nie einen so großen Mexikaner gesehen.«

»Ich aber«, sagte Salazar.

»Ich auch«, sagte ich, »aber bevor Sie beschließen, Hal als Mexikaner auszugeben, sollten Sie sich sein Schulzeugnis ansehen. Er ist zwei Jahre hintereinander in Spanisch durchgerauscht.«

»So was Blödes habe ich wirklich noch nie gehört«, grollte Begay weiter. »Ich meine, sehen Sie doch, der Bursche ist Koreaner!«

»Ich bin kein Koreaner«, protestierte Hal. »Ich bin Amerikaner.«

»Dann bist du ein koreanischer Amerikaner.«

»Ich bin nicht koreanisch irgendwas. Ich habe bloß koreanische Gene und Chromosomen.«

»Wie soll ich dich also nennen?« fragte Begay. »Asiatisch wäre genauso dumm, wie mich und Salazar und Chief Nockahoma als Indianer zu bezeichnen. Wir sehen uns keinen Deut ähnlich. Genausowenig wie Chinesen und Japaner und Koreaner.«

Ohne die geringste Schwierigkeit erkannte ich augenblicklich, daß Begay Baseballfan war. Ich konnte sein Argument verstehen, obwohl ich stark bezweifelte, daß Chief Nockahoma, das Maskottchen der Atlanta Braves, überhaupt Indianer war.

»Also, wie soll ich dich nennen?« fragte Begay erneut, vermutlich rhetorisch.

Aber Hal nahm die Frage ernst. »Sie könnten mich einfach Hal nennen.«

Begay sagte: »Ach, Scheiße!« und Salazar lachte laut auf.

»Ich denke, das reicht jetzt«, sagte Salazar weiter. »Okay, Hal, wir werden das beherzigen.«

Hal war ausnahmsweise still. Salazar gab den scherzhaften Ton auf. »Also schön, Begay, Sie haben absolut recht«, sagte er. »Ich kann ihn nicht als Mexikaner ausgeben. Aber er hat auch recht. Er ist jemand, der herumgehen und Fragen stellen könnte und vielleicht Antworten bekäme, die wir Erwachsenen – ja, das schließt auch Sie mit ein, Begay – nicht stellen könnten und bestimmt nicht beantwortet bekämen. Jugendliche reden mit Jugendlichen.«

»Ich brauche keinen Leibwächter«, protestierte Hal.

»Nein, nur einen Bewacher«, sagte Salazar. »Ach, verdammt. Begay, würden Sie mal einen Moment rausgehen?«

»Ich möchte jetzt gerne in den Umkleideraum gehen und meine Uniform anziehen«, sagte Begay. »Ich würde nicht gerne den Tag damit verbringen –«

»Sie verbringen den Tag so, wie Sie es aufgetragen bekommen, genau wie alle anderen hier im Department. Jetzt mal kurz raus mit Ihnen. Ich überlege noch.«

Begay, der so mürrisch dreinblickte wie Hal an seinen schlechtesten Tagen, stand auf und ging ganz leise zur Tür hinaus, knallte sie ganz sachte zu, aber mit einem heftigen kleinen Klicken, das jedem, der genau hinhörte, unmißverständlich klarmachte, daß er die Tür zugeknallt hatte und sie sehr viel fester zugeknallt hätte, wenn er geglaubt hätte, damit durchzukommen.

»Hör mal, Hal«, sagte Salazar, »du bist wegen Lorie so durcheinander – und ich kann es dir nicht verübeln –, daß es dir den letzten Rest gesunden Menschenverstand, den du vielleicht hast, geraubt hat. Und gestern waren wir alle viel zu müde, um vernünftig zu denken. Aber jetzt hör mir zu, und deine Mom wird bestätigen, was ich sage. Hal, ich kann dich nicht freilassen. Ich kann es einfach nicht. Nein, ich glaube nicht, daß du April umgebracht hast, und ich glaube, die Staatsanwaltschaft wird es genauso sehen wie ich und deshalb keinen Haftbefehl gegen dich erlassen – obwohl ich es nicht beschwören kann, denn solange wir in der Sache nicht jemand anders haben, reichen die Beweise gegen dich aus. Und natürlich behalte ich dich nicht deshalb in Haft, weil du auf den Rasen gepinkelt hast. Wenn du gestern einen klaren Kopf behalten hättest, könnte ich dich jetzt – versuchsweise – freilassen.«

»Aber –«

»Junge, würdest du wohl mal drei Minuten damit aufhören, mich zu unterbrechen, und mir zuhören? Gestern hast du einen Polizeibeamten niedergeschlagen. Das ist ein Verbrechen. Du bist aus dem Gefängnis ausgebrochen. Das ist ein Verbrechen. Du hast einen Polizeiwagen gestohlen. Das ist ein Verbrechen.«

»Ich habe ihn mir nur ausgeliehen –«

»Red keinen Scheiß. Du hast einen Polizeibeamten niedergeschlagen und bist aus dem Gefängnis ausgebrochen und hast einen

Polizeiwagen gestohlen. Basta. Und, Junge, dafür kommst du vor Gericht.«

Ich hatte ein ungutes Gefühl im Magen. Aber Salazar hatte wieder mal recht. Manche Dinge kann man nicht durchgehen lassen.

»Ich muß vor Gericht?« wiederholte Hal. »Sie meinen, ich kann nicht nach Hause, auch wenn wir Lorie tatsächlich finden?«

»Oh, du darfst nach Hause«, sagte Salazar. »Aber auf Bewährung.«

»Mom –« Hal klang, als würde er jeden Moment losheulen.

»Hal, er hat recht«, sagte ich leise. »Er kann dich nicht einfach freilassen, nicht bei solchen Sachen.«

»Ich werde in der Kirche ganz schön Ärger kriegen«, wandte Hal ein.

»Du wirst auch zu Hause ganz schön Ärger kriegen. Es ist nicht so, als hättest du es nicht besser gewußt. Im Gegenteil. Und es ist noch schlimmer, wenn sich jemand, der es eigentlich besser weiß, danebenbenimmt, als wenn jemand sich danebenbenimmt, der es nicht besser weiß. Genau deshalb können Polizisten korrupte Polizisten nicht ausstehen.«

»Aber ich bin kein Polizist.«

»Du bist kein Polizist, und du bist nicht korrupt«, stimmte ich zu. »Aber dein Verhalten war verwerflich.»

»Was bedeutet das?«

»Es bedeutet, daß du einen Hornochsen aus dir gemacht hast«, sagte Salazar. »Hör zu, ich tue dir einen Gefallen. Ich gebe dir die Chance, bei diesen Ermittlungen mitzuhelfen, und wenn du deine Sache gut machst, erzähle ich es dem Jugendgericht. Aber ich kann dich – auf keinen Fall – ohne Bewachung auf die Straße lassen. Nicht zu deinem Schutz, sondern zu meinem Schutz. Kapiert?«

»Ich denke, ja«, brummte Hal, mit einem Ausdruck, der verriet, daß er eigentlich gar nichts kapiert hatte.

»Es gibt da einen alten Ausdruck«, sagte Salazar. »Und der lautet: SDA. Soll heißen: ›Sicher deinen Arsch‹ oder vielleicht auch ›Sicher dich ab‹. Es bedeutet, wenn du ein Risiko eingehst, sorg dafür, daß nicht du es bist, der Schwierigkeiten kriegt, wenn die Sache schiefgeht. So, im Moment versuche ich, mich abzusichern. Also, entweder du gehst raus und stellst Fragen in Begleitung eines Bewachers, oder du hockst weiter in deiner Gefängniszelle und spielst Fang-den-Hut. Du kannst es dir aussuchen. Ich lasse dir freie Wahl.«

»Ich will rausgehen«, sagte Hal, »aber wenn ich schon einen Bewacher haben muß, muß mein Bewacher ausgerechnet Begay sein?«

»Leider ja«, sagte Salazar.

»Wieso?«

Salazar schwieg lange, bevor er sagte: »Sieh es mal von Begays Standpunkt aus. Du bist ihm gestern entwischt. Was glaubst du, wie er sich da gefühlt hat?«

»Aber –«

»Du hast gegenüber Leuten wie mir und Begay und deiner Mutter und nahezu jedem einen Vorteil. Du bist groß. Du bist größer als etwa neunzig Prozent der Leute auf der Straße, und das ist dir zu Kopf gestiegen. Also, ich muß dir was sagen. Begay ist ein harter Bursche. Begay ist ein sehr viel härterer Bursche als du. Du bist Begay nicht entwischt, weil du größer bist als Begay; du bist ihm entwischt, weil Begay dir vertraut hat, weil deine Mom ein Polizist ist und weil sie hier ist, um uns zu helfen, und deshalb hat er auf dich nicht so aufgepaßt, wie er auf jeden anderen aufgepaßt hätte. Aber ich will dir eins sagen. Begay wird dir nie wieder vertrauen, es sei denn, du beweist ihm, daß er dir vertrauen kann. Und du wirst Begay nie wieder entwischen. Du denkst, weil du groß bist, bist du auch clever. Na, ich verrat dir was. Das stimmt nicht. Wenn du groß bist, bist du nur groß. Und ich werde Begay die Chance geben, dir das zu beweisen, wenn du ihn dazu zwingst.«

»Das ist nicht fair«, protestierte Hal, und ich mußte über seinen Tonfall lachen.

»Das Leben ist nicht immer fair«, schaltete ich mich ein. »Aber so ist es nun mal.«

Salazar ging zur Tür seines Büros und rief Begay wieder herein. »Begay, es ist mir egal, was für eine Tarngeschichte Sie sich einfallen lassen. Irgendeine Geschichte oder keine Geschichte. Hal kann von mir aus irgendein Typ sein, den Sie an der Bushaltestelle kennengelernt haben, wenn Sie wollen. Aber heute werden Sie und Hal durch die Stadt gehen und Fragen stellen. Halten Sie sich möglichst im Hintergrund und lassen Sie Hal die Unterhaltungen führen; Sie klingen viel zu sehr wie ein Polizeibeamter. Ich gebe Ihnen nur noch eine zusätzliche Anweisung. Lassen Sie ihn nicht aus den Augen.«

»Das werde ich nicht«, sagte Begay grimmig.

»Brauchst du Geld?« fragte Salazar.

»Wofür?« fragte Hal.

»Ich weiß nicht, wofür«, sagte Salazar. »Wo kommen Teenager mit anderen Teenagern ins Gespräch? Für Flipperautomaten? Videospiele? Irgendwas in der Art? Hamburger?«

Ich griff in mein Portemonnaie und gab Hal einen Zehndollarschein und alles Kleingeld, das ich hatte. »Das ist vielleicht das einzige Mal in deinem Leben, daß ich dir freiwillig Geld für Videospiele gebe«, sagte ich zu ihm, »also genieß es, solange du kannst.«

»Haben Sie Geld dabei, Begay?« fragte Salazar.

»Ja, Sir. Etwas.«

»Merken Sie sich, was Sie ausgeben. Sie kriegen es zurück.«

»Ja, Sir.«

Ich habe schon fröhlichere »Ja-Sirs« gehört und fröhlichere Gesichter gesehen als die von Hal und Begay, als sie zur Tür hinausgingen. »Glauben Sie, das war eine gute Idee?« fragte ich, nachdem sich die Tür hinter ihnen geschlossen hatte.

Salazar zuckte die Achseln. »Wahrscheinlich nicht. Ich hatte auch früher schon schlechte Ideen. Und ich bin sicher, ich werde noch etliche mehr haben. Aber daß er mit Begay zusammen ist, hat eine gute Seite, die Sie nicht kennen.«

»Welche?«

»Navajos hassen Leichen. Navajos – im allgemeinen, mit Ausnahmen – glauben an Geister. Sie nennen sie *chindi*. Wenn du jemanden tötest, kannst du damit rechnen, daß dir sein Geist für den Rest deines Lebens um den Hals hängt. Was bedeutet, wenn Hal sich wieder solche Mätzchen leistet wie gestern, wird Begay ihn aufhalten, aber Begay wird nicht riskieren, ihn zu töten, es sei denn, ihm bleibt wirklich keine andere Wahl. Und ich habe hier im Department Leute, von denen ich das nicht behaupten kann. Manche von denen habe ich geerbt. Manche von denen habe ich selbst eingestellt. Seien wir ehrlich, jemand, der nicht bereit ist zu töten, ist in jedem Polizeidepartment fehl am Platze.« Er blickte mich herausfordernd an.

»Ich habe einen Mann getötet«, sagte ich. »Vor zirka sieben Monaten. Es hat mir nicht gefallen. Aber ich mußte es tun, also habe ich es getan.«

»Tut mir leid«, sagte Salazar. »Ich wollte das Thema nicht –«

»Es ist passiert«, fiel ich ihm ins Wort. »Es ist passiert. Das ist alles. Ich habe – keine Geister.«

»Begay hätte welche.«

Hal und Begay erstatteten uns später Bericht über das, was passiert war. Ihre auf Band aufgenommenen Aussagen waren zwar nicht so vorschriftsmäßig, wie man es sich gewünscht hätte, aber sie waren äußerst detailliert.

Auf der Straße wandte sich Hal an Begay. »Hey, es tut mir leid«, sagte er.

»Ja«, entgegnete Begay, die Hände in den Taschen und die Schultern hochgezogen gegen den scharfen Wind, der den Frühling nicht zur Kenntnis nahm.

»Ich meine, es tut mir wirklich leid. Ich wollte Sie nicht schlagen.«

»Von wegen, du wolltest mich nicht schlagen. Man kann niemanden schlagen, ohne es zu wollen.«

»Ich meine, ich hab' nicht richtig drüber nachgedacht.«

»Klar. Und du kannst verdammt froh sein, daß ich nicht bewaffnet war.«

»Hey, das wollte ich Sie schon die ganze Zeit fragen. Wieso waren Sie eigentlich nicht bewaffnet?«

»Hättest du meine Pistole genommen, wenn ich bewaffnet gewesen wäre?«

»Natürlich nicht. Ich hab' mich bloß gewundert.«

»Du hast mir den Kiefer gebrochen und mir die Autoschlüssel geklaut, aber meine Pistole hättest du nicht mitgenommen. Klar. Das glaube ich dir gern. Und ich glaube auch ehrlich an den Mann im Mond.«

»Ich hab' die Autoschlüssel gebraucht und die Pistole nicht. Und wegen des Kinnhakens habe ich mich doch schon entschuldigt. Außerdem ist der Kiefer gar nicht gebrochen.«

»Gestern hat er sich aber so angefühlt.« Dann grinste Begay. »Okay, du hast mir nicht den Kiefer gebrochen. Aber verdammt, Mann, ich hätte nie gedacht, daß du so auf mich losgehst. Ich hab' gedacht, die haben dich bloß wegen Rumtreiberei eingebuchtet. Und deine Mom ist ein Polizist und so – Mann, ich habe dir vertraut. Und ich vertraue nicht sehr vielen Leuten, schon gar nicht in einer Gefängniszelle.«

»Hören Sie, es tut mir wirklich leid«, sagte Hal unglücklich. »Ich meine, es tut mir wirklich sehr, sehr leid.«

»Okay, es tut dir also wirklich sehr, sehr leid. Und was bringt mir das? Meinst du, ich fühl' mich dann nicht mehr wie ein Idiot, weil ich dich hab' entwischen lassen? Was bringt es mir ...«

Hal dachte ernsthaft darüber nach. »Vielleicht verhindert es, daß Sie irgendwann getötet werden?«

»Wie meinst du das denn?«

»Sie werden niemandem mehr im Gefängnis vertrauen.«

Begay lachte los. »Darauf kannst du Gift nehmen. Okay, du hast recht. Kann sein, daß du mir eine wichtige Lektion erteilt hast. Ich werd' versuchen, ensprechend dankbar zu sein, aber nicht heute.«

»Ich würde immer noch gern wissen, warum Sie nicht bewaffnet waren.«

»Weil es gegen die Vorschriften ist, mit einer Handfeuerwaffe in die Zelle zu gehen. Man deponiert sie in einem kleinen Safe außerhalb des Zellenganges, und wenn du glaubst, ich werde dir zeigen, wo der ist oder wie man ihn aufkriegt, dann bist du nicht ganz dicht im Oberstübchen.«

Es ist unnötig, im einzelnen zu schildern, wo in der Stadt sie überall waren. Es gibt Treffpunkte für Jugendliche, es gibt Treffpunkte für Teenager, und Larry Begay war jung genug, um zu wissen, wo diese Treffpunkte waren, selbst wenn er es nicht durch seine Arbeit als Polizist gewußt hätte, was natürlich der Fall war. Und soviel älter als sechzehn ist einundzwanzig nun auch wieder nicht. Gegen Mittag, während Salazar und ich noch dabei waren, vielen Leute viele Fragen zu stellen, ohne irgendwelche Antworten zu bekommen, duzten Hal und Larry sich bereits, amüsierten sich bei Videospielen und verstanden sich einfach prima, obwohl – wie Salazar gesagt hatte – Begay Hal noch immer nicht vertraute und daraus auch keinen Hehl machte.

Doch ob Begay Hal vertraute oder nicht, sollte bald keine Rolle mehr spielen, zumindest nicht was die Ermittlungen betraf, denn als sie sich in einer Snackbar Hamburger kaufen wollten, schnappte Hal zufällig den Namen April auf. Er stupste Begay an, und Begay nickte und griff in seine Tasche. Er hatte seine Dienstmarke bereits gezückt, als er an dem Tisch anlangte, wo die vier Mädchen saßen, die sich über April unterhielten.

Und um halb eins saßen wir im Besprechungszimmer, weil Salazars Büro für so viele Personen zu klein war. Außer Hal, Begay, Salazar und mir waren da jetzt noch Lydia Morris, Ione Aristides, Miranda Mendoza, Dawn McKay und ihre Lehrerin Teresa Butler. Sie waren alle vom Armand Hammers United World College, das zu meiner Überraschung in Las Vegas einen Campus hatte, und zwar im Haupthaus und den Nebengebäuden eines scheußlichen umgebauten viktorianischen Gebäudes, das von den Einheimischen »die Burg« genannt wurde, und sie hatten gerade auf dem Foto von April ihre gute Freundin April Greene aus Richmond erkannt. Nicht Richmond, Virginia, sondern ein Richmond, das südlich von London in England liegt.

Die Mädchen sprachen alle Englisch mit unterschiedlichen nichtamerikanischen Akzenten, und trotz ihrer Freizeitkleidung umwehte sie alle unverkennbar der Hauch, daß sie weitaus mehr Geld hatten, als wahrscheinlich gut für sie war. Aber im Augenblick waren sie völlig fassungslos, vor allem Teresa Butler, eine etwas zu elegante Frau Mitte Dreißig.

»Wieso habt ihr mir nicht erzählt, daß sie verschwunden war?« fragte sie zum fünften Mal. »Wieso habt ihr sie gedeckt?«

»Wir wollten ihr nicht die Ferien verderben«, sagte Lydia Morris mit einem vornehmen britischen Akzent.

»Ferien! Lydia, das Kind ist tot!«

»Aber wir haben nicht gewußt, daß sie sterben würde«, protestierte Ione. »Sie wollte doch bloß –«

»Wollte bloß was?« fragte Teresa Butler. »Sie wollte bloß was?«

»Sie wollte sich amüsieren«, sagte Dawn. »Sie hatte die ständigen Vorschriften satt –«

»Vorschriften! Kind, du weißt nicht –«

»Hören Sie auf, uns Kinder zu nennen«, sagte Miranda leise. »Wir sind keine Kinder, und Sie behandeln uns dauernd wie Kinder, und das ist wahrscheinlich mit ein Grund, warum April ausgerissen ist. Sie wollte sich amüsieren.«

Salazar, der aufmerksam beobachtet und zugehört hatte, entschloß sich zu unterbrechen. »Wann ist April abgehauen?« fragte er.

»Das würde ich auch gern wissen«, sagte Teresa Butler.

Die Mädchen sahen einander an; offenbar fand zwischen ihnen eine wortlose Konferenz statt. Dann sagte Miranda, die nicht so redselig wie die anderen Mädchen zu sein schien, aber dafür schneller zum Punkt kam: »Sie ist öfter mal abgehauen. Diesmal vor etwa drei Tagen.«

»Du meinst, sie ist vorher auch schon weggewesen?« wollte Butler wissen.

»Sie hatte einen Freund«, sagt Dawn.

»Das war ein echter Kerl«, fügte Lydia hinzu und kicherte.

»Ein echter Kerl?« sagte Salazar. »Dann hast du ihn also gesehen?«

Wieder wechselten die Mädchen Blicke untereinander. »Ich habe ihn nicht gesehen«, sagte Lydia. Alle pflichteten ihr leise murmelnd bei, bis auf Ione, die schuldbewußt schwieg.

»Woher wißt ihr dann, daß er ›ein echter Kerl‹ war?« fragte ich.

»Das hat April gesagt.«

»Aha, April hat also gesagt, daß er ein echter Kerl war? Was meinst du denn dazu, Ione?« Salazar war das Schweigen des Mädchens also nicht entgangen; er starrte sie jetzt an, so eindringlich und aggressiv, wie er nur konnte; da meine Augen (weniger abschätzend, wie ich hoffte), Hals Augen (ungeheuer neugierig) und Begays Augen (etwa so aggressiv wie Salazars; in einer Kultur, in der Starren gesellschaftlich inakzeptabel ist, kann man unmöglich höflich starren) alle auf sie gerichtet waren, klappte sie ziemlich rasch zusammen. »Ja, ich hab' ihn gesehen«, sagte sie und brach in Tränen aus.

Das führte zwangsläufig zu einer kurzen Verzögerung, während der sie von ihren Freundinnen und, oberflächlich, von ihrer Lehrerin getröstet wurde, bevor sie sich entschied, wieder hinter ihrem Taschentuch (Spitze) aufzutauchen und mich anzusehen.

Ich weiß nicht, warum sie mich ansah. Vielleicht wirkte ich von den offiziellen und halboffiziellen Gesichtern rundherum am wenigsten bedrohlich.

»Kann ich allein mit Ihnen sprechen?« fragte sie.

Ich blickte Salazar an, und er zuckte die Achseln. »Was soll's. Sie können in mein Büro gehen.«

In dem keine Schreibmaschine stand. Wenn also dieses Mädchen, Ione, tatsächlich bereit war, eine echte Zeugenaussage zu machen, so war ich nicht imstande, sie aufzunehmen. Aber das spielte ohnehin keine Rolle. Sie war nämlich nicht bereit, eine Aussage zu machen. Sie wollte mit mir strengvertraulich sprechen, nur unter der Bedingung, daß ich das, was sie zu sagen hatte, weder Salazar noch sonstwem erzählen würde.

»So ein Versprechen kann ich dir nicht geben«, sagte ich.

»Aber wieso?«

»Ione, deine Freundin ist tot, und wir müssen herausfinden, wer sie umgebracht hat. Außerdem besteht die große Wahrscheinlichkeit, daß die Freundin meines Sohnes – und sie ist erst fünfzehn – sich jetzt in der Gewalt der Person befindet, die April umgebracht hat. Wir möchten sie lebend zurückhaben. Das bedeutet, daß wir von dem, was du uns erzählst, all das verwenden müssen, was sich möglicherweise verwenden läßt. Ich kann dir versprechen, daß ich von dem, was du mir erzählst, nichts weitergeben werde, was mir für die Ermittlungen nicht relevant erscheint. Aber mehr kann ich nicht tun.«

Ione saß unruhig und unschlüssig da. Sie hatte einen sehr hübschen Siegelring am rechten Ringfinger, und sie drehte ihn so oft um den Finger, daß ich schon fürchtete, sie würde sich eine Blase drehen, als sie schließlich sagte: »Ich schätze, Sie müssen es wissen. Bei der Obduktion würde es ohnehin herauskommen. April ist – April war schwanger.«

»Ach?«

»Die anderen Mädchen haben es nicht gewußt. Sie hat es nur mir erzählt.«

»Dann war sie wohl ganz schön durcheinander.«

»Nein.«

»Sie war nicht durcheinander?«

»Nein, weil er das Baby wollte.« Ione drehte wieder an dem Ring. »Sie hat mir gesagt, er sei verheiratet, aber er und seine Frau verstanden sich nicht, und er hat gesagt, er wollte seine Frau loswerden und sie – April – heiraten, aber er hatte ein Baby aus der Ehe, und er wollte, daß April sich um das Baby und um ihr Baby kümmert. Er hat gesagt, daß er Kinder liebt. Er wollte eine ganze Menge Kinder.«

»Und was hat April davon gehalten?«

Ione drehte ihren Ring, und ein Ausdruck tiefen Unbehagens zeichnete sich auf ihrem Gesicht ab. »April hat zu mir gesagt, sie würde alles versprechen, aber zwischen Versprechen und Tun läge ein weiter Weg, und sie würde sich nicht um das Balg einer anderen kümmern. Sie hat gesagt, ein eigenes Kind wäre schon schlimm genug und sie wäre sich nicht einmal sicher, ob sie es haben wollte. Ich hab' sie gefragt, was sie damit meinte, und sie hat gesagt, vielleicht würde sie es wegmachen lassen. Ich hab' gesagt, das ist Sünde, und sie hat bloß gelacht und gesagt, sie würde nicht an Sünde glauben. Wie kann man denn nicht an Sünde glauben?«

»Wer weiß? Erzähl weiter.«

»Wie denn? Das ist alles. Mehr hat sie mir nicht erzählt. Ich glaube, sie war betrunken.«

»Hat sie sich oft betrunken?«

»Ziemlich oft, ja.«

»Jetzt erzähl mir von ihrem Freund. Wie heißt er?«

»Ich weiß nicht. Ich bin ihm nie begegnet.«

»Du hast gesagt, du hast ihn kennengelernt.«

»Nein, ich habe nicht gesagt, daß ich ihn kennengelernt habe.«

»Aber du hast gesagt –«

»Ich habe gesagt, daß ich ihn gesehen habe. Ich habe nicht gesagt, daß ich ihn kennengelernt habe. Sie hat ein ziemliches Geheimnis um ihn gemacht. Sie wollte nicht, daß eine von uns ihn kennenlernt. Aber einmal habe ich sie in der Stadt gesehen, und er war bei ihr.«

»Woher weißt du, daß es ihr Freund war, wenn du ihren Freund nicht kennengelernt hast?«

Ione verzog das Gesicht. »Das war ziemlich offensichtlich«, sagte sie spröde.

»Aber April hat ihn dir nicht vorgestellt?«

»April hat so getan, als hätte sie mich nicht gesehen.«

»Dann kennst du seinen Namen also nicht.«

»Nein. April hat ihn immer Sugar genannt.«

Hal hatte uns das gleiche erzählt. Und wir würden bestimmt nicht »Sugar« über das NCIC laufen lassen, ganz gleich, wie viele Frauen er – möglicherweise – ermordet hatte.

»Kannst du ihn beschreiben?« fragte ich.

Sie gab eine Beschreibung ab, die sich, bis auf die Kleidung, ungefähr mit den bisherigen Beschreibungen deckte. So weit, so gut. »Ich werde jetzt mit Salazar sprechen«, sagte ich. Ohne Iones Zustimmung abzuwarten, ging ich zur Tür und rief Salazar in sein eigenes Büro, um ihm das wenige mitzuteilen, das Ione mir mitgeteilt hatte, während Ione vornübergebeugt da saß und mit ihrem Ring spielte.

Dann wandte er sich an Ione. »Wenn wir jemanden kommen lassen, der dir hilft, meinst du, du wärst imstande, eine erkennbare –«

»Oh, ich kann nicht zeichnen!«

»Du mußt nicht zeichnen.«

»Und diese Zeichnungen, wie nennen Sie die, Phantomzeichnungen, ich finde, die bringen überhaupt nichts. Ich würde mich selbst nicht darauf wiedererkennen –«

»Hierbei wird überhaupt nicht gezeichnet«, sagte Salazar geduldig. »Es ist eine Art Fotomontage.«

»Wirklich? Von so was habe ich noch nie gehört. Es ist keine Phantomzeichnung? Ich habe mal was über Phantomzeichnungen in einem Buch gelesen, aber –«

»Es ist keine Phantomzeichnung, aber so ähnlich wie eine Phantomzeichnung. Ich denke, wir sollten jetzt lieber ...«

Ione Aristides, drei Kellnerinnen von K-Bob's und Hal arbeiteten zusammen mit dem Mann vom Erkennungsdienst aus Santa Fe, der die Ausrüstung für die Fotomontage in einem dunkelblauen Metallkoffer mitgebracht hatte. Salazar und ich sahen zu; Begay durfte – zu seiner offensichtlichen Erleichterung – gehen, damit er seine Uniform anziehen und wieder wie ein Polizist aussehen konnte.

Bei so vielen Zeugen – na gut. Jeder, der länger als drei Wochen bei der Polizei ist, weiß sehr genau, wie unzuverlässig die Aussage eines Augenzeugen ist. Ich persönlich würde mich niemals nur mit Aussagen von Augenzeugen begnügen; ich bräuchte zusätzlich einige von den bei Laien verpönten Indizienbeweisen. Zwei Menschen sehen niemals – wirklich niemals – ein und denselben Vorfall, ein und dieselbe Person auf genau die gleiche Weise; im Grunde kann man sogar davon ausgehen, daß bei zwei Leuten, die sich über die Einzelheiten einer Sache absolut einig sind, einer von beiden lügt – und noch wahrscheinlicher lügen beide.

Bei fünf Zeugen gab es also jede Menge Widersprüche, und der Erkennungsdienstler schwitzte und strich sich häufig die Haare aus den Augen, bis schließlich ein Bild zustande kam, das nach übereinstimmender Meinung aller Zeugen Ähnlichkeit mit dem Mann in dem roten Camaro hatte (den Ione auch gesehen hatte). Alle fünf Zeugen waren sich zwar darüber einig, daß sich das Phantombild noch verbessern ließe, aber da sie sich nicht einigen konnten, wie, schien es daher ratsam, es so zu lassen, wie es war. Zumindest vorläufig.

Der Erkennungsdienstler machte von dem Phantombild mehrere Polaroidfotos, die er uns daließ. Das Phantombild selbst nahm er mit, um es im Labor erneut zu fotografieren und die Fotos an Presse und Fernsehen zu geben, damit – so unsere Hoffnung – irgendein Bürger das Foto sehen und uns oder das kriminaltechnische Labor in Santa Fe anrufen und sagen würde: »Hey, der Mann auf dem Foto, wissen Sie was? Der sieht genauso aus wie ...«

Und dann würden wir den Telefonhinweisen nachgehen, und in neun von zehn Fällen würde es nicht die richtige Person sein, aber wir hätten immer noch die Chance, beim zehnten Mal auf den Richtigen zu treffen. Und dann würde einer hingehen, um an die Tür zu klopfen, und er würde den roten Camaro in der Auffahrt stehen sehen und sich zurückziehen und auf Verstärkung warten, und vielleicht – vielleicht – vielleicht – Lorie wohlbehalten wiederfinden.

Eine unangenehme kleine Aufgabe war noch zu erledigen, nachdem der Erkennungsdienstler sich wieder auf den Weg nach Santa Fe gemacht hatte und die vier Mädchen in einem Polizeiwagen zurück zur »Burg« – Verzeihung, zum United World College – gebracht worden waren. Und zwar die vorschriftsmäßige Identifizierung der Leiche, und Teresa Butler schien für diese Aufgabe prädestiniert.

April sah bei weitem nicht mehr so schlecht aus wie am Morgen, trotz der Obduktion, weil die Haut so gekonnt wieder straff über den Schädel gezogen worden war, daß niemand, der noch keine Obduktion gesehen hat, sich auch nur ansatzweise hätte vorstellen können, wie sie geöffnet worden war. Die Schnitte im Torso waren säuberlich genäht und ohnehin mit einem Tuch abgedeckt, und das Gesicht war gewaschen worden. Sie war eindeutig tot; niemand hätte bei ihrem Anblick gedacht, daß sie schläft, bei dem mittlerweile steifen und kalten Körper und den permanent halb geöffneten Augen. Aber das brutale Grauen des Blutbades in dem Schlafsack war verschwunden.

Für mich sah sie gar nicht so schlimm aus.

Aber ich bin den Anblick – und den Geruch – von Leichen gewohnt. Natürlich nahm ich den Geruch wahr, aber sogar in meinem schwangeren Zustand hatte er keine besondere Wirkung auf mich. Ich hatte völlig vergessen, wie er auf jemanden wirken kann, der noch nie auch nur in der Nähe einer Leichenhalle gewesen war.

Teresa Butler war Leichen nicht gewohnt. Teresa Butler war Leichenhallen nicht gewohnt. Sie identifizierte April und mußte sich dann übergeben.

Als sie sich wieder erholt hatte, wurde sie gebeten, sich anzusehen, ob die Sachen, die an und bei der Leiche gefunden worden waren, ihr vielleicht bekannt vorkamen. Sie identifizierte den Schmuck, die Armbanduhr; sie war jetzt ruhiger. Doch dann kam sie zu dem blutbefleckten Fußgelenkband aus Leder. Sie drehte es in der Hand, behutsam, vorsichtig; sie wollte helfen, aber sie wollte nichts berühren, das mit einer Leiche in Berührung gewesen war. Sie blickte mich an. »Das habe ich noch nie gesehen.«

»Aber das übrige Zeug gehört ihr?« sagte Salazar.

»Das übrige Zeug, wie Sie es nennen, gehört ihr. Aber das hier nicht. Das heißt, falls doch, so habe ich es zumindest noch nie gesehen.«

Salazar nahm das rundgeflochtene Lederband und blickte mich an. »Wir hätten die Mädchen noch nicht wegschicken sollen«, sagte er.

»Ich kann Sie mit zur Schule nehmen«, bot Butler an, wobei sie mich ansah. Das irritierte mich. Selbst wenn sie Salazar antwortete, blickte sie mich an.

»Dann mal los«, sagte Salazar. »Ich sag' Begay, er soll hinterherfahren, damit er Sie zurückbringen kann.«

»Das hab' ich schon mal gesehen«, sagte Miranda. »Na ja, vielleicht nicht genau das, aber –«

»Du meinst, sie hatte mehrere?« fiel Teresa Butler ihr ins Wort.

Miranda blickte sie an. »Sie hatte nicht mehrere. Soviel ich weiß, hatte sie kein einziges. Aber sie werden in meiner Heimat hergestellt. Arme Leute stellen sie her und verkaufen sie auf den Märkten.«

»Und wo ist deine Heimat?« fragte ich.

Miranda warf ihr Haar zurück. »Yucatán. Ich komme aus Yucatán. Wir wohnen in Mérida. Ich stamme von dem ersten Kolonialgouverneur ab.«

Ich war mir relativ sicher, daß der erste Kolonialgouverneur von Mérida mitsamt seiner ganzen Familie bei einem Aufstand der Maya niedergemetzelt worden war, die doch nicht so unterwürfig waren, wie er geglaubt hatte, aber vielleicht irrte ich mich. Jedenfalls beschloß ich, nichts zu sagen. »Du glaubst also, es könnte in Mexiko hergestellt worden sein?«

»Yucatán. Es könnte in Yucatán hergestellt worden sein. Aber vielleicht auch nicht.«

Offensichtlich wollte Miranda mir auf keinen Fall erlauben, Yucatán Mexiko zu nennen, obwohl Yucatán eindeutig ein Teil von Mexiko ist, und ich fragte mich allmählich, ob es in Yucatán eine Separatistenbewegung gab, von der ich noch nie gehört hatte. Ich gab es auf. Den Blick noch immer auf das Lederband gerichtet, sagte ich: »Und du hast April nie damit gesehen?«

»Nie.« Miranda warf das geflochtene Lederband auf den Papierumschlag, aus dem ich es genommen hatte. »Es ist ordinär. Wieso hätte ihr so etwas gefallen sollen?«

»Aber sie trug es, als sie starb. Es muß ihr gefallen haben.«

»Oder dieser gemeine Kerl wollte, daß sie es trägt. Das wäre doch denkbar.«

Das war denkbar. Es war ebenfalls denkbar, daß Miranda alles dramatisierte; wie mir schien, hatte sie einen gewissen Hang zum Drama. Ich dachte, nicht zum ersten Mal, daß es wahrscheinlich keine allzu gute Idee war, einen Haufen verwöhnter Kinder reicher Eltern weit entfernt von zu Hause in eine Schule in einem Ort zu stecken, wo es nichts gab, was ihren möglicherweise übersättigten Appetit anregte, um dann, im Namen der Demokratie, einem Haufen Kinder mittelloser Eltern Stipendien zu geben und sie mit den reichen Kindern zusammenzutun – die sie, auch wenn sie es noch so gut meinten, zwangsläufig ausgrenzen mußten. Aber das war schließlich nicht meine Sache.

Ich tat das Lederband zurück in den Papierumschlag, steckte ihn in einen Plastikbeutel und ging zur Tür hinaus. Draußen sah ich, daß Begay hinter dem Lenkrad eines Streifenwagens geduldig auf mich wartete.

»Gut, daß Sie kommen«, sagte er zu mir. »Salazar möchte, daß wir so schnell wie möglich zurückkommen.«

»Ich hoffe, Hal hat nicht schon wieder was angestellt«, war mein erster Gedanke, und ich sprach ihn laut aus.

Begay lachte. »Hal wird fürs erste keine Dummheiten mehr machen. Wir hatten ein kleines Gespräch.«

»Sein Vater und ich haben oft kleine Gespräche mit ihm. Sie nützen selten was.«

Begay lachte wieder. »Wie weit würden Sie denn gehen, um ihren kleinen Gesprächen Nachdruck zu verschaffen?«

»Na ja ...«, sagte ich, und Begay sagte »Aha. Ich bin erheblich kleiner als Hal. Aber er hat Angst vor mir. Jetzt.« Sein fröhliches Grinsen widersprach seiner gespielt bedrohlichen Stimme à la Boris Karloff, und er ließ mich auch nicht wissen, wie er jenes Wunder bewirkt hatte. Ich beschloß, nicht zu fragen. Jedenfalls hatte Hal keine sichtbaren Prellungen und ließ keinerlei Anzeichen erkennen, daß er Begay nicht mochte. Wenn Begay Hal also so erfolgreich etwas Vernunft eingebleut hatte, so lag es mir fern zu fragen, wie.

»Ich hab' Sie kommen lassen«, sagte Salazar, »weil das Phantombild in den Nachrichten gesendet worden ist und jetzt schon Leute anrufen, die glauben, die Person auf dem Bild erkannt zu haben. Deb, darauf setze ich Sie an. Machen Sie sich gleich morgen früh an die Arbeit.«

Einen Moment lang – nur einen Moment lang – war ich gekränkt. Woher nahm er sich das Recht, mir Befehle zu erteilen? Ich hatte ihm lediglich meine Hilfe angeboten.

Und dann hörte ich auf, mich gekränkt zu fühlen. Ja, ich hatte meine Hilfe angeboten. Und er hatte mich beim Wort genommen und mir eine Dienstmarke und einen Dienstausweis gegeben, und er behandelte mich wie eine Mitarbeiterin seines Departments, und ich hatte weiß Gott kein Recht, mich deshalb zu beklagen. Wenn es mir nicht paßte, bräuchte ich nur zu sagen, daß ich es mir anders überlegt hatte und keine Lust mehr hatte mitzuarbeiten.

Und dann könnte ich so lange in meinem Motelzimmer schmoren, bis die Sache erledigt war, und mir Sorgen um Hal und Lorie machen.

Ich nahm die Liste mit Namen und Adressen, sah sie mir an, bat um einen Stadtplan (den Salazar mir sofort reichte; er mußte mit der

Frage gerechnet haben), sagte: »Ich weiß nicht, wie lange ich brauche, um die alle zu überprüfen« und ging.

Und ließ Hal weiter – oder wieder, oder wie immer man es auch sehen mag – im Gefängnis.

Kapitel 7

Ich fuhr einen Mietwagen, und mir kam der Gedanke, daß die von Avis mir ja vielleicht den Versicherungsschutz streichen würden, wenn sie wüßten, daß ich den Wagen für Polizeiarbeit benutzte. Aber ich beschloß, mir deshalb keine Sorgen zu machen. Statt dessen saß ich nach dem Frühstück im Wagen und versuchte, meine Gedanken zu sammeln.

Auf dem Sitz neben mir lag ein Polizei-Walkie-talkie; Salazar hatte den Leuten in der Zentrale gesagt, daß ich mich ab und zu melden würde. Es wäre nicht ganz sicher für mich, so hatte er erklärt, ohne ein Funkgerät durch die Gegend zu kurven. »Außerdem«, so hatte er hinzugefügt, »bin ich es langsam leid, ständig hinter Ihnen herzutelefonieren oder Sie zu suchen, wenn ich Sie was fragen muß.«

Das leuchtete mir ein.

Ich hatte das Foto von April dabei, das, was wir für das beste gehalten hatten; eine Vergrößerung, die jemand von einem Foto meines Fotos von dem Schulfest gemacht hatte, und zwar einen Ausschnitt davon, der nur Lories Gesicht zeigte; und das Foto von dem Phantombild des Verdächtigen, den ich mich weigerte, Sugar zu nennen, ganz gleich, wie April ihn auch genannt hatte. Ich glaubte nicht, daß sein Name wirklich Sugar war, und es behagt mir nicht, mit Verbrechern allzu vertraulichen Umgang zu pflegen.

Nicht, daß wir irgendeinen Beweis hatten – bis jetzt jedenfalls noch nicht –, daß er ein Verbrecher war. Aber wir hatten zweifellos allen Grund zu der Annahme.

Außerdem hatte ich allerlei andere Fotos dabei, von Männern und Frauen unterschiedlichen Alters, verschiedener Rassenzugehörigkeit und in allen möglichen Posen, so daß ich eine Fotogegenüberstellung improvisieren konnte, falls das notwendig wurde, was nicht unwahrscheinlich war.

Ich sah mir erneut die Namens- und Adressenliste an, die Salazar mir gegeben hatte. Ganz oben stand das Wardance Motel. Irgendwer im Wardance Motel – eine Frau namens Julia Gonzales – glaubte, die Person auf dem Phantombild erkannt zu haben. Okay, also auf zum Wardance Motel. Ich merkte mir die Adresse und sah auf meinem Stadtplan nach.

In dieser Phase der Ermittlungen war ein Motel ein ausgezeichneter Ausgangspunkt. Motelgäste füllen nämlich Meldekarten aus, und auf diese Meldekarten schreiben sie ihren Namen und ihre Privatadresse und das Kennzeichen ihres Wagens.

Zumindest theoretisch machen sie diese Angaben.

Das Wardance Motel war ein Billigmotel und schämte sich nicht im geringsten, als solches wahrgenommen zu werden. Es hatte keinen Swimmingpool; es hatte kein Restaurant, und es hatte, wie sich herausstellte, auf den Zimmern kein Telefon. Allerdings hatte es große, saubere Zimmer, in denen man schlafen oder fernsehen konnte. Sein Besitzer wollte oder konnte sich keine Telefone für die Zimmer leisten. Und außerdem, wenn keine Telefone da sind, können auch keine Telefone gestohlen werden.

Angerufen hatte die Inhaberin, genauer gesagt, die Mitinhaberin. Julia Gonzales, eine kleine hispanische Frau, viel kleiner als ich und vermutlich an die zehn Jahre jünger. Sie hatte das Phantombild in den Nachrichten eines Santa-Fe-Lokalsenders gesehen, und sie war sicher, daß sie den Mann kannte.

»Erzählen Sie, was Sie über ihn wissen«, sagte ich.

»Na ja, er kommt immer mal wieder zu uns«, sagte sie. »Nicht regelmäßig. Bloß so ab und zu. Und vor vor zwei Tagen war er hier.«

»Allein?«

»Nein, er hatte so ein Mädchen dabei. Hat er meistens.«

»Dieselbe?«

Sie drehte sich unvermittelt um und schaltete den kleinen Fernseher ab, der in dem Küchen-Wohnzimmer-Büro hinter der Rezeption plärrte. Dann wandte sie sich wieder mir zu. »Nicht immer. Aber meistens. Jedenfalls in den letzten zwei Monaten.«

Ich holte Fotos hervor, und sie erkannte April augenblicklich. Also war unser Unbekannter tatsächlich hier abgestiegen, und ich war ungeheuer ermutigt. Vielleicht hatten wir ihn bald.

Er hatte seinen Namen mit Darren Fletcher angegeben, als Adresse hatte er eine Straße ohne Stadt angegeben, und beim Autokennzeichen hatte er den Bundesstaat weggelassen.

Mehr konnte Julia Gonzales mir nicht sagen. Er hatte nie vom Büro des Motels aus telefoniert, aber es gab jede Menge öffentliche Telefone, und es gab keinen Grund, warum er das Motelbüro für private Angelegenheiten hätte nutzen sollen.

Das Zimmer war saubergemacht und wieder benutzt worden, seit er es benutzt hatte. Natürlich konnten wir auf jeden Fall jemanden kommen lassen, um das Zimmer nach Fingerabdrücken zu untersuchen, aber der Gedanke erschien mir nicht sonderlich sinnvoll, und ich vermutete, daß Salazar das genauso sah.

Ich gab über Funk durch, daß ich ins Revier kommen würde, um mit Salazar zu sprechen, und die Zentrale meldete, daß Salazar auf mich wartete.

Auch wenn es nichts brachte. Darren Fletcher war entweder ein richtiger oder ein falscher Name – irgendwo in der Welt gab es bestimmt einen Darren Fletcher –, aber es war mit an Sicherheit grenzender Wahrscheinlichkeit nicht der richtige Name des Mannes mit dem roten Camaro. Die angegebene Straße gab es nicht in Las Vegas, und auch nicht – wie Salazar überprüfen ließ – in Santa Fe. Salazar sagte, er hätte keine Lust, jede Stadt in New Mexico überprüfen zu lassen, und ich stimmte ihm zu; sehr wahrscheinlich hatte sich jemand die Adresse ausgedacht. Und das Autokennzeichen?

Julia Gonzales war natürlich nicht nach draußen gegangen, um sich den roten Camaro anzusehen, obgleich sie mir erzählt hatte, daß der Mann einen roten Wagen fuhr, und es könnte ein Camaro gewesen sein, aber sie verstünde nichts von Autos. Doch wie fast jeder, der ein Motel führt, hatte sie darauf vertraut, daß der Kunde – der Gast, wie sie sagte – das Kennzeichen seines Autos kannte.

Was er vermutlich auch tat. Aber das hier war falsch. Binnen kurzem erfuhren wir vom bundesstaatlichen Zentralcomputer, daß dieses Kennzeichen nicht existierte, zumindest nicht in New Mexico.

»Verdammt«, sagte Salazar. Es schien sein Lieblingswort zu sein. Er saß da und grübelte etwa fünfundvierzig Sekunden vor sich hin, und dann sagte er: »Na ja, wir hätten uns denken können, daß es so einfach nicht wird. Wir haben morgen nachmittag einen Termin für Hal im Jugendgericht vereinbart.«

»Was?« sagte ich. Der Übergang erschien mir sehr plötzlich.

»Hören Sie, Sie sind nicht hergekommen, um meine Mordfälle zu lösen. Sie sind hergekommen, um Ihren Sohn nach Hause zu holen. Wir haben jetzt genug in der Hand, daß niemand mich drängen wird, ihn wegen Mordes zu verhaften, und wegen der anderen Sachen kriegen wir ihn auf Bewährung raus. Sie sollten also nach Hause fahren. Es ist bringt nichts ...«

»Salazar«, fiel ich ihm ins Wort, »ich bin hergekommen, um meinen Sohn und seine Freundin nach Hause zu holen. Solange wir Lorie nicht gefunden haben, rühre ich mich nicht vom Fleck.«

»Oh. Jaja.« Er versank wieder ins Grübeln, und ich zog meine Jacke aus. Es wurde langsam warm in seinem Büro.

Er setzte sich aus der lässigen Haltung, die er beim Grübeln einnahm, abrupt auf und starrte mich an. »Ein Schulterhalfter?«

»Derzeit kann ich ja wohl kaum einen Revolvergürtel tragen«, stellte ich klar, und er lachte.

»Aber ein *Schulterhalfter?* Ich hab' noch nie gesehen –«

»Salazar, ich trage immer ein Schulterhalfter«, sagte ich zu ihm und fühlte mich unerklärlich müde.

»Wirklich? Ich meine, bei uns tragen die Polizistinnen alle Uniform, deshalb – aber ich dachte –, ich meine, im Fernsehen haben die weiblichen Detectives ihre Waffe in der Handtasche. Glaube ich zumindest. Ich guck' nicht sehr viel Fernsehen.«

Und wie alle Männer, dachte ich, sagte es aber nicht, verallgemeinern Sie ganz schön. »Salazar«, fragte ich, »wissen Sie, wie einfach es ist, jemandem die Handtasche wegzunehmen?«

»Stimmt«, gab er zu. »Dann hat Ihnen also mal jemand die Handtasche weggenommen?

»Nein. Einmal haben wir einen Bankräuber verfolgt. Es war spät abends, und es war kalt, aber die Heizung in meinem Wagen funktionierte etwas zu gut. Sie war nämlich voll aufgedreht und klemmte, und ich konnte sie nicht abschalten. Also, wie ich schon sagte, es war spät abends, und wir verfolgten einen Bankräuber. Ich wollte nicht erst meine Pistole aus der Handtasche nehmen müssen, falls ich ihn fand – ich war allein im Wagen. Also hab' ich sie aus meiner

Handtasche genommen und in meine Jackentasche gesteckt. Und dann wurde es immer heißer im Wagen, und ich hab' die Jacke ausgezogen und auf den Sitz neben mich gelegt. Und als ich einen Wagen entdeckte, der so aussah, wie der, den ich suchte – eine halbe Stunde später –, hab' ich nicht mehr daran gedacht. Ich dachte, meine Pistole wäre noch in meiner Handtasche, wo sie normalerweise war. Ich habe also meine Handtasche genommen und bin aus dem Wagen gestiegen und hab' die Handtasche geöffnet, während ich zu dem Typen ging, den ich gestoppt hatte, und als ich dann in das Halfter in der Handtasche griff, war das Halfter leer.«

»Scheiße«, sagte Salazar und zog das Wort in die Länge. »Und was dann?«

»Dann habe ich geblufft, was das Zeug hielt. Zum Glück war es nicht der richtige Wagen. Falls doch, hätte mir der Bluff vielleicht nicht viel genützt. Also habe ich den Mann weiterfahren lassen, und dann mußte ich mich übergeben. So geschockt war ich.«

»Das kann ich mir vorstellen.«

»Und inzwischen war es Mitternacht. Ich hatte Dienstschluß. Und als ich am nächsten Nachmittag meinen Dienst antrat, trug ich ein Schulterhalfter, und seitdem trag' ich immer eins.«

»Tja, das ist verständlich. Ich hätte bloß nie gedacht, daß eine Frau ein Schulterhalfter trägt. Ich hab' gedacht –« Er hielt inne und überlegte. »Ich glaube, ich habe nie darüber nachgedacht. Aber wenn ich darüber nachgedacht hätte, hätte ich gedacht, daß die Brust im Wege ist.«

Ein Mann, der kein Blatt vor den Mund nahm, dieser Salazar, und sich auch nicht durch einfache biologische Fakten in Verlegenheit bringen ließ.

»Wieso? Die Riemen gehen über die Schultern und zurück, und das Halfter sitzt unter der Achsel.«

»Wird wohl. Ich habe nie eins getragen.«

»Probieren Sie's mal. Es ist bequem.«

Sogar so bequem, daß ich es ein paarmal vergessen und meine Jacke, Weste oder meinen Blazer ausgezogen hatte und mitten in der Innenstadt von Fort Worth in Bluse und Schulterhalfter unbekümmert über die Straße gelaufen war. Wobei ich jedesmal jede Menge Blicke auf mich zog. Ich sah keinen Grund, es Salazar zu erzählen; er würde es selbst herausfinden, falls er irgendwann selbst ein

Schulterhalfter trug, und ohnehin wird ein Mann mit Revolverhalfter nicht so angestarrt wie eine Frau. Selbst wenn sie ein Schulterhalfter trägt, das wirklich das einzige praktische Halfter für eine Frau ist. Auch wenn Männer das nicht so sehen. Ich meine, überlegen Sie doch mal. Unsere Taille – im allgemeinen, wenn wir nicht gerade schwanger sind – ist im Vergleich zur Hüfte viel schmaler als bei einem Mann. Demzufolge sitzt ein Hüfthalfter, das bei einem Mann relativ flach anliegt, an der Hüfte einer Frau in einem ausgesprochen merkwürdigen Winkel, erst recht wenn sie, wie Männer sagen, wohlgeformt ist. Dadurch kommt man schlechter an die Pistole ran und kann sie schlechter ziehen.

Nein, ich werde auf gar keinen Fall, unter keinen Umständen, nicht einmal unschwanger, wieder ein unpraktisches Hüfthalfter oder ein unsicheres Handtaschenhalfter benutzen, obwohl ich stets eine Pistole in der Handtasche habe, wenn ich nicht im Dienst bin und auch davon ausgehen kann, nicht plötzlich doch im Dienst zu sein.

Was eigentlich so gut wie immer passieren kann. Wie bei einem Bekannten von mir, der friedlich vor einem Einkaufszentrum in seinem Wagen saß und Zeitung las, während seine Frau ein paar Lebensmittel einkaufte, als plötzlich zwei schwerbewaffnete Bankräuber aus einer Bank in dem Einkaufszentrum gestürmt kamen. Was vielleicht nicht besonders schlimm gewesen wäre, wenn sie ihn nicht erkannt hätten, er nicht in seinem Privatwagen ohne Funkgerät und ohne CB-Funk gesessen hätte und wenn er bewaffnet gewesen wäre.

Er hat keinen Kratzer abbekommen, aber ich bezweifle, daß seine Versicherung sich über die sechsunddreißig Einschußlöcher in seinem Wagen gefreut hat. Genausowenig, wie er sich darüber gefreut hat, daß er nichts anderes machen konnte, als einfach nur dazusitzen und ihnen nachzuwinken, wie er es ausdrückte.

Ich hing meinen Gedanken nach, und Salazar grübelte erneut vor sich hin.

»Worum geht's?« fragte ich.

Er raffte sich auf. »Hä?«

»Was macht Ihnen Kopfzerbrechen?«

Er zuckte die Achseln. »Mir macht das Sorgen, was wir *nicht* haben, um irgendwie weiterzukommen.«

»Soll heißen?«

»Überlegen Sie doch mal. Ein Lederband, das *möglicherweise* aus Yucatán stammt, nur, daß es dafür keine Erklärung gibt. Keine ihrer Freundinnen hat es je an ihr gesehen, aber sie hätte rein zeitlich gesehen unmöglich in Yucatán gewesen sein können, um es von dort mitzubringen, nicht in der Zeit zwischen ihrem Verschwinden und ihrer Ermordung. Ihr Schal, den Lorie getragen hat, der in der Kiva lag. Die einzige Möglichkeit, wie er da hineingekommen sein kann, scheint die zu sein, daß Lorie wieder dort war, als April schon tot war, aber ... aber. Wir wissen es nicht. Es ist – ach, verdammt. Wir haben ein paar unbedeutende, kleine Einzelteile, aber es sieht nicht im geringsten so aus, als wären es Teile desselben Puzzles. Und Ihr Darren Fletcher. Okay, in Las Vegas wohnt kein Darren Fletcher – und falls doch, wieso sollte er dann hier in ein Motel gehen? – und auch nicht in Santa Fe oder Albuquerque, zumindest soweit ich es aus den Telefonbüchern ersehen kann, und er ist auch nicht im NCIC-Computer, und sein Wagen ist nicht in New Mexico zugelassen. Und es könnte ja auch sein, daß er in Texas oder Arizona oder Kalifornien lebt, und er muß ja schließlich nicht im Computer vom NCIC sein, oder? Ich meine, falls er außer April nicht noch andere auf dem Gewissen hat, ist er schon in dem Motel abgestiegen, lange bevor er einen Mord begangen hat – oder auch nur daran gedacht hat. Warum also sollte er *nicht* Darren Fletcher sein? Es scheint wahrscheinlicher, daß er es ist, als daß er es nicht ist.

»Dann wollen Sie ihn also vom NCIC überprüfen lassen, mit den Informationen, die wir über ihn haben?«

»Genau.«

»Haben Sie was vom Bandelier Park gehört?« Das Gebiet war vermutlich seit Tagesanbruch von Rangern abgesucht worden.

»Ja. Sie haben eine Feuerstelle gefunden, wo jemand in den Ruinen kampiert hat. Feuer kalt, nichts zurückgelassen. Nicht das geringste. Kann also sein, daß es Fletcher und April waren oder Fletcher und Lorie, oder vielleicht war es auch nur ein gewissenhafter Camper, der weiß, daß man seinen Müll wegräumt. Ach, verdammt!« Er fuhr sich mit den Fingern durch das dichte, schwarze Haar, so daß es aussah wie ein zotteliger Wollteppich.

»Ach, verdammt«, sagte er erneut und verfiel wieder ins Grübeln.

Ich störte ihn erneut. »Sind noch irgendwelche Anrufe eingegangen?«

»Hä?« sagte er, setzte sich aufrechter hin und blinzelte.

»Noch irgendwelche Anrufe? Von Leuten, die glauben, das Phantombild erkannt zu haben.«

»Oh. Ja. Zwei, drei Dutzend. Sie wissen ja, wie das ist.«

Leider weiß ich, wie das ist. Wird ein Phantombild – oder auch ein Foto – im Fernsehen gezeigt, glaubt alle Welt, die Person gesehen zu haben. Und damit nicht genug. Wenn man überlegt, wie viele Leute schwören, daß sie Elvis Presley in letzter Zeit gesehen haben, wo Elvis Presley doch eindeutig und ohne jeden Zweifel tot und begraben ist, kann man sich in etwa vorstellen, was die Polizei für Hinweise bekommt, wenn sie bei der Suche nach jemandem die Öffentlichkeit um Hilfe bittet. Und im Gegensatz zum *National Enquirer*, der nur die Elvis-Storys überprüft, die wahrscheinlich klingen (das heißt, die wahrscheinlich die Auflage erhöhen), müssen wir jedem einzelnen Hinweis nachgehen.

Dann breitete Salazar einen Haufen Karteikarten mit Namen und Adressen und Telefonnummern auf dem Schreibtisch aus, um möglichst diejenigen auszuschließen oder wenigstens auf später zu verschieben, an denen wahrscheinlich am wenigsten dran war und/oder die wahrscheinlich am wenigsten zu gebrauchen waren, um zu entscheiden, wohin ich gehen und mit wem ich als nächstes sprechen sollte.

Was nutzte es uns schließlich, daß der Mann mit dem roten Camaro *möglicherweise* im Dairy Queen einen Hamburger gegessen hatte, wenn – was sehr wahrscheinlich war – niemand im Dairy Queen sich das Autokennzeichen gemerkt hatte? Oder ihn persönlich kannte, was noch weniger wahrscheinlich war, weil man, wenn man jemanden persönlich kennt, nicht die Polizei anruft und sagt: »Ich hab' ihm gestern im Dairy Queen einen Hamburger und einen Schokoladenshake serviert.« Nein, man ruft die Polizei an und sagt: »Hey, der Typ auf dem Foto. Der sieht genauso aus wie ...«

Oder, was noch wahrscheinlicher ist, man ruft seinen Freund an und sagt: »Hey, das ist komisch, findest du nicht, daß der Typ auf dem Foto im Fernsehen genauso aussieht wie du?«

Und dann, wenn man Glück hat, lacht der Freund mit einem. Und wenn man weniger Glück hat, brummt der Freund etwas in seinen

Bart und verschwindet dann schleunigst aus der Stadt. Oder, wenn man großes, großes Pech hat, bringt der Freund einen um die Ecke, bevor man es der Polizei erzählen kann.

Und möglicherweise, oder auch nicht, hatte der Mann mit dem roten Camaro Bücher in einem schönen Buchladen auf dem Platz gekauft, in dem, in den ich kürzlich nicht gegangen war, weil er auf Bücher über den amerikanischen Westen spezialisiert war und ich auf der Suche nach *Kerker und Drachen* für Hal war. Der Laden war eng, aber äußerst ordentlich, zwei kleine Räume voll mit unglaublich vielen Büchern, überwiegend sehr teuren Bildbänden oder wissenschaftlichen Büchern, die mein Budget derart überstiegen, daß es sich erübrigte, nach dem Preis zu fragen, selbst wenn ich sie gewollt hätte. Es gab ein kleines Angebot an Touristenlektüre, wieder überwiegend informativer Art. Der Mann an der Kasse – offenbar der Besitzer; ich vermutete, daß er früher einen anderen Beruf gehabt hatte und jetzt im Ruhestand mit seinem früheren Hobby Geschäfte machte oder zumindest Steuern sparte – war freundlich und entgegenkommend. Er beteuerte nicht mit unangenehmer Beharrlichkeit, daß er den Mann auf dem Foto kannte, ob wir ihm das nun glaubten oder nicht, sondern er sagte, daß er glaubte, ihn möglicherweise gesehen zu haben.

Wo?

Nun, er war gestern morgen auf dem Platz herumspaziert. War herumspaziert und hatte zugeguckt, was die Polizei da machte.

Es ist sicherlich ein weit verbreiteter Irrtum, und es kommt nur in sehr schlechten Kriminalromanen vor, daß ein Täter immer an den Tatort zurückkehrt. Er tut das sicherlich nicht immer; eigentlich tut er es so gut wie überhaupt nicht. Aber hin und wieder doch. Daher war es nicht unmöglich, daß der Mann mit dem roten Camaro auf dem Platz umherspaziert war und der Polizei bei der Arbeit zugesehen hatte.

Und es wurde sogar noch wahrscheinlicher, als der alte Mann hinzufügte: »Er hat seinen Wagen direkt hier vor dem Laden geparkt« und auf den Parkplatz deutete, den ich gerade okkupierte.

»Was für ein Wagen war das?«

»Ein roter Camaro.« Er nannte mir das Baujahr.

»Hatte er ein junges Mädchen bei sich?«

»Er hatte niemanden bei sich.«

»Verdammt«, sagte ich.

Der alte Mann – er hatte mir gesagt, daß er Rex Lewis hieß – blickte schockiert, empört und unangenehm berührt. Offenbar ist er der Ansicht, daß Frauen nicht fluchen sollten. Oder vielleicht ist er der Ansicht, daß niemand fluchen sollte. Ihn selbst hatte ich noch nicht fluchen gehört.

»Das Autokennzeichen haben Sie sich wohl nicht gemerkt?«

Lewis blickte entschuldigend drein. »Dazu bestand keine Veranlassung.« Seine Miene erhellte sich. »Aber ich habe es bestimmt gesehen. Vielleicht könnten Sie einen Polizeihypnotiseur kommen lassen?«

Ich dankte ihm und sagte, wir würden später vielleicht noch einmal mit ihm reden wollen. In Las Vegas gab es vermutlich keinen Polizeihypnotiseur. Vielleicht gab es ja einen in Santa Fe, und vielleicht wäre Salazar bereit, einen kommen zu lassen, aber vielleicht auch nicht. Die forensische Hypnose wird heute nicht mehr so hoch eingeschätzt wie noch vor ein paar Jahren, da sich herausgestellt hat, daß das Unterbewußtsein sehr, sehr kooperativ und geradezu gefallsüchtig ist, so daß es mitunter Beweise liefert, die gar nicht existieren.

Was heißt, daß Rex Lewis, wenn wir ihn hypnotisieren würden, uns möglicherweise das Kennzeichen von dem roten Camaro nennen würde, doch es war ebensogut möglich, daß er uns, wenn er das Kennzeichen des roten Camaro nicht wirklich wahrgenommen hatte und wirklich helfen wollte – was offensichtlich der Fall war –, das Kennzeichen von seinem eigenen Wagen oder von Salazars Wagen oder sogar von meinem Mietwagen nennen würde, der jetzt genau dort stand, wo der rote Camaro vermutlich gestanden hatte.

Eine Kassiererin namens Becky Ortiz, die in der Bank an der Ecke arbeitete, behauptete, den Mann auf dem Phantombild wiedererkannt zu haben.

Becky Ortiz war sehr nett und sehr jung und sehr kooperativ, und sie hatte möglicherweise gesehen, wie der Mann letzten Freitag bei einer anderen Kassiererin einen Scheck einlöste, vielleicht aber auch nicht. Aber ob ja oder nein, sie konnte uns absolut keine Informationen geben, die für uns von Nutzen waren. Sie wußte weder seinen Namen noch seine Kontonummer, noch, was für einen Wagen er fuhr, und sie hatte ihn nie zuvor mit irgend jemandem zusammen gesehen, und die andere Kassiererin erkannte ihn auf dem Phantombild nicht wieder.

Ein Juweliergeschäft, ebenfalls auf dem Platz. Vor zwei Wochen hatte der Mann auf dem Phantombild einen Ring für eine junge Frau gekauft – April, wie die Fotogegenüberstellung ergab.

Unglücklicherweise hatte er weder mit Scheck noch mit Kreditkarte bezahlt. Der Ring mußte April angepaßt werden; er hatte Größe fünf, und ihr Ringfinger hatte Größe zwei. Er hatte siebzig Dollar angezahlt, und sie wollten den Ring später abholen.

Sie hatten ihn unter Aprils Namen dagelassen.

Der Angestellte zeigte mir den Ring. Er war aus Weißgold und hatte einen Diamanten, was mir nichts über seine geplante Verwendung verriet.

Als ich das Juweliergeschäft verließ, kam mir der Gedanke, daß er sich für jemanden, der aus dem Ort war, ziemlich viel auf dem Platz aufgehalten hatte, der eigentlich eher Touristen als Einheimische anzog, doch andererseits hatte er sehr häufig April bei sich gehabt, und April war nicht aus Las Vegas.

Ich kehrte zum Polizeirevier zurück, wo Salazar gerade an seinem Schreibtisch ein Thunfischsandwich aß. »Gehen Sie nicht essen?« bemerkte ich.

Er blickte mich an. »Ich habe sechs Kinder.«

»Oh«, sagte ich. Ich habe keine Ahnung, wieviel man als Chef der Polizei einer Kleinstadt verdient, und ich wollte auch nicht fragen, aber es war bestimmt nicht genug, um eine achtköpfige Familie damit sorgenfrei zu ernähren.

»Manchmal fahr' ich zum Mittagessen nach Hause«, sagte er. »Zur Zeit haben drei meiner Kinder Windpocken.«

Ich beneidete Maria Salazar nicht. Ich hatte auch mal drei Kinder, die gleichzeitig Windpocken hatten. Aber erstens hatte ich nicht noch drei weitere Kinder, um die ich mich gleichzeitig kümmern mußte, und zweitens habe ich mich sehr wenig gekümmert. Ich rief feige meine Mutter an, damit sie kam und die Kinder versorgte, und ging meiner damaligen Arbeit als Verkehrspolizistin nach.

Ich hätte natürlich Urlaub nehmen und selbst bei ihnen bleiben können. Aber ich wurde im Department gebraucht.

Außerdem hatte meine Mutter bereits vier Kinder mit Windpocken gepflegt. Sie war darin eindeutig besser als ich.

So argumentierte ich damals. Im nachhinein schämte ich mich deshalb ein wenig. Wenn Klein-Soundso Windpocken kriegt, werde ich zu Hause bleiben.

Vielleicht.

Vielleicht auch nicht. Das konnte ich später entscheiden; jetzt mußte ich mir über die gegenwärtige Situation Gedanken machen.

Zwischen Bissen ins Sandwich – Salazar (oder Maria, die ich unbedingt kennenlernen mußte) hatte aufmerksamerweise auch ein Thunfischsandwich für mich gemacht – schilderte ich, was ich bisher in Erfahrung gebracht hatte.

Salazar nickte. »Ich glaube, er ist von hier«, sagte er, »oder zumindest hat er hier eine Zeitlang gelebt. Er kennt sich jedenfalls verdammt gut im Nordosten von New Mexico aus. Er kommt nicht aus einem anderen Bundesstaat, falls doch, hat er zumindest lange hier gelebt. Aber wie hat er April kennengelernt, wenn er nicht von hier ist?«

»Wie hat er April kennengelernt, wenn er doch von hier ist?« fragte ich. Ich hatte zwar nur wenig von den Studenten im World College mitbekommen, doch mir schien, daß sie ziemlich unter sich blieben, anders als die Studenten der Highlands University, die sich an jeder Straßenecke zu versammeln schienen, wo sie alle möglichen und zweifellos aufregenden Dinge taten und sagten.

Aber die Studenten der Highlands University kamen fast alle aus dem Norden New Mexicos, und es waren überwiegend, wenn auch nicht ausschließlich, hispanische Studenten, wegen des hervorragenden hispanischen Studienprogramms. Der Mehrzahl von ihnen war Las Vegas, New Mexico, relativ vertraut, auch wenn sie neu zugezogen waren, während die Stadt für die Studenten vom World College eine völlig unbekannte Umgebung sein mußte.

Das sagte ich zu Salazar, und er nickte wieder. »Aber ich habe mich trotzdem gefragt, ob er nicht Student am Highlands gewesen sein könnte.«

»Wie sollen wir das rausfinden? Sie meinen ja wohl nicht, daß er zur Zeit noch da studiert, oder?«

Salazar schüttelte den Kopf. »Nein, ich meine, daß er da studiert hat. Und ich sehe keine Möglichkeit, daß nachzuprüfen. Ohne den Namen oder sonst etwas. Ich meine, wir könnten die Jahrbücher durchgehen, aber was würde das schon bringen? Nicht das geringste. Jemand, der ihn kennt, könnte sein Jahrbuchfoto mit Hilfe des Phantombildes finden. Aber für Sie oder mich ist das Phantombild nicht gut genug, um damit das Jahrbuchfoto finden zu können.«

Ich vermutete, daß Salazar recht hatte.

»Wir könnten ja mal anrufen und fragen, ob er dort als ehemaliger Student registriert ist«, sagte er weiter. »Aber wenn ja, müßten wir uns wegen des ganzen Datenschutzkrams einen Gerichtsbeschluß besorgen, um an die Akten zu kommen, und wenn wir sie dann tatsächlich haben, ist die Adresse wahrscheinlich veraltet.«

»Also, was wollen Sie machen?«

»Natürlich die Universität anrufen. Aber gleichzeitig mit dem weitermachen, was wir sonst haben.«

Er trank hastig einen Schluck Kaffee – aus dem Becher seiner Thermoskanne – und nahm den Telefonhörer ab, bevor das erste Klingeln verstummte. »Salazar.« Er lauschte. »Okay, stellen Sie sie durch.«

Es lohnt sich nicht wiederzugeben, was ich hörte. Es ist immer verwirrend, nur die eine Hälfte eines Gesprächs mitzubekommen. Er machte Notizen, stellte ein paar Fragen und sagte: »Danke. Heute nachmittag kommt jemand zu Ihnen, um mit Ihnen zu reden.«

Er legte auf und sah mich an. »Das hat Hand und Fuß«, sagte er. »Vor einer Woche hat April Greene aus Las Vegas in einer Frauenklinik in Santa Fe einen Termin für eine Abtreibung gemacht. Der Termin war am letzten Montag morgen. Sie war um sieben Uhr dort; ein Mann hat sie gebracht. Sie haben sich im Wartezimmer gestritten, und die Krankenschwester dachte schon, sie müßte die Polizei rufen, aber April konnte ihn davon überzeugen, daß sie keine Abtreibung machen lassen wollte, sie wäre nur da, um einen Check-up und ein paar Röntgenaufnahmen machen zu lassen – in der Klinik werden außer Abtreibungen jede Menge andere Sachen gemacht –, und er hat sich wieder beruhigt. Er hat gesagt, er würde auf der anderen Straßenseite etwas essen gehen, und er würde sie anschließend abholen. Die Krankenschwester hat April ermahnt, es sei nicht gut, wenn sie ihn anlügen würde, und April hat die Achseln gezuckt und gesagt, er würde schon drüber wegkommen. Was er offenbar getan hat, denn er hat sie gegen Mittag abgeholt, und sie sind zusammen gegangen. Sie – die Krankenschwester, die angerufen hat – sagt, es müßten noch mehr Informationen in den Unterlagen sein, aber bevor sie uns die gibt, muß sie sich erst eine Genehmigung holen. Sie sagt, das dürfte kein Problem sein, denn schließlich sei es ja für die Ermittlungen in einem Mordfall.«

»Also werde ich wohl eine Spritztour nach Santa Fe machen.«

Er blickte mich an. »Sind Sie sicher, daß Sie dazu in der Verfassung sind? Ich meine, ich möchte nicht, daß bei Ihnen die Wehen einsetzen, wenn Sie gerade auf halber Strecke zwischen –«

»Es sind noch zwei Wochen bis zum errechneten Termin«, versicherte ich ihm.

»Darauf kann man sich weiß Gott nicht immer verlassen.«

Salazar fing an, mich zu interessieren. Anders als die meisten hispanischen Männer, die ich kennengelernt hatte – die, gelinde gesagt, einem ausgeprägten Männlichkeitswahn anhängen, wenn auch unbewußt –, hatte er offensichtlich nicht das geringste dagegen, daß ich alles tat, was andere auch taten. Seine einzige Sorge galt augenblicklich meiner Sicherheit angesichts der fortgeschrittenen Schwangerschaft.

Aber ich sagte nichts dazu; ich sah einfach zu, wie er weiter die Karteikarten auf seinem Schreibtisch durchging – offenbar machte er seine Notizen immer auf solchen Karten –, bis er eine weitere herausfischte. »Wenn Sie schon mal da sind, könnten Sie auch gleich diesem Hinweis nachgehen. Vermutlich ist nichts dran. Er ist von einer Emily Montrose – ihrer Stimme nach würde ich sie auf zirka sechzig schätzen –, die behauptet, den Mann auf dem Phantombild zu kennen. Lassen Sie mich noch schnell einen Anruf machen, bevor Sie losfahren.«

Er wählte, während ich nachgrübelte.

Nein, ich halte nicht viel von Abtreibungen; ich halte sogar absolut nichts davon, außer in Fällen von Vergewaltigung, Inzest und ernsthaften Krankheiten. Aber im Moment tat mir April Greene unsäglich leid. Nach dem Eingriff hätte sie nach Hause und schnurstracks ins Bett gehört; offenbar hatte sie ihren Freund – wer immer er war – mit allen Mitteln davon überzeugen wollen, daß alles in Ordnung war, und sie waren offenbar in die Kiva gegangen und hatten Geschlechtsverkehr gehabt, bevor Hal und Lorie zum Park kamen. Ich fragte mich, wie sie ihn wohl überredet hatte, ein Kondom zu benutzen; ich fragte mich, wie sie das Blut erklärt hatte. Aber sie mußte Schmerzen gehabt haben.

Kein Wunder, daß sie Schmerztabletten dabei hatte, als Lorie welche brauchte. Kein Wunder, daß sie Lories Schmerzen mitgefühlt hatte.

Hatte er sie getötet, weil sie abgetrieben hatte?

Falls ja, wieso hatte er bis mitten in der Nacht gewartet, wieso hatte er es nicht gleich getan, als sie in der Kiva waren?

Wieso – wenn das sein Grund war – hatte er Lorie mitgenommen? Lorie war nicht schwanger; Lorie hatte nicht abgetrieben.

Hatte er Lorie überhaupt mitgenommen? Oder täuschten wir uns?

Ganz plötzlich mußte auch ich zwei Telefonate machen. »Bin gleich wieder da«, sagte ich, und Salazar, den Hörer am Ohr, nickte.

Vor einem Gebäude auf der anderen Straßenseite war ein öffentliches Telefon, und mittlerweile hatte ich meine Telefonkartennummer und noch einige andere Nummern im Kopf.

Nein, Lorie war nicht zu Hause.

Nein, Donna – die jetzt zu Hause war – hatte nichts von Lorie gehört. Sie wollte verständlicherweise wissen, was los war. Ich sagte, daß wir daran arbeiteten und ich noch nichts Neues wüßte und sie, falls ich was wüßte, anrufen würde.

Fürs erste kam ich damit durch, denn das Fernsehen und die Zeitungen in Texas werden wohl kaum über den Mord an einer jungen Frau auf einem Platz in einer Kleinstadt in New Mexico berichten, egal, wie wichtig die Nachricht in New Mexico ist.

Wie lange ich damit durchkommen konnte, hing davon ab, wie lange Lorie verschwunden bleiben würde.

Wenn Lorie sich also auf den Weg nach Hause gemacht hatte, war sie dort noch nicht angekommen, was möglich war, und sie hatte nicht ihre Mutter angerufen, was sehr viel weniger möglich war.

Ich mußte noch mein zweites Telefonat führen. Diesmal mit Julia Gonzales im Wardance Motel.

Und ich war verärgert, als ich auflegte. Wieso – wo sie doch wußte, daß wir einen Mord untersuchten – hatte sie es nicht für nötig befunden, uns zu sagen, daß das Bett voller Blut und das Badezimmer voller Blut gewesen war?

Sie hatte einfach gedacht, das junge Mächen hätte unerwartet ihre Tage bekommen und nichts dabeigehabt. »Manche Leute sind so«, sagte Julia Gonzales zu mir. »Schlampig. Schmutzig. Sie würden nicht glauben, wie manche von denen ihr Motelzimmer hinterlassen.«

Da war bestimmt was dran.

Ich ging zurück zum Polizeirevier, wo Salazar nicht mehr telefonierte. »Obduktionsbericht«, sagte er zu mir. »Ich hab' nicht schon früher da angerufen, weil es ganz offensichtlich war, wie sie gestorben ist. Dachten wir.«

»Dachten wir?«

»Es gibt drei mögliche Todesursachen«, sagte Salazar. »Für die unmittelbare Ursache, meine ich. Die unmittelbare Ursache ist Extravasation und Hämorrhagie. Im Klartext, sie ist verblutet. Die Frage ist, wodurch – sie hatte eine durchtrennte Jugularader, was eindeutig schon allein ausgereicht hätte, sie hatte eine Stichwunde in der Milz, was ganz bestimmt schon allein ausgereicht hätte, aber da war sie bereits im Begriff zu verbluten aufgrund von – es kamen jede Menge lange Wörter, aber hinauslaufen tut es letzten Endes auf brutalen Geschlechtsverkehr, möglicherweise Vergewaltigung, ganz kurz nach einer Abtreibung. Dem Mistkerl war es egal. Er hat kein Kondom benutzt. Es war Sperma in ihrer Vagina und ihrem Uterus.«

»Ihrem Uterus?« wiederholte ich.

Salazar nickte. »Der Uterus war natürlich verletzt«, ergänzte er. Ich sagte nichts. Ich wußte nicht, was ich sagen sollte. Salazar blickte genauso entsetzt und angewidert drein, wie ich mich fühlte.

»Zeitlich kommt es hin«, sagte er weiter. »Mit allem anderen, meine ich. Der Arzt meint, sie ist etwa gegen zwei Uhr morgens getötet worden. Vergewaltigt vielleicht eine Stunde vorher. Wenn sie in dem Motelzimmer vergewaltigt und anschließend in dem Park ermordet wurde ... Verdammt, irgendwer muß Ihrem Jungen ein Betäubungsmittel verabreicht haben, das ist die einzige Erklärung dafür, wieso er nicht aufgewacht ist, als sie ermordet wurde, sondern erst zwei Stunden später, weil er pinkeln mußte – da muß die Wirkung des Mittels langsam nachgelassen haben. Verdammt, verdammt, verdammt, meine Streife muß den Mistkerl knapp verpaßt haben.«

»Das kommt vor«, sagte ich.

»Es kommt vor«, stimmte Salazar zu. »Das sollte es nicht, aber das tut es nun mal.« Nach kurzem Schweigen sagte er: »Ach, verdammt« und reichte mir die Karten mit den Namen und Adressen der Leute, mit denen ich reden mußte.

Als ich zu meinem Wagen ging, war mir regelrecht schlecht. Nach allem, was wir bisher herausgefunden hatten, war April Greene ein oberflächliches, naives, eitles, berechnendes Mädchen gewesen.

Aber das hatte sie nicht verdient.

Die Fahrt über den Interstate von Las Vegas nach Santa Fe dauert etwa eine Stunde und führt durch eine hübsche Landschaft. Ich bin zwar keine Geologin, aber ich würde sagen, daß das Gebirge Sangre de Christos sehr viel älter ist als die Rocky Mountains, die mir im allgemeinen als erstes einfallen, wenn ich an Berge denke. Es gab sehr viel Grün, sehr viele verwitterte Felsen, die mit Bäumen und Büschen bewachsen oder nackt und kahl waren, je nachdem, wieviel Wasser da war – das Klima hier war nicht so trocken wie das Wüstenklima im Süden von New Mexico, aber hier stand bei weitem nicht so viel Wasser zur Verfügung wie in der Gegend von Los Alamos, wo die Berge durch das Dickicht aus Bäumen und Büschen praktisch unsichtbar waren. Hier konnte ich sehen, warum die Spanier dem Gebirgszug seinen Namen gegeben haben – Sangre de Christo, Blut Christi. Das Wasser, das von diesen Bergen herabfloß, mußte hell orangerot aussehen, eigentlich eher orange als blutrot, aber angesichts der den Spaniern eigenen Neigung, allem biblische Namen zu geben ...

Okay, ich ließ meine Gedanken wandern, schweifen. Natürlich tat ich das. Ich wollte nicht daran denken, was mit April geschehen war, und ich wollte nicht daran denken, was mit Lorie geschehen könnte. Ich wollte an alles andere denken, was mir gerade so in den Sinn kam.

Die Frauenklinik war leicht zu finden; sie war nur zwei Querstraßen von der Ausfahrt des Freeways entfernt, die ich meiner Karte nach nehmen sollte, und die Oberschwester, Natalie Summers, erwartete mich bereits.

»Sie wissen ja, daß alles vertraulich behandelt werden muß«, sagte sie zu mir. Als ich nickte, fügte sie mit einem kurzen Blick auf meine nicht vorhandene Taille hinzu: »Natürlich ist das für uns noch wichtiger.« Sie erklärte nicht, warum, und ich fragte nicht nach. Ich war mir ziemlich sicher, daß ich es wußte.

»Aber«, fuhr sie fort, »in einer solchen Situation – wenn wir wissen, daß eine Patientin ermordet wurde – na ja, da möchten wir der

Polizei helfen, soweit wir können.« Sie blickte erneut auf meine Leibesmitte.

»Danke«, sagte ich und bemühte mich, ihre offensichtliche Neugier zu ignorieren. Gleich würde sie mich fragen, ob ich keine Bedenken hätte, in diesem Zustand so eine Arbeit zu machen, und dann konnte ich etwas erwidern. Aber ich wollte nicht versuchen, auf einen Blick zu antworten.

»So, hier ist die Akte«, sagte sie. »Wenn Sie sie kurz durchsehen, kann ich Ihnen dann eventuelle Fragen beantworten.«

Ich bin absolut keine Weltmeisterin im Übersetzen von medizinischem Kauderwelsch ins Englische, aber im Laufe der Jahre habe ich einige Erfahrung darin gesammelt, erst recht, seit ich im Sonderdezernat bin. Soweit ich ersehen konnte, war April erst etwa vier Wochen schwanger gewesen, und man hatte eine Dilatation und Ausschabung vorgenommen. So etwas wird nicht nur bei frühen Schwangerschaftsabbrüchen gemacht, sondern kann auch unterschiedlichen diagnostischen und therapeutischen Zwecken dienen; ich selbst habe mich mal einem solchen Eingriff unterzogen, in der Hoffnung, die Ärzte könnten so eher feststellen, warum ich nicht – zumindest damals nicht – schwanger werden konnte. (Es hatte nicht das geringste gebracht, nicht mehr als alles andere, und niemand hatte den leisesten Schimmer, warum ich mit Anfang Vierzig zum ersten Mal schwanger wurde.)

Der Eingriff, unter örtlicher Betäubung, war ohne Zwischenfälle verlaufen, und April hatte nach einer Stunde Ruhe gehen dürfen. Es war ihr dringend nahegelegt worden, keine Tampons zu benutzen, bis mindestens eine Woche nach Ende der Blutung keinen Geschlechtsverkehr zu haben, sich viel Ruhe zu gönnen und sofort einen Arzt aufzusuchen, falls sie Fieber bekam. Sie hatte ein Rezept für Schmerzmittel bekommen, weil damit zu rechnen war, daß sie mehrere Tage lang heftige Unterleibsschmerzen haben würde. Sie war in die Apotheke nebenan gegangen, um das Rezept einzulösen, und dann war sie zurückgekommen, hatte sich auf einen Stuhl im Wartezimmer gesetzt, die Füße auf einen anderen Stuhl gelegt und gelesen, während sie auf ihren Freund wartete. Bevor er kam, hatte sie ihre blasse Gesichtsfarbe dick mit Make-up überschminkt, und als er kam, war sie handtascheschwingend und fröhlich lächelnd hinausgegangen.

Das stand nicht alles in dem Bericht; zum Teil stammte es aus der Erinnerung von Natalie Summers und aus der Erinnerung von der Frau am Empfang, die ich um zusätzliche Informationen bat.

Sowohl die Frau am Empfang als auch Natalie Summers pickten das Phantombild des Mannes mit dem roten Camaro mühelos aus einer Handvoll Fotos von männlichen Weißen um Mitte Zwanzig heraus. Sowohl die Frau am Empfang als auch Natalie Summers pickten April aus einer Handvoll Fotos von schlanken, jungen weiblichen Weißen um die Zwanzig heraus. Was keine große Überraschung war; eingedenk des Obduktionsberichts wäre ich sehr überrascht gewesen, wenn sie sie nicht erkannt hätten.

Weder die Frau am Empfang noch Natalie Summers hatten den Wagen des Mannes gesehen oder sich den Namen des Mannes nennen lassen. »Wir hatten keine Veranlassung dazu«, erklärte mir die Frau am Empfang. »Sie hat die Rechnung mit Kreditkarte bezahlt.«

Ich versuche alles, wenn ich glaube, daß ich dadurch Informationen bekomme.

Also ging ich nach draußen und stellte den draußen stehenden Demonstranten Fragen.

Natürlich standen draußen Demonstranten. Wie viele Abtreibungskliniken gibt es in diesem Land, vor denen nicht wenigstens zeitweilig Demonstranten stehen?

Es war eine Demonstrantin dabei – nur eine –, die auch am Montag dagewesen war. Nachdem ich lange nett auf sie eingeredet hatte – meine offensichtliche Schwangerschaft war vermutlich eine Hilfe –, war sie bereit, sich Fotos anzusehen. Sie erkannte April und sagte, April habe ihr den Stinkefinger gezeigt – eine obszöne Geste –, als sie versucht hatte, mit ihr zu reden.

Sie erkannte das Phantombild von Aprils Freund und sagte, er habe draußen gestanden und ein paar Minuten mit den Demonstranten gesprochen und ihnen versichert, daß er auf ihrer Seite sei, obwohl er, wie sie hinzufügte, nur wirres Zeug gefaselt habe. »Spinner auf unserer Seite schaden unserer Sache«, sagte sie zu mir.

Sie hatte seinen Wagen nicht gesehen.

Sie hatte, natürlich, sein Autokennzeichen nicht gesehen.

Wir waren nicht weiter als am Anfang.

Ich stieg in den Wagen und holte die andere Adressenkarte raus.

Kapitel 8

Emily Montrose wohnte in Richtung Stadtmitte. Natürlich verfuhr ich mich. Ich verfahre mich immer in Städten, die ich nicht kenne, und mit diesen Straßen im europäischen Stil kannte ich mich ganz und gar nicht aus, denn keine zwei Straßen liefen völlig parallel zueinander, und keine Ecke war völlig rechtwinkelig. Ich konnte mir zwar vorstellen, daß Touristen, die jede Menge Zeit hatten, Spaß daran fanden, ziellos umherzuwandern und bei fast jedem Schritt neue Entdeckungen zu machen, aber ich hatte es verdammt noch mal eilig. Die Innenstadt hatte nicht viel von den Vereinigten Staaten an sich – bis auf prächtig gestaltete Schaufenster und hohe Preise – aber auch nicht von Mexiko – außer dem Amerikanischen mit spanischem Akzent. Sie war von Spaniern entworfen worden, zum Teil auch gebaut, und die engen, gewundenen Straßen waren spanisch in Reinkultur. Ich sah den Gouverneurspalast, auf dessen Veranda Indianer in einer ordentlichen Reihe Schmuck verkauften, genau, wie Hal mir erzählt hatte, und ich sah die Kirche mit der Wundertreppe, die angeblich vom heiligen Josef erbaut worden war, wovon Hal mir nichts erzählt hatte, und ich sah ein Gebäude, das behauptete, das älteste Gebäude von New Mexico zu sein (in dem aber eine Pizzabude untergebracht war), und ich sah alle möglichen Leute, die alle möglichen Sachen verkauften, von wunderschönen handgewebten Decken bis zu Schnüren und Kränzen aus roten Chilischoten, fast alle interessant und fast alle teuer, aber nirgends sah ich Emily Montroses Haus. Oder die Wohnung. Oder die Straße, wo sie wohnte. Und mein Stadtplan verwirrte mich.

Ich sah die derzeitigen Regierungsgebäude. Ich sah einige Bibliotheken und Museen. Ich sah einige Parks und fragte mich, in welchem Hal und Lorie kampiert hatten. Einige Dinge sah ich zwei- oder drei- oder viermal, bis ich schließlich zu der richtigen Straße und Hausnummer kam, die auf der Karteikarte stand, die auf dem Sitz neben mir lag.

Wie Salazar aufgrund ihrer Stimme vermutet hatte, mochte sie rund Mitte Sechzig sein. Sie war eine ganz konventionell aussehende Frau, mit ganz konventionellem grauem Haar, das sie sich vermutlich einmal die Woche in einem Schönheitssalon zurechtmachen ließ – das erkannte ich daran, wie es gelegt war –, und etwas schmalen blauen Augen mit einer braungeränderten Bifokalbrille. Nicht, daß an einer Bifokalbrille irgend etwas auszusetzen ist; in meinem Alter werde ich bestimmt auch bald eine tragen. Nein, unangenehm fand ich ihren Gesichtsausdruck.

Sie trug ein Kleid aus irgendeinem Synthetikstoff, eine Kette aus falschen Perlen, Nylonstrümpfe und elegante Pumps. Offenbar war Besuch von der Polizei ein besonderes Ereignis in ihrem Leben.

Vielleicht hatte sie einen männlichen Polizeibeamten erwartet.

Sie führte mich in ein Zimmer, das von der Spanisch/Südweststaaten-Atmosphäre überall um sie herum keinerlei Notiz genommen hatte; ihre Ahorn- und Chintzmöbel und die langweilige Seelandschaft über der Couch hätten eher nach Neuengland gepaßt. Sie bot mir einen Polstersessel an, der etwas zu weich und etwas zu niedrig war, um für mich bequem zu sein, vor allem in meinem jetzigen Zustand, aber sie wollte ja nur freundlich sein, und ich biß innerlich die Zähne zusammen und setzte mich.

»Und *Sie sind Polizist*?« sagte sie in einem eher feindseligen als bewundernden Tonfall zu mir.

»Polizistin«, korrigierte ich sie. Denn männlich war ich ganz offensichtlich nicht.

»Aber ist das nicht *deprimierend?* All das viele Blut?«

»Ich bin ziemlich sicher, daß Krankenschwestern mehr Blut sehen als ich.«

»Aber es erscheint mir einfach undamenhaft. Und es kann nicht gut für Ihr Baby sein. Als ich Jillie erwartete, mußte ich mich jeden Nachmittag vier Stunden hinlegen.«

»Dann kann ich wohl von Glück sagen, daß ich so gesund bin.«

Sie gab noch eine Weile freundlich zwitschernd irgendwelche Allgemeinplätze von sich, die mir verdeutlichen sollten, wie wenig sie von meinem Beruf hielt. Nachdem sie diese Pflicht erfüllt hatte, bot sie mir Kaffee, Eistee, Torte, Kuchen und Plätzchen an. Ich schwenkte die Fotos vor ihren Augen, und sie verabschiedete sich schweren Herzens von ihrer vermeintlichen Gastfreundlichkeit und kam zur Sache.

»Ja, der hier«, sagte sie zu mir, als sie, kerzengerade ganz vorn auf der Kante einer Klavierbank sitzend, die Phantombilder durchsah. »Der hier war im Fernsehen.«

»Und Sie erkennen ihn wieder?«

»O ja. Einen Augenblick mal.« Sie stand auf und verschwand diesmal in einem anderen Zimmer, und ich hoffte, sie würde nicht wieder mit etwas zurückkommen, das sie mir anbieten wollte. So ziemlich das einzige, was noch fehlte, war eine Wolldecke für meine Knie.

Aber sie kam mit einem weiß eingebundenen Buch zurück; nach einer Sekunde erkannte ich, daß es so ein Fotoalbum war, wie sie für Hochzeitsbilder verkauft werden. Sie öffnete es. »Meine Tochter Jill und ihr Exmann«, sagte sie und reichte es mir.

Ich konnte – nicht mit Sicherheit – sagen, daß der Mann auf dem Foto der Mann auf dem Phantombild war. Aber er hatte so große Ähnlichkeit mit dem Gesuchten, daß es sich auf jeden Fall lohnen würde, der Sache nachzugehen.

»Wie heißt er?«

Sie blickte ein wenig überrascht. »Das wissen Sie nicht?«

»Nein, Ma'am, deshalb haben wir ja das Phantombild im Fernsehen veröffentlicht, weil wir hoffen, so seinen Namen zu erfahren.«

»Aha, na, er heißt Darren Fletcher. Aber Jillie hat ihn immer Sugar genannt, als sie noch – na ja, bevor sie sich getrennt haben.«

Damit war alles klar, dachte ich. Wenn sie glaubt, daß er Darren Fletcher ist, und auf der Meldekarte des Motels steht, daß er Darren Fletcher ist – aber Sugar? »Wieso eigentlich?« fragte ich.

»Die Trennung? Weil –«

»Nein, ich meine, warum hat sie ihn Sugar genannt?«

»Ach so, na ja, weil er früher geboxt hat.«

»Aha?«

»Ja, eine Art Halbprofi. Er war nie besonders gut, glaube ich. Aber, wissen Sie, diese Boxer haben irgendwie ein Faible für den Spitznamen Sugar. Und er hat als Sugar Fletcher geboxt.«

»Okay, Sie haben gesagt, er ist der Exmann Ihrer Tochter, richtig?« Ione hatte gesagt, daß Aprils Traumprinz verheiratet war.

»Tja – könnte man so sagen.«

»Ja, aber ich muß es genau wissen. Ist er ihr Mann oder ihr Exmann?«

»Na ja, sie leben getrennt, wissen Sie.« Sie verzog das Gesicht, als hätte sie in eine ganz besonders saure Zitrone gebissen. »Als ich ein junges Mädchen war, hat man so was einfach nicht gemacht. Man hat geheiratet, und man ist verheiratet *geblieben.«*

Ich fand, daß es keine allzu gute Idee wäre, mich auf eine philosophische Diskussion über die menschliche Natur einzulassen. Sie sprach weiter.

»Jillie hat es wirklich schwer mit ihm, er quengelt und quengelt, sie soll zu ihm zurückkommen.«

»Wissen Sie, warum sie nicht zu ihm zurück will?«

»Oh, na ja, sie sagt, er hat sie geschlagen und so weiter. Aber Sie wissen ja, Männer sind und bleiben nun mal Männer.«

»Ja, das stimmt. Sie hat ihn also verlassen, weil er sie mißhandelt hat?«

»Na ja, das hat sie wenigstens gesagt.«

»Aber Sie sind sich nicht sicher, ob sie das glauben sollen.«

»Oh, das habe ich nicht gesagt. Aber so ein sympathisch aussehender Mann – man sieht ihm förmlich an, daß er aus gutem Hause kommt, und so schöne Zähne –«

Genau das, was jede Frau braucht, dachte ich. Er kann noch so mies und brutal sein, Hauptsache, er hat einen hübschen angelsächsischen Namen und Zähne wie Jimmy Carter. »Schön«, sagte ich, »ich muß mir ein paar Notizen machen. Also, Sie haben gesagt, er heißt Darren Fletcher, richtig? Darren mit e oder i?« Ich fragte absichtlich Dinge, die ich bereits geklärt hatte, damit sie entspannter wurde. Ich wußte bereits, daß er sich Darren, nicht Darrin schrieb, weil ich seine Unterschrift auf der Meldekarte des Motels gesehen hatte. Und es kam zwar oft vor, daß jemand seinen Namen änderte, aber so gut wie nie, daß jemand die Schreibweise seines Namens änderte.

»Mit e«, versicherte sie mir. »Da bin ich sicher.«

»Und er ist der Mann Ihrer Tochter, aber er lebt von ihr getrennt?«

»Das stimmt.«

»Haben die beiden Kinder?« Mir fiel ein, was Ione mir noch erzählt hatte.

»Ja, einen kleinen Jungen, Scotty. Er ist erst sechs Monate alt. Ein herrlicher kleiner Kerl.« Sie strahlte mich an, eine aufgesetzte Großmütterlichkeit, hinter der sich eine Kälte verbarg, die mich abstieß.

»Was arbeitet er?« fragte ich. »Darren, meine ich.«

»Er ist nirgends angestellt. Er macht kunsthandwerkliche Sachen und verkauft sie auf Jahrmärkten und Flohmärkten.«

»Was für kunsthandwerkliche Sachen?«

»Irgendwelche Sachen«, sagte sie ungenau. »Kunsthandwerk.«

»Lederschmuck, so was in der Art?«

»So was in der Art. Ziemlich merkwürdig für einen Erwachsenen. Aber Jillie hat gesagt, daß er damit angefangen hat, als er nach einer Boxverletzung lange im Krankenhaus liegen mußte, und er konnte das richtig gut. Ich vermute, er hätte später irgend etwas anderes gemacht.«

Sehr wahrscheinlich hatte ich soeben die Erklärung für Aprils Lederband gefunden. Ein kleines Problem gelöst. »Wo wohnt er?« fragte ich.

»Ach, wissen Sie, ich weiß gar nicht, wo er wohnt.«

»Wo hat er gewohnt, als er mit Ihrer Tochter verheiratet war?«

»Na, bei ihr natürlich.«

»Schön, und wo wohnt sie?«

»In Las Vegas.« Sie gab mir die Adresse.

»Verstehe. Und wie lange haben sie da gewohnt?«

»Aber sie wohnt ja noch immer da.«

»Jaja, das sagten Sie bereits«, erwiderte ich, um Geduld ringend. »Aber wie lange haben die beiden zusammen da gewohnt?«

»Ach so, etwa sechs Monate. Warten Sie, lassen Sie mich nachdenken.« Sie hielt inne und zählte irgendwas an den Fingern ab. »Ja, das könnte hinkommen. Sie haben Anfang Januar geheiratet, und Darren ist etwa Ende August ausgezogen.«

»Sie haben Anfang Januar geheiratet, und Darren ist im August ausgezogen, und das Baby ist sechs Monate alt –«

»Was soll denn diese Anspielung?«, sagte sie und blickte noch mehr so, als hätte sie in eine saure Zitrone gebissen.

»Welche Anspielung?«

»Es hatte schon alles seine Richtigkeit. Der kleine Scotty ist nur einen Monat zu früh gekommen, mehr nicht.«

»Ach, du liebe Zeit! Mrs. Montrose, es tut mir schrecklich leid, das sollte wirklich keine Anspielung sein«, versicherte ich ihr. »Ich wollte mir nur die Daten einprägen, mehr nicht.«

»Na ja, ich möchte nicht, daß Sie denken –«

»Das habe ich nicht. Ehrlich nicht.«

Aber natürlich hatte ich das. Denn Darren Fletcher – und inzwischen war ich mir relativ sicher, daß Darren Fletcher Darren Fletcher war – wollte April heiraten, weil sie schwanger war. Hatte er auch »Jillie« heiraten wollen, weil sie schwanger war? Auszuschließen war das ganz bestimmt nicht.

Aber wieso hatte er nicht im Telefonbuch gestanden, wenn er sechs Monate in Las Vegas gewohnt hatte? »Mrs. Montrose«, fragte ich, »lief das Telefon und so weiter auf seinen Namen?«

»Wie meinen Sie das? Ich habe ihre Rechnungen nie gesehen! Wollen Sie etwa andeuten, ich würde *herumschnüffeln*?«

»Ich meine – äh, versuchen wir's mal so. Haben er und Jill das Haus zusammen bezogen, oder hat einer von beiden schon dort gewohnt, bevor sie geheiratet haben?«

»Ach so, also, es ist Jillies Haus. Nicht, daß es ihr gehört, ich meine, ich bin der Meinung, Frauen sollten keine Häuser besitzen, Sie etwa? Dazu braucht man einen Mann, aber sie hat es gemietet. Sie studiert da, an der Highlands University. Ich weiß wirklich nicht, warum; all die vielen Mexikaner da, und ich bin sicher, sie würde woanders eine viel bessere Ausbildung bekommen ...«

Sparen wir uns den Rest. Was sie sonst noch sagte, brachte nicht das geringste, außer, daß es uns tatsächlich gelang, sein Geburtsdatum herauszufinden; der Rest der Unterhaltung diente lediglich dazu, mir allerletzte Gewißheit darüber zu verschaffen, daß Emily Montroses Verstand, wenn man ihn überhaupt so nennen wollte, auf einem wogenden Meer von Vorurteilen und Klischees trieb; und jeder Versuch, sie von diesen Klischees abzubringen, wäre von vornherein zum Scheitern verurteilt gewesen, obwohl etliche ihrer Gedanken sich gegenseitig ad absurdum führten.

Als es mir schließlich gelungen war zu entkommen, rief ich Salazar von einer Telefonzelle aus an. »Fletcher«, sagte er nachdenklich, als ich ihm die Adresse nannte. »Ja, die ist mir bekannt. Wir sind ein paarmal dahin gerufen worden, weil der Exmann der Frau Radau gemacht hat, Sie kennen das ja bestimmt.«

Und ob ich das kannte, und zwar nur allzu gut, wie jeder, der länger als zwei Monate in einem Polizeidepartment arbeitet. Die meisten Leute meinen, daß es für einen Polizeibeamten am gefährlichsten ist, wenn er zu einem Raubüberfall oder einem Mord gerufen wird. Dem ist nicht so. Fast Jahr für Jahr werden in den Vereinigten Staaten mehr Polizisten bei Einsätzen aufgrund von Ehestreitigkeiten schwer verletzt oder getötet, als bei irgendwelchen anderen Einsätzen.

Daher wird eine Adresse, zu der schon wiederholt Einsatzkräfte wegen Ehestreitigkeiten gerufen wurden, mit einem Vermerk versehen. Das bedeutet, daß der Einsatzleiter, der die Meldung rausgibt, den Beamten darüber informiert, daß es sich um eine einschlägige Adresse handelt und äußerste Vorsicht geboten ist.

Ich glaube allerdings nicht, daß derlei Vermerke in einer so kleinen Stadt erforderlich sind; vermutlich kennt jeder im Department die Adressen, die in einer Großstadt mit Vermerk versehen würden.

»Ich fahr' hin und überprüf' die Sache«, sagte Salazar. »Geht es Ihnen gut?«

»Natürlich geht es mir gut. Wieso sollte es mir nicht gutgehen?«

»Ich dachte bloß, ich frag' mal nach. Begay hat Hal abgeholt, und die beiden sind wieder unterwegs, mit Fotos von dem Phantombild.«

»Sie wollten sich also vergewissern, daß es mir gutgeht, bevor Sie mir das erzählen«, sagte ich.

»Na ja«, sagte Salazar und ließ es dabei bewenden.

»Wessen Idee war das? Hals, nehme ich an?«

»Eigentlich Begays. Er hat beschlossen, daß er Hal mag.«

»Soll ich sonst noch was in Santa Fe überprüfen?« fragte ich, weil ich keinen Kommentar dazu abgeben wollte, daß Begay Hal jetzt mochte.

»Nee, kommen Sie zurück. Ich rufe beim NCIC an und gebe denen durch, was Sie rausgefunden haben.«

Und so fuhr ich zurück nach Las Vegas, ohne der Landschaft soviel Beachtung zu widmen wie auf der Hinfahrt, und traf Salazar in seinem Büro an, wo er auf mich wartete.

»Sie war nicht da«, sagte er.

»Wer, Jill Fletcher? Na, könnte sein, daß sie an der Uni ist. Ihre Mutter hat gesagt, sie studiert.«

»Sie wohnt nicht mehr da«, korrigierte er sich. »Die Nachbarn sagen, sie ist vor zwei Monaten ausgezogen.«

»Ohne es ihrer Mutter zu sagen?«

»Nach dem, was Sie mir über ihre Mutter erzählt haben ...«

»Das stimmt allerdings«, gab ich zu.

»Aber ich habe mich bei der Universität erkundigt«, fuhr er fort, »und sie ist noch eingeschrieben. Er hat das Studium, wenn man es so nennen will, im letzten Herbst abgebrochen.«

»Ach ja?«

»Er hat auf Sportlehrer studiert. Aber ohne Sportstipendium. Soviel hab' ich rausbekommen.«

»Aber ihre jeweiligen Adressen hat man Ihnen nicht gegeben?«

»Genau. Ich habe überall angerufen, bei den Stadtwerken und so weiter. Selbst wenn Strom und Heizung in der Wohnungsmiete enthalten sind, müßte sie doch wenigstens ein Telefon auf ihrem Namen haben.«

»Falls sie Telefon hat.«

»Wieso sollte sie kein Telefon haben?«

»Wenn sie geschieden ist oder getrennt lebt und ein Kind ernähren muß und noch studiert –«

»Oh. Ja. Daran habe ich nicht gedacht. Sie könnten recht haben.«

»Ich habe recht.«

»Okay, Sie haben recht.« Sein Telefon klingelte, und er nahm den Hörer ab. Nachdem er kurz etwas auf eine Karteikarte geschrieben hatte, legte er auf. »Stadtwerke. Wir haben eine Adresse. Möchten Sie mitkommen?«

»Ich denke, ja. Ist Hal noch mit Begay unterwegs?«

»Jawohl. Begay ist nicht verheiratet, und wenn er sich erst mal in etwas verbissen hat ...«

»Ich bin genauso. Mein Mann ist deshalb manchmal richtig wütend auf mich.«

»Wie ich schon sagte, er ist nicht verheiratet. Jedenfalls, ja, sie sind noch unterwegs, und kommen wohl erst zurück, wenn ihnen danach ist. Also. Ich frag' noch mal. Möchten Sie mitkommen?«

»Ich habe bereits ja gesagt.«

In einer Stadt von der Größe Las Vegas' ist es von keinem Ort zum anderen sehr weit. Nicht ganz zehn Minuten später parkte Salazar seinen Polizeiwagen vor einem baufälligen Ziegelhaus. Der Rasen war offensichtlich schon länger nicht gemäht worden, und auf der Veranda vor dem Haus lagen vier Zeitungen. Der Briefkasten quoll über vor Broschüren, Katalogen und Reklamezetteln, und als wir auf die Veranda zugingen, konnte ich zweierlei hören: Fliegengesurr und ein weinendes Baby.

Kein Baby, das normal weinte. Das dünne, verzweifelte Geschrei eines vernachlässigten Babys, eines halbverhungerten und vergessenen Babys. Den Klang hatte ich mehr als einmal gehört, als ich noch Streifenpolizistin war. Die Mutter war nicht da. Keine Frau könnte sich das anhören, ohne sofort etwas zu unternehmen. Die Mutter war nicht da oder –

Oder.

Die Mutter – oder sonstwer – war da. Und würde das Haus nur in einem Leichensack verlassen.

Der Geruch, von nahem, war eindeutig. Wieso hatte noch niemand angerufen? Wieso hatte der Postbote keine Meldung gemacht? Wieso hatte kein Nachbar die Polizei verständigt? Wie viele Tage weinte das Baby – Scotty – schon?

Salazar stieß die Haustür, die keine Fliegentür hatte, mit der Schulter auf und ging einfach weiter. Er blieb nicht stehen, um mir zu sagen, ich sollte besser nicht reinkommen; dazu hatte er zuviel Respekt vor mir, oder er wollte, als Vater von sechs Kindern, einfach nur zu dem Baby, bevor er über irgend etwas anderes nachdachte. Eins von beidem mußte es sein; und ich ging mit ihm.

Die Heizung war an; es mußten an die dreißig Grad da drin sein, und Salazar ließ die Vordertür auf, während er auf das Zimmer zuging, aus dem das Wimmern kam. An der Schwelle des Zimmers blieb er kurz stehen.

Ich hatte ein seltsames Déjà-vu-Gefühl; schon oft bin ich in ein Haus gegangen, in dem jemand seit langer Zeit tot war; schon oft habe ich ein Baby zusammen mit einer Leiche in einem Zimmer gefunden. Aber noch nie habe ich ein Baby in einem Zimmer zusammen mit einer mehrere Tage alten Leiche gefunden.

In dem Bett waren sechs Fläschchen; vermutlich war in drei oder vier davon Milch gewesen und in zwei oder drei Wasser. Jemand hatte erwartet, daß das Baby innerhalb von einem oder zwei Tagen gefunden würde. Aber die Fläschchen waren jetzt alle leer, seit langem leer, und wieso das Baby noch am Leben war, überstieg mein Vorstellungsvermögen. Es brauchte dringend eine frische Windel, aber noch dringender brauchte es Milch. Ich nahm eines der Fläschchen, ohne auch nur daran zu denken, daß ich vielleicht irgendwelche Spuren vernichtete – und in diesem Moment hätte ich mich auch nicht darum geschert, wenn ich daran gedacht hätte –, und ging in die Küche.

Als ich mit dem gefüllten Fläschchen zurückkam – in der Küche stand Milchpulver –, hatte Salazar das Baby bereits aus dem Bettchen gehoben, ins Badezimmer gebracht, gewaschen und gewickelt. »Sie arbeiten schnell«, sagte ich zu ihm.

»Ja«, sagte er und reichte mir das Baby.

Baby und Fläschchen weniger gekonnt balancierend, als ich gern von mir behaupten würde – mein letztes Baby ist sechzehn Jahre alt, und ich verbringe weniger Zeit mit meinem kleinen Enkel, als mir lieb ist –, folgte ich Salazar zurück ins Schlafzimmer.

Ich mußte das Baby füttern, während ich es auf dem Arm hielt, weil ich nicht ins Wohnzimmer gehen und Salazar ganz allein den Fundort der Leiche untersuchen lassen wollte, und ich wollte mich auf keinen Fall auf den Boden setzen, der recht blutig war, oder auf das Bett. In dem jemand lag.

Es war keine vier Stunden her, daß ich Jill Fletchers Hochzeitsfoto gesehen hatte, und das Hochzeitsfoto war knapp über ein Jahr alt. Aber jetzt hätte ich aufgrund des Fotos nicht sagen können, daß das Jill Fletcher war. Ich bezweifelte, daß das überhaupt jemand gekonnt hätte. Sie war schätzungsweise fünf Tage tot. Mindestens vier. Vier oder fünf Tage tot in einem sehr warmen Raum.

Wer den Geruch einmal gerochen hat, vergißt ihn nie. Hier war er entsetzlich stark; wenn ich wieder im Motel war, würde ich mir die Haare mit Zitronenshampoo waschen müssen und die Zähne putzen, gurgeln und meine Sachen im Waschbecken waschen und sie anschließend noch einmal in einem Waschsalon waschen. Und selbst dann würde ich diesen Geruch noch tagelang ganz hinten im Mund schmecken.

Wenigstens suchte Salazar nicht nach irgendeinem Frischluftspray. Kein Spray kann den Geruch überdecken, und das einzige Ergebnis ist, daß man das verwendete Spray nicht mehr ausstehen kann, weil man seinen Geruch dann immer mit diesem Geruch in Verbindung bringt.

Wie vorauszusehen, sagte er: »Verdammt.«

Dann wandelte er es ab. »Verdammt und zugenäht.«

In Fort Worth wäre es jetzt an der Zeit, die Spurensicherung zu rufen, damit sie Fotos macht und Beweise sammelt. Es war durchaus anzunehmen, daß es hier keine Spurensicherung gab.

Salazar öffnete das Fenster, überlegte es sich dann anders und schloß es wieder. Er ging zur Vordertür hinaus und kehrte mit der kleinen Kamera und der aktenkoffergroßen Ausrüstung zurück, die er im Bandelier-Park benutzt hatte, um Beweise zu sammeln. Er machte rasch zehn Fotos. Dann nahm er einen Packen Karteikarten aus dem Aktenkoffer und fing an, sich sehr systematisch Notizen zu machen.

Das Baby hörte auf, an dem Fläschchen zu saugen, und ich hielt den Kleinen hoch, damit er ein Bäuerchen machen konnte. Er übergab sich über meinen Rücken.

»Das hat uns gerade noch gefehlt«, brummte Salazar.

»Und? Was soll ich dagegen machen?« wollte ich wissen.

»Sie können wohl nicht viel dagegen machen, oder? Keine Ahnung. Holen Sie ein Handtuch oder so.«

»Aus Schaden wird man klug, oder ...«, knurrte ich und holte ein Handtuch.

Salazar mußte seine Karteikarten und seinen Stift ablegen und mich ins Badezimmer begleiten, um mir die Schulter abzuwischen, was auch nicht viel nutzte, um den Geruch loszuwerden. Das Baby fing wieder an zu schreien.

Vielleicht sollte ich ihm jetzt keine Milch geben. Vielleicht konnte es keine Milch vertragen, solange sein Körper noch nicht wieder etwas Wasser aufgenommen hatte. Vielleicht sollte ich ihm Wasser geben. Zuckerwasser?

Ich nahm das Baby mit, ließ Salazar allein seine Notizen machen und sah im Kühlschrank nach.

Dort stand eine Dose Seven-Up. Da war zuviel Kohlensäure drin, zuviel Zucker, aber wenn ich die Dose ein paarmal schüttelte und die Kohlensäure ein wenig herausließ und die Limo zur Hälfte mit Wasser verdünnte ...

Ich ging wieder ins Schlafzimmer, mit dem Baby, das verdünntes Seven-Up trank, und sagte: »Salazar?«

»Ja?«

»Meinen Sie nicht, daß wir einen Krankenwagen für das Baby rufen sollten?«

Er hielt inne und blickte mich an. »Nein«, sagte er.

»Wieso?«

»Weil ich noch keinen Krankenwagen hier haben möchte. Die trampeln bestimmt hier überall durch, während wir hier arbeiten.«

»Nicht, wenn Sie es nicht zulassen, solange –«

Er sah mich wieder an. »Deb«, sagte er.

»Ja?«

»Was meinen Sie, wie viele Wagen ich auf der Straße habe?«

»Ich weiß nicht. Wie viele?«

»Zwei. Und ich will, daß sie auf der Straße sind, und nicht hier, wo meine Leute nur herumglotzen würden. Ein Funkspruch, und ich hab' ...«

»Aber das Baby –«

»Bleibt schön hier. Kinder sind robuster, als man denkt.«

Das habe ich mir selbst schon häufig genug gesagt, und ich wußte, daß er recht hatte. Noch sieben, acht Tage nach dem Erdbeben in Mexico City hat man aus den eingestürzten Krankenhäusern Neugeborene geborgen, die am Leben waren und schrien. In einigen Fällen waren die Babys nur Augenblicke nach der Geburt verschüttet worden, ohne Milch oder Wasser bekommen zu haben. Er hatte recht. Das Baby würde hier bleiben. Es schrie jetzt, wenn es kurz den Nuckel des Fläschchens verlor, bereits deutlich lauter, und sein kleiner Körper war kühler. Das Seven-Up war eine gute Idee gewesen. Die Flüssigkeit ging ihm praktisch direkt in den Blutkreislauf.

Wahrscheinlich würde die Großmutter in Santa Fe ihn am Ende großziehen, armer Kleiner. Darren Fletcher, so sehr er auch behauptete, Kinder zu lieben, würde ihn bestimmt nicht zurückbekommen, und es war zweifelhaft, daß ein Gericht Fletchers Eltern, wer immer sie auch sein mochten, das Baby zusprechen würde. Damit blieb nur noch Emily Montrose. Es sei denn, das Baby hatte Glück, und sie würde es nicht wollen und zur Adoption freigeben.

»Salazar?« sagte ich.

»Ja?«

»Wissen Sie, was komisch ist?«

Er hockte sich hin und starrte zu mir hinauf. »Wenn irgendwas komisch ist, würde ich es verdammt gern wissen.«

»Ich kenne einen Darren Fletcher.«

»Doch nicht den hier?«

»Nein. Der Darren Fletcher, den ich kenne, ist beim FBI.«

Unwillkürlich lachte Salazar leise auf. »Das wäre ein Ding, was? Meinen Sie ein Verwandter?«

»Das will ich nicht hoffen. Ich meine, jetzt mal im Ernst. Ich bin auch nicht verrückter nach dem FBI als sonst ein Polizist, aber eigentlich –«

»Okay. Sie haben recht. Die sind auf unserer Seite. Ich hoffe es auch nicht.«

Er schrieb weiter, und ich sah mich um. Ich hatte die Hände voll; ich konnte keine Notizen machen, aber wenn dieser Fall jemals zur Verhandlung kommen sollte, würde auch ich eine Aussage machen müssen. Nicht darüber, was ich gerochen hatte, was einfach unbeschreiblich war, sondern darüber, was ich gesehen und was ich getan hatte.

Jill lag auf dem Rücken auf dem Bett, in einem blauen Chiffonnachthemd und einer blauen gesteppten Bettjacke. Das bedeutete, daß nicht sie die Heizung so hoch aufgedreht hatte; Frauen tragen Bettjacken, weil die Hersteller von Nachtkleidung, die Männerschlafanzüge mit Ärmeln ausstatten, meinen, daß Frauen es mit nichts als zwei dünnen Spitzenträgern zwischen ihren Schultern und dem Universum die ganze Nacht richtig schön gemütlich hätten. Im Sommer, wenn die Klimaanlage nicht zu kalt eingestellt ist, reichen die Träger aus. Aber im Winter braucht jeder, der sich auch nur die geringsten Gedanken über die Heizungsrechnung macht, ohne Zweifel etwas anderes.

Außerdem würde eine Frau, die sich kein Telefon leisten konnte, es sich nicht leisten können, die Heizung auf über dreißig Grad einzustellen.

Den Büchern auf ihrem Nachttisch nach zu urteilen, hatte sie Soziologie studiert und war schon ein höheres Semester gewesen. Der Note nach zu urteilen, die ich auf einer Hausarbeit sehen konnte, die auf den Boden gefallen oder geworfen worden war, war sie eine gute Studentin gewesen. Dem allgemeinen Zustand des Hauses und der Kleidung (sowohl ihrer als auch der des Babys) nach zu urteilen, hatte sie das Beste aus dem gemacht, was sie hatte. So einen Tod hatte sie nicht verdient. Einen Augenblick lang empfand ich tiefe Trauer über die Verschwendung all der Möglichkeiten, die in ihr gesteckt hatten.

Aber Polizeibeamte können sich keine Emotionen leisten. Such nach Fakten.

Sie lag mit dem Rücken auf dem Bett in einem blauen Chiffonnachthemd mit weißen Spitzenträgern, und ihre Füße waren nackt. Ihre Kehle war fast bis zur Wirbelsäule durchgeschnitten worden. Außerdem hatte sie etliche Stichwunden im Unterleib und zahlreiche Abwehrverletzungen an den Handrücken, Wunden, wie ich sie auch an Aprils Händen entdeckt hatte.

Wie April war Jill wach gewesen. Sie hatte versucht, sich zu wehren. Aber wie April war sie eine kleine Frau gewesen. Sie hatte nicht die geringste Chance gehabt gegen einen Exboxer, der bewaffnet war mit ...

Womit war er bewaffnet gewesen?

Er hatte Harrys Messer nicht gehabt, da noch nicht.

»Salazar«, sagte ich, »wo ist das Messer?«

Er blickte zu mir hoch. »Was haben Sie gesagt?«

»Das Messer. Wo ist das Messer? Das Messer meines Mannes hatte er noch nicht, als er hier war; Hal war noch gar nicht in der Stadt. Also wo ist das Messer, das er benutzt hat?«

Salazar erhob sich und sah sich um.

Auf dem Fußboden lag kein Messer, auch nicht auf dem Bett oder wo man es sonst hätte ablegen können. Salazar riß die Bettdecke hoch und schaute unter das Bett. »Sehen Sie in der Küche nach«, sagte er zu mir.

Wenn er es nicht abgewaschen und zurück in die Besteckschublade gelegt hatte, während er die Fläschchen für das Baby fertig machte, was nicht sehr wahrscheinlich war, dann war das Messer nicht in der Küche. Es war auch nicht im Wohnzimmer. Es war auch nicht, wie Salazar mir sagte, im Badezimmer.

»Dann hat er es bei sich«, sagte ich. »Er hat Lorie, und er hat das Messer.«

»Was zum Teufel spielt das für eine Rolle?« sagte Salazar. »Wenn er das Messer nicht hätte, würde er sich einfach ein anderes besorgen. Ach, Scheiße. Deb, das Baby schläft. Legen Sie es hin und suchen Sie nach Adreßbüchern.«

»Ohne Durchsuchungsbefehl –«

»Suchen Sie nach Adreßbüchern.«

Ich wollte das Baby nicht wieder in sein dreckiges Bettchen legen. Aber ich suchte trotzdem die sauberste Ecke des Bettchens aus und legte es hinein, um nach Adreßbüchern zu suchen.

Kapitel 9

Der beste Ort, um nach einem Adreßbuch zu suchen, schien der große Packen mit Zeitschriften und verschiedenen Papieren auf der rechten Seite der abgewetzten, undefinierbar beigefarbenen Couch in dem klaustrophobisch kleinen Wohnzimmer zu sein. Ich schaltete sämtliche vorhandenen Lichtquellen an und machte mich, innerlich über die Dunkelheit fluchend, an die Arbeit.

Zehn Minuten später – nach einer Pause, um zur Toilette zu gehen, weswegen sowohl Salazar als auch ich unsere jeweiligen Beschäftigungen unterbrechen mußten, um zuvor das Badezimmer nach brauchbaren Beweisen abzusuchen – wußte ich, daß Jill Fletcher die *Newsweek* abonniert hatte, hin und wieder *McCalls* kaufte und für ihre letzten drei Hausarbeiten in Soziologie eine Eins bekommen hatte. Ich wußte, daß sie eine eingefleischte Leserin von Reklamesendungen war (die mein Mann Harry »die Lügenblätter« nennt) und daß sie einen – unbeendeten – wütenden Brief an Präsident Reagan angefangen hatte, weil er sich in Moskau mit Häuptlingen von Indianerstämmen getroffen hatte, denen es nicht gelungen war, zu Hause einen Termin bei ihm zu bekommen. Reagan hatte später seine Verwunderung über deren Beschwerden zum Ausdruck gebracht, sie würden doch schließlich in schönen Reservaten leben und das freundliche Ministerium für indianische Fragen kümmere sich um sie, und Jill hatte ihre Meinung über seine Meinung zum Ausdruck gebracht.

Ich drehte einen *National Enquirer* um und fand darunter einen Taschenkalender aus Kunstleder, so einen, der im September anfängt und im August aufhört, so daß man das ganze akademische Jahr in einem Buch hat. Darin war Platz für Notizen, Termine, Telefonnummern und Adressen. Leider war der Adreßteil, den ich natürlich als erstes aufschlug, leer. Das heißt, er war nicht völlig leer; sie hatte dort keine Namen und Adressen eingetragen, sondern eine komplizierte Tabelle gezeichnet, wieviel Gewicht sie verlieren würde, wenn sie x Wochen lang die Diät einhielt, die sie gerade machte. Ich erkannte die Tabelle sofort, denn ich hatte ähnliche gezeichnet (wenn auch nicht im Adreßteil meines Taschenkalenders).

Na ja, manche Leute notieren sich Adressen auf der Tagesseite ihres Taschenkalenders, sobald sie die Adresse bekommen, und tragen sie dann, wenn sie Zeit haben, in ihr reguläres Adreßbuch ein. Hoffnungsvoll begann ich, die Kalenderseiten für jeden Tag durchzublättern. Ich erfuhr, was für Seminare sie besuchte, wie sie sich ausgerechnet hatte, wann ihr Baby kommen würde. (Es kam zwei Wochen zu früh, was mich ein wenig nervös machte. Das heißt, meinetwegen, nicht ihretwegen; ich war längst zu dem Schluß gekommen, daß Emily Montroses recht hysterische Behauptung, Jills Baby sei einen Monat zu früh zur Welt gekommen, pure Heuchelei gewesen war.)

Ich fand jedoch nicht den geringsten Hinweis darauf, wo ihr Mann oder Exmann, je nachdem, sich möglicherweise aufhielt, und außerdem bekam ich allmählich fürchterliche Rückenschmerzen, weil ich gebückt über diesem Zeug hockte und mit der Nase viel zu nah davor hing, eine Nähe, die durch die kaum zu erhellende Dunkelheit in dem Zimmer diktiert wurde. Ich legte den Kalender beiseite, als ich bei der ersten Februarwoche angelangt war, und wandte mich wieder dem Papierstapel zu – und hörte draußen das Quietschen von Bremsen.

In diesem Haus gab es kein Fenster zur Straße hin. Ich lief zur Vordertür, und während ich noch sah, wie ein roter Wagen wendete (dabei über einen Bordstein und einen angrenzenden Garten – Rasen wäre übertrieben – fuhr), stürmte Salazar an mir vorbei. Er ging nicht, sondern sprang von der Vordertreppe, landete auf dem Boden, lief weiter und öffnete im Laufen den Sicherungsriemen seiner Pistole. Sekunden später machte der schwarz-weiße Ford einen Blitzstart und nahm die Verfolgung des roten Wagens auf.

Da ich davon ausgegangen war, den Rest des Nachmittags mit Salazar zusammenzusein, hatte ich das Walkie-talkie, das ich bisher benutzt hatte, nicht mitgebracht. Im Haus gab es kein Telefon, und ich hatte keine Lust, bei Nachbarn zu klingeln und sie zu bitten, mal telefonieren zu dürfen, die vier oder fünf Tage ein Baby hatten schreien hören, ohne mal nach dem rechten zu sehen.

Das Ende vom Lied war, daß ich nicht nur keine Möglichkeit hatte, irgend jemanden anzurufen und zu bitten, das Baby und mich abzuholen, ich hatte nicht mal die Möglichkeit, mitzubekommen, was los war.

Was sollte ich tun?

Ich tat das Naheliegende. Ich ging zur Toilette, sah nach dem Baby und kehrte dann wieder zu dem Stapel Papiere zurück und suchte weiter nach Adreßbüchern, Briefen oder sonstigem, das uns behilflich sein könnte, die ständige oder auch nur irgendeine wahrscheinliche vorübergehende Adresse von Darren Fletcher zu finden. Natürlich war die Situation nicht so schwierig, wie sie es gewesen wäre, wenn wir das Adreßbuch hätten finden müssen, um die nächsten Angehörigen des Opfers ausfindig zu machen, aber dennoch ...

Es gab zwei Möglichkeiten, befand ich einen Moment später. Entweder war Jill normal ordentlich und verstaute hier in der Ecke alles, wofür sie woanders keinen Platz hatte, oder aber sie war notorisch unordentlich und hatte das ganze Zeug in großer Eile an diesem einen Platz gestapelt, weil sie Gäste erwartete.

Ich erwartete keine Gäste. Nicht, solange ich allein in einem Haus mit einer toten Frau und ohne Telefon war. Aber irgend jemand machte sich an der Haustür zu schaffen. Ich gebe gerne zu, daß ich, die Hand am Kolben meiner Pistole, mit dem Rücken an der Wand stand, als Salazar wieder hereinkam und ungeheuer entnervt dreinblickte. »Ich hab' ihn verloren«, sagte er.

»Ach ja?«

»Tja, eigentlich habe ich ihn nicht verloren. Ich hatte ihn gar nicht. Er hatte einen viel zu großen Vorsprung, und mein Wagen hat nicht gerade den stärksten Motor im Staate New Mexico. Jedenfalls habe ich Beamte von der Stadt-, County- und Staatspolizei mobilisiert, nach ihm zu suchen. Und die haben bestimmt jede Menge Chancen, ihn zu finden«, fügte er bitter hinzu.

»Warum sagen Sie das so?«

»Überlegen Sie doch mal. Was meinen Sie wohl, wie viele rote Camaros mit jungen Weißen am Steuer auf der Straße unterwegs sind? Und wir kennen nicht mal dies beschi-, wir kennen nicht mal das verdammte Kennzeichen und wissen auch nicht, in welchem Bundesstaat ... Wie sollen wir ihn finden? Wie sollen wir ihn finden? Ach verdammt.« Er drehte mir den Rücken zu und ging zurück ins Schlafzimmer, wohin ich ihm gerade noch rechtzeitig folgte, um zu sehen, wie er unter das Bett kroch.

Einen Polizeichef, der im Begriff ist, unter ein Bett zu kriechen, läßt man am besten in Frieden, beschloß ich und ging leise erst einmal zur Toilette, bevor ich mich wieder an meine Aufgabe machte, möglichst ein Adreßbuch zu finden und möglichst nachzudenken – um aus Ungereimtheiten schlau zu werden.

Falls Jill nicht normal ordentlich war bis auf diesen einen Platz in der Wohnung – und sie hatte zweifellos allen Grund, es nicht zu sein; sie mußte Geld verdienen, sich um ein neugeborenes Baby kümmern, das noch so klein war, daß es mitten in der Nacht sehr viel Fürsorge brauchte, und sie hatte durchweg gute Noten bekommen, was alles zusammengenommen sehr anstrengend gewesen sein mußte –, von wem hatte sie dann am Tag ihrer Ermordung Besuch erwartet? Wenn es nämlich eine Freundin gewesen wäre, hätte sie davon ausgehen können, daß die Freundin Verständnis gehabt hätte; man sagt einfach: »Entschuldige das Chaos, das Baby hat mich die ganze Nacht auf Trab gehalten«, und die Freundin wird nicht nur Verständnis haben, sondern sogar anbieten, beim Aufräumen zu helfen. Also war es keine Freundin gewesen. Und ihre Mutter konnte es auch nicht gewesen sein, weil ihre Mutter uns nicht einmal die richtige Adresse gegeben hatte und daher mit an Sicherheit grenzender Wahrscheinlichkeit nicht wußte, wo Jill jetzt wohnte. Also wenn es keine Freundin und nicht ihre Mutter gewesen war ...

Ich stand auf und ging wieder ins Schlafzimmer. »Salazar?«

»Ja?« Seine Stimme klang etwas gedämpft. Ich fragte mich, was er unter dem Bett zu finden glaubte.

»Angenommen, Montrose hat gelogen?«

Salazar kroch rückwärts unter dem Bett hervor, sein Äußeres hatte durch die Ansammlung von Tierhaaren und Staubbällchen und einigen glänzenden schwarzen Flocken getrockneten Blutes nicht gerade gewonnen. »Angenommen, Montrose hat bei was gelogen?« Er klang müde.

»Überlegen Sie doch mal«, sagte ich. »Wir haben zwei verschiedene Geschichten.«

»Wir haben zwei verschiedene Geschichten worüber?« schnauzte er.

Ehrlich, er ist genauso schlimm wie Harry. Männer werfen mir vor, daß ich mich nicht verständlich ausdrücke, weil sie nicht zuhören, wenn ich erkläre, wie ich mir etwas zusammengereimt habe, was immer es ist, das ich mir zusammengereimt habe. »Ione hat uns erzählt«, sagte ich mit so viel Würde, wie ich aufbieten konnte, »daß Fletcher seine Frau nicht mochte. Na gut, so etwas würde man nicht gerade als verläßliche Zeugenaussage bezeichnen; April hatte Ione erzählt, was Fletcher ihr erzählt hatte, aber dennoch steht es im krassen Widerspruch zu Montroses Behauptung, daß Jill Fletcher rausgeworfen hat und er zurückkommen wollte.«

»Mal im Klartext«, sagte er, während er geistesabwesend seine Uniform abstaubte. »Wir haben zwei widersprüchliche Geschichten. Ione hat uns erzählt, daß Fletcher Jill verlassen hat, und Montrose hat uns erzählt, daß Jill Fletcher rausgeworfen hat. Sie können nicht beide richtig sein. Also, wenn ich mich entscheiden müßte, würde ich sagen, ich kaufe Montrose die Geschichte ab. Ich meine, überlegen Sie doch, der Kerl hat sie geschlagen –«

»Aber das ist auch Montroses Geschichte«, wandte ich ein.

Salazar blickte vielsagend auf die Leiche auf dem Bett.

»Ach, ich weiß, wenn er sie getötet hat, liegt es ja wohl nahe, daß er sie auch geschlagen hat, aber das steht nicht absolut fest. Jedenfalls, auch wenn er sie geschlagen hat, manche Frauen –«

»Sind Masochistinnen«, sagte Salazar trocken. »Wollen Sie damit sagen, daß Jill eine war?«

»Ich habe nichts dergleichen gesagt. Die meisten geschlagenen Frauen bleiben deshalb bei ihrem Mann, weil sie wirklich keine Möglichkeit haben, für sich selbst und ihre Kinder zu sorgen, oder zumindest, weil sie das glauben, und ...«

»Sie fällt nicht in diese Kategorie«, unterbrach Salazar mich. »Sie konnte offenbar sehr gut für sich sorgen.«

»Oder, wollte ich gerade sagen, sie haben ein so schwaches Selbstbewußtsein, daß sie überzeugt sind, niemand sonst würde sie je lieben.«

»Ich würde sagen, sie hatte allen Grund, selbstbewußt zu sein«, wandte Salazar ein. »Haben Sie gesehen, was die Frau für Noten hatte?«

»Sie haben ihre Mutter nicht kennengelernt. Ich aber. Die Frau könnte Arnold Schwarzenegger dazu bringen, sich hilflos zu fühlen.«

»Okay«, sagte Salazar, »angenommen, Sie haben recht. Angenommen, er hat sie tatsächlich verlassen statt umgekehrt. Was für eine Rolle spielt das für diese Ermittlung?«

»Kommen Sie mit in die Küche, und ich zeig' es Ihnen«, sagte ich. Ich sah nach dem Baby, das schon geraume Zeit ruhig war, aber es schlief eindeutig nur; seine kleine Brust hob und senkte sich gleichmäßig, und ich ging in die winzige, unordentliche Küche, unmittelbar gefolgt von Salazar.

Er betrachtete den Herd, die Arbeitsplatte. »Und?« sagte er. »Sie hat also nicht gespült. Na und?«

»Salazar, sie hatte einen Gast zum Abendessen, sehen Sie das denn nicht?«

»Nein, und ich weiß auch nicht, woran Sie das sehen?«

»Sehen Sie sich die Pfanne an! Sehen Sie sich an, was sie alles auf der Arbeitsplatte hat. Sie hat Filetsteak gemacht. Glauben Sie im Ernst, sie hätte für sich allein Filet gekauft, so, wie ihre finanzielle Lage gewesen sein muß? Und selbst wenn, hätte sie zwei Teller benutzt? Sehen sie doch, sie hat Filetsteak gemacht, Pommes frites, grünen Salat, Apfelkuchen – das ist selbstgebackener Apfelkuchen. Sie hatte einen Gast, und es war ein Gast, der ihr sehr viel bedeutet hat.«

»Das ist alles eine verschimmelte Schweinerei, wie zum Teufel meinen Sie erkennen zu können –«

»Glauben Sie mir einfach, okay?«

Er betrachtete bedrückt die Arbeitsplatte. »Na schön, ich gestehe Ihnen zu, daß Sie sich in kulinarischen Dingen wahrscheinlich sehr viel besser auskennen als ich. Ich glaube Ihnen, daß sie Filetsteak, Pommes frites, Salat und Apfelkuchen hatte und daß sie einen Gast hatte. Vermuten Sie, daß der Gast Fletcher war?«

»Haben Sie eine gegenteilige Vermutung? Sehen Sie, sie hätte nach dieser Mahlzeit spülen müssen, um eine andere Mahlzeit zuzubereiten, weil sie praktisch all ihre Pfannen und Töpfe und ihr ganzes Geschirr benutzt hatte. Aber es ist nicht gespült worden, und es deutet nichts darauf hin, daß danach ein Essen zubereitet worden ist. Also, was wollen Sie wetten –«

»Daß das ihre letzte Mahlzeit war? Wahrscheinlich haben Sie recht. Also schön, sie hatte einen männlichen Gast zum Abendessen und –«

»Sie hatte einen männlichen Gast zum Abendessen, und danach hat sie nicht mehr gespült. Warum? Weil sie keine Lust hatte oder weil sie tot auf dem Bett lag? Weil es ihr Gast zum Abendessen war, der sie ermordet hat?«

»Ich nehme an, Sie wollen mir nahelegen, daß ich das Besteck und die Gläser auf Fingerabdrücke untersuchen lassen sollte?«

»Ich würde es tun«, sagte ich ziemlich gehässig. »Wenn es mein Fall ...«

»Es ist nicht *Ihr* Fall. Aber wahrscheinlich haben Sie recht. Ich bin gleich mit dem anderen Zimmer fertig. Sie machen weiter, wo Sie aufgehört haben.«

Ich ging zur Toilette; als ich herauskam, war Salazar wieder unter dem Bett. Ich weiß nicht, was er dort zu finden hoffte. Ich ging wieder zu meinem Papierstapel. »Salazar«, rief ich fünf Minuten später.

»Ich bin *beschäftigt.* Wenn Sie was von mir wollen, müssen Sie herkommen.«

»Ich kann nicht. Ich bin unter einem Haufen Zeitungen begraben.«

»Ach, verdammt.« Mit ausdrucksvollem Gepolter, das mir zu verstehen gab, welch große Umstände ich ihm bereitete, befreite er sich von den Sprungfedern und kam ins Wohnzimmer. »Was ist los? Ich bin beschäftigt. An der Unterseite des Bettes ist was versteckt. Ich versuche rauszufinden, was ...«

Ich reichte ihm eine Zeitung, in der eine Anzeige grün umkringelt war. »Ein Motiv.«

Möchten Sie das Beste für Ihr Baby und können es ihm nicht geben? Helfen Sie uns, eine richtige Familie zu werden. Gutsituiertes Paar möchte gesundes, weißes Baby adoptieren, möglichst männlich. Ihr Baby wird bei liebevollen Eltern in guten finanziellen Verhältnissen aufwachsen. Garantiert legal.

Die angegebene Telefonnummer hatte die Vorwahl 415. »Das ist San Francisco«, sagte ich.

»Na und?« sagte Salazar. »Hören Sie, das ist idiotisch. Sie hätte das Baby nicht ohne seine Einwilligung zur Adoption freigeben können, nicht, wenn er in der Geburtsurkunde als Vater eingetragen ist.«

»Sie wissen das, und ich weiß das«, pflichtete ich bei. »Und sie als Soziologiestudentin wußte das sehr wahrscheinlich auch. Aber wer sagt denn, daß sie es überhaupt ernsthaft vorhatte? Vielleicht hat sie nur damit gedroht – du kommst zu mir zurück, sonst ...«

»Hat Ihnen schon mal jemand gesagt, daß Sie eine lebhafte Fantasie haben?«

»Oft.«

Tatsächlich ist das mein gewohnheitsmäßiges Laster als Polizeibeamtin; ich neige dazu, voreilige Schlüsse zu ziehen. Aber ich messe meinen Vermutungen keine Beweiskraft zu; ich lasse mich bei meinen Ermittlungen von meinen Vermutungen leiten, und sehr häufig stellt sich heraus, wenn die Beweise vorliegen, daß ich mit den Schlüssen, die ich ohne Beweise voreilig gezogen habe, absolut richtiggelegen habe.

»Scheiße«, sagte Salazar. Das schien, zusammen mit »verdammt«, sein Lieblingswort zu sein. »Okay, spielen wir das mal durch. Sagen wir, es ist eine Möglichkeit. Also, da wäre er, er hat eine Frau, von der er getrennt lebt – wer wen verlassen hat, spielt vorläufig keine Rolle –, und sie droht damit, ihr gemeinsames Baby zur Adoption freizugeben. Und er hat eine Freundin, die ihm gerade gesagt hat, daß sie schwanger ist. Wenn es so gewesen ist, dann hatte er allen Grund zu der Annahme, daß er in Schwierigkeiten steckte. Er steckte weiß Gott in Schwierigkeiten. Und unsere einzige Schwierigkeit ist, abgesehen davon, daß wir ihn finden und Lorie retten müssen, daß wir keinerlei Beweise dafür haben, daß es so gewesen ist. Oder eben daß es nicht so gewesen ist. Oder wenn nicht, wie dann.«

»Wir haben jede Menge Beweise dafür, daß er wußte, daß April schwanger war.«

»Okay, aber das ist auch alles, wofür wir Beweise haben.«

»Wir können beweisen, daß er ihr – Jills – Gast zum Abendessen war.«

»Mit Fingerabdrücken am Tafelmesser, richtig. Hören Sie, Deb, suchen Sie weiter nach einem Adreßbuch und lassen Sie mich meine Arbeit machen, okay?«

Also gefiel ihm meine Theorie nicht. Na ja, nicht zu ändern. Es war die beste Theorie, die ich zur Zeit aufstellen konnte, und ich selbst fand sie gar nicht so schlecht.

Ich machte mich wieder an die Suche nach einem Adreßbuch, und, siehe da, ich fand eins.

Darren Fletchers letzte Adresse – vier andere waren durchgestrichen – war in Flagstaff. Adresse und Telefonnummer. Also konnte sich Darren, der Lederschmuck auf Flohmärkten verkaufte, ein Telefon sowie häufige Fahrten zwischen Arizona und New Mexico leisten? Das war interessant. Was verkaufte Darren sonst noch außer Lederschmuck auf Flohmärkten?

Vielleicht war ich zynisch. Vielleicht hatte Darren Fletcher einen reichen Daddy, der ihn unterstützte, obwohl nicht sehr viele Sprößlinge von reichen Daddys an der Highlands University in Las Vegas, New Mexico, studieren. Es ist eindeutig eine Universität für hart arbeitende, idealistische Studenten aus der Arbeiterschicht.

Vielleicht denke ich zuviel.

Ich ging mit dem Adreßbuch zu Salazar, der inzwischen unter dem Bett hervorgekommen war. »Er hat unter dem Bett Lederreste von seinem selbstgebastelten Lederschmuck verstaut«, berichtete er entnervt. »Ich bin alles sorgfältig durchgegangen. Nichts Illegales. Wahrscheinlich hat er das Zeug vergessen, als er ausgezogen ist.« Um ihn aufzuheitern, hielt ich ihm das Adreßbuch hin; er nahm es mit recht erfreuter Miene entgegen und griff sogleich nach seinem Walkie-talkie, das er zuvor von seinem Gürtel genommen und auf die Kommode gelegt hatte. »Wagen eins an Zentrale«, sprach er hinein.

»Zentrale, ich höre.«

Ich sah wieder nach dem Baby, während sie redeten. Der Junge schlief noch, und er fühlte sich nicht mehr fiebrig an. Natürlich hatten wir die Heizung längst auf eine halbwegs normale Temperatur runtergedreht, und ich dachte, ich sollte vielleicht eine Decke suchen und ihn zudecken. Wir trugen Straßenkleidung und arbeiteten, daher war uns warm genug, aber nur mit einer Windel bekleidet schlafen ...

»Rufen Sie das Straßenverkehrsamt in Arizona an, und lassen Sie sich das Autokennzeichen von Darren Fletcher geben, Adresse« – er las die Adresse aus dem Buch vor und obendrein die früheren Adressen in Arizona – »Jemand vom Police Department in Flagstaff soll rüberfahren und überprüfen, ob er auch wirklich nicht zu Hause ist.«

»Verstanden, Ende.«

Salazar legte das Funksprechgerät hin, und Scotty Fletcher wachte auf und fing an zu brüllen. Ich nahm ihn hoch, und er wurde still.

»Ach, Scheiße«, sagte Salazar. Er nahm wieder das Funksprechgerät. »Zentrale.«

»Ich höre.«

»Rufen Sie folgende Telefonnummer an und fragen sie, ob eine Jill Fletcher dort wegen der Adoption ihres Kindes angerufen hat. Aber seien Sie taktvoll; die Leute sollen nicht denken, daß Sie irgend etwas Unmoralisches machen. Aber ich brauche die Informationen schnell.«

Während er sprach, wechselte ich dem Baby die Windeln und legte es wieder hin. Natürlich fing es gleich wieder an zu schreien.

»Was machen Sie denn?« fragte Salazar.

»Ich muß noch mal auf Toilette «, sagte ich zu ihm, »und dann mach' ich ihm ein Fläschchen.«

Er beäugte mich. »Sie müssen *noch mal* auf Toilette?« Er sah auf seine Uhr.

»Ja«, sagte ich, wobei ich bewußt einen Ton anschlug, der ihm klarmachte, daß er sich jede weitere Bemerkung sparen konnte.

Als ich aus dem Badezimmer und dann wieder aus der Küche kam, sprach Salazar am Funksprechgerät mit der Einsatzleiterin, die ihm mitteilte, daß sie gerade mit einer Joy Cook in San Francisco gesprochen hatte, die bestätigt habe, daß sie und ihr Mann sich mit dem Gedanken getragen hätten, Jill Fletchers sechs Monate altes Baby zu adoptieren, aber nur, so hatte sie versichert, wenn alles legal abliefe. Sie hatte gesagt, Jill habe ihr erzählt, daß sie sich vor dem Vater des Kindes fürchtete und glaubte, daß das Baby vor ihm nicht sicher sei. Ob es dem Baby gutgehe, hatte Mrs. Cook die Einsatzleiterin gefragt, die versprochen hatte, sie zurückzurufen und ihr Bescheid zu geben.

»Danke«, sagte Salazar. »Sie können ihr sagen, daß es dem Baby gutgeht.« Er drehte sich um und sah zu dem Baby hinüber, das gerade den Inhalt des neuen Fläschchens so schnell wie möglich runterschluckte. »Das ist idiotisch«, sagte er zu mir. »Es bringt nichts, unter diesen Umständen zu arbeiten.«

Ich sagte ihm nicht, daß ich ganz seiner Meinung war. Aber vielleicht war es mir anzusehen, denn er rief noch einmal die Zentrale an. »Wagen Nord soll zu dieser Adresse kommen. Rufen Sie das Jugendamt an; die sollen umgehend Pflegeeltern für einen Notfall ausfindig machen, die ein sechs Monate altes Baby im Polizeirevier abholen müssen. Und die nächste Schicht soll früher anfangen«, fügte er hinzu. »Wir haben heute Personalmangel.«

»Verstanden. Ende.«

Wagen-Nord entpuppte sich als Angloamerikaner Mitte Zwanzig, auf dessen Namensschildchen PHILLIPS stand. Salazar teilte ihm mit, worauf er bei der Bewachung des Tatortes ganz besonders zu achten hatte, weil wir jetzt fahren würden.

Was mich anging, so war es mehr als höchste Zeit. Wenn man sich nämlich zu lange in einem sehr üblen Geruch aufhält, werden die Geruchsnerven taub oder so ähnlich; jedenfalls riecht man irgendwann nichts mehr, und erst wenn man wieder draußen in der frischen Luft ist, riecht man den Geruch an sich selbst, in den Haaren (Haare sind innen hohl, und der Geruch setzt sich darin fest) und hinten im Rachen und so weiter. Salazar war die meiste Zeit in dem Schlafzimmer gewesen, genau da, wo der Geruch am stärksten war, also roch er ihn schon seit langem nicht mehr. Aber ich war ständig dort ein- und ausgegangen, weil das Badezimmer unglücklicherweise vom Schlafzimmer abging, und jedesmal, wenn ich da reinging, traf mich der Geruch wieder. Seien wir ehrlich, ich war nicht in bester körperlicher Verfassung, um irgendeine Form von Streß zu ertragen, geschweige denn den Geruch einer fünf Tage alten Leiche.

Oder vier Tage alten Leiche. Oder wie lange sie schon da gelegen hatte.

Während Salazar auf Wagen-Nord gewartet hatte und dann seine Instruktionen erteilte, sah ich noch einmal den Taschenkalender durch. Ich hatte irgendwann im Februar aufgehört; jetzt suchte ich nach März – und sah die einzelnen Tage durch.

Und da stand es. Am Freitag, dem Tag, bevor Hal und Lorie zu ihrem Ausflug aufgebrochen waren. *Darren Abendessen 17.30.* Und wenn sie irgendeinen anderen Darren zum Abendessen erwartet hatte und wenn irgendein anderer Darren sie ermordet hatte, na, das glaubte ich einfach nicht, Punktum!

Triumphierend legte ich den Taschenkalender in Salazars Hände; er unterbrach das Gespräch mit Phillips, um einen Blick auf den Eintrag zu werfen, nickte und sagte dann zu Phillips, er solle scharf aufpassen, denn es könnte sein, daß der Mörder zurückkäme, um das Baby zu holen.

Dann machten wir uns mit dem Baby auf den Weg. Nachdem ich noch einmal zur Toilette gegangen war.

Eine Querstraße von dem Haus entfernt verlangsamte Salazar vor einem kleinen Supermarkt das Tempo. »Was ist das?« brummte er.

»Was ist was?« Und dann sah ich, wohin er blickte. Ein roter Camaro hatte rückwärts neben dem Laden geparkt, das Nummernschild sorgsam mit Schmutz verschmiert. In dem Wagen war niemand zu sehen. Salazar parkte in der nächstmöglichen Parklücke – etwa vier Wagen weiter in Richtung der Eingangstür des Ladens – und verständigte die Zentrale, wo wir waren, bevor er ausstieg. Er bat nicht um Verstärkung. Vermutlich hatte er keine Leute, die er anfordern konnte.

Ich hatte nicht einmal den Fahrer gesehen, geschweige denn einen eventuellen Mitfahrer, als der Wagen vor Jills Haus davongebraust war. Also wußte ich noch immer nicht, ob Lorie bei ihm war oder nicht. Ich war einigermaßen sicher, daß er, wenn er sie nicht bei sich hatte, wußte, wo sie war, aber es würde wohl nicht einfach werden, ihn zum Reden zu bringen.

Ich wünschte, ich müßte mir wegen Lorie keine Sorgen machen. Ich fragte mich unwillkürlich, was ich ihrer Mutter sagen sollte, falls ich sie nicht mit nach Hause bringen konnte.

Währenddessen beobachtete ich, wie Salazar vorsichtig auf die Eingangstür des Supermarktes zuging, sich von dem roten Camaro entfernte, den ich nur halb im Auge behalten konnte. Ich meine, seien wir ehrlich, wie sollte ich einen Wagen im Auge behalten, wenn ich gleichzeitig ein Baby hielt? Zwei Babys. Eins außen und eins innen, und das innen war gerade äußerst zappelig. Vielleicht war er oder sie eifersüchtig.

Vielleicht auch nicht.

Jedenfalls, so redete ich mir nervös ein, spielte es keine Rolle, wie gut ich einen Wagen im Auge behalten würde, der nicht im Augen behalten werden mußte, und dieser mußte es nicht, denn er war leer, und Salazar befand sich zwischen dem Wagen und dem Laden und auch zwischen mir und dem Laden. Also müßte Fletcher – wenn das Fletchers Wagen war – an Salazar vorbei, um zu dem Wagen zu gelangen, oder eben zu mir, und Salazar würde das nicht geschehen lassen.

Das heißt, Salazar hätte es nicht geschehen lassen, wenn ...

Der Wagen wirklich leer gewesen wäre.

Sein Fahrer saß vornübergebeugt, damit niemand ihn sehen konnte, und sobald Salazar um die Ecke des Ladens in Richtung Eingangstür ging, richtete sich der Fahrer auf, der Wagen sprang an und machte einen Blitzstart, und als der Wagen vorbeifuhr, sah ich, daß ein junges Mädchen versuchte, sich aufzusetzen. Lorie. Lorie – und Fletcher gab ihr einen Schlag mit dem Handrücken, und sie tauchte wieder unter.

»Salazar!« schrie ich, aber Salazar hatte den Wagen losfahren sehen, und er war wieder neben mir im Wagen, fast noch bevor ich meinen Schrei beendet hatte.

Ich habe nie zuvor eine Verfolgungsjagd mit einem Baby im Arm mitgemacht. Ich hoffe inständig, daß ich nie wieder eine Verfolgungsjagd mit einem Baby im Arm mitmachen werde. Natürlich war ich angeschnallt, aber trotzdem, bei einem Unfall würde das Baby zwischen mir und dem Armaturenbrett des Wagens erdrückt. Polizeiwagen sind eben nicht mit diesen sympathischen, sicheren Babysitzen ausgestattet.

Salazar anzubrüllen, er solle vorsichtig sein, wäre sinnlos gewesen. Er hatte zweifellos bereits entschieden, wie vorsichtig er sein oder nicht sein wollte. Er fuhr mit einer Hand am Lenkrad, forderte, ins Funkgerät brüllend, Verstärkung an, aber woher sollte die Verstärkung kommen? Er hatte mir bereits gesagt, daß er nur zwei Einsatzwagen zu Verfügung hatte, und einer davon bewachte gerade den Tatort.

Dann wurde mir klar, daß er auf der bundesstaatlichen Funkfrequenz war; er rief die Hilfssheriffs von San Miguel County. Ich hatte nicht die mindeste Ahnung, wie viele Leute sie haben mochten, geschweige denn, wie lange sie brauchen würden, um in Position zu gehen.

»Er hat vor«, rief Salazar mir über den Lärm der Sirene hinweg zu, »uns abzuschütteln und dann zurück zum Haus zu fahren. Er denkt, das Baby ist noch da.«

»Woher wissen Sie das?« brüllte ich zurück. »Er wäre ganz schön dumm, wenn er denkt, wir würden ein Baby einfach bei einer Leiche zurücklassen, und für so dumm halte ich ihn nicht.«

»Dann weiß ich nicht, was er vorhat, außer abhauen.«

Was er leider gerade tat. Ein Camaro ist nicht dazu geschaffen, der Polizei davonzufahren, doch andererseits war das hier nicht gerade eine reiche Stadt, und sie konnte sich nicht die frisierten Wagen leisten, die große Städte für gewöhnlich haben. Der Camaro hatte einen besseren Motor als Salazars Ford, und, wieder einmal, entkam der Camaro.

»Er entwischt mir«, brüllte Salazar ins Funkgerät. »Er fährt in Richtung Süden auf der Seventh, er ist an Mills vorbei, ich glaube, er will zur Interstate.«

Wenn er es bis zur Interstate 85 schaffte, konnte er ohne große Probleme in südlicher Richtung nach Albuquerque oder in nördlicher Richtung nach Denver fahren, und es gab jede Menge Ausfahrten, die auf kleinere Straßen führten, wo er sich so lange verstecken konnte, wie er wollte. Sich verstecken, und Lorie verstecken. Vorübergehend oder für immer.

»Verstanden, Salazar, wir haben an Kreuzung Mills und Baca eine Straßensperre errichtet.«

»Garza, sind Sie das?«

»Ja.«

»Er fährt wie der Teufel.«

»Hier kommt er nicht durch. Wir haben die Straße mit drei Wagen blockiert.«

Salazar stieg auf die Bremse. »Das ist der Sheriff«, sagte er zu mir. »Die Sache könnte brenzlig werden. Ich möchte, daß Sie aussteigen. Ich will kein Baby dabeihaben, falls es zu einer Schießerei kommt. Ich lasse Sie abholen.«

»Salazar, Lorie ist in dem Wagen«, schrie ich. »An der Straßensperre – die müssen wissen –«

»Was?«

»Lorie ist in dem Camaro! Ich hab' sie gesehen –«

»Ich geb's ihnen durch. Keine Sorge, wir passen auf, daß ihr nichts passiert.«

Und dann war er weg, fuhr weiter in südlicher Richtung auf der, wie er sagte, Seventh. Ich hatte nicht die geringste Ahnung, ob es für Seventh Street, Seventh Avenue oder Seventh Road stand, und es war mir auch egal. Nicht egal war mir, daß ich am Straßenrand stand mit einem Baby im Arm und dringend zur Toilette mußte, was absolut lächerlich war. Ich ignorierte den Drang, und gleich darauf ging er weg, worauf ich schreckliche Rückenschmerzen bekam.

Nicht ganz eine Minute später saß ich dem zweiten Polizeiwagen von Las Vegas, diesmal mit einer Streifenbeamtin namens Julia Vasquez am Steuer. »Ich habe Anweisung, Sie direkt zum Polizeirevier zu bringen«, sagte sie mir. »Es ist nur knapp fünf Blocks von hier –«

Auf dieser fünf Blocks langen Strecke hörten wir viel Geschrei aus dem Funkgerät. Ob der Camaro nun an den drei Wagen des Sheriffs von San Miguel County vorbeikommen *konnte* oder nicht, Tatsache war, daß der Camaro an den drei Wagen des Sheriffs von San Miguel County vorbeigekommen *war,* und niemand hatte auf ihn schießen können, weil in dem Wagen ein Mädchen war. Ein Kidnappingopfer, eine Geisel.

Wie Salazar versprochen hatte, waren sie um Lories Sicherheit bemüht, aber wenn Fletcher mit ihr zusammen entwischte ...

Ein Hilfssheriff war verletzt, und sie forderten brüllend einen Krankenwagen an, und zwei andere Hilfssheriffs versuchten, den einzigen Wagen, der noch fahrtüchtig war, aus der Massenkarambolage zu befreien, um den Camaro zu verfolgen, der natürlich inzwischen außer Sicht war. Salazar war nicht in die Karambolage verwickelt, weil er noch nicht dagewesen war, aber er hatte noch mehr Zeit dabei verloren, an den zertrümmerten Wagen vorbeizukommen, obwohl er nicht angehalten hatte. Jetzt wußte niemand, wohin der Camaro verschwunden war. Er war auf der Baca in westlicher Richtung gefahren, was mir nichts sagte, aber Vasquez offenbar sehr viel sagte, und sie sah rasch zu mir hinüber mit einem Ausdruck im Gesicht, der verriet, daß sie überlegte, ob sie ihre Anweisung befolgen und mich zum Polizeirevier bringen oder ob sie selbst auf der Baca in westlicher Richtung fahren sollte.

Es waren Wagen vom Sheriff an der Kreuzung Mills und Interstate 85 und an der Kreuzung Interstate 104 und Interstate 85 – ich wußte das, weil beide ihren Standort meldeten –, und keiner von ihnen hatte ihn gesehen. Sie sahen ihn auch weiterhin nicht.

Das, so sagte Vasquez zu mir, bedeutete, daß er nicht auf der Interstate 85 war. Denn wenn er darauf wäre, hätte er an dem einen oder anderen der Wagen vorbeikommen müssen, es sei denn, er war auf die Interstate 85 gefahren und hatte dann beschlossen, anzuhalten und auf der Straße stehenzubleiben, was nicht sehr wahrscheinlich war.

Salazars Idee, daß Fletcher denken würde, das Baby wäre noch immer in dem Haus, war eindeutig blanker Unsinn, und er hätte es niemals ausgesprochen, wenn er Zeit zum Nachdenken gehabt hätte. Es war unmöglich, daß Fletcher das dachte, aber wenn er schlau war, würde er sich denken können, daß wir das Baby zunächst einmal zum Polizeirevier bringen würden, und in dem Fall war es durchaus möglich, daß er kehrtmachte und auch zum Polizeirevier fuhr. Denn wenn Ione die Wahrheit gesagt hatte, dann war Fletcher, auch wenn ihm sonst niemand wichtig war, das Baby wichtig. Er wollte das Baby. Vermutlich hatte er das Baby überhaupt nur deshalb in dem Haus gelassen, weil er dachte, er käme ungestraft davon und würde das Baby dann automatisch bekommen, weil er der Vater war. Aber das war, bevor er April ermordet hatte, das war, bevor er Lorie gekidnappt hatte. Um das Baby jetzt zu bekommen, würde er es sich mit allen Mitteln holen müssen.

Ich sagte das Vasquez, und sie sagte: »Oh, verdammt, dann sehen wir aber besser zu, daß Sie ins Polizeirevier kommen ...«

Sie beschleunigte das Tempo. »Wenn er zum Polizeirevier will, dann fährt er wahrscheinlich auf der National zurück«, sagte sie.

Das Polizeirevier liegt an der Kreuzung National und Fourth Street. Das wußte sogar ich.

Vasquez hielt auf der anderen Straßenseite gegenüber dem Polizeirevier an, und dann überlegte sie es sich anders und wendete, um mich möglichst nah an der Eingangstür aussteigen zu lassen, ohne auf den Hof zu fahren, weil dort Fahnenstangen und hohe Steineinfassungen im Weg waren. Ich stieg aus dem Wagen.

Und dann sah ich den Camaro auf der anderen Straßenseite, den Camaro, der langsam auf mich zurollte, aber plötzlich beschleunigte.

Was tat ich da?

Was glauben Sie, was ich tat?

Rückenschmerzen hin oder her, ich rannte wie der Teufel, das tat ich.

Kapitel 10

Als ich in die Eingangshalle des Polizeireviers stürmte, hatte die Einsatzleiterin bereits den Summer von Salazars Tür betätigt, damit sie sich entriegelte; Vasquez hatte ihr wohl über Funk durchgegeben, was los war. Ich öffnete die Tür und legte Scotty Fletcher in Salazars Büro auf den Boden, wo er sicher war, wo er nicht von irgend etwas runterrollen konnte und wo niemand ihn holen konnte, solange und wenn die Einsatzleiterin nicht den Knopf drückte, um die Tür wieder zu öffnen.

Dann – Salazars Tür war sicher hinter mir geschlossen, und ich hatte meine Pistole in der Hand – wollte ich wieder nach draußen gehen, um zu sehen, was ich tun konnte, um Lorie aus dem roten Camaro herauszuholen.

Ich mußte gar nichts tun. Lorie war aus dem roten Camaro heraus und kam zur Tür des Polizeireviers herein.

Kam zur Tür herein mit ihrem Rucksack auf einer Schulter, mit einem sehr sympathisch aussehenden, gepflegt aussehenden, adrett aussehenden jungen Mann an ihrer Seite, der ihr einen Arm um den Hals gelegt hatte und ihr ein sehr großes Jagdmesser an den Bauch hielt.

»Wo ist er?« brüllte er mich an.

»Wo ist wer?« fragte ich.

»Die Pistole weg, oder das Mädchen –«

Ich tat hastig die Pistole weg, nicht zurück in das Schulterhalfter, was ihn vielleicht unnötig beunruhigt hätte, sondern auf einen Stuhl hinter mir. Ich konnte diesem Mann natürlich unmöglich ein Baby aushändigen, aber abgesehen davon war es absolut nicht erforderlich, ihn noch nervöser zu machen, als er schon war.

Die Einsatzleiterin war am Funkgerät; sie rief sämtliche Einsatzkräfte ins Revier, und sie versuchte, Begay zu erreichen. Mit Namen, nicht mit seiner Dienstnummer, weshalb ich wußte, daß sie mit Begay sprach.

»Klappe!« rief Fletcher.

»Ich hab' doch gar nichts gesagt«, sagte ich unterwürfig.

»Sag ihr, sie soll die Klappe halten!« Er nickte in Richtung Einsatzleitung.

Ich blickte die Einsatzleiterin an. »Er möchte, daß Sie die Klappe halten.«

Sie schwieg. Aber sie hatte die Meldung über Funk rausgegeben; mehr hätte sie jetzt ohnehin nicht sagen müssen, und sie und ich wußten das, auch wenn Fletcher es nicht wußte.

Die Tür öffnete sich hinter Fletcher, und er drehte sich halb um, nicht weit genug, als daß ich irgend etwas hätte machen können – er drehte sich um und ging rückwärts zur Wand, so daß er alle in dem kleinen Vorraum im Auge hatte und niemand hinter ihn konnte.

Salazar stand in der Tür, Pistole in der Hand. »Waffe fallenlassen!« brüllte Fletcher.

»Also, das möchte ich eigentlich nicht so gerne«, sagte Salazar langsam.

»Ich hab' gesagt ...«

»Denken wir das Ganze doch mal durch«, sagte Salazar mit sehr ruhiger Stimme. »Sie haben im Augenblick einen einzigen Trumpf in der Hand, und zwar das Mädchen. Das bedeutet, wenn Sie dem Mädchen auch nur ein Haar krümmen, haben Sie keinen Trumpf mehr. Also können Sie ihr nichts tun. Nun, ich kann nicht auf Sie schießen, weil Sie dem Mädchen das Messer vorhalten. Also haben wir im Moment eine sogenannte Pattsituation. Sie können nichts machen, und ich kann nichts machen. Aber wenn ich die Waffe fallenlasse, dann sind Sie im Vorteil. Also werde ich das nicht tun.«

»Aber wenn ich das Mädchen loslasse, dann sind Sie im Vorteil«, konterte Fletcher.

»Genau. Und deshalb haben wir jetzt eine Pattsituation. Ich weiß nicht, was *Patt* eigentlich bedeutet, aber –«

»Also, ich möchte verhandeln.«

»Schön«, sagte Salazar, »verhandeln wir. So kommt niemand zu Schaden.«

»Wo ist das Baby?«

»Also, ich weiß nicht, wo das Baby ist«, sagte Salazar.

»Erzähl mir keinen Scheiß! Ich hab' gesehen, wie die Lady es hier reingebracht hat, und jetzt –«

»Ich habe es nicht gesehen.«

»Ich hab' auch nicht gesagt, daß Sie es gesehen haben ...«

Das Gespräch in Gang halten, das ist die allererste Regel bei Verhandlungen mit Geiselnehmern. Das Gespräch in Gang halten, die Verhandlungen fortsetzen, aber nichts preisgeben, was von Bedeutung ist. Das mag ja einfach sein in einer Situation, wenn viele Geiseln in einem Raum oder einem Flugzeug festgehalten werden und man es mit mehreren Geiselnehmern zu tun hat, die verhandeln wollen und sich bei jedem Entwicklungsschritt untereinander beraten müssen. Aber ich konnte mir nicht vorstellen, wie Salazar das Gespräch in dieser Situation in Gang halten wollte, wo ein einzelner, von dem wir wußten, daß er ein Mörder war, ein Mädchen mit dem Messer bedrohte und nur eine einzige Forderung stellte.

Ich vermutete, daß auch Salazar sich das gerade fragte; ich konnte Anzeichen von extremer Anspannung um seine Augen herum sehen – und hoffte, daß Fletcher es nicht sah.

»Wenn mir nicht bald einer sagt, wo das Baby ist ...« Er preßte die Messerspitze gegen den blauen Baumwollstoff, der Lories Bauch bedeckte, nicht so fest, daß er ihr weh tat, aber fest genug, um ihr angst zu machen, und sie wimmerte.

»Das Baby ist nicht hier«, sagte ich. »Das sehen Sie doch wohl.«

»Ich hab' gesehen –«

»Ist mir egal, was Sie gesehen haben, das Baby ist jedenfalls nicht hier.«

»Wo ist es dann, verdammt noch mal?«

»Es ist an einem sehr sicheren Platz«, sagte ich. »Mr. Fletcher –«

»Woher wissen Sie meinen Namen?«

»Halten Sie uns für Idioten?« sagte Salazar verächtlich. »Wir wissen Ihren Namen schon seit Tagen. Sie haben eine kilometerbreite Spur hinterlassen.«

»Sie lügen.«

»Na schön, was glauben Sie denn, wie wir Ihren Namen rausgefunden haben?«

Fletcher schluckte.

Ich mußte zur Toilette. Dringend, so dringend, daß ich einen Moment lang befürchtete, mir würde ein kleines Malheur passieren, das selbst in der gegenwärtigen Situation peinlich wäre. Aber wieder ging der Drang weg, und wie zuvor hatte ich danach starke Rückenschmerzen. Ich sah, wie Salazar mir einen kurzen Blick zuwarf und dann auf seine Uhr guckte, was unter den gegebenen Umständen äußerst sonderbar wirkte.

»Warum haben Sie es getan, Fletcher?« fragte Salazar. »Ich meine, Sie haben doch keinerlei Vorstrafen, zumindest nichts Gravierendes. Sie sind kein Killer. Also wieso haben Sie plötzlich –«

»Sie hat mich belogen!«

»Sie? Wer? Jill oder April?«

»Sie haben mich beide belogen. Ich werde ständig belogen, von allen. Ich bin es satt, belogen zu werden – auch die fette Lady da belügt mich –«

»Ich bin nicht fett«, sagte ich. »Ich bin schwanger. Und ich lüge nicht.«

»Sie haben gesagt, mein Baby ist nicht hier, aber ich hab' gesehen, wie Sie mit ihm hier reingegangen sind, also erzählen Sie mir keinen –«

»Ja, ich habe gesagt, daß Ihr Baby nicht hier ist. Aber ich habe gemeint, daß es nicht hier im Raum ist, und ich habe gesagt, daß Ihr Baby an einem sicheren Platz ist, und das ist es. Wieso haben Sie den Kleinen eigentlich tagelang allein gelassen? Ich würde nicht –«

»Sie sollten ihn finden.«

»Ich sollte ihn finden? Hören Sie auf, Fletcher! Ich wohne nicht mal in diesem Bundesstaat!«

»Irgend jemand sollte ihn finden.«

»Also haben Sie ihn einfach in dem scheußlichen Haus liegenlassen, wo er hätte verhungern und verdursten können, weil sie davon ausgegangen sind, daß irgend jemand sich schon um ihn kümmern wird! Was für ein Vater sind Sie eigentlich?«

»So was lasse ich mir nicht sagen! Hören Sie, ich liebe mein Baby ...«

»Dann haben Sie aber eine lausige Art, das zu zeigen!«

»Und was ist mit Ihnen? Sie müssen doch nicht viel tun – Sie müssen mir bloß meinen Sohn im Austausch gegen Ihre Tochter geben, und dann verschwinde ich.«

»Sie ist nicht meine Tochter«, sagte ich in einem möglichst gleichgültigen Ton.

Ich würde Lorie, später, erklären müssen, wie das funktioniert, wie man verhandelt, damit möglichst niemand zu Schaden kommt. Oder, nein, das würde nicht nötig sein, denn sie war ja die Tochter einer Polizeibeamtin, und ihre Mutter hatte ihr bestimmt erklärt, wie so was abläuft, denn sie zwinkerte mir zu. Ich konnte es sehen. Fletcher natürlich nicht.

»Hören Sie, ich verlange nicht viel«, sagte Fletcher. »Ich möchte nur mein Kind. Mein Kind und eine halbe Stunde Vorsprung.«

»Also stellen Sie schon eine weitere Forderung?« sagte Salazar. »Zuerst wollten Sie nur Ihr Kind. Jetzt wollen Sie Ihr Kind und eine halbe Stunde Vorsprung. Was werden Sie gleich verlangen, Ihr Kind und eine halbe Stunde Vorsprung und das Taj Mahal?«

Wenn man sich in einer sehr brenzligen Situation befindet, kann man mit Sicherheit davon ausgehen, daß etwas Unerwartetes passiert.

Was jetzt passierte, wäre eigentlich zu erwarten gewesen.

Das Baby fing an zu weinen.

Die Tür vom Büro des Chiefs war nicht absolut schalldicht, und das Kinderschreien war, wenn auch schwach, deutlich hörbar. Fletchers Kopf drehte sich abrupt in die Richtung, und Salazar machte zwei Schritte auf Fletcher zu, um auf ihn loszustürzen, aber Fletcher hatte wohl ein weites Gesichtsfeld. Er nahm die Bewegung wahr, und sein Kopf fuhr wieder herum. »Keine Dummheiten«, sagte er und zerrte warnend an Lories Kopf.

Ich beschloß, statt mit ihm mit Lorie zu sprechen. »Lorie, ist alles in Ordnung?«

»Ja«, sagte sie, »schätze, ja. Ich will nur nach Hause.«

»Wir bringen dich nach Hause.«

»Nur, wenn Sie genau das tun, was ich sage«, sagte Fletcher.

»Okay, Sie wollen das Baby und eine halbe Stunde Vorsprung und das Taj Mahal und was noch?« fragte Salazar.

»Alles, was ich will, ist mein Baby und eine halbe Stunde Vorsprung.«

Salazar zuckte mit den Schultern. »Dann holen Sie sich Ihr Baby. Wenn Sie können.« Er blickte kurz zur Einsatzleiterin hinüber und schüttelte den Kopf, ganz schwach.

Fletcher ging in einem Bogen rückwärts, so daß er jetzt an der Tür von Salazars Büro stand. Dann dämmerte ihm, daß er nicht gleichzeitig mit einer Hand Lorie am Nacken halten, ein Messer an Lories Hals drücken und einen Türknauf drehen konnte. »Mach die Tür auf«, befahl er Lorie.

Lorie griff nach dem Türknauf. »Ich kann nicht. Sie ist verschlossen.«

»Ich hab' gesagt, mach die Tür auf!«

»Ich kann die Tür nicht aufmachen, Sie Vollidiot«, schrie Lorie. »Kriegen Sie das nicht in Ihren Schädel, daß die blöde Tür verschlossen ist!«

Fletcher wandte sich an Salazar. »Was für ein Raum ist das überhaupt?«

»Das ist mein Büro.«

»Machen Sie die Tür auf.«

»Ich kann nicht, sie ist verschlossen.«

»Ihr Büro, und Sie können die Tür nicht öffnen? Los, Mann, machen Sie die Tür auf!«

»Das Mädchen hat es doch schon gesagt, sie ist verschlossen.«

»Dann schließen Sie sie auf! Sie haben gesagt, es ist Ihr Büro, also schließen Sie die Tür auf!«

»Da muß ich die Schlüssel suchen. Moment.« Mit der linken Hand – seine rechte Hand hielt noch immer die Pistole, und so schwer, wie die Pistole aussah, mußte sein Arm langsam ganz schön müde werden – holte Salazar die Schlüssel seines Streifenwagens aus der Tasche. »Autoschlüssel«, sagte er. Er ließ sie auf einen Stuhl fallen. Er holte seine Brieftasche heraus. »Brieftasche.« Er ließ sie auf einen Stuhl fallen. Er warf eine Handvoll Kleingeld auf den Stuhl. »Münzen.« Er stülpte seine Taschen nach außen. »Das ist alles. Keine Schlüssel. Tut mir leid. Ich muß sie auf meinem Schreibtisch liegengelassen haben.«

»Und wie hat sie dann das Baby da reinbringen können?«

»Ich hab' die Tür wohl vorhin offengelassen, und jetzt ist sie zu.« Salazar lächelte Fletcher höflich an.

»Und wie wollen Sie da wieder reinkommen?«

»Vielleicht muß ich den Schlüsseldienst kommen lassen.«

Fletcher nickte in Richtung Einsatzleiterin. »Kann sie da rein? Gibt es noch eine Tür?«

»Es gibt noch eine Tür, aber sie kann nicht rein. Die Tür ist auch von innen verschlossen.«

»Sie könnten das Schloß aufschießen.«

»Ja, das geht«, pflichtete Salazar bei. »Deb, wo ist das Baby?«

»Ich habe es direkt hinter die Tür gelegt. Aber Sie wissen ja, in dem Alter krabbeln Babys schon viel herum.«

»Er ist sechs Monate alt«, widersprach Fletcher. »In dem Alter krabbeln Babys noch nicht.«

Salazar und ich mußten beide darüber, fast echt, lachen. »Mister, ich habe sechs Kinder«, sagte Salazar. »Ich garantiere Ihnen, sie krabbeln, so wahr ich hier stehe. Oder wenn Sie mit dem Wort krabbeln nicht einverstanden sind, sie robben auf ihrem Bauch. Bei allen meinen Kindern, bevor sie aus dem Krankenhaus nach Hause kamen, mußten die Krankenschwestern sie ständig wieder im Bettchen nach unten ziehen, und zwei Minuten später haben sie sich schon wieder den Kopf am anderen Ende des Bettchens gestoßen und geheult, weil da irgendwas im Weg war und sie nicht weiterkonnten. Mister, in dem Raum da ist jede Menge Metall. Wenn eine Kugel in den Raum dringt, dann wird sie irgendwo abprallen und als Querschläger Gott weiß wohin gehen. Es ist Ihr Baby, aber es ist meine Pistole, und wenn Sie glauben, ich werde das Risiko eingehen, ein Baby zu treffen, dann können Sie von mir aus zur Hölle fahren. Da werden Sie am Ende sowieso landen, wenn Sie so weitermachen, aber –«

»Wie soll ich dann mein Baby holen?«

»Ich würde sagen, Sie haben ein Problem.«

»Immer werde ich angelogen.«

»Dann hören Sie mir mal zu, Fletcher«, sagte Salazar, »weil ich Ihnen nämlich die reine Wahrheit sage. Jedes Wort, das ich Ihnen jetzt sage, ist wahr. Die Tür da ist abgeschlossen. Ich habe keinen Schlüssel für die Tür. Und wenn ich den Schlüssel hätte – was, wie Sie wissen, nicht der Fall ist, weil Sie gesehen haben, wie ich meine Taschen geleert habe –, würde ich mit allen Mitteln versuchen, Sie daran zu hindern, das Baby zu holen. Sicher, ich würde Sie anlügen. Ich lüge jetzt nicht, aber ich würde Sie anlügen, und ich würde Sie töten, wenn ich müßte, obwohl ich noch nie jemanden getötet habe und auch jetzt nicht besonders scharf darauf bin. Ich werde auf keinen Fall zulassen, daß Sie das Baby anrühren.«

»Es ist mein Baby!«

»Was macht es zu Ihrem Baby?«

»Ich bin sein Vater.«

»Na und? Sie haben Jill Montrose gebumst und sie schwanger gemacht und sie dann geheiratet, weil Sie so stolz auf Ihre Männlichkeit sind. Darren Fletcher, der Mordskerl, hat einen Schwanz, der funktioniert. Na und, das gilt für die Hälfte der Menschheit. Das gilt für einen Ziegenbock. Reicht das aus, um aus Ihnen einen Vater zu machen? Beweisen Sie mir, daß Sie sich vernünftig um das Baby kümmern könnten – beweisen Sie mir, daß Sie sich vernünftig um das Baby kümmern *würden* –, und ich finde einen Weg, die Tür zu öffnen, und lasse Sie das Baby haben. Aber zuerst müssen Sie das beweisen.«

»Wissen Sie, warum ich Jill getötet habe? Sie wollte mein Baby weggeben, deshalb. Was würden Sie tun, wenn Ihre Frau Ihre Kinder weggeben wollte?«

»Meine Frau und ich sind füreinander da. Waren Sie für Jill da? Sie haben Sie verlassen. Sie haben sie verlassen, als sie schwanger war. Was für ein Mann sind Sie eigentlich?«

»Ja, aber –«

»Ja, aber was? Sie haben Jill verlassen, und sie war ganz allein, als sie das Kind bekommen hat. Wo waren Sie, als das Baby geboren wurde? Wo waren Sie, wenn Jill um zwei Uhr morgens aufgestanden ist, um das Baby zu füttern?«

»Sie verstehen das nicht!« brüllte Fletcher. »Sie war nicht nett zu mir!«

»Aber Sie sind so richtig nett, stehen da und drücken einem Mädchen ein Messer in die Seite. Was hat sie Ihnen denn getan?«

»Sie – sie ist genau wie April.«

»Inwiefern ist sie genau wie April?«

»April hat mich belogen! Sie hat gesagt, sie würde ein Baby bekommen, und dann – habe ich rausgefunden –«

»Was haben Sie rausgefunden? Daß April meinte, es wäre besser für das Baby, wenn es nie geboren wird, als mit so einem Vater wie Ihnen geboren zu werden? Mit einem Vater, der zu so etwas fähig ist wie das, was Sie Jill angetan haben? Haben Sie April das erzählt?«

»Ich hab' ihr gesagt –«

»Was haben Sie ihr gesagt? Haben Sie ihr Jill gezeigt –«

»Das hätte ich nie ...«

»Ich glaube Ihnen nicht. Ich traue Ihnen alles zu. Was machen Sie denn jetzt gerade? Das Mädchen ist fünfzehn Jahre alt. Wieso tun Sie ihr das an?«

»Sie war mit April ... sie und April waren in der Klinik –«

»Montag morgen? April hat die Abtreibung Montag morgen machen lassen. Sie haben sie hingebracht. Am Montag morgen war das Mädchen, das Sie da gerade quälen, mit ihrem Freund per Anhalter unterwegs von Santa Fe nach Los Alamos.«

»Sie hat April in der Klinik kennengelernt –«

Plötzlich begriff Lorie, wessen sie beschuldigt wurde. »Sie sagen, *ich* hätte eine Abtreibung gehabt? Deb, meint er das? Sie Mistkerl, ich war noch nie schwanger, ich habe noch nie etwas gemacht, wodurch man schwanger werden kann – Sie Scheißkerl – wagen Sie es nicht, so über mich zu reden!« Sie versuchte, ihn zu treten, und hörte erst auf, als Fletcher mit der Messerspitze so fest zudrückte, daß, wenn nicht ihre Haut, so zumindest die obere Schicht des Baumwollstoffes durchstoßen wurde.

»Genau«, rief Salazar, »so ist es recht, tun Sie dem Mädchen nur weh, besser können Sie mir wirklich nicht beweisen, daß man Ihnen ein Baby anvertrauen kann. Sehr aufschlußreich.«

Wir – Salazar und ich und zum Teil Lorie, aber in erster Linie Salazar – machten unsere Sache wirklich ausgezeichnet; wir hielten das Gespräch mit Fletcher in Gang, aber wir kamen damit keinen Schritt weiter. Wir waren nach wie vor in einer Pattsituation; Fletcher hatte Lorie noch immer in seiner Gewalt, und weder Salazar noch ich sahen irgendeine Möglichkeit, ihm Lorie unversehrt wegzunehmen.

Ich war mir absolut sicher, daß das Gebäude inzwischen umstellt war, daß die übrigen städtischen Angestellten aus den angrenzenden städtischen Büros evakuiert worden waren. In diesem Gebäude waren jetzt nur noch die Einsatzleiterin, Salazar, das Baby, Lorie, Fletcher und ich. Draußen hatten sich vermutlich Wagen der Stadtpolizei, die wenigen, die im Einsatz waren, und Wagen des Bezirkssheriffs, so viele, wie verfügbar waren, und vermutlich ein paar Staatspolizisten oder Highwaystreifen, oder wie immer sie sich in New Mexico bezeichnen, versammelt.

Aber das nützte uns hier drinnen herzlich wenig.

Wir wußten noch immer nicht, was wir in der gegenwärtigen Situation machen sollten, und im Grunde konnten wir gar nichts tun, wenn Lorie keinen Schaden nehmen sollte. Salazar konnte nicht schießen; selbst wenn er ihn mit einem gezielten Schuß tötete, würde Lorie mit an Sicherheit grenzender Wahrscheinlichkeit schwer verletzt werden, auch wenn nur ein letzter Muskelreflex den Arm um ihren Hals festzog oder das lange Messer in ihren Leib stieß.

Also würde einer von uns – sehr wahrscheinlich Salazar – Fletcher überrumpeln müssen. Und auch in diesem Fall bestand das Risiko, daß Lorie verletzt wurde. Salazar war, wie ich, wie wohl fast jeder Polizeibeamter, bereit – wenn auch wahrlich nicht erpicht darauf –, ein persönliches Risiko einzugehen, aber durchaus nicht bereit, das Leben eines anderen zu riskieren. Das einzige Problem war nur, daß uns offenbar keine andere Wahl blieb.

Einen Moment lang fiel niemandem mehr etwas ein. Es war wie ein *tableau vivant*, Fletcher, der Lorie im Würgegriff hielt, Salazar, der seine Pistole mit ausgestrecktem Arm hielt (und er würde die Pose rein körperlich nicht mehr lange durchhalten können – wenn Sie das nicht glauben, versuchen Sie mal, ein schweres Buch zehn Minuten lang mit ausgestrecktem Arm zu halten), ich, die ich mitten im Raum stand.

Ich mußte noch immer aufs Klo. Salazar hatte gesagt, Hal bräuchte eine Blasentransplantation, aber es wurde immer offensichtlicher, daß ich eine Blasentransplantation brauchte.

Das Baby weinte noch immer schwach. Ich glaubte nicht, daß es Schaden nehmen würde; der Kleine konnte nicht schon wieder Hunger haben (na ja, möglich war's schon, in Anbetracht dessen, wie lange er nicht gefüttert worden war, bevor ich ihn vor einer Stunde gefüttert hatte, aber er würde mit Sicherheit noch ein Weilchen durchhalten).

Dann wurde es draußen auf der Straße laut. Mehrere Männer schrien einander an, und eine der Stimmen erkannte ich eindeutig als die von Hal. Was, so fragte ich mich ängstlich, führte er im Schilde? Das letzte, was ich in der jetzigen Situation gebrauchen konnte, war Hal hier drinnen.

Irgend jemand da draußen war der gleichen Ansicht wie ich. Irgend jemand brüllte: »Nicht da reingehen«, und es wurde wieder unruhig; es hörte sich an, als ob jemand auf der Treppe vor dem Eingang einen Ringkampf veranstaltete. Dann flog die Eingangstür auf, und Hal und Begay waren drinnen.

Sie blieben beide wie angewurzelt stehen und sahen sich um. Hals Blick hatte mich kurz gestreift, gerade lang genug, um meine Anwesenheit zu registrieren, bevor er die Augen auf Fletcher und Lorie richtete.

Und dann geschah etwas, das ein Erwachsener niemals versucht hätte. Salazar und ich und selbst Begay – wir hätten gewußt, daß es nicht funktionieren konnte, und deshalb hätten wir es nicht versucht. Oder wir hätten gewußt, daß das Risiko, daß Lorie verletzt wurde, einfach zu groß war, selbst wenn es funktionieren würde, und deshalb hätten wir es nicht versucht.

Aber Hal ist größer als Salazar und größer als Begay und größer als ich. Er ist größer, und er hat eine größere Reichweite, und er hat längere Beine.

Und seine geistige Fähigkeit, einen Zusammenhang zwischen Ursache und Wirkung herzustellen, ist bei weitem nicht so groß, wie man es sich wünschen würde.

Was bedeutet, daß er nicht wußte, daß es unmöglich war, und er wußte nicht, daß es zu gefährlich war, es zu riskieren.

Ach ja, und Hal spielt Fußball. Begeistert.

Sein Gesicht verriet nicht, was er vorhatte, wie mein Gesicht oder Salazars Gesicht es zweifellos getan hätten.

Er trat einfach zu.

Mit der ganzen Länge seines gestreckten, langen Beines und mit der ganzen Kraft, die er aufbieten konnte, trat er hoch und präszise, und das Messer flog in die Luft, und ich wollte es schon auffangen, überlegte es mir dann aber anders und wich schnell zur Seite, um es auf den Boden fallen zu lassen.

Jetzt, da das Messer weg war, blieb Lorie nicht länger reglos. Sie drehte sich in der Umklammerung, mit der Fletcher sie noch immer – wenn auch nicht mehr ganz so fest – am Hals gepackt hielt, und stieß ihm mit aller Wucht das Knie direkt zwischen die Beine.

Salazar brauchte Fletcher, der sich krümmte und die Hände zwischen die Beine pressen wollte, nur noch zu packen, ihn herumzuwirbeln, gegen die Wand zu drücken und ihm Handschellen anzulegen. Die Belagerung war vorüber. Salazar sagte der Einsatzleiterin, sie solle allen draußen Bescheid geben, daß die Gefahr gebannt war und sie wieder auf Streife fahren konnten.

Als zwei Hilfssheriffs hereinkamen, die sich offenbar vergewissern wollten, daß niemand gezwungen worden war, falsche Funksprüche rauszugeben, betätigte die Einsatzleiterin den Summer für die Bürotür, und ich öffnete sie. Sofort fing Fletcher wieder an herumzubrüllen, daß er belogen worden sei.

»Niemand hat Sie belogen«, widersprach Salazar.

»Brauchen Sie Hilfe, Salazar?« fragte jemand in einer braunen Uniform, und noch jemand in einer braunen Uniform sagte: »Alles in Ordnung, Chief?«

»Alles unter Kontrolle«, sagte Salazar. »Nein, wir brauchen keine Hilfe. Danke für die Unterstützung. Das hätte ganz schön brenzlig werden können.«

»Genau so hat es sich auch angehört. Na ja, wenn Sie wirklich sicher sind ...«

»Ich bin sicher.« Er drehte sich zu Fletcher um, während ich das Baby hochnahm, das sich im Moment nur über den Zustand seiner Windel und den harten Fußboden zu beklagen schien. »Ich habe Sie nicht belogen«, wiederholte Salazar. »Ich habe nur nicht die ganze Wahrheit gesagt.«

»Ja, Sie haben gesagt, Sie würden mir mein Baby geben.«

»Wenn Sie mich überzeugen könnten, daß Sie sich gut um ihn kümmern könnten und würden, stimmt. Und wissen Sie was, Fletcher, Sie haben mich nicht überzeugt. Und jetzt hören Sie mir einen Moment gut zu. Sie haben das Recht zu schweigen ...«

Während Salazar ihm seine Rechte rezitierte, reichte ich Lorie das Baby und verschwand schleunigst Richtung Toilette. Ich bekam gerade noch mit, daß Salazar seinen Vortrag kurz unterbrach, um rasch einen Blick auf die Uhr zu werfen, aber ich dachte mir nichts dabei. Es war schließlich ganz normal, daß er wissen wollte, wie spät es ist. Bisher war es ein ungemein chaotischer Tag gewesen, und es deutete nur wenig darauf hin, daß er besser werden würde, zumindest was das Chaos anging, wenngleich er, was die Krisensituation anging, ganz plötzlich sehr viel besser geworden war.

Als ich von der Toilette zurückkam, war das Baby nicht mehr da, und Fletcher hatte schluchzend den Kopf auf den Schreibtisch gelegt. »Was ist passiert?« fragte ich schneidend.

»Nichts ist passiert«, sagte Salazar. »Das Jugendamt hat soeben das Baby abgeholt.« Einen Augenblick lang war ich traurig; ich hätte den Kleinen gern noch mal gesehen, bevor ... Aber dann wurde mir klar, daß es so besser war. Wenn ich ihn noch öfter gesehen hätte, hätte ich ihn bestimmt behalten wollen, und das konnte ich natürlich nicht. Aber vielleicht hatte er ja Glück. Vielleicht würde seine Großmutter einsehen, daß sie zu alt war, um ein Baby großzuziehen, und er kam zu der netten Frau in San Francisco, die sich um ihn gesorgt hatte, ohne ihn je gesehen zu haben.

Fletcher hob den Kopf. »Sie verstehen überhaupt nichts«, sagte er. »Sie verstehen überhaupt nichts. Ich bin kein Killer.«

»Nein?« sagte Salazar. »Dann haben Sie mich aber ganz schön zum Narren gehalten.«

»*Sie* haben gesagt, ich bin kein Killer.«

»Dann habe ich eben meine Meinung geändert.«

»Sie verstehen überhaupt nichts.«

»Möchten Sie es mir erklären? Sie müssen nicht –«

»Ich bin nicht blöd«, sagte Fletcher. »Ich weiß, was ich unterschrieben habe. Ich weiß, daß ich Ihnen nichts erzählen muß. Aber ich möchte, daß Sie mich verstehen. Ich bin kein Killer. Nicht wirklich. Ich – es war – Jill wollte das Baby weggeben.«

»Wieso?«

»Sie hat gesagt, sie hätte Angst, ich würde ihm weh tun, aber ich würde nie –«

»Warum hatte Jill Angst, Sie würden dem Baby weh tun?«

»Na ja ...«

»Also, warum? Wollen Sie es mir sagen oder nicht?«

»Sie verstehen das nicht.«

»Sie reden ja auch nur Stuß.«

»Was?«

»Was Sie sagen«, sagte Salazar. »Ich verstehe es nicht. Aber ich würde gern eine Erklärung hören. Wieso hatte Jill Angst, Sie würden dem Baby weh tun? Haben Sie Jill weh getan?«

»Na ja, ich –«

»Wir sind oft zu Ihrem Haus gerufen worden, als Sie und Jill noch zusammen wohnten, wissen Sie noch?«

»Ja, aber, sie hat nie getan, was ich ihr gesagt habe.«

»Sie hat nie getan, was Sie ihr gesagt haben. Zum Beispiel?«

»Alles Mögliche. Dinge, die sie tun sollte und nicht getan hat.«

»Nennen Sie mir ein Beispiel.«

Lorie, Hal und Begay standen in der Tür zum Büro des Chiefs und sahen zu; Fletcher saß mit dem Rücken zu ihnen, und ich bezweifelte, ob er sich überhaupt noch erinnerte, daß sie da waren. Fletcher trug Handschellen und sprach leise, und Salazar rutschte langsam tiefer in seinem Sessel, wie bei dem Gespräch mit Hal; diese Haltung schien sein Gegenüber zu vertraulichen Geständnissen aufzufordern.

»Na ja – alles Mögliche eben. Zum Beispiel, wenn ich ihr gesagt hatte, daß ich um halb sieben zu Abend essen will, und dann war das Essen nicht fertig.«

»Warum?«

»Ich weiß nicht, warum, es hätte eigentlich –«

»Was für eine Erklärung hat sie gegeben?«

»Ach, daß sie nicht rechtzeitig nach Hause gekommen war und das Geschirr noch nicht gespült hatte – ich kapier' nicht, wieso sie nicht spülen konnte, während sie gekocht hat, oder morgens, bevor sie zur Uni gegangen ist – meine Mutter hat immer –«

»Moment mal, Sie haben sie im September verlassen, und das Baby wurde im Oktober geboren. Das bedeutet, daß Jill im siebten Monat schwanger war. Sie war im siebten Monat und ging zur Uni. Was hat sie sonst noch gemacht?«

»Ach, sie hatte einen Teilzeitjob, aber das war nicht anstrengend. Sie hat bloß in einem Büro gearbeitet.«

»Haben Sie schon mal in einem Büro gearbeitet?«

»Nein, aber –«

»Woher wissen Sie dann, daß es nicht anstrengend war? Wie spät ist sie nach Hause gekommen?«

»Viertel nach fünf, und da hätte sie noch genug Zeit gehabt, um zu spülen und das Abendessen zu machen, bevor –«

»Und Sie haben ausschließlich studiert, richtig?«

»Ja.«

»Und wie spät sind Sie nach Hause gekommen?«

»Um halb vier. Was hat das damit zu tun –«

»Wissen Sie, wie man spült?«

»Das ist nicht mein Job!«

»Spülen war Jills Job. Kochen war Jills Job. Was war Ihr Job?«

»Na ja, ich – ich bin Kunsthandwerker.«

»Verstehe. Was war Ihr Job zu Hause?«

»Ich habe Sachen hergestellt.«

»Sie haben Sachen hergestellt. Na prima! Also wenn Jill das Essen nicht fertig hatte, haben Sie sie verprügelt, bis die Nachbarn den Lärm hörten und die Polizei gerufen haben, und dann haben Sie sie schließlich verlassen. Warum haben Sie sie verlassen?«

»Warum hätte ich denn bei ihr bleiben sollen? Sie hat nie getan, was ich ihr gesagt habe. Meine Mom hat immer –«

»Immer gemacht, was Ihr Dad ihr gesagt hat? Na, dann hat Ihr Dad vielleicht auch was für sie getan. Meinen Sie nicht?«

»Es war nicht mein Job –«

»Sie kotzen mich an«, sagte Salazar und setzte sich ganz schnell auf. »Sie lieben Babys? Sie lieben Kinder? Jetzt hören Sie mir mal zu, Sie Widerling. Sie wissen doch gar nicht, was ein Baby ist. Sie sind genauso wie die jungen Mädchen in den Slums, die aus Versehen mit Absicht schwanger werden und dem Sozialarbeiter erzählen, sie wollten jemanden haben, der sie liebhat, weil sie sonst niemand liebt. Was meinen Sie denn, was ein Baby ist? Meinen Sie, so was wie ein kleines Kätzchen oder ein junger Hund? Sogar ein Kätzchen und ein junger Hund haben Bedürfnisse. Meinen Sie, Babys sind wie Puppen oder Stofftiere, mit denen man spielt, wenn man Lust hat, und sie ansonsten nicht beachtet? So läuft das nicht. Babys schreien. Sie weinen. Manchmal weinen sie die ganze Nacht. Sie müssen gefüttert werden – zu Anfang alle drei, vier Stunden. Sie machen Schmutz. Sie machen in die Windeln und müssen frisch gewickelt werden. Gehen lernen sie zwar von allein, aber das Sprechen muß man ihnen beibringen. Sie nehmen viel Zeit in Anspruch. Selbstsüchtige Ich-Verliebte brauchen keine Babys. Sie haben keine Ahnung, wie man sich um Babys kümmert. Was hätten Sie mit dem Baby angefangen? Nach einer Woche hätten sie es satt gehabt und in irgendeiner Mülltonne deponiert und wären abgehauen.«

Ich erschauderte unwillkürlich. Ich kannte ein Baby, dem das passiert war. Zum Glück war die Kleine rechtzeitig gerettet worden.

»Also, Sie können mich von mir aus einen Heiden nennen«, fuhr Salazar fort, »weil ich nämlich eine Religion habe, von der Sie vermutlich noch nie gehört haben. Ich habe die Religion meiner Mutter. Aber mein Vater war katholisch, und ich bin katholisch erzogen worden, bis ich als Erwachsener meine Meinung geändert habe. Aber in einem Punkt habe ich meine Meinung nicht geändert, und zwar in Sachen Abtreibung. Ich halte nichts von Abtreibung. Ich finde Abtreibung nicht richtig. Aber eins will ich Ihnen sagen, wenn April sich entscheiden mußte, ob sie das Baby, das sie erwartete, besser abtreiben sollte oder zulassen, daß Sie es in Ihre erbärmlichen Hände kriegen, dann würde ich sagen, sie hat die richtige Entscheidung getroffen. Und Sie sagen, Sie wären ein Mann. Scheiße. Sie kotzen mich an.«

»Sie ver-«

»-stehen das nicht. Stimmt. Ich verstehe es nicht. Das ist erst der Anfang. Ich will es nicht verstehen. Ich will nicht zu der Sorte Mensch gehören, die Sie verstehen könnte. Begay, sperren Sie ihn ein.«

Ich war froh, daß er jetzt eingesperrt wurde, denn wenn er weitergeredet hätte, wäre ich gezwungen gewesen, weiter zuzuhören, und ich mußte – na ja, Sie können sich denken, was ich mußte.

Und wieder blickte Salazar auf die Uhr, als ich ging, die letzten Reste meiner Würde hinter mir herschleifend.

Als ich wiederkam, sprach Salazar leise mit Lorie, die sehr viel ruhiger war, als ich es vermutlich gewesen wäre, wenn ich mit fünfzehn Jahren in die gleiche Situation geraten wäre.

»Wir sind zurück zu dem Park gefahren«, sagte sie gerade, »weil er da gern kampierte. Er wollte, daß ich ... daß ich ... daß ich es mit ihm mache, in diesem Kiva-Dingsda, weil es irgendwie magisch ist, hat er gesagt, und ich habe gesagt, daß ich nicht will. Er hat gesagt, er würde mich nicht vergewaltigen, und das hat er auch nicht, aber er war wütend ...«

»Also so ist der Schal da reingekommen?« fragte ich.

»Ja.« Sie blickte mich kurz an. »Es tut mir leid, ich wollte Ihren Schal nicht verlieren.«

»Der Schal ist absolut unwichtig, viel wichtiger ist, daß wir dich wiederhaben«, versicherte ich ihr. »Außerdem haben wir ihn gefunden. Lorie, wie hat er dich eigentlich in seine Gewalt bekommen?«

»Ich weiß nicht«, sagte sie. »Ich meine, ich habe mich hingelegt, um mit Hal zu schlafen, ich meine, nicht *mit* Hal, Sie wissen schon, was ich meine, neben Hal, und dann bin ich aufgewacht und war auf dem Rücksitz von seinem Wagen, und ich hatte großen Durst, und ich hatte so schreckliche Kopfschmerzen – ich meine, ich fühlte mich total elend.«

»Begay hat das hier in Fletchers Hosentasche gefunden«, sagte Salazar und reichte mir ein Fläschchen Chloralhydrat. In Verbindung mit Alkohol wird Chloralhydrat zu einem sehr starken und manchmal tödlichen Betäubungsmittel, das häufig auch als K.O.-Tropfen bezeichnet wird, aber auch für sich allein ist Chloralhydrat ein sehr wirkungsvolles Schlafmittel. In zwei Gläser Eistee gegeben, hatte es sicherlich dafür gesorgt, daß zwei müde Teenager sehr tief schliefen.

»Und dann hat er dauernd gesagt, ich sollte mich um sein Baby kümmern, und ich habe versucht, ihm klarzumachen, daß ich keine Ahnung habe, wie man sich um ein Baby kümmert, ich bin noch nicht alt genug, aber das war ihm egal. Er hat gesagt, ich müßte es machen, weil es mein Job wäre. Ich meine, der ist nicht ganz dicht. Der spinnt total.«

Sie redete weiter, fast zwanghaft, und ich bemerkte, daß Salazar auf seinem Schreibtisch einen Kassettenrecorder laufen hatte. Hal und Begay kamen wieder herein, und als ich aufblickte, sah ich, wie Hal zu Lorie ging und ihr die Schultern rieb, genau so, wie Harry mir die Schultern reibt, wenn ich einen richtig miesen Tag hatte. Sieh an, dachte ich. Sieh an. Vielleicht wird Hal ja eines Tages doch noch erwachsen.

»Begay«, sagte Salazar, »sind Sie einverstanden, wenn Hal ein paar Tage bei Ihnen wohnt? Ich glaube nicht, daß wir ihn wieder einsperren müssen, aber ich glaube nicht, daß er schon so bald nach Hause kann. Lorie, hast du schon die Windpocken gehabt?«

»Ja, Sir, warum?«

»Du wirst für ein paar Tage bei mir wohnen.«

»Salazar«, fragte ich, »wieso sollen Sie noch nicht nach Hause? Es wird kein Problem sein, sie für den Prozeß wieder herkommen zu lassen, aber Sie brauchen sie doch eigentlich nicht für die Voruntersuchung, oder? Ich meine, ich weiß zwar, daß Hal einen Gerichtstermin hat, aber –«

»Ach, ich denke, das vergessen wir mal«, sagte Salazar milde. »Wir können den Held des Tages doch nicht vor Gericht stellen, oder? Natürlich, wenn er sich wieder mal Ärger einhandelt und ich davon Wind bekomme –«

»Das tu' ich nicht«, versprach Hal eifrig.

»Wieso soll er dann –?«

»Deb«, sagte Salazar, »seit nun mehr zweieinhalb Stunden gehen Sie alle fünf Minuten zur Toilette – oder versuchen es. Sagt Ihnen das denn nichts?«

»Ich habe eine schwache Blase, besonders zur Zeit.«

»Ach, Scheiße«, sagte Salazar. »Ich meine, *genau* alle fünf Minuten.«

Ich hielt inne und dachte darüber nach. Jetzt, wo er es erwähnte, ich hatte tatsächlich schreckliche Rückenschmerzen, und ich mußte schon wieder dringend zur Toilette. Ich legte eine Hand auf meinen Bauch, versuchsweise.

Ja, tatsächlich, genau das tat ich.

Ich rief Harry an, sobald ich im Krankenhaus war, um ihm zu sagen, was passiert war, und um ihn zu bitten, Lories Mom anzurufen. Und dann mußte ich auflegen, denn es wurde wirklich höchste Zeit.

Das nächste Mal rief ich Harry mitten in der Nacht an. Wir hatten uns vorläufig auf zwei Namen geeinigt, und ich wollte ihm sagen, welcher es geworden war.

Die nächsten zwei Tage konnte ich mich ausruhen und mit dem Baby spielen, was toll war. Maria Salazar schaffte es, obwohl sie drei Kinder mit Windpocken hatte, sich um Lorie zu kümmern und mir Plätzchen und Milkshakes ins Krankenhaus zu bringen. Endlich fand ich heraus, warum Salazar sich beim Thema Adoptionen so aufgeregt hatte; die Hälfte seiner Kinder war nämlich adoptiert. Kinder, die niemand hatte haben wollen. Ich selbst fand sie wunderbar. Und schließlich, über eine Woche nachdem sie sich davongemacht hatten, brachte ich Hal und Lorie wieder heil nach Hause zurück. Obwohl so viel passiert war, hatten sie nur zwei Tage in der Schule gefehlt.

Und ich konnte sogar noch Harry aus dem Krankenhaus abholen. Er sagte, eigentlich hätte es umgekehrt sein müssen – er hätte mich vom Krankenhaus abholen müssen, aber ich konnte es nicht ändern. Er humpelt noch immer leicht, aber zumindest muß er keinen Gips mehr tragen.

Das einzige Problem ist jetzt, daß ich ständig daran denken muß, daß ich achtundfünfzig sein werde, wenn Cameron – so heißt mein

Baby – sechzehn ist. Ob ich dann noch mit solchen Lausbubenstreichen fertig werde?

Na ja, wenn nicht, er hat einen älteren Bruder und zwei ältere Schwager. Ich kann dann ja einen von ihnen losschicken, um ihn von New Mexico nach Hause zu holen.

Jedenfalls habe ich sehr gut auf mich aufgepaßt (wieso hat Salazar bloß so gelacht, als ich ihm das erzählte?), und mit ein bißchen Glück wird Cameron ein ganz gesunder Junge werden, trotz der vielen Aufregung bei seiner Geburt.

Nachwort

Seit Lee Martin 1984 mit ihrem ersten Polizeiroman um die Polizeidetektivin Deb Ralston debütierte, galten drei Merkmale als ihr Markenzeichen – eine sympathische Heldin mit glaubwürdigem Familienleben, der Einsatz modernster Polizeimethoden und die Verbindung des eher klassischen Mordrätsels mit den oft brutalen Verbrechen einer modernen Großstadt wie Fort Worth, Texas. Das vierte Merkmal braucht eigentlich nicht gesondert genannt zu werden, da es eine unabdingbare Voraussetzung des zeitgenössischen Detektivromans zu sein scheint – eine mehr als außerordentliche Portion Humor kennzeichnen die Heldin wie auch ihre Erzählweise.

Alle vier Merkmale spiegeln Charakteristika der Autorin wider: Als Anne Wingate – so ihr wirklicher Name – hat sie lange Jahre praktische Polizeiarbeit geleistet; zudem hat sie englische Literatur studiert, und ihre eigene Schreiberfahrung hat sie seit langem zur Dozentin für ›creative writing‹, für das professionelle Verfassen fiktionaler Texte, an einer amerikanischen Universität werden lassen. Aber mehr noch denn als Autorin von inzwischen über einem Dutzend äußerst erfolgreicher Romane oder als Ex-Polizistin sieht sie sich als Ehefrau und Mutter zweier Kinder; daher auch das glaubwürdige Privatleben, mit dem sie ihre Heldin ausstattet und in dem sich jede berufstätige Mutter wiederfinden wird – vor allem in dem Gefühl, auf zwei abwärts gleitenden Rolltreppen gleichzeitig nach oben stürmen zu müssen.

Dieser ständige Kampf mit der Zeit – im Büro das nagende Gefühl, eigentlich zu Hause gebraucht zu werden, und zuhause das schlechte Gewissen, statt am Abwasch eher am aktuellen Fall arbeiten zu müssen – gilt im neuesten Roman nicht oder besser gesagt, er hat sich verlagert: Seit dem Ende ihres zweiten Romans (»Das Komplott der Unbekannten«, DuMont's Kriminal-Bibliothek Band 1055) kennen wir die Ursache ihrer rätselhaften Magenbeschwerden – sie ist mit Anfang vierzig überraschend schwanger geworden, nachdem sie und ihr Mann seit vielen Jahren davon ausgegangen waren, ungewollt kinderlos zu bleiben. Drei Adoptivkinder, zwei Mädchen, die inzwischen schon verheiratet sind, und der Halbkoreaner Harold, genannt Hal, sind die Folgen ihres sehnlichen Kinderwunsches (»Ein zu normaler Mord«, DuMont's Kriminal-Bibliothek Band 1053). Durch zwei Ermittlungen hindurch (»Tod einer Diva«, »Mörderisches Dreieck«, DuMont's Kriminal-Bibliothek Bände 1061 und 1067) hat Deb Ralston dann ihre beruflichen Pflichten mit den teils nur ungewohnten, teils wirklich lästigen Schwangerschaftsbeschwerden zu vereinen. Nun hat sie endlich im neunten Monat selbst in den wenig sozialen USA Mutterschaftsurlaub, den sie auch dringend braucht. Ihr Mann, ehemaliger Berufssoldat und jetzt Hubschrauber-Testpilot, ist bei einem Testflug verunglückt und liegt im Krankenhaus, ein Umstand, der – bisweilen zu ihrem Leid, aber zur Freude ihrer Fans – Deb in den nächsten Jahren trotz des Babys an ihren Beruf fesseln wird, ist die Familie doch fortan noch stärker auf ihre Einkünfte angewiesen.

Doch aus der ruhigen Zeit, aufgeteilt zwischen Besuchen im Krankenhaus, Hausarbeit, dem sechzehnjährigen Hal und den Vorbereitungen auf die Niederkunft, wird nichts – Hal ist plötzlich verschwunden, und mit ihm seine Freundin Lorie alias Laura, Tochter einer Polizistenwitwe, die zugleich Debs Kollegin ist. Eine kurze, orthographisch nicht ganz lupenreine Notiz besagt, daß die beiden sich von einer Unterrichtseinheit zur Atomenergie in der Schule anregen ließen, in den wenigen Tagen Osterferien kurzerhand zum über tausend Kilometer entfernten Los Alamos, New Mexico, zu trampen, um den Ort zu besichtigen, an dem Hunderte von Physikern einst die erste Atombombe bauten. Hal ist sechzehn, Lorie ist fünfzehn – rechtlich könnten die Eltern durchaus nach ihren Kindern fahnden lassen, aber aussichtsreich wäre das nicht, ist Hal doch über ein Meter neunzig groß und sieht äußerst erwachsen aus. Ein junges Paar unterwegs in Amerika erregt einfach kein Aufsehen.

Andererseits ist, wie der Leser der Deb-Ralston-Saga aus früheren Bänden weiß, Hal innerlich recht wenig erwachsen, um es gelinde auszudrücken. Extreme Mangelernährung seiner Mutter während der Schwangerschaft oder ein Zwischenfall bei der Geburt haben einen Hirnschaden hinterlassen, der ihn gelegentlich unberechenbar macht. Am wenigsten scheint er selber zu wissen, was er gerade tut, nicht nur beim aktuellen Spontanausflug, sondern auch, als er einst seiner Mutter eine Freude machen wollte und den Boden mit einer amerikanischen Variante von Nutella einwachste oder beim Schul-Football-Turnier den Ball ergriff und aufs eigene Tor losstürmte. So sind die beiden Halbwüchsigen nicht nur den allgemeinen Gefahren ausgesetzt, die sich Eltern trampender Kinder leicht ausmalen können, sondern auch den besonderen, die jederzeit von Hal selbst ausgehen können.

Doch bevor Deb ihre feste Absicht in die Tat umsetzen kann, ihren Sohn zu erwürgen und sein Fell danach ans Garagentor zu nageln, gilt es erst einmal, ihn zu finden. Lories Mutter ist als Polizistin unabkömmlich, Hals Adoptivvater liegt in der Klinik – mütterliche Vorsicht hin, ärztliche Ratschläge her, es bleibt für Deb keine Wahl; sie muß nach New Mexico fliegen und in Los Alamos nach den beiden suchen.

Als erfahrene Polizistin hat sie schon bald ihre Spur – gerade vier Stunden Vorsprung haben die beiden noch vor ihr. Doch die Nacht, in der Deb sich in einem Motel für die Fortsetzung der Jagd ausruht, hat es in sich: Am nächsten Morgen kann sie zwar Hal lokalisieren – aber im Polizeigefängnis von Las Vegas, New Mexico, wo er unter Mordverdacht einsitzt. Auch wenn Deb ihrem Sohn selbstverständlich seine Geschichte glaubt, da sie weiß, daß er bei aller gelegentlichen Wunderlichkeit in keiner Weise gewalttätig ist, kann sie doch dem örtlichen Polizeichef Alberto Rafael Salazar nicht verargen, daß er ihn unter diesen Umständen festhält. Lorie und Hal haben die Nacht in ihren Schlafsäcken neben der Tribüne auf dem zentralen Platz von Las Vegas verbracht. Da dies an sich unzulässig ist, fielen sie zwar sogleich der Polizei auf, weil sie sich sonst aber korrekt verhielten, wurden sie lediglich regelmäßig von den Beamten im Streifenwagen beobachtet. Um vier Uhr morgens sah dann eine Streife, wie sich Hal über den Nachbarschlafsack bückte und offenbar erschrak. Die Kontrolle ergab, daß im Schlafsack die von Messerstichen fast zerhackte Leiche eines Mädchens lag, Hal mit Blut beschmiert war und die Tatwaffe das Jagdmesser seines Vaters sein mußte, das Hal auf seinen Ausflug mitgenommen hatte. Das Mädchen war, zu Debs verständlicher Erleichterung, nicht Lorie, sondern eine April, die Hal Stunden zuvor kennengelernt hatte; Lorie blieb verschwunden. Wie konnte Hal einen Mord, bei dem das Opfer sich zudem gewehrt hatte, unmittelbar neben sich verschlafen, wie war Lorie aus dem Schlafsack verschwunden, wie April hineingeraten?

Da Deb nicht ohne Hal – und erst recht nicht ohne die verschwundene Lorie – New Mexico verlassen wird, macht ihr Chief Salazar einen ebenso naheliegenden wie verblüffenden Vorschlag: Sie wird, was in den USA im Wilden Westen seit jeher möglich war, seine Hilfspolizistin. Gewissenhaft hat er ihre Angaben in Fort Worth überprüft und weiß, seit wie vielen Jahren sie in einer Spezialeinheit für Schwerstkriminalität arbeitet. Er selbst ist souverän genug, zuzugeben, daß er mit dieser Art Mord keine Erfahrungen hat. Tötungsdelikt im neumexikanischen Las Vegas geschehen meist vor einem Dutzend Zeugen, und wenn die sogleich herbeigerufene Polizei am Tatort erscheint, sitzt der Täter meist weinend auf der Bordsteinkante. Hier aber liegt, glaubt man Hals Aussage, der Prototyp des ›open murder‹ vor. Nicht nur kommt jedermann in vielen hundert Meilen im Unmkreis in Frage – auch das Opfer ist, bis auf Hals spärliche Angaben, unbekannt. Mit ihrer gepflegten Erscheinung, ihrer erlesenen Kleidung und ihren teuren Accessoires ist sie keineswegs eine Herumtreiberin; dennoch scheint sie niemand zu vermissen.

So findet sich Deb plötzlich – bestenfalls wenige Wochen vor ihrer Niederkunft – als Hilfspolizistin im dünn besiedelten, ebenso spanisch wie indianisch geprägten New Mexico wieder, mit einem Kleinstadt-Chief als Vorgesetztem. Daß Hal unterdessen seine physische Größe ausgenutzt hat, um einen ihn bewachenden Polizisten niederzuschlagen, einen Streifenwagen zu stehlen und auf eigene Faust nach Lorie zu suchen, bessert ihre Laune nicht gerade. Wie fast immer bei Debs Fällen – Ausnahme ist der Mord im geschlossenen Raum in »Tod einer Diva«, bei dem sie selbst sogar Zeugin ist –, ist geduldige Polizei-Routinearbeit angesagt. Ein halbwegs brauchbares Foto des Opfers, eine vage Phantomzeichnung ihres Begleiters, der als Täter in Frage kommt, Fußspuren in einer *Kiva*, einem altindianischen Erdheiligtum im – realen – »Bandelier National Monument« – mehr hat man nicht. Außer natürlich Deb Ralstons ›ureigenster‹ Methode, die sie dennoch mit allen bekannten Detektiven der Literaturgeschichte teilt: Dank ihrer lebhaften Einbildungskraft nimmt sie oft Ergebnisse vorweg, die von den bislang ermittelten Fakten keineswegs getragen werden, die ihr aber helfen, gerade Fakten zu finden, die ihre Hypothese stützen oder modifizieren.

Geduldige Polizeiarbeit und ermüdende Routine pflegen bei Lee Martin und Deb Ralston stets in einen Showdown von atemloser Spannung zu münden – so, als schlüge Quantität plötzlich in Qualität um. So ist es auch diesmal – und es ist ausgerechnet Hal, der die scheinbar ausweglose Situation aufklärt, und das aufgrund all der Eigenschaften, die ihn je nach Standpunkt hassens- oder liebenswert machen: seiner physischen Größe, seiner ›Spontaneität‹, seiner Unberechenbarkeit und seiner Unfähigkeit, Situationen und Gefahren überhaupt zu erkennen, geschweige denn richtig einzuschätzen. So wird der Fall, in den er ebenso absichts- wie ahnungslos geraten ist, in der Tat bis zur vorletzten Zeile »Hal's Own Murder Case« – Hals ureigenster Mordfall, wie der Titel des amerikanischen Originals von 1989 lautet. Das letzte Wort gebührt natürlich dem Baby, das am Ende all der Aufregungen noch in Las Vegas, New Mexico, geboren wird und sich als Junge entpuppt, auf den in diesem Fall der Name Cameron wartet. Und seine Mutter wird in den nächsten Fällen noch stärker das Gefühl haben, auf zwei abwärts gleitenden Rolltreppen gleichzeitig nach oben steigen zu müssen.

Volker Neuhaus

Keine Milch für Cameron

Dieses Buch ist in Achtung und Liebe Laura Taylor gewidmet,
die mir einen Bankraub zum Geschenk machte …
und aus vielen anderen Gründen, um die sie weiß.

Kapitel 1

Vielleicht, nur vielleicht besteht die winzigkleine Möglichkeit, daß es irgendwo auf der Welt jemanden gab, der noch weniger Lust hatte, wieder zu arbeiten, als ich an jenem Samstag morgen im Mai, als der Banküberfall passierte. Nicht, daß der Samstag offiziell mein erster Arbeitstag gewesen wäre. Aber der Montag näherte sich bedrohlich. Ich war seit Anfang März in Mutterschaftsurlaub, und Cameron – das Baby, das ich in einer Kleinstadt im Norden von New Mexico, etwa sechs Stunden nachdem ich eine äußerst brisante Situation mit einem Gangster überlebt hatte, gesund zur Welt brachte – erwies sich als durchaus interessant. Der Gedanke, in die Welt von Überfällen und Morden, Fingerabdrücken und Observierungen zurückzukehren, war somit alles andere als verlockend.

Aber da es sechs hungrige Mäuler zu stopfen gab, einschließlich die eines Hundes und einer Katze, und ein Haus, einen Pkw und einen Pick-up zu finanzieren galt, mußte zumindest einer in der Familie einen Job haben, und Harry hatte keinen. Nicht mehr. Der Arzt hatte uns kürzlich davon in Kenntnis gesetzt, daß Harrys Chancen, weiter als Hubschraubertestpilot zu arbeiten, gleich Null waren. Oh, sein kleines Privatflugzeug würde er nach wie vor fliegen können. Aber um einen Hubschrauber zu fliegen, muß man mehr Fähigkeiten haben als die, gleichzeitig Kaugummi kauen und gehen zu können. Genauer gesagt, man muß imstande sein, beide Füße und beide Hände zur selben Zeit unterschiedliche Dinge tun zu lassen. Und um neue Hubschrauberprototypen zu fliegen, die manchmal noch nicht genau das taten, was man von ihnen wollte, mußte man sogar noch besser sein.

Das war Harry nicht. Nicht mehr. Nicht mehr seit Februar, als ein *ganz* neuer Prototyp genau das getan hatte, was er nicht hätte tun sollen, nämlich mitten auf einem Highway aufsetzen. Hart.

Auf der Seite.

Ich will damit keineswegs andeuten, daß die Firma sich nicht um Harry gekümmert hätte. Das tat sie. In gewisser Weise. Sie ging wohl nur einfach davon aus, daß Harry neben den Leistungen, die er von seinem ehemaligen Arbeitgeber bezog, zusätzlich auch noch Berufsunfähigkeitsrente bekam, doch die Versicherung hatte nicht ganz zu Unrecht argumentiert, daß Harry mit einer leichten Gehbehinderung zwar nicht mehr seinen alten Beruf ausüben konnte, aber doch sicherlich einen anderen.

Das Problem dabei war, wie Harry mir gegenüber lautstark und wiederholt darlegte, daß er keinen anderen Beruf *hatte*. Und auch keinen anderen Beruf *gelernt* hatte. Er war ziemlich lange Zeit Hubschrauber geflogen. Und wer sich in letzter Zeit die Wirtschaftslage in Texas angeguckt hat – nun, ich weiß nicht, wo der vielgerühmte wirtschaftliche Aufschwung stattfindet, aber hier ganz sicher nicht.

Somit mußte einer von uns arbeiten, und wie es aussah, fiel das Los auf mich. Was meine nie ganz ausgegorenen Pläne, den Polizeidienst zu quittieren und mich um das Baby zu kümmern, ein für allemal zunichte machte. Ich hatte noch zwei Tage. Montag morgen in aller Herrgottsfrühe hieß es: zurück in die Tretmühle.

Was hatte ich also am Samstag morgen um halb zehn etwa sieben Querstraßen vom Polizeipräsidium entfernt in der Stadt zu suchen?

Ich ging zur Bank, ganz einfach. Zu derselben Bank, zu der ich seit fünfzehn Jahren ging. Der Bank, die nur einen Katzensprung vom alten Polizeipräsidium entfernt lag, aber als das Präsidium damals umzog, hatte ich keine große Lust, die Bank zu wechseln, obwohl es ganz in der Nähe vom hübschen neuen Präsidium eine hübsche neue Bank gab. Ich bin eben ein Gewohnheitstier.

Allerdings doch nicht so sehr ein Gewohnheitstier, daß ich schon wieder angefangen hätte, das Schulterhalfter zu tragen, das ich in den letzten fünf Jahren, also seit ich bei der Kriminalpolizei war, ständig getragen hatte – sogar beim Joggen, sogar wenn ich abends zum Essen ausging. Und es hätte mir auch wirklich nicht viel genützt, wenn ich es getragen hätte; mit einem Baby auf dem Arm würde ich mich bestimmt nicht in eine Schießerei verwickeln lassen.

Na ja, ich hatte es jedenfalls nicht vor.

Aber Sie wissen ja, gute Absichten allein nützen nicht viel.

Es war keine richtig große Bank, nur eine von diesen kleinen Filialen, in denen normalerweise drei Kassiererinnen arbeiten, und eine war in Urlaub. Da eine weitere gerade Pause machte, war exakt eine Kasse geöffnet, und die Schlange erstreckte sich etwas länger, als man es sich bei einer Schlange wünscht. Die Kundenhalle – anders als bei der Kundenhalle einer richtig großen Bank – war klein, doch so klein sie auch war, sie hatte alles, was zu einer Bank gehört. Also Marmor. Jede Menge Marmor. Marmorboden, Marmorschalter. In Banken soll man ruhig sein. Manchmal denke ich, Banken halten sich für Kirchen.

Cameron quengelte; ich war gerade dabei, ihn zu entwöhnen, und er gab deutlich zu verstehen, daß ihm die Umstellung aufs Fläschchen nicht paßte. Also quengelte er, und ich hielt ihm das Fläschchen hin, und er saugte ein-, zweimal daran, und dann spuckte er es gewissermaßen aus und quengelte weiter. Nun hat Marmor unter anderem die Eigenschaft, daß er laut ist. Auch trotz einer dieser netten Schallschluckdecken hallte jedes Geräusch in diesem Raum wider. Natürlich auch die Proteste eines beleidigten Babys. Inzwischen blickten mich die Leute verärgert an, als hätte ich, nur um sie zu belästigen, ein quengeliges Baby mit in die Bank gebracht. Ich war schon drauf und dran, einigen von ihnen zu sagen, sie sollten mich doch vorlassen, wenn sie so genervt waren, aber natürlich tat ich nichts dergleichen, weil ich eine sehr nette Lady bin.

Dann öffnete sich wieder einmal die Tür zur Straße, und zwei Männer kamen zusammen herein. Sie drängten sich durch die Schlange, die sich nun auch hinter mir gebildet hatte, und ich hörte jemanden empört sagen: »Heh!«

Oder so was Ähnliches wie heh.

Einer der Männer sagte: »Schnauze.« Oder so was Ähnliches wie Schnauze.

Er sagte es laut.

Es hallte laut, der Klang prallte vom Marmor ab wie ein Querschläger, und alle blickten sich um. Natürlich sahen nicht alle die beiden Männer. Zumindest nach den Beschreibungen zu urteilen, die später abgegeben wurden, sahen nicht alle die beiden Männer, aber in dem Moment hatte ich den Eindruck, daß alle sie ansahen.

Ich konnte sie genau beschreiben, was ich auch tat, etwa eine halbe Stunde später, gegenüber einem Kollegen von der Kripo. Zwei weiße Männer. Einer zirka 1,70 und einer zirka 1,88. Beide trugen eine Skimaske, aber ich weiß, daß es weiße Männer waren, weil einer von ihnen, obwohl sie beide lange Ärmel hatten und Handschuhe trugen, seine Ärmel, vermutlich geistesabwesend, hochgekrempelt hatte.

Na schön, wenn Sie es so genau haben wollen, ich wußte, daß einer von ihnen weiß war. Aufgrund ihrer Stimmen war ich mir ziemlich sicher, daß sie beide männlich waren.

Sie trugen Khakihosen und blaue karierte Arbeitshemden – Flanell – und gelblichbraune Arbeitsschuhe, und sie hatten beide eine abgesägte Schrotflinte in der Hand.

Muß ich erst erwähnen, daß ich abgesägte Schrotflinten nicht leiden kann? Eigentlich kann ich Schußwaffen generell nicht leiden, aber vor allem kann ich abgesägte Schrotflinten nicht leiden.

Was tat ich also?

Ich hielt ganz, ganz still und hoffte, Cameron würde den Mund halten. Was Cameron natürlich nicht tat.

Er war nicht der einzige. Eine Frau, die etwa zwei Leute vor mir in der Schlange stand, schrie wie eine Feueralarmsirene. Sie können sich vorstellen, wie sich das anhörte, als es von dem vielen Marmor widerhallte. Ein Wunder, daß man sie nicht bis Dallas gehört hat.

»Schnauze!« brüllte der Große wieder. »Alle auf den Boden und schön ruhig bleiben, dann passiert keinem was.«

Er sagte nicht, ob wir uns hinsetzen oder hinlegen sollten. Auch der andere nicht, der bislang noch nichts gesagt hatte. Ich setzte mich hin.

Dann überlegte ich es mir anders und legte mich hin, mit Cameron unter mir. Wenn irgendwem was passierte, dann wollte ich nicht, daß er es war. Wenn sie Gewehre oder Pistolen gehabt hätten, wäre es sinnlos gewesen, Cameron zu decken, aber bei einer Flinte mit großer Streuung nützte es vielleicht was. Vielleicht.

Cameron war nicht davon angetan, daß ich auf ihm lag. Er brachte seinen Unmut lautstark zum Ausdruck.

»Lady, sorgen Sie dafür, daß das Baby still ist!« brüllte der Kleine.

Ich tat wie geheißen. Und zwar nicht mit dem Fläschchen. Und so eine alte Schachtel neben mir besaß doch tatsächlich die Unverfrorenheit, schockiert dreinzublicken. Nicht zu fassen!

Der Große flankte über den Bankschalter. Ich sah, wo er die flache Hand auf die glänzend polierte Marmorfläche auflegte. Wenn er keine Handschuhe angehabt hätte, wäre der Abdruck mehr als ausreichend gewesen, um ihn zu schnappen, vorausgesetzt, er war kein unbeschriebenes Blatt. Aber wie ich schon sagte, er trug Handschuhe.

Nicht alle waren so kooperativ, wie ich es war; die Frau, die schrie, schrie weiter, und die Frau, die mich mißbilligend anblickte, starrte weiter – von einer stehenden Position aus –, und ich hörte einen Mann flüstern: »Packen wir ihn.«

Irgendwer mußte ihn darauf aufmerksam machen, wie gering die Wahrscheinlichkeit war, daß jemand, bei dem es sich nicht gerade um Supermann handelte, schneller als eine Schrotladung sein könnte.

»Ich habe gesagt, *hinsetzen!«* brüllte der Große, und ich konnte hören, wie sich seine Stimme hysterisch überschlug. Nicht mehr lange, und er würde seine Schrotflinte benutzen, ganz gleich, ob er mit diesem Vorsatz gekommen war oder nicht.

Irgendwer mußte das Kommando übernehmen, sonst würde es Tote geben, und es war ziemlich offensichtlich, daß der Große dazu nicht in der Lage war, trotz seiner Flinte.

Also setzte ich mich auf, Cameron noch immer stillend, und schrie: »Ihr Idioten, *tut, was er sagt!*«

Der Große drehte sich nach mir um – ich konnte seine Augen sehen; sie waren blau –, und der Kleine sagte in einem ausgesprochen sarkastischen Ton: »Danke, Lady.«

Die Frau schrie noch immer. Ich stand kurz auf, packte sie und riß sie auf den Boden. Sie hörte auf zu schreien und fing an zu weinen. Das war besser, denn es war zumindest leiser, aber sehr viel besser war es auch wieder nicht. Sie weinte direkt in mein Ohr, und sie war nicht soviel leiser, daß es die Bankräuber nicht weiter entnervt hätte.

Mein dressiertes und stets in Bereitschaft befindliches Polizistenhirn nahm weiter jede Einzelheit wahr, ganz automatisch.

Der Große schaufelte Geld aus der Kassenschublade und stopfte es in eine Einkaufstüte, die er mitgebracht hatte. Eine von diesen weißen Plastiktüten mit kleinen Tragegriffen. Eine Tüte von Winn-Dixie.

Der Kleine trat unruhig von einem Fuß auf den anderen, als müßte er dringend zum Klo. Das Wichtigste, was mir an ihm auffiel, waren die Füße. Er hatte ungefähr die gleiche Schuhgröße wie Harry, etwa 43. »Los, laß uns abhauen«, sagte er nervös.

Der Große grapschte weiter Geld aus der Kasse. Offenbar traute er der Kassiererin nicht; es war ja möglich, daß in der Kasse eine Farbbombe war, und wenn er das Geld selbst nahm, konnte er sicher sein, daß die Bombe nicht in seine Tüte geriet.

Er konnte außerdem sicher sein, daß niemand den Alarm auslöste.

Obwohl es wenig nützte, daß niemand den Alarm auslöste. Wie ich schon erwähnt habe, war es eine kleine Bankfiliale; aber ich habe noch nicht erwähnt, daß sie in einem großen Bürogebäude untergebracht war, in dem sogar samstags gearbeitet wird. Natürlich ist man bemüht, solche Häuser einigermaßen schalldicht zu machen, aber gegen die weibliche Sirene, die jetzt schluchzend neben mir saß, hatte keine Schallisolierung eine Chance. Nein, jetzt würde sie mit hundertprozentiger Sicherheit niemand hören, aber mit hundertprozentiger Sicherheit hatte sie jemand gehört, als sie geschrien hatte; irgendwer irgendwo in dem Gebäude hatte inzwischen die Polizei verständigt.

Und falls das nicht jemand in dem Gebäude getan hatte, dann wahrscheinlich irgendein Passant auf der Straße. Von allen Banken, die sie hätten ausrauben können, hatten sie sich ausgerechnet eine Filiale mit großen Fenstern zur Straße hin ausgesucht. Die Scheiben waren zum Schutz gegen Einbruch säuberlich mit kleinen Sensorenstreifen durchzogen, die bei Erschütterung Alarm auslösten, aber die Kundenhalle war dennoch von außen sehr gut einsehbar.

Daher waren mit an Sicherheit grenzender Wahrscheinlichkeit bereits Streifenwagen unterwegs, auch wenn ich noch keine Sirenen gehört hatte. Sehr wahrscheinlich hatte die Zentrale die Beamten instruiert, nicht die Sirenen einzuschalten. Das dürfte eigentlich nicht nötig gewesen sein. Erfahrene Beamten wußten das.

Aber andererseits gibt es so einiges, was erfahrene Beamte wissen, ohne daß ich unbedingt darauf bauen konnte, daß auch die Beamten, die als erste zum Einsatzort kamen, es wirklich wußten.

Um nur mal ein Beispiel zu nennen: Ein erfahrener Beamter würde klugerweise auf Abstand bleiben und abwarten, bis die Bankräuber das Gebäude verlassen. Wir lernen in der Ausbildung – und zwar wir alle, und falls wir es nicht lernen, müßten wir es eigentlich von unseren Kollegen mitkriegen –, daß wir uns entschieden haben, persönliche Risiken auf uns zu nehmen, daß wir aber nicht das Recht haben, auch Zivilisten diesen Risiken auszusetzen. Wenn jemand versuchen würde, die Gangster zu überwältigen, solange sie noch in der Bank waren, würden sie Geiseln nehmen, und eine Geiselnahme war sehr viel gefährlicher, als die beiden Bankräuber aus dem Gebäude zu lassen und zu versuchen, sie später zu schnappen. Anders als Dirty Harry legt man es nicht auf eine Schießerei in einer Bank an oder auf der Straße davor, wenn es sich irgendwie vermeiden läßt.

Ich hatte keine große Hoffnung, daß der erste Beamte am Tatort erfahren sein würde. Fort Worth zahlt von allen Polizeidepartments der Welt nicht gerade die üppigsten Gehälter, und die Moral geht ständig auf und ab, auf und ab. Daher quittieren viele Beamte den Dienst. Und so manche von denen, die bleiben, würde ich leider nicht unbedingt weiterempfehlen.

Ich hatte ebenfalls keine große Hoffnung, daß wir es hier mit Profiverbrechern zu tun hatten. Das wäre mir sehr viel lieber gewesen, denn Profis geraten nicht so leicht in Panik und fangen an zu schießen. Es gab mal eine Zeit, so wird erzählt, da galt Bankraub als das Eliteverbrechen, und Bankräuber waren, wie Fälscher, in der Regel tatsächlich Profis. Erst die Drogen veränderten die Regeln für Bankräuber, so, wie der Offsetdruck die Regeln für Fälscher veränderte. Doch der Unterschied war, daß der Offsetdruck das Fälschen vereinfachte. Drogen machten den Bankraub nicht etwa einfacher; sie machten den Bankraub auch nicht sicherer, weder für die Verbrecher noch für die Opfer. Sie machten den Bankraub gefährlicher. Erheblich gefährlicher.

Erheblich gefährlicher und erheblich normaler. Für jeden Butch Cassidy oder Jesse James in der Vergangenheit gab es nun hundert, tausend bekiffte oder zugeknallte Kids, die Geld brauchten, um den Dealer zu bezahlen, bevor der letzte Schuß seine Wirkung verlor.

Mit denen legt man sich nicht an. Nicht, wenn es sich vermeiden läßt. Erst recht nicht, wenn die Bank voller Zivilisten ist.

Hatte ich diese Gedanken, während der Überfall noch im Gange war und ich versuchte, mein Baby ruhig zu halten und zu schützen? Und ob, denn das, was der erste Beamte am Tatort machte, konnte für mein Baby und mich, ja, für jeden einzelnen in diesem Raum voller verängstigter Menschen über Leben und Tod entscheiden.

»Los, laß uns abhauen!« brüllte der Kleine wieder. Und diesmal schien der Große auf ihn zu hören.

Er flankte zurück über den Schalter. Dann drehte er sich um und richtete seine Waffe drohend auf die nächste Person. »In den nächsten fünf Minuten rührt sich hier keiner«, sagte er, und die beiden strebten Richtung Tür.

Zu spät.

Draußen war ein Anfänger. Es mußte ein Anfänger sein, denn niemand sonst hätte den Streifenwagen direkt vor der Eingangstür der Bank in der zweiten Reihe geparkt.

Der Große streckte den Arm aus und hielt den Kleinen gerade noch rechtzeitig fest, bevor er hinaus auf die Straße ging. Und dann kamen die beiden langsam rückwärts zurück in den Raum.

Ranghöhere Beamte haben in der Ausbildung gelernt, wie sie sich bei einer Geiselnahme zu verhalten haben. Streifenpolizisten nicht. Vielleicht wußten die Bankräuber das; vielleicht warteten sie deshalb nicht ab, bis ein ranghöherer Beamter eintraf. Statt dessen drehte sich einer der Bankräuber zu der Kassiererin um und sagte: »Lady, nehmen Sie Ihre Autoschlüssel.«

Wie in Trance nahm die Kassiererin – eine junge Frau in einem grünen Kleid; sie war höchstens fünfundzwanzig, wenn überhaupt, und sie sah eigentlich noch jünger aus – ihre Tasche vom Boden unter dem Schalter, was ein merkwürdiger Platz war, um eine Handtasche in einer Bank abzustellen.

»Bloß die Schlüssel«, sagte der kleine Mann. »Nicht die Tasche. Die Tasche stehenlassen.«

Sie stellte die Tasche auf den Schalter und wollte sie öffnen. Der große Mann stieß sie beiseite, öffnete die Tasche und nahm einen Schlüsselbund heraus, von dem ein orangefarbener Troddel baumelte, der aussah wie ein psychedelischer Häschenschwanz.

Und die beiden Bankräuber und die Kassiererin verließen zusammen die Bank. Einer der Gangster hatte der Kassiererin seine Waffe in die Seite gerammt; der andere ging seitwärts, um ihnen Rückendeckung zu geben. Und der Streifenbeamte draußen und ich drinnen konnten nichts anderes tun als zusehen, wie sie gingen.

Die Kassiererin sagte kein einziges Wort. Aber sie sah mich an, als sie ging. Niemals, so lange ich lebe, werde ich ihren Gesichtsausdruck vergessen können. Denn *ich* war es, die allen zugeschrien hatte, sich hinzusetzen und zu tun, was die Gangster sagten. Es hätte die Lage verschlimmert – um einiges verschlimmert –, wenn die Möchtegernhelden unter uns, die die Gangster überwältigen wollten, tatsächlich versucht hätten, irgendeinen ihrer unausgegorenen Pläne in die Tat umzusetzen. Das wußte ich; wahrscheinlich wußte die Kassiererin das auch. Aber das war für uns beide kein Trost. Denn sie wußte, wie ich es wußte, daß die Statistiken hinsichtlich der Überlebenschancen von Geiseln nicht besonders gut waren.

Sobald sie weg waren, kam es zu einem Sturm auf die beiden Türen der Filiale, die zur Straße hin und die zum Hauptteil des Gebäudes. Der Streifenbeamte versperrte die Straßentür, ich versperrte die andere, jonglierte mit meiner Polizeimarke und meinem Baby und sagte: »Niemand verläßt den Raum. Wir brauchen von jedem eine Aussage.«

»Deb, es ist Ihr Fall«, sagte Captain Millner zu mir. Ich starrte ihn mit aller Entrüstung an, die ich aufbringen konnte. »Was soll das heißen, es ist mein Fall? Mein Dienst fängt erst Montag wieder an.«

»Pech«, sagte er.

»Und ich habe ein Baby bei mir –«

»Geben Sie die Kleine einer Sekretärin.«

»Den Kleinen«, knurrte ich. »Können Sie nicht sehen, daß es ein Junge –«

»Deb«, sagte Millner, »halten Sie den Mund.«

Inzwischen waren etliche FBI-Leute vor Ort, darunter auch Dub Arnold, mit dem ich schon einmal zusammengearbeitet hatte. Dub hatte wieder einen Neuling im Schlepptau. Was öfter der Fall ist; offenbar gilt er als guter Ausbilder für Neulinge. Dieser Neuling sah chinesisch aus, und sein Name war Donald Chang. Die Zeiten, da FBI-Agenten ausschließlich weiß waren, sind zwar längst vorbei, aber aus irgendeinem Grund schaffen es die Beamten, nach wie vor so auszusehen, als wären sie mit denselben Plätzchenbackformen ausgestochen, auch wenn die Plätzchen mittlerweile unterschiedlich groß sind und verschiedene Farben haben. Das kommt daher, daß sie sich alle gleich kleiden, denke ich, und daß sie dazu ausgebildet werden, gleich zu denken.

Donald Chang hatte noch nie an einem Banküberfall gearbeitet, und natürlich trat er gleich aufs ärgste ins Fettnäpfchen. Nachdem ich ihn angeschnauzt hatte, weil er seine Hand genau dorthin gelegt hatte, wo wir den Handschuhabdruck des Gangsters zu finden hofften, winkte Dub ihn mit dem Zeigefinger zu sich und sagte: »Kommen Sie mal her, Chang«, und sie führten ein leises Gespräch in einer Ecke.

Als Chang zurückkam, blickte er ausgesprochen unterwürfig drein und fragte mich: »Was haben sie sonst noch angefaßt?«

Natürlich hätte Dub ihm nie in aller Öffentlichkeit den Kopf gewaschen, aber inzwischen waren sämtliche Zeugen ins Polizeipräsidium gefahren worden, wo sie ihre Aussagen machen sollten – nicht, daß irgend jemand von uns einschließlich Millner damit rechnete, daß sie irgendwas gesehen hatten, was ich nicht gesehen hatte. Die einzigen in der Bank waren jetzt noch Captain Millner und ich, die beiden vom FBI, unsere Leute von der Spurensicherung und Tony Winston, der Filialleiter, der bei seiner Rückkehr aus der Mittagspause hatte feststellen müssen, daß seine Kassiererin – deren Name, wie er sagte, Dorene Coe lautete – verschwunden war und seine Bank sich in den Händen der Polizei befand. Was mich betraf, so gab es in dem Gebäude nichts mehr zu tun, und ich wollte gehen, sobald Harry, der vom Einsatzleiter telefonisch verständigt worden war, seinen Sohn abholen kam, was er tat, während ich mit Donald Chang sprach.

Harry hatte mein Schulterhalfter samt Dienstrevolver mitgebracht, ordentlich verpackt in einer braunen Papiertüte vom Supermarkt. Er gab mir die Tüte und nahm Cameron in Empfang, und während er das Baby im Kindersitz verstaute, legte ich mir das Schulterhalfter an.

Ich glaube, von allen Tauschgeschäften, die ich je in meinem Leben gemacht habe, war mir das am unsympathischsten.

Es war zwar traurig, aber wahr, daß wir die Bank genausogut zur selben Zeit hätten verlassen können wie die Zeugen; es gab hier nichts mehr zu tun. Wir spulten unser Routineprogramm ab, mehr nicht. Die Gangster hatten das präparierte Geld nicht genommen; da war sich Winston sicher. Die Farbbombe war nicht angerührt worden. Die Seriennummern waren nicht zu ermitteln. Die Gangster hatten den Bankschalter und zwei Türrahmen angefaßt, aber sie hatten nun mal Handschuhe getragen, und obwohl es mitunter möglich ist, Handschuhabdrücke zu identifizieren, ist es sicherlich nicht möglich, so gezielt nach ihnen zu suchen wie nach Fingerabdrücken, die an einem Tatort gewonnen wurden. Nachdem Winston das Videoband aus dem Überwachungsgerät genommen und es uns ausgehändigt hatte, machten wir uns alle – die Polizei und die FBI-Leute, gefolgt von einer Meute Reportern mit eigenen Videokameras – auf den Weg zum Polizeipräsidium, um uns das Band anzusehen.

Was genausoviel hergab, wie solche Bänder gemeinhin hergeben. Ich hätte die Bankräuber nicht eindeutig identifizieren können, selbst wenn sie meine Nachbarn gewesen wären.

In unserem neuen, bereits übervölkerten Büro ging es ganz schön hektisch zu. Die Sekretärinnen können jeweils nur eine Aussage auf einmal aufnehmen, und das auch nicht allein, denn das Gesetz verlangt, daß jede Zeugenaussage gegenüber einem Polizeibeamten gemacht wird. Also saßen vier Detectives vom Raub-/Einbruchsdezernat mit vier Sekretärinnen zusammen und befragten vier Zeugen, während alle übrigen Zeugen – ich zählte weitere elf – im Flur warteten. Sie waren ermahnt worden, nicht über den Überfall zu sprechen.

Wenn Sie glauben, daß sie nicht über den Überfall sprachen, würde ich Ihnen gern ein hübsches Haus mit Meerblick in Arizona verkaufen.

Meiner Ansicht nach war das Raub-/Einbruchsdezernat für diesen Fall zuständig. Ich sah nicht den geringsten Grund, warum ich ihn bearbeiten sollte. Ich gehöre zum Sonderdezernat, und außerdem war ich seit mehreren Monaten nicht im Dienst gewesen. Die vom Raub-/Einbruchsdezernat konnten doch wohl –

»Sie waren dabei«, rief Millner mir in Erinnerung, und damit war die Diskussion beendet.

Auf dem Boden im Flur saß ein junger Mann, der, wenn ich mich recht erinnerte, nicht in der Bank gewesen war. »Auf wen wartet der?« fragte ich eine junge neue Mitarbeiterin namens Millie. Sie war die erste Millie, die ich kennenlernte.

»Er ist ein Zeuge«, sagte sie. »Er war draußen. Er hat uns verständigt. Er hat sie in die Bank gehen sehen.«

Ich setzte mich neben ihn auf den Boden, da mein Büro derzeit voll mit Leuten war, die Aussagen aufnahmen. »Wie heißen Sie?« fragte ich.

»Wie heißen Sie?« erwiderte er nicht gerade freundlich.

Ich zog meine Polizeimarke hervor. »Ich bin Deb Ralston, Sonderdezernat. Also, wie heißen Sie?«

»Bengt Daniels«, sagte er, »und ich bin Tutor an der Texas Christian University und müßte jetzt eigentlich ein Seminar geben.«

»Dann können Ihre Studenten eben spazierengehen. Ich bin sicher, sie haben nichts dagegen.«

»Aber die *Uni* vielleicht«, sagte er finster.

»Die TCU arbeitet eigentlich ganz gut mit der Polizei zusammen«, versicherte ich ihm. »Kommen Sie, wir gehen, hier ist zuviel Trubel.«

»Ist mir nur recht.« Als er aufstand, konnte ich sehen, daß seine Blue jeans, die eher natürlich verblichen war als künstlich gebleicht, an den Knien ausgefranste Löcher hatte, und seine Sandalen sahen aus wie selbstgemacht.

Die TCU ist keine billige Uni. Mit seinem Outfit wollte er wahrscheinlich eher eine Lebensanschauung demonstrieren als Mittellosigkeit zum Ausdruck bringen.

Wenn er allerdings von dem lebte, was er als Tutor verdiente, konnte es durchaus sein, daß die Jeans aus einem Secondhandladen war. Verallgemeinern liegt mir nicht.

Im Augenblick hätte ich jedenfalls viel lieber über Tutoren an der TCU Verallgemeinerungen angestellt als über die wahrscheinliche Lebenserwartung einer Bankkassiererin, die durch die Tür gegangen war und mich dabei angesehen hatte.

Ich führte ihn zu einem kleinen Besprechungsraum, bei dem es sich um den Raum handelte, der zu der Zeit Verhörraum genannt wurde, als ein Hausverwalter noch Hausmeister hieß, und er schaute sich einigermaßen interessiert um, bevor er seine Büchertasche auf den verschrammten Tisch warf und Platz nahm.

»Also, Sie sind der Mann, der den Bankraub gemeldet hat«, sagte ich.

»Angeblich, ja. Ich kapiere einfach nicht, wieso nicht mehr Leute Sie angerufen haben. Ich meine, man sieht schließlich nicht jeden Tag Männer mit Schrotflinten in eine Bank gehen.«

»Man sieht auch nicht jeden Tag Männer mit Schrotflinten durch die Straßen von Fort Worth spazieren«, stellte ich klar. »Sind sie zu Fuß gekommen?«

»Nein. Sie hatten einen Wagen. Eine Frau hat sie rausgelassen.

Ich schätze, sie hat sie anschließend auch wieder mitgenommen, aber da habe ich telefoniert. Hat der Cop – Polizeibeamte, der draußen gestanden hat, Ihnen das nicht erzählt?«

»Noch nicht«, sagte ich. »Was können Sie mir über den Wagen sagen?«

»Er war rot.«

Ich wartete. Er würde mir doch bestimmt noch etwas mehr sagen können.

Er wußte weder die Marke noch den Typ. Aber er hatte das Kennzeichen notiert, was stimmen oder nicht stimmen konnte – mir hatten in der Vergangenheit kooperative Zeugen schon jede Menge richtige Kennzeichen genannt, aber mir waren auch schon jede Menge Kennzeichen genannt worden, die Zeugen in ihrer hellen Aufregung falsch gelesen oder falsch aufgeschrieben hatten.

Jedenfalls brachte ich den Zettel mit dem Kennzeichen nach draußen auf den Flur, um sie der zuständigen Mitarbeiterin vom Empfang zu geben, die im Kommunikationszentrum – die Zentrale hat einen neuen Namen – anrufen sollte, damit die dort den Halter ermitteln konnten. Aber ich wurde kurz abgelenkt. Ein weiterer Mann kam aus dem Fahrstuhl. Er war groß, schlank und nicht gerade jung. »Wo zum Teufel ist meine Frau?« rief er.

Winston, der bei den Zeugen auf dem Flur saß, sprang auf. »Ganz ruhig, Mr. Coe –«

»Hören Sie mir auf mit Ihrem ›Mr. Coe‹-Geschwafel!« rief der Mann. »Ich will wissen, was wegen meiner Frau unternommen wird –«

»Mr. Coe, ich bin Deb Ralston –« begann ich.

Er funkelte mich an. »Ich will nicht mit einer Sekretärin sprechen, ich will mit einem *Cop* sprechen!«

»Mr. Coe, ich *bin* ein Cop. Ich bin Detective Deb Ralston, und ich bearbeite den Fall. Würden Sie bitte hier mit reinkommen?« Ich öffnete die Tür zu einem weiteren Besprechungsraum, und als er hineinging, reichte ich Millie rasch das Autokennzeichen. »Rufen Sie in der Zentrale an, die sollen den Halter ermitteln.«

Mr. Coe ließ sich auf einen Stuhl plumpsen. »Was ist los?« fragte er mich. »Was ist eigentlich los, verdammt? Sarah Kane hat mich angerufen und gesagt, meine Frau ist gekidnappt worden.«

Ich brauchte einen Augenblick, bis mir wieder einfiel, daß Sarah

Kane die andere Kassiererin war, diejenige, die gerade Pause hatte, als die Bank überfallen wurde. »Ich sage Ihnen alles, was ich weiß«, sagte ich und verfluchte innerlich meine männlichen Kollegen wegen ihrer Feigheit. Mittlerweile überlassen sie es *immer* den Frauen, sich um die Leute zu kümmern, die hysterisch reagieren. Sie hätten wirklich mit Coe reden können. Aber vielleicht war ich ja unfair. Ich war selbst auf ihn zugegangen. »Und danach brauche ich von Ihnen ein paar Informationen.«

Ich sagte ihm, was wir bislang wußten, was praktisch so gut wie nichts war, außer daß Dorene Coe etwa zwei Stunden zuvor von zwei bewaffneten Männern mit vorgehaltener Schrotflinte entführt worden war. Ich sagte ihm, daß wir trotz der wenigen Informationen eine Suchmeldung rausgegeben hatten und daß ich nun von ihm einige Informationen bräuchte. Zunächst einmal brauchte ich ein gutes Foto von seiner Frau. Die Bank hatte zwar ein Bild, aber kein sehr gutes.

Das war ein echtes Versäumnis. Wir hielten Seminare über Banküberfälle ab, in denen wir den Banken sagten, sie sollten stets gute, klare, aktuelle Fotos von all ihren Angestellten parat haben, eben genau für den Fall, der jetzt eingetreten war. Aber derjenige, der eigentlich gute, halbwegs aktuelle, klare Fotos von Dorene Coe hätte haben sollen, hatte Mist gebaut. In ihrer Akte befand sich lediglich die Kopie des Polaroidfotos, das für ihr Namensschildchen gemacht worden war.

Coe kramte ein Foto aus seiner Brieftasche und gab es mir. Es war nicht viel besser. »Das sieht aus wie ein Foto aus der Schulzeit«, sagte ich.

»Ist es auch.«

»Haben Sie kein jüngeres?« fragte ich. Die Kassiererin hatte zwar jung ausgesehen, aber so jung wie auf dem Foto nun auch wieder nicht.

»Für wie alt halten Sie Dorene denn?« fragte er müde. »Gehen Sie vielleicht von meinem Alter aus? Denn wenn dem so ist, dann machen Sie einen Fehler. Ich bin einunddreißig. Dorene ist neunzehn. Und fragen Sie mich nicht, wieso ich eine Neunzehnjährige geheiratet habe, denn ich habe verdammt noch mal keine Lust, das zu erklären, schon gar nicht einer Polizistin. Ich will bloß meine Frau wiederhaben. Das Foto da ist ein Jahr alt. Sie hat sich nicht verändert.«

»Was für einen Wagen fährt sie?«

»Einen Chrysler New Yorker. Weiß. Drei Monate alt.« Meine Miene richtig deutend, fügte er hinzu: »Sie muß nicht arbeiten. Sie will arbeiten. Sie sagt, sie ist nicht alt genug, um die ganze Zeit zu Hause zu sein. Verdammt, sie hätte aufs College gehen können!« Er legte den Kopf auf den Tisch, das Gesicht in den Armen vergraben.

»Mr. Coe, können Sie mir sagen, wie das Autokennzeichen lautet?«

Mit erstickter Stimme nannte er mir ein Kennzeichen, das ebenso wie das von Daniels notierte stimmen konnte oder auch nicht.

»Wo parkt sie den Wagen, während sie arbeitet?«

Das Parkhaus auf der Main Street, schräg gegenüber von der Buchhandlung. Sie hatte dort einen Stellplatz gemietet.

»Danke, Mr. Coe«, sagte ich. »Wenn es Ihnen nichts ausmacht, lasse ich Sie jetzt hier allein, wo die Presse nicht an Sie rankommt, während ich ein paar Dinge überprüfe.«

»Kein Problem.« Seine Stimme war noch immer erstickt; ich glaube, er weinte und wollte nicht, daß ich es sah.

Als ich die Tür hinter mir schloß, sagte Captain Millner: »Hat er sich ein bißchen beruhigt?«

»Ja«, sagte ich. »Jedenfalls fürs erste.«

»Sie wissen doch wohl, wer er ist, nicht?«

Ich schüttelte den Kopf. »Müßte ich?«

Er blickte mich mitleidig an. »Deb, lesen Sie denn keine Zeitung? Er ist der Chef von Coe Electronics. Der Typ, der früher Lehrer war, aber entlassen wurde und dann diese neue Videotechnik entwickelt hat.«

Ich muß wohl noch immer verständnislos aus der Wäsche geguckt haben, denn Millner erklärte weiter. »Soviel ich weiß, hat er in den letzten beiden Jahren mehr Geld gescheffelt, als J. R. Ewing sich in seinen kühnsten Träumen vorstellen könnte.«

Kapitel 2

Es handelt sich um eine neue Technik«, fuhr Millner fort. »Er hat das Videoband verändert und nicht den Recorder, so daß man sein altes Gerät behalten kann und trotzdem ein bedeutend besseres Bild bekommt.«

»Und das ist seine Erfindung. Ich dachte, so was würde immer nur von den Japanern erfunden.«

»Die Japaner haben eine andere Technik erfunden. Die haben das Gerät verändert. Deb, lesen Sie denn niemals die Zeitung?«

»Wann«, fragte ich, »sollte ich denn wohl Zeit haben, die Zeitung zu lesen? Okay, also der Mann hat Geld. Was hat das mit dem Überfall zu tun?«

»Bloß folgendes«, sagte Millner und ließ sich auf der Kante meines Schreibtisches nieder. »Es besteht immer die Möglichkeit, daß der Überfall nicht das primäre Verbrechen war.«

»Was meinen Sie damit?«

»Es besteht immer die Möglichkeit«, sagte Millner geduldig, »daß es eigentlich darum ging, Robert Coes Frau zu entführen, und daß der Überfall nur Tarnung war.«

»Sie waren nicht dabei«, sagte ich. »Aber ich. Die waren doch schon fast zur Tür hinaus, als dieser Obertrottel den Streifenwagen direkt vor der Bank geparkt hat. Hören Sie, Coe ist jetzt in einem Besprechungsraum und Daniels in einem anderen. Könnte *bitte* jemand anders mit Coe reden? Ich kann nicht mit beiden gleichzeitig reden, und ich würde wirklich nicht so gern mit Coe reden.«

Captain Millner erklärte sich gnädigerweise bereit, selbst mit Coe zu reden, und ich ging wieder zu Daniels. Der hatte sein Buch aufgeschlagen und die Füße auf den Tisch gelegt. Er las *Beowulf*, was meiner Ansicht nach niemand freiwillig lesen würde, aber wie ich höre, manche doch. Er stellte die Büchertasche auf den Boden und blickte mich höflich an, als Millie an der Tür sagte: »Deb?«

Und mir einen Zettel mit einer Kfz-Zulassung darauf reichte.

»Könnte der rote Wagen ein Buick Regal gewesen sein?« fragte ich.

Er zuckte die Achseln. »Möglich. Ich habe Ihnen doch gesagt, ich weiß es nicht.«

»Vielleicht ein 87er oder so um den Dreh?«

»Könnte hinhauen. Er war nicht sehr alt.«

Ich gab Millie den Zettel zurück. »Geben Sie das zu der Suchmeldung. So, nun zu der Frau am Steuer –«

Er schüttelte den Kopf. »Ich bin nicht mal sicher, daß es eine Frau war.«

»Aber Sie haben gesagt –«

»Ich weiß, was ich gesagt habe, aber ich habe nachgedacht, und ich bin nicht sicher, daß es eine Frau war. Es war jemand mit langen rotblonden Haaren. Die Person trug ein rotes T-Shirt. Mehr hab' ich wirklich nicht gesehen. Tut mir leid, wenn ich Sie irregeführt habe, es war nicht meine Absicht. Ich hab' nur wegen der Haare gedacht, es wäre eine Frau, aber jetzt bin ich mir da nicht mehr sicher. Kann ich jetzt gehen?«

Ich ließ mir von ihm Adresse und Telefonnummer geben und ließ ihn gehen. Ich würde ihn später noch einmal kommen lassen, um seine Aussage zu Protokoll zu nehmen. Im Moment herrschte hier das reinste Chaos, und ich hatte einen Anhaltspunkt, dem ich nachgehen konnte.

University Chrysler-Plymouth. So lautete der Haltereintrag für das Autokennzeichen, das ich bekommen hatte, und meine Neugier war so sehr geweckt, daß ich mich an den Schreibtisch setzte, um ein paar Anrufe zu tätigen.

Ich setzte mich also an den Schreibtisch, und das Telefon klingelte. »Es geht um den Chrysler New Yorker, nach dem eine Streife für Sie suchen sollte«, sagte eine männliche Stimme mit den typischen Geräuschen aus der Zentrale im Hintergrund.

»Ja, was ist damit?«

»Er ist aus dem Parkhaus verschwunden. Der Parkwächter gibt

an, daß ein Mann den Wagen vor etwa zwei Stunden für Mrs. Coe abgeholt hat.«

»Was für ein Mann?«

»Er hat nicht drauf geachtet.«

Tja, warum auch? Schließlich wurden ständig irgendwelche Wagen für andere Leute abgeholt. Wenn er ihre Autoschlüssel hatte und wenn er ihren Code für die Ausfahrt kannte, gab es nicht den geringsten Anlaß für den Parkwächter, darauf zu achten. Aber das trug nicht gerade zur Verbesserung meiner Laune bei, als ich auflegte und den Code für eine Amtsleitung wählte, um bei University Chrysler-Plymouth anzurufen.

Die erste Person, mit der ich sprach, informierte mich darüber, daß sie in ihrer Gebrauchtwagenabteilung mehrere 87er Buick Regals hatten, und ob ich an einem bestimmten interessiert sei? Es dauerte eine Weile, bis ich rübergebracht hatte, daß ich Polizeibeamtin war und mich tatsächlich für einen bestimmten interessierte. Nach einem weiteren Austausch gereizter Fragen und schräger Antworten beschloß ich, daß es für meine Stimmung und meinen Blutdruck besser war, wenn ich dort hinfuhr.

Kennen Sie diese fürchterliche Kreuzung, wo der Camp Bowie Boulevard von der University Road abzweigt? Ich stand fünf Minuten dort vor der Ampel. Na ja, vielleicht waren es keine fünf Minuten, aber es kam mir jedenfalls so vor. Wenn ich nicht so im Stau eingeklemmt gewesen wäre, daß ich ohnehin nicht weggekonnt hätte, wäre ich stark in Versuchung gewesen, mein kleines Blaulicht aus dem Handschuhfach zu nehmen, es aufs Armaturenbrett zu setzen, das Kabel in den Zigarettenanzünder einzustöpseln und die Sirene anzuschalten. Aber ich wäre nicht von der Stelle gekommen, wenn fünfzehn Autos vor mir sich nicht ebenfalls von der Stelle bewegt hätten, also beschloß ich, daß es die Mühe nicht wert war.

Aber die Fahrt selbst war zum Glück die Mühe wert. Der Buick Regal – leuchtendrot, richtiges Kennzeichen – stand auf dem Firmengelände, Schlüssel im Zündschloß, und während ich ihn mir ansah, kam eine Frau herbeigeschlendert und sagte: »Für den kann ich Ihnen einen sehr günstigen Preis machen.«

Ich stellte mich vor, und sie sagte: »Ich bin Connie Daynes. Wenn Sie möchten, können Sie gern eine Probefahrt machen.«

»Hat heute schon jemand damit eine Probefahrt gemacht?« fragte ich. »War vielleicht eine Weile damit unterwegs? Jemand mit langen, blonden Haaren und einem roten T-Shirt?«

Sie blickte verdutzt. »Tatsächlich, ja. Stimmt etwas nicht? Der Wagen war hoffentlich nicht an einem Unfall beteiligt, oder? Das wäre mir doch bestimmt aufgefallen –« Sie schaute zu dem Wagen hinüber, und ihr Gesichtsausdruck wirkte alarmiert.

»Kein Unfall. Hat sonst noch jemand den Wagen gefahren, seit er zurückgebracht wurde?«

»Nein. Ich wollte ihn eben ordentlich abstellen. Unmöglich, ihn hier stehenzulassen, aber sie –«

»Es war also eine Frau?«

»Mrs. Ralston, würden Sie mir bitte sagen, was los ist?«

Also erzählte ich es ihr.

Als ich fertig war, schüttelte sie den Kopf und sagte: »Tja. Was kann ich denn nun für Sie tun?«

»Der Wagen muß auf Fingerabdrücke hin untersucht werden«, sagte ich, »und ich brauche einige Angaben von Ihnen.«

»Fingerabdruckpulver? Bei mir zu Hause ist mal eingebrochen worden, und nachher war alles voller Fingerabdruckpulver. Es war eine entsetzliche Schweinerei. Ich fürchte, ich kann nicht zulassen, daß Sie –«

»Wir können uns natürlich einen Durchsuchungsbefehl besorgen –«

»Du liebe Güte«, sagte sie entschlossen und drehte sich um, als würde sie nach Hilfe Ausschau halten. »Ich weiß nicht, was ich –«

»Vielleicht holen Sie besser den Geschäftsführer«, schlug ich vor.

»Ja, vielleicht. Können Sie mitkommen?«

»Ich bleibe hier am Wagen.«

»Wir können ihn doch einfach abschließen und stehenlassen –«

»Das darf ich nicht«, sagte ich geduldig. »Der Wagen steht von jetzt an unter Polizeiaufsicht, bis er auf Fingerabdrücke untersucht worden ist.«

»Ach du meine Güte«, sagte sie wieder. »Tja, ich hol' dann jetzt mal besser Jeff –«

Sie marschierte aufgeregt von dannen und kam kurz darauf in Begleitung eines großen Burschen mit buschigem Schnurrbart wieder. Er trug einen grauen Anzug, weißes Hemd, graue bedruckte Krawatte und sah alles in allem so aus, als hätte er eifrig *Mit dem richtigen Outfit zum Erfolg* gelesen.

»Ich bin Jeff Hardy«, sagte er. »Was haben wir denn für ein Problem?«

»Wir haben das Problem, daß mit diesem Wagen ein Bankraub verübt worden ist«, sagte ich. »Eine Frau ist als Geisel genommen worden. Es ist dringend erforderlich, daß wir ihn so bald wie möglich auf Fingerabdrücke untersuchen. Wenn wir es nicht mit Ihrem Einverständnis tun können, dann tun wir es ohne Ihr Einverständnis, mit einem Durchsuchungsbefehl, aber damit würde sehr wichtige Zeit vergeudet.«

»Aber das versaut ganz bestimmt die Polster«, protestierte die Verkäuferin.

»Ms. Daynes, ich glaube, Sie haben mich nicht richtig verstanden«, sagte ich leise. »Die Bankräuber haben eine Geisel. Sie ist neunzehn Jahre alt. Wenn wir sie nicht bald zurückholen, werden sie sie bestimmt töten, wenn sie es nicht schon getan haben. Jede kleinste Spur –«

»Machen Sie das mit den Fingerabdrücken selbst?« fragte Hardy.

»Nein, das macht unsere Spurensicherung.«

»Holen Sie sie her. Connie, bitte helfen Sie der Polizei, so gut Sie können.« Hardy drehte sich um und ging.

Von meinem Zivilpolizeiwagen aus, einem grünen Ford, den ich wenige Schritte von dem Buick entfernt geparkt hatte, rief ich in der Zentrale an. Nachdem man mir versichert hatte, daß sich Irene Loukas von der Spurensicherung sofort auf den Weg machen würde, kehrte ich zu Connie Daynes zurück. »Es ist möglich, daß ich Sie mit ins Präsidium nehmen muß, für eine vollständige Aussage«, sagte ich, »aber fürs erste brauche ich möglichst viele Informationen. Zunächst mal eine Beschreibung der Frau, die sich den Wagen ausgeliehen hat. Ist sie mit dem Auto oder zu Fuß gekommen?«

»Mit dem Auto.«

»Und während sie mit diesem Wagen hier angeblich auf Probefahrt war, haben Sie sich da das Auto der Frau angesehen, weil Sie ihn vielleicht in Zahlung nehmen wollten?« Ich wußte, daß es so gewesen war. Das ist so üblich.

»Ja, natürlich habe ich ihn mir angesehen«, sagte Daynes, nicht zu meiner Überraschung.

»Haben Sie eins von diesen Formularen ausgefüllt, die man ausfüllt, wenn ein Wagen in Zahlung gegeben werden soll?«

»Ich habe es teilweise ausgefüllt. Man füllt sie erst dann ganz aus, wenn es so aussieht, als käme ein Geschäft zustande.«

»Gut«, sagte ich. »Würden Sie mir bitte zeigen, was Sie haben?«

»Klar.« Sie ging in Richtung Gebäude. Ich wäre gern mitgegangen – im Haus und im Sitzen wäre unser Gespräch um einiges bequemer gewesen –, aber ich konnte den verdächtigen Wagen natürlich nicht allein lassen, solange die Spurensicherung noch nicht da war.

Connie Daynes kam mit einem Klemmbrett zurück, auf dem ein teilweise ausgefülltes Formular war. Ihre Handschrift war nicht die säuberlichste der Welt, aber ich konnte entziffern, daß es sich bei dem Wagen, der möglicherweise in Zahlung gegeben werden sollte, um einen blauen 1985er Mercury Lynx handelte, der in keinem sonderlich guten Zustand war.

Die Fahrzeugidentifizierungsnummer hatte sie nicht notiert.

Das Kennzeichen hatte sie auch nicht notiert.

Wissen Sie, wie viele Mercury Lynx – und Ford Escort, was eigentlich das gleiche ist – auf den Straßen unterwegs sind? Wissen Sie, wie viele davon blau sind? Ich frage mich manchmal, ob sie überhaupt in irgendeiner anderen Farbe hergestellt werden, wenn man das nicht ausdrücklich bestellt.

Ich fragte, ohne große Hoffnung, ob sie das Kennzeichen vielleicht woanders aufgeschrieben hatte. Ich hätte mir die Frage genausogut sparen können, denn die Antwort lautete genauso, wie ich es erwartet hatte.

»Kommen wir zu der Frau«, sagte ich. »Sie ist blond, was können Sie mir sonst noch über sie sagen?«

Connie Daynes zuckte die Achseln. »Ich hab' mit so vielen Leuten zu tun.«

»Das kann ich mir denken. Aber diese Frau war erst vor zwei Stunden –«

»Das stimmt nicht.«

»Wieso nicht?«

»Sie war schon hier, als wir um neun aufgemacht haben. Sie hat gesagt, sie wollte ihn in der Werkstatt auf dem Camp Bowie Boulevard durchchecken lassen, mit dem ganzen elektronischen Schnickschnack und so, um feststellen zu lassen, ob noch was repariert werden muß. Sie sagte, es würde gut zwei Stunden dauern, vielleicht etwas länger.«

Das war die Erklärung dafür, wieso der Wagen für einen Banküberfall lange genug weg gewesen war. Wenn ich einen Wagen kaufen will, darf ich normalerweise nur eine Probefahrt um den Block machen, und der Verkäufer sitzt neben mir, und ich hatte mich schon gewundert, daß ein Wagen so lange wegbleiben konnte. »Und Sie haben Ihr den Wagen einfach mitgegeben? Ist das nicht ziemlich ungewöhnlich?«

»Mrs. Ralston, ich werde auf Provisionsbasis bezahlt, und ich habe den ganzen Monat noch keinen Wagen verkauft. Ja, es war ziemlich ungewöhnlich. Aber ich brauche das Geld.«

»Sie hat also den Wagen mitgenommen – wie spät war das?«

»Gegen Viertel nach neun.«

»Waren Sie nicht ein bißchen nervös, weil Sie ihr den Wagen so lange überlassen haben?« fragte ich.

»Eigentlich nicht«, sagte Daynes. »Ich meine, schließlich hatte ich ja ihren Wagen.«

»Gut, sie hat den Wagen also gegen Viertel nach neun mitgenommen. Wann hat sie ihn wiedergebracht?«

»Das war ja das Eigenartige«, sagte Daynes. »Ich weiß es nicht.«

»Aber Sie hatten doch bestimmt ihre Autoschlüssel –«

»Hatte ich auch. Hab' ich immer noch. Sie muß Zweitschlüssel gehabt haben. Ich habe mich mit jemandem unterhalten und so gegen Viertel vor zwölf mal rausgeschaut, und da habe ich gesehen, daß ihr Wagen weg war und unserer wieder da.«

»Sie haben also noch immer ihre Schlüssel?«

»Hab' ich doch gesagt. Ich dachte, irgendwann würde sie schon kommen und sie abholen. Soll ich sie holen?«

»Nicht jetzt.« Die Chancen, daß die Fingerabdrücke der Verdächtigen noch auf den Schlüsseln waren, nicht überdeckt oder verwischt, weil Connie Daynes sie in der Hand gehabt hatte, waren so ziemlich gleich Null, aber so ziemlich gleich Null bedeutet nicht gleich Null. Es war zumindest einen Versuch wert. Ich würde also warten, bis Irene den Buick auf Fingerabdrücke untersucht hatte, und dann würde Irene sich die Schlüssel vornehmen. »Sie haben sie also nicht zurückkommen sehen«, sagte ich.

»Nein.«

»Als sie den Wagen abgeholt hat, war sie da allein?«

»Ja. Sie war immer allein.«

»Immer?« fragte ich. »Sie meinen, sie war vorher schon mal hier?«

»Zwei- oder dreimal. Dreimal, glaube ich. Sie hat gesagt, sie würde auf jeden Fall einen Wagen kaufen, und sie war schon ein paarmal hier, um sich welche anzusehen.«

Um dich kennenzulernen. Damit du Vertrauen zu ihr entwickelst. Als Teil des Plans. Aber ich kenne mich mit Autoverkäufern recht gut aus. »Wenn sie schon mal hier war, dann wissen Sie doch bestimmt, wie sie heißt?«

»Sie hat gesagt, sie heißt Melanie Griffith. Aber ich habe nie einen Führerschein oder sonst irgendwelche Papiere oder so gesehen, es kann also sein, daß sie –«

»Gelogen hat. Allerdings, das kann sein. Nun gut, kommen wir zu ihrem Aussehen. Wie hat Melanie Griffith ausgesehen?« Ich hatte mein Notizbuch gezückt.

»Sie hatte in etwa meine Größe –«

1,67, schrieb ich nach einem kurzen Blick.

»Etwas schlanker als ich, nicht viel –«

Sechsundfünfzig Kilo.

»Augen –« Sie schüttelte den Kopf. »Ich glaube, sie waren blau, aber ich könnte es nicht beschwören. Ich glaube, sie ist nicht von Natur aus blond, aber vielleicht doch. Heller Teint. So hell, daß sie von Natur aus blond sein könnte – Sie wissen ja, bei richtigen Blondinen hat das Haar mehrere Schattierungen, die leicht verschieden sind, aber fast gleich. Na ja, ihr Haar hatte durchweg den gleichen Ton. Deshalb glaub' ich, sie hat etwas nachgeholfen.«

Das, dachte ich, wäre einem Mann nie aufgefallen. Also war ich froh, mit einer Frau zu sprechen.

»Wie war sie gekleidet?« Nicht, daß eine Beschreibung der Kleidung eine große Hilfe gewesen wäre; inzwischen hatte sie sich bestimmt längst umgezogen und möglicherweise auch ihre Haarfarbe geändert, selbst wenn sie glaubte, wir wüßten nicht, daß sie etwas mit der Sache zu tun hatte.

»Rotes T-Shirt, schwarze Hose. Auf ihre Schuhe oder Handtasche habe ich nicht geachtet. Ich denke, es könnte eine strohfarbene

Handtasche gewesen sein, aber ich bin nicht sicher. Sandalen oder Sportschuhe. Das ist wohl keine große Hilfe.«

»Alter?«

»Oh, ich weiß nicht. Dreißig, fünfunddreißig.«

»Meinen Sie, Sie würden sie wiedererkennen?«

»Oh, ja, ganz bestimmt.«

»Auch wenn sie eine andere Haarfarbe hätte?«

Auf diese Frage hin blickte Connie Daynes zunächst verunsichert drein, aber dann nickte sie. »Ich denke, ja. Wahrscheinlich.«

»Dann könnte es sein, daß wir Sie später bitten werden, sich ein paar Fotos anzusehen.« *Und mit unseren Leuten vom Erkennungsdienst ein Phantombild zu erstellen*, dachte ich, sagte es aber nicht. Die Leute protestieren in der Regel, wenn sie gebeten werden, bei der Erstellung eines Phantombilds mitzuhelfen; aber wenn sie erst dabei sind, werden sie plötzlich sehr interessiert und sehr kooperativ.

Ein brauner Van bog auf das Firmengelände ein. Irene Loukas stieg in dem grauen Overall aus, den sie in letzter Zeit ständig trägt. Sie sagt, es wäre sinnvoller, dauernd einen Overall zu tragen anstatt Zivilkleidung, die man sich doch nur mit Fingerabdruckpulver ruiniert. Da ich selbst mal beim Erkennungsdienst war, kann ich das Argument durchaus verstehen, aber ich kann mich einfach noch nicht an diese Overalls gewöhnen. Ich finde, sie sehen irgendwie ulkig aus.

Irene kletterte noch einmal rein und wieder raus aus dem Wagen, der für sie ein Stück zu hoch war. Sie hatte ein Klemmbrett in der Hand, als sie zu mir kam. »Worum geht's?« fragte sie.

Natürlich erzählte ich ihr, worum es ging. Langsam war ich es ein wenig leid, die Geschichte zu erzählen, obwohl ich vorerst nicht drumherumkommen würde, sie immer wieder zu erzählen.

Sie ging wieder zum Van und kam mit einer Kamera wieder. Sie fing genauso an, wie ich angefangen hätte, als ich noch beim Erkennungsdienst war: Sie machte Fotos von dem Wagen, eins von vorn, eins von hinten, je eins von den Seiten. Dann untersuchte sie die Fahrertür sorgsam auf Fingerabdrücke, bevor sie die Tür öffnete.

Außen auf der Wagentür waren keine brauchbaren Abdrücke, was durchaus aufschlußreich war. Normalerweise sind nämlich an der Außenseite der Tür Handflächenabdrücke. Nein, nicht an dem Türgriff, da findet sich meist fast nichts Brauchbares, weil die Hand den Griff immer auf die gleiche Weise packt und die Abdrücke sich gegenseitig verwischen. Aber auf der Tür selbst –

Doch da war nichts. Die Tür war mit einem Handtuch abgewischt worden. Die Abdrücke des Handtuchs waren deutlich erkennbar.

Es gibt noch eine weitere Stelle, wo fast immer Abdrücke zu finden sind, und Irene nahm sie sich als nächstes vor. Der Rückspiegel, den selbst clevere Verbrecher beim Saubermachen häufig vergessen. Sie vergessen, daß sie ihn angefaßt haben. Das ist sozusagen instinktiv, man steigt in den Wagen und stellt den Rückspiegel ein, und oft merkt man nicht mal, daß man es tut.

Jemand hatte den Rückspiegel in diesem Wagen für sich eingestellt. Jemand hatte einen säuberlichen, ziemlich kleinen Handflächenabdruck darauf hinterlassen, von dem Bereich knapp unterhalb der Finger. Es wäre wahrscheinlich unmöglich, die dazugehörige Person anhand des Abdrucks zu finden – es ist nahezu unmöglich, Handflächenabdrücke zu identifizieren, die nicht von einer Person stammen, die zu einem engen Kreis von Verdächtigen gehört –, aber er wäre sicherlich zu identifizieren, falls und wenn wir dieser »Melanie Griffith« habhaft wurden. In dem unwahrscheinlichen Fall jedoch, daß Melanie Griffith ihr richtiger Name war und wir von ihr bereits Handflächenabdrücke vorliegen hatten, könnten wir sie dingfest machen.

»Melanie Griffith« – um wen es sich dabei auch tatsächlich handelte – hatte mit dem Wagen eine Probefahrt unternommen. Doch wir hatten einen Zeugen, der gesehen hatte, daß die beiden Bankräuber aus dem Wagen gestiegen waren. Damit bestand zumindest die Möglichkeit, daß beide Bankräuber – und das Opfer – auch wieder in diesen Wagen gestiegen waren; ja, es war nicht nur möglich, es war sogar wahrscheinlich, weil wir wußten, daß ein Mann den Wagen des Opfers aus dem Parkhaus abgeholt hatte, und die Chancen, daß die zwei Dorene mit vorgehaltener Waffe durch die Innenstadt geführt hatten, waren so gut wie Null. Bengt Daniels meinte, sie wären mit demselben Wagen abgefahren, mit dem sie gekommen waren. Aber er war sich nicht sicher gewesen.

Also nahm Irene Fingerabdrücke von der Beifahrertür, innen und außen, wie zuvor von der Fahrertür. Und von den beiden hinteren Türen, innen und außen. Sie nahm Abdrücke von den Verschlüssen der Sicherheitsgurte. Sie nahm Abdrücke von jeder harten Fläche in dem Wagen, einschließlich der Innenseite der Heckscheibe.

Der Handflächenabdruck vom Rückspiegel war der einzige Abdruck innen wie außen am Wagen. Und das besagte einiges.

Dann fing Irene an, mit meiner Hilfe den Rücksitz herauszuwuchten, um dahinter und darunter zu schauen.

Wie ich schon sagte, wir veranstalten Seminare für Bankangestellte, in denen sie lernen, wie sie sich in einem solchen Fall verhalten sollten. Wir sagen ihnen beispielsweise, daß sie so viel wie möglich anfassen sollen, um ihre Finger- und Handflächenabdrücke zu hinterlassen; diese Abdrücke sind natürlich in der Bank hinterlegt (und in diesem Punkt hatte die Bank sich keinen Patzer erlaubt: Wir hatten Dorene Coes Abdrücke). Wir sagen den Angestellten auch, wenn möglich in einem unbeobachteten Moment irgendeinen persönlichen Gegenstand – Ring, Armbanduhr, irgendwas in der Art – abzustreifen und hinter das Polster zu stecken. Natürlich war nicht unbedingt davon auszugehen, daß Dorene Coe daran gedacht hatte – sie war schließlich erst neunzehn und hatte sicherlich panische Angst –, aber die Möglichkeit bestand zumindest.

Jemand hatte einen kunstvoll verzierten Armreif hinter den Sitz geschoben. Er sah für mich aus wie aus massivem Gold.

Dorene Coe hatte das Geld, um einen Armreif aus massivem Gold zu besitzen. Ich bezweifelte stark, daß sich noch mehr Leute, die hinten in einem Gebrauchtwagen mitfuhren, in der gleichen finanziellen Lage befanden wie sie.

Irene fotografierte den Armreif und schob ihn in einen Plastikbeutel, den sie versiegelte; der Armreif würde später im Präsidium auf Fingerabdrücke untersucht werden.

Jetzt, da Irene an dem Buick arbeitete, konnte ich ins Gebäude gehen. Ich bat, irgendwo ungestört telefonieren zu können, und rief Captain Millner an, um mich nach dem Armreif zu erkundigen.

Wir hatten natürlich nicht um eine Beschreibung von Dorene Coes Kleidung bitten müssen; ich hatte die junge Frau selbst gesehen. Aber wir hatten es dennoch getan, um sicherzugehen, daß die Beschreibungen übereinstimmten. Selbst ein erfahrener Cop wird in einer solchen Situation, in der ich mich befunden hatte, nervös. Aber offenbar war ich nicht allzu nervös geworden, denn der Ehemann, der Filialleiter, die Kassiererin, die zur Zeit des Überfalls Pause gehabt hatte, und ich waren uns einig, daß Dorene ein langärmeliges, einfarbig grünes Jerseykleid (Seidenjersey, wie ihr Mann sagte) mit weitgeschnittenem Rock und geschwungenem Ausschnitt getragen hatte. Über die linke Schulter hatte sie einen grünen seidenen Paisleyschal geworfen, der an der Hüfte von einem blaßgrünen Ledergürtel gehalten wurde. Sie hatte eine schöne Halskette um, eine ganz schlichte, glatte Kette ohne Anhänger oder dergleichen.

Ich hatte keine Gelegenheit gehabt, darauf zu achten, ob sie Uhren, Ringe oder sonstigen Schmuck trug. Die Kassiererin, die in der Pause gewesen war, hatte in ihrer Aussage angegeben, daß Dorene eine Uhr, einen Armreif und einen Ehering getragen hatte. Der Schmuck war ihr zwar am fraglichen Tag nicht besonders aufgefallen, aber, so fügte sie hinzu, Dorene trug diese Stücke ständig und sonst keinen anderen Schmuck.

Millner teilte mir mit, daß Robert Coe gesagt hatte, Dorene trage wahrscheinlich eine Seiko-Uhr, gelbgold, einen fünf Zentimeter breiten, 18-karätigen goldenen Armreif mit einem handziselierten Blattornament darauf, und einen goldenen Ehering, breit und schlicht. Sie trug keine weiteren Ringe; sie hatte einen hübschen Verlobungsring, den sie aber nicht gern trug, weil sie mit der Tiffany-Einfassung ständig überall hängen blieb.

Robert Coe, so fügte Millner hinzu, war noch immer auf dem Präsidium und überhörte geflissentlich alle höflichen Andeutungen, daß er jetzt nach Hause gehen konnte.

Ich nahm den Armreif in Verwahrung und fuhr selbst ins Präsidium zurück.

Inzwischen war es fast fünf Uhr, und ich fühlte mich – körperlich – wie eine arg vernachlässigte Milchkuh. Emotional war ich ein Wrack, weil mich der Gesichtsausdruck der jungen Frau verfolgte, als sie zur Tür hinausging. Ich fühlte mich schuldig, weil ich mein Baby vernachlässigte, das bestimmt schon seit zwei Stunden schrie. Ich fühlte mich schuldig, weil ich meine Familie vernachlässigte; entweder hatten Harry und unser Teenager Hal jede Hoffnung aufgegeben, daß ich bald zurückkommen würde, und eine Pizza in den Ofen geschoben, oder sie warteten geduldig, daß ich nach Hause kommen und das Abendessen machen würde. Ich fühlte mich schuldig, weil ich nach Hause wollte, obwohl ich wußte, daß Dorene Coe irgendwo, irgendwo, irgendwo tot war oder noch lebte und ohne allzu große Hoffnung darauf wartete, gerettet zu werden.

Ich erinnerte mich, daß mir mein erster Partner, Clint Barrington – das war, bevor er ins Büro des Sheriffs hinüberwechselte – immer gesagt hatte, ich könne die Welt nicht retten und solle es auch nicht versuchen. Das war mir jetzt genausowenig eine Hilfe wie damals, als Clint es zum erstenmal gesagt hatte.

Coe war noch immer in dem Verhörraum, oder wie auch immer der Raum heute genannt wird. Er war groß, größer als Harry, und dünn, fast hager, und seine graumelierten Haare waren zerwühlt. Er blickte auf, als ich die Tür öffnete, und sagte dann: »Ach, Sie sind's.«

»Ja. Ich muß Ihnen was zeigen.« Normalerweise war mir nicht so unwohl zumute, wenn ich mit Angehörigen eines Opfers sprach. Aber normalerweise war ich auch nicht so eng in ein Verbrechen verstrickt wie jetzt.

»Was denn?« Seine Stimme klang ausdruckslos.

Ich legte den Armreif, der noch in dem durchsichtigen Vinylbeutel für Beweisstücke steckte, vor ihn auf den Tisch.

Er nahm ihn hoch und schaute ihn an. »Wo haben Sie den her?«

»Gehört er Dorene?«

»Ja, natürlich gehört er Dorene. Wo haben Sie ihn her? Ist sie –« Seine Stimme wurde lauter.

»Wir haben sie nicht gefunden«, sagte ich rasch und erzählte ihm, wo wir den Armreif entdeckt hatten.

»Aber wieso macht sie denn so was?« fragte er. »Wieso hat sie ihn abgenommen? Ich habe ihn in Paris für sie gekauft, auf unserer Hochzeitsreise. Sie nimmt ihn sonst nie ab –«

»Sie bewahrt einen kühlen Kopf«, sagte ich leise. »Ihre Frau ist ganz schön clever. Sie versucht, eine Spur für uns zu hinterlassen. Ohne den Armreif könnten wir nicht hundertprozentig sicher sein, daß es wirklich das Fluchtauto ist. Jetzt aber können wir sicher sein. Sie bewahrt einen kühlen Kopf.«

»Das heißt nicht, daß sie sie nicht töten werden.«

»Nein«, stimmte ich zu, »das nicht. Aber wenn sie die Ruhe bewahrt, bewahren ihre Entführer vielleicht auch die Ruhe. Das heißt, ihre Chancen sind besser, sehr viel besser, als wenn sie in Panik geraten würde.«

»Und was jetzt?« fragte er.

»Die Fernsehnachrichten und Zeitungen werden eine Beschreibung und ein Foto von ihr, eine Beschreibung und Videoaufnahmen von den mutmaßlichen Bankräubern bringen«, sagte ich. »Mit etwas Glück wird einer von ihnen erkannt. Bis dahin gehen wir routinemäßig vor.«

»Sie gehen routinemäßig vor. Ist das alles?«

»Ich habe gehört, daß Sie ein Erfinder sind«, sagte ich. »Wie macht man denn Erfindungen?«

Zum erstenmal seit er ins Präsidium gekommen war, sah ich ihn lächeln, schwach, kurz. »Man geht routinemäßig vor«, sagte er. »Und hofft auf Glück.«

»Genau. Jetzt wäre es mir lieb, wenn Sie nach Hause gehen würden. Ich verspreche Ihnen, daß Sie verständigt werden, sobald wir was wissen. Und – es wäre immerhin möglich, daß die Sie anrufen oder Dorene Sie anrufen lassen.«

»Und dann muß ich dran sein. Nicht der Anrufbeantworter.« Mit verblüffender Schnelligkeit, gemessen daran, wie lethargisch er bis dahin gewirkt hatte, stand er auf und eilte zur Tür.

Ich diktierte eine Stunde lang Berichte und machte mich auf den Weg nach Hause.

Ich hatte meinen Wagen vor einer Parkuhr geparkt, die ich mit einem Vierteldollar gefüttert hatte – um neun Uhr morgens. Er war nicht abgeschleppt worden, aber es steckten vier Knöllchen hinter dem Scheibenwischer.

Ich hatte einen Scheck in der Tasche, der noch immer nicht eingereicht war, und keinerlei Bargeld, weil der Überfall stattgefunden hatte, bevor ich an die Kasse gelangt war.

Ich fuhr zu Winn-Dixie, dem großen Supermarkt, der vor einigen Jahren am Denton Highway gebaut worden ist, und kaufte ein paar Lebensmittel, die ich mit einem Scheck bezahlte, der bestimmt platzen würde, wenn Harry oder ich es nicht schafften, am Montag gleich als erstes zur Bank zu gehen, und fuhr nach Hause.

Kapitel 3

Theoretisch – wenn man den Büchern glaubt – wacht ein neun Wochen altes Baby nicht um zwei Uhr nachts auf, um gestillt zu werden. Cameron kann noch nicht lesen, und selbst wenn er es könnte, vermute ich, daß er sich von einem Buch nicht vorschreiben lassen würde, wann er Hunger hat. Außerdem glaubt er nicht an die Sommerzeit. Ich auch nicht, aber ich komme trotzdem nicht um sie herum. Und wenn ich noch soviel jammere, es ist nun mal nicht zu ändern.

Was bedeutete, daß Cameron um drei in der Nacht nach aktueller Uhrzeit – zwei nach richtiger Zeit – wach wurde und brüllte, ohne sich einen Deut darum zu scheren, ob es uns anderen in den Kram paßte.

Ich bin der festen Überzeugung, daß ein Baby, falls irgend möglich, erst dann entwöhnt werden sollte, wenn es um zwei Uhr nachts nicht mehr gestillt werden muß. Ich meine, warum sollte eine Frau, wenn sie die Wahl hat und halbwegs bei Verstand ist, aufstehen und in der Küche herumtorkeln, um ein Fläschchen warm zu machen, während das Baby alle im Haus weckt, wo sie doch nur aufstehen, dem Baby die Windeln wechseln und wieder ins Bett kriechen muß?

Also stand ich auf, wechselte dem Baby die Windeln und kroch wieder ins Bett, und Cameron hatte sich gerade wieder beruhigt, als das Telefon klingelte.

Um drei Uhr nachts? Das war sogar im Haus einer Polizistin ungewöhnlich. Meiner Erfahrung nach warten Leute, die sich bis zwei Uhr noch nicht gegenseitig umgebracht haben, in der Regel dann bis fünf oder halb sechs damit. Ich erinnere mich noch an eine schreckliche Woche während meiner Zeit beim Erkennungsdienst, als ich in sechs Nächten dreimal rausgerufen wurde, und zwar jedesmal entweder um fünf vor oder fünf nach zwei Uhr morgens. Beim dritten Mal öffnete ich ein Auge und sah auf die Uhr und nahm dann den Hörer ab und sagte: »Wo ist die Leiche?« Harry sagte, es wäre für mich sehr peinlich geworden, wenn der Anruf nicht von der Zentrale gewesen wäre, aber ich bleibe noch heute dabei, daß jeder andere den Schock verdient hätte, wenn er zu dieser unchristlichen Stunde anruft.

Doch eine völlig gelassene Stimme hatte erwidert: »Sie liegt mitten auf der Berry Street.«

Ich konnte mich nicht erinnern, jemals einen Anruf zwischen Viertel nach zwei und halb sechs Uhr morgens erhalten zu haben. Weder wegen eines Mordes noch wegen sonstwas.

Aber nichtsdestotrotz klingelte das Telefon schrill in die Nacht, und ich versuchte – mit begrenztem Erfolg – dranzugehen, ohne Cameron, der sich nicht gern beim Stillen stören läßt, von der Brust zu nehmen.

»Deb?« sagte eine Stimme, die ich als die von Darla Hendricks erkannte, die noch relativ neu in der Zentrale war und vorher im Archiv gearbeitet hatte. »Ich fürchte, wir haben Dorene Coe gefunden.«

»O verdammt«, sagte ich. Der schüchterne Tonfall ließ keinen Zweifel daran, in welchem Zustand Dorene Coe gefunden worden war. »Wo?«

»Trinity Park. Eine Streife hat sie gefunden. Kopfschuß.«

»Wie bei einer Hinrichtung?« fragte ich. Heutzutage machen das schon Amateure. Das haben sie im Kino gelernt.

»Sieht so aus. Wie schnell können Sie dort sein?«

»In einer Stunde?«

»*Eine Stunde?*«

»Eine Stunde«, sagte ich bestimmt. Ich würde etwa fünfundzwanzig Minuten brauchen, um mich anzuziehen und mitten in der Nacht, wenn so gut wie kein Verkehr auf den Straßen war, zum Trinity Park zu fahren. Und eine halbe Stunde würde es noch dauern, Cameron fertigzustillen.

»Okay«, sagte Darla. »Ich sag' Millner Bescheid.« Ihre Stimme spiegelte meine eigenen Befürchtungen wider, wie Millner meinen Zeitplan wohl aufnehmen würde.

Es dauerte genau sieben Minuten, bis das Telefon wieder klingelte. Captain Millners Stimme klang erbost. »Was soll das heißen, Sie können erst in einer Stunde hier sein?«

»Ich stille das Baby«, sagte ich.

»Dann soll Harry das machen.«

»Harry«, sagte ich mit soviel Würde, wie ich aufbringen konnte, »ist dafür nicht ausgerüstet.«

»Ach, verdammt«, sagte Millner. »Deb, haben Sie schon mal was von einem Fläschchen gehört?«

»Cameron nimmt kein Fläschchen.«

Wir schlossen einen Kompromiß. Ich fütterte Cameron zehn Minuten weiter, bis er satt genug war, um sich mit dem Gedanken an ein Fläschchen anzufreunden, und Harry stand auf und machte das Fläschchen, während ich mich anzog und zum Trinity Park fuhr.

Tagsüber ist es sehr schön in dem Park. Die Kindereisenbahn vom Forest Park Zoo führt hierher. Es gibt Picknicktische und Ententeiche und Spielplätze. Hier findet das Maifest statt; hier wird Shakespeare im Park gespielt. Auf Trittsteinen kann man den Trinity River überqueren und gelangt zu den Bürogebäuden und Restaurants auf der anderen Seite, oder wenn man mal in so einer Stimmung ist, daß man völlig allein sein möchte, kann man auf den Trittsteinen bis in die Mitte des Flusses gehen und sich auf den größten Stein setzen, wie ich es schon öfters getan habe, und dem Fluß zusehen, der auf beiden Seiten vorbeigleitet. Ich weiß nicht, was mit den Trittsteinen während des Maifestes geschieht; ich könnte mir denken, daß sie bei den Bootsrennen im Wege sind, es sei denn, sie dienen als eine Art Hindernisstrecke.

Tagsüber. Tagsüber.

Ich würde nachts nicht in den Trinity Park gehen, wenn nicht auch jede Menge anderer Leute dort sind, wie während der Shakespeare-Aufführungen oder des Maifestes.

Dorene Coe hatte vermutlich auch nicht in den nächtlichen Trinity Park gewollt.

Sie lag im Gras nicht weit von den Trittsteinen entfernt, und sie trug noch immer das grüne Seidenkleid; der helle Paisleyschal, nur ein wenig verrutscht, leuchtete im Licht des auf sie gerichteten Suchscheinwerfers des Streifenwagens auf. Sie trug noch immer die goldene Halskette, die goldene Seiko-Uhr, die bunten Sandaletten. Nicht mal ihr Haar war richtig durcheinander. Sie lag auf dem Bauch, das Gesicht nach links gedreht. Sie war durch einen einzigen Schuß getötet worden; die Einschußwunde hinter dem Ohr sah größer aus als von einer .38er, was bedeutete, daß die Austrittswunde auf der rechten Seite, wenn wir Dorene umdrehten, kein schöner Anblick sein würde.

Ich hatte nicht den geringsten Zweifel daran, daß sie genau das getan hatte, was man von ihr verlangt hatte. Sie hatte genau das getan, was man von ihr verlangt hatte, und deshalb hatte man sie umgebracht. Ich weine normalerweise nicht am Tatort, aber Tränen rannen mir übers Gesicht, wegen Dorene Coes gestohlenem Leben, wegen Robert Coes Trauer, wegen der Erinnerung, die ich, wie ich wußte, niemals, niemals, niemals wieder loswerden würde, die Erinnerung an Dorene Coes Gesicht, wie sie mich anblickte, als sie zur Tür der Bank hinausging, um ermordet zu werden.

Ihr Auto war nicht da. Der blaue Lynx war nicht da. Es gab nicht einmal Reifenspuren, aber wieso hätte es Reifenspuren geben sollen? Durch den ganzen Park führt eine hübsche, kleine asphaltierte Straße, und ich sah keinen Grund, warum der Wagen – was für einen Wagen sie auch immer benutzt hatten – die Straße hätte verlassen sollen. Dorene war mit großer Wahrscheinlichkeit von der Stelle, wo der Wagen gehalten hatte, zu der Stelle gegangen, wo sie ermordet wurde. Es gab keine Spuren; es gab nichts, rein gar nichts, womit wir was hätten anfangen können. Ich weinte inzwischen nicht mehr; die Trauer war Wut gewichen, nackter Wut. Dorene Coe war ohne Grund ermordet worden. Ohne jeden Grund. Und ich wollte diese Bankräuber, die zu Mördern geworden waren, nicht mehr nur deshalb fassen, weil ich Polizistin war. Ich wollte sie fassen, weil eine unbändige Wut in mir tobte.

Die Wut würden wir – würde ich – niemals einem Richter oder irgendwelchen Geschworenen mitteilen können, weil vor Gericht bloß Fakten zählen. Nur die Fakten, Ma'am. Alles andere gilt als Befangenheit.

Ich trat zur Seite, sah zu, wie das Laborteam sich an die Arbeit machte, und ich mußte an ein Gespräch denken, das ich zwanzig Jahre zuvor mit einer Bekannten geführt hatte, die nicht nur gegen die Todesstrafe, sondern auch gegen die Gefängnisstrafe war. Auf meine

Frage, was denn ihrer Meinung nach mit Verbrechern geschehen sollte, hatte sie keine Antwort, aber sie war überzeugt, daß das gesamte Gerichtssystem in seiner heutigen Form völlig falsch ist. »Aber, Trish«, sagte ich, »angenommen, eine deiner Töchter würde gekidnappt, vergewaltigt und ermordet, was sollte deiner Ansicht nach mit dem Täter geschehen?«

»Darum geht es nicht«, erwiderte sie. »Du bringst einen persönlichen Aspekt in die Diskussion.«

»Darum geht es sehr wohl«, sagte ich. »Jedes Verbrechen ist für die Opfer und ihre Angehörigen persönlich.«

Wir mußten uns darauf einigen, daß wir uns nicht einigen konnten. Ich konnte sie nicht verstehen, und sie konnte mich nicht verstehen. Aber jetzt, da ich hier unter den Bäumen stand und zusah, wie Irene Loukas diese Leiche fotografierte, wünschte ich, daß jeder, der die gleiche Überzeugung vertrat wie Trish, verpflichtet werden könnte, eine Woche lang Mitarbeiter der Mordkommission einer Großstadt bei ihren Einsätzen zu begleiten.

Natürlich war mir klar, daß das nichts bringen würde. Nur sehr wenige Menschen ändern ihre tiefsten Überzeugungen wegen so etwas Unerheblichem wie ein paar Fakten.

Ein Streifenpolizist stand zwischen mir und der Leiche, die Ellbogen angewinkelt und die Hände in den Hüften, und ich blickte durch die Armbeuge über den Griff seines Revolvers hinweg auf die Tote. *Davon hätte ich gern ein Foto*, dachte ich. *Ein Foto von der Toten, wie sie im Gras liegt und wie der Streifenbeamte so dasteht, wie er dasteht, ein Foto, das ich Leuten zeigen könnte, als die definitive Antwort auf ihre Frage, wie das Leben eines Cops wirklich ist. So ist es, könnte ich erwidern. Es ist der unsinnige, sinnlose Tod von Menschen, die nicht hätten sterben dürfen, zumindest nicht, wo und wann und wie sie gestorben sind. Es ist der Ekel und die Wut und die Nutzlosigkeit, die alle Cops angesichts einer solchen unsinnigen, gedankenlosen Verschwendung menschlichen Lebens, menschlichen Potentials empfinden. Ich wünschte, ihr könntet es so sehen.*

Der Krankenwagen war bereits vor mir eingetroffen, und der Fahrer und sein Helfer warteten geduldig darauf, die Leiche abtransportieren zu können. Jetzt kam noch ein Wagen, ein beigefarbener Kombi von der Gerichtsmedizin. Der stellvertretende Leiter der Gerichtsmedizin Andrew Habib und die Ermittlerin der Gerichtsmedizin Gil Sanchez stiegen aus, und Gil machte sich sofort daran, die gleichen Fotos zu schießen wie Irene Loukas zuvor. Ich frage mich immer, wieso sie nicht einfach dieselben Fotos verwenden, statt die gleiche Arbeit zweimal zu machen, aber es ist nicht an mir, dies zu ergründen.

Während Gil Fotos machte, stand Habib neben mir. »Was habt ihr bisher?« fragte er mich.

Ich erzählte es ihm.

»*Coe?*« fragte er ungläubig. »*Dorene* Coe? *Robert* Coes –?«

Wir hatten schon einige Male Leichen gehabt, die ich als Menschen gekannt hatte. Jetzt, so vermutete ich, hatten wir endlich eine Leiche, die Habib als Person gekannt hatte.

»Coe«, bestätigte ich. »Dorene Coe. Robert Coes Frau.«

»Verdammt«, sagte Habib. »Was für ein Scheißkerl bringt denn so ein junges Ding um?«

»Ein Scheißkerl, der Angst hat«, erwiderte ich. »Ein Scheißkerl, den sie hätte identifizieren können.« Habib nickte.

Sanchez war mit den Fotos fertig, und Habib und ich gingen zu der Leiche, die nun offiziell – wenn auch ein wenig überflüssigerweise – zur Leiche erklärt wurde. Offiziell, weil das Gesetz eine offizielle Feststellung des Todes verlangt. Überflüssigerweise, weil die Leiche erheblich abgekühlt und die Bildung der Totenflecke – die Verfärbung, die anzeigt, in welcher Position die Leiche lag – schon fortgeschritten war.

Habib, der diesmal nicht wie sonst an einem Tatort summte, überprüfte am Handgelenk die Leichenstarre (sie hatte noch nicht eingesetzt), sah sich die Totenflecke an, schaute auf seine Uhr, machte rasch ein paar Berechnungen und sagte: »Zehn Uhr. Etwas später oder früher.«

Zu dieser Jahreszeit und wegen der Sommerzeit wurde es erst kurz vor zehn richtig dunkel. Es müßten also noch Leute im Park gewesen sein – Jogger, Liebespärchen. Irgend jemand müßte einen Schuß gehört haben. Müßte, vielleicht, den Wagen gesehen haben, vielleicht sogar den Mörder.

Aber niemand hatte einen Schuß gemeldet. Niemand hatte eine Leiche gemeldet.

Hatte niemand sie gesehen? Oder wollte niemand in die Sache hineingezogen werden?

Die beiden vom Krankenwagen kamen und drehten die Leiche um, damit Gil und Irene die Ausschußwunde fotografieren konnten.

Man darf nur die Wunde fotografieren. Dem Gericht darf nichts vorgelegt werden, was die Geschworenen emotional beeinflussen könnte.

Aber die Kameras, die die schmutzige, blutige, zerfetzte Ausschußwunde einfingen, die im Vergleich zur Einschußwunde riesengroß war, konnten nicht verhindern, daß auch die halb geöffneten Augen und die zarte, kindliche Wölbung von Wange und Kinnpartie mit aufs Bild kamen.

Ich dachte heute nacht nicht wie ein Cop. Ich versuchte, mich selbst damit zu entschuldigen, daß ich fast drei Monate nicht mehr im Dienst gewesen war, aber das war gar nicht der Grund. Der wahre Grund war –

Es brachte nichts, darüber nachzudenken.

Die beiden Sanitäter brachten die Leiche weg.

Irene fotografierte die Spritzspuren aus Blut, Haut, Schädelknochenfragmenten und Gehirngewebe um das kleine Loch herum, das die Kugel in das frühlingsgrüne Gras gebohrt hatte. Dann begann sie mit Plastikhandschuhen an den Händen, nach der Kugel zu graben, behutsam, um sie nicht zu zerkratzen, wenn sie sie fand.

Die Kugel steckte nicht tief. Erdboden hält Kugeln wirksamer auf, als Gehirngewebe das vermag. Irene tat die Kugel in einen Plastikbeutel für Beweismittel, schrieb die Fallnummer, Datum, Uhrzeit, Fundort und ihre Initialen auf das Etikett und reichte ihn mir. Ich fügte meine Initialen hinzu, bevor ich mir die Kugel im grellen Licht des Suchscheinwerfers genauer ansah.

Für mich als Nichtexpertin auf dem Gebiet sah sie aus wie von einer .357er Magnum.

Die lebende Dorene Coe hatte vermutlich keine fünfundvierzig Kilo gewogen.

»Es bringt nichts, hier weiterzumachen«, hörte ich Irene zu Millner sagen. »Es ist einfach zu dunkel. Morgen früh –«

»Ich lasse jemanden bis zum Morgen hier Wache stehen«, pflichtete Millner bei. Er rief über Funk einen Streifenwagen, irgend jemanden, der abgestellt werden konnte, um den Tatort zu bewachen; nach kurzer Erörterung mit der Zentrale kam man überein, daß zwei

Wagen erforderlich waren, obwohl damit weniger Wagen als erwünscht Streife fahren konnten.

Ich fuhr zum Präsidium, verschloß die Kugel in dem Beweismittelschrank und diktierte einen Bericht auf Band. Captain Millner kam gegen fünf Uhr morgens herein und sagte: »Wie wär's, wenn Sie den Sonntag freinehmen?«

Die Frage verdiente keine Antwort. Ich funkelte ihn bloß an.

»Im Ernst«, sagte er. »Das FBI ist auch an der Sache dran –«

Ich schaltete den Kassettenrecorder ab und drückte REWIND, STOP, PLAY, um an die Stelle zu kommen, wo ich war, bevor ich gestört wurde. »Ich habe sonntags sowieso keinen Dienst«, stellte ich klar.

»Dann nehmen Sie sich frei –«

»*Ich bin doch schon hier*«, brüllte ich.

»Was?«

»Es *ist* Sonntag«, sagte ich etwas ruhiger, »und ich bin hier. Wie kann ich etwas nicht machen, das ich bereits gemacht habe?«

»Sie können nach Hause fahren«, sagte er, »und Ihrem Kleinen beibringen, aus einem Fläschchen zu trinken.«

An dieser Stelle gab ich mir eine peinliche Blöße. Ich brach in Tränen aus.

Als ich mich endlich ausgeweint hatte, war Captain Millner nicht mehr da, was vermutlich sehr schlau von ihm war, und ich beschloß, ebenfalls nach Hause zu fahren. Unterwegs hielt ich an einem Kiosk ein paar Straßen von meinem Haus entfernt und kaufte noch etwas Milch fürs Frühstück, nachdem Hal beim Abendessen gut zwei Liter konsumiert hatte. Die Morgenausgabe vom *Star-Telegram* lag bereits zum Verkauf aus. Den Schlagzeilen entnahm ich, daß Robert Coe eine stattliche Belohnung für die wohlbehaltene Rückkehr seiner Frau ausgesetzt hatte. Beinahe wäre ich wieder in Tränen ausgebrochen.

Ich fuhr das kurze Stück nach Hause und schaffte es etwa zwei Minuten bevor Cameron beschloß, daß es Frühstückszeit war, durch die Tür. Ich legte also das Baby trocken, nahm es mit in mein Bett, und als ich drei Stunden später abrupt aufwachte, wurde mir klar, daß Cameron, das Bett und ich allesamt nicht nur trockengelegt, sondern besonders gründlich gewaschen werden mußten. Man sollte meinen, daß ich, die ich doch noch drei ältere Kinder habe, inzwischen wissen müßte, was alles passieren kann, wenn man ein Baby mit ins Bett nimmt. Aber schließlich hatte ich sechzehn Jahre Zeit gehabt, um es zu vergessen.

Als ich die unangenehme Aufgabe erledigt hatte und die erste von zwei erforderlichen Waschmaschinenladungen durchlief, hatte ich die Kirche verpaßt. Na ja, um ehrlich zu sein, ich hatte die Kirche eigentlich nicht verpaßt. Die Kirche, der Hal beigetreten ist und die ich sporadisch besuche, nutzt den ihr zur Verfügung stehenden Raum sehr effizient; drei Gemeinden, sogenannte »Pfähle«, teilen sich ein und dasselbe Gebäude und sprechen sich zeitlich ab. Dieses Jahr begann der Gottesdienst für unsere Gemeinde um ein Uhr nachmittags, und anschließend fanden die Sonntagsschule und die verschiedenen anderen Veranstaltungen statt. Somit hatte ich noch genügend Zeit, zur Kirche zu kommen, nur daß ich es mir anders überlegt hatte und nicht hingehen würde. Inzwischen war ich wieder im Nachthemd, und falls nicht erforderlich, würde ich heute nirgendwo mehr hingehen, wozu ich mich anziehen müßte.

Ziemlich verschlafen sagte ich Hal, er müßte sich von jemand anders mit zur Kirche nehmen lassen – das war kein Problem; er konnte mit irgendeiner von fünf Familien mitfahren, die im Umkreis von einer Meile um uns wohnten –, und ich legte Cameron in seinen Laufstall, wo er versuchen konnte, seine Babywippe aufzuessen. Auch das war kein Problem; Cameron steckt alles in den Mund außer einem Fläschchen. Und ich ging in die Küche und fing an, in Kochbüchern zu lesen.

Ich weiß auch nicht genau, warum ich samstags und sonntags morgens immer in Kochbüchern lese, wo ich doch sehr wohl weiß, daß ich früher oder später Muffins machen werde. Aber ich lese immer in Kochbüchern für den Fall, daß ich eine plötzliche Eingebung bekomme, doch mal etwas anderes zuzubereiten.

Wie gewöhnlich tat ich nichts dergleichen, und um Viertel nach zehn – was fürs Frühstück ein wenig spät ist, aber an einem Morgen am Wochenende absolut typisch für mich – hatte ich die Muffins im Backofen. Harry saß ausnahmsweise mal nicht an seinem Funkgerät; er las etwas, das er ohne großen Erfolg vor mir zu verbergen versuchte, als ich ins Wohnzimmer kam.

Natürlich fragte ich ihn, was er da las. Wer würde das nicht?

Zögerlich zeigte er es mir. Es war eine große Hochglanzbroschüre von etwas, das sich das Napoleon Hill Institute of Management schimpfte. In kleinen Buchstaben auf der Rückseite stand, daß es nach Napoleon Hill benannt war, aber ansonsten nichts mit ihm zu tun hatte. »Ich habe mir überlegt, ich studiere Betriebswirtschaft«, sagte er.

»Betriebswirtschaft?« wiederholte ich.

»Deb, ich kann nicht mehr fliegen«, sagte er, und das war das erste Mal, daß er es sagen konnte, ohne daß ihm die Stimme brach. »Ich kann nicht mehr fliegen. Ich war fast dreißig Jahre Hubschrauberpilot, aber das ist vorbei. Ich kann keinen Hubschrauber mehr fliegen. Und das Problem ist, ich kann auch sonst nichts. Ich bin nicht auf den Kopf gefallen. Die Firma hätte bestimmt noch Verwendung für mich, wenn ich ins Management gehe.«

»Und ohne einen Abschluß in Betriebswirtschaft können sie dich nicht ins Management versetzen?«

»Doch«, sagte er. »Deb, ich hab' es dir nicht erzählt, aber sie haben es mir angeboten. Das Problem ist – das Problem ist, ich kann den Job nicht machen. Nicht jetzt. Ich weiß einfach nicht, wie. Ich habe einiges von dem Zeug gelesen, was ich für sie lesen sollte, und nichts kapiert. Aber wenn ich Betriebswirtschaft studiere –«

»Aber an so einem zweifelhaften Institut –«

»Das ist kein zweifelhaftes Institut«, sagte er ein wenig verärgert.

»Ich meine, könntest du nicht an der TCU studieren oder in Arlington oder –«

»Ich weiß nicht, ob ich an einer von diesen Unis einen Studienplatz bekommen würde oder, falls doch, ob ich das Studium schaffen würde. Es ist fast dreißig Jahre her, daß ich auf dem College war. Das weißt du ja. Aber dieses Institut ist auf Leute wie mich eingestellt. Ich habe mich erkundigt, Deb. Es ist staatlich anerkannt. Und ich habe in meiner Firma nachgefragt. Die zahlen mir das Studium, solange ich einen einigermaßen guten Notendurchschnitt halte. Es ist eine Abendschule. Einen Abend in der Woche. Ich kann – ich kann mich tagsüber um das Baby kümmern. Und vielleicht, vielleicht, wenn ich den Abschluß in der Tasche habe und wieder arbeite, vielleicht kannst du dann kündigen und zu Hause bleiben. Ich weiß, daß du das möchtest.«

Ich sagte nicht, daß ich jetzt zu Hause bleiben wollte, und nicht erst in zwei Jahren. Das wußte er bereits.

Und er war seit dem Unfall nur noch trübsinnig und deprimiert, mal beteuerte er, daß der Arzt sich irrte und er wieder würde fliegen können, mal saß er auf der Couch und starrte ins Leere. Ich war froh, daß er keinen Alkohol trank, denn sonst hätte er bestimmt schon längst zur Flasche gegriffen. Und das hier war das erste positive Zeichen überhaupt.

»Die Idee hört sich gut an«, sagte ich. »Wann fängst du an?«

»Ich hab' mich noch nicht entschieden«, sagte er. »Ich denke bloß drüber nach.«

»Oh. Wenn du das nicht machst, was dann –«

»Ich weiß nicht«, sagte er und hörte sich an, als wäre er wieder den Tränen nah.

Ich beschloß, in die Küche zu gehen, um mir zu überlegen, was wir zu den Muffins essen könnten. Vielleicht ein Schinken-Käse-Omelett. Jetzt war nicht der Zeitpunkt, sich über Cholesterin Gedanken zu machen.

Die Mittagsnachrichten berichteten von dem Mord, und kurz vor eins rief Detective Nathan Drucker an, der unlängst zu uns ins Sonderdezernat versetzt worden war. »Ich hab' hier zwei Jugendliche, die glauben, daß sie den Mord gesehen haben«, sagte er. »Soll ich ihre Aussagen aufnehmen, oder willst du selbst mit ihnen sprechen?«

Cameron würde sich um zwei Uhr mit einem Fläschchen einverstanden erklären oder warten müssen, bis ich nach Hause kam, beschloß ich, zog mich rasch an und war schon zur Tür hinaus. Wer ist hier schließlich der Boß, ich oder ein neun Wochen altes Baby?

Wer schon mal ein neun Wochen altes Baby hatte – und so mancher, der noch keins hatte –, kennt die Antwort darauf. Das Baby natürlich. Wenn Cameron brüllt, dann brüllt er laut. Pat, die Dobermann-Pitbull-Mischung, die der Grund dafür ist, warum wir einen 1,80 hohen Maschendrahtzaun um den Garten herum haben (freilaufende Hunde können *sehr* teuer sein), kommt an die Hintertür und winselt, wenn Cameron brüllt. Die Katze, die ich eines Tages meinem Schwiegersohn (dem zukünftigen Psychiater-Schwiegersohn, nicht dem Anwalt-Schwiegersohn) schenken werde, hockt sich auf die Kommode, den Schwanz um alle vier Beine gewickelt, und blickt ganz neugierig auf das Kinderbettchen unter ihr. Manchmal springt die Katze ins Kinderbettchen und schnurrt laut. Cameron läßt sich dadurch nicht davon abbringen zu brüllen, es sei denn, er brüllt nicht vor Hunger, sondern aus Langeweile, dann versucht er nämlich den Schwanz der Katze zu fassen, den er anscheinend für eine Art Griff hält. Das wiederum führt zu erneutem Brüllen, weil die Katze es nicht mag, wenn man nach ihrem Griff faßt. Doch der Gedanke, das Bettchen zu verlassen, kommt der Katze nie in den wie auch immer gearteten Sinn. Nein, die Katze bleibt in dem Bettchen und zuckt nur gerade soviel mit dem Schwanz, daß Cameron ihn nicht zu fassen kriegt.

Wenn ich es mir recht überlege, ist es vielleicht doch besser, die Katze nicht Olead und Becky zu schenken, meiner jüngeren Tochter und ihrem Mann. Außer Camerons Neffen Barry, der älter ist als er – der Sohn meiner älteren Tochter – wird es in zirka sieben Monaten endlich einen Neffen oder eine Nichte geben, die jünger ist als ihr Onkel. Mit anderen Worten, Becky ist schwanger. Da sie bereits von Oleads drei Jahre altem Halbbruder, der jetzt ihr und Oleads Adoptivsohn ist, ganz schön auf Trab gehalten wird, braucht sie nicht unbedingt noch eine Katze, die Babys ärgert und für noch mehr Trubel sorgt.

Mit diesem recht verdrießlichen Gedanken parkte ich auf einem leeren Parkplatz neben dem Polizeipräsidium und ging hinein.

Mike Howell und Janelle Parker schienen ungefähr im Alter meines älteren Sohnes zu sein, sechzehn oder so. Sie wirkten beide wie nette, normale, adrett gekleidete, wohlerzogene Teenager aus der Mittelschicht. Mike war weiß, und Janelle war schwarz, und was ihnen am meisten Sorgen zu machen schien, war, daß ihre Eltern nicht erfahren durften, daß sie am Abend zuvor zusammen waren. Sowohl seine als auch ihre Eltern waren gegen die Verbindung.

»Von mir erfahren sie es bestimmt nicht«, sagte ich, »und ich denke, wir können es vorläufig auch vor der Presse geheimhalten. Aber wenn die Sache vor Gericht geht –«

»Hmm«, sagte Mike und blickte Janelle an.

Janelle zuckte die Achseln. »Wir sagen als Zeugen aus, wenn wir müssen«, sagte sie. »Aber meine Mama dreht durch, wenn sie das mit Mike rausfindet.«

»Und mein Dad –«, sagte Mike und schüttelte den Kopf. »Ich müßte jetzt eigentlich mit Orrin beim Basketball sein, und Janelle hat angeblich Chorprobe.«

»Wo seid ihr beiden gestern abend angeblich gewesen?« fragte ich.

»Ich hab' bei meiner Schwester übernachtet«, sagte Janelle. »Sie verrät nichts.«

»Und mein Dad weiß, daß ich mit einem Mädchen verabredet war«, sagte Mike. »Er weiß nur nicht, mit wem.«

»Und ihr glaubt, ihr habt vielleicht den Mord gesehen?«

Sie nickten beide.

»Dann erzählt mal.«

»Wir waren – ähm – im Park«, sagte Mike. »Ich hab' mir den Wagen von meiner Mom geliehen. Wir haben – wir haben nichts gemacht, na ja, was wir nicht machen sollten.«

»Wir haben die Enten gefüttert«, sagte Janelle leise. »Ich hatte altes Brot dabei, und wir haben die Enten auf dem Teich gefüttert. Und da ist dieses Auto ziemlich schnell an uns vorbeigefahren.«

»Ein weißer New Yorker«, sagte Mike. »Und die Straßen im Park sind ja ganz schön kurvig. Er fuhr viel zu schnell. Deshalb habe ich hingeschaut. Deshalb und auch wegen dem Wagen. Es war ein richtig –« Er stockte, suchte nach Worten. »Yuppiemäßig. Ein echt yuppiemäßiger Wagen.«

»Konntest du sehen, wer drin saß?«

»Ja. Es war – waren vier Leute drin. Ein Typ und eine Frau vorne, und ein Typ und eine Frau hinten.«

»Kannst du sie beschreiben?«

»Als sie im Auto saßen, habe ich nichts erkannt, aber sie sind ausgestiegen. Sie sind am Ententeich ausgestiegen, und dann sind sie wieder eingestiegen und weitergefahren, wieder zu schnell. Sie sind zum Fluß gefahren, und wir waren mit Entenfüttern fertig und sind rumspaziert, na ja, einfach rumspaziert, ohne irgendein Ziel, nur rumspaziert, und wir haben gesehen, daß der Wagen angehalten hatte und sie wieder ausgestiegen waren. Der eine Typ, ich glaube, der, der gefahren hat, war groß, zirka 1,88, 1,90, so um den Dreh, und der andere war um einiges kleiner, vielleicht knapp 1,70. Sie hatten beide dunkelbraunes Haar, oder vielleicht war es auch fast schwarz, schwer zu sagen, weil es schon dunkel wurde. Die eine Frau hatte blondes Haar, und die Haare der anderen Frau waren bräunlich. Hellbraun, jedenfalls so hell, daß ich selbst bei dem Licht erkennen konnte, daß sie braun waren und nicht blond oder schwarz.«

»Was hatten sie an?«

»Die beiden Typen und die Blonde hatten Jeans an, und beide Männer trugen T-Shirts«, sagte Mike. »Die andere Frau –« Er blickte Janelle an.

»Sie hatte ein grünes Kleid an«, sagte Janelle. »Es war – elegant. So ein Kleid, dem man auf den ersten Blick ansieht, daß es nicht von K Mart ist. Vielleicht von Dillards. Sehr wahrscheinlich von Neiman-Marcus. Aber ganz schlicht. Ganz, ganz schlicht. Die blonde Frau trug eine gestreifte Bluse. Die war von K Mart. Oder vielleicht Wal-Mart.

»Ihr habt gesagt, die Männer trugen T-Shirts. Was –«

Janelle und Mike blickten einander an. »Bloß T-Shirts«, sagte Janelle. »Mehr habe ich nicht erkennen können. Oder vielleicht doch, aber ich kann mich nicht mehr erinnern. Bloß T-Shirts. Helle. Möglich, daß sie beschriftet waren, aber ich erinnere mich nicht. Der größere Typ hatte eine Baseballmütze auf, aber ich könnte nicht sagen, welche Farbe oder ob was drauf gestanden hat.«

»Wieso glaubt ihr, daß sie die Mörder sind?« fragte ich.

»In der Zeitung stand heute morgen, was die Frau anhatte«, sagte Janelle. »Und heute mittag im Fernsehen haben sie gemeldet, daß sie – daß sie ermordet wurde. Im Park.«

»Und wir – ich glaube, wir waren da«, sagte Mike. »Genau da. Sie waren – wir haben so einen *Knall* gehört. Kurz bevor wir über den Hügel kamen. Wir hatten den Wagen an uns vorbeifahren sehen, aber wir wußten nicht, daß er wieder angehalten hatte, und dann haben wir dieses Knallgeräusch gehört, wie ein lauter Knallfrosch –«

»Eher wie ein Böller«, fiel ihm Janelle ins Wort. »Das war zu laut für einen gewöhnlichen Knallfrosch.«

»Eher wie ein Böller«, stimmte Mike zu. »Und dann sind wir über den Hügel gegangen und haben sie gesehen, und die blonde Frau lag auf dem Boden, aber ich habe mir nichts dabei gedacht, weil im Park immer irgendwo Leute herumliegen. Ich habe bloß –« Er schluckte. »Ich habe bloß gesagt, ›Heh, Mister, es ist nicht erlaubt, hier mit Knallfröschen rumzuballern‹, und der große Typ hat gesagt, ›Ach ja? Dann hören wir damit auf.‹ Und er hat sich auf den Boden gesetzt, und Janelle und ich sind weitergegangen.«

»Und ihr seid nicht denselben Weg zurückgegangen?«

»Nein«, sagte Janelle. »Wir hatten den Wagen auf dem Parkplatz auf der anderen Seite vom Deich abgestellt, und wir sind den anderen Weg zurückgegangen. Ich muß immerzu denken, wenn wir denselben Weg zurückgegangen wären, hätten wir die Frau gefunden.«

»Und wir hätten sie gefunden, und sie wüßten es –«, sagte Mike, ohne den Satz zu beenden. Er sah mich an. »Ich habe gedacht, es wären Knallfrösche«, sagte er. »Ich habe gedacht, es wären bloß Knallfrösche.«

Ich nahm ihre Aussage schriftlich auf, wobei ich erfolglos versuchte herauszubekommen, wie oft der Wagen angehalten hatte, und schickte sie dann nach Hause, wohlwissend, als ich sie gehen sah, daß diese beiden Kinder gerade ihre Kindheit hinter sich gelassen hatten. Sie waren in den Park gegangen, um die Enten zu füttern und vielleicht ein bißchen zu schmusen, und sie hatten einen Mord erlebt. Nichts würde daran je etwas ändern.

Aber für Dorene Coe, die nur vier Jahre älter gewesen war, war nicht nur die Kindheit vorbei. Sondern ihr Leben.

Ich diktierte einen zusätzlichen Bericht und wollte gerade nach Hause fahren, als ich von der Frau am Empfang – der jetzt sogar sonntags besetzt ist – einen Anruf bekam. »Ed Gough ist hier«, sagte sie.

Das wird »Goff« ausgesprochen. Ich kannte Ed Gough. Jeder Cop in der Stadt kennt Ed Gough. »Schicken Sie ihn rein«, sagte ich resigniert und fragte mich, wie lange es wohl diesmal dauern würde, bis ich ihn wieder loswürde.

Er kam herein, in einer Khakihose, die ihm zu kurz war, und einem Khakihemd, das ihm zu groß war. Er hatte eine Baseballmütze auf, so unbeholfen auf den Kopf gezwängt, daß sein angegrautes braunes Haar in alle Richtungen darunter hervorstand. Er nahm die Mütze ab, als er vor meinem Schreibtisch Platz nahm, und beugte sich vertraulich vor. »Ich war's«, sagte er.

»Schön, Ed, können wir morgen darüber reden?« fragte ich ohne Hoffnung.

»Nein, ich muß es Ihnen jetzt erzählen«, sagte er.

Vor langer Zeit – vor fünfundzwanzig Jahren – war Ed Gough es wirklich gewesen. Er vergewaltigte und erwürgte seine Schwester, an einem Sonntag nachmittag in einem Park in der Innenstadt, und das Gericht erklärte ihn für den Zeitpunkt des Mordes und für die Zeit der Verhandlung für geistesgestört und steckte ihn für lange

Zeit in eine Anstalt. Doch vor etwa sieben Jahren kamen die Ärzte zu dem Schluß, daß er wieder bei Verstand war und freigelassen werden könnte, und sie ließen ihn tatsächlich frei. Seitdem kommt Ed Gough zwei- oder dreimal im Monat bei uns hereingeschneit und gesteht einen Mord nach dem anderen. Und wir müssen uns jedesmal seine Geschichte anhören, denn es besteht ja immer die Möglichkeit, daß er vielleicht diesmal die Wahrheit sagt.

Diesmal glaubte ich nicht, daß er die Wahrheit sagte. Aber er hatte die richtige Größe – 1,88 –, und er hatte die richtige Hautfarbe und das richtige Geschlecht, und er hatte schon einmal gemordet. Ich mußte mir seine Geschichte anhören.

»Dann schießen Sie mal los«, sagte ich.

»Sie hatte ein grünes Kleid an.«

Das könnte als beweiserheblich betrachtet werden, aber – und das wußte inzwischen jeder Cop in Fort Worth – Ed Goughs Schwester hatte ein grünes Kleid getragen.

»Aha«, sagte ich. »Was noch?«

»Ich habe sie umgebracht«, sagte er.

»Aha«, sagte ich. »Wie haben Sie sie umgebracht?«

»Ich habe es nicht gewollt.«

»Okay.«

»Ich wollte, daß sie aufhört zu schreien. Sie hat geschrien und geschrien und geschrien, und ich wollte, daß sie aufhört. Also habe ich ihr den Mund zugehalten, und sie hat mich gebissen, und sie hat weiter geschrien, und da habe ich ihr den Hals zugedrückt, damit die Schreie nicht rauskonnten, und ich habe immer weiter zugedrückt und zugedrückt – Nein?«

Ich schüttelte den Kopf. »Nein, Ed, diesmal nicht.«

»Ich habe sie nicht so getötet?«

»Sie haben diese Frau nicht getötet, Ed«, sagte ich zu ihm. »Sie haben eine andere getötet, vor langer Zeit. Diese nicht.«

»Aber sie hatte ein grünes Kleid an«, sagte er. »Im Fernsehen haben sie gesagt, sie hatte ein grünes Kleid an.«

»Es war ein anderes grünes Kleid.«

»Oh. Dann sperren Sie mich also nicht ein?«

»Heute nicht.«

»Sie sollten mich aber einsperren«, sagte er.

»Wieso?«

»Damit ich niemanden mehr umbringen kann«, sagte er, und einen Moment lang klang er völlig normal und sehr besorgt. Er schüttelte den Kopf. »Ich weiß, wen ich umgebracht habe. Ich habe Debbie umgebracht. Ja, sie. Es ist lange her. Ich hatte nicht vor, sie umzubringen. Ich wollte sie nicht umbringen. Aber ich konnte nicht aufhören. Und sie haben mich eingesperrt, ganz lange, damit ich niemanden mehr umbringen konnte, aber dann haben sie mich rausgelassen, und ich habe wieder eine umgebracht, aber niemand glaubt mir.«

»Wir können keine Frau finden, die Sie umgebracht haben«, sagte ich.

»Aber es stimmt. Ich habe wirklich jemanden umgebracht.«

»Aber nicht gestern.«

»Nein. Nicht gestern. Aber ich habe wieder eine umgebracht. Und sie hatte ein grünes Kleid an, genau wie Debbie.«

Diese Geschichte erzählte er mir jetzt mindestens zum vierten Mal, das vierte Mal von vierzig oder fünfzig Morden, die er gestanden hatte, also so gut wie jeden, den wir bearbeitet hatten. Meine Freundin Susan Braun ist Psychiaterin; ich habe ihr von Ed erzählt, und sie hat gesagt, daß er wahrscheinlich wirklich wieder eine Frau ermordet hat.

Aber in den sieben Jahren, seit Ed wieder auf freiem Fuß ist, wurde bei uns keine Frau als vermißt gemeldet, die ein grünes Kleid getragen haben soll, und es wurde auch keine Frau als vermißt gemeldet, auf die seine Beschreibung von der Frau paßt, die er angeblich ermordet hatte.

»Sie müssen mich einsperren«, sagte er mit Nachdruck.

»Ed, ich kann Sie nicht einsperren«, erwiderte ich. »Mag ja sein, daß Sie wieder jemanden umgebracht haben, aber ich kann die Leiche nicht finden, und Sie haben die Frau gestern nicht umgebracht.«

»Aber ich könnte es getan haben.«

»Ja, vielleicht. Aber Sie haben es nicht getan. Gehen Sie jetzt nach Hause und handeln Sie sich keinen Ärger ein.«

Ed sah zu Nathan hinüber. »Sperren *Sie* mich ein?«

Nathan schüttelte den Kopf. »Ich würde, wenn ich könnte, Ed, aber ich kann nicht.«

»Irgend jemand muß mich einsperren«, murmelte Ed, rammte

sich die Baseballmütze wieder auf den Kopf und schlich aus dem Büro.

»Eines Tages bringt er wieder jemanden um«, sagte Nathan, »und dann wird die Presse fragen, wieso die Polizei es nicht verhindert hat.«

»Oder«, erwiderte ich, »eines Tages läßt jemand ein Haus einreißen oder ein leerstehendes Grundstück ausheben, und es wird ein Skelett in einem grünen Kleid gefunden.« Ich schloß meine Schreibtischschublade. »Ich fahr' nach Hause.«

Nach Hause. Wo, genau wie gestern, mein Mann und mein Sohn geduldig darauf warten würden, daß ich nach Hause kam und das Abendessen machte.

In der Vergangenheit lösten wir das Problem, indem wir in einen Schnellimbiß oder zum Red Lobster gingen, aber seit Cameron da ist, gestaltet sich diese Notlösung nicht mehr ganz so einfach. Gestern abend habe ich drei tiefgefrorene Pizzas in den Backofen geschoben. Heute abend fuhr ich bei Kentucky Fried Chicken vorbei. Eine langfristige Lösung wäre vielleicht die, Harry mit einem Kochbuch bekannt zu machen.

Kochbuch, darf ich vorstellen, das ist Harry.

Harry, das ist ein Kochbuch.

Harry, das ist meine Küche.

Vergiß es.

Dem Himmel sei Dank für Kentucky Fried Chicken, Pizzas und chinesisches Essen zum Mitnehmen, Red Lobster, Schnellimbisse und Knack und Back.

Und ich muß mir wirklich was einfallen lassen, wie ich Cameron dazu kriege, das Fläschchen zu nehmen.

Kapitel 4

Hal und seine Freundin Lori waren im Vorgarten und ärgerten den Hund, indem sie mal einen Ball warfen, damit er ihn jagen konnte, und mal nur so taten als ob. Pat, nicht gerade der intelligenteste Vierbeiner der Welt, raste dem Ball jedesmal eifrig nach, ob er nun geworfen worden war oder nicht, woraufhin Hal sich vor Lachen bog, bis Lori Mitleid mit Pat bekam und Hal den Ball abnahm, um ihn so ungefähr in die Richtung zu werfen, wo Pat eifrig im Gras herumschnüffelte.

Als ich reinging, kamen Hal und Lori – beide in Blue jeans, T-Shirts und schmutzigen Turnschuhen ohne Schnürsenkel (anscheinend sind Schnürsenkel dieses Jahr démodé) – hinter mir her, Hal mit dem bemüht lässigen Gang, der normalerweise bedeutet, daß er hofft, nicht bemerkt zu werden (ein unmöglicher Traum für jemanden, der mit sechzehn Jahren 1,95 mißt), oder aber, daß er um etwas bitten will, das er nicht zu kriegen erwartet. »Na, du Stinker«, sagte er freundlich zu Cameron, der in seinem Laufstall lag und seine Füße aß, was er meiner Ansicht nach eigentlich noch gar nicht können dürfte.

»So was sagt man nicht zu einem Baby, das ist gemein!« meinte Lori empört.

»Dann wickel du ihn doch das nächste Mal«, sagte Hal, »dann weißt du, warum ich ihn Stinker nenne.«

In diesem Augenblick kam Pat dazu, überaus stolz, weil er es geschafft hatte, ins Haus zu gelangen. Aus irgendeinem für Menschen unerfindlichen Hundegrund liebt Pat Cameron über alles. Er steckte seine Schnauze durch die Stäbe des Laufstalls, und bevor einer von uns ihn zurückhalten konnte, hatte er auch schon dem Baby, dessen Gesicht zwar gewaschen werden mußte, aber möglichst nicht von einem Hund, einen dicken Schmatzer verpaßt. Cameron blickte ungeheuer verdutzt, fing aber nicht an zu brüllen. »Hal, schaff den Hund raus und mach die Tür diesmal richtig zu«, sagte ich und ging einen Waschlappen holen, um Cameron auf meine Weise noch einmal das Gesicht zu waschen.

»Mom, kann ich den Pick-up haben?« fragte Hal, mit einer Hand an Pats Halsband. Ohne mir Zeit zum Antworten zu geben, fuhr er hastig fort. »Ich muß mich nämlich umziehen, und dann muß ich Lori nach Hause bringen, damit sie sich umziehen kann, weil heute um sieben von der Kirche aus ein Kaminabend für Jugendliche ist.«

»Ein *Kaminabend?«* fragte ich. »Bei *diesem* Wetter?« Im Mai haben wir in Tarrant County zwar noch nicht Hochsommer, aber es fehlt nicht viel, und das Thermometer war seit zwei Wochen tagsüber nicht mehr unter dreißig Grad gesunken.

»Kein *richtiger* Kaminabend«, erklärte Hal. »Es nennt sich bloß Kaminabend. Es ist eigentlich ein Treffen, wo wir Sachen besprechen und so, und gegen neun oder vielleicht halb zehn sind wir, ich meine, bin ich wieder zu Hause, also, kann ich nun den Pick-up haben?«

»Der Pick-up gehört deinem Vater«, sagte ich. »Frag ihn.«

»Er hat gesagt, ich soll dich fragen wegen dem Defekt.«

»Wegen *was?«*

»Der Haushaltsdefekt. Oder so ähnlich. Weil wir uns nicht mehr soviel Sprit leisten können, weil Dad arbeitslos ist.«

»Du meinst das Haushaltsdefizit?«

»Könnte sein.«

»Ja, du kannst den Pick-up haben, wenn dein Dad einverstanden ist«, sagte ich. »Wann habe ich dir je verboten, zur Kirche zu gehen?«

»Danke, Mom.« Er überließ es Lori, einen sehr großen Dobermann-Pitbull-Mischling aus dem Haus zu schaffen – damit Sie sich ein Bild machen: Lori ist ungefähr 1,63, und ein durchschnittlicher Pitbull kann einen Pick-up ziehen –, und sauste los, um sich umzuziehen. Das heißt, er zog ein frisches T-Shirt an. Mehr zog er sich offenbar nicht um. Dann zogen er und Lori los, und ich stillte Cameron und legte ihn in sein Bettchen, damit er so lange ein Nickerchen machte, bis er fand, daß es wieder Essenszeit war.

Dann ging ich mich selbst umziehen, in der Hoffnung, daß ich heute abend nicht mehr nach draußen mußte, und Harry folgte mir ins Schlafzimmer. »Hal«, erklärte er, »ist heute abend nicht da.«

»Stimmt«, erwiderte ich.

»Und Cameron scheint zu schlafen.«

»Stimmt ebenfalls.«

»Schön«, sagte Harry und fügte hinzu, »ich hab' das Telefon ausgehängt.«

Das war einfach der beste Einfall, der mir seit Wochen zu Ohren gekommen war.

Montag morgen, und ich mußte offiziell wieder zur Arbeit. Da ich bereits am Wochenende acht Stunden im Dienst gewesen war, hätte ich mir einfach freinehmen und zu Hause bleiben können. Das hätte mein Gewissen in bezug auf Cameron einen Tag mehr beruhigt, aber natürlich in keinster Weise mein Gewissen in bezug auf Dorene Coe.

Also stand ich um sechs Uhr auf (diesbezüglich hatte ich keine andere Wahl), stillte Cameron (Harry macht ein gutes Frühstück) und fuhr zur Arbeit; Harry würde um zehn und um zwei Uhr allein mit Cameron fertigwerden müssen. Wir hatten jede Menge Babymilchpulver. Wir hatten jede Menge Fläschchen. Ich ging fest davon aus, daß die Fläschchen voll und Cameron leer sein würden und daß er brüllen würde, wenn ich nach Hause kam. Wie bringt man ein Kind dazu, das Fläschchen zu nehmen?

Bei meinen anderen Kindern gab es dieses Problem nicht. Ich habe sie adoptiert, und sie waren alle drei schon älter gewesen als Cameron jetzt, als ich sie bekam. Sie nahmen bereits das Fläschchen.

Man sollte meinen, daß ich, nachdem ich das ganze Wochenende Berichte geschrieben hatte, nicht noch mehr Berichte würde schreiben müssen. Das ist ein Witz. Polizeireviere ersticken in Papierkram. Ich war offiziell gerade mal fünf Minuten im Dienst und schon jetzt drei Berichte im Rückstand. Außerdem hatte ich einen vollen – einen sehr, sehr vollen – Eingangskorb, dessen Inhalt überwiegend aus Dingen bestand, die ich, oder irgend jemand, vor ein, zwei oder drei Monaten hätte erledigen müssen. Ich ging alles rasch durch, entsorgte das meiste in den Papierkorb, bis auf die Unterlagen, die gelesen, abgezeichnet und weitergeleitet werden mußten. Die zeichnete ich nämlich ab, ohne sie gelesen zu haben, und legte sie heimlich in Nathans Eingangskorb, als der gerade mal nicht hinguckte.

Ich war noch immer mit dem Eingangskorb beschäftigt, als Dub Arnold und Donald Chang hereinkamen. Ich käme mit FBI-Mitarbeitern wesentlich besser klar, wenn sie wesentlich weniger Hektik verbreiten würden. Für einen FBI-Agenten ist Dub ziemlich unhektisch – er ist lange genug in dem Geschäft, um zu wissen, daß Hektik nichts bringt –, aber Donald Chang war ein anderes Kaliber. Er kam frisch von der FBI-Schule. Er erwartete, daß alles richtig gemacht wurde – richtig im Stil von J. Edgar Hoover, obwohl Hoover seit etwa fünfzehn Jahren tot ist –, und er erwartete, daß alles auf der Stelle erledigt wurde. Im richtigen Leben funktioniert das nicht so. Auch er würde das noch lernen. Aber er mußte es nicht gerade während meiner Dienstzeit lernen.

Für diesen Fall jedoch waren wir gemeinsam zuständig, ob mir das nun gefiel oder nicht. Das Fort Worth Police Department war zuständig, weil sowohl der Banküberfall als auch der Mord in Fort Worth passiert waren. Das FBI war zuständig, weil das FBI für alle Banküberfälle zuständig ist, ganz gleich, ob sie auch noch zu einem Mord geführt haben oder nicht. Ich war die Vertreterin der Polizei von Fort Worth, und Dub und Chang waren die Vertreter des FBI. Das hieß, wir mußten zusammenarbeiten.

Dub wollte, daß wir die Akte des Falles gemeinsam durchgingen und anschließend rausfuhren, um uns mit Zeugen zu unterhalten. »Ihr seid zu zweit«, stellte ich klar.

»Na und?« sagte Dub, der es sich in Dutch Van Flaggs Sessel bequem gemacht hatte. Da Dutchs und mein Schreibtisch einander gegenüberstehen, saß Dub mir direkt im Blickfeld.

»Na, wenn ihr zu zweit seid, wozu braucht ihr dann mich?«

»Behördenübergreifende Zusammenarbeit«, sagte Dub gedehnt, und ich erwiderte: »Scheiße!«

Donald Chang blickte schockiert drein. Wegen des Wortes oder wegen der Tatsache, daß es aus meinem Mund gekommen war, oder wegen der Majestätsbeleidigung, die eine einfache Polizistin sich gegenüber einem Mitarbeiter des FBI erlaubt hatte?

»Dub, sehen Sie sich doch meinen Schreibtisch an«, protestierte ich. »Ich war drei Monate nicht im Dienst. Können Sie mir nicht wenigstens zwei Stunden zum Verschnaufen geben?«

»Deb, es tut mir leid«, sagte Dub. »Wir müssen die Akte durchgehen. Sie haben einen Teil davon, und ich habe einen Teil davon, und keiner hat alles, und Sie haben noch weiter gearbeitet, als ich am Samstag gegangen bin, und Sie waren am Sonntag wieder hier und haben wieder was gemacht. Ich muß wissen, wie der Stand der Dinge ist. Also, entweder Sie gehen die Akte mit mir durch, oder Sie geben sie mir.«

Natürlich hatte er recht, und ich verhielt mich wie ein Schwachkopf. »Lassen Sie mich vorher schnell was checken«, sagte ich und rief im Labor an.

Irene – manchmal frage ich mich, wann Irene schläft, da sie ständig dazusein scheint, ob sie nun im Dienstplan steht oder nicht – meldete sich, und ich fragte, ob die Untersuchung des Tatortes im Park bereits abgeschlossen war. »Ja, heute morgen in aller Frühe«, beruhigte sie mich.

»Ich hab' die vom FBI hier sitzen. Ist der Bericht schon fertig?«

»Bestell diesen Frustrierten Büro-Idioten, sie sollen verdammt noch mal warten«, erwiderte sie. »Ich habe ihn fertig, wenn ich ihn fertig habe.«

»Wann wird das sein?«

»Wer braucht ihn denn? Die oder du?«

»Sowohl als auch«, sagte ich.

»Laß mir noch ein halbes Stündchen Zeit.«

Ich gab die Information weiter – ohne die Nebenbemerkungen –, und Dub nickte. »Wenn ich um den Bericht gebeten hätte, hätte es zwei Tage gedauert«, bemerkte er.

»Wieso?« fragte Chang.

»Das ist eine sehr lange Geschichte«, sagte Dub zu ihm. »Ich will es mal so ausdrücken. Wenn du – und wenn ich du sage, meine ich auch *du*, und nicht *man* – an Tatortuntersuchungen denkst, dann denkst du sofort an unser Labor. Aber unser Labor ist über tausend Meilen entfernt und meistens drei Monate mit Arbeit im Rückstand. Wenn wir rasche Laborergebnisse brauchen, wenden wir uns an die örtliche Polizei.« Ohne Changs mißbilligenden Blick zu beachten, fuhr er fort. »So ist das nun mal. So ist das schon lange. Eine Hand wäscht die andere. Aber, Chang, es war einmal ein junger Bursche, der mir zur Ausbildung zugeteilt worden war, genau wie du jetzt, und der hatte nicht kapiert, daß wir nett zu den Leuten sein müssen, die uns einen Gefallen tun. Er war mal stinksauer auf Irene Loukas, weil sie uns einen Bericht drei Tage zu spät zukommen ließ, ohne auch nur darüber nachzudenken, daß Irene Loukas uns ja gar keinen Bericht schuldete – oder eine Tatortuntersuchung. Und die Folge war, daß Irene Loukas stinksauer auf uns wurde. Und das ist sie bis heute. Schreib dir folgendes hinter die Ohren«, sagte er oberlehrerhaft. »Beiß nicht in die Hand, die – äh – die deine wäscht.«

Ich mußte lachen. Ich mußte daran denken, wie Irene einmal als Zeugin ausgesagt hat – es wurde wegen Einbruch verhandelt –, als der Verteidiger, der etwa genauso alt und genauso unerfahren war wie Donald Chang, sie fragte, ob sie sicher sei, daß die Fingerabdrücke, die sie am Tatort genommen hatte, eine einwandfreie Identifizierung ergeben hatten. Sie sagte, daß sie sich dessen sicher sei, und der Anwalt wollte wissen, ob sie das FBI gebeten hatte, die Identifizierung zu bestätigen. Das war nun wirklich eine sehr dumme Frage – eine Fingerabdruckexpertin ist eine Fingerabdruckexpertin, egal, für welche Abteilung sie arbeitet –, und Irene erwiderte: »Nein, Sir, das habe ich nicht.«

»Und warum nicht?«

»Das ist nicht üblich.«

Dämlicherweise hakte der Anwalt nach, bis er Irene – so glaubte er – in die Ecke gedrängt hatte. Da sagte Irene: »Sir, Sie scheinen offenbar nicht zu verstehen, was ich sagen will. Ich bitte nicht das FBI um Hilfe. Das FBI bittet mich um Hilfe.«

Der Verteidiger schnappte hörbar nach Luft, und der Staatsanwalt, der die gekränkte Unschuld spielte und sich aufregte, daß seine Zeugin ungerechterweise in Frage gestellt worden war, ließ sich daraufhin von Irene zehn Beispiele nennen, in denen das FBI Irene um Unterstützung gebeten hatte.

Warum erzähle ich die Geschichte jetzt? Weil der damalige Fall – möglicherweise – mit unserem vergleichbar war. Wir hatten – bislang – keine Fingerabdrücke von irgendeinem der Verdächtigen. In der Vergangenheit hätte das eigentlich keine Rolle gespielt; das FBI hätte keine Vergleichsuntersuchungen vornehmen können, weil das womöglich Jahre gedauert hätte. Heute, dank des Fingerabdruck-Identifizierungssystems auf Computer, ist eine Vergleichsuntersuchung möglich – also der Vergleich eines einzelnen Fingerabdrucks von einem Tatort mit der gewaltigen Fingerabdrucksammlung des FBI –, und bei Banküberfällen geht die Suche wahrscheinlich schneller, weil das FBI eine eigene Datei mit Fingerabdruckblättern von Bankräubern hat. Doch das FBI verfügt über Abermillionen Fingerabdruckblätter, so daß eine Überprüfung selbst mit Hilfe von Computern Wochen oder gar Monate dauern würde.

Das war unerheblich, weil wir keine Fingerabdrücke hatten. Wir hatten allerdings ein Stück von einem Handflächenabdruck, den wir an dem Rückspiegel gefunden hatten. Das FBI behauptet, eine Identifizierung von Personen, die keinem engen Kreis von Verdächtigen angehörten, mittels Handflächenabdrücken sei unmöglich.

Irene hat das einmal gemacht. Nur einmal, aber das reichte als Beweis aus, daß es nicht unmöglich war. Es würde nicht schnell gehen, aber falls der Handflächenabdruck von »Melanie Griffith« irgendwo bei uns erfaßt war, würde Irene ihn früher oder später identifizieren. Wir verfügen zwar über eine große Fingerabdrucksammlung, doch unsere Handflächenabdrucksammlung ist klein und dazu noch ohne Klassifizierungssystem – bislang sind nur wenige Klassifizierungssysteme für Handflächenabdrücke entwikkelt worden, aber keines davon ist wirklich so brauchbar wie das Fingerabdrucksystem Henry oder das Vucetich oder das vom FBI – würde die manuelle Überprüfung des kleinen Stücks Handflächenabdruck in unserem Bestand sehr viel Zeit in Anspruch nehmen. Nicht nur die Frauen mußten überprüft werden, sondern auch die Männer, denn es war ja durchaus möglich, daß nicht die Verdächtige, sondern einer der Verdächtigen den Abdruck hinterlassen hatte.

Ich wußte, ohne sie fragen zu müssen, daß Irene bereits das Naheliegende getan hatte; sie hatte den Namen »Melanie Griffith« überprüft, und sie hatte ähnlich lautende Namen überprüft wie »Griffen« und »Griffin«. Sie hätte es mir gesagt, wenn sie etwas gefunden hätte.

Wir hatten also eine Spur, der wir nachgehen konnten und der das FBI nicht nachgehen konnte – oder zumindest nicht nachgehen würde. Ich mußte Dub nicht ausdrücklich darauf hinweisen, sondern nur sichergehen, daß er den Bericht las, in dem der Handflächenabdruck erwähnt wurde, denn er kannte Irene. Und ich würde mir nicht die

Mühe machen, Chang darauf hinzuweisen. Sollte Dub es ihm sagen, wenn er es für nötig hielt.

Ich reichte Dub meine Akte, so, wie sie war – einige Berichte von Samstag und Sonntag waren noch nicht getippt worden –, und widmete mich wieder meinem Eingangskorb. Nach einer Weile rief Irene an und sagte, daß ihr Bericht im Computer war, ob ich einen Ausdruck wollte. Ich ließ einen Ausdruck kommen und gab ihn Dub und wandte mich erneut meinem Eingangskorb zu. »Deb?« sagte Dub.

»Ja?« Ich blickte nicht auf. Ich hatte fast den Boden meines Eingangskorbs erreicht und war keineswegs geneigt, schon wieder in die Welt zurückzukehren.

»Ich denke, wenn wir überhaupt was finden, dann im Wagen des Opfers.«

»Ganz meine Meinung. Wenn wir den Wagen des Opfers finden könnten.«

Dub raschelte mit Papier. »Weißer New Yorker, praktisch nagelneu. Müßte eigentlich leicht zu finden sein.«

»Eigentlich ja«, pflichtete ich ihm bei, »aber er ist noch nicht aufgetaucht.«

»Chang, geh nach unten und hol mir eine Cola«, sagte Dub. Als Chang außer Hörweite war, sagte Dub: »Sie wollen nicht mit mir reden.«

»Nehmen Sie's nicht persönlich. Ich will mit niemandem reden.«

»An Ihrer Stelle hätte ich das gleiche getan. Das gleiche gesagt.«

Ich antwortete nicht. Ich wollte nicht antworten.

»Sie haben also einen guten Rat gegeben, und die Situation ist aus dem Ruder gelaufen. So was ist in der gesamten Geschichte der Menschheit noch nie jemandem passiert.«

»Nun hören Sie schon auf, Dub«, sagte ich.

»Ich werde nicht aufhören, verdammt. Sie hören mir jetzt zu –«

»Dub, würden Sie bitte den Mund halten?« schrie ich. »Diese Frau – dieses neunzehn Jahre alte junge Mädchen – ist *tot!*«

»Ja, sie ist tot. Aber Sie haben sie nicht getötet. So was passiert. So was passiert, mehr nicht. Ja, eine neunzehnjährige Frau ist gestorben, und ja, es ist verdammt beschissen. Ja, sie hat Sie angesehen, als sie zur Tür rausging, und ja, vielleicht hat sie Ihnen die Schuld gegeben. Das heißt aber nicht, daß Sie einen Fehler gemacht haben. Was wäre passiert, wenn Sie das nicht gesagt hätten, was Sie gesagt haben? Dann wären jetzt vielleicht zehn Menschen tot und nicht nur einer.«

»*Wenn, wenn, wenn*, ich scheiß' drauf«, entgegnete ich. »Ich muß damit leben, was passiert *ist*.«

»Stimmt«, sagte Dub. »Dann tun Sie's auch. So wie jeder, der schon mal in einer Befehlsposition war und in der Schlacht Befehle gegeben hat. Manchmal werden Menschen getötet. Manchmal – meistens – werden die falschen Menschen getötet. Dagegen kann man nichts machen. Damit muß man leben. Ja. Sie müssen damit leben. Also, kriechen Sie hinter Ihrem blöden Papierberg hervor und stellen Sie sich der Welt. Hören Sie auf, sich selbst leid zu tun, und lassen Sie uns den Fall lösen.«

»Haben Sie vielleicht auch noch irgendwelche genialen, wunderbaren Vorschläge, wie wir dieses Mirakel bewerkstelligen sollen? Dub, wir haben nichts in der Hand außer einem mickrigen Stück Handflächenabdruck, und Irene tut, was sie kann, um da was rauszuholen, aber ich muß Ihnen nicht sagen, wie lange es dauern wird, wenn es überhaupt was bringt.«

»Sie und ich fahren jetzt zu Coe und sprechen mit ihm; vielleicht kriegen wir ja noch eine genauere Beschreibung von dem weißen New Yorker. Irgendwas, das ihn vielleicht von allen anderen weißen New Yorker unterscheidet, die auf den Straßen unterwegs sind.«

»Sie und ich, meinetwegen«, sagte ich. »Was ist mit Ihrem Anhängsel?« Normalerweise rede ich nicht so abfällig über Neulinge. Schließlich haben wir alle mal angefangen. Aber heute wollte ich einfach fies sein. Und außerdem hatte Donald Chang irgendwas an sich, das mich an Dan Quayle erinnerte.

Donald Chang, der in den letzten Sekunden mit einem Pappbecher Coca Cola hereingekommen war, blickte gekränkt, weil ich ihn als Anhängsel bezeichnet hatte. »Er kommt mit«, sagte Dub. Er nahm den Becher, trank ihn in einem Zug aus, warf ihn in einen Abfalleimer und sagte: »Gehen wir. Nehmen Sie ein Walkie-talkie mit.«

Überraschung! Wir fuhren sogar mit dem Wagen vom FBI. Das kommt nur ganz selten vor. Den FBI-Leuten fällt es sonst nicht im Traum ein, ihr Geld auszugeben, wenn sie das der Stadt ausgeben können. Ich habe sogar schon erlebt, daß sie Ferngespräche von unseren Apparaten aus gemacht haben, statt ihr hübsches regierungseigenes Fernnetz zu benutzen. Ich vermute, wir fuhren diesmal nur deshalb mit Dubs Wagen, weil Dub sehr wohl wußte, daß Robert Coe fast ganz oben auf der Liste mit Leuten stand, mit denen ich heute nicht reden wollte, und er sich keineswegs sicher war, ob wir jemals bei ihm ankämen, wenn wir mit meinem Wagen fahren würden. Vielleicht hätte ich mir ja eine oder zwei oder zwei Dutzend Umwege oder andere Besorgungen einfallen lassen, die wir unterwegs unbedingt erledigen mußten.

Robert Coes Haus wirkte nicht so, wie man es bei einem erfolgreichen Erfinder erwartet hätte. Es war einfach ein Haus, so eins, das eine Freundin von mir mal als ein stinknormales Haus ohne Schlagsahne bezeichnet hat. Es war aus Backstein, weil fast alle Häuser in der Gegend aus Backstein sind, und es hatte eine angebaute Garage, weil fast alle Häuser in der Gegend eine angebaute Garage haben. Ich schätzte, daß es drei Schlafzimmer hatte, und der ungepflegte Rasen vor dem Haus bestand aus Bermudagras, das von der Maihitze bereits verbrannt war. Im August würde es mit Sicherheit katastrophal aussehen.

Ich hatte damit gerechnet, daß viele Leute da sein würden. Aber vor dem Haus standen keine Autos, und in der Einfahrt nur ein Pickup, der genauso klapprig war wie Harrys. »Sind Sie sicher, daß wir hier richtig sind?« fragte ich verwundert.

»Wir sind hier richtig«, sagte Dub und klopfte an die Tür.

Robert Coe kam mit nackten Füßen an die Tür, in Khakihose und T-Shirt. Sein Gesicht wirkte abgespannt, und das Weiße in seinen Augen war blutunterlaufen. »Was wollen Sie?« fragte er. »Sie ist tot. Sie können nichts mehr machen.«

»Wir können versuchen, die Mörder zu finden«, sagte Dub.

»Wozu soll das gut sein?«

»Es könnte verhindern, daß sie noch jemanden umbringen«, sagte Chang. Das war die richtige Reaktion, und normalerweise auch eine taktvolle. Im Augenblick vermutete ich jedoch, daß sie nicht taktvoll war.

Coes Blick wanderte zu mir herüber. »Sie sind diejenige, die ihr gesagt hat, daß sie tun soll, was die sagen.«

»Nicht nur ihr. Allen.«

»Warum haben Sie das gemacht?«

»Um eine Schießerei zu verhindern.«

»Damit sie als einzige stirbt.«

»Ich hatte gehofft, daß niemand stirbt«, sagte ich.

»Sie hat doch getan, was die ihr gesagt haben. Sie hat alles getan, was die gesagt haben, und sie haben sie erschossen. Was wäre passiert, wenn sie nicht getan hätte, was die gesagt haben?«

»Das kann niemand mit Sicherheit beantworten«, sagte Dub. »Aber sehr wahrscheinlich hätten sie sie auf der Stelle erschossen und sich eine andere Geisel geschnappt.«

»Was wollen Sie jetzt?« fragte er wieder. »Wenn ich irgendwas wüßte, was Ihnen weiterhilft, hätte ich es am Samstag gesagt. Dann hätte ich sie lebend wiederbekommen.«

»Dürfen wir reinkommen?« fragte Dub. »Hier auf der Treppe zu reden –«

Coe zuckte die Achseln und trat von der Tür zurück. »Kommen Sie rein.«

Das Wohnzimmer war so adrett, so hübsch und so unpersönlich wie der Ausstellungsraum eines Möbelgeschäftes; ich nahm an, daß sie überwiegend im Fernsehzimmer oder Schlafzimmer gelebt hatten. Nach ein paar weiteren Schritten ins Haus sah ich dann zu meiner Rechten das Eßzimmer. Der Holztisch war so groß, daß zwölf Leute bequem Platz gefunden hätten; mehr konnte ich nicht von ihm erkennen, denn er war überhäuft, überladen mit Papier. Keine Zeitungen, sondern alle denkbar möglichen Blätter und Unterlagen. Juristische Dokumente. Formulare. Briefe. Zeitungsausschnitte – auf einem fiel mir die Überschrift ins Auge: HIGH-SCHOOL-LEHRER/ERFINDER NACH HOCHZEIT MIT SECHZEHNJÄHRIGER ENTLASSEN.

Coe sah, wo ich hinschaute. »Was immer Sie suchen, es liegt wahrscheinlich irgendwo dazwischen«, sagte er, ging zu dem Tisch und fing an, einzelne Blätter in die Hand zu nehmen. »Patente – 1980–1985. Patente – 1986–1990. Ich habe jede Menge Patente. Mein Testament. Dorene hatte kein Testament. Sie war erst neunzehn. Wozu sollte eine Neunzehnjährige ein Testament machen? Ich habe ein Arbeitszimmer. Ich habe Aktenschränke. Ich muß den ganzen Kram nicht auf dem Tisch aufbewahren. Dorene hat mich ständig gebeten, das Zeug vom Tisch zu räumen, damit wir am Tisch essen können statt von den Fernsehtabletts, und ich habe jedesmal gesagt, ich würde es machen. Ich würde es machen. Ich würde es machen. Was immer Sie auch suchen, es liegt wahrscheinlich hier.«

»Mr. Coe, wir wollen im Grunde nichts weiter als eine genauere Beschreibung von ihrem Wagen«, sagte Dub.

»Ihr Wagen. Was zum Teufel spielt ihr Wagen noch für eine Rolle? Sie ist tot. Sie braucht keinen Wagen. Tote Frauen fahren nicht Auto. Ich habe ihr einen schönen Wagen gekauft. Einen New Yorker. Wollen Sie den Kaufvertrag? Hier ist der Kaufvertrag. Hier ist der Fahrzeugbrief. Hier ist die Versicherungs-«

»Waren an dem Wagen irgendwelche Aufkleber? Oder sonst irgend-«

»-ein Schnickschnack?« beendete Coe die Frage verbittert. »Nein. Er hatte keine Aufkleber. Er hatte keinen sonstigen Schnickschnack. Sie mochte den Wagen nicht. Er war genau wie das Wohnzimmer. Ohne Persönlichkeit. Dorene hatte eine Persönlichkeit, als wir geheiratet haben. Aber ich habe sie vollkommen erdrückt. Ich wollte das nicht, aber ich habe sie erdrückt. Deshalb wollte sie auch unbedingt arbeiten – bei der Arbeit war sie nämlich Dorene, nicht Mrs. Robert Coe. Ich hätte sie in Ruhe lassen sollen. Ich hätte sie nicht –«

»Könnten nicht Freunde von Ihnen herkommen?« fragte ich. »Ich habe den Eindruck, es wäre gut, wenn Sie –«

»Nicht allein wären? Ich bin immer allein. Ich habe keine Freunde. Ich wollte auch nicht, daß Dorene Freunde hat. Ich habe immer nur gearbeitet. Ich hatte keine Zeit für Freunde. Ich hatte keine Zeit für Dorene –« Er fing laut an zu weinen.

Und das Walkie-talkie in meiner Hand sagte: »Zehn-drei, zehn dreiunddreißig.« Notruf auf allen Kanälen. Automatisch stellte ich es lauter, damit Dub und Chang mithören konnten.

Bewaffneter Raubüberfall. Die Bank war zwei Meilen entfernt.

Ohne uns auch nur von Coe zu verabschieden, machten wir drei auf dem Absatz kehrt und rannten zum Wagen.

Kapitel 5

Die C&S Bank war so klein und so neu, daß sie noch immer in einem großen Wohncontainer auf der Belknap Street untergebracht war, während die Bauarbeiten auf dem kürzlich geräumten Grundstück hinter der provisorischen Unterbringung weiter vorangeschritten. Als wir dreieinhalb Minuten nach Erhalt des Funkrufs eintrafen, waren bereits zwei Streifenwagen vor Ort, und die Bauarbeiter hatten ihre Arbeit liegenlassen und drängten sich um den Container.

Ich konnte einen Streifenbeamten vor der Tür stehen sehen. Daraus schloß ich, daß der – oder die – Bankräuber längst weggewesen waren, als der erste Streifenwagen eintraf. Natürlich hatte ich recht. Bevor Dub den Motor abstellte, meldete sich die Zentrale über Funk: »An alle Einheiten, Fahndung nach beigefarbenem Honda Accord, Baujahr unbekannt, gefahren von Deandra Black, weiß, weiblich, 1,63 groß, blond, blaue Augen. Geisel. Weitere Insassen des Fahrzeugs vermutlich zwei männliche Tatverdächtige. Tatverdächtiger Nummer eins ist weiß, zirka 1,88, 72 Kilo, zuletzt gesehen in Blue jeans und weißem T-Shirt. Tatverdächtiger Nummer zwei ist weiß, zirka 1,70, 63 Kilo, zuletzt gesehen in Blue jeans und gelbem T-Shirt. Tatverdächtige bewaffnet mit abgesägten Schrotflinten.«

Entweder handelte es sich um eine verflixt gute Nachahmungstat, oder es waren dieselben Männer – und ich glaubte nicht an eine Nachahmungstat. Was ich dagegen glaubte, war, daß Deandra Black in großen Schwierigkeiten steckte.

Aber für diese Entführung war ich eindeutig nicht verantwortlich, und vielleicht – nur vielleicht – war ich für die Entführung und Ermordung von Dorene Coe ja auch nicht so verantwortlich, wie ich dachte. Vielleicht hatten die Gangster ja von Anfang an Entführungen eingeplant. Oder sie waren bei Dorene Coe auf die Idee gekommen, und als es funktionierte, hatten sie beschlossen, es weiter zu tun –

Ach, das war dumm. Als sie Deandra Black mitnahmen, waren noch keine Polizeiwagen in Sicht gewesen. Es war also ihre Idee gewesen.

Ganz plötzlich hatte ich eine Idee. Wenn es klappen würde – wenn es klappen würde –

Ich ließ die FBI-Agenten schalten und walten, wie sie wollten, setzte mich an einen Schreibtisch, schnappte mir ein Telefonbuch und fing an zu wählen.

Wenige Minuten später, bei meinem sechsten Anruf, spürte ich, daß Captain Millner neben mir stand und etwas mehr als nur ein bißchen verärgert wirkte. Ich warf ihm einen Blick zu und sprach weiter. »Genau. Ob einer Ihrer Mitarbeiter ein Auto für eine Probefahrt abgegeben hat – an jemanden, der es für ein, zwei Stunden haben wollte, vielleicht noch nicht zurückgegeben hat – möglicherweise um es in einer Werkstatt durchchecken zu lassen – genau. Ich bin nicht in meinem Büro. Ich bin zu erreichen unter –« Ich blickte kurz auf die Telefonnummer und nannte sie. »Aber wenn Ihre Leute hier nicht durchkommen, sollen sie im Polizeipräsidium in Fort Worth anrufen, und von dort wird man mich verständigen. Genau. Vielen Dank.«

Ich legte auf. »Meinen Sie nicht, das hätte noch ein paar Minuten Zeit, während wir hier die Zeugen befragen?« erkundigte sich Millner mit kaum verhohlenem Zorn.

»Nein«, sagte ich. »Weil sie beim letzten Mal den Wagen mehrere Stunden behalten haben. Vielleicht machen sie es ja wieder so. Wenn wir die Frau beobachten, wenn sie den Wagen zurückbringt, führt sie uns vielleicht zu –«

»Hm. Ja.« Millner nahm seine Brille ab und kratzte sich die Druckstelle, die sie auf seiner Nase hinterlassen hatte. »Verstehe, was Sie meinen. Okay. Machen Sie weiter. Wo rufen Sie denn überall an?«

Zunächst einmal rief ich jeden Autohändler im Nordosten von Tarrant County an, weil diese Bank im Nordosten von Tarrant County lag und ich nicht glaubte, daß die Gangster einen Wagen am anderen Ende der Stadt ausgeliehen hatten. Bei dem Überfall am Samstag hatten sie einen Wagen von University Chrysler-Plymouth; die schreckliche Kreuzung, an der ich ständig eine Ewigkeit warten muß, nicht mitgerechnet, waren es nur etwa vier Meilen von dort zu der überfallenen Bank. Wenn sie sich an das Muster hielten, hatten sie diesmal den Wagen von irgendeinem Händler in der Gegend von Birdville – Richland Hills, North Richland Hills, Haltom City oder so. Möglich, daß sie ihren Radius im Vergleich zu Samstag ein wenig ausdehnten, weil in dieser Gegend alles weitläufiger ist als in der Innenstadt, aber sehr viel weiter war die Entfernung bestimmt nicht.

Wenn sie sich an das Muster gehalten hatten.

Wenn sie sich an das Muster gehalten hatten.

Nur, haben Sie überhaupt eine Ahnung, wie viele Autohändler – für Neu- und Gebrauchtwagen – es in der Gegend von Birdville gab? Erheblich mehr, als Sie vielleicht meinen, wenn Sie in der letzten Zeit nicht mehr dort herumgefahren sind oder mal in einem Telefonbuch oder einem Branchenverzeichnis nachgeschlagen haben.

Aber ich hatte Glück. In gewisser Weise.

Bevor ich wieder zum Hörer griff, klingelte das Telefon. Ich hob ab.

Es war auch sonst niemand da, der hätte abheben können. Erneut hatten die Bankräuber zugeschlagen, während der Filialleiter nicht da war und die zweite Kassiererin Pause machte. Deandra war zur Zeit des Überfalls die einzige Kassiererin gewesen, und sie war fort. Der Filialleiter war inzwischen wieder da, aber er war draußen und sprach mit Donald Chang, und die Kassiererin, die in der Pause gewesen war, saß in ihrem Wagen und weinte.

Ich hob also, wie gesagt, den Hörer ab. »Detective Ralston?« fragte eine unbekannte männliche Stimme.

»Ja, Detective Ralston am Apparat.«

»Mein Name ist Harry Weaver, und ich bin Geschäftsführer der Gebrauchtwagenhandlung Clean Harry's?« Er ließ es wie eine Frage klingen.

»Ja, Mr. Weaver?«

»Nun, äh, Sie suchen doch jemanden, der sich einen Wagen zur Probefahrt ausgeliehen hat und noch nicht wiedergekommen ist?«

»Stimmt.« Ich wünschte mir, er würde weniger unsicher klingen. Er machte mich nervös.

»Ja, also, äh, hier war vor zirka einer Stunde eine Frau, die einen Wagen zur Probefahrt mitgenommen hat, und sie ist noch nicht wieder da. Sie hat mir ihren Wagen dagelassen.«

»Ist es ein blauer Lynx?«

»Mhm, nein, es ist ein weißer New Yorker.«

»Weißer New Yorker«, wiederholte ich und hatte das Gefühl, als wäre in meinem Bauch gerade eine Bombe explodiert. »Neu?«

»Ja, nagelneu. Sie hat gesagt, sie hätte ihn in einem Preisausschreiben von irgendeiner Zeitschrift gewonnen und er wär' ihr zu groß und sie wollte ihn verkaufen und mit einem Teil des Geldes, das sie dafür kriegt, einen –«

»Was für einen Wagen hat sie mitgenommen, Mr. Weaver?«

»Tja, äh – Moment, einen weißen Chevrolet –« Er nannte mir das Baujahr und das Kennzeichen.

»Wie hat sie ausgesehen?«

»Oh, blond, ich würde sagen, etwa so groß wie meine Frau –«

»Wie groß ist das, Mr. Weaver?«

»Oh, ich weiß nicht, etwa 1,70 –«

»Hat sie Ihnen ihren Namen genannt?«

»Ja, sie hat gesagt, sie heißt Carrie Fisher.«

Ich brauchte eine Sekunde, doch dann fing mein Hirn an, Verbindungen herzustellen. Und zwar solche Verbindungen, die Captain Millner meist als voreilige Schlüsse bezeichnet. Denn sie – wer immer sie war – hatte den Namen Melanie Griffith benutzt, als sie bei University Chrysler-Plymouth einen Wagen zur Probefahrt mitgenommen hatte. Melanie Griffith konnte also ein richtiger Name sein. Melanie Griffith *war* sogar ein richtiger Name – der Name der Schauspielerin, die an der Seite von Harrison Ford in *Die Waffen der Frauen* die Hauptrolle spielte. Und Carrie Fisher war der Name der Schauspielerin, die an der Seite von Harrison Ford in *Krieg der Sterne* und den beiden Nachfolgefilmen die Hauptrolle spielte.

Ließ sich daraus schließen, daß ich es mit einer filmverrückten Bankraubkomplizin zu tun hatte?

Würde ich die Namen von allen Schauspielerinnen raussuchen müssen, die je zusammen mit Harrison Ford gespielt hatten, um herauszufinden, welchen Namen seine Bewunderin als nächstes benutzen würde?

Vielleicht. Vielleicht aber auch nicht. Vielleicht gelang es mir ja, sie zu schnappen, bevor sie wieder jemand anders wurde.

»Mr. Weaver, ich schicke jetzt Kollegen zu Ihnen. Lassen Sie möglichst niemanden in die Nähe des New Yorker. Wenn die Frau wiederkommt, versuchen Sie, sie irgendwie aufzuhalten, aber gehen Sie kein Risiko ein, und wenn sie einen Mann dabei hat, lassen Sie sie gehen. Diese Leute sind sehr gefährlich. Haben Sie verstanden?«

»Ich denke doch, aber –«

»Wir sprechen uns später. Bleiben Sie, wo Sie sind.« Ich legte rasch auf, erhob mich rasch und rief in der Zentrale an, um eine Fahndung nach dem Chevy rauszugeben. Doch dann fiel mir nichts mehr ein. Es gibt Zeiten, da der Schwarze Peter weitergegeben werden muß. »Captain Millner!« rief ich.

»Gleich«, sagte Millner. Er sprach gerade mit einem Zeugen.

»Sofort!« brüllte ich. »Es ist dringend.«

Das Problem war nämlich, was machten wir jetzt? Wenn wir Streifenwagen mit Blaulicht und Sirene zu Clean Harry's schickten, war es zwar möglich, daß die dort waren, bevor die Frau den Wagen zurückbrachte. Aber wenn sie dann das Blaulicht sah und die Sirenen hörte, würde sie den Wagen vermutlich gar nicht zurückbringen. Wenn ich allein hinfuhr, mit Dub und Chang, weil ich meinen Wagen nicht hier hatte, war es möglich, daß sie keinen Argwohn schöpfen und den Wagen zurückbringen würde, aber da wir länger brauchen würden, war die Wahrscheinlichkeit größer, daß sie den Chevy bereits zurückgebracht hatte und wieder fort war, bevor ich dort ankam.

Falls sie überhaupt vorhatte, den Chevy zurückzubringen und den New Yorker wieder mitzunehmen, dachte ich verspätet. Der New Yorker wurde mittlerweile gesucht. Es war wirklich erstaunlich, daß sie es damit überhaupt bis zu dem Gebrauchtwagenhändler geschafft hatte, ohne von einer Polizeistreife angehalten zu werden.

Ich schilderte Millner die Lage, und er blickte sich nach Dutch Van Flagg um, der gerade in die Bank gekommen war. »Übernehmen Sie hier«, sagte er. »Ich fahre mit Deb. Heh, Dub, hören Sie? Ich nehme Deb mit.«

»Jaja«, sagte Dub geistesabwesend. Er war gerade in ein längeres

Gespräch mit einem der Arbeiter von der Baustelle verstrickt. »Millner!« rief er uns nach. »Der Mann hier sagt, sie sind in einer weißen Limousine gekommen, einem Chevrolet, glaubt er. Eine Frau hat sie abgesetzt und ist dann weitergefahren.«

»Stimmt«, sagte Millner. »Wir haben das Kennzeichen und haben schon eine Fahndung rausgegeben.«

»Wie zum Teufel haben Sie das denn gemacht?« fragte Dub. »Sie waren doch die ganze Zeit hier in der –«

»Wir sind clever«, sagte Millner. Grinsend fügte er hinzu: »Jedenfalls Deb ist clever.«

Chang blickte mich an. Er wirkte völlig perplex. Das war mir egal; ich mußte jetzt nicht mit ihm zusammen fahren. Millner und ich fuhren in einem von unseren Wagen.

Die Gebrauchtwagenhandlung Clean Harry's – was, wie Millner meinte, ein komischer Name für eine Gebrauchtwagenhandlung war – lag an einer kleinen Parallelstraße zur Schnellstraße, was bedeutete, daß man in der richtigen Richtung unterwegs sein mußte, um dorthin zu gelangen. Das wiederum bedeutete, daß wir daran vorbeifahren und wenden mußten, bevor wir richtig herum in diese Parallelstraße einfuhren.

Aber als wir schließlich ankamen, war der New Yorker ungefähr das erste, was wir sahen. Coe hatte recht; der Wagen hatte weder Aufkleber noch sonst irgendwelchen Schnickschnack. Am Rückspiegel baumelte die Plakette, die besagte, daß Dorene ihre monatlichen Parkgebühren bezahlt hatte. Das war aber auch das einzige, womit der Wagen nicht schon im Werk ausgerüstet worden war, das und die Nummernschilder.

Das Wageninnere war natürlich etwas anderes. Vielleicht – nur vielleicht – würden wir ja dort was Brauchbares finden.

Aber das konnte warten. Ich wollte zuerst mit Weaver sprechen.

Er sah fast genauso unbestimmt aus, wie er sich anhörte. Er war vielleicht fünfundzwanzig, vielleicht fünfunddreißig; er hatte so ein Aussehen, das sich einfach nicht viel verändert. Rotblondes Haar und blaue Augen und ein leicht fliehendes Kinn, so daß er ein wenig wie ein Kaninchen wirkte. Es drängte sich einem der Eindruck auf – vielleicht zu Unrecht –, daß er Gebrauchtwagen verkaufte, weil er nichts anderes konnte.

Andererseits war er vielleicht ein toller Gebrauchtwagenverkäufer; so ein unbestimmtes Auftreten tarnt mitunter einen richtig durchtriebenen Verstand. Ich habe Anwälte gekannt, die diese Arglosigkeitsmasche abzogen und damit die Geschworenen um den Finger wickelten. War er nun ein wenig vertrottelt oder ein ausgekochter Fuchs? Wir würden es wissen, sobald wir mit ihm sprachen.

Vielleicht.

Natürlich bestellten wir über Funk den Erkennungsdienst. Wir würden Bob Castle kriegen, weil Irene noch immer an dem Bankraub arbeitete, aber das war okay; Bob macht seine Arbeit genauso gut. Obgleich es wohl nicht viel bringen würde, egal, wer vom Erkennungsdienst kam – diese Bankräuber verteilten ihre Fingerabdrücke nicht gerade üppig.

Ich stellte die gleichen Fragen, die ich bei University Chrysler-Plymouth gestellt hatte, und erhielt in etwa die gleichen Antworten.

»Sie war schon vorher ein paarmal hier«, erzählte mir Weaver. »Und es ist schon komisch, daß Sie am Telefon nach einem blauen Lynx gefragt haben, weil sie die ersten Male, die sie hier war, immer mit einem blauen Lynx gekommen ist. Sie hat gesagt, der würde bald den Geist aufgeben und sie bräuchte einen anderen Wagen. Und als sie dann in dem pompösen New Yorker aufgetaucht ist, habe ich gesagt, tja, wie es aussieht, haben Sie sich ja schon einen anderen Wagen zugelegt, und sie hat gelacht und gesagt, sie hätte ihn in irgendeinem Preisausschreiben gewonnen und er wäre ihr zu groß und sie bräuchte das Geld, deshalb wollte sie ihn verkaufen und sich von einem Teil des Erlöses einen Gebrauchtwagen kaufen. Da habe ich sie gefragt, ob sie den Lynx denn noch immer in Zahlung geben wollte, und sie hat gelacht und gesagt, Mister, den Lynx wollen Sie bestimmt nicht mehr.«

»Haben Sie sie gefragt, wieso?«

»Ja, sie hat gesagt, sie wäre zur Kindertagesstätte gefahren, um ihr Kind abzuholen, und dann hätte sich der Wagen nicht mehr von der Stelle gerührt. Er ist zwar angesprungen und der Motor ist auch einwandfrei gelaufen, aber sie hat keinen Gang mehr reingekriegt. Dann hat sie die Werkstatt angerufen, und es ist jemand rausgekommen und hat ihn sich angesehen und gesagt, daß das Getriebe total hinüber war. Na, Sie wissen ja, wie das ist beim Getriebe von einem Lynx mit Vorderradantrieb.«

Ich muß verständnislos dreingeblickt haben, weil er hinzufügte.

»Da kommt man nur schwer dran, wenn man es reparieren will. Sie hat gesagt, die Werkstatt hätte gesagt, die Reparatur des Getriebes würde mindestens tausend Dollar kosten. Na, der ganze Wagen war keine tausend Dollar mehr wert, und selbst wenn sie das Getriebe hätte reparieren lassen, wäre sie kaum noch einen Berg raufgekommen, weil der Motor es nicht mehr gebracht hat. Sie hat gesagt, sie hätte ihn verschrotten lassen. An einen Schrotthändler für hundert Dollar verkauft. Und ich habe gesagt, Lady, da haben Sie ja verdammtes Glück gehabt, daß Sie den New Yorker gerade jetzt gewonnen haben, und sie hat gelacht und gesagt, ja, vielleicht, aber der Wagen wäre ihr zu groß. Der kleine Chevy würde ihr sehr viel besser gefallen.«

»Also hat sie mit dem Chevy eine Probefahrt gemacht«, sagte Millner ungeduldig. »Sie haben noch nicht gesagt, was er für ein Baujahr ist und wie das Kennzeichen lautet und –«

Weaver blickte Millner vorwurfsvoll an. »Das habe ich der Lady hier am Telefon schon alles erzählt«, sagte er.

»Ich hab's schon an die Zentrale weitergegeben«, bestätigte ich. »Wissen Sie nicht mehr? Ich hab's Ihnen gesagt, und Sie haben es Dub gesagt.«

»Es wäre mir schon lieb, wenn Sie mir endlich mal sagen würden, worum es hier eigentlich geht«, bemerkte Weaver.

»Es geht um Bankraub und Mord«, sagte Millner präzise. »Die Frau ist die Komplizin der zwei Männer, die am Samstag in der Stadt eine Bankkassiererin gekidnappt und erschossen haben. Sie haben gerade wieder eine Bankkassiererin gekidnappt.«

Weaver klappte der Unterkiefer runter. »Sie machen Witze – diese nette kleine Lady –«

»Diese nette kleine Lady hat vielleicht nicht selbst abgedrückt«, sagte ich, »und am Samstag hat sie vielleicht gar nicht gewußt, daß sie in einen Mord verwickelt werden würde, aber sie war bei dem Mord dabei. Also weiß sie Bescheid. Mr. Weaver, es wäre schön, wenn Sie und jemand anders, der die Frau gesehen hat, sich mit einem Polizeizeichner zusammensetzen würden und –«

Ich hielt inne, denn Weaver schüttelte energisch den Kopf. »So was kann ich nicht«, sagte er.

»Das denken die meisten Leute«, gab ich zu, »aber –«

»Sie verstehen mich falsch«, sagte er. »Sie behaupten, diese nette kleine Lady hätte was mit einem Mord zu tun. Das kann ich einfach nicht glauben. Und deshalb werde ich nicht –«

»Sehen Sie diesen New Yorker da drüben?« fiel ich ihm ins Wort. »Ihre ›nette kleine Lady‹ hat den nicht in einem Preisausschreiben gewonnen. Haben Sie denn noch nie gelesen, was bei solchen Preisausschreiben immer dabei steht? Die Gewinner können sich aussuchen, ob sie das Auto nehmen oder Bargeld wollen. Also wieso sollte sie den Wagen nehmen und ihn dann verkaufen? Sie wissen doch, daß ein so teurer Wagen ein Drittel seines Wertes verliert, sobald er beim Händler vom Hof fährt. Sie hätte das Geld genommen. Aber es gibt noch einen anderen Grund, warum wir wissen, daß sie ihn nicht gewonnen hat. Es ist – es war – nicht ihr Wagen. Der Wagen gehörte Dorene Coe. Ihr Mann hat ihn für sie gekauft. Auch Dorene Coe war eine nette kleine Lady. Sie war neunzehn Jahre alt. Ich habe gesehen, wie die Gangster sie mit vorgehaltener Waffe aus der Bank geführt haben, bevor sie sie ermordet haben. Sie hatte große Angst. Man hat mir erzählt, daß auch die Kassiererin, die heute entführt wurde, große Angst hatte. Sie ist nicht neunzehn. Sie ist etwa so alt wie ich – dreiundvierzig –, und sie hat einen Mann und vier Kinder. Die haben sich nicht vorstellen können, daß Mama, als sie heute morgen das Haus verließ, nicht wiederkommen würde – bestimmt nicht. Also, wollen Sie uns helfen, sie zurückzuholen?«

Weaver sah aus, als hätte ich ihm mit einem harten, schweren Gegenstand auf den Kopf geschlagen. Dann nickte er langsam. »Ich werd's versuchen«, sagte er. »Aber ich sage Ihnen gleich, ich kann nicht gut Leute beschreiben.«

Ein brauner Van bog auf das Firmengelände, und Weaver schaute in die Richtung. Millner und ich ebenfalls. Am Steuer saß Bob Castle, und der Wagen war, so wußten wir, mit Kameras, Material zur Beweissicherung, Utensilien zum Abnehmen von Fingerabdrükken und dergleichen beladen.

Bob stieg aus, und wir stellten ihn Weaver vor. »Ich würde mich gern mit Ihnen unterhalten, bevor ich anfange«, sagte er zu Weaver, und Millner und ich beschlossen, uns derweil ebenfalls kurz zu beraten. Als wir in verschiedene Richtungen gingen, konnte ich hören, wie Bob sagte: »Also, was haben Sie alles angefaßt –«

»Was halten Sie von der Geschichte mit dem Lynx?« fragte Millner. »Meinen Sie, die stimmt?«

»Möglich«, sagte ich und erinnerte ihn daran, daß ich auch mal einen blauen Lynx hatte. »Ich weiß, daß es ein Heidengeld kostet, das Getriebe reparieren zu lassen. Wir mußten fünfhundert Dollar zahlen, und die gleiche Reparatur an Harrys Pick-up hat weniger als achtzig gekostet.«

Millner nahm seine Brille ab und rieb sich den Nasenrücken. »Wie viele Schrottplätze mag es wohl in Fort Worth geben?«

»In Tarrant County. Im städtischen Umland. In Dallas. In –«

»Seien Sie doch nicht so pessimistisch«, sagte er. »Die Gangster schlagen hier in der Gegend zu. Wahrscheinlich – sehr wahrscheinlich – wohnen sie auch hier in der Gegend. Und wer einen schrottreifen Wagen abschleppen lassen will, ruft nicht bei einem Schrotthändler an, der dreißig Meilen entfernt ist. Der ruft den nächsten Schrotthändler an, den er finden kann.«

»Innenstadt. Oder im nordöstlichen Gebiet von Tarrant County.«

»Wer ist im Büro?«

»Woher soll ich wissen, wer im Büro ist?« fragte ich. »Ich bin nicht –«

»Deb«, sagte Millner, »halten Sie den Mund und lassen Sie mich nachdenken.«

Am Ende gingen wir in das kleine Büro – eine Art Baracke, bestehend aus einem Raum, in dem zwei Schreibtische standen, auf denen sich mehr Papier stapelte als auf Robert Coes Eßtisch, und einer abgetrennten Ecke, in der eine kleine – übrigens extrem schmutzige – Toilette untergebracht war, um im Präsidium anzurufen. Es gab keinen einleuchtenden Grund, warum ein Detective bei Schrotthändlern anrufen und sich nach Autos der Marke Lynx erkundigen sollte, die seit Samstag hereingekommen waren. Das konnte genausogut eine Sekretärin machen.

»Captain«, sagte ich, nachdem wir aufgelegt hatten, »wann soll das passiert sein?«

»Wann soll was passiert sein?«

»Daß der Wagen den Geist aufgegeben hat. Wann soll das passiert sein? Sie hatte doch den Lynx eindeutig noch am Samstag. Sie –«

»Als die beiden Jugendlichen sie am Sonntag im Park gesehen haben, was hatten sie da für einen Wagen?«

»Den New Yorker. Aber –«

»Und? Wenn Sie eine Bank überfallen wollen, nehmen Sie da Ihr Kind mit?«

»Ich raube keine Banken aus.«

»Natürlich nicht. Aber wenn Sie es vorhätten, würden Sie Ihr Kind mitnehmen oder das Kind in einer Tagesstätte abgeben?«

»Die meisten Tagesstätten haben samstags nicht auf, und ich glaube nicht, daß sonntags überhaupt welche aufhaben.«

»Wann hat sie dann –«

»Das ist doch meine Rede«, sagte ich, und es gelang mir, nicht zu schreien. »Sie hatte den Lynx am Samstag. Liegengeblieben ist der Lynx angeblich, als sie ihr Kind abgeholt hat. Die meisten Tagesstätten haben samstags nicht auf. Und so gut wie keine – wahrscheinlich gar keine – hat sonntags auf. Heute ist Montag, und es könnte sein, daß sie ihr Kind zu einer Tagesstätte gebracht hat, aber sie hat – oder hatte – bestimmt keine Zeit mehr, das Kind wieder *abzuholen*, und wenn der Wagen auf dem Weg *hin* zu der Tagesstätte liegengeblieben ist, hatte sie keine Zeit, ihn bis neun Uhr heute morgen an einen Schrotthändler zu verkaufen.«

»Also ist es am Samstag passiert, oder es ist überhaupt nicht passiert«, stellte Millner klar.

»Ja. Aber die meisten Tagesstätten –«

Millner nahm erneut den Telefonhörer und rief erneut die Sekretärin an. »Sagen Sie den Schrotthändlern, es ist wahrscheinlich am Samstag gewesen«, sagte er. »Wenn Sie das erledigt haben, fangen Sie an und rufen Kindertagesstätten an. Fragen Sie, ob sie am Samstag aufhaben. Wenn ja, fragen Sie nach, ob da jemand etwas von einer Frau weiß, deren Wagen eine Panne hatte, als die Frau ihr Kind irgendwann am Samstag nachmittag abgeholt hat.«

Wir gingen wieder nach draußen und sahen, daß Bob Castle gerade den Wagen fotografierte – von vorn, von hinten, von beiden Seiten. Wie üblich. Er legte die Kamera beiseite, öffnete den Kasten mit den Utensilien zur Abnahme von Fingerabdrücken und fing an, wie ich es gemacht hätte, die Fahrertür auf Fingerabdrücke hin zu untersuchen.

Es waren natürlich keine vorhanden. Die Tür war abgewischt worden – aber sie mußte die Tür geschlossen haben. Wie hätte sie sie abwischen können, ohne daß Weaver es gesehen hätte?

Bob stellte sich die gleiche Frage. Ich weiß es, weil er fragte. Weaver schüttelte entgeistert den Kopf. »Nein, natürlich hat sie die Tür nicht abgewischt«, sagte er. »Aber sie hat Autohandschuhe getragen. Ist das von Bedeutung?«

Es war von Bedeutung.

Und sehr wenige Leute in dieser Gegend trugen Autohandschuhe bei diesem Wetter.

Wir suchten jetzt nicht nach Dorene Coes Fingerabdrücken. Wir wußten, daß sie in dem Wagen gewesen war; schließlich war es ihr Wagen. Aber natürlich hatten wir ihre Abdrücke, um sie als Vergleich heranzuziehen. Und das war gut so, denn wenn der Wagen nicht gründlich gereinigt worden war, würden jede Menge Abdrükke von ihr darin sein. Wir würden sie ausschließen müssen, und auch die Abdrücke von ihrem Mann, und dann würden alle übrigen Abdrücke vielleicht – vielleicht – von einem der beiden Bankräuber oder ihrer filmverrückten Komplizin stammen.

Vielleicht. Nicht unbedingt. Coes Behauptung, er habe Dorene daran gehindert, Freundschaften zu pflegen, beruhte sehr wahrscheinlich eher auf seinen Schuldgefühlen als auf Tatsachen. Es war nicht abzuschätzen, wie viele Leute Dorene in dem Chrysler mitgenommen hatte.

Und natürlich war es unmöglich, das Geschlecht einer Person anhand von Fingerabdrücken zu bestimmen. Es trifft zwar im allgemeinen zu, daß die Abdrücke einer Frau kleiner sind als die eines Mannes, weil die Hände einer Frau im allgemeinen kleiner sind als die eines Mannes, aber ein kleiner Mann hat natürlich kleinere Hände als eine große Frau. Und ein großer Mann mit schmalen Fingern hat kleinere Abdrücke als eine kleine Frau mit breiten Fingern.

Somit konnte jeder Abdruck, der nicht von einem der Coes stammte, irgendeinem der drei gehören, die Dorene entführt und ermordet hatten – aber auch davon konnten wir nicht mit eindeutiger Sicherheit ausgehen.

Bob versuchte, die Tür zu öffnen. Sie war abgeschlossen. Er fluchte, dezent, und bat Weaver um die Schlüssel. Weaver, der jetzt noch entgeisterter dreinblickte, erwiderte: »Mister, die Schlüssel hab' ich nicht.«

»Wieso nicht?«

Weaver drehte sich um und ließ den Blick über das Gelände wandern. »Mister«, sagte er, »sehe ich etwa so aus, als würde ich einen nagelneuen Wagen – und noch dazu einen New Yorker – in Zahlung nehmen? Sehen Sie sich doch mal um. Hier steht kein einziger Wagen, der jünger ist als zehn Jahre. Ich habe keine New Yorker. Ich habe einen einzigen Cadillac. Der ist zwanzig Jahre alt. Für so was hab' ich kein Geld. Sie wollte mir den New Yorker nicht verkaufen. Wieso also hätte ich mir die Schlüssel geben lassen sollen?«

Das klang plausibel. Doch die Frage war jetzt, ob wir – Millner und ich – zu Coe fahren und ihn um die Ersatzschlüssel bitten sollten, die er irgendwo bei sich zu Hause haben mußte? Oder sollten wir Bob hinschicken? Oder einen Streifenwagen? Oder sollten wir die Feuerwehr rufen und den Wagen einfach aufbrechen lassen?

Solche kleinen Fragen tauchen in unserem Job ständig auf. Es war nämlich zweifellos nicht Bobs Aufgabe, die Schlüssel zu holen. Aber wenn wir sie holten und – so unwahrscheinlich es auch war – die Frau oder einer ihrer Komplizen auftauchte, um den New Yorker abzuholen, wäre Bob nicht gerade dafür ausgerüstet, mit dem Problem fertig zu werden. Gegen eine abgesägte Schrotflinte hat man nun mal mit einem Fingerabdruckpinsel keine Chance. Aber wenn wir einen Streifenwagen losschickten, die Schlüssel zu holen, hätten wir einen Streifenwagen hier auf dem Gelände, was wir zum jetzigen Zeitpunkt vermeiden wollten, für den Fall, daß doch jemand den New Yorker abholen kam. Wenn wir die Feuerwehr riefen, hätten wir hier einen Feuerwehrwagen, der auch ziemlich auffällig ist, und obendrein würden wir den New Yorker beschädigen, was Robert Coe im Moment vielleicht egal war, aber es war immerhin möglich, daß es ihm, oder seiner Versicherung, irgendwann unangenehm auffallen würde.

Ich weiß nicht, was Sie machen würden. Ich weiß nicht, was wir letztlich beschlossen hätten, denn wir mußten nichts von alledem tun. Dutch Van Flagg meldete sich über Funk, um mitzuteilen, daß er jetzt die Bank verlassen würde, und Millner beauftragte Dutch über Funk, zu Coe zu fahren und ihn um die Schlüssel zu bitten.

Dann standen wir alle herum und warteten, und während wir warteten, holte Bob die Fotomontageausrüstung aus seinem Wagen und fing an, damit und mit Weaver zu arbeiten.

Wenn Sie an das Fotomontagesystem denken, denken Sie vermutlich an das sogenannte Identi-Kit-Verfahren. Ich jedenfalls. Bei Bobs handelte es sich aber nicht um Identi-Kit. Identi-Kit funktioniert –

oder funktionierte, ich habe es in letzter Zeit nicht mehr gesehen – mit handgezeichneten Gesichtszügen, und ich könnte nicht garantieren, daß ich meine eigene Großmutter auf den Zeichnungen erkennen würde, die dabei herauskommen. Das Montageverfahren – ich glaube, ein gewisser Sirchie hat es entwickelt, aber ich könnte es nicht beschwören – arbeitet mit fotografischen Elementen. Ich will mir gar nicht erst vorstellen, wieviel Arbeit der Knabe da reingesteckt hat, er muß fünfzig Jahre und fünf Millionen Fotos gebraucht haben, aber die Bilder, die am Ende entstehen, sehen tatsächlich fast – nicht ganz, aber fast – so aus wie die Person, die gesucht wird. Als wir die Ausrüstung bekamen, wollte Irene sie ausprobieren, und sie bat mich, Harry zu beschreiben. Das Ergebnis sah genau so aus wie er, oder jedenfalls so ähnlich, daß er eine kleine Kopie von dem Bild auf sein Namensschildchen bei Bell Helicopter hätte kleben können und vermutlich hätte niemand den Unterschied bemerkt.

Das Bild, das hier entstand, hatte weder Ähnlichkeit mit der richtigen Carrie Fisher noch mit der richtigen Melanie Griffith. Das Bild, das in verblüffend kurzer Zeit entstand, zeigte eine blonde Frau mit einem ziemlich länglichen Gesicht, glatten Haaren und jugendlicher Frisur. Sie sah deprimierend normal aus. Ich hätte mir nicht unbedingt zugetraut, sie mit dem Bild in der Hand aus einer Menschenmenge herauszupicken.

Na ja, es war ein Anfang. Wenn Bob hier fertig war, würde er zu University Chrysler-Plymouth fahren, sämtliche Mitarbeiter zusammentrommeln, die die Frau dort gesehen hatten, und versuchen, das Bild weiter zu verfeinern.

Als er mit dem Bild fertig war, kam Dutch gerade die Schlüssel abliefern. »Ich habe Coe gesagt, ich wüßte nicht, wann wir ihm den Wagen ausliefern könnten«, berichtete Dutch, »und er hat gesagt, er will ihn nicht wiederhaben. Wir sollen ihn behalten.«

»Was zum Teufel denkt er denn, was wir damit anfangen sollen?« fragte Millner.

»Keine Ahnung«, sagte Dutch. »Der taugt nicht mal für Überwachungen – viel zu auffällig.«

»Er kommt schon drüber weg«, sagte Bob und öffnete die Wagentür.

In dieser Phase wird alles ein wenig knifflig. Wenn man weiß, daß die Verbrecher – wir nennen sie Tatverdächtige, um dem Gesetz genüge zu tun, aber wir meinen es nicht so – in einem bestimmten Wagen waren, muß der Wagen mit einem speziellen Handstaubsauger mit speziellen Filtern drin ausgesaugt werden. Der Grund dafür ist der, daß die kleinsten Staubteilchen, Haare und Pollen beweiserheblich werden könnten, und deshalb will man alles einsammeln. In diesem Fall wußten wir, daß die Verbrecher einen Teil des Samstags, den ganzen Sonntag und einen Teil des Montags im Besitz des New Yorker gewesen waren. Somit war möglich, daß Sand von ihrer Zufahrt, Haare von ihrem Pudel, irgendwas von zwei Dutzend anderen Dingen in dem Wagen waren, mit deren Hilfe wir sie zwar nicht ausfindig machen, aber ihre Identität beweisen konnten, sobald wir sie mit anderen Mitteln ausfindig gemacht hatten. Aber das Problem ist folgendes: Man muß staubsaugen, aber man muß auch Fingerabdrücke suchen. Wenn man zuerst staubsaugt, könnte es sein, daß die Fingerabdrücke beschädigt oder verwischt werden, aber wenn man zuerst nach Fingerabdrücken sucht, muß man eine Unmenge Fingerabdruckpulver mit aufsaugen.

Jeder Mitarbeiter des Erkennungsdienstes geht das Problem auf seine Weise an. Bob saugte zuerst den Boden und den Sitz auf der Fahrerseite ab und suchte dann in diesem Bereich nach Fingerabdrücken, bevor er sich die Beifahrerseite vornahm, und dann – na ja, Sie können es sich vorstellen. Diese Methode war gründlich, systematisch und sehr, sehr zeitaufwendig. Währenddessen stand ich die ganze Zeit mit einer sonnenverbrannten Nase auf dem Parkplatz von Clean Harry's Gebrauchtwagenhandel herum – Millner war längst weg und hatte mir gesagt, ich sollte mit Bob zum Präsidium zurückfahren – und wußte genau, warum ungemolkene Kühe herumlaufen und so einen entsetzlichen Lärm machen.

Bob kroch aus dem Kofferraum des Wagens – ja, heraus; er war vollständig drin gewesen, während ich aufgepaßt hatte, daß die Klappe nicht aus Versehen zufiel – und sagte: »Deb, holst du mir mal ein paar Beweismittelbeutel?«

»Welche Größe?«

»Große«, sagte er ungeduldig.

Ich hätte es mir denken können. Er hatte einen Stapel kleiner Plastikbeutel, alle ordentlich und vorschriftsmäßig etikettiert, auf dem Asphalt neben dem Klemmbrett liegen, das alle seine Notizen zusammenhielt. Auch seine abgenommenen Fingerabdrücke wären da gewesen, wenn er welche gefunden hätte, was leider nicht der Fall war. Jetzt endlich war er soweit, größere Dinge aus dem Wagen einzusammeln.

Viel war es nicht. Ein Paar Sportschuhe, sehr wahrscheinlich Dorenes, auf dem Rücksitz. Handschuhe und ein Stadtplan von Fort Worth im Handschuhfach. Ein Stadtplan von Dallas auf dem Fußraum vor dem Rücksitz. Ein Videoband von einem Videoverleih, das nicht zurückgegeben worden war, auf dem Armaturenbrett. Natürlich inzwischen ruiniert. Dorene hatte einen Stellplatz im Parkhaus. Vermutlich hatte sie das Video auf das Armaturenbrett gelegt, damit sie nicht vergaß, es zurückzubringen. Ich mache das auch manchmal. Die Gangster hatten sich nicht daran gestört und es auf dem Armaturenbrett liegenlassen. Drei Tage in der Texas-Sonne, verstärkt durch die Autoscheiben, können einem Videoband den Rest geben.

Robert Coe hatte vermutlich inzwischen etliche Anrufe von dem Verleih erhalten mit der Bitte, das Band zurückzubringen.

Wenn – was ich vermutete – keine Fingerabdrücke darauf waren, würde ich es zurückbringen und erklären, was passiert war. Sicher würde kein Videoverleih bei einem Mann Schadensersatzansprüche stellen, dessen Frau entführt und ermordet worden war. Natürlich konnte er es sich leisten, den Schaden zu bezahlen. Aber darum ging es nicht.

»Das ist alles«, sagte Bob, während er die kleineren Plastikbeutel in eine große Tüte steckte. »Was soll mit dem Wagen passieren?«

Ich schüttelte den Kopf. »Wir lassen ihn besser bewachen, für alle Fälle«, sagte ich.

Das hätte ich schon vor Stunden beschließen sollen. Jetzt mußten wir noch eine Stunde warten, bis wir jemanden von der Überwachung angefordert und die jemanden zu uns rausgeschickt hatten. Aber endlich kam Carlos Amado – Amado bedeutet Liebhaber, und Carlos kann seinen Nachnamen nicht ausstehen –, und wir sagten ihm, was er zu tun hatte.

Dann mußten wir noch etwas länger warten, während Bob und Carlos, die oft zusammen angeln gingen, ein Weilchen miteinander plauderten.

Bob und ich fuhren los. »Sollen wir irgendwo einen Happen essen?« fragte Bob.

Ich zuckte die Achseln. Ich wäre jetzt am liebsten in meinem eigenen Wagen gewesen, um meiner eigenen Wege zu gehen; Bob war inzwischen der dritte, mit dem ich heute fuhr, und ich wurde allmählich unruhig und hoffte, daß ich nichts in einem der anderen Wagen vergessen hatte. Egal, wenn ja, würde ich es schon irgendwann zurückbekommen. »Ja, von mir aus«, sagte ich undankbar.

Ganz in der Nähe der Belknap Street ist ein nettes Grillrestaurant. Coors. Sie benutzen das gleiche Logo wie die Bierbrauerei. Mir ist schleierhaft, wie sie damit durchkommen. Ich meine, wenn der Besitzer wirklich Coors heißt (ich weiß nicht, ob dem so ist), dann kann die Brauerei wohl nicht viel dagegen unternehmen, daß er den gleichen Namen benutzt, aber eigentlich müßte es der Brauerei doch gehörig gegen den Strich gehen, daß sie auch noch das gleiche Logo benutzen. Na ja, entweder, sie weiß nichts davon – obwohl man meinen sollte, daß die Bierlieferanten es ihrer Firma eigentlich sagen müßten –, oder sie hält es für eine gute Werbung.

Sie haben jedenfalls ein ausgezeichnetes Barbecue.

Trotz meines entschiedenen Protestes bestand Bob darauf, daß wir uns in dem Bereich hinsetzten, wo ein Fernseher ist. Ich hasse das, nicht wegen des Fernsehers, der mich nicht besonders stört, sondern weil es dort noch verrauchter ist als in dem übrigen Teil des Restaurants, wo es schon verraucht genug ist. Country-music, Barbecue, Bier und Zigaretten scheinen irgendwie zusammenzugehören. Ich mag Country-music und Barbecue einigermaßen, auf das Bier kann ich gut verzichten, und die Zigaretten – na ja. Wenn Carrie Nation damals Tabakplantagen abgebrannt hätte, statt Kneipen zu demolieren, wäre es mir nur recht gewesen.

Bob sah das nicht so. Er zündete sich eine Zigarette an. Ich keuchte demonstrativ. Bob ignorierte mich. Und der Fernseher sagte: »Kennen Sie diese Frau?«

Sieh an, sieh an. Irene war also in der Bank fertig geworden, und sie hatte beschlossen, nicht darauf zu warten, bis Bob zu University Chrysler-Plymouth fuhr. Sie war selbst dort gewesen.

Das Bild hatte so große Ähnlichkeit mit dem, das Bob zustande gebracht hatte, daß es sich unverkennbar um dieselbe Frau handelte. Und es wurden überraschend viele Informationen über sie genannt. Natürlich nicht ihr Name; den kannten wir noch nicht. Millie hing wahrscheinlich noch immer am Telefon und rief bei Schrotthändlern und Kindertagesstätten an. Aber daß die Frau für gewöhnlich mehrmals bei Autohändlern erschien und dann darum bat, mit einem Wagen eine mehrstündige Probefahrt zu machen. Daß sie einen blauen Lynx gefahren hatte, aber nicht mehr besaß. Daß sie möglicherweise ein Kind hatte, daß ihr Wagen möglicherweise am Samstag vor einer Kindertagesstätte eine Panne gehabt hatte –

Irgendwas beunruhigte mich, ohne daß ich sagen konnte, was, aber mir wurde immer mulmiger zumute. »Bob«, sagte ich, »ich möchte noch mal zu dem Gebrauchwagenhändler fahren.«

»Wozu?«

»Weil ich es möchte.«

»Wir haben aber noch nicht gegessen.«

»Bob, ich möchte noch mal zu dem Gebrauchtwagenhändler.«

»Ach, Deb –«

»Dann gib mir die Autoschlüssel, und du kannst hier bleiben und was essen.«

Vor langer Zeit war ein Freund von mir mal mittags in einem Restaurant. Er war damals noch nicht mein Freund, weil ich zu der Zeit noch nicht bei der Polizei war. Sein Partner war bei ihm, und sie wurden zu einem Einsatz gerufen. Bloß ein kleiner Einsatz, ein Randalierer an einer Bushaltestelle. Sie sollten hinfahren und den Mann beruhigen. Nichts Ernstes. Deshalb sagte Billy: »Die sollen warten, bis ich meinen Nachtisch aufhabe. So dringend kann es nicht sein.«

Aber sein Freund war mit dem Essen fertig. »Bleib doch hier und iß in Ruhe zu Ende«, sagte er. »Ich fahr' hin und erledige das und hol' dich dann anschließend ab.«

Also aß Billy in Ruhe zu Ende, doch sein Freund kam nicht wieder, um ihn abzuholen.

Mir ist häufig erzählt worden, wie Billy weinend draußen auf der Treppe vor der Notaufnahme saß, während die Ärzte – ohne die geringste Hoffnung – versuchten, seinen Partner noch so lange am Leben zu halten, bis seine Frau da war, um ihn noch einmal zu sehen.

Bob kannte diese Geschichte so gut wie ich. Er wollte mich nicht allein zu Clean Harry's fahren lassen. Ich hatte schamlos darauf spekuliert, und das wußte er auch, und ich konnte an der Art, wie er den Wagen fuhr, merken, daß er wütend auf mich war. Er wußte, daß ich es merken konnte, und er legte es darauf an, daß ich es merken konnte.

Aber das war, bevor wir wieder bei Clean Harry's ankamen und sahen, daß sämtliche Scheiben des New Yorker zerschossen waren und Harry Weaver und Carlos Amado in der Zufahrt lagen. Carlos hatte seinen Dienstrevolver in der Hand. Ein paar Schritte entfernt waren Blutspuren auf dem Boden. Er hatte also einen von ihnen erwischt. Auch wenn es ihm nichts mehr genützt hatte.

Bob stieg aus dem Wagen und befestigte das Blitzgerät an der Kamera und fing systematisch an, Fotos von den Toten zu machen, wobei er versuchte, die Tränen zu ignorieren, die ihm übers Gesicht strömten. Ich hängte mich ans Funkgerät.

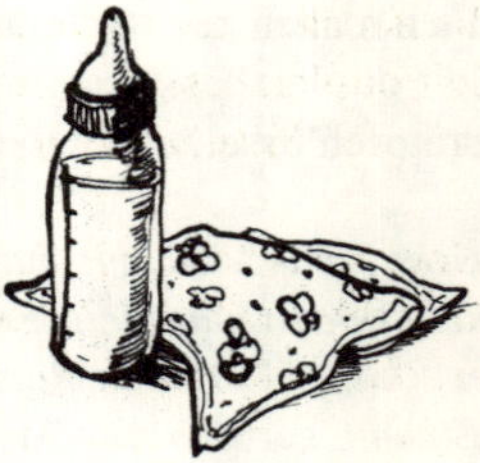

Kapitel 6

Also, was haben die als nächstes vor?« fragte Captain Millner wütend. »Den Schrottplatzbesitzer ermorden? Die gesamte Kindertagesstätte umbringen? Was haben diese Schweine als nächstes vor?«

Ich schüttelte den Kopf. Was hätte ich auch sagen sollen? Millner drehte sich um, stieg in seinen Wagen und fuhr davon, hinter den Krankenwagen her, ohne daß ich ihn noch bitten konnte, mich mitzunehmen.

Wenigstens waren die Krankenwagen jetzt weg. Ich mußte mich nicht mehr krampfhaft bemühen, den Blick von Carlos Amados entstelltem Leichnam abzuwenden, obwohl die mit Kreide gezogenen Umrißlinien, das Blut, die Knochenfragmente und Gewebefetzen noch immer auf dem Asphalt zu sehen waren. Der Gerichtsmediziner war fort; schließlich hatte es nicht viel für ihn zu tun gegeben, außer offiziell den Tod festzustellen, und der war ziemlich offensichtlich. Eine abgesägte Schrotflinte läßt keine Fragen offen, was ihre Absichten und ihre Ergebnisse angeht.

Alle möglichen Zugänge zu Clean Harry's (ein ehemals komischer, nun grotesker Name) waren mit Polizeiband abgesperrt, und Streifenbeamte standen Wache. Bob und Irene arbeiteten in dem abgesperrten Bereich, doch die Chancen, irgendwelche aussagekräftigen Beweismittel zu finden, standen eins zu tausend. Man spult das übliche Programm ab. Mehr nicht. Man spult das Programm ab. Detectives gingen auf beiden Straßenseiten auf und ab und versuchten, jemanden zu finden, der irgendwas gehört oder gesehen hatte. Auch ich hatte mich an der Suche beteiligt. Was dabei herauskam, gibt am besten mein erstes Gespräch wieder, das ich mit dem Besitzer eines kleinen Tante-Emma-Ladens genau gegenüber von Clean Harry's führte. »Lady, ich hab' nix gesehen. Ich hab' nix gehört«, sagte er zu mir.

»Vier Schüsse aus einer Schrotflinte und zwei aus einem Revolver, auf diese kurze Entfernung –«, setzte ich ungläubig an.

»Ich hab' nix gesehen, ich hab' nix gehört«, wiederholte er. »Jedenfalls nicht, solange diese Schweine noch frei herumlaufen, da weiß ich absolut nichts. Wenn ihr die erwischt habt, fällt mir vielleicht wieder was ein. Aber jetzt – Null. Ich hab' nämlich einen ziemlich starken Selbsterhaltungstrieb.«

Etwas Besseres hatte ich nicht erreicht, als ich mit meiner Straßenseite durch war, und es wäre auch sinnlos gewesen, den Kollegen zu helfen, weil auch sie alle so gut wie mit ihrem Abschnitt fertig waren. Und keiner wußte irgendwas. Keiner wußte irgendwas. Als ich zum Tatort zurückkehrte, herrschte dort ein ziemlicher Trubel. In regelmäßigen Abständen brauste ein Hubschrauber darüber hinweg, drei Fernsehteams und eine wechselnde, aber stets große Schar von Presse- und Radioreportern kam und ging. Die Nachrichtensprecherin eines Fernsehsenders strich ihren Rock glatt, der ein wenig im Wind flatterte, strich sich die Haare glatt, die das gleiche taten, und sprach dann in ein Mikrofon.

»Ein Polizeisprecher hat inzwischen offiziell bestätigt, daß der siebenundzwanzigjährige Police Corporal Carlos Amado und der Gebrauchtwagenhändler Harry Weaver, Alter unbekannt, heute am frühen Nachmittag hier auf dem Gelände der Gebrauchtwagenfirma Clean Harry's in Fort Worth erschossen wurden. Genauere Angaben wurden nicht gemacht, und die Polizei verweigert auch jede Erklärung für die Anwesenheit eines Zivilbeamten auf dem Firmengelände. Es gibt jedoch Hinweise darauf, daß sein Einsatz mit der Entführung und Ermordung der neunzehnjährigen Bankkassiererin Dorene Coe sowie mit dem Überfall auf die C&S Bank heute morgen im Zusammenhang steht, in dessen Folge die Kassiererin Deandra Black entführt wurde. Mein Name ist Sonja Jensen, und ich werde mich wieder melden, sobald weitere Einzelheiten bekannt werden. Wir schalten jetzt um nach –«

Ich weiß nicht, wohin sie jetzt umschaltete. Ich hörte nicht mehr zu. Ich hatte nämlich gerade gesehen, daß Nathan Drucker in seinen Wagen stieg, und falls er zum Präsidium fuhr, wollte ich mit ihm fahren. Schließlich war ich seit dem frühen Morgen nicht mehr dort gewesen, und ich wollte jetzt an meinen Schreibtisch und mit den Berichten anfangen, die ich heute nicht mehr würde abschließen können, ohne Überstunden zu machen, und ich hatte nicht die Absicht, Überstunden zu machen, und dann wollte ich in meinen Wagen steigen und nach Hause fahren.

Wo ich mich in Ruhe ausweinen konnte.

Carlos Amado war mit zweiundzwanzig in unser Department gekommen. Fünf Jahre. Im ersten Jahr hatte er als Streifenbeamter gearbeitet, und ich war ihm dann und wann über den Weg gelaufen, wie das eben so ist mit den uniformierten Kollegen, die man nie richtig kennenlernt. Jedenfalls nicht in einem so großen Department wie unserem. Aber dann war er vier Jahre in der Abteilung für Überwachungen gewesen, und in diesen vier Jahren hatte ich oft mit ihm zusammengearbeitet. Ich konnte zwar nicht behaupten, daß wir enge Freunde gewesen wären. Aber wir waren freundschaftlich und warmherzig miteinander umgegangen.

Sein Frau Bev arbeitete in der Stadtbücherei. Sie hatten versucht, ihre jeweiligen Arbeitszeiten so aufeinander abzustimmen, daß einer von ihnen die meiste Zeit zu Hause bei den Kindern sein konnte. Natürlich klappte das nicht immer; es gab Tage wie heute, an denen er zum Einsatz gerufen wurde, während Bev noch bei der Arbeit war. Also hatte er die Kinder wohl zu Bevs Mutter gebracht. So machten sie das nämlich. Er hatte mir das mal erzählt. Er hatte gesagt, sie hätten ein wunderbares Leben, er und Bev und die Kinder.

Ich nahm an, daß irgendwer zur Bücherei gefahren war und Bev erzählt hatte, was passiert war, sie nach Hause gebracht hatte; bestimmt hatte jemand anderes ihren Wagen nach Hause gebracht, weil sie wohl nicht in der Verfassung war zu fahren. Ich nahm an, daß jemand geistlichen Beistand für sie gerufen hatte; ich wußte, daß Carlos katholisch gewesen war – und er war einen plötzlichen Tod gestorben, so daß es für ihn keine letzte Ölung gegeben hatte. Wie bedeutsam war das wohl? Da ich nicht katholisch bin, hatte ich nicht die leiseste Ahnung. Es war wohl am besten, wenn ich Bev noch am Nachmittag besuchte, um ihr mein Beileid auszusprechen, aber ich hatte nicht die leiseste Ahnung, was ich ihr sagen sollte.

»Geht's dir gut, Deb?« fragte Nathan.

Ich zuckte die Achseln. »Ja. Und dir?«

»Geht so.«

Ihm ging es ungefähr genauso gut wie mir. Also nicht besonders. Wer mich nicht kannte, dem mußte ich angesichts der Umstände wohl absolut ruhig, sogar unmenschlich und gefühllos ruhig erscheinen. Aber wer mich kannte, sah mir auf Anhieb an, daß dem nicht so war.

Nathan Drucker kannte mich. Und ich kannte ihn.

»Hast du was zu Mittag gegessen?« fragte er.

»Ich will nichts.«

»Du mußt was essen.«

»Irgendwann esse ich schon.«

Er bog auf den Parkplatz einer Imbißbude. Der Nordosten von Tarrant County leidet in dieser Hinsicht noch heute darunter, daß Goldenburger dichtgemacht hat, denn so sind wir – zumindest ich – gezwungen, auf die großen Hamburgerrestaurant-Ketten zurückzugreifen. Normalerweise störte mich das. An diesem Tag jedoch nicht. Hamburger waren mir einfach egal. Ob nun Dairy Queen's oder Burgerking oder Wendy's oder egal was oder egal wer. Ich wollte keinen Hamburger. Ich wollte nichts zu essen.

Nathan fragte mich nicht, was ich essen wollte. Er ging rein, während ich bei eingeschaltetem Funkgerät im Wagen blieb. Er kam mit zwei Tüten zurück und reichte mir eine. Darin waren ein Hamburger, Fritten und ein Schokomilchshake.

»Nathan, ich hab' dir doch gesagt, daß ich nichts –«

»Ich auch nicht. Und jetzt iß. Wenn du krank wirst, macht das Carlos auch nicht wieder lebendig.«

Natürlich hatte er recht, und ich wußte genau, daß Carlos das gleiche sagen würde, wenn Nathan erschossen worden wäre. Nathan aß seinen Hamburger. Er schien genauso wenig Appetit zu haben wie ich. Mit einem Achselzucken begann ich zu essen.

Und das Funkgerät meldete sich. Das soll nicht etwa heißen, daß es vorher geschwiegen hätte; das hatte es nicht. Ein Polizeifunkgerät ist praktisch niemals still. Aber die Menschen, die sich den ganzen Tag in der Nähe von Polizeifunkgeräten aufhalten, lernen irgendwann, das Funkgerät nicht mehr wahrzunehmen, es sei denn, es meldet irgendwas, das die Betreffenden unbedingt mitbekommen müssen. So hören beispielsweise alle Polizeibeamten das jeweilige Signal oder Codewort, das in ihrem Bereich »Überfall« bedeutet oder »Kollege braucht Hilfe«; ansonsten bekommt man mit ziemlicher Sicherheit nur sein eigenes Rufsignal mit.

Und genau das hörte ich jetzt. Mein eigenes Rufsignal. Ich wurde im Polizeipräsidium gebraucht. »Schon unterwegs«, sagte ich, und Nathan gab mir seinen Schokomilchshake zu halten, während er rückwärts aus der Parklücke setzte. Ich gab ihn ihm wieder, als wir auf der Straße waren, und wir hatten beide noch einen Rest Schokomilch in unseren Bechern, als wir den Einsatzraum betraten.

Der, wie wir feststellten, regelrecht aus allen Nähten platzte. Da war das Raubdezernat. Das Morddezernat. Das Sonderdezernat. Etliche FBI-Beamte, nicht bloß Dub und Chang, sondern auch Darren Fletcher und noch ein paar andere, die ich nicht näher kannte. Ein Texas Ranger. Da waren auch vier sehr gut gekleidete Herren, die ich noch nie gesehen hatte. Alle vier trugen teure und ausgefallene Cowboystiefel – wie sie echte Cowboys im Leben nie anziehen würden – und ausladende weiße Stetson-Hüte und sehr elegante Aktenkoffer. Sie wirkten eigentlich nicht wie Leute, die Stiefel und weiße Stetsons trugen. Sie wirkten wie Leute mit teuren Aktenkoffern.

Sergeant Distefano, der Leiter des Dezernats für Informationsbeschaffung, war auch da. Wir Detectives bezeichnen sein Dezernat meistens als die Abteilung für Überwachungen, weil wir seine Mitarbeiter häufiger für Überwachungen anfordern als für irgendwas anderes. Wie zu erwarten hatte Distefano – Carlos Amados Vorgesetzter – rote Ränder um die Augen.

Allem Anschein nach hatten wir eine Besprechung.

Millner fixierte vielsagend meinen Pappbecher, und ich ließ ihn so unauffällig wie möglich, also nicht sehr, in den nächsten Mülleimer fallen und suchte mir einen Platz. Drucker warf seinen Pappbecher nicht in den Mülleimer. Er trank einfach weiter daraus. Das wunderte mich nicht. Er hatte seine Haltung in dieser Frage bereits hinreichend deutlich gemacht.

Wie sich herausstellte, waren die Männer, die ich nicht kannte, vom Texanischen Bankenausschuß. Mir war ziemlich unklar, was der Texanische Bankenausschuß wegen der Raubüberfälle unternehmen wollte, das wir nicht bereits unternahmen, aber Leute, die in wichtigen Komitees sitzen, sind nun mal so. Vor allem wollen sie wissen, was wir gemacht haben und was wir gerade machen.

Es kommt ihnen gar nicht den Sinn, daß das, was wir gerade machen, sich darin erschöpft, eine Besprechung mit ihnen abzuhalten, wo wir doch unterwegs sein und an der Lösung des Falles arbeiten könnten.

Millner, der, wie in solchen Situationen üblich, die Rolle des Vorsitzenden übernahm, fing an, die Lage zusammenzufassen. Der erste Raubüberfall am Samstag. Beschreibung der Verdächtigen. Arbeit der Detectives. Beschreibung der blonden Verehrerin von Harrison Ford. Auffindung der Leiche am Sonntag. Die Teenager, die uns von der Erschießung berichtet hatten. Der zweite Raubüberfall am Montag. Wie ich Harry Weaver gefunden hatte, was Harry Weaver mir erzählt hatte, was mit Harry Weaver und Carlos Amado passiert war. Der Personenschutz, der für Connie Daynes, die Verkäuferin bei University Chrysler-Plymouth, angeordnet worden war. Ich hörte zum erstenmal davon und hoffte, daß es etwas nützen würde. Die Fahndung nach dem weißen Chevrolet, der von Clean Harry's ausgeliehen worden war. Die Suche nach Deandra Black und ihrem beigefarbenen Honda Accord, von dem wir inzwischen das Baujahr und das Kennzeichen hatten. Die noch andauernde Suche nach dem Schrottplatz, zu dem der Lynx abgeschleppt worden war, falls die Geschichte der Frau stimmte, was vermutlich der Fall war, denn wenn nicht, welchen erdenklichen Grund hätten sie gehabt, Weaver zu erschießen? Die noch andauernde Suche nach der Kindertagesstätte, die samstags geöffnet hatte und wo ein blauer Lynx seinen Geist aufgegeben hatte.

Die telefonische Suche gestaltete sich im übrigen immer schwieriger, denn bis diese Besprechung einberufen worden war, hatten die Sekretärinnen noch immer alle Hände voll zu tun gehabt, die Aussagen von Zeugen des Banküberfalls und der Entführung von heute morgen zu schreiben. Da sie die Aussagen nicht selbst entgegennehmen durften – das dürfen offiziell nur Polizeibeamte – traten sich die noch verbliebenen Zeugen inzwischen auf den Gängen und in den Vernehmungszimmern die Beine in den Bauch, weil die Detectives jetzt an dieser Besprechung teilnehmen mußten. Aber während die Sekretärinnen Zeugenaussagen schrieben, konnten sie nicht gleichzeitig Schrottplätze und Kindertagesstätten anrufen, und während sie Kindertagesstätten und Schrottplätze anriefen, konnten sie keine Zeugenaussagen schreiben.

Wir hatten uns aus anderen Abteilungen im Haus Sekretärinnen ausgeliehen.

Millner berichtete von dem Blut, das darauf hindeutete, daß Carlos einen von den Gangstern getroffen hatte. Und von den Anrufen in Krankenhäusern, ob dort jemand mit einer Schußwunde behandelt worden war. Er berichtete von –

»Aber was wollen Sie denn nun unternehmen?« unterbrach ihn einer der Leute vom Bankenausschuß, der eine unglückliche Ähnlichkeit mit einem als John Connally verkleideten Senator John Tower hatte.

»Ich habe Ihnen soeben dargelegt, was wir alles unternehmen«, erwiderte Millner mit einer Miene, die fast nachsichtig wirkte.

»Das hört sich aber nicht gerade nach viel an, finde ich.«

»Was sollten wir denn Ihrer Meinung nach sonst noch tun?« wollte Millner wissen.

»Das zu entscheiden ist Ihre Aufgabe, nicht meine.«

»Sehr richtig. Es ist meine Aufgabe. Und –«

Und die Tür wurde aufgerissen. »Captain Millner?« rief Millie. »Raubüberfall auf die First Security Bank!«

Das war einfach lächerlich. Die Bankräuber mußten wirklich töricht sein.

Ich weiß nicht, was die Leute vom Bankenausschuß machten. Wir übrigen stürmten jedenfalls so schnell, wie derart viele Menschen überhaupt durch eine Tür gelangen konnten, nach draußen. Und wir warteten nicht auf die Aufzüge, sondern rasten die Treppe hinunter und sprangen in die Wagen, ohne noch groß darauf zu achten, wer mit wem fuhr – und so landete ich dieses Mal im Auto eines Texas Ranger namens Neal Ryan. Ich kenne Neal ziemlich gut. Er sieht aus wie ein Bücherwurm und hat eigentlich nicht viel an sich, das der traditionellen Vorstellung von einem Texas Ranger entspricht, mit Ausnahme seiner handgearbeiteten Lederstiefel, die in der Tat auch ein echter Cowboy tragen würde. Wenn er vor Gericht aussagen muß, trägt er Anzug und Krawatte; wenn er nicht gerade im Zeugenstand ist, trägt er die gleiche praktische graue Baumwollarbeitskluft, die man von Lieferanten kennt und die man sich direkt aus den Versandhauskatalogen bestellen kann. Der fünfzackige, von einem Kreis umrundete Stern an dem grauen Baumwollarbeitshemd verkündet jedem Texaner »Ranger«, und der fünfzehn Zentimeter lange Lauf des Colt Cobra in seinem Revolverhalfter sagt das und noch einiges mehr. Diese Botschaft vergißt man jedenfalls nicht so schnell.

Als der Wagen aus der Tiefgarage brauste, schaltete Neal die Sirene ein und betätigte einen Kippschalter, der das Blaulicht einschaltete und zugleich dafür sorgte, daß die Scheinwerfer in rascher Folge von Fernlicht auf Abblendlicht und wieder zurück wechselten. Im normalen Straßenverkehr fällt das mehr auf, als Sie vielleicht meinen, falls Sie es noch nie gesehen haben. Er betätigte einen weiteren Kippschalter, um sein Funkgerät von der staatlichen Frequenz auf die städtische umzuschalten. Der Einsatzleiter war mitten im Satz. »… unter Kontrolle. An alle Einheiten, Entwarnung, die Situation ist unter Kontrolle.«

Schlagartig ließ das Sirenengeheul in der Luft nach. Doch nicht alle Sirenen verstummten. Unsere jedenfalls nicht. Ich schielte zu Neal hinüber, und er sagte sanft: »Ich arbeite nicht für die Stadt Fort Worth.« Unausgesprochen schwebte der zweite Teil des Satzes in der Luft. »Ich fahre so schnell ich will.«

Ein uniformierter Polizeibeamter und ein Wachmann der Bank standen rechts und links von einem etwas verängstigt und recht schäbig aussehenden Mann von zirka Mitte Dreißig. Wie schon gesagt, sie standen. Er saß.

Es ist gar nicht so leicht, wie man vielleicht glaubt, die Größe einer sitzenden Person zu schätzen. Aber er war bestimmt gut über 1,80. Seine hellolivefarbene Haut war leicht gebräunt, sein schwarzes Haar ein wenig zu lang, sein Schnurrbart ein wenig ungepflegt, und seine blauen Augen blickten sehr, sehr zornig. Er trug Blue jeans und ein weißes T-Shirt. Das T-Shirt hatte ein Logo auf der Brust mit drei reptilienartigen Fingern, die einen Globus umschlossen, und darunter stand in Anführungszeichen *To Life Immortal!* Es war recht offensichtlich, daß der Mann, ebenso wie mein Sohn Hal, ein Fan der Fernsehserie *Krieg der Welten* war.

Doch mit relativ hoher Wahrscheinlichkeit wurde er nicht deshalb so überaus eifrig bewacht, weil er gern Serien über Marsmenschen sah, die dann doch keine Marsmenschen waren, sondern Wesen aus einer fernen, fernen Galaxie.

»Was ist hier los?« fragte ich.

Der Wachmann und der Polizist starrten mich an. »Das ist Sache der Polizei«, sagte der Officer rüde.

Das geschieht immer mal wieder. Unser Department ist einfach zu groß geworden. »Detective Deb Ralston, Sonderdezernat der Polizei von Fort Worth«, sagte ich. »Also, was ist hier los?« Ich konnte keine Anzeichen für einen versuchten Banküberfall entdecken, aber der äußere Schein mochte ja trügen.

»Wissen Sie von dem Banküberfall am Samstag«, fragte mich der Polizist.

»Ich bin sehr gut über diesen Banküberfall am Samstag informiert«, antwortete ich.

»Finden Sie nicht, daß der hier aussieht wie der von der Videoaufnahme?«

Ich sah den Mann an. Der Mann sah mich an. »Das war eine ziemlich verschwommene Aufnahme«, sagte ich.

»Das versuche ich denen schon die ganze Zeit klarzumachen«, sagte der Mann verbittert. »Hören Sie, ich bin hergekommen, um ein Konto zu eröffnen, zum Donnerwetter noch mal, und plötzlich fängt der Kassierer an zu brüllen, und dann hatten die Wachleute mich auch schon im Griff.«

»Er sieht aus wie der auf dem Video«, sagte der Officer, auf dessen Namensschild Hickson stand, trotzig. »Und er ist auch genauso gekleidet.«

»Auf dem Video waren zwei Männer«, stellte ich klar. »Keiner von beiden trug ein T-Shirt. Bei dem Banküberfall heute morgen trugen beide T-Shirts, aber auf keinem war ein Logo. Welchem von beiden sieht er denn Ihrer Meinung nach ähnlich?«

»Dem Großen. Er hat genau die richtige Größe. Er hat mir schon unterschrieben, daß er über seine Rechte aufgeklärt worden ist.«

»Das Video hab' ich auch gesehen«, sagte der Mann. »Der Typ hatte eine Maske auf. Wie soll ich denn bitte schön wie einer aussehen, den noch keiner gesehen hat?«

»Ich habe ihn gesehen«, widersprach ich. »Und das nicht bloß auf dem Video.«

»Dann wissen Sie ja, daß ich es nicht war.«

»Nein, das weiß ich eigentlich nicht. Noch nicht. Wie heißen Sie?«

»Nick Casavetes.«

Noch ein Name aus der Filmbranche, dachte ich mit wachsendem Interesse. Na ja, zumindest der Nachname.

»Mr. Casavetes, würden Sie bitte mal aufstehen?«

»Klar. Wenn ich danach nach Hause darf.« Er stand auf. »Jetzt sehen Sie, daß ich es nicht war.«

Ich betrachtete ihn. Noch immer konnte ich nicht sagen, daß er es nicht war. Andererseits konnte ich auch nicht mit Sicherheit sagen, daß er der Mann am Samstag in der Bank gewesen war, aber genausowenig konnte ich sagen, daß er es nicht gewesen war.

»War er bewaffnet?« fragte ich Hickson.

»Mein Gott, nein, ich war nicht bewaffnet«, sagte Casavetes. »Wozu brauche ich denn eine Pistole, wenn ich ein Girokonto eröffnen will?«

»Nein, er war nicht bewaffnet«, antwortete Hickson.

»Habt ihr ihn über den Zentralcomputer überprüft?«

»Ja«, sagte Hickson. »Es liegt nichts gegen ihn vor.« Er sagte nicht, daß Casavetes kein Vorstrafenregister hatte, eine Auslassung, die vielleicht bedeutsam sein konnte – vielleicht aber auch nicht –, das hing von Hicksons Erfahrung ab, die, wie ich annahm, nicht eben überwältigend war.

Neal, der ein wenig herumgeschlendert war, kam zurückgeschlendert. »Ich habe gefragt, ob es hier einen Raum gibt, in dem wir uns ungestört unterhalten können«, sagte er. »Anscheinend gibt es solche Räumlichkeiten heutzutage in den Banken nicht mehr. Alles ist öffentlich, damit jeder jeden sehen kann.«

Casavetes sah ihn an. »Wer zum Teufel sind Sie denn?«

»Neal Ryan. Texas Ranger.«

»Ehrlich?« sagte Casavetes und zeigte zum erstenmal an irgendwas anderem als seiner eigenen unangenehmen Situation echtes Interesse. »Ich wußte gar nicht, daß es noch Rangers gibt.«

»›Sprach der Jüngling zur Welt, Sir, es gibt mich‹«, sagte Neal, und diesmal starrte nicht nur Casavetes, sondern auch ich ihn an.

»Ja, es gibt die Texas Rangers noch«, fuhr Neal fort. »Und ja, ich bin einer von ihnen. Sie und ich und Detective Ralston gehen jetzt raus und setzen uns in meinen Wagen, und dann schauen wir mal, ob wir die Sache hier klären können.«

Sein Wagen eignete sich etwas besser für diese Art von Klärung, als es ein städtischer Polizeiwagen getan hätte, von denen inzwischen etliche eingetroffen waren, weil seine Rückbank nicht mit einem Gitter abgetrennt war und die sperrigen Ausrüstungsgegenstände – Gewehre und dergleichen – ordentlicher verstaut waren. Zehn Minuten später saßen Casavetes und ich auf der Rückbank, und Neal und Captain Millner hatten auf den Vordersitzen Platz genommen. »Nun«, sagte Neal, »wer will anfangen?«

»Bin ich festgenommen?« fragte Casavetes.

»Nein, Sir, Sie sind nicht festgenommen«, sagte Captain Millner. »Dennoch möchte ich Sie darauf hinweisen, daß alles, was Sie sagen, gegen Sie –«

»Ja, ja, ja, das weiß ich«, unterbrach Casavetes ihn. »Der Cop da drinnen hat mir schon alles erzählt und mich irgendwas unterschreiben lassen.«

»Ich habe die Erklärung hier«, sagte ich, und Millner nickte.

»Wenn ich nicht festgenommen bin, darf ich dann gehen?«

»Nicht so schnell«, sagte Millner.

»Aber wenn ich nicht gehen darf, dann bin ich also doch festgenommen.«

»Wir behalten Sie zur Vernehmung hier«, stellte Neal klar.

»Ist das legal?«

»Wahrscheinlich«, sagte Millner.

»Was soll denn das nun wieder heißen, ›wahrscheinlich‹?« wollte Casavetes wissen. »Entweder es ist legal, oder es ist nicht legal. Und ich kann mir nicht vorstellen, daß es legal ist.«

»Lassen Sie es mich mal so formulieren«, schaltete ich mich ein. »Im Augenblick will Sie niemand festnehmen. Im Augenblick wollen wir Ihnen bloß ein paar Fragen stellen. Sie müssen diese Fragen nicht beantworten. Aber mindestens eine Person hat Sie als einen der Täter identifiziert, die zwei Banküberfälle, zwei Entführungen und einen Mord begangen haben. Das zweite Entführungsopfer wird noch vermißt. Also, wie schon gesagt, wir wollen Sie nicht festnehmen. Aber Sie werden doch wohl selber einsehen, daß wir Sie nicht einfach laufenlassen können, ohne uns vergewissert zu haben, daß es sich um eine irrtümliche Identifizierung handelt. Falls Sie also bereit sind, unsere Fragen zu beantworten, ohne zuvor festgenommen zu werden, dann wäre das schön. Falls nicht, müssen wir uns wohl überlegen, was wir als nächstes tun werden.«

»Ich habe immer gedacht, in diesem Land wäre ein Mensch solange unschuldig, bis seine Schuld bewiesen ist. Und Sie können mir nicht die Schuld an etwas nachweisen, das ich nicht getan habe. Aber was ist, wenn ich nicht in der Lage bin, meine Unschuld zu beweisen?«

»Dieses Gespräch nimmt einen etwas unglücklichen Verlauf«, sagte ich.

»Das müssen Sie mir nicht sagen. Für mich läuft es sogar richtig beschissen, seit dieser Rausschmeißer in der Bank mit seiner Pistole auf mich losgegangen ist.«

»Lassen Sie mich Ihnen einfach ein paar Fragen stellen, okay?« sagte ich, wobei unwillkürlich ein Bild in mir aufstieg, Carlos, tot auf dem Asphalt, zwei Drittel seiner Brust weggeschossen, und ich mußte höflich zu einem Mann sein, der ihn vielleicht getötet hatte, und nicht bloß weil der Mann ihn ja vielleicht nicht getötet hatte, sondern weil wir zu allen Verdächtigen höflich sein müssen. Man hätte auch dann von mir erwartet, daß ich zu Casavetes höflich war, wenn ich gesehen hätte, wie er Carlos erschoß.

Etwas in meiner Stimme mußte Casavetes wohl signalisiert haben, daß es ratsamer war, sich zu beruhigen, denn er zuckte die Achseln. »Okay. Fragen Sie.«

»Sie haben gesagt, daß Sie in der Bank waren, um ein Konto zu eröffnen, richtig?«

»Richtig.«

»Irgendwelche Gründe, warum Sie sich ausgerechnet für diese Bank entschieden haben?«

»Irgendwelche Gründe, warum ich das nicht tun sollte?«

»Nicht, daß ich wüßte. Wo wohnen Sie?«

»Arlington.«

»Sie wohnen in Arlington und wollen in einer Bank mitten in Fort Worth ein Konto eröffnen? Wo ist Ihre Arbeitsstelle?«

»Euless.« Seine Stimme klang mürrisch.

»Sie wohnen in Arlington, Sie arbeiten in Euless, und da eröffnen Sie ein Konto in einer Bank im Stadtzentrum von Fort Worth?«

»Na und? Ich will in zirka sechs Monaten nach Fort Worth ziehen, und ich will jetzt schon ein Konto eröffnen, damit ich keine Schwierigkeiten mit meinen Schecks kriege. Haben Sie schon mal versucht, Schecks einzulösen, wenn sie gerade ein neues Konto in einer neuen Stadt eröffnet haben? Wenn ja, müßte Ihnen das eigentlich einleuchten.«

»Was machen sie beruflich?«

»Ich baue Boote.« Er grinste ein wenig, und mir war nicht klar, wieso. Schuldig oder nicht schuldig, er stellte sich jedenfalls nicht sonderlich geschickt an, mich oder sonst wen davon zu überzeugen, daß er unschuldig war.

Aber er hatte schon recht damit, daß das nicht seine Aufgabe war. Es war meine Aufgabe, ihm seine Schuld nachzuweisen – falls er schuldig war.

»Wo waren Sie Samstag morgen?«

»Um welche Uhrzeit?«

»Egal, den ganzen Morgen«, sagte ich vage.

Er seufzte betont. »Ich bin um halb neun aufgestanden, hab' Corn-flakes gegessen und mir eine *Bullwinkle*-Folge im Fernsehen angeguckt. Wie klingt das?«

Zufälligerweise ist mein Sohn Hal ein großer *Bullwinkle*-Fan. Wenn *Bullwinkle* samstags morgens im Fernsehen käme, würde er es sich ansehen. Das tut er aber nicht. Was für mich ein eindeutiger und unwiderlegbarer Beweis dafür ist, daß im Gebiet von Fort Worth samstags morgens keine *Bullwinkle*-Folgen gesendet werden.

Natürlich würde ich das noch durch einen Blick in die Fernsehzeitung überprüfen müssen. Aber ich war mir sicher, daß ich recht hatte.

Ich sagte Casavetes nicht, daß *Bullwinkle* samstags morgens nicht läuft. Ich sagte lediglich: »Was haben Sie danach gemacht?«

»Ich bin zum Platz, hab' mir ein Boot genommen, bin damit zum Lake Dallas gefahren und den ganzen Tag dort geblieben.«

»Zu welchem Platz?« fragte Captain Millner.

»Dem Bootsplatz. Wo ich arbeite. Da ist ein Boot, das die Angestellten benutzen dürfen, wenn sie wollen.«

»Sie sind also zum Bootsplatz gefahren, haben sich ein Boot genommen, mit dem Sie zum Lake Dallas geschippert sind. Und dort haben Sie dann den ganzen Tag verbracht«, sagte ich. »War jemand bei Ihnen?«

»Ein Mädchen.«

»Was für ein Mädchen?«

»Na, eine junge Frau eben. Ich hab' sie in einer Bar kennengelernt.«

»Wie heißt sie?«

»Moment, Sie werden doch wohl nicht mit ihr reden, oder?« sagte Casavetes nervös. »Wegen ihrem Alten, der macht mich fertig.«

»Das kommt davon, wenn man sich mit verheirateten Frauen rumtreibt«, sagte Neal.

»Nein, mit ihrem Alten meine ich nicht ihren Mann«, sagte Casavetes. Er wand sich ein bißchen und sagte dann: »Ach, egal, was soll's? Das Mädchen ist sechzehn.«

»Und Sie haben sie in einer Bar kennengelernt?« hakte Millner nach. »Interessant; diese Bar sollte ich mal genauer unter die Lupe nehmen.«

»Äh … Okay, ich hab' sie nicht in einer Bar kennengelernt. Ich hab' sie im letzten Herbst bei einem Footballspiel von der High-School kennengelernt. Sie ist ja ein hübsches Ding, aber ihr alter Herr will nicht, daß sie mit jemandem in meinem Alter zusammen ist, deshalb schleicht sie sich schon mal …«

»Name?« fragte Neal.

»Ach, Scheiße. Sie heißt Rita Cleveland.«

»Und wo wohnt Rita Cleveland?«

Er nannte eine Adresse in Bedford. »Aber Sie werden doch wohl nicht da hinfahren und –«

»Wir werden sehen«, sagte ich. »Wie ist ihre Telefonnummer? Vielleicht müssen wir dann nicht extra hin.«

Er nannte eine Telefonnummer.

»Okay«, sagte ich. »Jetzt zu heute morgen.«

»Was ist mit heute morgen?«

»Wo waren Sie heute morgen?«

»Ich war arbeiten. Was meinen Sie denn, wo ich montags morgens gewesen sein könnte?«

»Ich weiß nicht, wo Sie gewesen sein könnten«, sagte ich. »Deshalb habe ich ja auch gefragt.«

»Tja, also ich war bei der Arbeit.«

»Wie kommt es dann, daß Sie montags nachmittags nicht arbeiten?« fragte Neal.

»Ich hab' freigemacht. Muß ich denn immer nur arbeiten?«

»Die meisten Menschen arbeiten montags nachmittags«, erwiderte ich. »Aber wenn Sie das nicht tun, dann ist das eine Sache zwischen Ihnen und Ihrem Chef. Nennen Sie mir den Namen der Bootsfirma.«

»Presto.«

»Die Firma heißt Presto?«

»Hab' ich doch gerade gesagt.«

Ich schrieb mir den Namen auf. »Und jetzt nennen Sie mir bitte die Telefonnummer.«

»Die Telefonnummer weiß ich nicht. Meinen Sie, ich rufe mich selbst da an?«

»Wer in Ihrer Firma könnte mir bestätigen, daß Sie an Ihrem Arbeitsplatz waren?«

»Mein Boß. Lonzo Hambley.«

»Sie bleiben hier bei dem Ranger, während ich dort anrufe«, sagte ich und stieg aus dem Wagen. Millner stieg mit aus.

»Was, wenn Lonzo Hambley der andere ist?« fragte er.

»Daran habe ich auch schon gedacht«, sagte ich. »Sie wissen doch bestimmt auch, daß *Bullwinkle* nicht samstags morgens läuft, oder?«

»Ich muß gestehen, daß ich das nicht wußte«, sagte er. »Aber ich hatte so einen Verdacht. Gut.« Er drehte sich nach dem Wagen um. »Er könnte es gewesen sein.«

»Bis auf eins«, sagte ich.

»Und das wäre?«

»Bei dem Raubüberfall hat der Große am meisten geredet«, sagte ich. »Nicht ausschließlich, aber am meisten. Und – ich kann zwar nicht mit Sicherheit behaupten, daß ich seine Stimme wiedererkennen würde, aber ich glaube schon. Und er hört sich nicht so an.«

Millner nahm seine Brille ab und rieb sich über den Nasenrücken. »Hmmm«, sagte er. »Na schön. Rufen Sie trotzdem in der Firma an.«

Montag nachmittag. Welche Uhrzeit? Fast vier Uhr. Vielleicht würde ich Rita Cleveland zu Hause erwischen, vielleicht aber auch nicht.

Eines war jedenfalls sicher: Rita Cleveland war nicht unser blonder Filmstarfan. Alle, die sie mir beschrieben hatten, waren sich einig gewesen, daß sie mindestens Mitte Dreißig, wenn nicht älter sein mußte.

Dann überlegte ich mir, daß ich Rita Cleveland doch nicht anrufen wollte. Ich wollte sie nämlich vor mir sehen, wenn ich ihr Fragen stellte. Ich hatte nämlich so ein Gefühl, daß eine Sechzehnjährige, die ihren Vater anlog, um mit so einem Widerling wie Nick Casavetes zusammenzusein, auch mich anlügen würde. Zumindest am Telefon. Wenn sie mir von Angesicht zu Angesicht gegenüberstand, würde ihr das vielleicht nicht ganz so leicht fallen.

Was nicht hieß, daß sie es nicht versuchen würde. Aber möglicherweise wären die Erfolgsaussichten geringer.

Also ließ ich mir von der Auskunft die Nummer von »Presto Boats« in Arlington geben, und dann, weil Telefonzellen nicht an die Metro-Line angeschlossen sind (das ist die Telefongesellschaft, über die man im gesamten Großraum Dallas/Fort Worth zum Ortstarif telefonieren kann), holte ich meine kleine Telefonkreditkarte aus dem Portemonnaie, wählte die Nummer in Arlington und wählte meine eigene Telefonnummer mit all den kleinen Codes, damit der Anruf auf meine Rechnung ging. Falls ich daran dachte, würde ich später einen Antrag auf Erstattung stellen. Im Augenblick jedoch kam es mir nicht sonderlich wichtig vor, ein Ein-Dollar-Telefongespräch erstattet zu bekommen. Nicht im Vergleich zu Carlos Amado. Nicht im Vergleich zu Dorene Coe.

Nicht im Vergleich zu Deandra Black, die vielleicht noch am Leben war.

Es klingelte zwölfmal, bevor sich eine rauhe männliche Stimme meldete. Im Hintergrund ertönte ein Geräusch, das sich wie eine Kreissäge anhörte. »Ja?«

»Bin ich verbunden mit Presto Boats?« fragte ich.

»Ja, Ma'am, hier ist Presto Boats.«

»Ich rufe an wegen Nick Casavetes –«

Die darauf folgende Reaktion hatte ich nicht erwartet. Die rauhe Stimme schrie: »Sie können diesem Mistkerl bestellen, daß er gefeuert ist!« Und dann wurde der Hörer auf die Gabel geknallt.

Bedächtig absolvierte ich die ganze Wählprozedur erneut. Dieselbe Stimme meldete sich, aber diesmal schon beim zweiten Klingeln. »Ja?«

»Ich bin Detective Deb Ralston von der Polizei von Fort Worth«, sagte ich hastig, »und ich brauche ein paar Auskünfte über Nick Casavetes.«

»Wieso haben Sie das nicht gleich gesagt? Was für Auskünfte brauchen Sie denn?«

»War er heute morgen an seinem Arbeitsplatz?«

»Ja. Er ist zwei Stunden zu spät gekommen, aber er war da.«

»Um wieviel Uhr soll er eigentlich anfangen?«

»Um acht. Und er ist um zehn eingetrudelt.«

»Sind Sie sicher, daß es nicht nach zehn war?«

»Ich hab' ihn an der Stechuhr gesehen. Da war es fünf vor zehn.«

Halb zehn bis fünf vor zehn. Von der Belknap Road fast im Stadtzentrum bis nach Euless. Falls dieser Mann nicht der zweite Täter war, und das glaubte ich mittlerweile nicht mehr, war Nick Casavetes sauber. Aber … »Und am Samstag?« fragte ich.

»Was soll das heißen, und am Samstag?«

»Ist er Samstag mit einem Boot rausgefahren?«

»Ja, wahrscheinlich. Irgendwer ist jedenfalls damit rausgefahren, und er macht das öfter.«

»Haben Sie irgendwelche Anhaltspunkte dafür, um wieviel Uhr er das Boot genommen und wann er es wieder zurückgebracht hat?«

»Nein, Ma'am, hab' ich nicht. Sagen Sie mal, worum geht's eigentlich?«

»Wir überprüfen nur einige Angaben«, antwortete ich ausweichend. »Würden Sie mir vielleicht verraten, warum Sie beschlossen haben, ihn rauszuschmeißen?«

»Er ist nicht hier, oder? Wie soll ich denn bitte schön einen Betrieb leiten, wenn die Hälfte meiner Angestellten dauernd selbst entscheiden, wann sie arbeiten wollen und wann nicht?«

»Aber Sie sind sicher, daß er heute morgen um fünf vor zehn erschienen ist?«

»Lady, ich habe seine Stempelkarte, und ich habe gesehen, wie er sie in die Stechuhr gesteckt hat. Um halb zwölf hat er sich wieder abgemeldet, ist in die Mittagspause gegangen und ward seitdem nicht mehr gesehen. Der Mann stinkt einfach vor Faulheit. Aber eins muß man ihm lassen.«

»Und das wäre?« fragte ich.

»Wenn er mal arbeitet, ist er ein verdammt – 'tschuldigung, Ma'am. Wenn er mal arbeitet, ist er ein richtig guter Arbeiter. Ich werde ihn diesmal wohl doch nicht rausschmeißen. Sagen Sie ihm einfach, er soll seinen Arsch – seinen Hintern hierherbewegen. Er kann heute abend arbeiten, um den Nachmittag wieder rauszuholen.«

»Danke«, sagte ich und ging zum Wagen zurück. »Ihr Chef läßt Ihnen ausrichten, Sie sollen Ihren Hintern zurück an die Arbeit bewegen«, sagte ich. »Das hat er gesagt, nachdem er Sie zuerst gefeuert und dann doch nicht gefeuert hat.«

»Jaja, so ist er«, sagte Casavetes selbstgefällig. »Er findet nun mal keinen, der besser arbeitet als ich.«

Ich wartete einen Moment. »Also, dann gehen Sie«, sagte ich zu ihm.

Er stieg aus dem Wagen, und wir sahen ihn mit jenem Ausdruck im Gesicht davonschlendern, den jeder erfahrene Cop – und die meisten Mütter – sofort erkennen. Es war der Ausdruck eines Menschen, der glaubt, daß er mit irgend etwas ungeschoren davonkommt.

»Sind Sie sicher, daß er sauber ist?« fragte Millner mich.

»Es sei denn, er schafft es in weniger als fünfundzwanzig Minuten von der C&S Bank nach Euless«, sagte ich. »Ich werde mich trotzdem morgen mal mit Rita Cleveland unterhalten. Aber er ist sauber. Zumindest in unserem Fall.«

»Was soll das heißen?« fragte Neal.

»Ich habe es Millner schon gesagt«, antwortete ich. »Am Samstag morgen hat er nicht *Bullwinkle* geguckt. Das läuft um diese Zeit nämlich gar nicht. Er hat irgendwas gemacht, von dem er möchte, daß wir es nicht erfahren.«

»Haben wir seine Personalien?« fragte Millner.

Ich nickte. »Hickson hat sie aufgenommen und mir weitergegeben.«

»Ich lasse ihn morgen noch mal durch den Zentralcomputer laufen«, sagte Millner. »Ich will mir sämtliche Unterlagen über ihn genau ansehen. Der Mistkerl hat Dreck am Stecken, darauf wette ich.«

Wir hatten das Funkgerät abgeschaltet. Man verhört keinen Verdächtigen mit ständigen Unterbrechungen durch das Funkgerät. Neal schaltete es jetzt wieder ein und fragte, ob es irgendwas Neues gab.

Es gab nichts Neues.

Carlos Amado war noch immer tot.

Deandra Black, die Frau mittleren Alters und Mutter von vier Kindern, wurde noch immer vermißt.

Neal setzte mich an meinem Wagen ab, und ich fuhr nach Hause. Ohne Berichte zu schreiben. Und Millner ließ es mir tatsächlich durchgehen.

Kapitel 7

Der braune Hund und die schwarze Katze, sie nahmen zusammen am Eßtisch Platz, wobei der Tisch unser Picknicktisch war, den Hal und Lori (es war ganz sicher nicht Harry gewesen) aus unerfindlichen Gründen aus dem Garten hinter dem Haus auf den Rasen vor dem Haus geschleppt hatten, und es sich bei dem einträchtigen Tierpaar auf dem Tisch um Pat und unsere buntscheckige Katze handelte. Als ich aus dem Wagen stieg, stupste Pat, der alte Angeber, die Katze an. Seine Message war eindeutig. »Lauf weg, damit ich dich jagen kann.«

Die Katze gähnte überaus herzhaft, zeigte ihre Zunge, ihren rosa und schwarz gefleckten Gaumen und zirka fünfhundert von ihren Zähnen. Ihre Antwort war ebenfalls klar: »Weglaufen ist langweilig.«

Pat warf mir einen frustrierten und ziemlich unschlüssigen Blick zu. »Ich kann dir auch nicht helfen«, sagte ich zu ihm.

Als ich auf die Haustür zuging, sprang die Katze vom Tisch und fiel in einen halbherzigen leichten Galopp. Pat fegte vom Tisch und hinter ihr her, worauf sie prompt den nächstbesten Mesquitbaum hinaufflitzte, der nur knapp zwei Meter vom Picknicktisch entfernt stand. Pat setzte sich abrupt hin und starrte entgeistert in den Baum. Völlig ausgeschlossen, daß er da hinaufkam. Ich konnte mir schon nicht vorstellen, wie er es überhaupt auf den Picknicktisch geschafft hatte; er ist ein äußerst kräftiger Hund, aber absolut unsportlich.

Die Katze ärgert also nicht nur Babys. Sie ärgert auch Hunde.

Drinnen angekommen, stellte ich verwundert fest, daß Cameron trotz der fortgeschrittenen Tageszeit noch nicht aus Leibeskräften schrie. Hal und Lori saßen vor dem Fernseher und spielten irgendein Nintendospiel. Umsichtigerweise hatten sie den Laufstall zwischen sich vor den Fernseher gezogen. Cameron schien völlig fasziniert von den Farben, dem Klicken und den Soundeffekten.

Harry hatte seine Funkgeräte nicht eingeschaltet; anscheinend war ihm nicht danach gewesen, in Konkurrenz zu einem Videospiel zu treten. Er saß auf der Couch und blätterte in seiner neuesten Survival-Reklamepost, einem Katalog mit »Outdoor- und Actionzubehör«. Er stand auf und sagte: »Es tut mir so leid, Schatz.«

Natürlich brach ich in Tränen aus.

Hal und Lori schalteten das Videospiel ab und verdrückten sich in Hals Zimmer. Natürlich fing Cameron prompt an zu weinen. Ich hob ihn hoch und setzte mich auf die Couch.

Lori ist übrigens nicht bei uns eingezogen. Aber ihre Mutter, eine Polizeibeamtin und Witwe eines Polizeibeamten, war zu einem dreiwöchigen Kursus an der Polizeiakademie in Austin geschickt worden. Hal und Lori hatten viele und ihrer Meinung nach unwiderlegbare Argumente vorgebracht, warum Lori diese drei Wochen bei uns verbringen und in Vickys und Beckys altem Zimmer schlafen könnte, die inzwischen beide geheiratet hatten und ausgezogen waren, aber Loris Mutter und ich lieferten noch mehr und noch stärkere Argumente dafür, daß dies eine sehr, sehr, sehr schlechte Idee sei. Wir trugen aufgrund elterlicher Autorität den Sieg davon, nicht aufgrund logischer Einsicht, der sich kein Teenager je ergibt. Jedenfalls wohnte Lori jetzt bei ihrer Tante, rund sechs Straßen weiter, und Lori ging immer erst zum allerspätesten Zeitpunkt dorthin.

Also sah ich Lori in dieser Woche weit häufiger als normal, und selbst normal ist schon ziemlich oft.

Halb sechs. In ungefähr dreißig Minuten würde Cameron sein Abendessen einfordern. Mit ihm auf dem Arm ging ich in die Küche und sah im Vorratsraum und im Kühlschrank nach, ob da vielleicht noch etwas war, das wenig oder gar kein Kochen für den Rest der Familie erforderlich machte, damit ich damit anfangen konnte, bevor ich mich mit dem Baby hinsetzte.

»Du mußt das nicht tun«, sagte Harry, als er sah, wohin ich ging. »Ich dachte, wir gehen irgendwo was essen.«

»Danke, aber ich will nicht irgendwo essen gehen.«

»Ich meine, ich wollte Hal und Lori bitten, auf Cameron aufzupassen, während du und ich essen gehen«, präzisierte er.

»Ich habe ein Pfadfindertreffen«, bellte Hal aus seinem Zimmer. Wenn das Gespräch ihn irgendwie betrifft, hat der Junge Ohren wie ein – wie ein – wie ein afrikanischer Elefant.

»Ich kann auf Cameron aufpassen«, sagte Lori und kam ins Wohnzimmer geeilt. Sie zeigt mitunter beunruhigend mütterliche Seiten.

»Was soll das heißen, du hast ein Pfadfindertreffen?« fragte ich. »Montags abends ist doch sonst nie Pfadfindertreffen.« Hals Pfadfindergruppe wird von der Mormonenkirche gefördert. Die Mormonenkirche hat den Montagabend zum Familienabend erklärt, und die Familien sollen die Montagabende mit irgendwelchen gemeinsamen Unternehmungen verbringen. Deshalb gibt es kirchlicherseits an den Montagabenden keine sonstigen Veranstaltungen. Was unsere Familie betrifft, so war das, gelinde gesagt, ein Witz. Zum Teil, aber nicht nur, weil Hal der einzige Mormone in unserer Familie war. Es gab noch andere Faktoren, wie beispielsweise, daß Harry die Bingoabende in der Elks Lodge (White Settlement Road, Montag und Donnerstag) leitete und ich wegen aller möglichen Arten von schlimmen Verbrechen (häufig Mord) zum Einsatz gerufen wurde. Und Menschen, die einander umbringen, tun das, ohne auch nur im geringsten darauf Rücksicht zu nehmen, was Polizisten vielleicht gerade zu diesem Zeitpunkt vorhaben.

»Heute haben wir ein Pfadfindertreffen am Montag abend«, sagte Hal. »Ich weiß auch nicht, wieso.«

»Aber ich geh' nicht zum Bingo«, sagte Harry schnell.

Das Telefon klingelte. Wahrscheinlich würde Harry bald feststellen, daß er doch zum Bingo ging.

Es war Loris Tante, die Loris Anwesenheit beim Abendessen erbat. Eine kurze Debatte blieb uneffektiv, und Hal fuhr mit dem Pick-up los, um Lori nach Hause zu bringen. Selbstverständlich hätte sie die sechs Blocks auch zu Fuß gehen können, und häufig tat sie das auch (ja, sie beide taten das häufig), aber das spielte keine Rolle. Auf irgendeine Art und Weise, die zu verstehen ich als Frau nicht das geistige Rüstzeug besaß, wäre es für Hal unmännlich gewesen, Lori zum Abendessen zu Fuß nach Hause gehen zu lassen.

Ich überlegte weiter, was ich für uns zum Abendessen machen könnte.

»Du mußt das nicht tun«, sagte Harry erneut. »Ich kann uns doch was holen. Chinesisch? Pizza?«

»Warum wollen mich bloß alle ständig *abfüttern*?« schrie ich, was ziemlich unfair war, und natürlich sah Harry mich gekränkt an.

»Tut mir leid«, sagte ich. »Ich habe nun mal keinen Hunger. Ich habe ziemlich spät zu Mittag gegessen. Ich überlege nur, was ich für dich und Hal machen kann.«

»Hal und ich«, sagte Harry, »können uns Erdnußbuttersandwiches machen. Ruh dich doch einfach mal ein bißchen aus.«

»Ich muß doch das Baby füttern«, sagte ich.

»Ich kann das Baby füttern.« Ich erwiderte nichts darauf, und nach einem Moment sagte Harry: »Oh. Jaja. Füttere du das Baby.«

Das Telefon klingelte schon wieder. Manchmal würde ich das Telefon am liebsten nehmen und in den Trinity River schmeißen.

Diesmal war es für Harry, und obwohl ich das Gespräch nur zur Hälfte mitbekam, war diese Hälfte recht informativ. »Nein. Nein, ich wollte eigentlich nicht – Aber – Dann sagt doch Frank Bescheid – Ach, Mist.«

Harry legte mit einem frustrierten Gesichtsausdruck auf.

»Du mußt doch zum Bingo«, sagte ich.

»Eigentlich sollte Jerry heute den Abend leiten, aber der muß Überstunden machen. Frank können sie nicht fragen, weil er eine Kehlkopfentzündung hat. Aber ich bleibe nur solange da, bis Jerry eintrudelt. Dann bringe ich dir was zum Abendessen mit. Koch nichts.«

Es fiel mir überhaupt nicht schwer, ihm zu versprechen, daß ich nichts kochen würde. Derart beruhigt, fuhr Harry von dannen.

Hal kehrte von seinem Lori-Transfer zurück und fing in großer Eile an, sich seine Pfadfinderuniform anzuziehen, die förmlich übersät ist mit Medaillen und Orden und so Zeug. In der überwiegenden Mehrzahl der Fälle war ich dabei, wenn er dergleichen verliehen bekam, doch die wenigsten Auszeichnungen hatten nennenswerte Auswirkungen auf sein Benehmen im Alltag. Aus seinem Zimmer drang ein Monolog, leicht gedämpft durch die geschlossene Tür, der sich an mich zu richten schien: »Ich hab' denen gesagt, daß ich den Wagen montags nicht haben kann, weil mein Dad ihn braucht, deshalb kommt Ronnie mich abholen –«

Wieder klingelte das Telefon.

Sie hatten Deandra Blacks beigefarbenen Honda Accord, Baujahr '87, gefunden. Er war auf dem Gelände abgestellt worden, wo einmal im Jahr der große Viehmarkt von Fort Worth stattfindet und die übrige Zeit mein zweitliebster Flohmarkt (mein Lieblingsflohmarkt ist natürlich der in Grand Prairie) sowie verschiedene andere Veranstaltungen der unterschiedlichsten Art.

Deandra Black hatten sie nicht gefunden.

Sie wollten, daß ich komme.

Ich sagte der Frau in der Zentrale, daß ich mich wieder melden würde, und rief dann Captain Millner an, in der Hoffnung, ihn noch zu erwischen, bevor er zur Tür hinausstürmte. Ich hatte Glück. »Mein Mann ist nicht da. Mein Sohn muß gleich zu einem Pfadfindertreffen. Wie soll ich da zu einem Tatort kommen und irgendwas Sinnvolles tun, wenn ich ein zehn Wochen altes Baby mit mir herumtrage?«

»Besorgen Sie sich einen Babysitter.«

»Ja, klar! Innerhalb von fünf Minuten?«

»Besorgen Sie sich einen Babysitter, der sofort kommen kann, wenn Sie zum Einsatz gerufen werden«, sagte Captain Millner. »Oder beantragen Sie die Versetzung zur Streifenpolizei, da gibt es weniger Noteinsätze.«

Das war keine echte Alternative, und er wußte das genauso gut wie ich. Ich bin gut bei meiner Arbeit, und ich tue sie gern, außer wenn ich gerade ein Baby habe.

Ich legte auf und wandte mich an Hal.

Seine Miene war überaus beunruhigt. »Mom, ich muß zu diesem Pfadfindertreffen!«

»Schön, du kannst deine gute Tat für heute tun, während du bei den Pfadfindern bist.«

War das nun unfair oder etwa unfair?

Aber Hal war in letzter Zeit viel ruhiger geworden.

Natürlich war es unfair. Cameron gegenüber und mir gegenüber und Hal gegenüber. Aber ich hatte den leisen Verdacht, daß ein Haufen halbwüchsiger Jungs, die angesichts eines Babys blankes Entsetzen heuchelten, solange ihre Mütter und Freundinnen in der Nähe waren, von ebendiesem Baby ganz entzückt sein könnten, wenn kein weibliches Wesen in der Nähe war.

Zumindest redete ich mir ein, daß ich diesen leisen Verdacht hatte. Aber trotzdem fühlte ich mich wie ein Wurm.

Ich tat Windeln in eine Tüte, vergewisserte mich, daß Hal seinen Haustürschlüssel in der Tasche hatte, und dann verabschiedete ich mich schnell, wobei ich so tat, als merkte ich gar nicht, daß ich schon wieder weinte.

Ich bin ein nasses Spültuch. Ich bin ein tropfnasser Schwamm. Ich bin ein Wasserfall, eine Regenwolke. Der Arzt sagt, das liegt an den Hormonspiegelschwankungen in meinem Körper nach der Geburt, und daß es irgendwann wieder besser werden wird. Das muß es auch. Es macht mich wahnsinnig, und es macht jedes männliche Wesen in meiner Umgebung wahnsinnig, besonders in Anbetracht der Tatsache, daß Männer das anscheinend eher für eine Waffe als für eine Reaktion halten.

Jedenfalls hörte ich auf zu weinen, als ich unterwegs war.

Kennen Sie die drei langgestreckten Hallen, in denen der Flohmarkt stattfindet? Das heißt, normalerweise findet der Flohmarkt in einer statt und manchmal in zweien, aber es sind insgesamt drei barackenähnliche Gebäude, die parallel zueinander mit der Kopfseite Richtung Straße stehen. Ihnen gegenüber auf der anderen Straßenseite sind einige Parkbuchten, in denen ich meistens noch ein Plätzchen finde, wenn ich zum Flohmarkt gehe. In einer dieser Buchten stand der Accord. Tagsüber war er niemandem aufgefallen, aber das hieß nicht, daß er nicht schon dagewesen war. Viele Leute parken tagsüber dort, und da es keine Parkuhren gibt, bestand einfach kein Grund, warum er jemandem hätte auffallen sollen. Erst am Abend, als keine anderen Wagen mehr einen Grund hatten, noch dort zu stehen, hatte ein einigermaßen aufmerksamer Streifenpolizist ihn entdeckt.

Routine. Routine. Routine.

Wir haben eine Neue beim Erkennungsdienst, Sarah Collins. Ich kannte sie schon, als sie noch bei der uniformierten Abteilung war, aber ich hatte sie noch nie an einem Tatort erlebt, und ich hatte daher keine Ahnung, wie gut sie war oder nicht war. Tatsächlich hatte ich mich schon gefragt, ob sie zum Erkennungsdienst versetzt worden war, weil sie studiert hatte und deshalb wohl dafür geeignet war oder weil sie ganz einfach zu hübsch für den Streifendienst war. Sie ist eine ganz außergewöhnliche ethnische Mischung – schwarz, weiß und asiatisch –, und von jeder Rasse hat sie das Beste mitbekommen. Rosig überhauchter sandfarbener Teint. Zarte hohe Wangenknochen. Grüne Augen. Rötliches Haar mit gerade soviel Krause darin, daß es immer so aussieht, als hätte sie eine sehr gute Dauerwelle. Ich habe schon erlebt, daß Männer ihr hinterherpfiffen, während sie in Uniform und mit einer Flinte in der Hand die Straße entlangging.

Sie ging genauso vor, wie Irene oder Bob vorgegangen wären. Fotos. Fingerabdrücke außen. Tür öffnen – diese hier war nicht abgeschlossen, zum Glück.

Sie war nicht abgeschlossen, aber auf dem Beifahrersitz war Blut. Von Deandra Black? Oder war das der Wagen, den sie gefahren hatten, als sie Weaver und Carlos töteten? Meinte der Himmel es so gut mit uns, daß dieses Blut von einem unserer Tatverdächtigen stammte?

Äußerst behutsam und präzise, ausgestattet mit Verbandsschere und Plastikhandschuhen (die, seit es Aids gibt, streng vorgeschrieben sind, wenn wir irgendwie in Kontakt mit Blut kommen könnten), schnitt Sarah den gesamten blutbesudelten Bereich aus dem Sitzbezug heraus und legte ihn glatt auf nicht saugfähiges Plastik, um ihn an der Luft trocknen zu lassen. Mit einer Pinzette zupfte sie die blutgetränkte Füllung heraus und breitete sie in einer Schachtel auf einer Lage Plastik aus. Sie verstaute nichts davon in verschließbaren Plastikbeuteln; wenn das Material versiegelt worden wäre, hätte es nämlich binnen weniger Stunden angefangen zu faulen. An der frischen Luft würde es lediglich austrocknen, und sein Wert als Beweismittel würde nur wenig beeinträchtigt. So steht es im Lehrbuch; und so geht man demzufolge in kleinen Polizeidepartments vor, wo es manchmal Tage dauert, bis das Material in einem Labor ankommt. In der Praxis jedoch würde Sarah alles unverzüglich ins gerichtsmedizinische Labor bringen, das nicht weit entfernt am Camp Bowie Boulevard lag. Das Material würde nie ins Präsidium gelangen, weil es in der Gerichtsmedizin eingelagert werden würde, bis es irgendwann vor Gericht als Beweismittel dienen konnte, und dann, wenn sämtliche gerichtlichen Verfahrensschritte schließlich und endgültig abgeschlossen waren, würde das gerichtsmedizinische Institut die Beweise auf ordnungsgemäße und hygienische Weise vernichten.

Sarah machte sich nun daran, alles aufzusammeln, was auf dem

Fußboden und den Sitzflächen lag. Das meiste davon gehörte vermutlich Deandra und ihrer Familie, doch es bestand immer auch die Möglichkeit, daß etwas anderes dabei war. Sie saugte alles mit den kleinen Spezialfiltern ab. Sie nahm Fingerabdrücke vom Wageninneren ab.

Und halleluja, hinten – nicht vorn – am Innenspiegel fand sie die Abdrücke eines linken Zeigefingers, Mittelfingers und Ringfingers.

Große Abdrücke. Mit an Sicherheit grenzender Wahrscheinlichkeit die Abdrücke einer Männerhand.

Wären sie von Deandras Ehemann gewesen, hätte Deandra sie höchstwahrscheinlich verwischt, wenn sie den Spiegel wieder für sich selbst eingestellt hätte. Außerdem wußten wir bereits, daß Mr. Black einen eigenen Wagen besaß, und er hatte angegeben, daß er nie Deandras Auto fuhr.

Endlich hatten sie einen Fehler gemacht. Einer von diesen Dreckskerlen hatte einen Fehler gemacht. In der Aufregung, nachdem sie zwei Menschen getötet hatten und einer von ihnen angeschossen worden war, hatte einer von ihnen – vermutlich derjenige, der nicht angeschossen worden war – eine Stelle vergessen, die er berührt hatte.

Wir hatten etwas, womit wir arbeiten konnten. Und es war offensichtlich, daß Sarah eine gute Erkennungsdienstlerin werden würde, obwohl es ihr derzeit noch etwas an Erfahrung mangelte.

Mit einem breiten zufriedenen Grinsen fragte sie: »Soll ich noch irgendwas anderes überprüfen, bevor ich zurück ins Präsidium fahre und mich an die Arbeit mache?«

»Der Kofferraum«, sagte ich, und Sarah antwortete: »Gott, ja!«

Wir hatten – zu diesem Zeitpunkt – keinen Grund zu der Annahme, daß Deandra Black im Kofferraum war.

Wir hatten aber auch keinen Grund zu der Annahme, daß Deandra Black nicht im Kofferraum war.

Die Schlüssel waren nicht im Wagen gewesen. Sarah und ich wuchteten den Rücksitz heraus, um so an den Kofferraum zu gelangen.

Deandra war nicht im Kofferraum. Es gab keinerlei Hinweise darauf, daß die Täter den Kofferraum je geöffnet hatten.

Ich ordnete an, daß der Wagen zur Polizeigarage geschleppt werden sollte. Dann stieg ich in mein Auto und fuhr davon, wohlwissend, daß Sarah, vorausgesetzt sie wurde nicht noch zu anderen Tatorten gerufen, den Rest ihrer Schicht damit verbringen würde, systematisch das Fingerabdrucksverzeichnis durchzugehen und nach drei Fingerabdrücken zu suchen, die zu den gefundenen paßten, und daß Irene sie morgen ans FBI faxen würde, wo sie in den Computer eingelesen werden würden.

Sarah hatte noch einen Vorteil. Alle drei Abdrücke hatten Wirbelmuster. Das bedeutete, daß die Fingerabdruckklassifizierung nicht 1/1 war, was über die Hälfte aller Fingerabdrücke erfaßt, und auch nicht 5/17, was das Zweithäufigste wäre. Sie könnte 25/9 sein oder alles von 25/9 bis hinauf zu 32/32, der höchsten aller primären Klassifizierungen. Allein schon aufgrund dieses Wissens schieden fast zwei Drittel aller registrierten Fingerabdrücke aus.

Wenn ich Sarah wäre, würde ich mit 3/32 anfangen, und mich dann langsam nach vorne arbeiten. Aber ich bin nicht Sarah.

Ja, ich habe während meines Mutterschaftsurlaubs Fingerabdrücke studiert. Ich habe nämlich daran gedacht, vielleicht zurück zum Erkennungsdienst zu gehen, weil beim Erkennungsdienst rund um die Uhr wenigstens ein Mitarbeiter im Dienst ist, was bedeutet, daß die anderen Mitarbeiter nur im äußersten Notfall zu einem Einsatz gerufen werden. Heutzutage ist das so. Zu meiner Zeit beim Erkennungsdienst leider noch nicht.

Aber wahrscheinlich werde ich es ja doch nicht machen.

Das Department würde mich wahrscheinlich auch gar nicht gehen lassen, wenn ich darum bitten würde. Ich werde einfach gebraucht.

Ich war kurz vor der Mormonenkirche. Und an diesem Punkt stellte sich mir die Frage, welche Tür wohl unverschlossen war. Es war nicht die Haupteingangstür. Es war nicht –

Es war keine der Türen. Sie waren alle verschlossen. Also ging ich zu der Tür, die dem Versammlungsraum der Frauengruppe am nächsten lag – aus mir unerfindlichen Gründen halten nämlich auch die Pfadfinder ihre Treffen dort ab, wobei sie vorsichtig das hübsche gerahmte Stickbild mit den Gänseblümchen abnehmen und es durch eine gerahmte Kopie der Pfadfindersatzung ersetzen. Ich rüttelte ein paarmal an der Tür, und dann pochte ich dagegen, bis mich schließlich jemand drinnen hörte und mir aufmachte.

Ich nahm Cameron in Empfang, der sich ungemein über das

Jungpfadfinderabzeichen zu freuen schien, das mit einer Sicherheitsnadel an seinem Hemdchen befestigt war, und fuhr nach Hause.

Harry kam zwanzig Minuten nach mir und brachte eine Portion Kentucky Fried Chicken mit, auf die ich gar keinen Appetit hatte. Ich entschied aber, daß es taktvoller war, sie doch zu essen. Zu diesem Zeitpunkt hatte ich mir bereits einen Plan zurechtgelegt. Es war, wie ich fand, ein richtig guter Plan. Ich würde weder Harry noch Cameron vernachlässigen, weil sie bei mir sein würden, ganz abgesehen davon, daß Cameron, wie so ziemlich jedes Baby, das ich je kennengelernt habe, überaus gerne im Auto fährt. Ich würde auch Hal nicht vernachlässigen, weil er ja ohnehin bei seinem Pfadfindertreffen war. Ich würde Deandra Black nicht vernachlässigen. Und weil ich niemanden vernachlässigen würde, der meiner Aufmerksamkeit bedurfte, würde ich auch mich selbst nicht vernachlässigen und wäre gut gelaunt und würde mich großartig fühlen. »Harry«, sagte ich möglichst harmlos, nachdem ich so wenig von dem Hähnchen gegessen hatte, wie er mir hoffentlich durchgehen ließ, »ich hätte Lust, eine kleine Spritztour mit dem Pick-up zu machen.«

Er sah mich an. »Du führst irgendwas im Schilde«, sagte er.

Dieser Mann kennt mich wirklich.

Ich beschloß, jede Verstellung aufzugeben. Schließlich ging es um eine gute Sache.

»Ich möchte nach Deandra Black suchen«, sagte ich. »Der Pick-up ist höher als mein kleines Auto, also kann ich besser gucken. Und überhaupt, wenn du fährst und ich Ausschau halte, kann ich –«

»Mhm«, sagte Harry. »Und wo genau bezweckst du, nach Deandra Black zu suchen? Ich meine, Tarrant County ist immerhin ziemlich groß –«

»Sie haben Dorene Coe im Trinity Park liegenlassen«, sagte ich. »Deshalb hab' ich gedacht, wir sehen zuerst da nach. Wenn sie nicht da ist, können wir die kleinen Straßen und Gäßchen in dem Gebiet um Will Rogers abfahren.«

»Und wenn sie da auch nicht ist?«

»Dann fahren wir wieder nach Hause.«

»Da muß doch ein Haken an der Sache sein«, sagte Harry. »Überhaupt, sind denn da nicht schon überall Streifenwagen unterwegs und suchen sie?«

»Natürlich«, sagte ich, »aber der Pick-up –«

»Ist höher, und deshalb kannst du mehr sehen. Stimmt«, sagte Harry. Dann zuckte er die Achseln. »Unter einer Bedingung.«

»Und die wäre?«

»Wenn wir sie nicht finden, kaufst du mir auf dem Rückweg ein Eis.«

Ich fand, das war ein fairer Vorschlag.

Cameron würde erst gegen zehn wieder gestillt werden wollen, und überhaupt, er hatte ja mich dabei, und nur für den Fall, daß ich anderweitig beschäftigt sein würde, steckte ich noch ein Babyfläschchen in die Windeltüte. Ich meine, ich steckte ein Fläschchen mit Wasser in die Windeltüte und einen Plastikbeutel mit ein paar Löffelchen von dem Pulver, das mit Wasser vermischt einen Babybrei ergibt. Ich achtete darauf, daß wir reichlich Windeln dabei hatten. Ich holte zwei Cola aus dem Kühlschrank, eine Cola mit Zucker und Koffein für Harry und eine koffeinfreie Cola Light für mich, und dann fuhren wir los.

Es war ein wirklich schöner Abend für eine Spritztour. Die Luft hatte sich abgekühlt, so daß es angenehm, aber noch nicht frisch war, und es war schön und klar, und ab und zu, wenn wir weit genug von den Straßenlaternen entfernt waren, konnten wir die Sterne sehen, obwohl der Himmel noch immer eher dunkelblau als tiefschwarz war. Ich hatte Cameron vorschriftsmäßig in seinem Kindersitz zwischen Harry und mir festgeschnallt und meinen eigenen Sicherheitsgurt angelegt und mich in eine solche Position manövriert, daß ich die Füße auf das Armaturenbrett stellen konnte, was Harry für eine abscheuliche Angewohnheit hält, wohingegen ich behaupte, daß er, wäre er so groß wie ich, es auch tun würde, wenn er nicht gerade fahren muß.

Trinity Park. Bäume und der Fluß und Leute, die die Enten fütterten, und Leute, die joggten, und Leute, die unter den Bäumen lagen und sich umarmten. Ich sah sie mir nicht allzu genau an – nur genau genug, um sicherzugehen, daß sie noch lebten. Nicht, daß ich unsere Bankräuber auch noch der Nekrophilie verdächtigte, aber nachdem sie die beiden Teenager derart an der Nase herumgeführt hatten …

Im Trinity Park gibt es nicht sonderlich viele kleine Straßen. Es gibt ein paar. Aber eben nur ein paar. Wir fuhren die Zooparkplätze ab, von denen einige nachts ziemlich verlassen sind.

Falls Deandra Black irgendwo in der Gegend des Trinity Parks war, so fanden wir sie jedenfalls nicht.

»Jetzt zum Viehhof?« fragte Harry.

»Nein, nicht der Viehhof.« Der alte Viehhof liegt unten neben dem inzwischen stillgelegten Billy Bob's, einst die größte Bar von ganz Texas (ich meine, wie viele Bars kennen Sie denn, die so groß sind, daß man richtige Rodeos darin veranstalten kann?). Das Gebiet um den großen Viehmarkt ist nicht das Gebiet um den alten Viehhof.

Ich erläuterte, welches Gebiet ich im Sinn hatte, und Harry sagte: »Wie du willst.«

Es gibt ein relativ keilförmiges, von etlichen Straßen durchzogenes großes Areal, das auch das Gebiet des Viehmarktes umfaßt (man stelle sich eine Art Rummelplatz vor – der große Viehmarkt ist Fort Worths Antwort auf den Texas State Fair in Dallas –) sowie jede Menge Museen, die nach Ansicht der meisten Menschen nicht viel mit dem Viehmarkt zu tun haben. Es gibt zahlreiche Gebäude. Eine Menge Corrals und Ausstellungsscheunen und kleine Gäßchen und Straßen und Parkplätze und so weiter. Für ein Gebiet dieser Größe – auf dem Papier – mußten wir erstaunlich viel herumfahren.

Ich hatte eine gute Taschenlampe dabei, und ich benutzte sie. Es gab so viele dunkle Flächen. Unter Bäumen – vielen Bäumen. Hinter und neben und zwischen den Laderampen. In den Scheunen.

Einmal kam ein Streifenwagen angefahren und hielt uns an, und der Beamte fragte uns, was wir denn hier zu suchen hätten. Ich zeigte ihm meinen Dienstausweis und erklärte ihm, was wir hier zu suchen hatten, und er sagte: »Viel Glück. Ich hab' schon alles abgesucht.«

Aber er hatte noch nicht alles – ganz – abgesucht.

Weil ich sie nämlich fand.

Zuerst dachte ich, es wäre ein Hund oder so.

Dann dachte ich, es wäre ein Obdachloser, der die Grasböschung hinter einer der Laderampen hinaufgekrabbelt war, um sich dort schlafenzulegen. Es wäre ein schönes Schlafplätzchen gewesen, und sie war in eine Decke gewickelt.

Aber ich dachte mir, daß ich aus dem Wagen steigen und mal genauer nachsehen sollte, nur um ganz sicher zu sein.

»Deb, sei vorsichtig«, sagte Harry nervös.

»Ich bin vorsichtig.« Als ich die Böschung hinaufstieg, war mir bewußt, daß Harry seine eigene Pistole – er hat die offizielle Erlaubnis, sie zu tragen – in der Hand hielt. Er hatte mehr Angst als ich, weil er seltener in Situationen dieser Art gerät. Ich hatte keine Angst. Ich war nur auf der Hut. Nur auf der Hut.

Erst als ich ganz oben angekommen war und neben ihr stand, konnte ich mit Sicherheit sagen, wer sie war. Und selbst da war ich mir nicht wirklich hundertprozentig sicher. Ihr Gesicht schien völlig blutleer zu sein. Aber ihre Augen waren geschlossen. Ihre Augen waren geschlossen. Die Augen von Leichen sind nicht geschlossen, erst wenn sie ihnen jemand schließt.

Aber sie konnte nicht mehr am Leben sein. Nicht mit dem klaffenden Loch in der olivfarbenen Militärdecke, dem vielen Blut, dem klaffenden Loch in ihrem Leib, sie konnte nicht mehr am Leben sein. Aber ihre Brust hob und senkte sich einmal. Ihre Hand zuckte –

Ich verstehe etwas von Erster Hilfe. Aber nicht bei einer so schweren Verletzung. »Harry!« schrie ich. »Schalt dein Funkgerät ein!«

Wir können uns kein Autotelefon leisten – abgesehen davon, daß wir beide auch gar keins haben möchten. Aber Harry hat sowohl in meinen Wagen als auch in seinen Pick-up ein CB-Funkgerät eingebaut und in den Pick-up außerdem noch ein Kurzwellenfunkgerät.

»Ruf einen Rettungswagen!«

Er fragte nicht, warum. Er schaltete rasch auf Kanal 9, den Kanal für Notfälle, und nach einer Weile, die wahrscheinlich doch nicht so lange dauerte, wie es mir schien, während ich neben einer lebensgefährlich verletzten, bewußtlosen – aber noch lebenden – Frau kniete, wurde die Meldung entgegengenommen, und nur Augenblicke später – wenige Augenblicke später, denn die nächste Feuerwache war ganz in der Nähe – hörte ich Sirenen in der Luft.

Sirenen, nicht eine Sirene, denn in Fort Worth ist es seltsamerweise üblich, wenn ein Rettungswagen gerufen wird, auch einen Feuerwehrwagen loszuschicken. Den Grund dafür habe ich bis heute nicht verstanden und werde ihn auch nie verstehen.

Und dann ertönten noch mehr Sirenen, denn jetzt kamen auch Polizeieinheiten – allen voran natürlich der Streifenpolizist, der geglaubt hatte, das Gebiet gründlich abgesucht zu haben.

»Wie sind Sie darauf gekommen, nach ihr zu suchen?« fragte Millner.

»Ich hatte einfach so ein Gefühl«, sagte ich bescheiden.

»Erinnern Sie mich demnächst daran, mich nicht mehr so über Ihre Ahnungen aufzuregen«, sagte Millner.

Er würde es natürlich doch wieder tun. Und das völlig zu Recht. Weil ich nämlich mit einem Drittel meiner Ahnungen richtig lag und die anderen zwei Drittel reine Zeitverschwendung waren. Natürlich wußte Millner genauso gut wie ich, daß dieses eine Drittel, wenn ich richtig lag, die Zeitverschwendung, wenn ich nicht richtig lag, vollends wieder wettmachte, aber das änderte nichts an der Tatsache, daß die Zeit nun mal wirklich verloren war und ich dann ein schlechtes Gewissen hatte und Millner sich aufregte.

Dorene Coe hatte man mit einer Pistole in den Kopf geschossen. Deandra Black hatte man mit einer Schrotflinte in den Bauch geschossen. Konnten wir daraus ableiten, daß es verschiedene Täter gab?

Vielleicht war derjenige, der von Carlos angeschossen worden war, auch derjenige, der Dorene erschossen hatte? Und jetzt hatte der andere Deandra angeschossen?

Im Großraum Fort Worth war jede gemeldete Schußverletzung von dem jeweils zuständigen Polizeidepartment nachgeprüft worden. Bei jedem gemeldeten Opfer einer Schußverletzung hatte abgeklärt werden können, daß keine Mittäterschaft in unserem Fall vorlag.

Irgendwo in Fort Worth und Umgebung gab es jemanden – wahrscheinlich, aber nicht mit Sicherheit einen Mann, weil nur wenige Frauen so große Waffen benutzen – mit einer unzureichend behandelten Schußverletzung. Falls er nicht bald einen Arzt aufsuchte, würde sich das Gesetz nicht mehr mit ihm abgeben müssen. Die Natur würde sich schon um ihn kümmern, und das auf angemessene Weise.

Harry und ich ließen Sarah ihre Arbeit tun und fuhren nach Hause. Ich legte Cameron ins Bett und rief Susan an.

Ich meine Dr. Susan Braun. Psychiaterin. Besitzerin und Leiterin einer psychiatrischen Privatklinik, die zu den besten von Fort Worth zählt.

Bei den meisten Menschen hätte ich Hemmungen, sie nach neun

Uhr abends noch anzurufen. Aber nicht bei Susan. Sie war schon immer eine richtige Nachteule, freute sich, von mir zu hören, und erklärte ohne Umschweife, sie habe gerade einen Kuchen gebacken und käme noch bei mir vorbei, um ihn mit mir zu vertilgen. Sie legte auf, bevor ich Zeit hatte, ihr zu sagen, daß ich keinen Kuchen wollte. Sie glauben doch nicht etwa, daß ich versuchte, magersüchtig zu werden, oder?

Bestimmt nicht.

»Ich geh' ins Bett und les' noch ein bißchen«, sagte Harry. »Grüß Susan von mir. Und denk dran, du mußt morgen früh raus.«

Wenn ich es mir recht überlege, muß es in der Zeit gewesen sein, als ich das Wohnzimmer ein bißchen aufräumte und das Geschirr in die Spülmaschine stellte, in der Zeit, als Susan von ihrer Klinik, wo sie nicht nur arbeitet, sondern auch wohnt, zu mir fuhr, daß Vic Gardners Haus in Flammen aufging.

Aber das erfuhr ich erst sehr viel später.

Das passierte nämlich nicht in Fort Worth, müssen Sie wissen, sondern in einer kleinen Gemeinde nördlich von Keller, wenn man in Richtung Denton fährt. Die Männer von der dortigen freiwilligen Feuerwehr wußten, daß sie vor einer schwierigen Aufgabe standen, denn im Haus von Vic Gardner befand sich auch sein Büro, und vor, hinter und neben dem Haus standen jede Menge ausgeschlachteter Autos. Sie wußten, daß das Feuer zu einem Großbrand auswachsen konnte, und sie forderten Hilfe von Keller an, und Keller forderte Hilfe aus Fort Worth an.

Sie gingen davon aus, daß Vic Gardner im Haus war, weil sein Abschleppwagen im Hof parkte, und da Vic ziemlich viel trank und ein starker Raucher war, vermuteten sie, daß das womöglich die Brandursache war. Aber als sie eintrafen, bestand nicht mehr die leiseste Chance, ihn noch lebend rauszuholen.

Erst am nächsten Tag, als sie Vics Leiche fanden, stellten sie fest, daß er erschossen worden war.

Und erst als ich dort eintraf, sehr viel später am nächsten Tag, deutete sich allmählich an, warum.

Kapitel 8

Du meinst also, der Täter haßt Frauen«, wiederholte ich und rührte in meiner mittlerweile ziemlich kühlen heißen Schokolade.

Susan zog die Haarnadeln aus ihrem linken Zopf und fing an, ihn zu entflechten. »Der Täter oder *die* Täter«, präzisierte sie. »Ich meine, wer hat was getan? Wer tut was? Wer gibt die Befehle? Das weißt du ebensowenig wie ich. Aber mindestens einer von ihnen haßt Frauen. Vielleicht nicht derjenige, der Dorene Coe erschossen hat. Vielleicht hat er nur – ich weiß gar nicht, wie ich das ausdrükken soll. Vielleicht hat er nur gedacht, das wäre effizient. Du tötest die Zeugin, die dich identifizieren könnte. Aber – derjenige, der Deandra Black niedergeschossen hat – Deb, der hat gewußt, daß sie nicht tot war. Nach dem, was du mir erzählt hast, muß er es gewußt haben. Und er geht einfach weg, um sie allein im Dunkeln sterben zu lassen. Das ist nicht Effizienz. Das ist Haß.«

Ich nahm das kleine Papptellerchen, auf das ich mein Stück Kuchen gelegt hatte – die Hälfte lag noch immer darauf –, und griff nach Susans. Auch auf ihrem lag noch ein Stück. »Ich bin satt«, sagte sie und stopfte wahllos Haarnadeln ungefähr in die Gegend ihres neu gestalteten Zopfes. »Aber ich wünschte, du würdest den Rest von deinem Stück essen.«

»Warum sind bloß alle so wild darauf, mich zu füttern?« fragte ich. Als ich Harry zuvor das gleiche gefragt hatte, war die Frage eher rhetorisch gemeint gewesen. Aber vielleicht wußte Susan das ja wirklich. Susan scheint vieles zu wissen.

»Weil du halb verhungert aussiehst«, antwortete sie. »Deb, seit letztem September hast du bestimmt fast dreißig Pfund abgenommen.«

»Letzten September war ich schwanger.«

»Letzten September – zu Beginn des Monats – warst du in der achten Woche. Da hat man dir noch nichts angesehen. Du hattest höchstens sogar abgenommen, weil du so gut wie nichts gegessen hast, und wenn doch, hast du es wieder ausgekotzt. In den letzten drei Monaten der Schwangerschaft hast du dann zuviel zugelegt, aber du hast alles wieder verloren und noch mehr dazu.«

»Ich mußte auch ein bißchen abnehmen.«

»Ein bißchen. Aber nicht dreißig Pfund. Deb, wieviel wiegst du jetzt?«

»Ich weiß es nicht«, murmelte ich.

»Aber du müßtest es ungefähr wissen. Wieviel hast du bei deinem Sechs-Wochen-Check-up gewogen?«

»Fast fünfundvierzig Kilo«, sagte ich, bemüht leise.

»Du müßtest fünfundfünfzig wiegen.«

»Du bist Psychiaterin, keine Ernährungsexpertin.«

»Zuallererst bin ich Ärztin und dann erst Psychiaterin. Ich weiß, wann jemand Untergewicht hat. Du müßtest eigentlich fünfundfünfzig Kilo wiegen, und das weißt du auch. Kein Wunder, daß alle versuchen, dir was zu essen einzutrichtern. Du siehst aus, als könnte dich das leiseste Lüftchen umpusten.«

»Ich will jetzt nicht über mein Gewicht reden. Ich will über –«

»Über die Bankräuber reden. Ich weiß. Ich hab' dir alles gesagt, was mir dazu einfällt. Ich sollte jetzt gehen und dich schlafen lassen.«

»Das würde nichts nützen. In einer halben Stunde muß ich Cameron stillen. Eigentlich müßte er jetzt schon wach sein.«

»Dann geh und weck ihn auf.«

»Aber –«

»Deb, du mußt das Baby erziehen. Nicht er dich. Was macht er denn derzeit? Er verschläft sein Abendessen um zehn Uhr und wacht erst um zwei Uhr nachts auf?«

»Genau das macht er. Woher weiß du das?«

»Ich hab' gesehen, wie übermüdet du bist. Weck ihn auf und still ihn. Und wenn er versucht, wieder einzuschlafen, mach ihn immer wieder wach. Wenn er dann um zwei Uhr nachts wach wird, ignoriere ihn.«

Ich verzog das Gesicht. »Da könnte ich genausogut versuchen, Sirenengeheul zu ignorieren.«

»Ignorier ihn trotzdem.« Dann zuckte sie die Achseln. »Na ja, wenn du es nicht kannst, dann kannst du es eben nicht. Aber fang an, ihn um neun zu wecken, und halte ihn ganz bewußt eine Zeitlang wach. Dann still ihn und leg ihn wieder hin. Vielleicht hilft das ja.«

Also weckte ich Cameron und stillte ihn, und um zwei Uhr morgens wurde er wach, und ich versuchte, nicht sehr erfolg-reich und nicht sehr lange – vielleicht rund fünf Minuten oder so –, ihn zu ignorieren, und dann stand ich auf und stillte ihn, und natürlich fühlte ich mich halbtot, als ich um sechs wieder aufstehen mußte, um ihn erneut zu stillen, und es war völlig sinnlos, noch einmal einschlafen zu wollen, denn Hal war mit dem Pick-up zu seinem Seminar gefahren – das ist ein frühmorgendlicher Religionsunterricht, an dem er an fünf Tagen in der Woche teilnimmt, so wie fast alle Teenager bei den Mormonen –, und um die Zeit, wenn ich mich wieder hätte hinlegen können, würde Hal wieder hereingepoltert kommen und mir tausend Dinge erzählen, die ich gar nicht wissen wollte, alles mögliche über Kirchengeschichte, das ist nämlich das Thema in diesem Jahr, und um die Zeit, wenn er sich wieder beruhigt hätte, wäre es für mich ohnehin an der Zeit, zur Arbeit zu fahren. Also war es für heute offensichtlich nichts mehr mit Schlafen.

Ich wechselte Camerons Windeln und stillte ihn und badete ihn – ich weiß, daß Harry das hätte machen können, aber ich tue das gerne –, und ich machte Harry und Hal Omeletts mit Schinken und Käse zum Frühstück. Ich selbst aß eine kleine Schüssel Kellogg's, was mir Susan wohl kaum zum Frühstück empfehlen würde, es sei denn, ich würde dazu auch noch eine große Portion Sahneeis verputzen, und dann fuhr ich zur Arbeit, in der Hoffnung, etwas früher als sonst da zu sein, um ein paar überfällige Berichte schreiben zu können. Ich war, wenn ich es mir richtig ausrechnete, rund zwei Tage im Hintertreffen, und Captain Millner würde mich wahrscheinlich recht bald deswegen zur Sau machen, wenn ich nicht rasch etwas unternahm.

Als ich ins Büro kam, machte ich mich nicht sofort an die Berichte. Zuerst rief ich das Krankenhaus an, in das Deandra Black eingeliefert worden war. Sie lebte noch. Ihr Zustand war kritisch. Nein, sie war nicht bei Bewußtsein, und selbst wenn sie bei Bewußtsein wäre, könnte sie ganz sicher nicht mit der Polizei sprechen, und ich müßte doch eigentlich so vernünftig sein, nicht so alberne Fragen zu stellen.

Also diktierte ich meine Berichte auf Band und war noch immer damit beschäftigt, als Captain Millner um neun Uhr ins Büro kam. »Was machen Sie da?« fragte er mich.

»Berichte. Was meinen Sie denn, was ich hier mache?«

»Wollen Sie nach Keller fahren? Oder besser gesagt, in einen Ort nördlich von Keller?«

»Warum sollte ich denn zu einem Ort nördlich von Keller fahren wollen?« fragte ich argwöhnisch.

Ich wohne im Nordosten von Tarrant County, außerhalb der Stadtgrenzen von irgendwas, obwohl ich mir sicher bin, daß die Stadt Fort Worth uns früher oder später eingemeinden wird. Südöstlich von meinem Wohnort, der Summerfields Addition genannt wird, liegt eine ganz kleine Stadt namens Keller. Hal geht in Keller auf die High-School, die in einem sehr schönen neuen Gebäude untergebracht ist, was die Erhöhung der Schulgebühren rechtfertigt. Nördlich – oder zumindest ungefähr nördlich – von Keller verläuft der Denton Highway, also der Highway, über den man nach Denton gelangt, wo die Texas Woman's University und die North Texas University wohnen. Zwischen Keller und Denton liegen etliche kleinere Ortschaften, von denen eine richtig hübsch ist. An dem Highway steht ein Schild, das die Geschwindigkeit auf fünfundfünfzig Meilen begrenzt. Ungefähr drei Meter dahinter steht ein Ortsschild für ein Städtchen, dessen Name hier ungenannt bleiben soll, weil ich nicht noch Reklame dafür machen will. Ungefähr anderthalb Meter hinter diesem Ortsschild ist wieder ein Schild, das diesmal aber die Höchstgeschwindigkeit auf fünfzehn Meilen die Stunde begrenzt. Oder zumindest tat es das, als ich das letzte Mal da vorbeikam. Es erübrigt sich wohl zu erwähnen, daß ich es möglichst vermeide, durch diesen Ort zu fahren.

»Kennen Sie Gardner's Schrottplatz?«

»Ich bin schon mal dran vorbeigefahren.« In Wahrheit beschränkte sich mein Kontakt nicht nur darauf. Gardner's Schrottplatz war nämlich die Firma gewesen, die vor rund zwei Monaten meinen Lynx abgeschleppt hatte, als deutlich geworden war, daß er aus eigener Kraft nirgendwo mehr hinfahren würde.

»Der ist letzte Nacht abgebrannt.«

»Ach? Der ganze Schrottplatz?«

»Gardner's Haus mitsamt dem Büro. Was soll denn auf einem Schrottplatz noch großartig brennen?«

»Warum erzählen Sie mir das?« erkundigte ich mich.

»Wie schon gesagt, ich möchte, daß Sie da rausfahren.«

»Warum? Das ist schließlich nicht unser Zuständigkeitsbereich und –«

Muß ich noch erwähnen, daß ich an diesem Morgen etwas schwer von Begriff war?

»Weil«, sagte Millner und klang dabei leicht gereizt, »die Feuerwehr heute morgen ins Haus gelangt ist. Sie haben Vic Gardner gefunden oder besser gesagt, das, was von ihm übrig war – zumindest nehmen sie an, daß es Gardner ist, weil sie sich nicht ganz sicher sein können –, auf dem, was von seiner Couch übrig war, was noch weniger war als das, was von ihm übrig war. Und sie haben jede Menge Schrotkugeln in Gardners Brust und Bauch gefunden und in der Couch und um sie herum.«

»Ach du Scheiße«, sagte ich.

»Der Schrottplatz liegt am Denton Highway«, fügte Millner hinzu. »Bob vom Erkennungsdienst ist schon unterwegs.«

Ich fuhr bei mir Zuhause vorbei, was nur ein kleiner Umweg war, um die Stiefel zu holen, die ich bei Fällen von Brandstiftung normalerweise anziehe. Dabei handelt es sich nicht um herkömmliche Damenstiefel, die dazu gedacht sind, hübsch auszusehen; diese Stiefel sind eher für halbwüchsige Jungen gedacht. Ich fand, wenn sie halbwüchsige Jungs verkraften konnten, würden sie auch Untersuchungen von Brandstiftungen verkraften. Bis jetzt habe ich mich nicht getäuscht, und ich trage sie nun schon seit drei Jahren, ein paarmal sogar in siedendheißem Wasser. Wenn der Brand letzte Nacht war, würde ich heute nicht durch siedendheißes Wasser waten müssen. Aber ich würde durch Wasser waten, und vermutlich durch Chemikalien und Asche und sehr viel Dreck. Diese Aufgabe verlangte ganz eindeutig nach meinen Feuerstiefeln.

Vor etlichen Jahren hatte Lady Bird Johnson, die damals noch in Washington, D.C. residierte, die wunderbare Eingebung, daß Schrottplätze häßlich sind. Das war vor ihr noch niemandem aufgefallen. Lady Bird hatte noch eine weitere Eingebung – daß Schrottplätze nämlich hinter hübschen Bretter- oder Plastikzäunen versteckt werden sollten und daß es doch allerliebst wäre, wenn man Purpurwinden oder Kletterrosen oder sonstwas Hübsches an diesen Zäunen ranken ließe.

Erstaunlicherweise wurden in vielen Staaten Gesetze verabschiedet, die just dieses anordneten.

Vic Gardner hatte keinen Zaun aufgestellt. Das heißt, er hatte keinen Sichtschutzzaun aufgestellt; selbstverständlich hatte er einen drei Meter hohen Schutzzaun mit Stacheldraht obendrauf, damit ihm keiner Autoersatzteile klauen konnte, ohne sich zumindest ein Loch in den Hosenboden zu reißen.

Vic Gardner hatte an seinem Zaun keine Kletterrosen oder Prachtwicken gepflanzt.

Vic Gardner hatte einen der häßlichsten Schrottplätze, die ich je gesehen hatte, und es gibt keinen Schrottplatz, den man schön nennen würde. Anscheinend hielt er nichts davon, Autos an solche Unternehmen zu verkaufen, die sie zusammenstampfen und dann an Stahlwalzwerke weiterverkaufen; nein, anscheinend ging er davon aus, daß es früher oder später für jedes Teil an jedem Auto, das er abschleppte, irgendeine Verwendung geben würde. Und so gab es hinten auf seinem Platz noch Autos – oder rostende Autowracks –, die schon zwanzig und dreißig Jahre alt waren. Seine Veranda war geschmackvoll mit zirka sechs Millionen Radkappen aller Größen und Formen geschmückt, und ein handgemaltes Schild, das von einigen Radkappen fast verdeckt wurde, tat meiner Ansicht nach unnötigerweise kund, daß es hier Autoteile zu kaufen gab.

Vor dem Haus stand die recht gelungene Imitation einer Ritterrüstung, die komplett aus Autoteilen gefertigt worden war. Vielleicht sollte das gar keine Ritterrüstung sein, sondern Don Quichote oder Sancho Pansa. Oder vielleicht sollte das auch ein Besucher aus anderen Galaxien sein. Oder Atlantis. Ich konnte es nicht so genau sagen.

Auf seinem Schrottplatz waren vierzehn, sage und schreibe vierzehn blaue Mercury Lynx unterschiedlichen Alters und in unterschiedlichem Zustand.

Das zeugte nicht gerade von übergroßer Intelligenz auf seiten der Mörder. Ich meine, was machte es für einen Sinn, Vic Gardner zu töten und sein Haus um ihn herum abzubrennen, wenn wir nun bloß die

FINs – die Fahrzeugidentifizierungsnummern – überprüfen und dann die jeweiligen Zulassungen aus dem Computer abrufen mußten?

Dachte ich.

Bis ich näher herankam und sah, daß Stechwinden und Kudzu um jeden einzelnen der Wagen herumgewachsen waren. Keiner davon war der Wagen, der am letzten Samstag von der Kindertagesstätte hierher abgeschleppt worden war.

Tatsächlich war einer davon, wie ich mir hätte denken können, mein eigener unbetrauerter beweglicher Untersatz.

Warum dann der Mord? Warum das Feuer? Millner hatte mich hergeschickt, weil er einen Zusammenhang zwischen diesem Mord und dem Brand und unseren Banküberfällen vermutete, und ich war hergekommen, weil ich dasselbe annahm, aber wenn es keinen Zusammenhang gab –

Wenn es keinen Zusammenhang gab, dann machte das Ganze überhaupt keinen Sinn. Es mußte einen Zusammenhang geben.

Während Bob seine Fotos machte, suchte ich weiter den Schrottplatz ab. Es mußte einen Zusammenhang geben. Es mußte einen Grund geben.

Viele Reifenspuren, von vielen Feuerwehrautos und Polizeiwagen. Und da, in einer Ecke des eigentlichen Schrottplatzes, also nicht in unmittelbarer Nähe des Hauses – wo nur die erleseneren und wahrscheinlich noch reparaturfähigen Fahrzeuge standen –, Reifenspuren eines Fahrzeugs, die sich deutlich von den anderen abhoben.

Eigentlich waren es die Reifenspuren von zwei Fahrzeugen, größtenteils, aber nicht ganz übereinander. Die Reifen des ersten Fahrzeugs hatten sich tief eingegraben, besonders die Hinterreifen. Das anderen Spuren stammten von einem leichteren Fahrzeug oder von einem weniger schwer beladenen oder beides.

Schleifspuren dort, wo die Mittelachse hätte sein müssen, als wäre eine Kette oder ein Seil über den Boden gezogen worden. Ein paar Fußabdrücke.

Der zweite Wagen, der leichtere, war abgeschleppt worden.

Ich ging zu Bob.

Fotos, aufgenommen mit einer Spezialkamera an einem Spezialgestell, mit dem die Kamera senkrecht nach unten gerichtet werden kann, so daß das Bild, wenn es auf Standardformat 18 x 24 vergrößert wird, genau der natürlichen Größes des Motives entspricht.

Dann Gipsabdrücke. Man rührt den Gips mit Wasser an. Man sprüht so etwas Ähnliches wie Haarspray in die Fußspur oder Reifenspur, damit der Abdruck nicht beschädigt wird. Dann gießt man den Gips hinein, sehr behutsam und unter Zuhilfenahme eines Rührspachtels, um die Fließgeschwindigkeit zu verringern, und auch dies tut man, damit nicht das zerstört wird, was man ja gerade bewahren will. Man legt ein paar Stöckchen und Zweige hinein, um den Guß zu stabilisieren, und dann schüttet man noch mehr Gips hinein, und dann wartet man, bis alles komplett ausgehärtet ist, und dann hebt man ihn unbeschädigt an, ohne den Versuch zu unternehmen, irgendwelche Erdreste zu entfernen, weil die im Labor das lieber selbst machen, und dann setzt man den Abdruck, wenn er klein genug ist, in einen Karton oder, wenn er zu groß ist, auf ein Brett oder etwas in der Art, und dann nimmt man ihn mit.

Mit etwas Glück findet man einen Reifen oder einen Schuh, der dem Abdruck entspricht, bevor der Reifen oder der Schuh so sehr weiter abgenutzt wurde, daß sich die Entsprechung nicht mehr eindeutig nachweisen läßt.

Wenn man den Reifen oder den Schuh früh genug findet, ist so ein Gipsabdruck fast so gut wie ein Fingerabdruck.

Dieser Abdruck würde uns nicht zu den Mördern führen. Es gibt zu viele verschiedene Arten von Reifen, zu viele verschiedene Arten von Schuhen. Aber sobald wir die Täter auf andere Art und Weise geschnappt hatten, würde er – falls wir sie früh genug schnappten – als weiteres Beweisstück dazu beitragen, sie zu überführen.

Es war nicht notwendig, daß ich mir die Füße in den Bauch stand und wartete, bis der Gips ausgehärtet war, ein Vorgang, der ein bis zwei Stunden dauern kann, wenn der Gips schlecht gelaunt ist, und es soll mir keiner erzählen, daß Gips leblos ist und demzufolge nicht schlecht gelaunt sein kann. Das weiß ich. Aber wenn man damit arbeitet, glaubt man das nicht eine Sekunde lang. Manchmal ist er wunderbar kooperativ, und dann wieder benimmt er sich abscheulich. Manchmal verhärtet er sich zu etwas, das ich nur als Gipskatastrophe bezeichnen kann, verdickt sich schon im Eimer, noch bevor man Zeit hat, ihn auszugießen, aber es kann genausogut passieren, daß man drei Stunden abwartet und der Gips noch immer nichts weiter ist als eine lustlose Pfütze. Vermutlich gibt es eine einleuchtende wissenschaftliche Erklärung, die mit den atmosphärischen Bedingungen zusammenhängt, dafür, warum er sich so verhält, aber sie entzieht sich meiner Kenntnis.

Und da ich nicht mehr beim Erkennungsdienst arbeite, muß ich sie auch nicht kennen.

Ich ging zurück zum Haus und fragte den Feuerwehrhauptmann, einen Mann namens Rich Owings, ob irgendwelche Geschäftsunterlagen des Schrottplatzes geborgen worden waren.

Rich, der gerade mit Neal Ryan von den Texas Rangers sprach, hielt lange genug inne, um mir eine Grimasse zu schneiden. »Soll das ein Witz sein?« fragte er. »Wie es aussieht, ist genau da der Brandbeschleuniger verschüttet worden.«

Das machte natürlich Sinn.

Aber mal angenommen – nur mal angenommen –

Als mein Auto den Geist aufgab und Vic Gardner mir hundert Dollar in bar für das zweifelhafte Vergnügen zahlte, den Wagen abschleppen zu dürfen, gab er mir die hundert Dollar in Scheinen, und ich gab ihm den Fahrzeugbrief. Er sagte, er würde den Wagen erst später abmelden, was vermutlich nicht legal ist, aber mir war das eigentlich ziemlich egal, da der Wagen ja schließlich verschrottet werden sollte.

Gardner zog die Scheine aus seiner Tasche und steckte den Fahrzeugbrief in seine Tasche.

Aber er machte auch ein paar Notizen auf einem Klemmbrett, das auf dem Beifahrersitz seines Abschleppwagens lag.

Der Abschleppwagen war nicht verbrannt worden; er stand vor dem Haus unter einer großen Eiche, die Türen unverschlossen. Falls meine blonde Harrison-Ford-Bewunderin dieses Klemmbrett vergessen hatte –

Sie hatte es vergessen. Denn da lag es.

Mit einem gewissen Triumphgefühl streckte ich die Hand danach aus.

Und dann stockte ich. Brauchte ich einen Durchsuchungsbefehl dafür? Heutzutage ist gesetzlich vorgeschrieben, daß man einen Durchsuchungsbefehl braucht, um einen Tatort abzusuchen. Na ja, eigentlich steht das nicht im Gesetzbuch, sondern es wurde von den Gerichten so festgelegt.

Mit Sicherheit hatte jemand einen Durchsuchungsbefehl für den Tatort der Brandstiftung beschafft. Aber die Vorschriften im Hinblick auf Durchsuchungsbefehle sind sehr, sehr eigenartig. Ich will mal versuchen, es Ihnen zu erklären.

Sie dürfen überall da nachsehen, wo das, wonach Sie suchen, vernünftigerweise vermutet werden kann, und wenn Sie an diesen Stellen etwas anderes Illegales finden, können Sie es beschlagnahmen. So verhielten sich beispielsweise die Polizeibeamten und Männer des Secret Service völlig legal, als sie auf der Suche nach einer Druckerpresse, mit der Falschgeld hergestellt worden war, unversehens im Keller des Hauses auf ein Drogenlabor, ein illegales Methamphetamin-Labor, stießen. Die Druckerpresse *hätte* nämlich im Keller sein können. Aber wenn sie aufgrund eines Durchsuchungsbefehls, bei dem es um ein gestohlenes Auto ging, dieses Labor im Keller entdeckt hätten, wäre es – damals wie heute – unmöglich gewesen, rechtlich gegen die Betreiber vorzugehen. Weil das gestohlene Auto nicht im Keller hätte sein können. Also hatten sie im Keller nichts zu suchen.

In meinem Fall bedeutete das, wenn Rich Owings einen Durchsuchungsbefehl beantragt hatte, um nach der Ursache eines Feuers zu suchen, bei dem man Brandstiftung vermutete, und im Zuge dieser Suche in und um Vic Gardner herum Schrotkugeln entdeckte, dann war das legal, weil der Brandbeschleuniger möglicherweise auf die Couch geschüttet worden war, auf der Vic Gardner lag.

Aber wenn der Durchsuchungsbefehl, nach dem wir derzeit noch immer arbeiteten, so formuliert war, dann war mein Vorgehen illegal.

Das Feuer hatte nicht im Abschleppwagen begonnen. Das Feuer hatte den Abschleppwagen ja überhaupt nicht erfaßt.

Nein, was Bob tat, war nicht illegal, weil die Fuß- und Reifenspuren mit hoher Wahrscheinlichkeit im Zusammenhang mit der Brandstiftung standen.

Ich beschloß, daß es klüger war, erst einmal herauszufinden, wie der Durchsuchungsbefehl, auf den wir uns beriefen, genau formuliert war. Ich ging mich erkundigen.

Neal grinste mich an. »Ich wünschte, alle wären so umsichtig wie du«, sagte er. »Es ist mein Durchsuchungsbefehl. Ich habe ihn mir besorgt, nachdem Rich mich heute morgen angerufen hatte. Wir suchen nach allem, das uns ein Motiv für den Mord liefern könnte. Und ich habe ausdrücklich auch Nebengebäude und Fahrzeuge mit reinnehmen lassen.«

Ich ging zurück, nahm mir das schmutzige Metallklemmbrett und fing an, die Papiere durchzublättern, die wahllos darauf festgeklemmt waren.

Ich mußte nicht lange suchen.

Nein, natürlich war der Fahrzeugbrief nicht dabei. Wenn Gardner ihn nicht bereits abgeheftet hatte, und das glaubte ich eigentlich nicht – er hatte für die Abmeldung eine Frist von zehn Tagen, und so, wie ich ihn einschätzte, war er wohl eher jemand, der alles auf die letzte Minute machte –, dann war der Fahrzeugbrief verschwunden, verbrannt, so wie alles andere in Gardners Taschen und auf seinem Schreibtisch.

Aber auf dem Klemmbrett befand sich ein Zettel, auf den er gekritzelt hatte: »Blauer Lynx mit offener Haube.« Und den Namen der Kindertagesstätte mit einer Adresse in Keller.

Halleluja.

Nur, daß wir damit ein neues Problem hatten.

Im Augenblick war die Kindertagesstätte vermutlich nicht gefährdet, weil sie – die Täter, um mich mal ganz leidenschaftslos auszudrücken –, in dem Glauben waren, daß sämtliche Unterlagen, anhand derer wir den Lynx zurückverfolgen könnten, verbrannt waren. Falls sie herausfanden, daß dem nicht so war, dann waren die Kindertagesstätte und ihre Leiterin und alle Mitarbeiter und vermutlich auch die Kinder in Gefahr. Oh ja, natürlich konnten wir verhindern, daß es in den Zeitungen, im Radio oder im Fernsehen gemeldet wurde.

Aber Kinder reden nun mal.

Kinder reden.

Wir wußten nicht, wie alt das Kind war, das Kind, von dem die Harrison-Ford-Bewunderin gesagt hatte, daß sie es abholen wollte, als ihr Wagen streikte. Falls das Kind ein Baby war, dann konnte es nicht reden. Aber davon konnten wir nicht ausgehen. Falls das Kind drei Jahre alt war, vier Jahre alt war und Mama es abholen kam und das Kind irgendwas davon erzählte, daß die Polizei in der Tagesstätte gewesen war – tja, dann würde sie wissen, warum.

Oder zumindest könnte sie sich dann denken, warum.

Das Risiko konnten wir nicht eingehen, aber andererseits brauchten wir gewisse Informationen.

Es mußte ein Möglichkeit geben –

Es gab eine Möglichkeit. Natürlich gab es eine Möglichkeit.

Ich erklärte Neal, was ich vorhatte, und er grinste nicht nur, er lachte laut los. Dann fuhr ich nach Hause und rief Millner an. Er fand die Idee auch ganz gut, aber er erinnerte mich daran, daß ich mich in einem anderen Zuständigkeitsbereich befand und gewisse berufliche Höflichkeitsregeln einhalten mußte. Ich sagte, das sei mir schon klar, und rief den Polizeichef von Keller an.

Dann zog ich Cameron seinen niedlichsten Strampelanzug über, packte das Fläschchen ein, mit dem er sich zögerlich anzufreunden begann, ließ den Polizeiwagen in der Einfahrt stehen und nahm statt dessen Harrys Pick-up, schnallte Cameron in seinen Kindersitz und fuhr nach Keller.

Frausein hat gewisse Vorteile. Ich will nicht behaupten, daß ein Mann nicht das gleiche hätte machen können, aber ich bezweifele stark, ob ein Mann überhaupt auf die Idee gekommen wäre.

Die Kindertagesstätte befand sich in einem umgebauten Haus im Fünfziger-Jahre-Stil, mit stumpfgrüner Asbestverkleidung, aber das Schild vorne am Eingang war fröhlich mit Lämmchen und großen, verblüffend bunten Blumen bemalt. Als ich zur Tür hineinging, erspähte die erste Mitarbeiterin, auf die mein Blick fiel – ein stabiles und fröhlich aussehendes Mädchen von ungefähr neunzehn Jahren – Cameron und sagte: »Oje, so kleine Kinder nehmen wir normalerweise nicht an. Er ist doch bestimmt noch keine drei Monate, oder?«

»Könnte ich wohl mit der Leiterin sprechen?« fragte ich und versuchte, ein leises Beben in meine Stimme zu legen, von dem ich allerdings befürchtete, daß es sich mehr wie ein Wimmern anhörte.

»Ich glaube wirklich nicht, daß sie irgendwelche Ausnahmen machen kann –«

»Ja, aber wenn ich sie einfach nur mal sprechen könnte –«

»Im Augenblick ist sie beschäftigt.«

»Ich möchte doch bloß mit ihr reden.«

Die Unterhaltung ging noch ein Weilchen so weiter, bis die junge Frau offenbar einsah, daß ich mich keinesfalls würde abweisen lassen, und ging. Einen Moment später kehrte sie im Gefolge einer großen, weißhaarigen Frau zurück, und ich hörte sie gerade noch sagen: »Sie will sich von mir einfach nichts sagen lassen –«

»Ich kümmere mich darum«, sagte die Frau mit einer fröhlich dröhnenden Stimme. »Also, ich bin Phyllis Farmer. Wo ist denn das Problem?«

»Könnte ich Sie vielleicht unter vier Augen sprechen –«

»Oje. Hat Natalie Ihnen denn nicht gesagt, daß wir normalerweise keine Babys unter drei Monaten annehmen –«

»Doch, aber wenn ich vielleicht trotzdem unter vier Augen mit Ihnen sprechen könnte –« Diesmal gelang es mir, so zu klingen, als würde ich gleich in Tränen ausbrechen.

»Oje«, sagte sie wieder. »Dann kommen Sie doch mit vors Haus.« Als sich die Tür hinter ihr schloß, sagte sie: »Meine Liebe, ich weiß, daß manche Frauen aus finanziellen Gründen fast gleich nach der Geburt wieder arbeiten gehen müssen, aber es wäre wirklich besser für Sie und für Ihr Baby –«

»Da haben Sie absolut recht«, sagte ich, »aber ich muß mein Baby nicht hierlassen.« Mittlerweile hatte ich meine Dienstmarke hervorgekramt und aufgeklappt. »Ich bin Debra Ralston vom Polizeidepartment Fort Worth, und ich muß mit Ihnen reden –«

Ihre Stimme klang merklich kühler, als sie fragte: »Und wo haben Sie sich das Baby ausgeliehen?«

»Das habe ich nicht. Es ist mein Sohn. Aber ich muß ihn nicht hier bei Ihnen lassen. Mein Mann ist – ist derzeit so eine Art Halbinvalide. Er kann nicht arbeiten. Also muß ich. Aber er kann sich um das Baby kümmern.«

»Dann verstehe ich nicht –«

»Mrs. Farmer«, sagte ich, »wir haben Grund zu der Annahme, daß Sie und Ihre Mitarbeiterinnen und die Kinder möglicherweise in Gefahr sind.«

»*Was?*«

»Vermutlich haben Sie von den zwei Banküberfällen gehört, bei denen die Kassiererinnen entführt wurden. Die eine ist getötet worden, und die andere befindet sich in einem kritischen Zustand. Allem Anschein nach haben die Bankräuber außerdem bis jetzt einen Polizeibeamten getötet, den Besitzer einer Gebrauchtwagenhandlung und den Besitzer eines Schrottplatzes, um zu verhindern, daß ihre Identität aufgedeckt wird.«

»Was hat das denn mit uns –«

»Am letzten Samstag«, sagte ich, »hat eine Frau hier ein Kind abgegeben. Wir wissen nicht, wie alt dieses Kind ist. Die Frau ist blond, Mitte Dreißig. Als sie das Kind wieder abholen wollte, streikte ihr Auto – ein blauer Mercury Lynx – und mußte abgeschleppt werden. Es besteht eine hohe Wahrscheinlichkeit, daß diese Frau irgendwas mit den Morden zu tun hat. Daher müssen wir herausfinden, wer sie ist.«

»Oje«, sagte Mrs. Farmer. »Also das wird schwierig werden.«

»Wieso?«

Sie deutete auf das Schild. »Natürlich haben wir Kinder, die regelmäßig jeden Tag zu uns kommen, aber wir nehmen auch Kinder nur für einen Tag an. Ja, ich erinnere mich an den Vorfall, vor allem, weil die Mutter extrem nervös schien, während sie auf den Abschleppwagen wartete und darauf, von irgendwem abgeholt zu werden. Aber das Kind – ein Junge, etwa vier Jahre alt – war nur dieses eine Mal bei uns. Deshalb kann ich Ihnen nicht viel helfen –«

»Lassen Sie sich denn in solchen Fällen keine Personalien geben?«

»Oh doch, aber –«

»Können Sie mir die Informationen geben, die Sie haben?«

»Kommen Sie mit in mein Büro.«

»Mrs. Farmer«, sagte ich, »ich möchte nicht das geringste Risiko eingehen, daß eines der Kinder mitbekommt oder auch nur vermutet, daß heute eine Polizeibeamtin hier war. Das ist nur zu Ihrem Schutz. Deshalb werde ich nicht mit in Ihr Büro kommen. Ich schlage vor, Sie sagen Ihren Mitarbeiterinnen, daß ich mich nicht abweisen lassen wollte, und sie ins Büro gegangen sind, um nachzusehen, ob es eventuell doch noch einen freien Platz gibt, und dann wieder herausgekommen sind, um mir noch einmal zu erklären, daß Sie mir nicht helfen könnten.«

»Mrs. – wie war noch mal Ihr Name?«

»Ralston. Deb Ralston.«

»Mrs. Ralston, meinen Sie wirklich, meine Kinder sind in Gefahr?«

»Nicht, solange die Täter nicht mitbekommen, daß wir auf der richtigen Spur sind.«

»Na schön. Wenn Sie wirklich meinen –«

Sie ging nachsehen.

Es brachte nicht viel.

Der Vorname des Kindes war Scott.

Die Mutter war Kelly McGillis.

Der einzige Zeuge. Die Schauspielerin, die die Amish-Frau gespielt hat, deren Sohn Zeuge eines Mordes in einer Herrentoilette in Philadelphia wird.

Anscheinend würde ich mir wohl doch eine Liste sämtlicher Frauen besorgen müssen, die je gemeinsam mit Harrison Ford vor der Kamera gestanden hatten.

Das ging mir wirklich auf die Nerven.

Ich fragte, ohne große Hoffnung, ob Mrs. Farmer das Fahrzeug oder die Person gesehen hatte, von der »Kelly McGillis« und ihr Sohn Scott abgeholt worden waren, nachdem der Abschleppwagen ihren Lynx mitgenommen hatte. Ich hätte mir die Frage sparen können. Sie war mit einer Zweijährigen beschäftigt gewesen, die plötzlich angefangen hatte, sich zu übergeben. Und, nein, keine ihrer Mitarbeiterinnen konnte etwas gesehen haben, weil samstags normalerweise recht wenig zu tun ist und sie keine anderen Kräfte benötigt. Sie war also allein. Was auch ganz gut so war, weil es einschließlich Scott nur vier Kinder zu betreuen gab, aber gerade in dem Augenblick, als der Zweijährigen schlecht wurde –

Ich hatte selber schon mit Zweijährigen zu tun. Ich dankte ihr und ging.

Als ich Cameron in seinen Laufstall legte, kam sofort die Katze an, setzte sich in den Laufstall und ließ ihren Schwanz gerade außerhalb von Camerons Reichweite spielerisch hin und her zucken. Ja doch, ich weiß, daß Katzen so mit ihren Jungen spielen. Aber Cameron ist kein Katzenjunges. Er ist mein Junges, und als er anfing zu brüllen, verbannte ich die Katze. Mit einem überaus beleidigten Blick kletterte sie auf den Mesquitebaum, setzte sich auf einen niedrigen Ast und ließ ihren Schwanz vor Pats Nase herunterbaumeln.

Cameron, Pat, ich weiß genau, wie euch zumute ist. Ich sollte die Katze Melanie Griffith Carrie Fisher Kelly McGillis nennen. Aber sie ist schon zehn Jahre lang eine namenlose Katze. Warum sie verwirren, indem ich ihr jetzt einen Namen gebe?

Als ich wieder ins Haus kam, hatte Cameron die Katze offensichtlich aus seinem Gedächtnis gestrichen und versuchte gerade die

Babywippe aufzuessen, obgleich seine häufigen Seitenblicke auf den dunklen Fernsehschirm vermuten ließen, daß er hoffte, Harry und ich würden anfangen, Nintendo zu spielen.

Von wegen. Bis zum heutigen Tage habe ich noch nie ein Videospiel gespielt. Warum sollte ich wohl jetzt damit anfangen?

Ich fragte Harry, ob er ein Käsesandwich wollte. Er war anscheinend eifrig damit beschäftigt, irgendwelche Formulare auszufüllen, und erwiderte, er wolle kein Käsesandwich.

Meinetwegen. Ich machte mir selbst ein Käsesandwich. Nachdem ich es gegessen hatte, rief ich Captain Millner an und teilte ihm die Ergebnisse meines Ermittlungsversuches mit, und dann fuhr ich in dem Polizeiwagen davon, um mich mit ein paar Leuten zu unterhalten.

Ich war – noch – nicht bereit, Nick Casavetes völlig von meiner Liste zu streichen. Nicht, bevor ich mit Lonzo Hambly und Rita Cleveland gesprochen hatte.

Kapitel 9

Rita Cleveland war hübsch, vorausgesetzt, man mag diesen Typ. Das ist so ziemlich das Objektivste, was ich über sie sagen kann, weil ich sie nämlich, offen gestanden, vom ersten Augenblick an nicht leiden konnte. Ihr Haar war vermutlich einmal blond gewesen, aber im Laufe der Jahre war es mit Strähnchen versehen, gebleicht, dauergewellt, mit der Brennschere malträtiert und auf jede andere erdenkliche Art manipuliert worden, so daß es nicht mehr zu erkennen war. Ganz ehrlich. Es hatte fast größere Ähnlichkeit mit Gefieder – nassem Gefieder, das verklebt getrocknet war – als mit menschlichem Haar. Auf der Stirn ragte der Pony – eine bessere Bezeichnung fällt mir dafür nicht ein – ungefähr zehn Zentimeter über ihr Gesicht; sie hatte offensichtlich so viel Gel benutzt wie Tammy Faye Backer Make-up, um die Haare in dieser Position zu halten. Die oberen vier Knöpfe ihrer hellblauen glänzenden Baumwollbluse standen offen, und ihr Jeansrock war gut und gern zehn Zentimeter lang. Ihre hochhackigen Sandalen waren zirka fünfzehn Zentimeter hoch, und ihr Baby war zirka sieben Monate alt.

Von dem Baby hatte Nick Casavetes nichts gesagt. Ich fragte mich, ob es von ihm war.

Sie hatte so viel Make-up im Gesicht, daß ich sicherlich befürchtet hätte, es würde beim Sprechen Risse kriegen, wenn sie nicht mit offenem Mund Kaugummi gekaut hätte – ungefähr vier Kaugummis. Sie hörte gerade lang genug auf zu kauen, um mir mit einer Art Marilyn-Monroe-Stimme mitzuteilen, daß sie Rita Cleveland war, und zu fragen, warum ich das denn wissen wollte.

Ich zeigte meinen Dienstausweis, und sofort blickte sie verängstigt drein, was interessant war, denn obwohl manche Menschen ständig Angst vor der Polizei haben, was vermutlich kulturell bedingt ist, und trotz ihres Aussehens wohnte Rita Cleveland in einem netten Haus in einer netten Wohngegend von Bedford, was ohnehin eine nette Schlafstadt ist. Das Haus war hübsch – sehr, sehr hübsch – eingerichtet und sah gar nicht nach einem Haus aus, in dem ein Mensch wohnte, der immer Angst vor der Polizei haben mußte.

Aber das ist ein Klischee. Ich erinnere mich noch an einen Abend, als ich zu einem Selbstmord gerufen wurde – damals war ich noch beim Erkennungsdienst – und ich in ein Fünfhunderttausend-Dollar-Haus kam, das in einer richtig feinen Gegend lag. Der Ehemann des Opfers, der meine Kamera sah und mich für eine Reporterin hielt, mußte von drei uniformierten Beamten mit Gewalt daran gehindert werden, auf mich loszugehen. Das Opfer war noch schlimmer aufgedonnert als Rita Cleveland. Daß es Selbstmord war, stand außer Frage; wir mußten die abgeschlossene und von innen verriegelte Tür zu ihrem Schlafzimmer aufbrechen, um zu ihr zu gelangen, und als wir das taten, stellten wir fest, daß ihre Hand den Revolver in jenem Leichenkrampf umklammert hielt, der nur bei einem absolut plötzlichen Tod eintritt. Erst zu dritt gelang es uns, ihn ihr zu entwinden. Ihr Sohn, ungefähr siebzehn Jahre alt, weinte haltlos im Wohnzimmer. In der Küche stand ein Blech mit Schokoladenplätzchen auf dem Herd. Die Hälfte der Plätzchen war mit einem Spatel abgehoben und auf Zeitungspapier auf dem Küchentisch verteilt worden. Die andere Hälfte war mittlerweile fast zementartig am Blech festgebacken.

Ich fragte mich, warum sie sich erschossen hatte. Liebevoller Gatte, liebevoller Sohn, Hinweise auf Familienidylle –

In der Notaufnahme, wo sie untersucht wurde, bevor man sie in die Leichenhalle brachte, wusch eine mitfühlende Krankenschwester, beseelt von Gott weiß was für einem Impuls, das Gesicht der Frau – und ihr Haar fiel ab. Diese blondierte, toupierte, seit fünf Jahren aus der Mode gekommene Haarpracht war ein Perücke. Darunter verbarg sich schönes, gepflegtes hellbraunes Haar. Und unter dem nahezu grotesken Make-up lag ein guter Teint, ein wenig blaß, mit winzigen Sommersprossen übersät. Sie war hübsch, ohne das Make-up, ohne die Perücke.

Ich hatte noch immer nicht ihren Namen erfahren. Und als ich ihn erfuhr, kapierte ich noch immer nicht ganz, bis einer der Männer aus der Undercoverabteilung es mir erklärte. Ihr Ehemann war ein kleiner Mafioso, der aus der Mafia rausgeflogen war.

Er führte einen Ring von Prostituierten.

Wenn die mehr Arbeit hatten, als sie schaffen konnten, schickte er seine Frau auf die Straße.

Diesmal hatte sie sich geweigert zu gehen. Sich auf die einzig wirklich dauerhafte Art und Weise geweigert.

Doch die Tochter eines Mafioso würde sich nicht mit so einer Niete wie Nick Casavetes einlassen. Nein, höchstwahrscheinlich war dieses Mädchen der große Kummer seiner anständigen und ehrbaren Eltern, die dieses anständige und ehrbare Haus gekauft und eingerichtet hatten, die ihr die Zahnspangen und sonstigen zahnärztlichen Arbeiten bezahlt hatten, durch die Rita jetzt so wunderbare ebenmäßige weiße Zähne hatte, und die den vernünftigen, ehrbaren Mittelklassewagen gekauft hatten, den ich vor dem Haus gesehen hatte.

Das Tragikomische an der Geschichte war, daß Rita in Wahrheit vermutlich selbst ein absolut anständiges Mädchen war, und das würde sie auch irgendwann in den kommenden fünf bis zehn Jahren merken. Man konnte nur hoffen, daß sie selbst sich bis dahin nicht schon irreparablen Schaden zugefügt hatte.

»Was wollen Sie?« erkundigte sie sich und jonglierte dabei mit dem Baby auf eine Art und Weise, die in mir den Wunsch weckte, es in Sicherheit zu bringen.

Eine ältere Frau kam ins Zimmer, warf einen besorgten Blick auf das Baby und sah dann mich an.

»Ich bin Deb Ralston«, sagte ich erneut. »Fort Worth Polizeidepartment.«

Und in ihren Augen glomm Furcht. Aber ihre war verständlich, besonders, als sie sich dem Mädchen zuwandte und sagte: »Rita, gibt es irgendwas, das du mir nicht erzählt hast?«

»Nee«, sagte Rita, energisch kauend. »Ich weiß auch nicht, was die will.«

»Rita hat nichts angestellt«, sagte ich rasch. »Ich möchte ihr nur ein paar Fragen zu Nick Casavetes stellen.«

»Meine Tochter hat nichts mehr mit ihm zu tun«, erwiderte die Frau – Mrs. Cleveland? – hastig.

Möglicherweise glaubte sie das ja, aber ich bezweifelte es. Ich jedenfalls glaubte es nicht. Ich hatte das Aufblitzen in Ritas Augen gesehen. Vielleicht war sie mit Nick Casavetes am Samstag morgen zusammengewesen, vielleicht auch nicht, aber sie hatte ganz sicher noch mit ihm zu tun.

»Das ist gut, dann wird es ihr ja nichts ausmachen, mir ein paar Fragen über ihn zu beantworten«, sagte ich munter. »Rita, würden Sie bitte mit mir hinaus zum Wagen kommen? Ich möchte Ihnen gern was zeigen.«

Das stimmte eigentlich nicht, aber ich wollte sie außer Hörweite ihrer Mutter bringen. Man hätte meinen sollen, daß sie darüber froh wäre, aber statt dessen sagte sie: »Sie können mich Miss Cleveland nennen.«

»Ach, Rita!« sagte die ältere Frau in einem Tonfall, der vor allem resigniert klang.

»Sie haben völlig recht«, stimmte ich ihr zu. »Ich sollte Sie Miss Cleveland nennen. Das war gedankenlos von mir. Würden Sie jetzt bitte mit mir zum Wagen kommen?«

Sie zuckte die Achseln, ließ eine Kaugummiblase ganz bewußt so laut zerplatzen, daß sich jeder Erwachsene in ihrer Nähe provoziert fühlen mußte, und warf ihrer Mutter das Baby regelrecht in die Arme. »Von mir aus.«

Draußen im Vorgarten sagte ich: »Ich habe Ihnen eigentlich nichts zu zeigen. Ich wollte bloß ungestört mit Ihnen reden.«

»Hab' ich mir schon gedacht. Mom ist eine neugierige alte Tucke.«

»Das wollte ich damit nicht gesagt haben, aber ich wollte doch Ihre Privatsphäre achten.« In Wirklichkeit hätte ich sie am liebsten übers Knie gelegt, aber das war natürlich völlig ausgeschlossen.

»Haben Sie Nick am Samstag morgen gesehen?«

»O ja.«

»Um welche Uhrzeit?«

»Ach, weiß nicht mehr, ich hab' überhaupt nicht auf die Zeit geachtet. Vielleicht war es zehn gewesen, vielleicht elf. Keine Ahnung.« Die bewußt schlampige Grammatik konnte – jedenfalls nicht ganz – die Diktion der gehobenen Mittelklasse verbergen.

»Was hat er gemacht, als er hier ankam?«

»Er ist nicht reingekommen. Meinen Sie etwa, *die* würde Nick reinlassen? Klar. Ich habe an meinem Fenster gestanden und nach ihm Ausschau gehalten. Dann hab' ich Mom erzählt, ich würde mit ein paar Freundinnen zum See fahren, und weg war ich. Er hatte das Boot, und wir sind rüber zum Lake Dallas.«

»Wie lange seid ihr dort geblieben?«

»Den ganzen Tag.«

»Bis es dunkel wurde?«

»Ich meine den ganzen Tag. Er hat mich so gegen Mitternacht nach Hause gebracht.«

»Gegen Mitternacht.«

»Ja. Mom und Dad haben schon geschlafen.«

»Schlief Ihr Baby auch?«

»Weiß nicht.

»Das wissen Sie nicht?«

»Nee. Er schläft im Zimmer von meiner Mom.«

Ich hatte keine weiteren Fragen mehr. Wenn Rita nicht log – und so gern ich das auch geglaubt hätte, es bestand kein Grund dafür –, dann hatte Nick Casavetes einen Teil des Samstagmorgens mit ihr verbracht.

Das Problem war nur, daß sie nicht wußte, welchen Teil des Samstagmorgens. Das hieß – oder deutete zumindest darauf hin –, daß er kein Alibi brauchte. Wenn er nämlich ein Alibi gebraucht hätte, hätte er dafür gesorgt, daß sie genau wußte, um wieviel Uhr er gekommen war, selbst wenn er lügen und sie davon überzeugen mußte, diese Lüge zu glauben.

Oder er hätte sie dazu gebracht, für ihn zu lügen.

Ich glaubte nicht, daß Rita Cleveland log.

Ich dankte ihr und schaute ihr nach, wie sie zurück ins Haus schlurfte und ihre Hüften bei jedem Schritt hin und her schwang.

Nächster Halt: Presto Boats in Euless.

Was ich nicht finden konnte.

Ich wußte, daß die Firma irgendwo in einem Block von Lagerhäusern liegen mußte, und ich hatte die Adresse dieses Blocks von Lagerhäusern. Ich fuhr geradewegs hin, ohne irgendwelche Probleme. Presto hatte angeblich die Nummer E-4, und ich fuhr hin und her und auf und ab und im Kreis drumherum und konnte E-4 einfach nicht finden. Schließlich hielt ich an und fragte jemanden, doch derjenige, den ich fragte, hatte keine Ahnung, wo Gebäude E sein sollte, und von Presto Boats hatte er überhaupt noch nie etwas gehört, also fragte ich jemand anderen, dem es ganz genauso erging, und dann, o Glückes Geschick, entdeckte ich einen Briefträger.

Anscheinend befand ich mich vor den Gebäuden B, D, F und H. Die Gebäude A, C, E und G waren dagegen auf der anderen Seite der Schnellstraße. Im Telefonbuch standen sie alle unter ein und derselben Adresse, weil das Hauptbüro in Gebäude B untergebracht war.

Auf der anderen Seite der Schnellstraße. Das bedeutete, ich mußte zurück zu der Ausfahrt, die ich zuvor genommen hatte, und dann nicht etwa zurück auf die Schnellstraße fahren, sondern drunter her. Leider mußte ich jedoch feststellen, daß ich so nicht fahren durfte, weil ich dann verkehrt herum in eine Einbahnstraße gefahren wäre, also fuhr ich doch zurück auf die Schnellstraße (wozu ich auf einem sehr belebten Großparkplatz wenden mußte) bis zur *nächsten* Ausfahrt, nahm dann die Einbahnstraße in die richtige Richtung und war in Null Komma nichts bei Presto Boats. Insgesamt hatte mich die Aktion nur eine halbe Stunde gekostet.

Nachdem ich die Firma einmal gefunden hatte, war sie kaum zu übersehen. Boote – überwiegend größere Boote, als man im texanischen Inland erwarten würde, es sei denn, man hat schon ein paar von diesen Bootsungeheuern gesehen, die auf dem Lake Dallas ihr Unwesen treiben – standen im Hof und auf dem Parkplatz in unterschiedlichen Phasen ihrer Entstehung. Das waren keine gewöhnlichen Motorboote oder Fischerkähne mit flachem Kiel. Das waren große Boote, einige wenige mit Außenbordmotor, doch die meisten mit Innenbordmotor, schön gearbeitet mit Messing und Zedernholz und Mahagoni. Der etwas alltäglich klingende Name »Presto Boats« war irreführend. Lonzo Hambly war unter den Bootbauern sozusagen das, was Paul Boucuse unter den Köchen ist.

Nick Casavetes stand an einer Motorsäge. Er trug eine Schutzbrille und schnitt Furnierholz zurecht, aber das hielt ihn nicht davon ab, zu mir herüberzusehen und zu grinsen.

Dieser Nick Casavetes gefiel mir nicht.

Und ganz besonders gefiel mir der Umstand nicht, daß er, wenn er vor kurzem angeschossen worden wäre, sich ganz sicher nicht so ungehindert hätte bewegen können, wie er es tat. Aber vielleicht war ja der andere angeschossen worden.

Der Lärm der Maschinen war ohrenbetäubend. Ich überlegte, ob ich jemanden fragen sollte, wo ich Lonzo Hambly finden konnte, oder ob ich einfach herumwandern und hilflos dreinblicken sollte, bis sich jemand meiner annahm. Die Entscheidung wurde mir abgenommen, als eine junge Frau – ganz sicher nicht unsere Harrison-Ford-Bewunderin, weil sie ungefähr dreiundzwanzig Jahre alt war und schwarzes Haar hatte – mich laut und ziemlich heiser fragte, ob sie mir helfen könne. Ich rief zurück: »Ich muß mit Lonzo Hambly sprechen.«

»Hier entlang«, brüllte sie und führte mich in ein kleines Büro. Sie klopfte an – wie sie erwarten konnte, daß irgend jemand das bei diesem Lärm hören würde, ist mir unbegreiflich–, öffnete dann die Tür und sagte: »Lonzo, die Dame hier möchte Sie sprechen.«

Ich trat in einen ungeheuer hellen Raum, schloß die Tür, und als ich mich umblickte, bekam ich gerade noch mit, wie jemand sich ein Blatt Papier ungefähr fünf Zentimeter dicht vor die Augen hielt. Er legte das Blatt zurück auf den Schreibtisch, und obendrauf legte er ein gewaltiges Vergrößerungsglas, das er zwischen Augen und Blatt gehalten hatte. Als sich die Tür schloß, sank der Lärmpegel jäh um etwa fünfundneunzig Prozent. Der alte Mann wandte mir den Kopf zu. Den Kopf, nicht den Blick, denn seine Augen waren fast völlig von leichenweißen Katarakten überzogen.

Lonzo Hambly hatte mir am Telefon gesagt, daß Nick Casavetes seine Stechkarte um fünf Minuten vor zehn abgestempelt hatte. Aber Lonzo Hambly konnte praktisch kaum die Hand vor den Augen sehen.

»Nun? Worauf warten Sie?« fragte er gereizt. »Sie wollten Lonzo Hambly sprechen. Er sitzt vor Ihnen.«

»Ich bin Deb Ralston«, sagte ich. »Wir haben gestern schon miteinander telefoniert.«

»Über diesen nutzlosen Taugenichts Nick Casavetes. Ich erinnere mich. So ganz anders wie sein Bruder –«

»Ach, er hat einen Bruder?«

»Sagte ich das nicht gerade?«

War es möglich, daß alles sich so schnell zusammenfügte? Hatte Casavetes' Bruder vielleicht für ihn die Stechkarte abgestempelt? Oder überfiel der Bruder die Banken, nachdem sie von Nick ausgekundschaftet worden waren?

Leider nein. Denn Hambly fuhr fort: »Immer pünktlich, dieser

Phil. Macht nie mal eine Stunde blau, und erst recht nicht einen ganzen Tag. Wenn er nicht wäre, hätte ich Nick schon längst gefeuert, egal, wie gut er arbeitet, wenn er mal arbeitet. Aber das Problem ist, wenn ich ihn rausschmeiße, dann wirbt er mir auch Phil ab, und das wäre schlecht. Weil Phil nämlich der beste Arbeiter ist, den ich habe.«

»Sie meinen also Phil Casavetes. Nicks Bruder. War er am Montag hier?«

»Natürlich war er am Montag hier. Habe ich Ihnen nicht gerade gesagt, daß er nie blaumacht?«

»Und er war auch hier, als Nick zur Arbeit kam.«

»Ja, Ma'am, das war er.«

»Es könnte nicht vielleicht sein, daß er Nick einen Gefallen tun wollte und seine Stechkarte für ihn abgestempelt hat?«

»Miz Ralston, Phil Casavetes arbeitet seit zehn Jahren für mich, und bis heute hat er noch nie für irgendwen anders die Stechkarte abgestempelt. Also, warum hätte er das ausgerechnet am Montag tun sollen? Außerdem stand ich doch direkt daneben! Meinen Sie etwa, ich könnte Nick nicht von Phil unterscheiden?«

»Mr. Hambly, wenn Sie nicht gut sehen können –«

»Ich kann aber *hören*, oder etwa nicht? Es war eindeutig Nick, der sich eingestempelt hat.«

»Und bei der Uhrzeit sind Sie sicher?«

»Als ich die Stempeluhr gehört habe und dann gehört habe, wie Nick wieder sein großes Maul aufriß, habe ich Sandra gefragt, wie spät es ist, und Sandra hat gesagt, daß es fünf vor zehn war.«

»Sandra ist die junge Frau, die mich hereingelassen hat?«

»Das war Sandra. Also, wollen Sie sonst noch was von mir wissen? Wenn nicht, habe ich nämlich noch einiges zu arbeiten.«

Auf seinem Schreibtisch häuften sich Papierstapel. Innerlich bei dem Gedanken erschauernd, das alles mit Hilfe eines Vergrößerungsglases bewältigen zu müssen, dankte ich ihm und verabschiedete mich.

Es war jetzt zwei Uhr. Wenn ich so schnell wie möglich zurück ins Präsidium fuhr, hätte ich vielleicht – vielleicht – Zeit, etwa ein Viertel der Berichte zu schaffen, die ich heute schaffen mußte.

Aber vorher bat ich Sandra, mir Phil Casavetes zu zeigen. Sie tat es gern.

Phil Casavetes war kleiner als sein Bruder. Mit Schutzbrille und nacktem Oberkörper hobelte er gerade an einem Stück Holz herum, das offensichtlich Teil eines Bootsgerippes werden sollte. Es gab eindeutig keinerlei Anzeichen dafür, daß er angeschossen worden war.

»Na, wie haben Sie denn den Nachmittag verbracht?« fragte Millner mich in einem ziemlich unangenehmen Tonfall.

Ich verkniff mir die Bemerkung, daß der Nachmittag noch lange nicht vorbei war, und erwiderte: »Ich habe ein paar Erkundigungen über Nick Casavetes eingezogen.«

Millner knallte das Klemmbrett, das er in der Hand hielt, auf seine Schreibtischplatte, und ich fuhr zusammen. »Deb«, sagte er mit mühevoll beherrschter Stimme, »würden Sie bitte Ihre Zeit damit verbringen, sich auf sinnvollere Dinge zu konzentrieren? Würden Sie sich bitte nur dieses eine Mal nicht in irgendwelche Hirngespinste verrennen? Wir haben doch bereits festgestellt, daß Casavetes sauber ist. Sie wissen selbst, daß er, wenn er der Täter wäre, unmöglich in der ihm zur Verfügung stehenden Zeit von der Bank zu dieser Bootsbaufirma hätte kommen können. Außerdem habe ich ihn überprüfen lassen, und er ist ein unbeschriebenes Blatt. Er war bei der Armee. Offensichtlich ein *guter* Soldat. Er war bei den Spezialeinheiten.«

»Spezialeinheiten?«

»Green Berets. Sagt Ihnen das was?«

Das tat es allerdings. Ich hatte mal einen Green Beret kennengelernt. Er hatte mir von der Sonderausbildung erzählt, die er absolviert hatte. Die war ziemlich umfassend. Er konnte fast überall hingelangen und fast alles tun, ohne erwischt zu werden. So konnte er unter anderem auf dem Bauch durch den Dschungel kriechen und einem Wachposten die Kehle durchschneiden, bevor der Mann irgend etwas mitbekam oder Zeit hatte, Alarm zu schlagen.

Er erzählte mir, daß er das zweiundsiebzigmal gemacht hatte. Sich angeschlichen und einem Wachposten die Kehle durchgeschnitten. Jedesmal Vietkong-Wachposten, erläuterte er mit einem Ausdruck im Gesicht, der mich nachdenklich stimmte.

Als ich mit ihm sprach, hatte er gerade drei Jahre in einem Gefängnis der niedrigsten Sicherheitsstufe abgesessen, was nicht unbedingt der beste Ort war, den ich mir vorstellen konnte, um einen Mann in Gewahrsam zu halten, der dabei geschnappt worden war, als er dreißig Pfund Kokain in einer militärischen Transportmaschine ins Land schmuggelte, und drei Jahre Knast erscheinen mir auch ein bißchen wenig.

Ich fragte ihn, warum er das getan hatte.

Er erklärte, daß es ihm ziemlich egal war. Natürlich wußte er, daß Kokain tödlich sein konnte. Aber, so sagte er, er hatte ohnehin nicht mehr viel Achtung vor dem menschlichen Leben. Es verblutet so schnell, und so leise.

Natürlich wußte ich, daß er ein Sonderfall war. Natürlich wußte ich, daß die meisten Green Berets gesetzestreue Bürger waren, genau wie die meisten Menschen in irgendeiner Armee der Welt, die nach Hause kommen und den Krieg hinter sich lassen, wenn er vorbei ist. Ich habe Harry niemals gefragt, wie viele Menschen er während desselben Krieges getötet hatte, und er hat es mir nie gesagt. Er hätte es mir gar nicht sagen können, selbst wenn ich gefragt hätte, weil er meistens aus der Luft getötet hat.

Meistens, aber nicht nur.

Die Militärwaffe, die 45er, die er in den Jahren getragen hatte, war nicht nur zur Zierde gewesen.

Aber wenn dieser Green Beret, den ich damals kennengelernt hatte, eine Ausnahme war, bedeutete das noch nicht, daß er die einzige Ausnahme war.

Eines wußte Nick Casavetes ganz sicher, nämlich daß das menschliche Leben schnell verblutet.

Millner funkelte mich noch immer an. Ich setzte mich hinter meinen Schreibtisch und nahm den kleinen Kassettenrecorder heraus, in den wir die Berichte diktieren, die später von den Sekretärinnen getippt werden, und ich hatte ihn gerade eingeschaltet, als Millie hereinkam und sagte: »Banküberall auf die Southwest Federal! Die Filiale an der Belknap Street.«

Millner sprang auf und eilte zur Tür. Ich nicht. Noch nicht. Die Southwest Federal Bank an der Belknap Street konnte noch einen Moment auf mich warten. Ich rief die Zentrale an und bat sie, sich mit dem Polizeidepartment in Euless in Verbindung zu setzen und einen Officer rauszuschicken, der nachsehen sollte, ob Nick Casavetes an seinem Arbeitsplatz war.

Dann überlegte ich mir noch etwas. Eigentlich konnte ich keinen vernünftigen Grund erkennen, warum ich überhaupt zu der überfallenen Bank fahren sollte. Sie würden alle Zeugen zum Verhör mitbringen. Sie würden das Videoband von dem Überfall mitbringen. Was ich bei dieser Ermittlung tun wollte, konnte ich sehr gut – ja sogar um einiges besser – genau hier von meinem Schreibtisch aus tun.

Ich nahm das Telefonbuch aus der Schublade und fing an, Autohändler anzurufen.

Ich war noch immer damit beschäftigt, Autohändler anzurufen und fühlte mich ziemlich entmutigt, als Millner anderthalb Stunden später zurückkam. »Was machen Sie da, Deb?« wollte er wissen.

Ich erklärte es ihm.

»Ist Ihnen vielleicht schon mal der Gedanke gekommen, daß es sich diesmal um andere Täter handeln könnte?«

Früher haben wir in diesem Polizeidepartment nie von »Tätern« gesprochen. Aber mittlerweile laufen im Fernsehen so viele Krimiserien, daß die Polizisten überall im Lande sich der Ausdrucksweise der Polizei von New York oder Los Angeles bedienen und meinen, so müßten alle Polizisten reden. Manchmal kann ich es nicht mehr hören.

»Nein«, sagte ich, »der Gedanke ist mir nicht gekommen.« Obwohl das selbstverständlich denkbar war. Fort Worth ist zwar nicht die internationale Metropole für Banküberfälle, aber wir haben doch genug davon, um uns auf Trab zu halten. »Sind es andere Täter gewesen?«

»Ich wünschte, ich wüßte es«, sagte Millner. Er setzte sich an Dutchs Schreibtisch, lehnte sich zurück, legte die Füße auf die Schreibtischplatte und zog sich den Hut über die Augen. »Verdammt, ich gäb' was drum, wenn ich das wüßte. Denken Sie mal mit. Die anderen beiden Beschreibungen waren ziemlich eindeutig. Zwei weiße Männer. Der eine groß, der andere klein. Diesmal sind beide mittelgroß, keiner nennenswert größer als der andere, und keiner auch nur annähernd so groß wie ich.«

Millner war gut 1,90.

»Dann waren es doch andere –«

»*Aber*«, fuhr er fort, meinen Einwurf mißachtend, »beide mit abgesägten Schrotflinten bewaffnet. Die Kassiererin – eine Frau namens Lola Chavez – als Geisel genommen.«

»Was noch?«

»Wie meinen Sie das, was noch? Das Auto war ein '87er Yugo.«

»Vielleicht bleibt der irgendwo liegen –«

»Die Fahndung läuft schon. Natürlich.«

»Natürlich. Zeugen? Videobänder?«

»Videobänder. Zeugen. Ach ja, diesmal haben wir richtig Schwein gehabt. Er hätte noch zehn Minuten warten sollen –«

Das Telefon auf meinem Schreibtisch klingelte, und ich ging ran. »Ihre Anfrage wegen Euless, die ist bestätigt.«

»Bestätigt. Er war da?«

»Das sagen sie jedenfalls.«

Ich überlegte kurz. »Sie sollen noch mal hinfahren und nachsehen, ob Phil Casavetes da ist.«

»Phil Casavetes? Ich dachte, Sie hätten Nick Casavetes gesagt.«

»Habe ich auch. Aber jetzt will ich wissen, ob Phil Casavetes auch da ist.«

»Das hätten Sie wirklich gleich sagen sollen. Dann hätten sie sie beide gleichzeitig überprüfen können.«

»Ich weiß«, stimmte ich ihm zu, »aber ich habe nicht dran gedacht.«

Als ich auflegte, sah Millner mich aus funkelnden Augen an. »Sie geben auch niemals auf, was, Deb?«

»Ich habe eben als Kind viel Spinat gegessen.«

»Wissen Sie, welchem weiblichen Vogel dieses Gemüse den Namen gegeben hat?« Als ich ihn anstarrte, weil es mir die Sprache verschlagen hatte, sagte er: »Schon gut. Schon gut. Das habe ich nie gesagt.«

Ich zuckte die Achseln. »Was wollten Sie gerade zu den Zeugen sagen?«

Bevor er antworten konnte, hörte ich vom Flur das Geplapper vieler Kinderstimmen, alle ganz aufgeregt, und plötzlich flitzte ein Pfadfinder-Wölfling – ich wußte, daß er ein Wölfling war, weil er diese niedliche kleine blaugoldene Uniform trug – einmal quer durch das Büro des Sonderdezernats und wieder hinaus. Was für ein Augenblick für eine Führung durch das Polizeidepartment, dachte ich, sagte es aber nicht.

Millner setzte sich auf und nahm seinen Hut ab. »Die Zeugen«, sagte er.

»Wie bitte?«

»Die Zeugen«, wiederholte er. »Ein Trupp von Pfadfinder-Wölflingen machte gerade eine Führung durch die Bank. Oder ein Rudel. Oder was auch immer. Ich hab's vergessen. Wissen Sie, daß es immer große Gruppen gibt, die dann in kleinere Gruppen unterteilt werden? Diesmal war es die ganze große Gruppe – ungefähr sechzig Kinder und fünfzehn erwachsene Leiter.«

»Wölflinge – an einem Mittwoch?«

»Die hatten frei wegen Lehrerkonferenz.«

»Soll das heißen, daß wir die Aussagen von sechzig kleinen Wölflingen aufnehmen müssen?« fragte ich schwach.

»Sie haben's erfaßt, Schwester.«

Es hätte schlimmer kommen können. Sie hätten statt der Kassiererin eines der Kinder als Geisel nehmen können.

Das sagten wir uns immer und immer wieder.

Theoretisch sorgt man dafür, daß die Zeugen sich nicht über das Verbrechen unterhalten, bevor man von allen die Aussagen aufgenommen hat. Selbst bei Erwachsenen ist diese Theorie nicht wirklich umsetzbar. Bei sechzig Jungs im Alter von acht bis fast elf, nun, da ist sie absolut und vollkommen unrealistisch.

Ich war ungefähr bei Wölfling Nummer einunddreißig angekommen, als die Zentrale anrief und mir mitteilte, daß eine Einheit aus Euless gerade die Zeit gefunden hatte, noch einmal zu Presto Boats rauszufahren, und ja, Phil Casavetes war an seinem Arbeitsplatz.

Was zu diesem Zeitpunkt gar nichts mehr besagte. Der Überfall war zwei Stunden her. Und nach dem, was ich von der Firma gesehen hatte, war die Wahrscheinlichkeit, daß dort irgendwer *wirklich* wußte, wo jemand anderes vor zwei Stunden gewesen war, so ziemlich gleich Null.

Vermutlich hatte Millner recht. Ich hatte zugelassen, daß meine Abneigung gegen Casavetes meine Wahrnehmungsfähigkeit trübte. Aber verdammt, ich *wußte*, daß er irgendwas auf dem Kerbholz hatte, und die Tatsache, daß ich nicht wußte, was es war, machte mich fast wahnsinnig. Falls er nicht der Täter war – ach, zum Donnerwetter, jetzt fing ich auch schon damit an –, falls er nicht die Person war, die hinter den Raubüberfällen steckte, womit meinte er dann, davonkommen zu können, so daß er über unsere Unwissenheit derart dreist grinste?

Wölflinge sind sehr gute Beobachter. Wölflinge sind auch sehr begeisterungsfähig. Der Versuch, einen Neunjährigen dazu zu bringen, sich ruhig hinzusetzen und alles zu erzählen, was er gesehen hat, ist hoffnungslos. Und inzwischen hatte so ziemlich jeder der Jungen seine Eltern angerufen, und wir hatten ungefähr siebzig bis achtzig Eltern da, die überall herumliefen und wissen wollten, ob ihr Kind vor Gericht als Zeuge würde aussagen müssen und ob sie ihr Kind jetzt endlich mit nach Hause nehmen könnten.

Nein. Ja. *Bitte*.

Nein, wahrscheinlich werden wir nicht sechzig Wölflinge in den Zeugenstand berufen. Wahrscheinlich werden wir überhaupt keinen Wölfling in den Zeugenstand berufen. Die erwachsenen Leiter, ja. Die drei Adler-Pfadfinder, die die Wölflinge im Zuge ihrer Ausbildung zum Gruppenleiter oder zu irgendwas in der Art begleitet hatten (ich kenne mich da nicht so gut aus, aber ich bin sicher, Hal könnte mich aufklären), ja. Aber nein, nein, nein, nicht alle sechzig Wölflinge.

Die Wölflinge, die bereits ihre Aussage gemacht hatten, wurden mit ihren Eltern nach Hause geschickt, bis auf diejenigen, deren Eltern nicht gekommen waren, um sie abzuholen, sondern gemeint hatten, die Leiter würden sie bestimmt nach Hause bringen, so wie nach jedem Ausflug. Diese Wölflinge und diejenigen, die noch immer darauf warteten, ihre Aussage zu machen, veranstalteten jetzt auf dem Gang ein Rennen mit Papierflugzeugen. Das hatte sich einer der Adler einfallen lassen. Er hatte Millner um Papier gebeten, ihm erklärt, was er vorhatte, und darauf hingewiesen, daß dieses Spiel weit weniger störend sein würde, als wenn die Wölflinge sich gegenseitig den Gang hinunterjagten, wie sie es zuvor getan hatten.

Tatsächlich schafften es die Leiter immer wieder, die Jungs unter Kontrolle zu halten. Sie hoben zwei Finger in die Luft, und jeder Junge, der das sah, hob selbst zwei Finger hoch und wurde still, und nach einer Weile standen alle Jungs ganz leise da und hielten zwei Finger hoch.

Das Problem war nur, daß jedesmal, wenn die Leiter die Hand wieder sinken ließen, alle sechzig Jungs, oder zumindest alle, die noch da waren, wieder anfingen durcheinanderzuschreien. Millie verteilte Großpackungen Aspirin an die Erwachsenen. Die Wölflinge schienen keines zu brauchen.

Millie holte einen Streifenpolizisten und schickte ihn mit ein paar Dollars zum Einkaufen. Er kam mit einem Riesenberg Spielzeug-Polizeimarken zurück, und Millner verteilte sie an die Kinder, vereidigte sie alle als Ehren-Detectives und erklärte den Detectives, daß sie bei der Arbeit ganz, ganz, ganz leise sein müßten.

Sie blieben ungefähr sieben Minuten leise. Länger kann man von Kindern in diesem Alter auch nicht erwarten, leise zu sein.

Ich bin ja so froh, daß ich nicht Grundschullehrerin geworden bin.

Als wir endlich alle Wölflinge, Adler und erwachsenen Leiter nach Hause schicken konnten, war es acht Uhr, und ich rief Harry an – natürlich hatte ich ihn schon früher angerufen, um ihm zu sagen, was los war, aber jetzt wollte ich ihm mitteilen, daß ich mich in ein paar Minuten auf den Nachhauseweg machen würde und wie es mit dem Abendessen aussah.

Vorwurfsvoll, wie ich mir hätte denken können, erklärte er, Hal und er hätten schon Abendessen gemacht und es wartete nur auf mich.

Gut. Ich hoffte, es hielt sich noch ein Weilchen, weil ich nämlich auf dem Rückweg Dorene Coes Video zurückbringen wollte. Eigentlich wunderte ich mich, daß Coe nicht schon angerufen und sich danach erkundigt hatte, weil sich der Videoladen inzwischen bestimmt bei ihm gemeldet hatte. Aber vielleicht tat ich dem Laden ja auch unrecht – es war durchaus möglich, daß der Manager die Nachrichten gesehen und begriffen hatte, was passiert war, und daraufhin zu dem Entschluß gelangt war, dieses Video abzuschreiben.

Was sie ohnehin würden tun müssen. Videobänder sind nicht dafür geeignet, der prallen Sonne ausgesetzt zu werden.

Vorn auf der braunen Plastikbox war ein breiter Klebebandstreifen mit der Aufschrift: »Sounds Easy«. Ich kannte Sounds Easy – es ist eine Videoverleihkette, bei der ich selbst häufiger mal ausleihe.

Also nahm ich das Telefonbuch und suchte nach Filialen von Sounds Easy, besonders nach einer auf der Strecke zwischen dem Stadtzentrum, wo Dorene gearbeitet hatte, und dem nordöstlichen Gebiet von Tarrant County, wo sie gewohnt hatte (kaum fünf Meilen von mir entfernt).

Falls sie, wie die meisten Menschen, zu dem Laden gegangen war, der ihrem Haus am nächsten lag, dann war das derselbe gewesen, zu dem ich gehe. Falls sie zu dem gegangen war, der ihrer Arbeitsstelle am nächsten lag – tja, dann würde ich es morgen dort versuchen, weil ich nämlich jetzt nach Hause fuhr, ob das nun jedermann paßte oder nicht (und eingedenk der Berichte, die ich noch immer nicht diktiert hatte, war ich mir ziemlich sicher, daß es Captain Millner nicht paßte).

Ich schaute auf die Uhr. Nach acht. Sie schließen um halb neun. Na ja, wenn ich es heute nicht mehr schaffte, würde ich es morgen probieren. Und wenn ich es heute abend doch noch schaffte, würde ich mir selbst auch einen Videofilm ausleihen. Einen mit viel Action und einer simplen, geradlinigen Handlung, bei der man überhaupt kein bißchen nachdenken mußte. Eher James Bond als *Agnes – Engel im Feuer* oder irgendwas anderes, wo man wirklich bei denken muß. Mir war einfach nicht nach Denken zumute.

Außerdem hatte ich Sehnsucht nach meinem Baby.

Wehmütig dachte ich an die alten Filme mit Rock Hudson und Doris Day. In einen davon bin ich mal mit Vicky gegangen, als sie noch ganz klein war. Damals konnte man Kinder noch guten Gewissens mit in romantische Komödien nehmen, ohne sich Sorgen machen zu müssen, was sie da wohl zu sehen bekamen. Ich weiß nicht mehr, welcher Film es war, aber ich weiß, daß er schon damals etliche Jahre alt war, und ich erinnere mich, daß darin eine Traumsequenz mit viel Wolken und bunten Lichtern vorkam und daß Vicky ganz begeistert war. Sie weinte untröstlich, als die Traumsequenz zu Ende war und die Filmrealität wieder einsetzte. Ich mußte mit ihr in die Vorhalle des Kinos gehen, und so fand ich nie heraus, wie Rock Hudson diesmal Doris Day bekam. Oder wie Doris Day Rock Hudson bekam, denn das war häufiger der Fall.

Zurück in deine Wirklichkeit, Deb. Rock Hudson ist an Aids gestorben, und Doris Day ist heute eine aktive Tierschützerin. Ich war gerade müde genug, um irgendeinen vagen Zusammenhang darin zu entdecken, aber ich war doch zu müde, um ihn exakt benennen zu können, und so verharrte er an den Rändern meines Unterbewußtseins, während ich schon auf den Parkplatz von Sounds Easy fuhr.

Die junge Frau, die dort arbeitete – Carla Montoya –, kam schon mit dem Schlüssel in der Hand auf die Tür zu, aber als sie sah, daß ich es war, nickte sie und ließ mich noch rein. Die Bestürzung in ihrem Gesicht, als ihr Blick auf das Band fiel, hätte komisch sein können, wenn die Situation nicht so ernst gewesen wäre. »Da sagen wir den Leuten immer und immer wieder –« begann sie.

Hastig fiel ich ihr ins Wort. »Das ist nicht meins. Es ist von Dorene Coe.«

»Dorene Coe?«

»Haben Sie sie gekannt?«

»Äh, ja, ich habe sie tatsächlich gekannt. Wir waren zusammen auf der High-School. Bearbeiten Sie den Fall? Ich war so traurig, als ich davon erfahren habe – aber wie kommen Sie darauf? Meines Wissens hat Dorene nie bei uns irgendwelche Bänder ausgeliehen.«

»Na ja, hier steht Sounds Easy drauf, und sie wohnt –«

»Lassen Sie mal sehen«, sagte Carla. Dann nickte sie. »Ich war mir fast sicher, daß wir kein überfälliges Band haben. Das hier ist nicht von uns.«

»Nicht? Aber es steht doch Sounds Easy drauf.«

»Ja schon, aber Sounds Easy ist doch eine ganze Kette«, sagte sie überflüssigerweise. »Schauen Sie mal.« Oben in einer Ecke der Kassettenhülle war ein blauer Klebebandstreifen. Ich hatte den großen Streifen gesehen, auf dem »Sounds Easy« stand, aber den da hatte ich völlig übersehen. Darauf waren eine Geschäftsnummer und eine Adresse in Arlington angegeben.

Arlington?

Ich nahm die Kassette zurück und sah zum erstenmal nach, um welchen Film es sich handelte: *Indiana Jones und der Tempel des Todes*.

Carla hatte recht. Dieses Band war nicht von Dorene Coe.

Ich hatte das starke Gefühl, daß ich wußte, wessen Band das war. Und morgen würde ich ihren Namen erfahren, und morgen würde ich diesen Fall abschließen, und ich hoffte inständig – obwohl ich wußte, wie unwahrscheinlich es war –, daß Lola Chavez noch lebte und gerettet werden konnte.

»Vielen Dank«, sagte ich.

»Möchten Sie, daß ich die Kassette weiterleite?«

»Nein, das erledige ich schon selbst«, sagte ich. »Und zwar mit dem größten Vergnügen.«

Kapitel 10

Als ich nach Hause fuhr, war ich schon wesentlich weniger zuversichtlich. Wie konnte ich denn annehmen, daß die blonde Frau das Video unter ihrem richtigen Namen ausgeliehen hatte, wo sie doch für alles andere immer wieder falsche Namen angegeben hatte? Und ich war ganz aufgeregt gewesen, weil der Videoverleih in Arlington lag, wo Casavetes wohnte. Aber Casavetes und wie viele andere Menschen? Wenn ich mich recht erinnerte, näherte sich die Einwohnerzahl von Arlington der Grenze von zweihunderttausend.

Ich grübelte weiter.

Und als ich in meine Straße einbog, stand ich schon kurz vor einem Nervenzusammenbruch, wenn ich nur irgendwie die Zeit dafür gefunden hätte.

Weil – hatten dieselben Leute die Southwest Federal Bank überfallen? Nein. Das konnte nicht sein. Aber es konnte einer von ihnen mit jemand Neuem gewesen sein.

Das war nicht unlogisch, falls einer von ihnen angeschossen worden war. Normalerweise zieht man nämlich nicht los und überfällt eine Bank, wenn man eine Kugel im Körper stecken hat.

Derjenige, der nicht dabei war, könnte Nick Casavetes gewesen sein, weil diesmal nämlich kein Großer dabeigewesen war, und falls Casavetes an den Überfällen beteiligt gewesen war, dann mußte er der Große sein, aber wenn der Große angeschossen worden war, dann war der Große nicht Nick Casavetes und ich auf dem Holzweg. Wenn dagegen der Kleine angeschossen worden war und nicht der Große, wieso war dann der Große heute nicht dabeigewesen?

Im Vergleich zu Nick würde Phil Casavetes klein wirken, und damit hätten wir unseren Großen und unseren Kleinen. Phil Casavetes allein betrachtet oder neben jemandem seiner Größe würde mittelgroß wirken, und damit hätten wir das Paar von heute, aber wenn Phil Casavetes heute einer von den beiden gewesen war, dann hatte ich noch immer keine Erklärung dafür, daß einer angeschossen worden war und es sich dabei weder um Phil noch um Nick handeln konnte.

Überhaupt hatte ich keinerlei Verdachtsmomente gegen Phil Casavetes, außer daß er Nicks Bruder war, und das war, wie Millner schon festgestellt hatte, nun wirklich keine besonders spitzfindige Schlußfolgerung. Der einzige wahre Grund, warum ich Nick Casavetes verdächtigte, war der Ausdruck in seinem Gesicht, und auch das war nicht sonderlich überzeugend.

Die Frage war also, ob einer der beiden von heute zu dem Pärchen gehörte, das Samstag und Montag die Banken überfallen hatte?

Sie hatten abgesägte Schrotflinten benutzt. Sie hatten eine Geisel genommen, die noch immer vermißt wurde. Das klang sehr ähnlich.

Aber sie hatten am späten Nachmittag zugeschlagen, nicht frühmorgens. Und soweit ich das hatte feststellen können, benutzten sie diesmal kein geliehenes Auto. Das klang nicht ähnlich.

Nachahmungstäter?

Aber sie wußten, daß wir auf die Masche mit den geliehenen Wagen gekommen waren – wenn sie den letzten zurückgebracht hätten (und wo war der überhaupt?), hätten wir sie gehabt.

Der Lynx, der blaue Lynx, wegen dem allem Anschein nach – bislang – drei Menschen gestorben waren.

Wir hatten allen Grund zu der Annahme, daß der Lynx nicht mehr fahrtüchtig war. Aber sein Kennzeichen war uns nicht bekannt.

Dafür kannten wir aber das Kennzeichen des weißen Chevrolet, den unsere Harrison-Ford-Bewunderin von der Autohandlung Clean Harry's abgeholt hatte. Nach diesem Wagen wurde gesucht. Aber wir hatten keinerlei Veranlassung, nach einem weißen Chevrolet mit einem anderen Kennzeichen zu suchen.

Vielleicht mit dem Kennzeichen des Lynx?

Auf Dauer würde das nicht funktionieren. Aber eine Weile würde es ganz sicher funktionieren.

Sollten alle Streifenpolizisten angewiesen werden, die Kennzeichen von jedem weißen Chevrolet, Baujahr 1979, zu überprüfen, den sie sahen? Bestimmt wäre der Computer damit voll ausgelastet, aber vielleicht würde es notwendig werden.

Ich ging durch die Haustür. Keiner da. Die Tür zum Garten war offen, und der Laufstall stand auf der Veranda; der nicht gerade liebliche Duft von Mückenschutzgel vermischte sich mit dem Duft von gegrilltem Hähnchen. Pat hatte diesmal nicht die Gunst der Stunde genutzt und war durch die offene Tür ins Haus gesaust; er schielte auch nicht sehnsüchtig sabbernd nach dem Hähnchen. Nein, er lag neben dem Laufstall und himmelte Cameron an, der eigentlich schon seit Stunden hätte schlafen sollen, aber anscheinend mit dem Versuch beschäftigt war, den Mond in den Mund zu nehmen.

Der Picknicktisch war zurück in den Garten gebracht worden, und darauf stand eine Schüssel Salat, abgedeckt mit einem Geschirrtuch. »Folienkartoffeln sind im Ofen«, erklärte Lori und fügte sofort hinzu: »Ich habe Tante Doris gesagt, daß ich heute länger hierbleiben muß, weil Sie Überstunden machen müssen und danach bestimmt müde sind.«

Das Mädchen wird allmählich wirklich beängstigend mütterlich. Ich habe zwar nichts gegen sie als Schwiegertochter, aber ich hoffe, ihr ist klar, wie lange es noch dauern wird, bis Hal in der Lage ist, die Verantwortung für eine Familie zu übernehmen.

Ich hoffe, auch Hal ist das klar.

Aber ich sollte dankbar sein. Wahrscheinlich war es Lori, die daran gedacht hatte, Cameron mit Mückenschutzgel einzureiben. Wenn er ohne abends draußen gewesen wäre, hätte keiner von uns – am wenigsten Cameron – heute nacht ein Auge zugetan.

Also aß ich zu Abend und spielte mit dem Baby – zumindest schienen wir, wenn auch unbeabsichtigt, Susans Empfehlung zu befolgen, ihn abends wach zu halten – und wartete auf den unvermeidlichen Telefonanruf, der mir mitteilen würde, daß Lola Chavez' Wagen im Trinity Park oder irgendwo in der Gegend gefunden worden war.

Der Anruf kam um halb zehn. Der Wagen stand auf dem Parkplatz des Amon Carter Museum of Art (wieder ungefähr dieselbe Gegend), und der Streifenpolizist war sich absolut sicher, daß das Fahrzeug fünfunddreißig Minuten zuvor noch nicht dagewesen war, weil er um diese Zeit dort angehalten hatte, um sich mit einem Mann zu unterhalten, der Schwierigkeiten mit seinem Auto hatte.

Was vermutlich etwas zu bedeuten hatte, aber weiß der Teufel, was.

Das Problem bei der Sache war, daß die Indizien alle so verworren waren. Die Verbrechen waren ausnahmslos entweder im Stadtzentrum oder im Nordwesten von Tarrant County begangen worden. Ich hatte guten Grund, nämlich das ausgeliehene Videoband, zu der Annahme, daß zumindest die blonde Frau in Arlington wohnte; das ist westlich von Fort Worth, genau westlich der Schnellstraße. Aber die Wagen und die Opfer wurden allesamt im Südwesten von Fort Worth gefunden, und das ergab absolut keinen Sinn, wenn man den Fall insgesamt betrachtete.

Der südwestliche Stadtbezirk von Fort Worth ist relativ schnell vom westlichen Zubringer aus zu erreichen.

Okay, Sie kommen also über die Schnellstraße von Arlington und fahren dann auf der 820 Richtung Arlington, um eine Bank zu überfallen. Dann fahren Sie zurück auf die 820 in westlicher Richtung, um den Wagen und die Leiche loszuwerden –

Das ergab auch keinen Sinn. Jedenfalls mehrten sich die Hinweise darauf, daß der Wagen und die Leiche erst nach Einbruch der Dunkelheit irgendwo zurückgelassen wurden, was wiederum bedeutete, daß sie bis dahin irgendwo versteckt werden mußten, und es wäre kompletter Wahnsinn, die 820 mit einer Leiche im Wagen der Leiche auf und ab zu fahren, wohlwissend, daß wir nach just diesem Wagen und nach dem Opfer fahndeten –

Es ergab überhaupt keinen Sinn.

Ich weiß. Ich wiederhole mich.

Wenn Sie Nick Casavetes wären und von einer Bank auf der Belknap Street zu Ihrer Arbeitsstelle nach Euless fahren wollten, müßten Sie den Flughafenzubringer nehmen, und der ist zur Zeit eine einzige Baustelle –

Mittlerweile war ich vollends konfus. Zum Zeitpunkt des Überfalls auf die Bank an der Belknap Street war Nick definitiv an seinem Arbeitsplatz gewesen. Am Montag war er fünfundzwanzig Minuten nach dem Überfall dort eingetroffen, und dieser Überfall war nicht auf der Belknap Street gewesen, sondern auf der Bleach Street. Von der Bleach Street zum Glenview Drive – das geht sehr, sehr, sehr schnell, wenn man sich auskennt, und nicht die Hauptstraßen nimmt, sondern über Seitenstraßen fährt.

Vielleicht war das die Lösung. Wenn man nämlich den Glenview Drive nimmt und dann die Pipeline Road und den Hurst Boulevard, ist man schon mitten in Euless, und das bedeutet, daß man tatsächlich in fünfundzwanzig Minuten in einer Bootsbaufirma in Euless sein könnte, vorausgesetzt, es ist einem egal, wen man überfährt, und vorausgesetzt, das Auge des Gesetzes hält einen nicht an, aber auf diesen Seitenstraßen hat man eine ziemlich gute Chance, dem Auge des Gesetzes zu entgehen.

»Einen Penny für deine Gedanken«, sagte Harry, und ich schüttelte den Kopf. Ich saß noch immer am Küchentisch, den Telefonhörer in der rechten Hand und das Baby auf dem Schoß.

Was fuhr denn der Mann mit der Autopanne, den der Streifenbeamte angesprochen hatte, für einen Wagen? Vielleicht einen weißen Chevrolet?

Was, wenn weder der Große noch der Kleine angeschossen worden waren? Was, wenn es die Blonde war?

Ich hatte Carlos Amado gut genug gekannt, um zu wissen, daß er niemals freiwillig auf eine Frau geschossen hätte. Aber wenn eine Frau auf ihn geschossen hatte, dann hatte er vermutlich das Feuer erwidert. Das würden die meisten Menschen tun.

Das inzwischen sehr schläfrige Baby weiter auf dem Schoß, nahm ich das Telefonbuch und fing an, über meine praktische Metro-Line Anrufe zu tätigen.

Zuerst rief ich das Polizeidepartment in Arlington an. Ich bat darum, jemanden zu der Filiale von Sounds Easy zu schicken und die Kontaktperson für Notfälle herauszufinden. Die steht normalerweise auf einer unauffälligen kleinen Karte irgendwo an der Tür. Man ruft bei dieser Kontaktperson an, wenn das Geschäft ausgeraubt wurde oder wenn die Alarmanlage losgeht und nicht mehr abzustellen ist und die ganze Nachbarschaft aufweckt.

»Ich kann Ihnen die Telefonnummer für Notfälle geben«, sagte die Frau in der Zentrale, »aber dafür brauche ich nicht extra einen Wagen rauszuschicken. Wir haben sie hier im Büro parat.«

»Oh«, sagte ich kleinlaut. Na ja, wie soll ich das wissen? Ich habe noch nie in der Zentrale gearbeitet.

Sie nannte mir zwei Telefonnummern, die des Geschäftsführers und die des stellvertretenden Geschäftsführers, und ich rief beide an, und bei beiden war besetzt.

Ich hatte die Hoffnung, daß wir, falls es mir gelang, den Geschäftsführer aufzutreiben, nicht bis zum Morgen warten mußten, um herauszufinden, wer das Video ausgeliehen hatte, und daß wir Lola Chavez vielleicht noch würden retten können.

Machte ich mir da was vor? Natürlich tat ich das. Aber andererseits war Deandra Black noch immer am Leben. So gerade eben noch, aber immerhin, sie lebte.

Was, wenn es nicht ein großer Mann und ein kleiner Mann gewesen waren? Was, wenn es diesmal ein kleiner Mann und eine Frau gewesen waren – die blonde Frau. Oh, wir wußten, daß es bei den ersten beiden Überfällen nicht so gewesen sein konnte, weil die Blonde beide Male gesehen worden war, wie sie die zwei anderen aus dem Wagen steigen ließ. Aber diesmal gab es keine Zeugen, die etwas Derartiges gesehen hatten, und diesmal hatte auch nur einer der Bankräuber gesprochen. In diesem Punkt waren sich alle sechzig Wölflinge einig.

Na ja, achtundfünfzig von ihnen. Einer der beiden anderen ließ sich nicht davon abbringen, daß die Bankräuber Marsmenschen waren, und der andere hatte zuviel Angst vor der Polizei, um überhaupt etwas zu sagen.

Ich versuchte erneut die Kontaktnummern anzurufen.

Noch immer waren beide Leitungen besetzt, und ich hatte mittlerweile so viel Zeit verplempert, wie ich mir gerade noch erlauben konnte.

Ich rief Millner an und erkundigte mich danach, warum ich überhaupt zum Kunstmuseum fahren sollte. Ich wies ihn darauf hin, daß Sarah den Wagen auch ohne meine Hilfe würde untersuchen können, daß es da draußen für mich nichts zu sehen oder zu tun gab, daß ich sehr viel Sinnvolleres tun könnte, wenn ich ein bißchen herumtelefonieren und ein paar Ideen nachgehen könnte, die mir in den Sinn gekommen waren.

Millner sah das nicht so. Und sagte mir das auch. Sehr ausführlich.

Ich übergab Harry ein warmes, nasses Bündel, zog mein Schulterhalfter wieder an und machte mich auf den Weg zum Amon Carter Museum of Art. Dabei hatte ich das nagende Gefühl, daß es etwas gab, das ich hätte tun sollen, jemanden, den ich hätte anrufen sollen, aber es wollte mir nicht einfallen, was oder wen.

Als ich eintraf, war Sarah Collins schon fleißig bei der Arbeit. Bei ihr war ein Streifenbeamter – vermutlich derjenige, der den Wagen gefunden hatte –, der so tat, als ob er ihr helfen würde, sie aber in Wirklichkeit beobachtete und, vermutlich, vor allem Bösen beschützte.

Auf meine Frage hin bestätigte der Streifenbeamte – auf dessen Namensschildchen »Dennis« stand, was sein Nachname sein mußte, nicht der Vorname –, daß er es war, der Lola Chavez' braunen '87er Yugo gefunden hatte. Ich sprach ihm meine Anerkennung aus und fragte ihn nach dem Wagen, den er früher am Abend hier gesehen hatte.

»Früher, wann?« fragte er.

»Als sie schon einmal hier waren. Bevor Sie noch mal hergekommen sind und den Yugo entdeckt haben.«

»Oh. Ach so, das war – tja, was war das denn für einer?« Er schob sein Mütze mit einer Geste zurück, die wie aus einem Bild von Norman Rockwell entlehnt schien, und sagte: »Ich glaube, es war ein Chevy.«

»Welche Farbe? Welches Baujahr?«

»Weiß. Ich schätze, es war ein, tja, achtundsiebziger, neunundsiebziger Baujahr, so um den Dreh.«

»Haben Sie den Vorfall notiert?«

Er schüttelte den Kopf. »Dazu gab es keinen Grund. Die hatten nur ein kleines Problem mit ihrem Wagen. Ich glaube, der Motor war abgesoffen. Ich habe sie angeschoben, und sie haben sich bedankt und sind gefahren.«

»Was meinen Sie mit ›die‹?«

»Warum fragen Sie das alles?« erkundigte er sich ein wenig verspätet. »Hören Sie, wenn Sie an den weißen Chevy denken, wegen dem Amado erschossen wurde, der war es nicht. Ich habe das Kennzeichen überprüft. Natürlich habe ich das gemacht.«

»Haben Sie es durchgegeben?«

»Nein, ich hab's mir nur angeguckt und gesehen, daß es nicht das war, nach dem wir suchen.«

»Erinnern Sie sich vielleicht noch an das Kennzeichen?«

Er schüttelte den Kopf und starrte mich an: »Wollen Sie damit sagen, daß die die Nummernschilder ausgewechselt haben?«

»Würden Sie das nicht auch machen?« fragte ich.

»Oh, verdammt«, sagte er, und dieses Wörtchen drückte echte, tiefe Bestürzung aus. »Oh, verdammt. Sie meinen, ich hab' –«

»Das ist sehr gut möglich.«

»Und ich hab' sie entwischen lassen –«

»Wie haben sie ausgesehen, Dennis? Erinnern Sie sich daran?«

Er schüttelte den Kopf. »Nur ein bißchen. Mann und Frau, beide Weiße. Er hatte – bei dem Licht ist das schwer zu sagen. Dunkles Haar, vielleicht schwarz, wenn es braun war, dann aber dunkelbraun. Normaler Herrenhaarschnitt. Nicht ausgeflippt oder punkig oder so. Augen – sind mir nicht aufgefallen. Kein Schnurr- oder Backenbart oder so. Mittelgroß, gut 1,70, durchschnittliche Größe. Jeans und T-Shirt. Alter, ich würde schätzen, ungefähr fünfunddreißig. Die Frau – tut mir leid. Die habe ich mir nicht mal angesehen.«

»Können Sie noch nicht mal sagen, ob sie blond war?«

Er schüttelte erneut den Kopf. »Nein. Sie war einfach – da. Auf der anderen Seite des Wagens. Ich habe die ganze Zeit mit ihm geredet.«

Die Beschreibung hätte auf den kleineren Bankräuber gepaßt. Die Beschreibung hätte auf Phil Casavetes gepaßt. Die Beschreibung hätte aber auch auf rund eine Million andere Männer im Großraum Dallas-Fort Worth gepaßt.

Hypnose, dachte ich. Vielleicht kriegen wir das Kennzeichen unter Hypnose aus ihm raus. Er hat es gesehen; er muß es gesehen haben, um festzustellen, daß es nicht das richtige war. Also steckt es noch irgendwo in seinem Kopf, wir müssen nur eine Möglichkeit finden, es rauszuholen.

Aber heute abend geht das nicht mehr, und da steht Lola Chavez' Yugo, und wo ist Lola Chavez?

Sarah kam aus dem Yugo gekrochen und hielt eine von diesen kleinen weißen Karten in der Hand, auf die man abgenommene Fingerabdrücke aufklebt, und sie sah sehr zufrieden mit sich aus.

»Der gleiche«, sagte sie.

»Der gleiche was?« fragte ich, was meiner Ansicht nach auch ganz vernünftig war.

»Der gleiche Abdruck wie der, den ich in Deandra Blacks Wagen gefunden habe«, sagte sie.

»Den können Sie sich doch unmöglich gemerkt haben –« Das stimmte natürlich nicht. Ich bin ein paar Menschen begegnet, die sich tatsächlich einige – nicht alle – Fingerabdrücke merken konnten, wenn sie sehr intensiv nach diesen Abdrücken suchten. Aber das ist selten.

»Nein«, sagte Sarah, »aber ich kann ein Foto von den Abdrücken mitbringen, und das habe ich getan. Der hier war auf dem Schnappschloß des Sicherheitsgurtes.«

»Okay«, sagte ich und hielt dann irritiert inne. »Moment mal. Ich dachte, die Abdrücke aus Deandra Blacks Wagen wären von der *linken* Hand gewesen.

»Waren sie auch. Linker Zeigefinger, Mittelfinger und Ringfinger.«

»Dann haben Sie den hier auf dem Sicherheitsgurt des Beifahrersitzes gefunden?«

»Fahrerseite.«

»Sie haben Abdrücke von der *linken* Hand auf dem Schloß des Fahrersicherheitsgurtes gefunden«, wiederholte ich und ging dabei im Geist den Bewegungsablauf durch, wie man sich an- und wieder abschnallt. »Das finde ich aber eigenartig.«

»Ich auch«, sagte sie.

»Und Sie meinen nicht dieses kleine Teil, das man in das andere kleine Teil reinsteckt?«

»Nee«, sagte sie mit Bestimmtheit. »Ich meine den Teil des Schlosses, den man eigentlich mit der rechten Hand festhält. Darauf hat er Abdrücke von der linken Hand zurückgelassen. Und es stimmt, das ist eigenartig. Sogar sehr eigenartig. So was kann eigentlich nur dann passieren –«

»Wenn der rechte Arm nicht ganz funktionstüchtig ist«, sagte ich langsam. »Also hat Carlos doch nicht den Großen erwischt –«

»Möglich wäre es schon«, sagte Sarah.

»Oh. Ja, klar.« Natürlich war das möglich. Denn falls Carlos den Großen erwischt hatte, dann wäre der Große höchstwahrscheinlich nicht mit in die Bank gegangen, was wiederum bedeutete, daß der Große den Wagen gefahren hatte, bei dem es sich mit Sicherheit um den Wagen handelte, mit dem sie zur Bank gelangt waren, wenn nicht auch um den Fluchtwagen oder zumindest um einen der Fluchtwagen –

Was wiederum hieß, daß es nicht Casavetes war.

Vermutlich würde ich sehr viel mehr Arbeit erledigt bekommen, wenn ich mir endlich Casavetes aus dem Kopf schlagen könnte.

Doch statt dessen merkte ich, daß ich über die Körperhaltung von Casavetes – genauer gesagt Nick Casavetes – nachdachte, die er gehabt hatte, als ich ihn zuletzt sah. Er hatte mit einer Motorsäge gearbeitet. Und vielleicht hatte er ja seinen rechten Arm irgendwie unbeholfen bewegt, und mir war es aufgrund seiner Haltung nur nicht aufgefallen ...

Dieser Casavetes wurde langsam zu einer fixen Idee. Es ist hinlänglich bekannt, daß jede Serie von Raubüberfällen Dutzende, vielleicht sogar Hunderte von Verwechslungsfällen nach sich zieht und vollkommen unschuldige Menschen fälschlich verdächtigt werden. Ich hätte auch diesen Fall leichten Herzens abgehakt, wäre da nicht der Ausdruck auf Casavetes' Gesicht gewesen, der mir jedesmal auffiel, wenn er mich ansah. Dieser Du-kriegst-mich-nicht-weil-du-mir-nichts-beweisen-kannst-Ausdruck. Jedesmal, wenn ich bei einem Menschen diesen Gesichtsausdruck bemerkt habe – und zwar *jedesmal* ohne Ausnahme –, führte derjenige irgendwas im Schilde. Vielleicht hatte er nur irgendeine Betrügerei vor – vielleicht einen kleinen Scheckbetrug, wie das Hin- und Herüberweisen von nicht vorhandenem Geld von Bank zu Bank, um es gleichzeitig zweimal abzuheben, denn ein Mann, der bei den Green Berets war, wird, falls er auf die schiefe Bahn gerät, ganz sicher kein kleiner Schwindler. Das waren einfach verschiedene Persönlichkeitsbilder.

Ich ließ Sarah weiter an dem Wagen arbeiten und den Streifenbeamten weiter auf sie aufpassen – er schien alles andere als unzufrieden mit dieser Aufgabe – und machte mich auf die Suche nach Lola Chavez. Natürlich war ich nicht die einzige, die nach Lola Chavez suchte.

Ich fand Lola Chavez nicht. Auch sonst fand sie niemand.

Nachdem nicht mehr zu bestreiten war, daß ich an allen Stellen nachgesehen hatte, die mir einfielen, fuhr ich zurück zum Polizeipräsidium, holte unsere Kopien der Videobänder von den drei Raubüberfällen heraus und fing an, sie ablaufen zu lassen, immer und immer und immer wieder, wobei ich mir jedes erdenkliche Detail zu den drei Tätern notierte.

Ich konnte nicht sagen, daß einer von den dreien Nick Casavetes war. Ich konnte nicht sagen, daß einer von den dreien Phil Casavetes war. Aber ich konnte auch nicht sagen, daß einer von den dreien definitiv weder Nick Casavetes noch Phil Casavetes war.

Ich konnte nicht sagen, daß einer der beiden kleineren Täter auf dem dritten Band weiblich war. Ich konnte auch nicht sagen, daß keiner von beiden weiblich war. Einer – und zwar derjenige, der das Reden übernahm – war männlich. Soviel war klar, und ich war mir auch ziemlich sicher, daß er der kleinere bei meinem eigenen Raubüberfall gewesen war, aber so ganz hundertprozentig sicher war ich mir auch da nicht.

In diesem Punkt mußte ich mir aber auch nicht sicher sein. Wenn wir ihn erst auf irgendeine andere Art geschnappt hatten, würden wir ihm diese beiden Überfälle per Stimmenvergleich nachweisen können.

Ich konnte unmöglich feststellen, ob der Kleinere von beiden Phil Casavetes war. Ich hatte Phil Casavetes noch nie sprechen hören. Ich hatte Nick Casavetes sprechen hören, und dennoch konnte ich nicht mit Sicherheit sagen, ob er der Große war. Aber andererseits konnte ich auch nicht sagen, daß der Große nicht Nick Casavetes war.

Okay, schauen wir uns die Bänder noch einmal an. Mal sehen, wie groß der Große im Vergleich zu mir ist. Das ist leicht. Wieso bin da nicht schon früher drauf gekommen? Ich bin 1,58. Also –

Ich bin 1,58. Er ist nicht ganz soviel größer, wie Millner größer ist als ich. Millner ist gut 1,90. Aber der Bankräuber ist größer als Harry. Sagen wir 1,87. Das ist nah dran. Wahrscheinlich sogar genau richtig.

Casavetes ist 1,87.

Der Kleinere könnte so ungefähr 1,70 sein, was eigentlich nicht klein ist. Tatsächlich ist das so ziemlich genau die Durchschnittsgröße bei weißen Männern in den Vereinigten Staaten. Wie ich mir schon gedacht hatte, sah er nur im Vergleich zu dem Großen so klein aus.

Phil Casavetes ist ungefähr 1,70.

Phil Casavetes war an seinem Arbeitsplatz, als der Banküberfall am Montag passierte.

Ich notierte mir kurz meine Gedanken sowie meine Pläne für den morgigen Tag. Zuallererst wollte ich zu Sounds Easy in Arlington fahren, um herauszufinden, wer das *Indiana Jones*-Band ausgeliehen hatte. Dann grübelte ich weiter nach.

Susan sagt, wenigstens einer der Bankräuber haßt Frauen.

Es gibt Frauen, die Frauen hassen.

Hatte vielleicht die Blonde geschossen?

Als Captain Millner um fünf Uhr morgens ins Büro kam, hatte ich den Kopf auf den Schreibtisch gelegt und schlief. Er weckte mich und sagte: »Deb, fahren Sie nach Hause.«

»Mir geht's gut«, sagte ich.

»Von wegen, Ihnen geht's gut. Sie fahren jetzt nach Hause und schlafen ein bißchen.«

»Das brauche ich nicht. Ich habe nur meine Augen kurz mal ausgeruht.«

»Sie sind das eigensinnigste Frauenzimmer, das mir je untergekommen ist«, sagte Millner. »Und Sie fahren jetzt nach Hause und schlafen sich aus.«

»Hören Sie, ich habe eine richtig gute Idee, und ich glaube, damit kriegen wir sie –«

»Ich habe gesagt –«

»Aber Lola Chavez' Leben steht auf dem Spiel.«

»Lola Chavez ist tot«, sagte Millner.

Ich starrte ihn an. »Wann haben sie sie gefunden?«

»Sie haben sie nicht gefunden.«

»Woher wissen Sie dann, daß sie tot ist? Deandra Black –«

»War ein glücklicher Zufall. Wir werden Chavez heute finden. Und von Ihrer tollen Idee können Sie mir auch später erzählen.«

»Nachdem die noch eine Bank überfallen haben? Noch eine Geisel genommen haben? Noch jemanden umgebracht haben?«

»Deb, wenn Ihre Idee wirklich so gut ist, warum sind Sie ihr nicht schon gestern abend nachgegangen?«

»Weil ich sie erst hatte, als es zu spät war, ihr nachzugehen.«

»Können Sie ihr jetzt nachgehen?«

»Die machen erst um zehn Uhr auf«, sagte ich.

»Dann gehen Sie ihr um zehn Uhr nach. Das sind noch fünf Stunden. Jetzt fahren Sie nach Hause und schlafen ein bißchen.«

Ich gebe freimütig zu, daß ich, wenn mein Verstand auf allen Zylindern gelaufen wäre, sofort den Hörer genommen und erneut die Notfallnummern von Sounds Easy angerufen hätte. Zweifellos hätte ich um diese Uhrzeit irgendwen aus dem Tiefschlaf gerissen, aber andererseits hätte ich umgehend jemanden zu dem Laden bestellen können, um den Namen herauszusuchen, auf den das überfällige

Harrison Ford-Band ausgeliehen war. Aber mein Verstand lief nicht auf allen Zylindern; ich war stehend k. o.

Also stand ich einfach auf und fuhr nach Hause.

Harry saß auf der Couch und fütterte das Baby. Er sah zu mir auf und fragte: »Um wieviel Uhr soll ich dich wecken?«

»Neun«, sagte ich und legte mich ins Bett, ohne meine Sachen auszuziehen.

Oder meine Schuhe.

Oder meine Pistole.

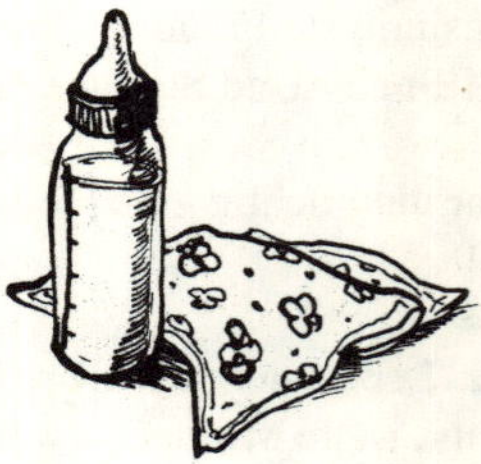

Kapitel 11

Um halb acht, nach nur anderthalb Stunden Schlaf, erwachte ich mit einem Ruck, weil mir eingefallen war, daß ich bei meinen Erwägungen einen sehr wichtigen Aspekt außer acht gelassen hatte. Und zwar: wie sorgfältig sie alles andere geplant hatten, sie hatten *nicht* eingeplant, daß der Lynx streiken würde.

Der Mann im Parkhaus hatte nicht gewußt, wann genau der New Yorker abgeholt worden war, aber es war mindestens eine Stunde nach dem Überfall gewesen. Hatten sie den New Yorker genommen, *weil* der Lynx gestreikt hatte? Mrs. Farmer wußte nicht, wann genau der Lynx vor ihrer Kindertagesstätte den Geist aufgegeben hatte, aber sie war sicher, daß es vormittags gewesen sein mußte, weil das Kind – Scott – in ihrer Obhut geblieben war, während die Mutter dafür sorgte, daß der Wagen abgeschleppt wurde, und irgend jemand kam, um sie abzuholen, und aus Mrs. Farmers Unterlagen ging hervor, daß der Junge gegen Viertel vor zwölf abgeholt worden war. Wenn man die Zeit berücksichtigte, die der Abschleppwagen gebraucht hatte, um den Lynx abzuholen, und die jemand anders gebraucht hatte, um die Mutter abzuholen, dann hatte die Blonde direkt nach dem Banküberfall nicht viel Zeit gehabt, um zu der Gebrauchtwagenhandlung (westlich der Bank) zu fahren und den Lynx abzuholen und dann zurück zur Kindertagesstätte zu fahren (ein gutes Stück östlich der Bank), um den Jungen abzuholen.

Aber die Mutter war allein dort angekommen. Dessen war Mrs. Farmer sicher. Wenn – wovon beinahe auszugehen war – die Blonde nach dem Raubüberfall die beiden Täter und die Geisel irgendwo aufgenommen hatte, dann mußte sie sie fast unmittelbar danach irgendwo anders bei einem anderen Fahrzeug wieder abgesetzt haben. Wenn sie also noch ein weiteres Fahrzeug zur Verfügung hatten, wieso war es dann so wichtig gewesen, einen Ersatz für den Lynx zu bekommen?

Vielleicht mußten sie alle in verschiedene Richtungen fliehen?

Gegen dieses gesamte Szenario sprach natürlich die Tatsache, daß sie Dorene gezwungen hatten, ihre Wagenschlüssel mitzunehmen. Aber wer kann schon wissen, was in den Köpfen panischer Bankräuber vor sich geht? Vielleicht wollten sie die Schlüssel nur für den Fall der Fälle.

Es war ziemlich offensichtlich, wenn auch nicht absolut sicher, daß die Entführung von Dorene Coe spontan gewesen war. Die beiden anderen Entführungen – und ich hoffte, es waren noch immer nicht mehr als zwei – waren dagegen zweifellos eingeplant. Vielleicht, damit wir nach dem Wagen der jeweiligen Geisel suchen sollten, und nicht nach dem der Bankräuber?

Ich wusch mir das Gesicht und ging ins Wohnzimmer. »Ich habe doch gesagt, daß ich dich um neun wecke«, bemerkte Harry in einem ziemlich verärgerten Tonfall. Er saß am Eßtisch und hatte irgendwelche Unterlagen vor sich, von denen ich anscheinend nichts wissen sollte. Zumindest noch nicht. Ich vermutete, daß er mir davon erzählen wollte, wenn ihm danach war.

»Ich konnte nicht mehr schlafen.« Ziemlich schlaff setzte ich mich auf die Couch. »Ich fahre nach Arlington.«

»In den Klamotten?«

»Was stimmt denn nicht mit meinen Klamotten?«

»Die sehen aus, als hättest du drin geschlafen, das stimmt nicht mit deinen Klamotten.«

»Das liegt daran, daß ich drin geschlafen habe.«

»Das ist mir klar. Geh doch noch mal für eine Stunde oder so ins Bett. Du willst zu Sounds Easy, und dabei weißt du, daß die erst um zehn aufmachen. Also, wozu dann schon um halb acht aus dem Haus hasten?«

»Vielleicht kann ich sie dazu bringen, früher aufzumachen.« Ich rief die Notfallnummern an, woran ich früher am morgen nicht gedacht hatte, aber es meldete sich niemand.

»Leg dich wieder schlafen«, sagte Harry noch einmal. »Ich wecke dich dann. Cameron geht's gut, das siehst du ja.«

Cameron ging es offensichtlich gut. Harry hatte ein Prisma in das Fenster vor der Veranda gehängt, und Cameron versuchte gerade, den dadurch tanzenden Regenbogen aufzuessen.

»Ich kann nicht schlafen«, wiederholte ich.

»Dann leg dich einfach auf die Couch und ruh dich ein bißchen aus.«

Also legte ich mich auf die Couch und schlief noch mal eine Stunde wie eine Tote, dann stand ich auf, duschte, aß das Frühstück, das Harry mir aufzwang, indem er meine Wagenschlüssel beschlagnahmte und sich weigerte, sie herauszurücken, ehe ich gegessen hatte, und dann fuhr ich nach Arlington in dem Polizeiwagen, mit dem ich um Viertel vor sechs gekommen war, damit ich gleich von zu Hause aus nach Arlington würde fahren können, ohne zuvor noch einmal ins Präsidium zu müssen.

Ich brauchte eine Stunde und fünfzehn Minuten, um zu Sounds Easy zu gelangen. Fünfunddreißig Minuten davon verbrachte ich mit Warten vor dem schrecklichen Engpaß, wenn man von der Schnellstraße abfährt und, aus Fort Worth kommend, rechts abbiegt, beziehungsweise, aus Dallas kommend, links abbiegt, vorausgesetzt natürlich, man fährt Richtung Arlington, was bei mir der Fall war. Meine Bestzeit an dieser Kreuzung waren zwanzig Minuten, und das war an einem Sonntagmorgen.

Warum so lange an einem Sonntagmorgen?

Nun, es gibt zwei Kirchen – große Kirchen – ganz in der Nähe, und außerdem muß man diese Ausfahrt auch nehmen, wenn man zum Flohmarkt in Grand Prairie möchte. Und dann sind da auch noch all die Reservestützpunkte für die Wochenendsoldaten – na ja, ich denke, Sie können es sich vorstellen.

Leider gibt es keine andere vernünftige Strecke, um nach Arlington oder Grand Pairie zu gelangen. Beim Bau der Schnellstraße haben sie es nahezu unmöglich gemacht, sie zu überqueren, sie zu unterqueren oder sie zu umfahren, und auch als sie später gebührenfrei wurde, gab es in dieser Hinsicht keine Verbesserung.

Ob ich mein Büro angerufen und ihnen gesagt hatte, wo ich hinfuhr? Nein. Hatte ich nicht. Ich hatte Captain Millner um fünf Uhr morgens erzählt, was ich vorhatte – zumindest glaubte ich, daß ich das getan hatte; in diesem Punkt gingen die Meinungen auseinander, wie ich später erfuhr –, und ich fand es überflüssig, ein und dasselbe zweimal zu sagen. Jedenfalls würde Harry Millner anrufen und ihn daran erinnern, daß ich auf dem Weg nach Arlington war. Außerdem hatte ich ja mein Funkgerät dabei.

Abgeschaltet.

Nein, mein Verstand lief wirklich nicht auf allen Zylindern. Ich wiederhole mich.

Aber ich fand den Sounds Easy-Laden relativ schnell. Er befand sich in einem kleinen Einkaufszentrum; wahllos darin verteilt gab es eine winzige Postfiliale, ein Lebensmittelgeschäft, ein Billigwarenhaus, eine Drogerie und eine Eisdiele, und es parkten nicht viele Autos davor. Anscheinend ist zehn Uhr morgens für die meisten noch zu früh, um groß einzukaufen.

Ich ging durch die Metalldetektortür – nun ja, ich glaube nicht, daß es wirklich eine Metalldetektortür ist, obwohl sie wirklich so aussieht; ich glaube, das ist so ein System, bei dem Magnetstreifen einen Signalton auslösen, so daß man mit den Videobändern nicht den Laden verlassen kann, ohne daß die Mitarbeiter es wissen – und holte meine Dienstmarke hervor.

Nein, ich gab ihnen das Band nicht. Jetzt nicht mehr. Nach meiner Entdeckung, daß es nicht von Dorene Coe ausgeliehen worden war, handelte es sich nämlich nun um ein Beweisstück.

Und Mannomann, was für ein Beweisstück! Der Mitarbeiter – ein Rotschopf namens Larry Hampton – erklärte mir, daß es von einer gewissen Marla Casavetes ausgeliehen worden war. Auf ganz sanftes Drängen von mir gingen sie dann ihre Unterlagen durch und suchten Marla Casavetes' Adresse für mich heraus.

Und genau an dem Punkt hätte ich Unterstützung anfordern sollen. Das ist das Gefährliche daran, wenn man mit nur zwei Stunden Schlaf auskommen muß – man weiß nicht mehr, wann man Unterstützung anfordern sollte und wann nicht.

Ich fuhr einfach hin.

Nun ja, etwas vorsichtiger, als es sich anhören mag, war ich nun doch. Ich stürmte nicht einfach zur Tür und klopfte, zumindest zunächst nicht. Ich stellte erst einmal fest, ob sie zu Hause waren. Um genau zu sein, ich parkte den Wagen am Straßenrand, blieb drin sitzen – ich achte sehr genau darauf, nicht ohne Durchsuchungsbefehl irgendwo reinzugehen – und beobachtete das Haus.

Ich konnte nichts Auffälliges feststellen. Das Haus sah wie ein ganz normales, nicht sehr teures, aber auch keineswegs ärmliches Vorstadthaus aus. Wahrscheinlich drei Schlafzimmer.

Dann zählte ich ab, wie viele Häuser es von der Straßenecke entfernt stand, fuhr in die schmale Straße, die hinter den Häusern entlangführte, und hielt an – wieder sehr darauf bedacht, nicht versehentlich auf das Grundstück zu geraten – und hielt weiter Ausschau.

Was ich entdeckte, war ein blauer Lynx, ein Vetter meines unbeweint dahingegangenen fahrbaren Untersatzes. Die Motorhaube war abgenommen worden, und der Motorblock hing an einem improvisierten Flaschenzug. Anscheinend hatten sie sich zu dem Versuch durchgerungen, das Getriebe selbst zu reparieren. Hoffentlich verstanden sie etwas von Autos. Als meins den Geist aufgab, hatte Harry jedenfalls gesagt, jeden Versuch, das Getriebe selbst zu reparieren, könne man vergessen.

Dann überlegte ich, wieso sie sich trotz der Beute aus den Banküberfällen soviel Mühe machten. Die Macht der Gewohnheit? Das Abreagieren nervöser Energie?

Anscheinend verlangten die Bauvorschriften in diesem Stadtteil, daß die Garagen nicht vorne, sondern hinter den Häusern mit einer rückwärtigen Zufahrt und verschließbaren Toren gebaut wurden. Aber verschließbar ist nicht gleich verschlossen. Das Tor stand weit offen, und es waren sonst keine anderen Fahrzeuge zu sehen.

Es juckte mir in den Fingern, mal in den Mülltonnen nachzusehen, ob vielleicht blutbefleckte Gaze darin war oder irgend etwas anderes, das darauf hindeutete, daß eine Schußverletzung behandelt worden war, aber wahrscheinlich wäre das zu diesem Zeitpunkt illegal gewesen. Ich hatte keinen Durchsuchungsbefehl. Abgesehen davon, daß es möglicherweise auch völlig sinnlos wäre. Schließlich wußte ich nicht, wann auf dieser Straße immer die Müllabfuhr kam.

Ich fuhr wieder auf die Straße vor dem Haus, parkte den Wagen erneut, erzählte meinem Funkgerät, wo ich war, fragte mich geistesabwesend, wieso das Funkgerät nicht antwortete, und ging dann schnurstracks über den schmalen Weg zur Haustür, was, wenn es nicht das Dümmste ist, was ich je in meinem Leben getan habe, ganz sicher nicht weit davon entfernt ist.

Aber ich hatte Glück. Es war niemand zu Hause.

Ich hatte Glück. Mir kam der Gedanke, daß jemand anders vielleicht nicht soviel Glück haben könnte. Bis jetzt hatten sie am Samstag, am Montag und am Dienstag eine Bank überfallen. Heute war Mittwoch, und wenn ich irgendwo in Fort Worth als Bankkassiererin gearbeitet hätte, wäre ich jetzt sehr, sehr nervös.

Also, was nun?

Ich konnte das Polizeidepartment in Euless anrufen und ihnen sagen, sie sollten Casavetes abholen, aber ich hatte keinen Haftbefehl, und zu diesem Zeitpunkt wäre es nicht ganz legal, jemanden ohne Haftbefehl festzunehmen. Was auch immer ich jetzt tat oder von anderen erbat, mußte streng legal sein. Ich wollte jede denkbare Möglichkeit ausschließen, daß diese Killer wegen irgendwelcher Verfahrensfehler ungeschoren davonkamen.

Ich konnte die Polizei in Euless anrufen und ihnen sagen, sie sollten Leute zu Presto Boats schicken, um Casavetes zu beobachten, aber falls er da war und daran gehindert wurde, irgendwohin zu fahren, würde es vermutlich ein Blutbad geben, das sich durch eine bessere Auswahl von Ort und Zeit verhindern ließe. Falls er nicht da war und bei seiner Rückkehr einen oder mehrere Polizeiwagen erspähte, würde er einfach weiterfahren. Also war auch das keine so gute Idee, zumindest vorläufig nicht.

Abgesehen davon, daß ich immer noch nicht wußte, ob es nun Nick war oder Phil oder beide. Und außerdem wollte ich nicht das Risiko eingehen, die anderen ein oder zwei, oder wie viele es auch immer waren, Mitglieder der Gang zu verjagen.

Tatsache war, daß mir für alles, was ich hätte tun können, sofort überzeugende Gründe einfielen, warum ich es zu diesem speziellen Zeitpunkt nicht unbedingt tun sollte.

Wenn ich die Blonde zuerst erwischen könnte – dafür sorgen könnte, daß sie keine Gelegenheit hatte, die anderen zu warnen –, würde sie mir vielleicht am ehesten verraten, wer die anderen waren –

Ich fuhr wieder zurück zu Sounds Easy und erkundigte mich, ob sie wüßten, wo Marla Casavetes arbeitete. Die Frage war vielleicht naiv, aber, wer weiß, konnte doch sein, daß sie diese Information in ihre Kundenkarten eintrugen, bevor Leute sich Filme bei ihnen ausleihen durften. Ich wußte das nicht, weil Harry unseren Ausweis für Sounds Easy besorgt hat, wie auch alle unsere anderen Videoverleihausweise, von denen wir übrigens so einige hatten. Die ständigen Werbeunterbrechungen im Fernsehen sind mittlerweile derart penetrant, daß selbst Hal nicht mehr so viel guckt wie früher.

Zu meiner Verblüffung, aber so verblüfft war ich nun auch wieder nicht, nickte Hampton, ohne auch nur einen Blick in seine Unterlagen zu werfen. »Klar«, sagte er, »die arbeitet gleich da drüben in der Eisdiele. Das hätte ich Ihnen schon vorhin gesagt, wenn ich gewußt hätte, daß es Sie interessiert. Normalerweise arbeitet sie nur nachmittags, aber am Montag haben sie Eileen, das ist die Lady, die vormittags da arbeitet, mit Blinddarmentzündung ins Krankenhaus gebracht, deshalb hat Marla auch gestern morgen gearbeitet, und ich meine, ich habe sie gesehen, wie sie den Laden heute morgen aufgemacht hat.«

Und das war die Erklärung. So einfach. Deshalb hatten sie am Dienstag ihren Zeitplan geändert – weil Marla nämlich am Vormittag in der Eisdiele arbeiten mußte.

Bis jetzt hatten sie bei den drei Banküberfällen insgesamt 300 000 Dollar geraubt, aber Marla mußte in der Eisdiele arbeiten.

Und was machte ich?

Tja, ich will nicht behaupten, daß es der genialste Einfall aller Zeiten war. Aber damals fand ich ihn ganz sinnvoll.

Ich ging hinüber in die Eisdiele und bestellte ein Schokoladeneis bei der glatthaarigen blonden Frau, die hinter der Theke stand. Sie war vielleicht zehn Jahre jünger als ich, und man sah ihr an, daß ihre Nerven zum Zerreißen gespannt waren. Ständig schrie sie das Kind an, das herumtobte und die Art von Radau veranstaltete, die gesunde Kinder nun mal machen. »Scottie!« fauchte sie einmal. »Du hörst jetzt sofort damit auf!«

Also hörte er auf. Ungefähr zwei Minuten lang, und dann begann er erneut, im Kreis herumzulaufen. Sie gab ihm eine Ohrfeige.

Was sollte er denn ihrer Meinung nach machen, während sie arbeitete? Sie hatte ihm keinerlei Spielsachen mitgebracht, keine Malbücher. Sollte er einfach leise wie ein Mäuschen stundenlang dasitzen, eben so lange, wie sie arbeiten mußte?

Okay. Jetzt war ich meiner Sache sicher. Ich hatte die Blonde gefunden. Das war Melanie Griffith Carrie Fischer – Marla Casavetes –, und das bedeutete, daß zumindest einer und mit hoher Wahrscheinlichkeit beide Brüder Casavetes mit drinsteckten. Also mußte ich mir überlegen, was ich als nächstes machen sollte. Am besten suchte ich das nächstgelegene Telefon, rief Millner an und besorgte mir Haftbefehle. Sobald ich mein Eis aufgegessen hatte – so hungrig war ich schon lange nicht mehr gewesen, vielleicht wirkte sich die Lösung des Falles positiv auf meinen Appetit aus –

Und die Tür ging auf.

Die Eingangstür ging auf, und herein kam Nick Casavetes, und bevor ich den Eislöffel hinlegen und meine Pistole ziehen konnte, richtete Nick Casavetes eine abgesägte Schrotflinte auf mich.

Das nördliche Ende von Schrotflinten, die nach Norden zeigen, ist mir unsympathisch. Ganz besonders dann, wenn das südliche Ende von jemandem gehalten wird, der schon getötet hat.

»Was zum Teufel soll das?« wollte Marla wissen, die jetzt um die Theke herumkam, sich neben ihn stellte und mich anstarrte.

»Sie ist ein Cop«, sagte Nick. »Sie ist diese neunmalkluge Polizistin, von der Phil und ich dir erzählt haben.« Er trat näher auf mich zu, so daß die Mündung der Flinte genau unter meiner Nase war. »Wie hast du's rausgefunden? Hä? Wie hast du's rausgefunden?«

»Das war ganz einfach«, antwortete ich. »Sie haben die Bank am Montag ausbaldowert, stimmt's?«

Er zuckte die Achseln. »Und woher wissen Sie das?«

»Ich verrate es Ihnen, wenn Sie mir dafür verraten, wie Sie die Stechuhr manipuliert haben.«

»Sie sind wirklich in einer idealen Position für Tauschgeschäfte.«

Es gelang mir, die Achseln zu zucken. »Ich habe Dorene gesehen. Und Harry Weaver und Carlos Amado und Deandra Black. Wie soll meine Position denn noch schlechter werden, als sie ohnehin schon ist? Ich verrate Ihnen, wie ich auf Marla gekommen bin, wenn Sie mir sagen, wie Sie die Stechuhr manipuliert haben?«

Er grinste. »Die Stechuhr manipuliert? Lady, Stechuhren lassen sich nicht manipulieren. Ich war da. 'Türlich bin ich gefahren wie eine Wildsau, um es zu schaffen, aber ich war da. Phil hat es viel eleganter gemacht. Er hat um fünf vor acht abgestempelt, so wie immer, hat eine halbe Stunde gearbeitet und ist dann nach hinten gegangen und außen rum wieder nach vorne, und ist zu mir in den Wagen gestiegen. Der blöde alte Knacker kann doch seine eigene Nasenspitze nicht mehr erkennen; wie hätte er da merken sollen, ob Phil da war oder nicht? Als wir zurückgekommen sind, ist Phil auf dieselbe Art wieder reingegangen, wie er rausgekommen war, und er hat sich direkt neben die Stechuhr gestellt, um mich anzuschnauzen, weil ich zu spät dran war. So. Jetzt sind Sie dran.« Er schwenkte den Lauf der Schrotflinte in meine Richtung.

Wieder zuckte ich die Achseln. »Ich bin auf dieselbe Art hergekommen, wie mein Captain bald, sehr bald, herkommen wird, weil ich die entsprechenden Informationen für ihn auf meinem Schreibtisch hinterlegt habe. Es war das Band.«

»Das Band? Verdammt, wovon reden Sie eigentlich?«

»*Indiana Jones und der Tempel des Todes.* Auf dem Armaturenbrett von Dorene Coes New Yorker. Nur, daß nicht Dorene es ausgeliehen hatte, sondern Marla.«

»*Du dämliche Kuh!*« brüllte Nick Casavetes und schlug Marla mit dem Handrücken ins Gesicht, woraufhin sie ihn zurück ohrfeigte, Schrotflinte hin oder her. Ich dachte schon, ich könnte es bis zur Tür schaffen, während sie sich stritten, doch als ich aufsprang, wirbelte Nick wieder zu mir herum und richtete die Mündung der Waffe auf mich. »An Ihrer Stelle würde ich es nicht riskieren, Lady«, sagte er.

Ich glaube nicht, daß mein Kopf in meinem ganzen Leben je so leer war wie in diesem Moment. Ich meine, das letzte Mal, als jemand mit einer Schrotflinte auf mich zielte, habe ich ihm auf den Arm gekotzt und ihn durch Ekel überrumpelt. Aber damals war ich schwanger. Ich war mir nicht sicher, ob ich jetzt kotzen *konnte*, und selbst wenn, so war ich mir doch relativ sicher, daß es auf Nick Casavetes keinerlei Eindruck machen würde. Vielleicht auf Marla. Aber nicht auf Nick.

Nein. Es würde auch auf Marla keinen Eindruck machen – vielleicht sogar noch weniger als auf Nick. Marla drückte nämlich ihre Gefühle gerade klar und deutlich aus.

»Na los, knall sie ab!« kreischte Marla.

»Nicht hier«, sagte Nick nachsichtig.

»Dann gib mir das Gewehr, und ich –«

»Ich habe gesagt, *nicht hier*«, wiederholte Nick, noch immer in einem sehr nachsichtigen und vernünftigen Ton.

Das Telefon klingelte, und er wandte den Kopf. »Geh nicht ran, Marla«, sagte er.

»Das könnte aber die Chefin sein.«

»Dann erzähl ihr, du wärst auf dem Klo gewesen. Du mußt dir sowieso bald keine Gedanken mehr um sie machen. Wir hauen ab.«

»Und wenn es Phil ist?«

»Phil holen wir doch gleich ab.«

»Wer von euch ist angeschossen worden?« fragte ich.

Sie wandten sich beide um und glotzten mich an, als wäre ich komplett wahnsinnig geworden, in so einem Moment auch noch Fragen zu stellen. Aber erstens wollte ich es wirklich wissen, und zweitens konnte ich so vielleicht ihre Aufmerksamkeit von der wahrlich faszinierenden Erörterung ablenken, wo sie mich wohl abknallen würden –

Die Idee ist nicht so dumm, wie sie sich anhört. Zumindest wäre sie es nicht, wenn Nick getrunken hätte. Ich habe einmal einen Betrunkenen dabei überrascht, wie er gerade seine Frau würgte. Da ich damals unbewaffnet war und zudem ungefähr halb so groß wie er, konnte ich körperlich überhaupt nichts machen. Also stellte ich ihm Fragen. Er ließ seine Frau los, um mir zu antworten, und als er mit der Antwort fertig war, war ihm nicht nur seine Frau entwischt, sondern er hatte auch vergessen, was er vorgehabt hatte.

Aber Nick hatte nicht getrunken und schien sich offensichtlich nicht leicht ablenken zu lassen.

»Wollen Sie es mir nicht sagen?« fragte ich.

»Ich«, sagte er. »Danach haben Sie doch gesucht, gestern in der Werkstatt, oder? Hab' ich mir gedacht. War bloß ein Streifschuß. Er hat mir nur ein bißchen die Rippen poliert. Dafür hat er bezahlt.« Nick Casavetes grinste genüßlich. »Dafür hat er bezahlt. Er hat ein Weilchen gebraucht, um zu sterben.«

Es würde mir gefallen, wenn auch Nick Casavetes ein Weilchen brauchen würde, um zu sterben. *Ich würde Nick Casavetes gern selbst umbringen*, dachte ich. Aber im Augenblick schien das ziemlich ausgeschlossen.

»Deshalb ist Marla bei dem letzten Überfall mit in die Bank gegangen, und Sie sind im Wagen geblieben.«

Wieder grinste er genüßlich. »Ich bin bei der Arbeit geblieben. Meinen Sie, ich hätte nicht gewußt, daß Sie mich überprüfen würden?«

»Und das war auch nicht der Grund, warum ich mit in die Bank gegangen bin«, sagte Marla. »Ich bin mitgegangen, weil ich wollte. Nur weil ich wollte. Aus demselben Grund hab' ich Deandra Black abgeknallt. Aus demselben Grund hab' ich die anderen abgeknallt.

Weil ich wollte. Ich hab' Nick und Phil gesagt, sie sollten mir noch mehr Tussis bringen, damit ich sie abknallen konnte. Diese miesen, arroganten Frauen mit ihren schönen Klamotten, die auf mich runtergucken, als wäre ich Abschaum, bloß weil ich als Kellnerin –«

»Marla, ich habe selbst schon mal gekellnert«, sagte ich. »Niemand sieht auf Sie herab, weil –«

»Ach, halt's Maul!« schrie sie. »Denkst du, du könntest mich auf deine Seite ziehen?«

Keiner von uns hatte auch nur einen Gedanken für das Kind übrig gehabt, den vierjährigen Scott Casavetes. Bis jetzt. Nick sah sich um. »Scott«, sagte er, »mach die Handtasche von der Lady auf und nimm ihre Pistole raus.«

Scott kam herangetrottet, wobei er aus der Schußlinie blieb, was mir verriet, daß er nicht zum erstenmal in die Aktivitäten seiner Eltern verwickelt wurde, und öffnete meine Handtasche. »Da ist keine drin.«

Nick schlug ihm mit dem Handrücken ins Gesicht, hielt dabei aber weiter die Mündung der Schrotflinte auf mich gerichtet. »Ich hab' gesagt, nimm sie raus, du kleines Miststück!«

»Er hat doch schon gesagt, daß da keine drin ist!« schrie ich. »Sie Idiot, meinen Sie, er hat keine Augen im Kopf? Ich habe keine Waffe in meiner Handtasche!«

»Wo ist sie dann?« Er sah mich an. »Schulterhalfter. Genau. Schulterhalfter. Hätte ich mir auch denken können. So 'ne dreckige Polizeifotze muß einfach ein Schulterhalfter haben. Scott, hol die –«

»Was ist ein Schulterhalfter?« fragte der Junge, der sich nicht traute zu schluchzen, obwohl ihm die Tränen über das schmutzige Gesicht liefen.

»Ich nehme sie raus«, sagte ich. Es blieb mir ohnehin keine andere Wahl. Wenn ich es nicht tat, hätte Nick es selbst getan, nachdem er das Kind noch ein paarmal geohrfeigt hätte, und ein Schulterhalfter ist nicht dafür gemacht, von einem Vierjährigen geöffnet zu werden.

»Versuchen Sie keine krummen Touren«, sagte er und beobachtete mich, während ich die Pistole herausnahm und vor mich auf den Tisch legte.

»Da«, sagte ich. »Nun zufrieden?«

»Scott, hol die Pistole und gib sie deiner Mom.«

Marla grinste, das gleiche selbstzufriedene Grinsen, das bei mir immer den Wunsch weckt, jemanden zu schlagen.

»Du erschießt sie erst, wenn ich es sage«, fügte Nick hastig hinzu. »Zum Donnerwetter, Marla, denk doch mal nach! Du kannst doch nicht gleich hier und jetzt jemanden erschießen.«

»Warum nicht?« fragte Marla enttäuscht. »Sie hat doch gesagt, daß sie schon hinter uns her sind.«

Inzwischen hatte Marla meine Waffe. Vielleicht konnte ich sie dazu bringen, die Pistole gegen ihn zu richten statt gegen mich. Im Tonfall brennender Neugier fragte ich: »Nick, weiß Marla eigentlich von Rita?«

Nick lachte. »Sie meinen, Sie könnten sie wütend machen. Vergessen Sie's. Marla ist Phils Frau, nicht meine. Klar weiß Marla von Rita. Nicht wahr, Marla?«

»Ist doch jetzt egal, Nick«, sagte Marla. »Wir müssen hier weg. Hast du denn nicht gehört, daß sie schon hinter uns her sind?«

»Wenn sie hinter uns her sind, wie kommt es dann, daß sie allein hier ist?« fragte Nick zurück. »Bist du denn zu blöd zu merken, wann jemand blufft?«

»Das ist kein Bluff«, sagte ich. »Ich habe keine Unterstützung mitgenommen, weil ich nicht vorhatte, jetzt schon eine Verhaftung vorzunehmen, ich wollte bloß ein bißchen ermitteln. Aber wenn Sie denken, ich würde einfach so losschieben, ohne Captain Millner zu sagen, wohin ich fahre, dann sind Sie sogar noch bescheuerter, als ich dachte … und klingt das wie ein Bluff?«

Natürlich bluffte ich. Auf meinem Schreibtisch hatte ich Notizen zu dem Videoband liegengelassen. Es bestand die ungefähr zwanzigprozentige Chance, daß Millner sich an meinen Schreibtisch setzen und die Notizen lesen würde. Aber die Geräusche von der Straße kamen genau im richtigen Augenblick.

»Das klingt wie Feuerwehrsirenen«, sagte Nick.

Er war nicht sicher. Aber ich auch nicht. Nicht, bis drei Wagen der Polizei von Arlington aus drei unterschiedlichen Richtungen auf den Parkplatz gebraust kamen und vor der Eisdiele anhielten.

Millner hatte meine Notizen also offensichtlich doch gelesen. Und bei Sounds Easy angerufen. Und in der Eisdiele angerufen. Und als sich dort niemand meldete, hatte er mir Unterstützung geschickt. Schnell.

Aber auch schnell genug?

Weil diese Leute Geiseln nahmen.

Und in diesem Moment war ich die einzige mögliche Geisel.

Ganz gleich, was passierte, ich durfte nicht zulassen, daß sie mich aus dieser Tür da führten.

Marla hetzte zur Tür. Sie hob Scottie hoch, hielt ihn vor sich und schrie. »Keinen Schritt weiter!«

»Keinen Schritt weiter!« echote Scottie gehorsam, ohne sich darüber klar zu sein, daß seine Mutter ihn als Schutzschild benutzte.

»Lady, nehmen Sie Ihre Wagenschlüssel«, wies Nick mich an.

Er – oder Phil, ich wußte im Augenblick nicht mehr, wer von beiden – hatte dieselben Worte zu Dorene Coe gesagt. Ich hatte sie gehört. Und wahrscheinlich auch zu Deandra Black und Lola Chavez, obwohl ich nicht dabeigewesen war, um sie zu hören. Jetzt war Dorene tot. Deandras Zustand war kritisch. Und Lola? Ich wußte nicht, was mit Lola war.

»Was ist mit Lola Chavez passiert?« fragte ich.

»Was zum Teufel glauben Sie denn, was mit Lola Chavez passiert ist?« fragte er. »Sie liegt hinter dem Damm im Trinity Park, wenn sie bis jetzt noch keiner gefunden hat.«

»Und da verlangen Sie von mir, daß ich mit Ihnen da raus gehe? Für wie blöd halten Sie mich eigentlich?«

»Welche Wahl haben Sie denn Ihrer Meinung nach?«

»Wenn Sie mich hier niederschießen, habe ich zumindest eine Chance. Da draußen sind Polizeiwagen, und wahrscheinlich ein Krankenwagen in Bereitschaft.«

»Was Ihnen einen feuchten Kehricht nutzen wird, wenn ich die nicht reinlasse, um sich um Sie zu kümmern.«

»Aber mich zu erschießen nutzt Ihnen einen feuchten Kehricht«, gab ich zu bedenken. »Wenn Sie mich erschießen, sind Sie ein toter Mann. In Texas kommen Polizistenmörder auf den elektrischen Stuhl.«

»Lady, ich bin schon längst ein Polizistenmörder«, antwortete Nick. »Also sieht es wirklich nicht so aus, als ob ich noch eine Wahl hätte. Ebensowenig wie Sie. Sie sterben hier und jetzt, oder Sie leben noch ein paar Stündchen länger, das sind Ihre Möglichkeiten. Und Sie sind wie alle anderen. Sie werden sich für die Gnadenfrist entscheiden.«

Wenn er recht hatte, blieb mir wirklich keine andere Wahl. Aber er mußte nicht unbedingt recht haben.

Es mußte noch eine andere Möglichkeit geben. Ich weigerte mich einzusehen, daß ich keine Wahl hatte. Wenn er mich umbringen wollte, dann würde er es nach meinem Zeitplan tun müssen, was mir zumindest noch den Hauch einer Chance ließ und seine Chancen ganz sicher endgültig zerstörte.

Ich konnte nicht erfolgreich kotzen, obwohl ich ziemlich sicher war, daß ich, wenn sich mir eine minimale Chance böte, äußerst erfolgreich Durchfall bekommen könnte. Aber ich konnte niesen.

Ich konnte einen Nieser vortäuschen.

Ich nieste, sehr laut, und beugte mich über meine Handtasche.

»Lassen Sie die Finger davon«, brüllte Nick.

»Ich habe geniest! Darf ich mir nicht mal ein Kleenex rausnehmen? Sie wissen doch, daß ich keine Waffe da drin habe.«

»Dann nehmen Sie sich ein Kleenex, aber keine Tricks.«

Zugegeben, ich hatte keine Pistole in meiner Handtasche. Aber ich hatte ein paar Handschellen darin, und Handschellen lassen sich in einem Papiertaschentuchknäuel sehr viel leichter verstecken als eine Waffe. Ich zog die Handschellen heraus, und bevor Nick Zeit fand, mich anzubrüllen, hatte ich mich in bester weiblicher Demonstrantentradition an das Messingbein des Tisches gekettet.

Das am Boden festgedübelt war.

»Aufschließen«, schrie er.

»Ich kann sie nicht aufschließen. Der Schlüssel ist nicht an meinem Schlüsselbund.«

»Scott, hol die Schlüssel von der Lady.«

Waren die Streifenbeamten da draußen währenddessen eigentlich vollkommen untätig?

Sicher nicht.

Sie taten, was sie tun konnten, und das war rumstehen und warten. Ich war sicher, daß die Hintertür, falls es eine gab, bewacht wurde. Ich war sicher, daß ranghöhere Beamte unterwegs waren und daß Millner von Fort Worth unterwegs war. Wahrscheinlich war auch ein erfahrener Verhandlungsführer bei Geiselnahmen aus Dallas unterwegs.

Das änderte aber nichts an der Tatsache, daß ich hier an einen Tisch gefesselt in einer Eisdiele saß, und das in Begleitung zweier

Personen, die sich im Hinblick auf meine Ermordung nur nicht darüber einigen konnten, wo und wann diese erfolgen sollte. Und falls es zu einem Schußwechsel kommen sollte, wäre diese Frage ohnehin nur noch rein akademisch. Ich saß genau in der Schußlinie.

Scott fand meine Schlüssel und brachte sie zu Nick. Und natürlich war der Schlüssel für die Handschellen nicht an meinem Schlüsselbund.

Man beachte, daß ich nicht gelogen hatte. Ich hatte nur nicht die ganze Wahrheit gesagt. Wenige Monate zuvor hatte ich in New Mexico einen Polizeichef kennengelernt, der absolut genial in der Kunst des Lügens durch Irreführung und weniger durch echtes Lügen war. Ich hatte *nicht* gesagt, daß ich keinen Schlüssel für die Handschellen dabeihatte. Tatsächlich hatte ich ihn dabei. Ich hatte nur gesagt, daß er nicht an meinem Schlüsselbund war. Und das stimmte auch. Er steckte nämlich hinter einer Lasche in meiner Brieftasche.

Es war nicht anzunehmen, daß Nick Casavetes diesen feinen Unterschied bemerkte, zumal ich ihn nicht darauf aufmerksam machen würde. Und er sich nicht die Mühe machte nachzufragen.

Nachdem er schon Marla und Scottie geschlagen hatte, fand er es nun an der Zeit, mich zu schlagen. Das war keineswegs amüsant.

Habe ich bereits erwähnt, daß ich vor einem Fenster saß? Ja, natürlich habe ich das. Also sahen die Polizeibeamten draußen, wie er mich schlug. Was ihnen hinreichend klarmachte, falls es ihnen nicht längst klar war, daß wir nicht gerade die besten Freunde waren.

Ich wußte ehrlich nicht, was ich tun würde, wenn ich da draußen wäre und Entscheidungen zu treffen hätte. Als Faustregel bei Verhandlungen mit Geiselnehmern gilt, daß man so lange wie nur eben möglich verhandelt, ihnen in weniger wichtigen Fragen nachgibt, aber niemals in entscheidenden Punkten, und daß man ihnen nie, niemals, unter keinen Umständen erlaubt, mit den Geiseln wegzufahren. Der einzige Grund, warum ihnen das zuvor gelungen war, war der, daß sie schon weg waren, wenn Polizisten – oder jedenfalls Polizisten, die in der Position waren, Entscheidungen zu fällen – eintrafen.

Ich wußte also, daß ich nicht mit ihnen wegfahren würde, ganz gleich, ob sie nun den Schlüssel zu meinen Handschellen fanden oder nicht. Was ich nicht wußte, was ich auch nicht annähernd erahnen konnte, war, ob ich auf meinen eigenen zwei Beinen von hier weggehen oder auf einer Trage oder in einem Leichensack weggetragen würde. Und im Augenblick gab es rein gar nichts, was ich an diesem Zustand ändern konnte.

Wenigstens hatte niemand angefangen zu schießen. Marla stand an der Eingangstür mit meiner Pistole in der Hand und hob Scottie immer mal wieder hoch, damit die Polizei draußen sehen konnte, daß drinnen ein Kind war und mindestens eine Erwachsene, die gewillt war, dieses Kind als Schutzschild zu benutzen. Sie sagte das nicht, aber das war auch nicht notwendig. Ihre Körpersprache war beredt.

Nick wanderte auf und ab wie ein Tiger im Käfig. Dreimal hatte er bereits die Hintertür der Eisdiele überprüft, ob sie auch wirklich abgeschlossen war; das war sie noch, aber natürlich bestand immer die Möglichkeit, daß sie sich mit dem Besitzer in Verbindung setzten, den Schlüssel besorgten, die Tür aufschlossen und in den Raum eindrangen, während Nick und Marla vorne abgelenkt wurden.

Schließlich wurde er so nervös, daß er einen Stuhl unter die Klinke schob. Das würde wahrscheinlich nicht ausreichen, um die Tür zu sichern, aber es würde einen ziemlichen Lärm machen, wenn jemand versuchte, die Tür zu öffnen. Dann kam er wieder nach vorn, mit der Schrotflinte.

Seltsamerweise hatte der Vierjährige überhaupt keine Angst. Ich vermute, er dachte, wir würden Räuber und Gendarm spielen. Und das spielten wir ja auch irgendwie, wenn auch nicht so, wie er glaubte.

Von irgendeinem Impuls getrieben, den ich selbst in einer Million von Jahren nicht erklären könnte, fing ich an, mein mittlerweile halb geschmolzenes Eis weiterzuessen. Aus Gründen, die vermutlich mit der Auswirkung des Adrenalins auf den Stoffwechsel zu tun hatten, war ich so hungrig wie noch nie in meinem Leben. Hätte man mir jetzt ein riesiges Steak vorgesetzt, hätten weder Harry noch Susan irgendeine Veranlassung gehabt, meinen Appetit zu bemängeln.

Das Eis war alle, und ich war mir ziemlich sicher, daß mir keiner ein zweites bringen würde, egal, wie nett ich darum bat. Also richtete ich meine Aufmerksamkeit erneut auf die Straße. Noch mehr Wagen trafen ein. Dub und Chang. Millner. Sie mußten diese scheußliche Kreuzung gesperrt haben; ansonsten hätte Millner niemals so schnell hier sein können, es sei denn, die Geschichte hier dauerte inzwischen schon sehr viel länger, als es mir vorkam.

Das Telefon fing an zu klingeln. Niemand ging ran.

»Casavetes!« rief jemand von draußen. »Gehen Sie ans Telefon!«

Casavetes antwortete mit einem Fluch, und das Telefon klingelte weiter.

»Casavetes! Sie kommen hier nicht mehr raus, also können Sie auch gleich aufgeben.«

»Ich will einen Handschellenschlüssel und einen Polizeiwagen und eine Stunde Vorsprung!« rief er zurück.

»Wieso denn einen Handschellenschlüssel?« fragte die Stimme draußen und klang dabei ehrlich verwundert.

»Weil sich dieses Miststück hier an dem Tisch festgekettet hat.«

Millner kratzte sich an der Nase. Ich konnte sehen, wie er das tat. »Was haben Sie denn von ihr erwartet?« fragte er in seiner sachlichsten Tonlage. »Soll sie etwa mit Ihnen wegfahren?«

»Ich verhandele nicht mit Ihnen«, sagte Casavetes. »In fünf Minuten erschieße ich die Geisel.«

»Und womit wollen Sie dann verhandeln?« schaltete sich der Verhandlungsführer wieder ein.

»Das ist mein Problem. Besorgen Sie mir, was ich will.«

»Aber wir werden Ihnen nichts dergleichen besorgen«, erwiderte der Verhandlungsführer, »weil Sie Ihre Geisel ohnehin töten werden. Das haben Sie doch schon bewiesen.«

Nick kam zu mir und hielt mir das Gewehr einen Augenblick lang unter die Nase, bevor er wieder zur Tür marschierte. »Dann stirbt sie eben vielleicht noch früher«, erwiderte er.

Ich hoffte, daß es eine Toilette in der Nähe gab. Ich würde nämlich ganz bestimmt schnell eine brauchen, falls ich lebend hier rauskam. »Mach dir nicht ins Hemd«, ist zwar leicht dahingesagt, aber für mich wurde der Satz immer dringlicher.

Ich weiß nicht, wer die Entscheidung traf. Der Verhandlungsführer rief: »Achtung, Tränengas«, und eine Tränengasgranate flog mitten durchs Fenster – nicht durch das, hinter dem ich saß, sondern durch das daneben – und der Raum begann, sich mit Rauch zu füllen.

»Nick, was sollen wir machen?« würgte Marla, die schon hustete und schnaufte. Ich konnte Scott weinen hören, aber ich konnte kaum noch jemanden sehen. Natürlich hustete auch ich und rang nach Luft, und Tränen strömten mir übers Gesicht. Ich hatte schon einmal Tränengas abbekommen, und mir war nur allzu bewußt, daß das Zeug nicht umsonst Tränengas genannt wird.

Ohne zu antworten, drehte Nick sich um und hastete in den rückwärtigen Teil des Gebäudes. Wollte er durch die Hintertür hinaus? War ihm denn wirklich nicht klar, daß die Polizei auch hinter dem Haus sein würde?

Aber ich täuschte mich. Er rannte nicht zur Tür. Er öffnete die Tür des begehbaren Gefrierschranks und lief hinein, dicht gefolgt von Marla. Die Tür knallte hinter ihnen zu. Keiner von beiden hatte auch nur einen Gedanken an den weinenden vierjährigen Jungen verschwendet, der verzweifelt versuchte, die Tür zu finden.

Meinten Sie, die Luft da drin wäre besser?

War die Luft da drin besser?

Wie lange hatten sie vor, da drin zu bleiben, und was hatten sie vor, wenn sie wieder rauskamen?

Es war mir ziemlich egal.

Ich wischte mir über die tränennassen Augen, schaffte es, meine Brieftasche zu öffnen und den Handschellenschlüssel rauszufischen. Ich schloß die Handschellen auf, behielt aber meine Brieftasche weiter in der Hand, so daß ich meine Dienstmarke zeigen konnte, wenn ich zur Tür hinausging.

Dann eilte ich zu dem Gefrierschrank und ließ den Außenriegel einrasten, bevor ich Scottie hochhob und laut rief: »Nicht schießen, ich bin Detective Ralston«, und mit Scottie auf dem Arm und meine Dienstmarke schwenkend durch die Tür nach draußen trat.

Epilog

Ich hätte gar nicht ins Krankenhaus gemußt. Es gab keinerlei Grund dafür, mich ins Krankenhaus zu schicken, bloß weil ich ein bißchen Tränengas eingeatmet hatte. Ich hatte schon früher mal Tränengas eingeatmet. Aber die Sanitäter vom Rettungsdienst sagten irgendwas von Schock – ich hatte keinen Schock, mir war bloß *kalt*, zum Donnerwetter noch mal.

Wenigstens zwang Millner mich nicht, im Krankenwagen zu fahren, und er schickte – oder brachte – mich auch nicht ins nächstgelegene Krankenhaus mit Notaufnahme. Er bat Chang (ausgerechnet den), meinen Wagen zurück zum Polizeipräsidium zu fahren, und brachte mich höchstpersönlich ins John Petersmith Hospital in Fort Worth, wobei er mir den ganzen Weg über eine Standpauke hielt, weil ich keine Unterstützung mitgenommen oder angefordert und nicht gewartet hatte, bis sie eintraf. Vergebens wies ich ihn darauf hin, daß es doch unsinnig gewesen wäre, Unterstützung mitzunehmen, wo ich doch lediglich einen Blick auf jemanden werfen wollte, der mich noch nie im Leben gesehen hatte und mit meinem Gesicht absolut nichts anzufangen wußte. Er schnauzte mich bloß immer wieder an, daß ich eigentlich vernünftiger hätte sein müssen.

Na schön. Ich hätte vernünftiger sein müssen. Können wir jetzt über was anderes reden?

Die Ärzte in der Ambulanz untersuchten mich und sagten auch irgendwas von Schock und teilten mir mit, daß sie mich über Nacht dabehalten wollten.

Ich machte ein paar unflätige Bemerkungen, und Millner ging Harry anrufen. Er kam zurück und sagte, daß Harry nicht zu Hause war und nur der Anrufbeantworter drangewesen war, den Harry, der ein echter Technikfreak ist, kurz vor dem Hubschrauberabsturz gekauft, aber erst letzte Woche angeschlossen hatte.

Ich wußte nicht, wo Harry war. Außerdem war ich inzwischen ein bißchen benebelt, weil sie mir eine Spritze mit Antihistaminen gegeben hatten, die die Wirkung des Tränengases neutralisieren sollte. Ich hoffte, daß es funktionierte. Als ich das letzte Mal eine ordentliche Dosis Tränengas abbekommen hatte, litt ich sechs Wochen lang unter Husten.

Irgendwann so gegen acht Uhr – abends, meine ich – wachte ich kurz auf und sah einen Mann neben meinem Bett stehen.

»Sind Sie Deb Ralston?« fragte er.

»Mhm«, sagte ich. »Warum?«

»Ich bin Don Black«, erklärte er. »Deandra Blacks Mann. Man hat mir gesagt, daß Sie sie gefunden haben. Und daß sie wohl erst am nächsten Tag gefunden worden wäre, wenn Sie nicht darauf beharrt hätten, nach ihr zu suchen.«

»Na ja, vielleicht –«

»Die Ärzte haben mir gesagt, wenn sie noch eine halbe Stunde länger da gelegen hätte, wäre sie verblutet. Jetzt sagen sie, sie wird wieder gesund. Und deshalb wollte ich Ihnen danken. Mehr nicht. Ich wollte Ihnen danken. Tut mir leid, daß ich Sie geweckt habe.«

»Sie haben mich nicht geweckt. Ich war sowieso schon wach.«

Aber vielleicht war ich doch nicht sowieso schon wach gewesen, weil ich nämlich wieder einschlief, und als ich das nächste Mal aufwachte, war Harry da. Er hatte das Baby nicht mit dabei – man darf keine Babys mit auf Besuch in Krankenhäuser mitnehmen, weil sie sich da alle möglichen Bakterien einfangen könnten –, und er sah sehr blaß aus. Aber er schimpfte nicht mit mir. Wahrscheinlich wußte er, daß es nichts nützen würde.

»Du weißt doch, daß ich in letzter Zeit so einige Unterlagen vor dir versteckt gehalten habe?« fragte er mich.

»Mhm«, sagte ich. »Und ich habe ehrlich nicht versucht, sie zu lesen.«

»Ich weiß, und das war sehr lieb von dir. Tja, also, heute nachmittag haben Cameron und ich sie eingereicht. Nächste Woche Mittwoch fange ich mit Betriebswirtschaft an.«

»Das ist schön«, sagte ich und schlief wieder ein.

Am nächsten Morgen durfte ich nach Hause, und Captain Millner erklärte, daß er mich, Berichte hin oder her, in den nächsten zwei Tagen nicht im Büro sehen wollte.

Meine Güte. Halten die mich für eine Mimose? Als ich letztes Jahr im September den Mann erschossen hatte, waren sie nicht annähernd so nett, und diesmal mußte ich niemanden erschießen, sondern hatte bloß ein bißchen Tränengas abbekommen.

Na ja, und bin einmal geschlagen worden.

May Rector, die drei Häuser weiter wohnt, kam zu Besuch – eine nette alte Lady, die zur selben Kirche gehört wie Hal –, und nachdem sie mir ein paar Stücke Mohnkuchen überreicht und eine Weile mit Cameron gespielt hatte, sagte sie: »Wissen Sie, ich gehe abends eigentlich kaum noch aus. Es wäre so schön, wenn ich rüberkommen und auf dieses goldige Baby aufpassen dürfte, wenn Sie abends arbeiten müssen.«

»Ach, ich versuche gerade, einen Babysitter zu finden, der kurzfristig auf Abruf verfügbar ist«, fing ich an, »aber –«

»Meine Güte, nein, doch nicht als Babysitter!« sagte sie mit Nachdruck. »Nur als Freundin. Das wäre herrlich. Ich weiß, daß Sie oft wegmüssen, und manchmal sind eben auch Ihr Mann und Ihr Sohn nicht da – und ich bin ganz vernarrt in Babys –, und ich weiß ja, daß Ihr Baby eine Großmutter hat, aber sie wohnt nun mal nicht in der Nachbarschaft wie ich –«

Jeder Mensch, der Ihnen einen Gefallen tut und es so aussehen läßt, als täten Sie ihm einen Gefallen, ist eine gute Gabe Gottes. Ich hatte so das Gefühl, daß ich May Rector in den nächsten zwei und mehr Jahren wesentlich besser kennenlernen würde.

Am selben Abend kam in den Nachrichten irgendwas Kompliziertes, das ich nicht verstand – aber Harry hörte aufmerksam zu, weil es auch in den Texten für seinen ersten Kurs behandelt wurde und er die Texte bereits hatte und sie studierte –, über die Defizitfinanzierung.

»Defizitbilanzierung«, sagte ich während einer Werbeunterbrechung.

»Was?« fragte Harry und sah mich an.

»Defizitbilanzierung«, wiederholte ich. »Unterm Strich hat doch keiner gewonnen. Die nicht, weil wir sie erwischt haben. Aber wir haben auch nicht gewonnen, weil wir Carlos verloren haben – und all die anderen Menschen, die Menschen verloren haben, Dorene und Lola und Harry Weaver – und der arme kleine Junge von den Casavetes, seine Mutter war sogar bereit, sein Leben aufs Spiel zu setzen –, alle haben verloren. Und ich habe keine Milch mehr und kann Cameron nur noch das Fläschchen geben. *Jeder* hat verloren, Harry.«

»So«, sagte Harry, »ich finde, du solltest dich besser wieder ins Bett legen.«

»Ich will nicht ins Bett.«

»Was willst du dann?«

»Harry«, sagte ich, »ich habe Hunger.«

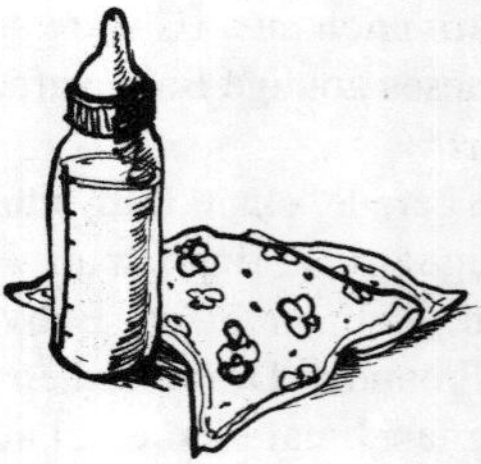

Nachwort

Lee Martins Detektivromane mit Deb Ralston, der früheren Fingerabdruck-Expertin und jetzigen Beamtin bei einer Spezialeinheit der Polizei in Fort Worth, haben vom ersten Band an begeisterte Zustimmung in der amerikanischen Presse gefunden. Die als »durch und durch glaubwürdig und erfrischend anders« empfundene Heldin fand ebenso Lob wie die »geglückte Verbindung glaubwürdiger Charaktere mit einem gut konstruierten Plot« und die generell exzellente Handhabung des ›police-procedural‹-Genres, d. h. der Sonderform des Polizeiromans, in dem realistisch geschilderte Verbrechen mit modernsten polizeilichen Methoden aufgeklärt werden. Daß dies erheblich mehr technisches, rechtliches und generell Insider-Wissen erfordert, als wenn kauzige Privatgelehrte unbemerkt gebliebene Morde in Bibliotheken privat und hobbymäßig aufklären, liegt auf der Hand – ebenso, warum Lee Martin gerade dieses Genre pflegt: Sie hat jahrelang bei der Polizei gearbeitet, unter anderem als Expertin für Fingerabdrücke.

Das meiste Lob der Rezensenten aber gilt der glaubwürdigen Verbindung von Privatleben und Polizeiarbeit, das die Bände durchzieht und mehr und mehr ihr Spezifikum darstellt. Während männliche Detektive von Poes Auguste Dupin und Doyles Sherlock Holmes über Chestertons Father Brown und S. S. Van Dines Philo Vance bis zu Chandlers Phil Marlowe und Ross Macdonalds Lew Archer ausschließlich in ihren Fällen leben, wie es von letzterem einmal expressis verbis heißt, verbietet sich das bei einer verheirateten Frau mit Ehemann und drei adoptierten Kindern. Jeder Krimifreund kennt Madame Maigrets geduldiges Warten auf die eine große Entscheidung ihres Tages – ob der Dienst es ihrem Jules erlaubt, pünktlich oder verspätet oder gar nicht zum Abendessen zu Hause zu sein. Wenn Debs Dienst Überstunden erzwingt, bleibt die Küche kalt und Schnellrestaurants, Pizzataxi oder sonstiges fast food ist angesagt, zumal die leidenschaftliche Polizistin es in ihrer spärlichen Freizeit auch am liebsten bei der schnellen Küche beläßt.

Es war ein guter Einfall Lee Martins, ihre Heldin zudem mit einem frauenspezifischen freudigen Ereignis zu konfrontieren. Sie, die sich für immer kinderlos wähnte und gern in ihren geliebten Beruf zurückgekehrt war, nachdem ihre drei Adoptivkinder fast erwachsen waren, ist während ihres zweiten Falles mit Anfang Vierzig doch noch schwanger geworden, was im dritten Fall Diät und Wohlbefinden beeinträchtigt, ihr im vierten Fall das Leben rettet, während bei Abschluß des fünften Falls in New Mexico ihr erster leiblicher Sohn gesund zur Welt kommt (»Das Komplott der Unbekannten«, »Tod einer Diva«, »Mörderisches Dreieck«, »Tödlicher Ausflug«, DuMont's Kriminal-Bibliothek Bd. 1055, 1061, 1067, 1071). Doch statt sich nun mit ihrem geliebten Cameron einen Vorruhestand, einen langen Erziehungsurlaub oder wenigstens ein Baby-Jahr gönnen zu können, muß sie zurück in den Dienst: Ihr Mann, früherer Berufssoldat und jetzt Testpilot für Hubschrauber, hatte einen Flugunfall und wird bei relativ kleiner Betriebsrente erst nach einer Weiterbildung wieder die Familie ernähren können.

Es ist bezeichnend für die gelungene Verbindung von Berufstätigkeit und Privatleben, daß Deb Ralston meist privat in ihre Fälle hineingerät: Zweimal stolpert sie sozusagen selbst über die erste Leiche (»Komplott der Unbekannten«, »Tödliches Dreieck«), einmal wird sie von Freunden zu Hilfe bei einem sich abzeichnenden Konflikt gebeten (»Tod einer Diva«), und einmal ist ihr Adoptivsohn Hal in einem anderen Bundesstaat der Hauptverdächtige (»Tödlicher Ausflug«).

Auch in diesen neuen Fall ist sie von Anfang an verwickelt. Montags wird ihr – in den USA extrem kurzer – Mutterschaftsurlaub zu Ende sein. Am Samstag davor steht sie mit dem Baby auf dem Arm in der Schlange einer kleinen Bankfiliale, um einen für den Kontostand dringend erforderlichen Scheck einzureichen, als zwei maskierte Männer die Bank überfallen. Bewaffnet sind sie mit abgesägten Schrotflinten, eine nur im Nahbereich treffsichere Waffe von größter Effizienz, bei der das stark streuende zerhackte Blei die Opfer förmlich in Stücke reißt.

Als einziger Profi unter den Anwesenden übernimmt sie das Kommando und setzt das durch, was die Polizei sonst das Bankpersonal lehrt: Anweisungen befolgen, kein falsches Heldentum, keine Provokationen, jedes Menschenleben ist wichtiger als jeder Geldbetrag. Aufkommende Hysterie erstickt sie bei den anderen Kunden durch Autorität, bei Cameron ganz natürlich – sein Schreien wird wortwörtlich gestillt.

Was Deb jedoch nicht verhindern kann, ist an dem lebhaften Geschäftsmorgen ein Alarm von außen und der Fehler eines unerfahrenen Kollegen von der untersten Etage: Er fährt für alle sichtbar im Streifenwagen vor, und die beiden Gangster nehmen die neunzehnjährige Kassiererin, die zu dieser Zeit allein in der Bank ist, als Geisel. Ihr letzter Blick fällt, als sie aus der Bank getrieben wird, auf die Frau, die das Kommando übernommen und Nachgeben befohlen hat.

Dieser Blick wird Deb während des ganzen Falles nicht mehr verlassen, zumal die junge Frau schon bald ermordet aufgefunden wird – mit einem Pistolenschuß aus nächster Nähe ›hingerichtet‹, wie es, das weiß Deb Ralston, jetzt schon Hobbygangster nach dem Vorbild zahlloser Mafia-Filme zu tun pflegen.

Obwohl sie erst in zwei Tagen wieder Dienst hätte, steckt sie bereits jetzt mitten drin – bei der Polizei von Fort Worth gilt das Prinzip, daß der erste Beamte an einem Verbrechensschauplatz alle weiteren Ermittlungen leitet. Ihr Mann kommt von zu Hause, übernimmt das Baby und bringt ihr ihre Pistole, die sie fortan wieder tragen wird – ein makabrer Tausch! Was folgt, ist Routine, eben ›police-procedural‹; und wenig genug steht der Polizei für ihr Vorgehen zur Verfügung: die Video-Aufnahme der Täter durch die Überwachungskamera, die Nummernschilder und die Beschreibungen des Fluchtautos und des Privatautos der Kassiererin, das die Täter an sich gebracht haben. Und bald gibt es auch Zeugen für die ›Hinrichtung‹ der Geisel – zwei Teenager, die aus ganz anderen Gründen in der Dämmerung im Park spazierengegangen waren.

Alles zusammen wird schließlich zum Ermittlungserfolg führen. Als sich herausstellt, daß der erste Überfall zugleich der Anfang einer Serie war, erweist sich das Fluchtauto als wichtigster Clue: Bei

Serientaten, die eher Merkmal des klassischen Detektivromans sind (z. B. S. S. Van Dine, »Mordfall Bischof«, »Mordfall Green«, DuMont's Kriminal-Bibliothek Bd. 1006, 1029; Ellery Queen, »Das ägyptische Kreuz«, »Die Katze tötet lautlos«, DuMont's Kriminal-Bibliothek Bd. 1069, 1076), gilt es für den Detektiv, das Gesetz zu erkennen, das der Serie zugrundeliegen könnte, um so dem Täter oder den Tätern beim nächsten Verbrechen zuvorzukommen und so nicht nur weiteres Morden zu verhindern, sondern sie auch möglichst beweiskräftig auf frischer Tat zu ertappen. Deshalb reagiert Deb Ralston beim zweiten Überfall blitzschnell. Noch im Chaos der allerersten Ermittlungen am Tatort beginnt sie, Gebrauchtwarenhändler in der Nähe anzurufen: Beim ersten Mal hatten die Täter sich das Fluchtauto unter einem Vorwand bei einem Händler geliehen – wenn das ihre generelle Vorgehensweise war, konnte man ihnen vielleicht in diesem Fall zuvorkommen und ihnen sogar eine Falle stellen.

Debs Gedankenblitze, wie sie seit Edgar Allan Poes Auguste Dupin Merkmal jedes Seriendetektivs sind, und die konsequente, ermüdende und in über 99 % ergebnislose Polizeiroutine führen schließlich gemeinsam zur Lösung und zur Festnahme einer Killerbande, die mit scheinbar gnadenloser Professionalität, in Wirklichkeit aber mit geradezu kindischer Grausamkeit vorgegangen ist. Und dies ist ein weiteres Markenzeichen von Lee Martins Deb Ralston-Romanen: Sie verbinden die altehrwürdigen Strukturen des klassischen Rätselromans, des ›whodunit‹/ ›Wer ist der Täter‹, mit der brutalen Wirklichkeit moderner Großstadt- und Gesellschaftskriminalität. Gemildert aber wird dieser nichts beschönigende Realismus durch »die erfrischend wirklichkeitsnahe Umgangssprache und den schnellen Witz der Erzählerin«, wie es in einer weiteren Besprechung heißt. Und natürlich durch die verzweifelten Bemühungen der Heldin, eine tag- und nachtfüllende Mörderjagd mit den doppelten Bedürfnissen eines noch nicht ganz abgestillten Babys und einer noch nicht ganz abgestillt habenden Mutter in Übereinstimmung zu bringen.

Am Ende ist dann die Stillzeit endgültig vorbei – »Keine Milch für Cameron«, ein »Deficit Ending«, wie es im englischen Original heißt, eine Negativbilanz. Die Täter sind gefaßt und unschädlich gemacht, aber das macht ihre brutal hingeschlachteten Opfer nicht wieder lebendig. Neue Taten und Untaten werden folgen, und wir dürfen auf sie gespannt sein – für eine Polizeidetektivin gibt es keine Stillzeit. Gespannt sein dürfen wir aber auch auf die weitere Entwicklung Camerons, seiner Adoptivgeschwister und ihres Vaters, der nun wieder Student ist. Wer Lee Martins Detektivromane liest, folgt zugleich einer Familiensaga – und er hat Freude daran.

Volker Neuhaus

Band 1080	Edmund Crispin	**Mord vor der Premiere**
Band 1082	Lee Martin	**Keine Milch für Cameron**
Band 1083	William L. DeAndrea	**Schneeblind**
Band 1084	Charlotte MacLeod	**Rolls Royce und Bienenstich**
Band 1085	Ellery Queen	**... und raus bist du!**
Band 1086	Phoebe Atwood Taylor	**Kalt erwischt**
Band 1087	Conor Daly	**Mord an Loch acht**
Band 1088	Lee Martin	**Saubere Sachen**
Band 1089	S. S. van Dine	**Der Mordfall Benson**
Band 1090	Charlotte MacLeod	**Aus für den Milchmann**
Band 1091	William L. DeAndrea	**Im Netz der Quoten**
Band 1092	Charlotte MacLeod	**Jodeln und Juwelen**
Band 1093	John Dickson Carr	**Die Tür im Schott**
Band 1094	Ellery Queen	**Am zehnten Tage**
Band 1095	Michael Innes	**Appleby's End**
Band 1096	Conor Daly	**Tod eines Caddie**
Band 1097	Charlotte MacLeod	**Arbalests Atelier**
Band 1098	William L. DeAndrea	**Mord live**
Band 1099	Lee Martin	**Hacker**
Band 1100	**Jubiläumsband**	**Mord als schöne Kunst betrachtet Noch mehr Morde**
Band 1101	Phoebe Atwood Taylor	**Zu den Akten**
Band 1102	Leslie Thomas	**Dangerous Davies und die einsamen Herzen**
Band 1103	Steve Hamilton	**Ein kalter Tag im Paradies**
Band 1104	Charlotte MacLeod	**Mona Lisas Hutnadeln**
Band 1105	Edmund Crispin	**Heiliger Bimbam**
Band 1106	Steve Hamilton	**Unter dem Wolfsmond**
Band 1107	Conor Daly	**Schwarzes Loch siebzehn**
Band 1108	S. S. van Dine	**Der Mordfall Skarabäus**
Band 1109	Ellery Queen	**Blut im Schuh**
Band 1110	Charlotte MacLeod	**Der Mann im Ballon**
Band 1111	Steve Hamilton	**Der Linkshänder**
Band 1112	Phoebe Atwood Tayor	**Todernst**
Band 1113	Lee Martin	**Der Tag, als Dusty starb**
Band 1114	Michael Innes	**Applebys Arche**
Band 1115	Ellery Queen	**Das Geheimnis der weißen Schuhe**
Band 1116	William DeAndrea	**Mord von ganzem Herzen**

Band 1117	S. S. van Dine	**Der Mordfall Terrier**
Band 1118	Ellery Queen	**Vom Ursprung des Bösen**
Band 1119	Mary Roberts Rinehart	**Die Wand**
Band 1120	Josephine Tey	**Warten auf den Tod**
Band 1121	Steve Hamilton	**Nördlich von Nirgendwo**
Band 1122	S. S. van Dine	**Der Mordfall Drachen**
Band 1123	Edmund Crispin	**Der wandernde Spielzeugladen**
Band 1124	Ellery Queen	**Der nackte Tod**
Band 1125	Lee Martin	**Mord bleibt in der Familie**
Band 1126	Phoebe Atwood Taylor	**Es liegt auf der Hand**
Band 1127	Charlotte MacLeod	**Tödliche Weihnachten**
Band 1128	Steve Hamilton	**Himmel voll Blut**
Band 1129	Edmund Crispin	**Schwanengesang**
Band 1130	Lee Martin	**Tod im Vogelkäfig**
Band 1131	John Dickson Carr	**Die Toten wecken**
Band 1132	Earl Biggers	**Das Haus ohne Schlüssel**
Band 1133	Michael Innes	**Der geheime Vortrupp**
Band 1134	Edmund Crispin	**Liebe stirbt zuerst**
Band 1135	Earl Biggers	**Der chinesische Papagei**
Band 1136	Charlotte MacLeod	**Ein Glas voll Mord**
Band 1137	Edmund Crispin	**Mit Freuden begraben** (November 2004
Band 1138	Joe R. Lansdale	**Die Wälder am Fluss**
Band 2001	Lee Martin	**Neun mörderische Monate** (3 Romane)
Band 2002	Charlotte MacLeod	**Mord in stiller Nacht** (Sonder-Doppelband)
Band 2003	Charlotte MacLeod	**Der Balaclava-Protz** (Dünndruckausgabe; 4 Romane)
Band 2004	Charlotte MacLeod	**Der Balaclava-Bumerang** (Dünndruckausgabe; 5 Romane)
Band 2005	Anne Perry	**Mehr viktorianische Morde** (2 Romane)
Band 2006	Leslie Thomas	**Dangerous Davies. Die heimlichen Fälle** (3 Romane)
Band 2007	Lee Martin	**Mörderische Muttertage** (3 Romane)

Band 1099
Lee Martin
Hacker

Clara Huffman traut ihren Augen nicht, als sie die Tür zum Computerzimmer öffnet. Der Computer ihres Gatten ist von einer Axt zerhackt. Und ihr Mann auch. Detective Deb Ralston muss feststellen, dass der zertrümmerte Rechner von dem gleichen Computervirus befallen war, mit dem sich auch ihr Mann Harry zu Hause herumschlägt.

Band 1113

Lee Martin

Der Tag, als Dusty starb

Deb Ralston persönlichster und verstörendster Fall. Sie wird zu einem Notfall gerufen: Die 16jährige Dusty hat sich in ihrem Zimmer eingesperrt. Doch als Deb in der Wohnung eintrifft und die Tür aufbricht, ist Dusty nicht mehr da. Sie liegt 14 Stockwerke tiefer, zerschmettert.
Auf der Suche nach Antworten stößt die Polizistin auf Dustys Schwester, die jahrelang von ihrem Vater missbraucht worden ist. Und Deb Ralston erinnert sich an die Wurzeln ihrer eigenen Geschichte.

Band 1125

Lee Martin

Mord bleibt in der Familie

Hal Ralston, Adoptivsohn der Polizeidetektivin Deb, tritt seine Zeit als Mormonen-Missionar an. Die Familie begleitet ihn nach Salt Lake City – bei zwei Erwachsenen, zwei verliebten Teenagern, einem Kleinkind und einem Kampfhundmischling eine Expedition. Kaum angekommen liegt in der anheimelnden Familienpension buchstäblich eine Leiche vor ihren Füßen. Deb Ralston muss Zeugin eines unmöglichen Mordes gewesen sein. Urlaub hin, Urlaub her – die emanzipierte Polizistin schaltet sich ein.

Band 1130

Lee Martin

Tod im Vogelkäfig

Eigentlich wollen Deb und Harry Ralston nur ihren 25. Hochzeitstag feiern. Doch im Restaurant »Vogelkäfig« gehört zum guten Essen auch die Show – eine gefiederte Trapezkünstlerin flattert hoch über ihren Köpfen aus dem Käfig. Nur: Statt zu fliegen stürzt die junge Frau zu Boden. Unversehens muss Polizistin Deb Ralston ihre umfangreichen Privatverpflichtungen zurückstellen, um einen rätselhaften Mord zu klären.

»Die lebensnahe Geschichte einer umtriebigen Mama steigert sich zu einem atemberaubenden Höhepunkt.« *Publishers Weekly*